ASTRID PLÖTNER
Enkeltrick

MÖRDERISCHER MAFIACLAN In der westfälischen Stadt Unna eskaliert eine Routinebefragung der Polizei. Dabei wird mit der Dienstwaffe von Hauptkommissar Max Teubner ein junger Mann erschossen. Von Teubner selbst fehlt nach der Tat jede Spur. Die Unnaer Hauptkommissarin Maike Graf unterstützt die aus Dortmund angerückte Mordkommission bei den Ermittlungen. Es stellt sich heraus, dass Teubner während seiner Dienstjahre in Köln zahlreiche Mitglieder der Enkeltrickmafia hinter Gitter brachte, darunter auch das Mordopfer. Ist Teubner nun in die Fänge der Mafia geraten? Als auf dem historischen Westfalenmarkt in Unna eine alte Dame an einem Herzinfarkt stirbt, nachdem sie auf den Enkeltrick hereinfiel, scheint klar, dass sich der Enkeltrickclan neu organisiert hat. Um dem auf die Spur zu kommen, verlagern sich die Ermittlungen von Maike Graf und ihren Kollegen bis in die Millionenstadt Köln. Doch von Teubner gibt es weiterhin kein Lebenszeichen …

© C. Baltrusch

Astrid Plötner wurde 1967 in Unna geboren, wo sie heute mit Ehemann und drei Kindern lebt. Nach langjähriger Berufstätigkeit als Kauffrau im Einzelhandel widmet sie sich seit einigen Jahren ganz dem Schreiben und arbeitet als freie Autorin. Ihren Durchbruch erreichte sie mit der zweifachen Nominierung ihrer Kurzkrimis zum Agatha-Christie-Krimipreis. Es folgten weitere Publizierungen von Kurzkrimis in renommierten Anthologien. Nach der Veröffentlichung ihres Krimidebüts »Todesgruß« im Gmeiner-Verlag ist »Enkeltrick« ihr zweiter Kriminalroman. Die Autorin ist Mitglied bei der Autorenvereinigung »Syndikat«. www.astrid-ploetner.de

Bisherige Veröffentlichungen im Gmeiner-Verlag:
Todesgruß (2016)

ASTRID PLÖTNER
Enkeltrick
Kriminalroman

Immer informiert

Spannung pur – mit unserem Newsletter informieren wir Sie
regelmäßig über Wissenswertes aus unserer Bücherwelt.

Gefällt mir!

Facebook: @Gmeiner.Verlag
Instagram: @gmeinerverlag
Twitter: @GmeinerVerlag

Besuchen Sie uns im Internet:
www.gmeiner-verlag.de

© 2018 – Gmeiner-Verlag GmbH
Im Ehnried 5, 88605 Meßkirch
Telefon 0 75 75 / 20 95 - 0
info@gmeiner-verlag.de
Alle Rechte vorbehalten
1. Auflage 2018

Lektorat: Claudia Senghaas, Kirchardt
Herstellung: Julia Franze
Umschlaggestaltung: U.O.R.G. Lutz Eberle, Stuttgart
unter Verwendung eines Fotos von: © Birgit Reitz-Hofmann / Fotolia.com
Druck: CPI books GmbH, Leck
Printed in Germany
ISBN 978-3-8392-2330-7

*Personen und Handlung sind frei erfunden.
Ähnlichkeiten mit lebenden oder toten Personen
sind rein zufällig und nicht beabsichtigt.*

PROLOG

**FÜNF JAHRE ZUVOR
DIENSTAG, 10. APRIL**

»ZUGRIFF!«, krächzte eine blecherne Stimme über Funk. Max Teubner, Kriminalhauptkommissar im Kommissariat für organisiertes Verbrechen in Köln, verließ zeitgleich mit seinem Kollegen, Kriminalhauptkommissar Sven Klewe, den Dienstwagen – einen schwarzen Opel Vectra – und lief auf die in der Dunkelheit liegende Villa zu. Die beiden Beamten erreichten kurz darauf das schmiedeeiserne Eingangstor des protzigen Anwesens. Ein Bewegungsmelder ließ zwei Bronzelaternen aufleuchten, die links und rechts der Haustür hingen. Ihr Schein setzte den englischen Rasen und die kunstvoll geschnittenen Buchsbaumgewächse in unwirkliches Licht. Teubner betätigte den bronzebeschlagenen Klingelknopf neben dem Tor. Der Klang der Glocke von Westminster Abbey schallte durch die Nacht. Weitere Beamte der Abteilung OK verteilten sich rund um das Grundstück. Drinnen blieb alles ruhig und dunkel.

»Kein gutes Zeichen«, murmelte Teubner, wusste er doch nach lückenloser Observierung, dass die Bewohner des Hauses anwesend sein mussten. Zumindest die Eltern, die beiden Kinder schliefen im Internat »Schloss Jägerheide« bei Bonn. Privatschule für Besserverdiener. Kosten pro Kind immerhin knapp 20.000 Euro im Jahr.

Der Bewegungsmelder schaltete sich aus und tauchte das Anwesen in Dunkelheit. Teubner lauschte in die Nacht. Selbst zu dieser Stunde hörte er den Brunnen auf dem Grundstück plätschern. Er bekam durch sein Headset den Befehl, erneut zu läuten. Gleichzeitig würde man sich über die hintere Terrassentür Zutritt zum Haus verschaffen. Hier und heute würde sich niemand der Festnahme entziehen. 170 deutsche und polnische Beamte waren in diesem Moment im Einsatz, um die Bonzen samt Untertanen des Clans in Haft zu nehmen. Nicht nur in Köln, auch in Hamburg, Essen, Duisburg, Gelsenkirchen, Warschau, Posen, Legionowo und Lodz. Der Clan der Enkeltrickmafia, der alte Leute mit seiner perfiden Masche um ihre gesamten Ersparnisse brachte, sollte zerschlagen werden.

Bevor Teubner weitere Anweisungen erhielt, schwang das schmiedeeiserne Tor der Villa lautlos nach innen auf. Er und Klewe betraten das Grundstück. Im selben Moment hörte man einen Motor starten. Grelle Scheinwerfer flammten links der Villa auf, Reifen drehten kreischend durch und dann schoss ein Wagen mit rasanter Geschwindigkeit auf die beiden Beamten zu. Teubner blieb keine Gelegenheit, seine Waffe in Anschlag zu nehmen. Er konnte sich gerade noch mit einem Hechtsprung auf den Rasen retten, Klewe ebenso. Das Auto flog an ihnen vorbei und bog mit quietschenden Reifen auf die Straße ein.

Die beiden Beamten rannten zu ihrem Dienstwagen. Gleichzeitig brüllte Teubner in sein Headset: »Verdächtige Personen sind im Begriff, in einem silbernen BMW Cabrio mit dem amtlichen Kennzeichen K-WW 123 zu fliehen!«

Klewe startete den Motor. Teubner lief um den Wagen und sprang auf den Beifahrersitz. Er hatte Mühe, den Gurt anzulegen, da Klewe mit dem Maximum an Beschleunigung die Verfolgung aufnahm. Teubner knallte das Blaulicht aufs Dach und informierte die Kollegen. Der angeforderte Hubschrauber konnte in fünf Minuten vor Ort sein. Der Opel Vectra schoss in überhöhter Geschwindigkeit hinter dem offenen Cabrio durch die verkehrsberuhigte Zone des Auenwegs. Teubner nahm ein Fernglas aus der Ablage. Lucia Taragos saß am Steuer, daneben ihr Ehemann Adam. Er drehte sich auffällig oft um. Seine Frau rief ihm etwas zu. Er hantierte im Handschuhfach und hielt daraufhin eine Handfeuerwaffe in der Faust.

»Verdächtige sind bewaffnet!«, brüllte Teubner ins Headset. »Sieht nach einer 45er Heckler & Koch, neun Millimeter, aus!«

Er zog seine eigene Waffe aus dem Halfter. Inzwischen rasten die beiden Fahrzeuge mitten durch das Zentrum von Köln-Rodenkirchen über die Hauptstraße Richtung Friedrich-Ebert-Straße.

»Die wollen sich über die A4 in die Niederlande absetzen!«, mutmaßte Klewe und starrte konzentriert auf die Fahrbahn. Mit Blick in den Rückspiegel fügte er hinzu: »Wo bleiben denn die Kollegen?«

»Keine Panik«, erwiderte Teubner, »das sind über 80 Kilometer. Die entkommen uns nicht!« Glücklicherweise war der Verkehr um 3 Uhr morgens nicht so dicht. Teubner entspannte sich etwas und beobachtete die Flüchtenden weiterhin durch das Fernglas. Adam Taragos saß wieder in Fahrtrichtung und schien momentan von seiner Schusswaffe keinen Gebrauch machen zu wollen. Das

Cabrio verließ den Stadtkern von Rodenkirchen und raste über die Friedrich-Ebert-Straße durch ein Waldstück, das an den forstbotanischen Garten grenzte. Der Abstand zwischen den Fahrzeugen wurde größer, obwohl Klewe das Gaspedal bis zum Anschlag durchtrat.

»Wo bleibt der verdammte Hubschrauber?«, brummte er. »Die gehen uns gleich durch die Lappen!«

»Ganz ruhig, Kollege! Wenn wir sie hier nicht erwischen, dann die Kollegen vor der Grenze!«

Das Heck des BMW brach leicht nach rechts aus, als Lucia Taragos nach links in die Militärringstraße einbog.

»Die fährt wie eine gesenkte Sau!«, schimpfte Klewe und bog mit bedrohlich hoher Geschwindigkeit nach links ab. Schweißperlen glänzten auf seiner Stirn. »Wenn die über den nächsten Kreisverkehr auf die Autobahn rauschen, kannst du schon mal *arrivederci* sagen, Kollege! Mit über 200 PS kommt unser Opel nicht mit.«

»Der Hubschrauber ist gleich da, keine Panik, Sven!«, sagte Teubner und erkannte, dass der Abstand zwischen den Fahrzeugen sich wieder verringerte. Durch sein Fernglas sah er, wie Adam Taragos sich umdrehte. Nun nahm er seine Heckler & Koch in Anschlag und feuerte einen Schuss in ihre Richtung.

»Scheiße!«, schrie Teubner, als das Geschoss in die Windschutzscheibe einschlug. Klewe verriss das Lenkrad, brachte den Wagen aber schnell wieder unter Kontrolle. Das Einschussloch lag mittig in der Scheibe. Die Kugel musste irgendwo im Rücksitz eingeschlagen sein. Teubner ließ das Fenster der Beifahrerseite hinunter und zielte auf das Heck des BMW. Im selben Moment hörte er die Rotorblätter des Hubschraubers über sich kreisen.

Auch Lucia Taragos schien den Helikopter zu bemerken, denn der BMW schlingerte fast von der Fahrbahn. Adam Taragos schoss wie von Sinnen in die Luft, was für ihn bei geöffnetem Cabriodach kein Problem darstellte. Klewe trieb den Opel voran. Der Abstand zwischen den Fahrzeugen bestand aus noch höchstens 30 Metern. Lucia Taragos lenkte mit quietschenden Reifen in den Kreisverkehr. An der dritten Ausfahrt würde sie ihr Ziel – die Autobahn – erreichen. An der zweiten Ausfahrt übersah ein Fiatfahrer die heranrasenden Fahrzeuge und fuhr kurz vor dem BMW in den Kreisverkehr. Lucia Taragos versuchte ein Ausweichmanöver und verriss das Lenkrad. Die Reifen des BMW quietschten. Teubner stieg der Geruch von verbranntem Gummi in die Nase. Der BMW drehte sich mehrmals um die eigene Achse, rutschte dann seitlich an einem Baum vorbei, bevor er sich mehrmals überschlug und kopfüber liegen blieb.

Sven Klewe hielt neben dem verunglückten Fahrzeug und schaltete die Warnblinkanlage des Opel Vectra ein. Danach rannten die Beamten auf das Cabrio zu. Teubner bückte sich und leuchtete mit einer Taschenlampe in den Fahrerraum. Er sah Blut, aufgerissene Haut und abgerissene Gliedmaßen. Diesen Unfall konnte keiner der beiden überlebt haben.

**FÜNF JAHRE SPÄTER
DONNERSTAG, 30. MÄRZ**

1

Paula trat gleichmäßig in die Pedale des alten Mountainbikes. Der Sattel quietschte, als sie die Anhöhe des Kessebürener Wegs Richtung Innenstadt erklomm. Sie hatte sich schnell von der Vorarbeiterin der Putzkolonne verabschiedet. Die anderen standen nach der Schicht meist noch bei einer Zigarette zusammen und quatschten. Mit blauem Kittel, Gummistiefeln und Kopftuch. Paula war jeden Tag froh, wenn sie die Arbeitskluft in ihren Rucksack stopfen konnte. Sie machte den 450-Euro-Job, um sich über Wasser zu halten. Als Zubrot zu der Unterstützung vom Amt. Die rosigen Zeiten, in denen sie Designerklamotten tragen und sich als Gourmet ernähren konnte, waren vorbei und würden wohl auch nicht wiederkommen. Sie hatte jetzt – leicht außer Atem – den Zenit der Anhöhe erreicht und sah den Turm der Stadtkirche von Unna, der sich, blau angestrahlt, in der Morgendämmerung erhob. Trotz der frühen Stunde streichelte eine milde Brise ihr Gesicht und ließ ihr hüftlanges Haar wehen. Sie war stolz auf ihre Haare: kupferblond und leicht gewellt. Sie färbte es regelmäßig, sodass man keinen Ansatz sah. Es musste niemand wissen, dass sie fast schwarze Haare hatte. Sie hatte Angst, dass man sie mit den dichten Brauen, den braunen Augen und dem dunklen Teint als Roma erkennen und als Zigeuner beschimpfen würde. Das kannte sie aus der Kindheit.

»Zigeunerbastarde!«, hallte es in Paulas Ohren. »Nur Diebe und Verbrecher!« Ein Vorurteil gegenüber Sinti und Roma, das bis heute in den Köpfen der Menschen verankert war. Dabei gab es so viele rechtschaffene und sogar berühmte Menschen ihrer Herkunft. Denke man nur an die Sängerin Marianne Rosenberg, den Schauspieler Yul Brynner oder den Schriftsteller Matéo Maximoff. Paula musste lächeln. Bei ihr jedoch lag man mit der Voreingenommenheit nicht ganz daneben. Bereits mit zehn Jahren wusste Paula, wie man den Männern unbemerkt das Portemonnaie aus der Gesäßtasche zog.

»Du bist ein Naturtalent!«, hatte Onkel Bakro oft gesagt. Er war stolz auf sie gewesen und hatte sie immer unterstützt und gefördert. Und doch hatte sie ihn letztendlich verraten. Unwillkürlich traten Tränen in Paulas Augen. Es brach kein Tag an, an dem sie diesen Verrat nicht bitterlich bereute.

Paula bog in die Straße zum Südfriedhof ein und trat kräftiger in die Pedale. Sie wollte diese Gedanken nicht in ihrem Kopf haben. Sie dachte an Arco, der vermutlich schon hinter ihrer Wohnungstür saß und sehnsüchtig auf einen ausgiebigen Morgenlauf wartete. Das Quietschen des Sattels nervte. Paula stieg in die Pedale, bog durch das ehemalige Kasernentor in die Bertha-von-Suttner-Allee und fuhr bald darauf über den Kreisverkehr in die Iserlohner Straße zur Wohnsiedlung Schützenhof, wo sie eine kleine Zweizimmerwohnung gemietet hatte. Mit Wohnbeihilfe vom Amt, versteht sich.

Das Mehrfamilienhaus befand sich zu Beginn der Siedlung auf der linken Seite. Für Anfang April war es in den vergangenen Tagen ausgesprochen warm gewesen. Zudem hatte es in den letzten Wochen kaum geregnet. Das sah man den Buschröschen vor dem Haus an. Sie erhoben sich aus grauer, klumpiger Erde, die Blätter wurden bereits am Rand braun, und erste Knospen ließen die Köpfe hängen. Darum bemühte sich sonst der Rentner aus dem Erdgeschoss. Der lag jedoch im Krankenhaus. Vielleicht sollte sie sich um die Bewässerung kümmern. Aber zuerst musste Arco raus. Sie sprang vom Rad, schob das Bike durch den Flur und trug es in den Keller. Dann lief sie die Stufen zu ihrer Wohnung hinauf. Arco begrüßte sie stürmisch, wedelte wild mit dem Schwanz und bellte freudig.

»Pscht!«, flüsterte Paula leise und streichelte dem Schäferhund sanft über den Kopf. »Du weckst ja das ganze Haus auf!« Sie warf ihren Rucksack in den Flur, ging ins Schlafzimmer und tauschte Straßenschuhe, Jeans und Pullover gegen ihre Laufsachen. Die langen Haare bändigte sie mit einem großen Zopfgummi zu einem losen Dutt. Dann griff sie nach Leine und Geschirr.

»Na, dann komm, mein Guter!«, rief sie leise. Sie schnallte ihm das Geschirr um, klinkte die Leine ein und verließ das Haus. Ein Blick aufs Smartphone zeigte ihr, dass sie den Sonnenaufgang in den Feldern bei den Windrädern am Predigtstuhl erleben könnte. Es war genau 6.27 Uhr, als sie loslief und über die Kopfhörer ihres Smartphones »Geiles Leben« von Glasperlenspiel hörte. Sie trabte aus der Siedlung heraus, Arco lief brav neben ihr. Die Luft hatte sich erwärmt, vermutlich würde es wieder ein schöner Tag werden. Bald ließ Paula den Schützenhof hinter sich, um über einen breiten Feldweg Richtung Bornekamp zu laufen, ein Naherholungsgebiet, das sich bis zu einem Dorf namens Billmerich erstreckte. Sie stoppte einen Moment, um Arco von der Leine zu lassen. Zu ihrer Rechten lag ein dichtes Waldstück. Links von ihr tat sich ein Acker auf, im Hintergrund begrenzt von der A44, auf der sich bereits reger Verkehr tummelte. Die Musik in ihren Ohren übertönte den Verkehrslärm. Paula liebte die Einsamkeit der Morgenstunden. Selten, dass ihr so früh ein Jogger oder ein Gassigänger entgegenkam, die waren meist später unterwegs.

Arco war in das Wäldchen eingetaucht und kam nun von vorn auf sie zugeschossen. Anstatt sie jedoch zu umkreisen, um dann neben ihr zu laufen, preschte er an ihr vorbei und bellte laut. Als Paula sich verwundert umdrehte, sah sie den Grund seines Unmuts. Am Ende des Feldweges, wo sie noch vor zwei Minuten langgelaufen war, fuhr ein Motorrad im Schrittempo hinter ihr her. Wegen der Musik in ihren Ohren hatte sie nichts bemerkt. Alles an der Szenerie war schwarz: Das Motorrad, die Lederkluft von Fahrer und Sozius, die schweren Stiefel des Fahrers, die bei der langsamen Fahrt lässig den Boden berührten, selbst die undurchsichtigen Visiere der Helme. Paula fröstelte trotz der lauen Temperaturen. Der Feldweg war für motorisierte Fahrzeuge gesperrt. Es war eigentlich nur ein Spazier- und Laufweg, den lediglich Radfahrer befahren durften.

Etwas Bedrohliches ging von dem Motorrad aus. Sie griff Arco ins Geschirr und klinkte die Leine ein. Paula hatte Angst. Eine Angst, die langsam aufstieg, sich im Nacken sammelte und von dort eine Gänsehaut über ihren

Rücken jagte. Sie zog panisch an der Leine, wollte Arco in das angrenzende Wäldchen locken, wohin das Motorrad ihnen nicht folgen konnte. Aber Arco hatte die Vorderläufe gespreizt und hielt den Kopf gesenkt. Ein tiefes Grollen entwich seiner Kehle. Sie konnte ziehen und zerren, wie sie wollte, er bewegte sich keinen Zentimeter rückwärts. Jetzt begann er sogar erneut, laut zu bellen. Paula setzte sich verzweifelt auf eine Parkbank am Wegrand und wickelte dabei die Hundeleine zweimal um ihre Hand. Sie zitterte am ganzen Körper, hätte im Moment keinen Schritt mehr tun können.

Der Fahrer des Motorrads hob nun seine Füße auf die Pedale und beschleunigte. Das Motorrad schoss heran. Paula erkannte, dass es sich um eine Kawasaki handelte. So ein Modell fuhr auch ihr direkter Flurnachbar Stefan Humboldt. Paula konnte Arco kaum bändigen, er bäumte sich im Geschirr auf. Kurz bevor die Kawasaki sie erreicht hatte, drosselte der Fahrer das Tempo. Der Beifahrer schmiss Arco einen Klumpen Hackfleisch vor die Füße, dann beschleunigte das Motorrad wieder und fuhr an ihr vorbei. Ehe Paula reagieren konnte, stürzte Arco sich auf das Fleisch, um es gierig zu verschlingen. Paula blickte dem Motorrad hinterher. Das war nicht ihr Nachbar gewesen, schoss es ihr durch den Kopf. Humboldt war von der Statur her kräftiger. Das Motorbike war bis zum Ende des Feldweges gefahren, hatte gewendet und stand nun dort in abwartender Haltung.

Arco begann zu röcheln und würgen. Blut lief aus seinem Maul.

Ein Hundeköder!, dachte Paula panisch. Sie kniete sich vor ihren Hund und hielt seinen Kopf. Blut tropfte auf ihre Sporthose. Tränen traten in ihre Augen. Kurz zog sie in Erwägung, die Polizei zu rufen, verwarf den Gedanken aber schnell. In der Vergangenheit hatte sie eher negative Erfahrungen mit der Staatsgewalt gemacht, außerdem würden die Beamten sowieso nicht rechtzeitig eintreffen. Paula schluckte die Tränen herunter, kraulte Arco am Hals und streichelte über seinen Kopf, als könne sie ihm so etwas von seinem Schmerz nehmen. Alles in ihr drängte, wegzulaufen, denn die Motorradfahrer würden zurückkommen. Dennoch war Paula unfähig, sich vom Fleck zu bewegen und ihren sterbenden Hund im Stich zu lassen. Im selben Moment schoss das Motorrad wieder heran und hielt knapp hinter Arco. Fahrer und Beifahrer stiegen ab. Beide waren schlank und größer als Paula mit ihren gerade mal 1,68 Metern.

Arcos Hinterteil knickte weg. Er hatte die Augen halb geschlossen und zitterte am ganzen Körper. Paula hielt seinen Kopf, bis seine Augen gänzlich zufielen, und legte ihn dann langsam auf den Boden. Ihre Gedanken rasten. Gab es für sie noch eine Fluchtmöglichkeit?

Ehe sie sich aufrichten konnte, bekam sie einen Tritt in die Seite. Sie kippte um und krümmte sich vor Schmerz. Noch ein Tritt in den Bauch, mehrere in den Rücken. Die schweren Motorradstiefel schienen ihr die Rippen zu brechen. Sie begann zu schreien, obwohl an diesem frühen Morgen niemand ihre Hilferufe hören würde. Keiner der beiden Motorradfahrer sprach ein Wort. Plötzlich hielt der Fahrer – er war größer als der Sozius – ein Messer in der Hand. Der Beifahrer drehte sie auf den Rücken, kniete sich hinter sie und fixierte ihre Hände am Boden. Der Fahrer nahm das Messer und hielt es ihr an die Kehle.

Paula zitterte am ganzen Körper, aber allmählich kehrte auch ihr Überlebenswille zurück. Blitzschnell zog sie ihre Beine an, um sie dem Fahrer im nächsten Moment mit voller Wucht in den Unterleib zu rammen. Er stöhnte, krümmte sich, hielt sich den Bauch und rang nach Luft. Das gab Paula Auftrieb. Mit einem Ruck entzog sie sich dem Griff des Beifahrers und kam auf die Beine. Doch dieser hatte sie bereits wieder von hinten gepackt. Paula trat wie wild um sich, als der Fahrer sich wieder mit dem Messer näherte. Es streifte sie mehrfach an der Seite. Sie spürte die rasiermesserscharfe Klinge, die durch die Sportjacke ihre Haut aufritzte und merkte, wie ihr Blut langsam an der Seite hinunterlief. Der nächste Schnitt traf ihren Oberarm. Paula presste die Zähne zusammen, sie gab nicht auf. Ihr Tritt traf die Hand des Fahrers. Das Messer fiel zu Boden. Paula kickte es mit einem gezielten Tritt in eine Buschreihe, die vor dem Wäldchen wuchs. Der Fahrer fluchte, holte mit der behandschuhten Faust aus und traf sie mehrfach am Kopf. Jeder Treffer ließ ihr Gehirn erzittern. Langsam ließ Paulas Gegenwehr nach. Gegen die zwei Angreifer hatte sie auf Dauer keine Chance. Sie ahnte, wer die Schläger waren, glaubte zu wissen, wer sie geschickt hatte. Man verrät einen Bakro Taragos nicht. Einmal war ihr die Flucht vor dem Clan bereits gelungen, jetzt schien ihre Vergangenheit sie erneut eingeholt zu haben und ihr den Tod zu bringen.

Sie hatte die Hoffnung fast aufgegeben, als in der Ferne das Martinshorn ertönte. Ob doch jemand die Polizei informiert hatte? Ihre Angreifer wurden nervös und ließen von ihr ab. Paula hatte längst aufgehört zu schreien, sie fiel zu Boden, blieb bäuchlings mit dem Gesicht im

Staub liegen. Die Biker schwangen sich auf das Motorrad und fuhren im nächsten Moment los. Doch das Geheul des gerade noch deutlich zu vernehmenden Martinshorns wurde leiser, schien sich wieder zu entfernen. Paula hob den Kopf und sah, dass der Sozius ihr den Kopf zudrehte. Wollten die beiden umkehren, nachdem die Gefahr für sie gebannt war? Paula warf einen Blick auf Arco. Er bewegte sich nicht und atmete nicht mehr. Der Hund hatte es überstanden. Paula stemmte sich auf ihre Ellbogen und schleppte sich mit letzter Kraft zur Parkbank. Die Biker hatten ihr das Liebste genommen, was sie in letzter Zeit besessen hatte. Sie hielt sich den schmerzenden Leib und begann leise zu weinen. Sollten sie ruhig zurückkommen und sie töten.

2

Kriminalhauptkommissarin Maike Graf bemühte sich, mit ihrem Kollegen, Oberkommissar Sören Reinders, Schritt zu halten. Sie hatte ihr braunes, halblanges Haar zu einem losen Dutt hochgesteckt, dennoch kam sie ins Schwitzen. Reinders schien den Tatort am Hibbingser Weg im Bornekamp möglichst schnell hinter sich lassen zu wollen. Und das lag vermutlich nicht an dem toten Schäferhund, den eine Spaziergängerin am frühen Morgen dort gefunden hatte. Seine Flucht hing wohl mit dem neuerlichen

Aufeinandertreffen mit Jasmin Sauber vom KK11 Dortmund zusammen. Die junge Oberkommissarin war Teil einer Ermittlungskommission, die aus der benachbarten Großstadt angerückt war, um die Spurensicherung am Tatort zu übernehmen. Maike mochte die Kollegin nicht besonders. Jasmin war extrem erfolgsorientiert, vielleicht wollte sie ihre geringe Körpergröße mit ihrem Übereifer kompensieren. Reinders hatte vor einiger Zeit bereits mit ihr zusammenarbeiten müssen, als es in Unna eine Mordserie gab. Nach anfänglichen Diskrepanzen hatten sich die beiden letztendlich doch verstanden, und bei der Einweihungsfeier in Maikes Wohnung sah es durchaus nach mehr als beruflichem Interesse aus. Heute jedoch hatten die beiden kaum voneinander Notiz genommen.

»Was ist mit dir und Jasmin?«, fragte Maike nun außer Atem.

»Ach«, Reinders machte eine wegwerfende Handbewegung. »Die ist und bleibt eine eingebildete Zicke!«

Maike musste immer wieder zwei, drei Schritte in Laufschritt verfallen, um ihren Kollegen einzuholen. »Ach ja?«, tat sie erstaunt.

Reinders blieb ruckartig stehen. Seine braunen Augen funkelten wütend, als er sich fahrig mit den Fingern durch die blond gefärbten Haare strich. »Ich hab die blöde Tussi damals nach deiner Party nach Hause gebracht. Ich dachte wirklich, die Chemie stimmt zwischen uns. Als ich sie zum Abschied küssen wollte, hat sie mir kackfrech ins Gesicht gesagt, auf einen Oberkommissar, der in der Provinz arbeitet, würde sie sich bestimmt nicht einlassen.«

»Oha!«, meinte Maike und fühlte sich in ihrer Einschätzung der Kollegin mit den Engelshaaren bestätigt. »Unna ist doch keine Provinz. Und du bist ein toller Typ. Jasmin hat dich gar nicht verdient.«

»Hm«, erwiderte Reinders schulterzuckend. Er erreichte zuerst den Dienstwagen und warf ihr die Wagenschlüssel zu.

Maike setzte sich hinters Steuer, startete den Motor und blickte noch einmal auf die Adresse, die sie von der Zentrale bekommen hatten. Der Schäferhund war bei einer Frau namens Paula Horváth gemeldet, wohnhaft im Schützenhof. Da man am Tatort Blut gefunden hatte, das augenscheinlich nicht von dem Hund stammte, musste man davon ausgehen, dass die Hundehalterin überfallen worden war. Maike lenkte den Dienstwagen um die nächste Biegung, schien sich aber für die falsche Richtung entschieden zu haben. Deshalb wurden sie vom Straßenverlauf an fast allen Häusern der rechteckig angelegten Siedlung vorbeigeführt. Mehrfamilienhäuser mit spitzen oder schirmförmig aufgesetzten Dachgauben und kleinen, akkurat angelegten Vorgärten säumten ihren Weg, während sie langsam durch die Gassen dicht hintereinander parkender Autos rollten. Als sie fast ihren Ausgangspunkt erreicht hatten, hielt Maike vor einem schlicht gestrichenen Neubau in Grau mit vier Wohneinheiten. Die Beamten verließen den Dienstwagen und gingen auf den Eingang zu. Maike Graf konzentrierte sich auf die Schellen und versuchte, die Namen zu entziffern, von denen jeder mit der Hand geschrieben und hinter eine durchsichtige Kunststoffklappe geschoben war. Reinders stand hinter Maike, blies laut den Rauch seiner Zigarette aus und trat sie dann auf den Eingangsstufen aus, bevor er sie ins Beet kickte.

»Schobiak ... Markward ... Humboldt ... Ganz oben der Name könnte Horváth heißen ...«

Reinders schob Maike beiseite, warf selbst einen Blick auf die verblichenen Namensschilder, dann betätigte er eine Klingel nach der anderen. »Einer wird schon aufmachen!«, meinte er lakonisch.

Tatsächlich schnarrte Augenblicke später der elektrische Türöffner. Sie drückten die Haustür auf und betraten einen Flur mit weißen Betonwerksteinfliesen. Durch einen Glasbausteinstreifen an der rückwärtigen Wand fiel Sonnenlicht ein und ließ Maike blinzeln.

»Wollen Sie zu mir?«, kam eine tiefe Männerstimme aus der Wohnungstür im rechten Parterre. Ein kräftiger Mittfünfziger mit Stirnglatze und Jogginganzug sah sie ziemlich griesgrämig an.

Maike lächelte freundlich, zeigte ihren Ausweis und fragte mit Blick auf das Namensschild an der Tür: »Entschuldigen Sie die Störung, Herr Markward. Wir sind auf der Suche nach Paula Horváth.«

»Und deswegen schellen Sie mich aus dem Schlaf? Ich arbeite in Schicht! Wissen Sie, was das bedeutet?«, blaffte er. »Eine Unverschämtheit, auf alle Klingeln zu drücken, nur um ins Haus zu kommen! Wenn die Horváth niemanden sehen will, müssen Sie eben ein anderes Mal wiederkommen!«

Bevor Maike sich rechtfertigen konnte, knallte er bereits seine Wohnungstür zu, dass es laut durchs Treppenhaus schallte.

»Der hat ja noch bessere Laune als ich!«, flachste Reinders und nahm auf dem Weg in den ersten Stock gleich zwei Stufen auf einmal. Dann legte er seinen Zeigefinger auf den Klingelknopf der Wohnung Horváth und schellte kurz. Als niemand öffnete, klingelte er anhaltend. Das durchgehende Summen war nervtötend. Eine Minute später wurde die Tür einen Spalt geöffnet. Eine junge Frau, auffallend blass, mit großer Sonnenbrille, die das halbe Gesicht verdeckte, zeigte sich dahinter. Sie war kleiner als Maike und wirkte mit ihrer zarten Figur zerbrechlich. Ihr hüftlanges, rotblondes Haar, das sie mit einem schwarzen Haarband zu bändigen versuchte, wirkte im Sonnenlicht fast golden. Sie trug eine dunkle Sporthose, die aussah, als hätte die Frau sich damit ihm Staub gewälzt. Der weite, feinmaschige Strickpulli in Blassgrau, der ihr fast bis zu den Knien reichte und in dem sie förmlich versank, war dagegen sauber.

»Ja, bitte?« Selbst ihre Stimme klang zerbrechlich.

Maike zückte ihren Ausweis. »Hauptkommissarin Graf, das ist mein Kollege Reinders. Wir hätten einige Fragen an Sie, Frau Horváth, dürfen wir kurz hereinkommen?«

Die junge Frau wich keinen Millimeter zurück. »Worum geht es denn?«, frage sie abweisend und schob die Tür wenige Zentimeter zu.

Maike seufzte. Spontan würde sie jede Wette eingehen, dass die junge Frau das Opfer eines Überfalls im Bornekamp geworden war, bei dem auch ihr Hund getötet wurde. Die dunkle Sonnenbrille, die verdreckte Hose, das große Oberteil, das viel verbergen konnte, sprachen dafür. Dazu kam ihre gekrümmte Haltung. Allerdings schien Frau Horváth den Überfall mit sich selbst ausmachen zu wollen. Vielleicht traute sie der Polizei nicht zu, ihr helfen zu können, oder sie wollte den Täter schützen. Auch Selbstjustiz war nicht auszuschließen, ihr ablehnendes Verhalten ließ jedenfalls kaum Hoffnung auf eine Kooperation ihrerseits aufkommen.

»Sie sind die Besitzerin eines Schäferhundes?«

Frau Horváth nickte.

»Ihr Hund wurde im Bornekamp tot aufgefunden. Die tierärztliche Untersuchung ergab, dass er Hackfleisch, gespickt mit zerkleinerten Rasierklingen aufgenommen hat. Wir haben in der Nähe des Hundes eine Menge vermutlich menschlichen Blutes gefunden. Außerdem ein Klappmesser mit frischem Blut. Sind Sie heute früh überfallen worden, Frau Horváth?«

Paula Horváth schüttelte kaum merklich den Kopf und schluckte. Sie sprach langsam, aber in akzentfreiem Deutsch, obwohl ihr Gesicht osteuropäische Züge aufwiesen: Hohe Wangenknochen, ein eher rundliches Porzellangesicht und über der Sonnenbrille lugten dichte, fast schwarze Augenbrauen hervor. Sie schien sich äußerst zusammennehmen zu müssen, hatte scheinbar starke Schmerzen.

»Nein«, sagte sie endlich. »Arco ist mir heute Morgen entwischt, als ich mit ihm Gassi gehen wollte. Als er auf mein Rufen nicht kam, bin ich nach Hause gegangen. Er kennt ja den Weg, hab ich gedacht.«

Eine glatte Lüge, dachte Maike. Laut sagte sie: »Würden Sie freundlicherweise die Sonnenbrille abnehmen und die Ärmel Ihres Pullis hochschieben?«

Paula Horváths Miene erstarrte zu einer abweisenden Maske. Dennoch nahm sie die Brille zögernd ab. Ihr rechtes Auge sah aus wie von einem schweren Faustschlag getroffen und war fast zugeschwollen.

»Hören Sie!« Ihre Stimme hatte jetzt nichts Zerbrechliches mehr an sich, sondern klang bestimmend und resolut.

»Ich gehe nachts putzen. Wenn ich in den frühen Morgenstunden nach Hause komme, ist Arco ... war Arco kaum noch zu halten. Als ich heute die Wohnungstür aufschloss und ihm Geschirr und Leine anlegte, ist er so stürmisch an mir vorbeigeschossen, dass er mich umgerissen hat und ich die Treppe bis unten heruntergefallen bin. Ich muss dabei mit dem Auge auf eine der Stufenkanten aufgekommen sein. Jedenfalls schmerzt nicht nur mein Auge höllisch, sondern auch mein gesamter Körper. Deshalb konnte ich meinem Hund nicht folgen, als er mir vor dem Haus ausgerissen ist. Es ist schrecklich, dass er nun an so einem widerlichen Hundeköder verreckt ist.«

Reinders war mit seiner Geduld am Ende. Das hörte man an dem tiefen Atemzug, den er scharf durch die Nase inhalierte. »Das können Sie Ihrer Großmutter erzählen, gute Frau!«, murrte er. »Ich glaube Ihnen nicht, dass Sie die Treppe heruntergefallen sind! Ich glaube auch nicht an Zufälle! Das Fleisch im Maul Ihres Hundes war frisch. Das lag nicht schon Stunden auf dem Gehweg, sondern muss ihm gezielt zugeworfen worden sein. Zu so früher Stunde sind Hundehasser wohl kaum unterwegs. Die legen ihre Köder in der Dunkelheit aus. Ihr Hund wurde bewusst unschädlich gemacht. Warum, Frau Horváth?«

Paula Horváth verschränkte die Arme vor der Brust. »Sie haben eine blühende Fantasie. Außerdem bin ich Ihnen keine Rechenschaft schuldig. Wenn ich Ihnen sage, ich wurde nicht überfallen, dann müssen Sie mir das schon glauben!« Sie wollte wütend die Tür zuschieben, doch Reinders stellte seinen Fuß dazwischen.

»Zeigen Sie meiner Kollegin doch bitte Ihren Oberkörper. Zeigen Sie ihr, dass Sie keine Verletzungen von einem

Messer haben! Dann haben wir unseren Job gemacht und wissen, dass wir anderswo nach einem potenziellen Opfer suchen müssen.«

Das unversehrte Auge von Paula Horváth blitzte böse. »Das ist Nötigung, Herr Kommissar. Wenn Sie keinen Ärger mit Ihrem Vorgesetzten wollen, sollten Sie mich jetzt unverzüglich in Ruhe lassen.«

Maike versuchte es auf die verständnisvolle Tour. »Frau Horváth! Wenn man Sie überfallen hat, können Sie uns helfen, den Täter zu fassen. Warum wollen Sie ihn schützen, indem Sie schweigen?«

»Ich wurde nicht überfallen!«, schrie die Frau schrill. »Und jetzt lassen Sie mich in Ruhe!«

Reinders zuckte die Schultern und zog den Fuß aus der Tür. »Wir besorgen uns einen richterlichen Beschluss. Dann sehen wir weiter.« Damit drehte er sich um und lief die Treppen hinab.

Maike warf der jungen Frau einen letzten bittenden Blick zu. »Sie können mir vertrauen. Ich will Ihnen doch nur helfen! Wer hat Ihnen das angetan? Wir haben einige Fußabdrücke sichern können. Außerdem Reifenspuren eines Motorrads. Waren Ihre Angreifer zu zweit? Haben Sie Angst, dass sie zurückkommen?«

Paula Horváth schüttelte den Kopf. »Ich bin nicht überfallen worden«, wiederholte sie leise und schob ihre Wohnungstür zu.

Maike schüttelte resigniert den Kopf, folgte Reinders zum Wagen und nahm neben ihm auf dem Beifahrersitz Platz. Schon brach eine wahre Schimpfsalve aus ihm heraus:

»Diese blöde Kuh!«, brach es aus ihm heraus. »Will die warten, bis ihr Angreifer zurückkommt und sie totschlägt? Es ist immer dasselbe. Wir werden erst geholt, wenn es zu spät ist. Du glaubst doch auch, dass die Frau überfallen wurde?«

Maike nickte. »Ja, deutet vieles darauf hin. Aber wenn sie keine Hilfe von uns annimmt, können wir nichts machen. Außer, es gelingt uns, den Staatsanwalt davon zu überzeugen, dass sie sich in Lebensgefahr befindet und eingeschüchtert wird. Vielleicht besorgt er uns beim Richter dann die Genehmigung für einen DNA-Abgleich.«

Reinders startete den Motor. »Einen Versuch ist es wert!«

3

Paula schleppte sich zurück ins Bett. Die Polizei war das Letzte, was sie brauchte. Wann hatte die ihr je geholfen? Niemals! Und das würde auch jetzt nicht anders sein! Sie zog sich die Bettdecke bis zum Hals. Durch das geschwollene Auge nahm sie die karge Einrichtung ihres Schlafzimmers nur verschwommen wahr. Viel gab es sowieso nicht zu sehen. Ein Schrank und das Bett, das war's. Sich nicht zu heimisch fühlen, das war in den letzten Jahren ihr Motto gewesen. Immer bereit, von einem Tag auf den anderen die Zelte abzubrechen.

Jetzt war es also wieder so weit!

Sie schloss die Augen, um die aufkommenden Tränen wegzudrücken. Schweißperlen traten ihr auf die Stirn und ein Schwindelgefühl erfasste sie. Vermutlich hätte sie nicht gleich drei der Tabletten, die ihr der freundliche Flurnachbar Stefan Humboldt zugesteckt hatte, auf einmal schlucken sollen, ohne zuvor etwas zu essen.

Immer wieder musste sie an den Überfall denken. Inzwischen hatte sie nicht mehr die geringste Ahnung, wie lange sie blutend und schluchzend auf der Parkbank gesessen hatte. Irgendwann hatte sie registriert, dass die Motorradfahrer nicht zurückkommen würden. Als der Schock des Überfalls nachließ und höllischen Schmerzen in ihrem geschundenen Körper Platz machte, hatte sie sich hochgequält und mit wackeligen Beinen auf den Heimweg gemacht. Es brach ihr fast das Herz, ihren toten Hund zurückzulassen. Einige Male musste sie stehen bleiben, weil es ihr schwarz vor Augen wurde und sich alles um sie drehte. Sie presste eine Hand auf die pochende Wunde an ihrer linken Seite, um die Blutung zu unterdrücken. Als sie nach einer gefühlten Ewigkeit die Eingangstür ihres Wohnhauses erreichte, lief sie direkt ihrem Nachbarn Stefan Humboldt in die Arme, der seinen Dienst im Katharinenhospital antreten wollte.

Im Nachhinein war es das Beste gewesen, was ihr hatte passieren können. Aber sie wollte sich erst an ihm vorbeidrücken, hatte etwas von einem Sturz beim Laufen und einem Scherbenhaufen gemurmelt, der ihr den Arm und den Unterleib aufgeschlitzt hätte. Natürlich hatte Humboldt ihr kein Wort geglaubt, doch er drang auch nicht weiter in sie.

»Ich würde Sie am liebsten mit ins Krankenhaus nehmen«, hatte er gesagt. »Da hätte ich die besseren Versorgungsmöglichkeiten. Aber ich habe kein Auto. Sie wissen, dass ich mit dem Fahrrad zur Arbeit fahre. Ich werde einen Krankenwagen rufen!«

Als Paula vehement den Kopf schüttelte und versicherte, sie käme allein zurecht, nahm er dies irritiert hin. Er bestand jedoch darauf, sie zu verarzten, und zog sie in seine Wohnung, wo er ihre Wunden reinigte und desinfizierte, die großen Schnitte tapte, und abschließend ihren Arm noch mit einem Salbenverband verschloss. Jeder Griff saß und Paula merkte, dass Humboldt in seinem Beruf aufging. Für das geschwollene Auge gab er ihr zwei Kühlpads. Bevor er mit dem Rad ins Katharinenhospital fuhr, wo heute um 8 Uhr sein Dienst als Assistenzarzt in der Ambulanz begann, steckte er ihr eine Packung Schmerztabletten zu. Dabei ermahnte er sie, sich zu schonen. Gegen Abend wollte er noch einmal nach ihr sehen.

Das Vibrieren ihres Smartphones riss Paula aus den Gedanken. Mühsam richtete sie sich auf und bekam mit Mühe ihre verschmutzte, kaputte Sportjacke zu fassen, die Humboldt am Fußende über das Bett gelegt hatte. Paula fischte das Telefon aus der Jackentasche und nahm das Gespräch entgegen.

»Hallo?« Ihre Stimme klang brüchig und schwach. Sie lauschte, hörte nur ein unterdrücktes Atmen und bekam sofort Herzrasen. Sie bekam selten Anrufe. Nur wenige Personen kannten ihre Handynummer. Wer war da in der Leitung? Wollten ihre Angreifer sich überzeugen, dass sie erfolgreich gewesen waren? Woher hatte sie ihre Rufnummer? Würden sie zurückkommen?

Paulas Hand mit dem Smartphone begann zu zittern. Sie sah am Display, dass der Anrufer seine Nummer unterdrückt hatte, und beendete das Gespräch hastig. Dann ließ sie sich in ihr Kissen zurückfallen. Sie lag mit geschlossenen Augen da, spürte das Pochen der Wunden und den Druck an ihrem geschwollenen Auge, das sich kaum noch öffnen ließ. Sie fühlte sich verletzbar wie selten in ihrem Leben.

Was sollte sie jetzt machen? Untätig hier herumliegen, brachte sie nicht weiter. Sie würde ihre Flucht vorbereiten müssen. Aber wem konnte sie trauen? Wer könnte ihr helfen? Niemand, den sie in den Jahren nach ihrer Haftzeit kennengelernt hatte, stand ihr so nahe, dass sie ihn um Hilfe bitten mochte. Sollte sie ihren Nachbarn Stefan Humboldt ins Vertrauen ziehen? Wenn er von ihrer Vergangenheit erführe, was würde er von ihr denken?

Nein! Da konnte sie auf kein Verständnis hoffen.

Und ihre Sippe? Vielleicht Daniel? Würde er helfen oder steckte er mit Onkel Bakro unter einer Decke? Handelte er in dessen Auftrag?

Die Verzweiflung nahm Paula die Luft zum Atmen. Wieder drehte sich alles in ihrem Kopf. Daniels Gesicht verdrängte das von Stefan Humboldt. Ihr Freund lachte hämisch, was eigentlich nicht zu ihm passte. Aber was wusste Paula schon, wie er sich in den letzten fünf Jahren verändert haben mochte. Er war ihr früher immer ein treuer Begleiter gewesen, war wie sie Mitglied des Clans und seit seiner Jugend verliebt in Paula. Nachdem vor fünf Jahren in einer groß organisierten Polizeiaktion der Clan in Köln und anderen Regionen Deutschlands und Polens hochgegangen war, hatte sie ihn lange Zeit nicht gesehen. Daniel hatte sich damals in die Niederlande abgesetzt, wo er heute als Programmierer sein Geld verdiente, wie er ihr vor einigen Tagen erzählt hatte. Da er mit seinen IT-Fertigkeiten sowieso stets nur im Hintergrund für Onkel Bakro tätig gewesen war, hatte man ihm eine Mittäterschaft damals nicht nachweisen können. Paula hatte im Prozess viele Namen genannt, allen voran den von Onkel Bakro, aber Daniel hatte sie nie erwähnt. Sie selbst war damals zu fünf Jahren Haft verurteilt worden. Nach zwei Jahren wurde sie wegen guter Führung auf Bewährung vorzeitig freigelassen.

Das erneute Vibrieren ihres Smartphones ließ Paula zusammenzucken. Sie riss die Augen auf, was ein schmerzhaftes Brennen in dem geschwollenen Auge zur Folge hatte. Fahrig tastete sie nach dem Smartphone. Wieder eine unterdrückte Nummer. Die Vibration des Handys jagte ihr einen Schauer über den Rücken. Sollte sie den Anruf ignorieren? Der Summton verstummte. Paula atmete auf, rollte sich mühsam auf die Seite, das Smartphone immer noch in der Hand.

Sollte sie Daniel anrufen? Würde er ihr helfen?

Andererseits: Konnte es ein Zufall sein, dass ihr Freund sich vor wenigen Tagen nach fast fünf Jahren wieder bei ihr gemeldet hatte? Er war nicht allein gewesen, wie sie später feststellen musste.

Jetzt schien es, als sei mit ihm ihre Vergangenheit zurückgekommen. Sie hatten viel geredet, über ihre Kindheit und Jugend, über die Arbeit für Onkel Bakro und über die anderen Mitglieder des Clans. Aber irgendwann rückte Daniel mit seinem eigentlichen Anliegen heraus. Der mühsam erarbeitete Verdienst als Programmierer reiche ihm nicht. Er wolle das schnelle Geld machen. Und schließlich kam er zur Sache. Paula solle mit ihm in die Enkeltrickmasche einsteigen und wieder als Keiler arbeiten.

Dass sie ihm danach überhaupt weiter zugehört hatte! Sie hätte ihn umgehend aus ihrer Wohnung schmeißen sollen.

Daniel meinte, Onkel Bakro säße noch für Jahre im Knast und nach seiner Entlassung würde er nicht in sein altes Leben zurückkönnen. Seine Ära sei zu Ende. Seine Villa mit dem vielen Prunk und Protz, seine Luxusschlitten, die Juwelen und die Designerroben gehörten der Vergangenheit an. Nach seiner Entlassung könne er von Hartz IV leben, wenn er Glück habe. Wahrscheinlich würde er sich aber sowieso ins benachbarte Ausland absetzen – nach Polen oder Ungarn.

Wieder einmal wurde Paula bewusst, was sie mit ihrem damaligen Verrat alles in Gang gesetzt hatte. Sie hatte Lebenswerke zerstört! Sie hatte den Clan zerrissen, war sogar für Tote verantwortlich. Und nun wollte Daniel dort anknüpfen, wo Onkel Bakro aufgehört hatte. Ihr Jugendfreund hatte beteuert, dass er es mit der Masche auf keinen Fall übertreiben wolle. Lediglich im kleinen Rahmen, mit einem oder zwei Helfern wollte er arbeiten. Um das Fundament für eine gemeinsame Existenz mit Paula zu schaffen. Weit weg von Bakro Taragos.

Paula hatte sich von Daniels Gerede einlullen lassen. Seine Argumente und Zukunftsvisionen hatten sich vor einigen Tagen wie ein Traum angehört. Nie wieder mitten in der Nacht aus dem Haus müssen, um für zwei, drei Stunden – je nach Auftragslage – im Industriegebiet zu putzen. Dabei immer mit dem Rad durch die Stadt, ob bei Regenschauern im Frühling, drückender Schwüle im Sommer, Orkanböen im Herbst oder eisigen Temperaturen im Winter.

Wieder riss das Vibrieren des Smartphones Paula aus ihren Gedanken. Und wieder war es ein anonymer Anruf! Wie unter Zwang nahm sie das Gespräch an.

»Miese Verräterin!«, flüsterte eine raue Stimme. »Wir werden noch zu Ende bringen, was wir heute begonnen haben!«

Paulas Daumen schnellte auf das Display und beendete die Verbindung. Ihr Herz raste. Sie musste etwas unternehmen! Ihr würde nichts anderes übrig bleiben, als Daniel anzurufen.

Aber er hatte sie belogen!

Denn als er nach seinem Besuch ihre Wohnung verließ und sie ihm durch ihr Wohnzimmerfenster nachsah, erkannte sie bei ihm zwei ehemalige »Abholer« des Clans. Sofort wurde Paula klar, dass Daniel ihr nicht die Wahrheit gesagt hatte. Hatte sein Plan doch größere Dimensionen angenommen, als er zugab? Oder würde er Onkel Bakro helfen, sich an ihr zu rächen? Als Daniel und seine Begleiter gemeinsam den Schützenhof verließen, war ein mulmiges Gefühl in der Magengegend zurückgeblieben. Und jetzt, nach dem brutalen Überfall war sie sicher, dass sein Lebenszeichen nach so langer Zeit mit dem Anschlag auf sie im Zusammenhang stehen musste.

Paula zuckte zusammen, als ihr Smartphone erneut vibrierte. Sie drückte das Gespräch weg und starrte auf das Display. Arcos treue Augen blickten sie als Hintergrundbild an. Ach wäre er doch bei ihr! Wie gut es tun würde, wenn er jetzt an ihrem Fußende Platz machen und seinen Kopf auf ihren Beinen ablegen würde. Sie würde sich beschützt und getröstet fühlen.

Aber Arco war tot!

Paula barg ihren Kopf in ihrer Armbeuge und begann zu weinen. Ihr Körper zitterte, ihr geschwollenes Auge brannte. Als die Wunde an ihrer Seite immer heftiger zu pochen begann und sie befürchten musste, dass die von Humboldt geklebten Tapes nicht mehr lange halten würden, versuchte sie sich zu beruhigen. Sie wischte sich mit dem Lakenzipfel die Tränen aus dem Gesicht, nahm das Smartphone wieder auf und öffnete ihre Kontaktliste.

Sie brauchte Hilfe! Sie brauchte Klarheit! Dringend!

Langsam scrollte sie die wenigen eingespeicherten Namen hinunter und stoppte den Suchlauf, als sie die Nummer von Daniel fand. Sie würde ihn jetzt anrufen und ihm ihren Verdacht an den Kopf werfen. Dabei würde sie merken, ob er hinter dem Überfall und den feigen Anrufen steckte. Er war immer ein schlechter Lügner gewesen.

»Paula!«, meldete er sich erfreut. »Hast du dich entschieden? Du bist dabei, oder? Wir werden das schnelle Geld machen und danach bauen wir uns eine solide Existenz auf!«

In seiner Stimme klangen Ehrlichkeit und Vorfreude. Paula war verunsichert. Ihre zurechtgelegten Worte versickerten in ihrem Kopf.

Als sie schwieg, wirkten seine Worte besorgt: »Paula? Was ist mit dir? Geht es dir nicht gut?«

»Man hat mich überfallen!«, brach es aus ihr heraus. Und dann erzählte sie ihm von dem Angriff und ihrem Hund, der nun tot war, und dass sie es vermutlich nur einem Zufall zu verdanken habe, dass sie noch am Leben sei. Auch die anonymen Anrufe erwähnte sie.

Er tat schockiert. »Das ist furchtbar, Paula! Wie kann ich helfen? Ich komme so schnell nicht weg. Der Weg von Venlo nach Unna ist weit. Du warst doch beim Arzt? Hast du die Polizei verständigt?«

Seine Anteilnahme erschien ihr durchaus ehrlich gemeint zu sein, dennoch saß der Stachel des Zweifels tief. Erneut dachte sie an das Zusammentreffen Daniels mit den »Abholern« vor ihrem Haus. Sie sprach ihn darauf an.

Seine Fürsorge wich einem unsicheren Stottern. Er schien mit sich zu ringen, wie viel Wahrheit Paula vertragen könnte. Endlich rückte er mit der Sprache heraus: Es sei einige Wochen her, da hätten plötzlich Slatko Breuer und Sergej Timoschenko – jene ehemaligen »Abholer« – vor seiner Wohnungstür im niederländischen Venlo gestanden. Onkel Bakro wolle seine Fühler nach Paula ausstrecken, mit der er noch eine Rechnung offen habe.

Paulas Finger, die das Smartphone hielten, begannen zu zittern. Sie lehnte sich mit geschlossenen Augen zurück. Daniel steckte also tatsächlich mit Onkel Bakro unter einer Decke.

»Du Verräter!«, flüsterte Paula. »Wie konntest du mich nur ans Messer liefern! Ich habe dich damals aus allem rausgehalten!«

»Paula!«, rief Daniel Novak entsetzt. »Nein! Das verstehst du falsch. Sie haben mich unter Druck gesetzt. Mit meinen IT-Kenntnissen sei es eine Kleinigkeit, dich zu finden. Ich versprach ihnen, es zu versuchen. Aber ich habe dich nicht verraten! Wenn ich dich nicht gefunden hätte, wäre es jemand anderem gelungen. Dem wollte ich zuvorkommen. Ich schickte die beiden fort und dann habe ich im Netz nach dir gesucht. Schließlich ist es mir gelungen. Ich machte mich sofort in meinem Auto auf den Weg, um dich zu warnen. Mir wurde klar, in welcher Gefahr du schwebst, und egal, wohin du auch versuchen würdest zu flüchten, der Clan würde dich immer finden. Unterwegs kam mir der Gedanke, die Enkeltrickmasche wieder aufleben zu lassen. Mit dem Geld könnten wir beide uns absetzen und ich würde dich danach beschützen.« Er beschwor sie, ihm zu glauben. Sie müsse doch wissen, dass er seit seiner Jugend in sie verliebt sei.

»Warum hast du mir nicht gleich die Wahrheit gesagt? Zumindest, dass Slatko und Sergej eingeweiht sind?«

»Aber das stimmt doch nicht! Die beiden waren mir gefolgt, als ich dich warnen wollte. Als ich deine Wohnung verließ, lief ich direkt in ihre Arme und bekam selbst einen Riesenschreck. Ich versuchte, sie auf meine Seite zu ziehen. Ich versprach ihnen einen ordentlichen Anteil, wenn sie für mich arbeiten. Und ehrlich, Paula: Ich sah die Gier in ihren Augen. Sie sind geil auf das Geld, glaub mir.«

Paula seufzte. Sie tastete nach einem Kühlpad, und obwohl dies schon lauwarm war, hielt sie es auf das geschwollene Auge. Die Schmerzen in ihrer Seite waren schier unerträglich und machten es schwer, einen klaren Gedanken zu fassen. Außerdem knurrte ihr Magen. Sie brauchte dringend ein ordentliches Frühstück und danach noch einmal zwei Schmerztabletten.

»Daniel … ich denke, sie haben dir etwas vorgemacht. Wie kannst du ihnen so blind vertrauen? Sie sind Onkel Bakro treu ergeben.«

Daniel Novak schwieg. Auch Paula blieb stumm. Wenn Daniel vor wenigen Tagen zu ihr gekommen war, um sie zu warnen, warum hatte er dies dann mit keinem Wort erwähnt? Weshalb hatte er nur versucht, sie davon zu überzeugen, wieder als Keiler zu arbeiten?

»Paula«, sagte er jetzt leise. »Ich liebe dich! Niemals könnte ich etwas zulassen, das dich in Gefahr bringt! Ich hätte dir erzählen müssen, dass Slatko und Sergej mich aufgesucht haben, aber ich hatte Angst, dass du meine Idee dann von vornherein ablehnst. Du solltest in Ruhe darüber nachdenken können. Ich werde mit den beiden reden, und wenn sie mit dem Überfall zu tun haben, dann gnade ihnen Gott.«

Seine Worte klangen aufrichtig, dennoch wusste Paula nicht, ob sie ihnen Glauben schenken konnte. Die Wunde in ihrer Seite pochte, als seien die Tapes aufgeplatzt. Das geschwollene Auge ging kaum noch auf, dazu gesellten sich aggressive Kopfschmerzen. Daniel redete weiter auf sie ein, doch sie konnte sich nicht mehr auf seine Worte konzentrieren. Sie brauchte jetzt ein Frühstück. Sie wimmelte ihn mit wenigen Worten ab und machte ihm klar, dass es für sie nicht mehr infrage käme, als Keiler zu arbeiten.

4

Kriminalhauptkommissar Max Teubner hatte am Morgen seinen Sohn Raffael zur Schule gebracht, von der aus heute eine zehntätige Klassenfahrt nach Spanien starten sollte. Der Bus hatte Verspätung, und da Max erst seit einiger Zeit von der Existenz seines jetzt 18-jährigen Sohnes wusste, tat er sich bei der bevorstehenden Trennung sehr schwer. Er hatte gewartet, bis der Bus die Schüler eingesammelt hatte, und schließlich abfuhr. Als Raffael ihm durch die getönten Scheiben noch einmal zuwinkte, musste Teubner die aufsteigenden Tränen unterdrücken.

Endlich im Büro angekommen, war seine Kollegin Maike Graf schon im Einsatz. Er selbst wurde in ein Juweliergeschäft gerufen. Zurück in der Dienststelle erfuhr Teubner von dem toten Hund im Bornekamp und in diesem Zusammenhang den Namen der Hundehalterin Paula Horváth, die vermutlich überfallen worden war. Seitdem fiel es ihm schwer, sich zu konzentrieren. Denn er kannte eine Paula Horváth. Sehr gut sogar. Allerdings war der Kontakt vor Jahren abgebrochen. Zu jener Zeit hatte er noch in Köln gelebt. War es dennoch möglich, dass es sich um *seine* Paula handelte? Zwischen Köln und Unna lagen über 100 Kilometer, was hätte Paula in die Kleinstadt verschlagen sollen? Hatte sie seine Nähe gesucht? Seit Teubner Paulas Namen aufgeschnappt hatte, war ein Orkan an Erinnerungen über ihn hereingebrochen und drohte ihn mit sich zu reißen. Es fiel ihm schwer, sich auf die Zeugenaussage der jungen Frau zu konzentrieren, die gerade vor ihm saß. Sie war eine der Verkäuferinnen des Juwelierladens in der Innenstadt, der am Vormittag überfallen worden war. Ein weiterer Überfall, nur etwas später als der mutmaßliche Überfall auf Paula Horváth. Zufall? Oder hingen diese Ereignisse mit seiner Vergangenheit zusammen?

Teubner riss sich zusammen. Er hatte den Einsatz zu dem Juweliergeschäft am Vormittag mit einem Kollegen gefahren und die junge Frau, die jetzt in seinem Büro saß, bereits vor Ort befragt. Jetzt ging er die Aussage noch einmal mit ihr durch. Er kontrollierte zunächst ihre Personalien: Daphne Tischer, wohnhaft in Unna-Mühlhausen an der Nußbredde, 28 Jahre alt. Sie machte einen offenen und glaubwürdigen Eindruck, war aber nervös, denn sie zog auffallend oft ihre helle Bluse glatt, die über den vollschlanken Hüften etwas spannte.

»Sie sagten aus«, begann Teubner, »der Täter sei um 11.15 Uhr in den Juwelierladen eingedrungen und dabei rücksichtslos und brutal vorgegangen. Er hat Ihre Kollegin Maria Stellbrink massiv mit seiner Waffe bedroht. Als sie ihn anflehte, sie sei herzkrank, er möge von ihr ablassen, hat er sie kaltblütig mit dem Knauf der Waffe niedergeschlagen, sodass sie bewusstlos zu Boden ging. Sie haben ihm darauf den Schmuck aus der Thekenvitrine und die Barschaft aus der Kasse ausgehändigt und dabei unauffällig den Alarm ausgelöst. Ist das so weit korrekt?«

Daphne Tischer nickte, immer noch deutlich unter dem Eindruck der Ereignisse stehend. »Ja. Ich wollte den Typ nicht noch mehr reizen. Maria stand kurz vor einem Herzinfarkt. Ich hoffe, sie erholt sich bald von ihrem Schock.«

Auch Teubner hatte gesehen, dass Maria Stellbrink außergewöhnlich blass aussah, als der Notarzt sie versorgte und man sie ins Krankenhaus brachte. »Wie geht es Frau Stellbrink? Waren Sie bei ihr?«

»Ja«, das Gesicht von Daphne Tischer nahm einen besorgten Ausdruck an. »Ich bin im Krankenwagen mitgefahren. Nach den Untersuchungen hat man ihr einen Zugang für den Tropf gelegt. Ich bin noch etwas bei ihr geblieben und habe versucht, sie aufzumuntern. Nicht einmal ein müdes Lächeln hat sie zustande gebracht.«

Teubner nickte abwesend. Er musste sich zusammenreißen. Der Name Paula Horváth spukte immer noch in seinem Kopf herum und ließ ihn nicht los. Angestrengt widmete er sich dem Bericht.

»Um noch einmal auf den Täter zurückzukommen: Sie sagten aus, dass es sich um einen Mann im Alter von 25 bis 30 Jahren gehandelt hatte. Er sei etwa 1,80 bis 1,85 Meter groß gewesen, mit einer kräftigen und muskulösen Statur. Halblange, dunkelblonde Haare habe er gehabt und stechend grüne Augen. Die Kleidung sei auffallend dunkel gewesen und seine Gesichtszüge hätten slawisch gewirkt. Wir würden mit Ihren Angaben gerne ein Phantombild erstellen.«

Daphne Tischer zog erneut ihre Bluse glatt und rutschte an die Vorderkante des Stuhls. »Wenn ich damit helfen kann, dass dieser Brutalo im Knast landet, dann mach ich das gerne.«

Teubner griff zum Telefon und informierte den Kollegen, der sich um das Phantombild kümmern sollte. Dann ging er den Bericht weiter durch. Laut Daphne Tischers Aussage war der Täter in Richtung Bahnhof geflüchtet. Dort hatte seine Spur sich verloren, denn weitere Zeugen außerhalb des Juwelierladens hatten er und seine Kollegen nicht auftreiben können. Ob er zu Fuß geflüchtet war oder mit einem Verkehrsmittel, blieb unklar. Genauso wie seine Identität. Im Juwelierladen gab es zwei Überwachungskameras, aber der Mann hatte den Kopf immer etwas gesenkt gehalten, vermutlich ahnte er von der Existenz der Kameras. Die Fotos, die aufgenommen worden waren, hielt Teubner jedenfalls für unbrauchbar. Blieb die Hoffnung, mit einem Phantombild weitere Hinweise aus der Bevölkerung zu erlangen. Mit richterlichem Beschluss könnte das Bild bereits heute Abend online gestellt werden und am morgigen Freitag in den Lokalzeitungen erscheinen.

»Ist Ihnen sonst noch etwas aufgefallen? Ein besonderes Merkmal? Eine Narbe?«, fragte Teubner abschließend.

»Ja! Jetzt, wo Sie es sagen«, rief Daphne Tischer und ihre innere Erregung ließ ihre Wangen leuchten. »Der Typ hatte ein Tattoo! Als er mit dem Knauf der Waffe ruckartig ausholte, um Maria niederzuschlagen, fiel seine Jacke zurück und sein Hals wurde deutlicher sichtbar. Er trug zwar ein dunkles T-Shirt mit relativ kleinem Ausschnitt, dennoch habe ich am Hals ganz klar eine Tätowierung erkennen können.«

Teubner horchte auf. Ein solches Merkmal war gegebenenfalls gleichzusetzen mit einer Unterschrift. »Können Sie das Tattoo beschreiben?«

Die Verkäuferin nickte, rutschte auf dem Stuhl vor, dabei schabten ihre hochhackigen Pumps über den Linoleumboden. »Aber ja! Es waren zwei ineinander verschlungene Buchstaben mit Schnörkel. Ob es sich um seine Initialen handelte, kann ich natürlich nicht sagen.«

»Konnten Sie erkennen, um welche Buchstaben es sich handelte?«

Daphne Tischer schloss einen Moment die Augen. »Es war ein S, wobei die Bögen verschnörkelt waren. Der untere Bogen des S diente gleichzeitig als oberer Teil des P. Also SP.« Sie bückte sich nach ihrer Handtasche, dabei fielen ihr die langen blonden Haare ins Gesicht. Sie kramte einen Augenblick, dann zog sie ein Notizbuch und einen Stift heraus, tauchte mit gerötetem Gesicht wieder auf und zeichnete. Dabei funkelten ihre wasserblauen Augen erregt, und während sie die Nasenspitze immer wieder krauste, schienen ihre Sommersprossen um ihre Nase zu tanzen. Endlich riss sie das Blatt heraus und legte es vor Teubner auf den Schreibtisch.

Teubner warf einen Blick darauf und erschrak. Daphne

Tischer konnte gut zeichnen, und er glaubte, die Tätowierung wiederzuerkennen. Hatte nicht einer der Freunde von Paula so ein Tattoo am Hals gehabt? Oder drehte sein Verstand nun vollends durch? »Wie groß war das Tattoo etwa?«, fragte er.

Daphne Tischer nahm Daumen und Zeigefinger und zeigte einen Abstand von ungefähr zehn Zentimetern. »So hoch und vielleicht fünf Zentimeter breit!«

Teubner tippte die Informationen in seinen Bericht ein. »Das wird uns sicher weiterhelfen. Vielen Dank, Frau Tischer.«

»Aber gerne!«, sagte die junge Frau und zog den Reißverschluss ihrer Handtasche zu. »Ich hoffe, Sie schnappen den Kerl. Ich habe selten jemanden erlebt, der so rücksichtslos und brutal zu Werke geht. Und diese Gleichgültigkeit in seinen stechenden Augen. Dem war völlig egal, ob Maria da am Boden verreckt.«

Teubner druckte die Aussage der jungen Frau aus und ließ sie unterschreiben. Im selben Moment ging die Bürotür auf. Daphne Tischer würde die Angaben für das Phantombild in einem anderen Büro machen. Teubner stand auf, nahm eine Visitenkarte von seinem Schreibtisch und reichte sie der Schmuckverkäuferin. »Wir werden unser Möglichstes tun, um den Mann zu schnappen, das verspreche ich Ihnen. Sollte Ihnen noch etwas einfallen, rufen Sie mich bitte an.«

Die junge Frau nickte ernst. »Ich wünsche Ihnen einen schnellen Fahndungserfolg und dem Kerl einen knallharten Richter.« Sie drehte sich zum Ausgang. »Auf Wiedersehen, Herr Teubner.«

Daphne Tischer verschwand Richtung Flur, kurz darauf stürmte Kollegin Maike Graf ins Büro. Sie ließ sich vor ihrem Schreibtisch auf den Drehstuhl fallen. »Was für ein Tag! Erst ein toter Hund im Bornekamp, dann die Hundehalterin, die offensichtlich überfallen wurde, sich aber darüber totschweigt, und am Ende noch ein Autodiebstahl mit einem völlig durchgeknallten Fahrzeughalter. Und wer darf die Berichte schreiben? Ich!«

Teubner wurde jäh an Paula Horváth erinnert und fragte seine Kollegin nach Einzelheiten.

Maike blickte ihn erstaunt an. »Kennst du die Frau?«

»Hm.« Er lehnte sich zurück und verschränkte die Arme vor der Brust. »Ich hatte während meiner Zeit in Köln mit einer Paula Horváth zu tun. Aber ob die nach Unna gezogen ist?«

Maike widmete sich ihrem Bericht. »Das ist unwahrscheinlich, Max. Den Namen gibt's vermutlich häufiger.«

Teubner hätte seine Kollegin gerne um eine Beschreibung des Opfers gebeten. Das hätte aber Fragen nach sich gezogen und die Umstände, die ihn mit *seiner* Paula verbanden, mochte er vor Maike Graf nicht erklären. Während die Kollegin nun fortfuhr, ihre Berichte zu schreiben, widmete Teubner sich seinem. Eine ganze Weile war nur das Geräusch der Tastaturen zu hören. Maikes Finger flogen über die Tasten, während Teubner immer wieder an Paula denken musste. Es gäbe zahlreiche Kerle, die einen Grund hätten, *seine* Paula zu überfallen. Vermutlich auch jener Freund mit der Tätowierung am Hals. Aber waren das Initialen gewesen? Wie hieß der Typ noch gleich? Teubner schüttelte unwirsch den Kopf, weil er sich zum wiederholten Male vertippte. Er zuckte zusammen, als Maike mit einem letzten Hacker auf die Tastatur

»Schönen Feierabend!« rief. Sie schaltete ihren Computer aus, stand auf und griff nach ihrer Handtasche, die sie über die Lehne ihres Stuhls gehängt hatte.

»Schönen Feierabend!«, erwiderte Teubner ihren Gruß, als Maike schon fast zur Tür hinaus war, dann fuhr er seinen PC ebenfalls herunter. Der Gedanke an Paula Horváth ließ ihn einfach nicht los. Die Konzentration war dahin, sein Bericht konnte bis morgen warten. Max brauchte Gewissheit, ob es sich bei der Person tatsächlich um die Frau handelte, mit der er in seiner Kölner Zeit zu tun gehabt hatte. Er blickte auf die Notizen, die Maike zuletzt bearbeitet hatte. Die Adresse von Paula Horváth lag im Schützenhof. Das befand sich sogar auf seinem Heimweg. Er griff nach seinem Jackett und verließ die Polizeidienststelle Richtung Parkplatz.

Bereits eine Viertelstunde später hielt er mit seinem VW-Scirocco vor besagter Adresse. Seine spontane Motivation war jedoch verflogen. Er saß unsicher hinterm Steuer, während ihm die Abendsonne ins Gesicht schien.

»Was mach ich hier eigentlich?«, murmelte er leise zu sich selbst. Wie hoch war die Wahrscheinlichkeit, dass es sich um *jene* Paula handelte? Vermutlich ging es nur um eine Namensgleichheit und er würde sich lächerlich machen, wenn er bei der Dame schellte. Und der Mann mit dem Tattoo? Hatte der nicht zu ihrer Clique gehört? Oder reimte er sich da etwas zusammen? War das Wunschdenken? Wie oft hatte er sich erhofft, Paula noch einmal wiederzusehen? Teubner seufzte. Er würde keine Ruhe finden. Er brauchte dringend Gewissheit. Mit wenigen Schritten erreichte er den Hauseingang und läutete. Als sich nach mehreren Versuchen niemand meldete, setzte er sich enttäuscht hinters Steuer und lenkte seinen schwarzen Scirocco aus dem Schützenhof heraus.

Es war ein herrlicher Tag heute. Es herrschten fast sommerliche Temperaturen. Die Sonne stand noch hoch über den Feldern. Zudem wehte eine leichte Brise. Ideales Wetter, um seinem Hobby nachzugehen. Eine Stunde oder zwei auf der Ruhr Kanufahren. Auf diese Weise konnte er sich von einem stressigen Arbeitstag erholen und dabei gleichzeitig nachdenken. Und nach seiner Paddeltour würde Tante Belinda ihn mit einem deftigen Abendessen erwarten, das sie gemütlich auf der Terrasse hinter ihrem Landhaus genießen könnten.

Teubner drückte den Fuß aufs Gas, um seine Pläne schneller in die Tat umsetzen zu können. Die Konfrontation mit der Vergangenheit hatte ihn aufgewühlt und es fiel ihm schwer, sich auf den Verkehr zu konzentrieren. Vor der Ruhrbrücke drosselte er das Tempo, um dem Blitzgerät nicht in die Falle zu tappen. Kurz darauf begrüßte er Tante Belinda, die ihm atemlos die Haustür öffnete.

»Jetzt bin ich bereits dreimal umsonst zum Telefon gelaufen!«, schimpfte sie. »Immer, wenn ich mich melde, legt der Anrufer auf.«

»Ohne etwas zu sagen?«, fragte Teubner.

Seine Tante nickte nur.

Paula!, durchfuhr es Teubner, und er lief in den ersten Stock, wo er sich eine eigene Wohnung mit Schlafzimmer für sich und seinen Sohn Raffael eingerichtet hatte. Ob Paula tatsächlich versucht hatte, ihn zu erreichen? Schwebte sie in Gefahr? Brauchte sie Hilfe? Oder steigerte er sich da in etwas hinein? Immerhin hatte er Jahre nichts von ihr gehört! Dennoch machte sich ein alarmierendes Gefühl in seiner Magengegend breit. Teubner betätigte von seinem Schlafzimmer aus die Rückruf-Funktion des Telefons, aber niemand meldete sich. Sollte er doch noch einmal zu der Adresse im Schützenhof fahren? Aber wenn *seine* Paula hier angerufen hätte, dann hätte sie seinen Rückruf doch entgegengenommen! Außerdem hatte er ja an der Haustür geschellt. Nach mehreren erfolglosen Anrufversuchen beschloss Max Teubner, die Sache zunächst auf sich beruhen zu lassen. Heute würde ihn nichts mehr davon abhalten, über die Ruhr zu paddeln.

FREITAG, 31. MÄRZ

5

Um 10.30 Uhr quälte Paula Horváth sich mühsam aus ihrem Bett. Sie fühlte sich wie erschlagen. Ihren Dienst bei der Putzkolonne hatte sie wegen einer angeblichen Magenverstimmung in der Nacht abgesagt. Sie hatte die Leiterin der Putzkolonne sofort erreicht und sich gleich für die ganze kommende Woche krankgemeldet. Sie war nicht scharf darauf, ihr Veilchen zu erklären, außerdem schmerzten Arm und Seite von den Messerstichen.

Als sie sich nun aufrichtete, fiel ihr Blick in den Spiegel an ihrem Kleiderschrank. Sie erschrak. Ihre rotblonden Haare klebten strähnig am Kopf, das geschwollene Auge ließ sich zwar etwas öffnen, leuchtete aber auffallend in Grünblau, die blasse Haut an ihren Wangen war von den Schlägen aufgeplatzt und verkrustet. Wie unglaubwürdig musste ihre Geschichte vom Treppensturz für die Kriminalbeamten und für ihren Nachbarn Stefan Humboldt geklungen haben! Humboldt hatte gestern nach seinem Dienstende im Katharinenhospital noch einmal bei ihr vorbeigeschaut, dabei die Verbände gewechselt, das Auge versorgt und ihr eine Tetanusspritze verpasst. Sie solle sich ausruhen und nichts Schweres heben.

Danach stand Paula gewiss nicht der Sinn. Sie humpelte langsam in ihre kleine Küche, um sich einen starken Kaffee aufzubrühen. Ein Toast mit Butter würde sie sich auch hinunterzwingen, obwohl sie keinen Appetit verspürte. Paula hinkte mit Kaffee und Toast zurück ins Wohnzimmer. Ihr Blick fiel auf die Decke unterm Fenster, wo Arco sich immer zusammengerollt und geschlafen hatte. Sie konnte die Tränen nicht zurückhalten. Wie hatte sie sich an ihren tierischen Begleiter gewöhnt! Sie vermisste seine treuen Augen, sein freudiges Schwanzwedeln, wenn sie nach der Leine griff. Wenn es ihr nicht gut ging, hatte er sich immer neben sie gekuschelt und ihr die Hände abgeleckt. Er fehlte ihr so sehr. Paula nahm die Decke und stopfte sie in eine Mülltüte. Sein Spielzeug und die Leine packte sie obendrauf. Sie wollte nicht jeden Tag schmerzlich an ihn erinnert werden. Es hatte schon zu viele Verluste in ihrem Leben gegeben. Sie würde die Sachen in die Mülltonne schmeißen. Sofort!

Sie griff nach dem Wohnungsschlüssel und quälte sich mühsam die Treppe hinunter ins Erdgeschoss. Endlich erreichte sie die Haustür. Als sie die Eingangsstufen hinabsteigen wollte, erkannte Paula am Ende des Aufgangs zum Haus ein Motorrad. Entsetzt ließ sie die Mülltüte fallen. Sie kullerte an den Wegrand und blieb bei den Buschrosen liegen. Paula konnte nur auf das Motorrad starren. Das von ihrem Nachbarn Humboldt konnte es nicht sein, der war zu dieser Zeit noch im Krankenhaus. Es musste das Motorrad sein, welches sie gestern im Bornekamp verfolgt hatte. Von Panik erfasst, schlug sie die Haustür zu. Dann humpelte sie, so schnell ihr geschundener Körper es zuließ, die Stufen zu ihrer Wohnung hinauf, knallte die Etagentür ins Schloss und drehte den Schlüssel zweimal um. Panisch hetzte sie durch jedes Zimmer, schloss die Fenster und ließ die Jalousien herunter. Erst danach beruhigte sie sich etwas.

»Sie sind zurückgekommen«, flüsterte sie nur und suchte hastig ihr Smartphone. Neben ihrem Bett fand sie es. Sie setzte sich auf die Bettkante und wählte sogleich die Nummer von Daniel. Der Ruf ging durch, aber nach zehnmaligem Summen meldete sich nur der Anrufbeantworter. Tränen stiegen in Paulas Augen.

Ruf Max Teubner an!, schrie eine innere Stimme in ihr.

Sie hatte bereits gestern versucht, ihn auf seinem privaten Festnetzanschluss zu erreichen. Aber jedes Mal hatte sich nur eine resolute Frauenstimme gemeldet. Paula hatte es als Wink des Schicksals gesehen, Max nicht wieder in ihren Schlamassel hineinzuziehen. Sie war damals nach Unna geflüchtet, um in seiner Nähe zu sein. Da fühlte sie sich sicher. Aber sie wollte ihm in keinem Fall schaden.

Paulas Hände zitterten. Sie war verunsichert, wie selten in ihrem Leben. Was sollte sie nur tun? Erneut wählte sie Daniels Nummer.

Wieder erfolglos! Endlich suchte sie in der Adressliste die Handynummer von Max. Vermutlich hatte er nach fünf Jahren sowieso eine andere Rufnummer. Sie nahm ihren letzten Mut zusammen und wählte. Der Ruf ging tatsächlich durch, also war die Nummer noch vergeben. Hoffnung keimte in Paula auf. Als sich niemand meldete, sank sie verzweifelt in sich zusammen. Sie war mit den Nerven am Ende und begann zu weinen. Sie legte sich aufs Bett und schluchzte. Nach einer Weile schlief sie vor Erschöpfung ein.

Gegen Mittag wurde sie vom Summen ihres Smartphones geweckt. Daniel rief endlich zurück!

»Sie sind wieder da, Daniel!«, schrie Paula hysterisch. Sie hievte sich aus dem Bett und trat an das verdunkelte Fenster. Ein Blick durch eine Spalte der Jalousie bestätigte ihr, dass das Motorrad immer noch vor dem Haus stand. »Es können nur Slatko und Sergej sein, nur sie wissen, wo ich wohne! Ich habe Angst, Daniel!«

»Bleib ganz ruhig, Paula! Sie haben mir geschworen, dass sie nichts mit dem Überfall auf dich zu tun haben. Ich glaube ihnen. Es muss jemand anderes dahinterstecken. Lass niemanden in deine Wohnung! Ich komme zu dir. Es wird aber sicherlich zwei Stunden dauern. Am Wochenende ist die A40 meistens verstopft.«

6

Entgegen seinen Befürchtungen kam Daniel Novak relativ schnell voran. Duisburg, Essen und Bochum lagen bereits hinter ihm. Erst in Höhe des Rheinlanddamms mit Blick auf den Signal-Iduna-Park, wo Borussia Dortmund seine Heimspiele austrug, wurde der Verkehr dichter. Bei optimalen Bedingungen könnte er die Fahrt von Venlo nach Unna in weniger als eineinhalb Stunden schaffen. Gerade hatte er über die Freisprechanlage noch einmal mit Paula telefoniert. Ihre grelle Panik hatte sich gelegt. Zwar stand das Motorrad, welches sie so in Aufregung versetzt hatte, weiterhin vor ihrem Haus. Aber bislang hatte niemand versucht, bei ihr zu schellen oder sich anders Zutritt zu verschaffen. Vielleicht wollten ihre Angreifer sie nur mürbe machen, oder sie warteten darauf, dass sie das Haus verließ. Doch wozu sollte das gut sein? Sie würden Paula kaum inmitten einer Wohnsiedlung überfallen, geschweige denn zusammenschlagen.

Paula. Seine große Liebe.

Ein schmerzhaftes Ziehen durchtrieb seine Magengegend, wenn er bedachte, was sie durchgemacht hatte, und dass er durch seine Unachtsamkeit womöglich Schuld daran trug. Novak seufzte. Ob tatsächlich Breuer und Timoschenko dahintersteckten? Novak hatte ein, wie er fand, effektives Gespräch mit den beiden geführt, als er ihnen vor Paulas Wohnung in die Arme gelaufen war. Er hatte seine Geschäftsidee erörtert, und sie schienen durchaus interessiert zu sein, mit dem Enkeltrick das schnelle Geld zu machen. Was war einfacher, als alte Menschen zu betrügen? Dabei wäre Paula – als talentierte Anruferin – unabdingbar. Sie würde den Senioren am Telefon vorgaukeln, sie wäre ihre Enkelin und bräuchte dringend Geld. Ob für die Operation ihres Kindes oder eine Autoreparatur, irgendetwas konnte sie den Alten immer plausibel machen. Sie hatte enormes Talent! Warum also sollten Breuer und Timoschenko ihr auflauern und sie überfallen? Es musste jemand anderes dahinterstecken. Doch wie konnte sich dieser Unbekannte so gewiss sein, dass Paula nicht die Polizei verständigen würde? Sie in früher Morgenstunde im Bornekamp zu überwältigen, wo mit keinen lästigen Zeugen gerechnet werden brauchte, war die eine Sache. Aber sich am helllichten Tag in einer dicht bebauten Wohnsiedlung vor ihrem Haus aufzubauen, da gehörte schon eine Menge Dreistigkeit dazu.

Novak ließ den zähflüssigen Verkehr der dreispurigen B1 hinter sich und fuhr auf das Autobahnstück zwischen Dortmund und Unna. Er beschleunigte seinen in die Jahre gekommenen Golf GTI bis auf 180 Kilometer pro Stunde, obwohl nur 120 erlaubt waren. Als er von der Autobahn auf die alte B1 abfuhr, entschied er sich spontan dazu, zunächst mit Breuer und Timoschenko zu sprechen. Persönlich. Paula wähnte er in ihrer Wohnung in Sicherheit. Während des Tages in ein Mehrfamilienhaus einzubrechen, um sie zu überfallen, das würden niemand wagen. Zudem konnte er auf diesem Wege ausschließen, dass sie hinter dem Überfall steckten.

Minuten später passierte er hinter der Innenstadt von Unna die Dörfer Uelzen, Lünern und Mühlhausen, die, eingebettet in Korn- und Kartoffelfelder, an seinem GTI vorbeiflogen. Kurz vor Ostbüren überholte er mit einem riskanten Manöver zwei Müllfahrzeuge. Ein ihm entgegenkommender Mercedes, der deshalb über den Standstreifen fast in den Graben fuhr, hupte empört. Gleichzeitig zeigte ihm der junge Fahrer erbost den Mittelfinger. Novaks Herz raste. Um ein Haar hätte er einen Unfall verursacht. Er mahnte sich zur Ruhe und drosselte das Tempo seines Fahrzeugs auf die erlaubten 100 Kilometer pro Stunde. Kurz darauf bog er von der Werler Straße nach links in den Stockumer Weg ein und erreichte bald den Bauernhof, wo Breuer und Timoschenko sich eine kleine Einliegerwohnung gemietet hatten. Der Hof lag abseits der B1 am Rande des Dorfes Stockum. Eine hüfthohe Mauer umschloss das einsam gelegene Grundstück des Hofes, der seine besten Zeiten hinter sich hatte. Novak parkte seinen GTI vor der Mauer und betrat den Innenhof. Sein Blick fiel auf eine große Scheune zu seiner Linken, deren Holztor mit einem verrosteten Vorhängeschloss verriegelt war. Gleich neben der Scheune stand ein alter Traktor. Im Profil der gigantischen Räder klebte vertrockneter Lehm, aus dem Unkraut wuchs. Das Gefährt war sicher schon einige Zeit nicht mehr benutzt worden. Vis-à-vis führte eine Treppe mit acht Stufen in das Hauptgebäude. Novak sah ein heruntergekommenes Fachwerkhaus, an dem der Putz bröckelte, und Fenster mit Rahmen aus morschem Holz mit abblätternder Farbe, die vom Regen und Staub so verdreckt waren, dass man kaum noch durchgucken konnte. Novak selbst war zum ersten Mal hier. Timoschenko hatte ihm die Adresse gegeben, als sie vor etwa einer Woche miteinander telefoniert hatten. Er und Breuer hätten in der Nähe von Unna eine Unterkunft gesucht, um Paula im Auge behalten zu können, nachdem sie nun wüssten, wo sie wohne. Sie hätten im »Hellweger Anzeiger« eine Wohnungsannonce entdeckt, die ihnen vielversprechend vorkam: »Suche Mieter für Einliegerwohnung auf ehemaligem Bauernhof, der sich die Miete durch leichte Hausmeistertätigkeit erwirtschaften kann.« Das kam den beiden natürlich entgegen. Mietfrei wohnen, und besagte Tätigkeit bestand nur darin, ein Auge auf den Gebäudekomplex zu halten, damit der betagte und alleinstehende Hofbesitzer ausgiebige Reisen unternehmen konnte, ohne sich um seinen Besitz sorgen zu müssen.

Novak erklomm die acht Stufen zum Hauseingang und schellte. Wenig später öffnete Timoschenko die Tür. Er trug nur eine schwarze Adidas-Trainingshose und ein ärmelloses weißes Shirt, das verschwitzt an seinem muskulösen

Körper klebte. Seine Haut glänzte vor Schweiß, dennoch roch er nicht unangenehm, sondern nach einem Hauch von »Davidoff«. Die halblangen, dunkelblonden Haare hatte er im Nacken mit einem kleinen Gummiband fixiert. Er wirkte wie aus einer Parfumwerbung entsprungen: maskulin, sportlich und sexy. Ein Typ, auf den die Frauen flogen, äußerlich ein Abklatsch von David Garrett, dem Geiger. Vermutlich hatte er stundenlang seine Wasserhanteln gestemmt, um sich die Zeit zu vertreiben. Novak selbst hätte in seiner Freizeit eher sein Gehirn trainiert als seine Muskeln. Aber Sergej legte viel Wert auf sein Äußeres. Nun sah er Novak erstaunt an.

»Was machst du denn hier?«

Novak zwängte sich an ihm vorbei ins Haus. Obwohl er nur ein wenig kleiner war als Timoschenko, fühlte er sich dem Roma körperlich unterlegen. Er fuhr zwar regelmäßig Rad und joggte, dennoch war er bei Weitem kein Muskelpaket. Das wollte er durch sein sicheres Auftreten wettmachen. Wenn er als Boss ernst genommen werden wollte, musste er sich auch so aufführen.

»Wo ist Slatko? Ich muss mit euch reden!«, sagte er knapp.

Timoschenko führte ihn widerspruchslos über eine knarrende Holztreppe mit ausgetretenen Stufen in den ersten Stock des Hauses. Hier gingen von einem schmalen, langen Flur zahlreiche Zimmer ab. Alles wirkte düster und abgewohnt, wie aus einer längst vergangenen Zeit. An der vergilbten Tapete hingen zahlreiche Fotos in Schwarz-Weiß. Die Personen auf den Bildern schienen mit grimmiger Miene seit Jahrzehnten über dieses Haus zu wachen: Männer mit Kaiser-Wilhelm-Schnurrbart, Frauen mit hochgeschlossenen Kleidern und weißen Rüschenkragen. Als Novak hinter Timoschenko den Flur entlangging, knarrten auch hier die Dielen. Ein kleines Fenster mit verblichener Gardine brachte etwas Tageslicht, aber kaum Luft, deshalb empfand Novak es als überaus stickig in diesem Haus und öffnete den obersten Kragenknopf seines Oberhemdes. Als er hinter Sergej die Küche dieser Etage betrat, fand er Slatko Breuer am Herd stehend, der damit beschäftigt war, zwei große Schnitzel zu braten. Da es keine Dunstabzugshaube und nur ein kleines Fenster gab, erfüllte der Kochdunst bereits den gesamten Raum. Timoschenko ging mit drei Schritten zum Fenster und riss es auf.

»Lass das Fleisch bloß nicht anbrennen!«, motzte er Breuer an. »Ist kaum zu bezahlen, wenn man hier auf dem Dorf einkaufen geht! Da gibt's nur 'nen Biohof mit Biofleisch«, sagte er zu Novak. »Wir können dir was abgeben. Hast du Hunger?«

»Nein, nein!«, wehrte er ab. »Aber ein Bier wäre schön!«

Novak setzte sich an den alten Holztisch in der Küche, der mit einer verblassten Wachstuchdecke im Blümchenmuster belegt war. Timoschenko holte drei Flaschen aus dem Kühlschrank und stellte eine davon auf Novaks Platz. Dann deckte er zwei Teller und schnitt von einem Laib Brot vier Scheiben ab, die er dick mit Butter bestrich und auf die Teller verteilte. Breuer servierte die Schnitzel und setzte sich dazu. Während Timoschenko sich das erste Stück Fleisch in den Mund schob, fragte er: »Was gibt's denn so Wichtiges?«

Novak nahm einen tiefen Schluck aus der Flasche und wischte sich den Mund mit dem Handrücken ab. »Paula ist überfallen worden! Das hab ich euch ja bereits am Telefon gesagt. Heute rief sie mich an, weil sie das Motorrad ihrer Angreifer vor ihrem Haus gesehen haben will. Sie hat Angst. Wir drei sind die einzigen Personen, die von ihrem Aufenthaltsort wissen. Wer steckt also hinter dem Überfall?«

Er beobachtete die Männer aufmerksam. Timoschenko machte sich weiter über sein Schnitzel her. Über die Hälfte hatte er schon verschlungen. Er hob bedauernd die Schultern. »Keine Ahnung! Ist mir auch ziemlich egal. Sie hat uns damals verpfiffen. Wegen ihr hab ich im Knast gesessen. Dennoch hab mit dem Angriff auf deine Paula nichts zu tun und Slatko auch nicht.«

Slatko Breuer stierte auf seinen Teller. Er hatte nur einmal von dem Brot abgebissen, das Fleisch lag noch unberührt da. Vielleicht wusste er was und traute sich in Gegenwart Timoschenkos nicht, den Mund aufzumachen. Novak beschloss, abzuwarten. Es würde sich eine Gelegenheit ergeben, Breuer allein in die Zange zu nehmen. Im selben Moment stand Timoschenko auf. Sein Teller war blitzblank.

»Entschuldigt mich, Leute«, begann er, »ich brauche dringend eine Dusche. Kann ein bisschen dauern, bis ich fertig bin. In dem alten Kasten hier funktioniert alles nicht so perfekt. Der Wasserhahn quietscht und ehe das Wasser aus der Brause kommt, rumpelt die Leitung, als platze sie jeden Moment von der Wand.«

Novak hielt ihn zurück. »Hast du mir nicht zugehört? Paula hat das Motorrad ihrer Angreifer vor ihrem Haus gesehen! Sie ist vielleicht in Gefahr! Wir müssen zu ihr fahren und nach dem Rechten sehen.«

Timoschenko klopfte Novak auf die Schulter. »Ich beeile mich!«

Novak wartete, bis seine Schritte sich entfernt hatten. »Hast du keinen Appetit, Slatko?«, fragte er dann. »Du isst ja gar nichts!«

Zögernd nahm Breuer Messer und Gabel in die Hand und schnitt sich ein Stück Fleisch ab, das er langsam in den Mund schob. Er kaute wie in Zeitlupe und spülte mit einem ordentlichen Schluck Bier nach. Er war etwa drei Jahre jünger als Timoschenko, gerade einmal 22. Mit seinem smarten Aussehen, dem Sidecut, mit dem seine fast schwarzen Haare in Form gebracht waren, der dunklen Hautfarbe und den braunen Augen wirkte er eher wie ein Türke als ein Roma. Er war typischer Mitläufer, immer »hip« und »up to date«. Er gehörte zur ausführenden Gewalt und war leicht beeinflussbar. Vermutlich hing er an Timoschenko wie eine Klette. Die Hälfte des Schnitzels hatte er inzwischen hinuntergewürgt. Seine Flasche Bier war bereits leer. Langsam schnitt er sich das nächste Stück Fleisch ab.

Novak war mit seiner Geduld am Ende. »Wer steckt hinter dem Überfall auf Paula? Ich sehe in deinen Augen, dass du was weißt! Also rede endlich!«, zischte er.

Breuer biss von der Scheibe Brot ab und kaute langsam. Novak stieß seinen Stuhl zurück und sprang auf. Mit einem Satz war er bei Breuer und riss ihn hoch. Er zog ihn dicht zu sich.

»Rede endlich! Was weißt du? Habt ihr Paula überfallen?« Novak schüttelte den Jungen, der kurz davor war, in Tränen auszubrechen.

»Ich habe nichts damit zu tun! Das musst du mir glauben! Außerdem hatten wir gestern schon etwas anderes vor.«

Novak schubste Breuer zurück auf den Stuhl und setzte sich wieder. »Ach?« Seine Stimme triefte vor Sarkasmus. »Ihr hattet schon etwas anderes vor?! Etwas Besseres, als Paula zu überfallen?«

Breuer griff neben sich zur Fensterbank, wo sich Zeitungen und Zeitschriften stapelten. Er zog das oberste Blatt hervor. »Hellweger Anzeiger«, las Novak.

»Was soll das?«, blaffte er.

»Ich kann dir beweisen, dass wir mit dem Überfall auf Paula nichts zu tun haben! Ich hab's durch Zufall gesehen.« Es raschelte, als er die Blätter umschlug, dann knickte er die Zeitung auf ein Viertel.

Novak riss ihm das Blatt aus den Händen und las. In Unnas Innenstadt hatte es gestern Vormittag einen Überfall auf ein Juweliergeschäft gegeben. Der Täter war bewaffnet gewesen und mit dem Personal nicht zimperlich umgegangen. Erbeutet hatte er etwas Bargeld und einige wertvolle Schmuckstücke. Unter dem Zeitungsartikel, der den Täter als äußerst skrupellos darstellte, war das Foto einer Überwachungskamera veröffentlicht worden. Allerdings war Sergej keineswegs klar zu erkennen. Das Gesicht sah man so gut wie gar nicht. Das zweite Foto, ein Phantombild, das nach Angaben der Verkäuferinnen gemacht wurde, kam den Gesichtszügen Timoschenkos nahe. Es ließ sich eine gewisse Ähnlichkeit erkennen.

»Er hat also ein Juweliergeschäft überfallen. Ziemlich leichtsinnig, so ohne Maskierung«, sagte Novak.

»Ja. Ich habe mit dem Auto in der Nähe des Ladens auf ihn gewartet. Erst hat er zwei Stunden beobachtet, dann hat er zugeschlagen! Ich kann dir die Beute als Beweis zeigen.«

Breuer stand auf und trat an einen Küchenschrank im Landhausstil. Ein antikes Stück mit Intarsien und bleiverglasten Scheiben, hinter denen Stoffstücke wie Vorhänge gespannt waren. Slatko Breuer schloss eine der Schranktüren auf. Dann zog er eine Plastiktüte aus dem Fach und warf sie Novak auf den Schoß.

»Überzeug dich selbst!«

Novak warf einen Blick in die Tüte, dann pfiff er leise durch die Zähne. Perlenketten, Colliers, Armbänder, Uhren.

»Du siehst, wir haben ein Alibi für den Überfall auf Paula. Leider lässt sich das Zeugs da vorläufig nicht zu Geld machen und die Barschaft in der Kasse betrug gerade mal 400 Euro.« Breuer verstaute die Plastiktüte wieder im Schrank.

»Aber du weißt, wer Paula überfallen hat!«, beharrte Novak.

Breuers Gesichtszüge verschlossen sich. Er ging zum Kühlschrank und holte zwei weitere Flaschen Bier heraus. Eine stellte er Novak hin, die andere öffnete er für sich selbst und nahm einen tiefen Zug.

»Sergej hat mit Adrian telefoniert, nachdem wir wussten, wo Paula wohnt. Der Auftrag von Bakro Taragos war eindeutig: Wir sollten den Aufenthaltsort von Paula feststellen und seinen Enkel informieren.«

Novak sprang erneut vom Stuhl auf. »Das war Paulas Todesurteil! Ist dir das nicht klar? Adrian ist doch genauso verbohrt wie sein Großvater. Der glaubt auch, Paula trägt an allem die Schuld!«

»Sie hat uns verpfiffen! Nur dich hat sie verschont. Da kannst du gut zu ihr halten!«, rief Breuer ungewohnt laut.

Novak setzte sich wieder und trank seine Flasche Bier in einem Zug aus. Wenn Adrian Taragos – vielleicht mit seiner Schwester Jana – für den Anschlag auf Paula verantwortlich war, dann würde er sich nicht mit dem Ergebnis zufriedengeben. Vielleicht hatte ihm sein Großvater eingeredet, Paula hätte das Leben seiner Eltern retten können, wenn sie die Sippe rechtzeitig vor dem Zugriff der Polizei gewarnt hätte. Niemand glaubte, dass Paula nichts von dem Zugriff wusste, weil sie doch zu jener Zeit mit einem der Bullen von der Abteilung organisiertes Verbrechen liiert war. Fakt war: Paula schwebte in höchster Gefahr!

Warum saß er noch an diesem hässlichen Tisch in diesem kleinen Kaff? Er hätte sofort zu ihr fahren sollen!

»Wir müssen zu Paula!«, rief er. »Sofort! Wir müssen sie in Sicherheit bringen, bevor Adrian zu Ende bringen kann, was er begonnen hat! Vielleicht kann sie eine Weile hier bei euch bleiben?«

»Ich soll eine Verräterin beherbergen? Das kannst du vergessen!«

Unbemerkt stand Timoschenko in der Küchentür. Um seine Hüften nur ein Handtuch geschlungen, die Haare nass nach hinten gekämmt. Seine Augen blitzten böse, als sei er hintergangen worden. Novak drehte sich zu ihm um. Es war wichtig, ihn auf seine Seite zu bringen.

»Hör zu, Sergej! Eigentlich kann uns nichts Besseres passieren. Paula steht unter Druck. Es wird ein Leichtes sein, sie davon zu überzeugen, für uns als Keiler zu arbeiten. Dass sie Talent hat, wissen wir beide. Wir können in die eigene Tasche wirtschaften, da gibt es keinen Bakro Taragos, dem wir 90 Prozent abdrücken müssen.

Wir werden in kürzester Zeit genug Geld zusammenhaben, um eine ganze Weile ein sorgenfreies Leben führen zu können.«

Breuer verhielt sich still. Timoschenkos Stirn lag in tiefen Falten. Vermutlich machte er eine Kosten-Nutzen-Rechnung. Novak wusste, dass Sergej spielsüchtig war und bei einigen Kredithaien tief in der Kreide stand. Mit dem Enkeltrick ließ sich innerhalb kürzester Zeit viel Geld ergaunern, mit dem er seine Schulden tilgen und noch einige Zeit gut leben konnte. Nach einer Weile nickte Sergej.

»Also gut! Machen wir es so. Bringen wir Paula in Sicherheit. So kann sie ihren Verrat an uns abarbeiten.«

7

In ihrer Wohnung war alles abgedunkelt. Licht zu machen, wagte Paula nicht. Wo blieb Daniel nur? Vor weit über einer Stunde hatte er angerufen, da war er schon in Dortmund gewesen. Er müsste doch längst hier sein! Ob er einen Autounfall gehabt hatte? Paula ging leise zu einem der Fenster, das vorne hinaus zum Schützenhof führte, und öffnete die Jalousie so weit, dass sie durch die Ritzen gucken konnte. Ihr Herzschlag beschleunigte sich. An dem Motorrad stand der Fahrer und machte sich an den Satteltaschen zu schaffen! War Daniel in der Nähe und beobachtete ihn? Wollte er ihn auf frischer Tat ertappen? Paulas Hände begannen zu zittern. Sie ließ den Mann in Lederkluft mit schwarzem Helm nicht aus den Augen. Jetzt wandte er sich zum Haus. Das Visier war hochgeklappt, dennoch konnte sie das Gesicht nicht erkennen. Paula rechnete jeden Moment damit, dass er schellen würde.

Verdammt, wo blieb Daniel?

Warum war er nicht bei ihr?

Paulas Kehle war wie ausgetrocknet. Kalter Schweiß bildete sich auf ihrer Stirn, eine Gänsehaut kroch langsam über ihren Rücken und die Hände zitterten jetzt so stark, dass ihr das Smartphone, nach dem sie griff, aus der Hand rutschte und zu Boden fiel. Vielleicht war Daniel tatsächlich schon vor dem Haus, sie würde ihn einfach anrufen. Sie nahm das Telefon wieder auf und wählte seine Nummer. Es meldete sich nur die Mailbox.

Da stimmte doch etwas nicht!

Paula mahnte sich zur Ruhe. Seine Verspätung konnte tausend Gründe haben. Vielleicht ein Stau oder eine Polizeikontrolle. In ihrer Wohnung konnte ihr nichts passieren, sie sollte sich einfach ablenken. Sie griff zur Fernbedienung, schaltete den Fernseher ein und zappte sich durch die Kanäle. Eine Tierdoku, im Zweiten »SOKO Wien«, RTL brachte »Verdachtsfälle«, auf SAT.1 lief »Anwälte im Einsatz«. Nur Serienklamauk. Paula konnte sich auf keine der Sendungen konzentrieren und schaltete den Fernseher aus. Im selben Moment schellte es.

Der Motorradfahrer hatte einen Weg ins Haus gefunden!

Sie wusste, dass er vor ihrer Etagentür stand, weil der Gong anders klang, als wenn jemand unten an der Haustür läutete. Paula schlich leise zur Tür. Es zog sie wie magisch hin. Langsam blickte sie durch den Türspion. Sie hatte es gewusst! Der Motorradfahrer befand sich direkt vor der Tür. Sie konnte nicht erkennen, wer es war, da der Mann das Gesicht abgewandt hatte. Sie drückte sich seitlich der Tür mit dem Rücken an die Wand und fischte mit zittrigen Fingern ihr Smartphone aus der Hosentasche. Sie tippte auf ihre Kontaktliste, dann scrollte sie bis zur Handynummer von Max Teubner. Während sie die Freizeichen zählte, schlich sie leise zurück ins Wohnzimmer.

Fünf – sechs – sieben.

»Bitte nimm ab!«, flüsterte sie.

Acht – neun – zehn.

Paula konnte ihre Tränen nicht länger zurückhalten. Ihre Enttäuschung war grenzenlos. Sie wollte das Telefonat gerade beenden, als das Gespräch entgegengenommen wurde.

»Paula?«

»Max!« Sie schluckte, fand nicht so schnell die richtigen Worte.

»Was ist los, Paula?«

»Ich habe Angst, Max! Ich glaube, der Clan hat mich gefunden!«

»Wie kommst du darauf? Was ist passiert?«

»Da steht ein Motorradfahrer vor meiner Tür. Er sieht so aus wie einer meiner Angreifer von gestern. Ich hab deine Kollegen angelogen, als sie bei mir waren … ich …«

»Verhalte dich ruhig und mache auf keinen Fall die Tür auf. Wir sind in spätestens 15 Minuten bei dir!«

»Max?«, fragte Paula mit zitternder Stimme.

»Ja?«

»Komm bitte nicht mit einem großen Polizeiaufgebot. Ich möchte meine Leute nicht ein zweites Mal verraten. Komm bitte allein, versprichst du mir das?«

Max Teubner beendete das Gespräch, ohne ihre Frage zu beantworten. Paula blieb nichts anderes übrig, als zu warten und zu beten.

8

Sören Reinders blickte von seinem Bericht über einen Autodiebstahl auf, als die Tür zu seinem Büro aufflog.

»Einsatz im Schützenhof«, rief Kollege Teubner, ohne die Türklinke loszulassen. »Die Halterin des toten Hundes aus dem Bornekamp von gestern fühlt sich bedroht!«

Reinders sprang erleichtert auf und griff nach seiner Jacke. »Wäre das nicht eher etwas für die Kollegen von der Streife?«, fragte er, als er hinter Teubner den Dienstwagen erreichte.

Teubner trommelte nervös aufs Lenkrad, wartete kaum, dass Reinders sich angeschnallt hatte, und fuhr bis zur roten Ampel Obere Husemannstraße, Ecke Beethovenring. Seine Stirn lag in tiefen Falten.

»Paula Horváth hat mich persönlich um Hilfe gebeten.«

»Du kennst sie?«, fragte Reinders erstaunt.

Die Ampel schaltete auf Grün und Teubner gab Gas. An der Ampel Ecke Mozartstraße musste er wieder halten.

Er stierte auf die Fahrbahn, tippte mit dem Fuß nervös aufs Gaspedal. Bei Gelb gab er bereits Gas und beschleunigte auf 70 Kilometer pro Stunde.

»Denk an den Blitzer!«, brüllte Reinders und stützte sich mit den Händen am Armaturenbrett ab, aber Teubner ignorierte ihn.

»Du kannst dich auf ein interessantes Foto freuen!«, murmelte Reinders ohne jeglichen Ansatz von Schadenfreude mit Seitenblick auf Teubner, dessen Miene selten so verschlossen gewirkt hatte. Er schien in Gedanken weit weg. Reinders lehnte sich seufzend zurück und verschränkte die Arme vor der Brust.

»Ich kenne Paula Horváth aus meiner Zeit beim KK21 in Köln«, erklärte er endlich. »Wir waren einem Ring von Betrügern auf der Spur, die alte Leute um ihr Erspartes betrogen. Du hast bestimmt schon vom Enkeltrick gehört. Paula Horváth stand in Verdacht, für die Enkelmafia als Keiler, also als Anruferin tätig gewesen zu sein.«

»Du hast in der Abteilung für organisierte Kriminalität gearbeitet? Davon wusste ich gar nichts. Ich dachte, du warst beim KK11?«, fragte Reinders erstaunt.

»Ist eine lange Geschichte. Erzähl ich dir ein anderes Mal.«

»Hm«, erwiderte Reinders und stützte sich erneut am Armaturenbrett ab, als Teubner vor dem Mietshaus im Schützenhof bremste.

Der Kollege sprang mit einem Satz aus dem Wagen und rannte auf den Hauseingang zu. »Hoffentlich sind wir nicht zu spät!«

Teubner schellte. Als niemand öffnete, benutzte Reinders dieselbe Taktik wie am Vortag und drückte auf alle

Klingelknöpfe. Kurz darauf summte der Türöffner. Während Reinders vorneweg die Treppe in den ersten Stock stürmte, rief er dem Nachbarn im Parterre rechts zu, der bereits wieder mit griesgrämigem Gesicht in den Flur blickte: »Sorry, Herr Markward! Es handelt sich um einen Notfall!«

Die Tür im Parterre flog mit lautem Knall zu, während Reinders die Schelle Horváth betätigte. In der Wohnung blieb es ruhig. Reinders klingelte erneut. Teubner stand neben ihm und trommelte mit den Fingern gegen die Wand, schließlich verlor er die Geduld, schob Reinders beiseite und hämmerte mit der Faust gegen die Wohnungstür.

»Paula? Mach sofort die Tür auf! Sonst trete ich sie ein!«

Im Parterre flog die Tür von Herrn Markward auf.

»Ist das heute die Arbeitsweise der Polizei?«, brüllte er. Rufen Sie gefälligst den Schlüsseldienst! Oder glauben Sie, die da oben bezahlt eine eingetretene Tür?«

Reinders beugte sich übers Geländer und starrte nach unten. »Sind Sie der Hausbesitzer? Dann haben Sie doch bestimmt einen Generalschlüssel! Wären Sie so freundlich, aufzuschließen?«

Der Blutdruck des Herrn Markward schien rasant in die Höhe zu schießen, denn sein Gesicht glich einer reifen Tomate. »Ich bin nur Mieter! Genau wie alle anderen hier!« Seine Stimme überschlug sich. »Aber was meinen Sie, wo die Hausbesitzer sich das Geld für die Tür wiederholen, wenn die Horváth nicht bezahlt? Sie glauben nicht im Ernst, dass die gegen so was versichert ist! Das hauen die unsereins auf die Miete!« Er verschwand in seiner Wohnung. Diesmal knallte seine Tür noch einen Tick lauter.

»Das zahlt alles die Staatskasse!«, rief Reinders ihm hinterher und murmelte leise: »So ein Idiot!«, bevor er sich wieder dem Kollegen Teubner zuwandte. »Schlüsseldienst?«

Teubner hämmerte erneut gegen die Tür. »Paula! Mach die Tür auf. Ich weiß, dass du zu Hause bist, und ich gehe nicht eher, bis ich sehe, dass es dir gut geht!«

Kurz darauf wurde die Tür einen Spalt geöffnet. Paula Horváth trug diesmal keine Sonnenbrille und Reinders erschrak, als er ihr zugeschwollenes Auge sah. Da hatte jemand ordentlich zugeschlagen. Von wegen Treppensturz! Ihre rehbraunen Augen waren gerötet und tränten, als hätte sie eine Bindehautentzündung. Verkrustungen an den Wangen deuteten auf weitere Schläge hin.

»Max!«, murmelte sie. Ihre Augen streiften Teubner kurz, dann blickte sie zu Boden.

»Ich habe mich geirrt!«, fuhr sie fort. »Die Situation war ganz harmlos. Ich sah ein Motorrad und glaubte, jemanden vom Clan zu erkennen, aber das Motorrad gehörte meinem Nachbarn Stefan Humboldt. Er hat Urlaub, macht eine längere Wochenendtour und wollte sich von mir verabschieden. Ist also alles gut!«

Teubner zog überrascht die Augenbrauen hoch. »Dürfen wir einen Moment hereinkommen?«

Reinders sah, dass sich auf der Stirn der Frau kleine Schweißtropfen bildeten. Sie schien mit sich zu ringen, wie sie sich am besten aus der Affäre ziehen konnte. Der Verdacht lag nah, dass sie sich nicht allein in der Wohnung befand. Ob sie bedroht wurde oder nur nicht gestört werden wollte, ließ sich nicht feststellen. Sie hatte Teubner um Hilfe gerufen. Deshalb würden sie sich nicht abwimmeln lassen. Reinders fiel weiterhin die besondere Vertrautheit zwischen der Frau und ihrem Kollegen auf. Ob da mehr gelaufen war?

»Paula?« Teubners Stimme klang ungeduldig. »Wenn alles in Ordnung ist, sind wir in fünf Minuten wieder weg.« Er schob die Tür resolut auf. Paula taumelte kraftlos rückwärts.

»Nein!«, rief sie. »Ich will das nicht! Ich möchte, dass du gehst! Mir fehlt nur etwas Ruhe!«

Reinders trat hinter Teubner in einen schmalen, fensterlosen Flur. Laminatboden, Raufaser an den Wänden, vor Kopf eine Garderobe. An den Wandstücken zwischen den Türen, die in vier verschiedene Zimmer führten, erkannte Reinders helle, rechteckige Stellen, wo einmal Bilder gehangen haben mussten – vielleicht vom Vormieter. Paula Horváth schloss die Wohnungstür, machte jedoch keine Anstalten, ihre Besucher in eines der Zimmer zu führen. Sie schien ihre Fassung zurückzugewinnen. Trotz der Schmerzen, die sie haben musste, reckte sie ihre Gestalt und verschränkte die Arme vor der Brust.

»Es ist schön, dass du so prompt gekommen bist, Max! Aber ich habe mich geirrt. Da war niemand, der mich bedrohen wollte. Ich bin beim Anblick des Motorrads in Panik geraten. Herr Humboldt hatte es vor dem Haus abgestellt, um seine Satteltaschen zu packen. Jetzt möchte ich nach der Aufregung nur ins Bett. Das verstehst du doch?«

Teubner ignorierte ihren Einwand und machte einen Schritt auf die erstbeste Zimmertür zu. Er zog sie auf, schaltete das Licht ein, weil der Raum abgedunkelt war, und sah sich darin um. Reinders folgte ihm. Zuerst fiel ihm die nackte Glühlampe auf, die lose von der Decke baumelte. Es handelte sich um das Schlafzimmer der Wohnung. Karg eingerichtet mit Schrank und Bett. Auch hier kein Bild an der Wand, keine getragenen Klamotten, die herumlagen, kein Stuhl, kein Teppich, als wäre Paula Horváth nie richtig angekommen und jederzeit bereit, das Feld so schnell wie möglich zu räumen.

»Das ist meine Privatsphäre!« Ihre Stimme nahm einen schrillen Klang an. »Ich möchte, dass du jetzt meine Wohnung verlässt!«

Teubner beachtete sie nicht, schaute unters Bett und in den Kleiderschrank. Als er das Schlafzimmer verließ und sich den nächsten Raum vornehmen wollte, hielt Paula Horváth ihn am Arm zurück.

»Bitte, Max! Ich möchte, dass du gehst!« Tränen traten in ihre Augen, liefen an ihren Wangen herab. Sie machte einen völlig verzweifelten Eindruck.

Teubner drehte sich zu ihr, ging langsam auf sie zu. Da stand sie auf Socken vor ihm, war knapp 15 Zentimeter kleiner und wirkte wie ein verlorenes Entlein. Die Horváth senkte ihren Kopf. Reinders sah, dass Teubner ihre Oberarme packte. Seine Augen funkelten wütend.

»Nach fast fünf Jahren meldest du dich panisch bei mir und bittest um Hilfe! Paula, sieh dich doch an. Du bist überfallen worden und man hat deinen Hund getötet. Und heute glaubtest du, sie seien zurückgekommen! Jetzt erzähl endlich, was los ist!«

Paula Horváth zuckte und schluchzte. Die Frau stand kurz vor dem Zusammenbruch. Außerdem deuteten einige Anzeichen daraufhin, dass sie sich nicht allein in der Wohnung befand. Aber wurde sie bedroht? Reinders sah sich möglichst unauffällig in dem dämmrigen Flur um. Alle Zimmertüren standen einen Spalt auf. Der Boden hinter der Tür am Ende des Flurs war im selben Laminat ausgelegt wie im Schlafzimmer. Die anderen beiden Zimmer waren hell gefliest, also lagen dort Küche und Bad. Auch aus diesen Räumen drang kein Tageslicht in den Flur. Paula Horváth musste die Wohnung aus Angst vor dem vermeintlichen Angreifer abgedunkelt haben. Reinders beschloss, die Wohnung zu durchsuchen, während Teubner sich um die Frau kümmerte. Er blickte den Kollegen an, der die Horváth immer noch an den Armen hielt. Sie zitterte und schluchzte. Reinders wandte sich an Teubner und raunte: »Ich schau mich mal um. Oder soll ich einen Arzt rufen?«

»Nein!«, schrie Paula Horváth da hysterisch, machte sich von Teubner frei und taumelte rückwärts. »Ich will meine Ruhe! Also geht! Verlasst meine Wohnung! Ich möchte allein sein!«

Sie hielt sich den Bauch. Ihre Beine zitterten. Als Teubner ihr unter die Arme griff, sackte sie in sich zusammen. Er beugte seinen Kopf zu ihr hinunter, als sie ihren hob und ihm etwas zuflüsterte.

Reinders fischte sein Smartphone aus der Innentasche seiner Jacke. Gerade, als er den Notarzt rufen wollte, nahm er ein Geräusch hinter sich wahr. Gleichzeitig schrie Teubner: »Vorsicht! Hinter dir!«

Reinders bekam noch eine Vierteldrehung hin, bevor er aus den Augenwinkeln eine dunkle Gestalt erkannte, die sich rasch näherte. Er sah eine erhobene Hand mit einer Flasche. Doch ehe er reagieren konnte, wurde er am Kopf getroffen. Er spürte einen dumpfen Schlag und ging bewusstlos zu Boden.

9

Als er wieder zu sich kam, war um ihn herum alles ruhig. Tiefste Dunkelheit umgab ihn. Reinders lag halb auf dem Bauch, die Beine leicht angewinkelt. Seine Hand fuhr zum Kopf. Dort, wo ihn die Flasche getroffen hatte, wuchs eine beachtliche Beule. Reinders seufzte und schloss die Augen. In seinem Kopf pochte ein heftiger Schmerz, bestimmt eine leichte Gehirnerschütterung. Er tastete mit der rechten Hand über den Boden und fühlte eine glatte Fläche. Keine kalten Fliesen, es musste ein Holzboden sein. Vermutlich lag er noch in dem Flur der Wohnung Horváth. Er war weder gefesselt noch geknebelt.

Was war geschehen, nachdem man ihn ausgeknockt hatte?

Reinders versuchte, sich hochzudrücken, doch der Schmerz im Kopf hinderte ihn daran. Er atmete tief ein und roch den Staub, der sich über den Duft von Haushaltsreiniger gelegt hatte. Ein weiterer Geruch drang in seine Nase, leicht metallisch, den er nicht einordnen konnte, der ihm trotzdem bekannt vorkam.

Der Schlag auf seinen Kopf war die letzte Erinnerung. Wo war Teubner? Hatte man ihn auch niedergeschlagen?

»Max?« Reinders erschrak über seine Stimme, die krächzte wie ein heiserer Rabe. Er räusperte sich, rief erneut. In der Wohnung blieb alles still. Keine Stimmen, kein Rascheln. Nichts. Er schien allein zu sein. Reinders seufzte und versuchte erneut, sich hochzudrücken. Diesmal langsam und mit Bedacht. Nach einer gefühlten

Unendlichkeit kam er auf die Knie und stützte sich mit den Händen ab wie ein Kind, das die ersten Krabbelversuche unternahm. Er wandte den Kopf und konnte nun hinter sich unter einer der Türen einen Lichtspalt erkennen. Das musste die Tür sein, die zum Hausflur führte. Dort würde vermutlich auch ein Lichtschalter an der Wand sein. Reinders krabbelte auf allen vieren darauf zu und zog sich an der Türklinke in den Stand. Sein Kopf drohte zu zerplatzen und Übelkeit stieg in ihm hoch. Er schloss die Augen und atmete mehrfach tief ein und aus. Dann tastete er nach dem Lichtschalter und betätigte ihn. Obwohl die in der Decke eingebauten Halogenlampen nur ein gedämpftes LED-Licht verbreiteten, fühlte Reinders' Kopf sich an wie von einem Lichtschwert getroffen. Er hielt sich schützend die Hände vors Gesicht, blinzelte und wartete, bis das Licht einigermaßen erträglich für seine Augen wurde. Als er den Blick dann durch den Flur streifen ließ, setzte sein Herzschlag kurzzeitig aus.

Am Ende des Flurs, dort, wo die Tür ins vermeintliche Wohnzimmer der Wohnung führte, lag eine leblose Gestalt am Boden. Für einen Augenblick befürchtete er, es handele sich um den Kollegen Teubner. Der war es zum Glück nicht. Der Mann am Boden war noch beinahe ein Junge, höchstens 20 Jahre alt. Fast schwarze, kurze Haare, dunkler Teint. Mit drei großen Schritten war Reinders bei ihm und kniete seitlich neben ihm nieder. Er tastete nach der Halsschlagader. Kein Puls, was ihn in Anbetracht der Schusswunde in Höhe des Herzens nicht verwunderte. Der Geruch des Blutes stieg in Reinders Nase. Das Ekelgefühl brachte ihn zum Würgen. Er versuchte, den Brechreiz zu unterdrücken, hielt sich eine Hand vor den Bauch, die andere vor den Mund. Er atmete flach, drehte den Kopf weg, schloss die Augen für einen Moment. Der Würgereiz war übermächtig. Reinders sprang auf, drehte sich um, riss eine der Türen rechts von ihm auf, erkannte erleichtert, dass es sich um das Bad handelte, und hastete zur Toilette. Er fiel vor der Schüssel in die Knie, hielt sich mit beiden Händen am Toilettenrand fest und erbrach sich mehrfach. Seine Augen tränten, als die bittere Magensäure in seiner Kehle kratzte. Endlich ließ der Brechreiz nach. Reinders drückte sich hoch. Jetzt fühlte er sich ein bisschen besser. Er betätigte die in die Wand eingelassene Toilettenspülung und ließ am Waschbecken kaltes Wasser über seine Hände laufen. Dann benetzte er sein Gesicht damit und spülte sich den Mund aus. Er mochte gar nicht daran denken, wie viele mögliche Spuren er gerade zerstört hatte.

Was war hier passiert, nachdem er zu Boden gegangen war?

Reinders fischte sein Smartphone aus der Jackentasche. Während er die Kollegen rief, stellte er fest, dass er kaum eine Viertelstunde ohne Bewusstsein gewesen war. Er ließ das Handy wieder in seine Jacke gleiten und stützte sich an dem kalten Waschbecken ab. Sein Blick fiel auf einen antiquarisch ovalen Spiegel. Kein Facettenschliff, dafür ein schmaler Barockrahmen als Abschluss. Die Bedampfung auf der Rückseite musste aber beschädigt sein, denn das Glas war an mehreren Stellen angelaufen. Das verzerrte den Blick des Betrachters, und Reinders erschrak umso mehr über sein kalkweißes Gesicht mit tiefen Ringen unter den sonst immer wachen braunen Augen. Seine leicht gewellten Haare, die er sich aus einer Laune heraus hatte blondieren lassen, mussten längst nachgefärbt werden, denn am Scheitel zeigte sich bereits ein drei Zentimeter breiter Ansatz. Er wunderte sich selbst darüber, dass ihm dieser Gedanke ausgerechnet jetzt kam, und wandte sich vom Spiegel ab.

Er ließ den Blick durchs Bad schweifen. Es gab kein Fenster, nur ein Belüftungssystem, das oberhalb der Toilette angebracht war und leise summte. Vermutlich wurde der Motor mit Betätigung des Lichtschalters in Gang gesetzt. Gefliest war das Bad mit 15 x 20 Zentimeter-Fliesen und halbem Zentimeter Fuge bis zur Decke. Dort befand sich eine Holzvertäfelung, in die Halogenlampen eingelassen waren. Über der Badewanne hing ein Duschvorhang, die Amaturen waren aus Chrom, alles in einfacher Ausstattung, aber sauber. Am Röhrenheizkörper rechts der Tür hing ein rosafarbenes Handtuch. Schlicht. Wie in Schlafzimmer und Flur fand sich auch im Bad kein überflüssiger Schnickschnack, keine Deko, die ein Zuhause wohnlicher gestaltete.

Reinders verließ das Bad und streifte sich Einweghandschuhe aus seiner Jackentasche über, um nicht noch weitere Spuren zu zerstören. Nachdem er sich kurz in den anderen Räumen davon überzeugt hatte, dass er allein in der Wohnung war, kniete er neben dem Toten nieder und betrachtete ihn genauer. Südländischer Typ, Sidecut, wie es bei jungen Männern gerade in Mode war. Seine braunen Augen starrten fast erstaunt in den Tod. Dichte Augenbrauen, volle Lippen, ein schmales, hübsches Gesicht. Ein Typ, der sich gewiss nicht hatte anstrengen müssen, um ein nettes Mädchen auszuführen. Seine Kleidung war up to date: dunkelblauer V-Pulli und neonkreischende Sportschuhe in Orange. Reinders fischte ein Portemonnaie aus der Gesäßtasche seiner schmal geschnittenen Jeans. Der Name im Personalausweis lautete auf Slatko Breuer. Am 13. August wäre er 23 Jahre alt geworden. Gemeldet in Köln, deutsche Staatsbürgerschaft. Reinders stopfte Geldbörse und Ausweis in einen Beweissicherungsbeutel und hievte sich wieder in den Stand. Einen Moment wurde es ihm schwarz vor Augen und sein Magen begann zu rebellieren. Er versuchte, den Brechreiz zu ignorieren, und schloss die Augen. Doch das Blut rauschte in seinen Ohren, schien sich in seinem Kopf wütend aufzubäumen, wie ein tosendes Meer, über das ein Orkan fegte. Es pochte gegen seine Schädeldecke, gegen die Schläfen und gegen die Stirn, wie ein Gefangener bei dem Versuch auszubrechen, und trieb seinen rebellierenden Mageninhalt dazu, sich den Weg in die Freiheit zu bahnen. Reinders presste beide Hände an den Kopf und setzte sich gleichzeitig in Bewegung.

Sekunden später hing er wieder über der Toilettenschüssel und war dankbar, dass er zuvor den Deckel nicht heruntergeklappt hatte. Er krampfte seine Hände um den Toilettenrand, während sein Magen sich immer wieder zusammenzog und bald nur noch Magensäure durch seinen Rachen pumpte. Tränen liefen an seinen Wangen herab, als er den Oberkörper langsam aufrichtete. Er wischte sich mit dem Jackenärmel über das Gesicht und atmete stoßweise.

»Jetzt bloß nicht schlappmachen!«, murmelte er und wunderte sich über die kratzige Stimme, die nicht zu ihm zu gehören schien und seltsam durchs Bad hallte. Hätte er doch wenigstens die Tür zum Flur einen Spalt geöffnet! Im Augenblick traute er sich den Weg bis zum Türöffner nicht zu, ohne erneut das Bewusstsein zu verlieren. Der Schlag mit der Flasche musste bei ihm eine gehörige

Gehirnerschütterung ausgelöst haben, wenn es ihm so miserabel ging. Er fröstelte, nur seine Hände, die immer noch in Einweghandschuhen steckten, schwitzten.

Langsam und tief atmen, ermahnte er sich selbst. Den Sauerstoff in die Lunge pumpen, und den Akku wieder aufladen.

Das Schwächegefühl verzog sich allmählich. Reinders öffnete langsam die Augen, hob die Hand, um die Spülung zu betätigen. Er drückte hastig auf die Kippschaltung, um den Geruch des Erbrochenen nicht länger ertragen zu müssen, der sich in dem fensterlosen Bad ausbreitete wie ein penetrantes Gas, das aus einem undichten Abflussrohr entwich. Aber die Spülung ließ sich nicht betätigen. Durch den schnellen Druck hatte sich die weiße Abdeckung leicht verschoben. Reinders drückte erneut, abermals erfolglos. Missmutig stand er auf. Das Summen der Belüftung rauschte in seinen Ohren, beseitigte aber nicht den ekelhaften Gestank. Er versuchte, die Abdeckung etwas anzuheben und anzudrücken, stieß dabei jedoch auf Widerstand. Vermutlich war sie schon vorher nicht richtig angebracht gewesen. Er hob sie weiter an, damit er sie von der Wand ziehen konnte, um zu sehen, ob der Kunststoffbügel dahinter sich irgendwie verklemmt hatte. Der Geruch seines Erbrochenen raubte ihm dabei fast den Atem. Endlich ließ sich die etwa 20 x 30 Zentimeter große Abdeckung von der Wand ziehen. Reinders pfiff leise durch die Zähne, als er das Hindernis sah, das sich zwischen Druckhebel und Wand geschoben hatte.

Eine schwarze Walther P99 befand sich in dem kleinen Schacht. Eine Schusswaffe, wie sie von den Polizisten in NRW genutzt wurde. Reinders schob sie nur etwas zur

Seite, damit er endlich spülen konnte. Den Rest würde die Spurensicherung erledigen. Fotos vom Auffindungsort, ab in die KTU zur Überprüfung auf Schmauchspuren und Fingerabdrücke. Nicht zu vergessen, die Legitimität der Registrierung. Reinders legte die Abdeckung neben der Toilette auf den Boden, setzte sich auf den Rand der Badewanne und fühlte sich, als käme er nach wochenlanger Schwerstarbeit das erste Mal zur Ruhe. Sein Herz klopfte wild, als er daran dachte, dass er vermutlich Teubners Waffe gefunden hatte. Wer hatte sie dort versteckt? Teubner selbst? Oder Paula Horváth? Wenn dies die Waffe war, mit der der Junge im Flur erschossen wurde, musste sich da nicht der Verdacht aufdrängen, dass der Kollege einen Menschen erschossen hatte und nun auf der Flucht war? Mit dieser Paula Horváth, zu der er ein so persönliches Verhältnis zu haben schien?

Reinders seufzte. Vielleicht war es gar nicht Teubners Waffe. Wer wusste schon, welche Kontakte diese Paula Horváth pflegte? Das Summen der Badbelüftung wurde übertönt vom Sirenengeheul der Polizeiautos, die endlich den Schützenhof erreichten. Bevor Reinders aufstand, um seine Kollegen in Empfang nehmen zu können, griff er noch einmal zu seinem Smartphone und wählte die Nummer der Kollegin Maike Graf. Wenn eventuell gegen Teubner ermittelt werden musste, hätte Reinders sie gern als Unterstützung an seiner Seite.

10

Maike Graf hatte heute aufgrund starker Kopfschmerzen bereits um 16 Uhr Feierabend gemacht. Als ihr Telefon klingelte, hatte sie nach der Einnahme zweier Kopfschmerztabletten bereits über eine Stunde geschlafen und fühlte sich wieder halbwegs fit. Kollege Reinders war in der Leitung und berichtete, er habe mit Teubner einen Einsatz im Schützenhof bei Paula Horváth gehabt. Er sei niedergeschlagen worden, nun sei Teubner verschwunden, und in der Wohnung läge ein Mann erschossen am Boden. Sie möge bitte sofort kommen.

Eine Viertelstunde später bog sie hinter einem Porsche Cayenne in Graumetallic mit Dortmunder Kennzeichen in die Wohnsiedlung ein. Es wimmelte von Streifenwagen und zivilen Polizeifahrzeugen. Sie erkannte einen Notarztwagen und das Fahrzeug der Gerichtsmedizin. Die Mannschaft des KK11 war mit mehreren Dortmunder Fahrzeugen vor Ort. Maike folgte dem Cayenne, der in der Nähe des Hauses, in dem Paula Horváth wohnte, am Straßenrand parkte. Sie stellte ihren roten Renault Clio dahinter ab und sah eine schlanke Frau um die 40 aus dem Porsche aussteigen. Sie trug einen dunklen Hosenanzug, eine weiße Bluse, schlichte Pumps und steuerte zielstrebig auf das Haus zu, in dem Paula Horváth wohnte. Maike folgte der blonden Frau und wusste sogleich, dass auch sie Paulas Wohnung als Ziel hatte. Im KK11 war sie zu Maikes Zeiten nicht tätig gewesen. Dennoch sprachen das Dortmunder Kennzeichen und ihre berufsmäßige Haltung dafür, dass der Mord in Paulas Wohnung sie in den Schützenhof geführt hatte. Sie betrat das Haus, nachdem der Türöffner gesummt hatte, und Maike beeilte sich, hinter ihr in den Hausflur zu schlüpfen. Sie hörte noch die klackernden Absätze der Frau, sah, wie sie sich Überzieher über die Pumps streifte, bevor sie in der Wohnung Horváth verschwand. Maike erreichte kurz darauf den Treppenabsatz und erkannte ihren Kollegen Sören Reinders, der, von der Frau unbemerkt, auf den Treppenstufen kauerte, die wohl zum Dachboden führten. Blass lehnte er an der verputzten Seitenwand des Treppenaufgangs und hielt die Augen geschlossen. Maike setzte sich neben ihn und legte sanft ihre Hand auf seine Schulter.

»Hey, Sören! Willst du mir erzählen, was passiert ist?«

Reinders öffnete die Augen, manövrierte seinen Oberkörper in eine halbwegs aufrechte Position und fasste sich gleichzeitig an den Kopf. Seine Miene verzog sich, als habe er starke Schmerzen.

»Ich bin niedergeschlagen worden. Ich habe keine Ahnung, was danach passiert ist. Fakt ist: Nach meinem Knock-out ist geschossen worden, vielleicht sogar aus Max Teubners Waffe. Und nun liegt nur noch das Mordopfer in der Wohnung. Alle anderen sind verschwunden. Auch Teubner. Hoffentlich hat er keinen Blödsinn gemacht.«

»Er ist Polizist. Er wird schon wissen, was er tut. Was weißt du noch? Wer war neben Paula Horváth noch in der Wohnung?«

Reinders senkte den Kopf und fuhr sich mit den Fingern durch die blond gefärbten Strähnen, die wirr vom Kopf standen, als habe er sich seit Tagen nicht gekämmt. »Das haben die Kollegen mich auch schon gefragt. Ich habe außer der Horváth niemanden gesehen. Zumindest bis zu dem Zeitpunkt des Angriffs.«

»Kein Anzeichen dafür, dass sich außer ihr noch jemand in der Wohnung befand?«, fragte Maike.

Reinders seufzte tief. »Doch! Ihr ganzes Verhalten deutete darauf hin. Sie war völlig verstört, wollte uns gar nicht hereinlassen. Ich kann aber nicht sagen, ob sie bedroht wurde, oder ob es sich um jemanden handelte, der sich nicht zu erkennen geben wollte.«

Er erzählte, wie abweisend sie sich verhalten hatte, und dass sie nur auf Teubners Druck die Beamten widerwillig in den kleinen Wohnungsflur gelassen habe. Dabei erwähnte er auch, dass Teubner sie von früher kannte.

Maike schluckte. Teubner hatte um seine Vergangenheit stets ein großes Geheimnis gemacht und kaum über seine Kölner Zeit gesprochen. Er hatte oft erwähnt, dass er im Kölner KK11 gearbeitet hatte und in verschiedenen Mordkommissionen tätig war. Aber dass er auch im Kommissariat für organisiertes Verbrechen gewesen war, wusste Maike nicht.

»Wie kam es, dass man dich niedergeschlagen hat?«

Erneut raufte Reinders sich die Haare. Er schloss dabei die Augen und schien angestrengt nachzudenken, ohne zu einem Ergebnis zu kommen. »Ich weiß es nicht! Die Horváth verhielt sich total widersprüchlich. Erst ruft sie Max um Hilfe, weil sie sich von einem Motorradfahrer bedroht fühlt. Dann behauptet sie, es sei ihr Nachbar gewesen, der vor der Tür gestanden habe. Alles sei ganz harmlos und sie sei unnötig in Panik geraten. Da frage ich mich, warum bat sie uns nicht ins Wohnzimmer und erklärte uns genau, was passiert ist? Sie wäre uns im Handumdrehen losgeworden!

Ich glaube, sie hatte Angst. Und wenn ich an den Toten in ihrem Flur denke, war diese Angst wohl auch berechtigt!«

»Was ist das Letzte, woran du dich erinnerst, Sören?«

Er schloss wieder die Augen und begann leise zu erzählen. »Die Horváth wollte uns loswerden, merkte aber, dass Max nicht bereit war, sich abwimmeln zu lassen. Die Situation hat sie überfordert. Sie weinte. Teubner hielt sie am Arm und versuchte, sie zu beruhigen.«

Reinders hielt die Augen geschlossen, massierte sich dabei die Schläfen. Seine Stirn lag in tiefen Falten. Maike wagte kaum zu atmen und wartete. Aus der Wohnung von Paula Horváth hörte sie die Stimmen ihrer Kollegen, auch die von ihrem Ex-Freund Jochen Hübner. Er schien die Ermittlungen zu leiten. Ob dieser Mordfall sie beruflich erneut zusammenführte? Auch nach der Trennung hatten sie ein gutes Verhältnis gepflegt. Allerdings war es eine ganze Weile her, dass sie ihn das letzte Mal gesehen hatte. Es war bei der Einweihungsfeier ihrer Eigentumswohnung gewesen.

»Die Horváth hat ihm etwas zugeflüstert!«, sagte Reinders nun und schaute Maike an. »Ich bin ganz sicher! Sie hing in Teubners Armen – ob sie geschauspielert hat – ich weiß es nicht, und als er sich zu ihr beugte, hat sie ihm etwas ins Ohr geflüstert! Das muss der Auslöser gewesen sein! Vielleicht dachte der große Unbekannte, sie verpfeift ihn gerade. Als ich mein Smartphone aus der Tasche zog, um den Notarzt zu rufen, weil sie offensichtlich kurz vor einem Zusammenbruch stand, muss das ihren heimlichen Gast dazu bewogen haben, zuzuschlagen.«

»Und was dann? Du liegst am Boden, dein Angreifer stürzt sich auf Teubner, der zieht die Waffe und schießt?

Und dann haut er mit Paula Horváth ab? Das passt nicht zu ihm!«

Reinders schüttelte den Kopf. »Nein. Der Mann, der mich niedergeschlagen hat, kam aus einem der Räume hinter mir – Küche oder Bad. Ich habe ihn kurz gesehen, weil Teubner mir eine Warnung zurief. Wenn Max kurz darauf geschossen hätte, müsste das Opfer mitten im Flur gelegen haben, nicht vor der Wohnzimmertür. Hätte man ihn umgelagert, würde man Blutspuren sehen. Vermutlich waren mehrere Personen in der Wohnung.«

»Kein Wunder, dass sie eingeschüchtert oder zumindest verunsichert wirkte. Bleibt die Frage, warum die Situation so eskalierte, dass es schließlich einen Toten gab. Und: Wer hat geschossen? Vielleicht lässt sich anhand der Spuren ein Teil der Tat rekonstruieren. Vielleicht konnte irgendjemand in der Nachbarschaft beobachten, wie die Gruppe aus dem Schützenhof verschwunden ist. Es waren mindestens drei Personen. Zu Fuß werden sie nicht geflüchtet sein. Der Dienstwagen ist noch da. Hatte die Horváth ein Auto?«

Sören Reinders zog unwissend die Schultern hoch.

»Kriegst du eine Beschreibung für ein Phantombild hin?«

Reinders schüttelte den Kopf. »Nein! Ich hab den Typ nur den Bruchteil einer Sekunde gesehen. Konnte das Gesicht aber nicht erkennen, weil er den Kopf wegdrehte. Ich glaube, die Haare waren länger und heller als die des Mordopfers.«

Maike stand auf. »Du solltest nach Hause fahren, Sören. Du siehst völlig fertig aus. Soll ich dich bringen?«

Er schüttelte den Kopf. »Nein. Die Staatsanwaltschaft will noch mit mir reden. Ich nehme später den Dienstwagen.«

»Okay, Sören. Ich sehe mich dann mal in der Wohnung um!«

»Ach, Maike?«

»Ja?«

»Ich hab mehr durch Zufall hinter dem Drücker für die Klospülung eine Walther P99 gefunden! Es könnte sich um Teubners Waffe handeln. Wenn der Tote damit erschossen wurde, hat Max ein Problem.«

Das war keine gute Nachricht. Aber warum sollte Teubner seine Waffe, nachdem er geschossen hatte, hier in der Wohnung verstecken? Gerade er als Polizist wusste doch, wie penibel in einem Mordfall untersucht wurde. Maike griff in einen Karton neben dem Wohnungseingang und entfaltete einen Tyvec-Overall und Schuhüberzieher, die sie über ihre Kleidung zog. Als sie die kleine Wohnung betrat, wurde das Mordopfer gerade in einen Zinksarg gehoben. Ein junger Bursche, der das Leben noch vor sich gehabt hätte, schoss es Maike durch den Kopf. Rechtsmediziner Severin packte seine Sachen zusammen. Bevor er seine Koffer hochhob, zwirbelte er an seinem Kaiser-Wilhelm-Schnurrbart. Zwei Mitarbeiter der Spurensicherung hoben den Sarg an und brachten ihn aus der Wohnung. Severin beeilte sich, ihnen zu folgen. Im Vorbeigehen zwinkerte er Maike durch seine Nickelbrille zu und flüsterte: »Grüß dich, Maike. Schade, dass du mich nicht zur Obduktion begleitest. Da hätten wir den neuesten Tratsch austauschen können.« Er lächelte. »Heute hat Oberkommissarin Sauber die Ehre.«

Maike grinste und klopfte Severin freundschaftlich auf die Schulter. Fast hätte sie ihm noch ein herzliches Beileid gewünscht. Dann wandte sie sich um und ging auf das

Wohnzimmer der Wohnung zu. Sie zwängte sich an einem Mitarbeiter der Spurensicherung vorbei und schob sich auf den kleinen Balkon, wo Jochen Hübner sich mit der Fahrerin des Porsche Cayenne unterhielt. Als er Maike kommen sah, unterbrach er das Gespräch.

»Maike! Seit es dich beruflich nach Unna verschlagen hat, häufen sich die Mordfälle hier. Das liegt hoffentlich nicht an dir!« Er grinste kurz, wurde aber gleich wieder ernst. »Darf ich dir Staatsanwältin Lina von Haunhorst vorstellen?«

Maike ergriff die zierliche Hand der Blondine, die ihr auf Anhieb unsympathisch war. Den Grund dafür konnte sie nicht benennen. Vielleicht machte sie einen zu perfekten Eindruck. Gardemaß von fast 1,80 Meter, also knapp fünf Zentimeter größer als Maike, schlanke, trainierte Figur, das gepflegte, halblange, blonde Haar lose hochgesteckt, was ihr einen strengen Ausdruck verlieh. Samtbraune Augen mit hauchdünnen Brauen blickten aus einem schmalen Gesicht. Die zierlichen Lippen in dezentem Rot geschminkt. Insgesamt strahlte sie eine ruhige Dominanz aus, wirkte dabei auf Maike etwas überheblich.

»Sie entschuldigen uns?«, säuselte sie nun in Richtung Maike und wandte sich Jochen zu. »Wir sollten uns mit Oberkommissar Reinders unterhalten.« Sie zwängte sich an Maike vorbei vom Balkon und verließ mit großen Schritten das Wohnzimmer. Jochen eilte ihr hinterher.

Maike blieb ratlos zurück. Sie beschloss, sich zunächst ein eigenes Bild von der Wohnung zu machen, und blickte kurz in jedes Zimmer. Die Wohnung war einfach geschnitten: Schlafzimmer, Wohnzimmer, Küche und Bad gingen allesamt von dem kleinen Flur im Eingangsbereich ab. Insgesamt mochten es 50 Quadratmeter sein. Die Zimmer fast spartanisch eingerichtet. Keine Teppiche, keine Deko, keine Bilder an der Wand. Da im Schlafzimmer gleich drei Mitarbeiter der Spurensicherung beschäftigt waren, beschloss Maike, sich im Wohnzimmer umzusehen. Sie streifte Einweghandschuhe über und nahm sich das einfache buchenfarbige Regal vor, das den Wohnzimmerschrank ersetzen sollte. Eingeteilt war es in zwölf quadratische Fächer, in denen sich sechs grüne Schubkörbe befanden. Die anderen Flächen waren leer. In den Körben hatte Paula Horváth offensichtlich ihre wenigen Habseligkeiten verstaut. Maike zog einen davon heraus und nahm den Deckel ab. Sie fand sorgsam übereinandergelegte Handpuppen mit kunstvoll geschnitzten Holzköpfen, wie man sie zum Kasperlspiel benutzte. Die Kleider sahen ein wenig zerschlissen aus, dennoch machten die Puppen einen wertvollen Eindruck. Maike fühlte sich in ihre Kindheit versetzt, als sie vorsichtig Kasperl, Räuber, Großmutter, eine Prinzessin und weitere Puppen auspackte.

Ob Paula sich mit dem Puppenspiel einmal Geld verdient hatte? Oder waren die Figuren ein Erbstück, eine Erinnerung aus vergangenen Zeiten? Maike nahm den Kasperl in die Hand und sah die lustige Zipfelmütze mit dem Glöckchen noch fröhlich über die Bühne am Marktplatz von Unna hüpfen. Wie oft war sie früher zur Weihnachtszeit zum Kasperltheater gelaufen? Als ganz kleines Kind auf den Schultern von Mutter oder Vater, später hatte sie sich allein mit ihrem Bruder in die vorderste Reihe gedrängt und fasziniert das Puppenspiel verfolgt. Sie erinnerte sich sogar noch an den lustigen Stoffhund, der die

Vorstellungen immer eröffnet hatte. Flocki hieß er. Die Figuren von Paula Horváth sahen den Figuren aus damaliger Zeit sehr ähnlich, waren bestimmt wertvoll. Maike legte sie vorsichtig zurück und zog den zweiten Korb aus dem Regal.

Hier fand sie Schals, Handschuhe und Mützen. Vermutlich hatte Paula im Kleiderschrank des Schlafzimmers nicht genügend Platz dafür gefunden. Maike schob die Sachen etwas beiseite. Es schienen nur Winteraccessoires vorhanden zu sein. Im nächsten Fach fand Paula Ordner mit Zeugnissen, Rechnungen, eine Bescheinigung über die Haftentlassung und weitere Dokumente. Die Mappen mussten später gründlich durchforstet werden. Maike schob den Korb beiseite, um ihn mit ins Büro zu nehmen. Der vierte Korb beinhaltete Literatur über Zigeuner. Die Geschichte, die Entstehung, die Ausbreitung. Rassismus gegen Zigeuner, die Situation der Roma, nationalsozialistische Verfolgung. Alle Bücher befassten sich im weitesten Sinne mit dem Stamm der Sinti und Roma. Es lag nahe, dass Paula eine enge Beziehung dazu hatte. Vermutlich stammten sie oder ihre Vorfahren von den Zigeunern ab. Der Name Horváth klang ungarisch und schien diese Vermutung zu unterstützen. Maike klappte jedes einzelne Buch auf und blätterte flüchtig durch die Seiten. Einen Hinweis, einen Zettel, einen Vermerk, der relevant für den Fall sein könnte, fand sie jedoch nicht. So packte sie die Bücher zurück und nahm sich den nächsten Korb vor.

Ebenfalls Bücher. Vom Lexikon über Goethes »Faust« bis hin zu Kriminalliteratur und Liebesschmöker war alles dabei, aber erneut nichts, was sie weiterbringen konnte. Der letzte Korb war zu vergleichen mit einer Kramschublade. Hier fand sich alles, was keinen festen Platz in der Wohnung hatte: Taschenlampe, Schraubenzieher, Schere, Klebeband, Stifte, ein altes Handy, das Maike sogleich in einen Beweissicherungsbeutel gleiten ließ, die passende Ladeschnur dazu. Sonst nur Teelichter, mehrere Feuerzeuge und anderer Krimskrams.

Maike seufzte. Sehr ergiebig war ihre Ausbeute nicht. Vielleicht fand sich etwas in den Ordnern. Sie schob die anderen Körbe zurück. Auf einem hatte sie den Deckel nicht richtig aufgesetzt. Als sie ihn ins Regal schieben wollte, rutschte der Deckel zu Boden. Maike wollte ihn auffangen, ließ gleichzeitig den Korb los, der auch zu Boden fiel. Natürlich kopfüber. Glücklicherweise waren es die Winteraccessoires, die sich auf dem Laminat verteilten. Als Maike den Korb umdrehte, fiel ihr ein dicker Packen Briefe entgegen. Die hatte sie zuvor überhaupt nicht bemerkt. Die Briefe waren mit normalem Haushaltsgummiband zusammengehalten. Der Stapel fasste bestimmt 20 bis 30 Stück. Maike packte Schals, Handschuhe und Mützen zurück, ließ sich auf die Eckcouch fallen und öffnete den ersten Brief. Er war mit dem Computer geschrieben. Lediglich die Unterschrift war per Hand vorgenommen worden.

»Liebes Rubinchen«, las Maike. Dann folgte ein Liebesbrief, der unter die Haut ging. Der Schreiber hob sein Rubinchen auf einen Thron, beschrieb in den buntesten Farben, verglich mit den schönsten Blumen, benutzte Adjektive wie »überirdisch«, »elfenhaft« und »engelsgleich«. Er träumte von einer gemeinsamen Zukunft, gemeinsamen Urlauben in Kanada, von Kindern und Enkeln. Ein Schloss wollte er seiner Traumfrau bauen und sie in einer Kutsche mit vier weißen Pferden vor den Traualtar bringen. Maike seufzte. Das war schon ziemlich kitschig. Aber Paula musste es gefallen haben, sonst hätte sie die Briefe nicht aufgehoben. Maike las fünf der Briefe, deren Inhalt sich im Allgemeinen glich. Paula wurde meist mit Rubinchen angesprochen, mindestens einmal pro Brief aber auch mit ihrem Vornamen. Sie war also eindeutig der Adressat. Bekommen hatte sie die meisten Briefe in Köln. Laut Poststempel lag die Zeit des Empfangs etwa fünf bis acht Jahre zurück. Wer hatte die Briefe geschrieben? War das für den Fall relevant? Ein Absender war auf keinem der Umschläge zu finden und unterschrieben waren sie lediglich mit »Novize«.

War das ein Name oder ein Spitzname? Vielleicht ein Titel?

Maike nahm sich jeden Brief vor, überflog den Inhalt, verglich die Unterschrift. Alle ähnelten sich. Sowohl inhaltlich als auch vom Aufbau her. Auch äußerlich waren sie gleich. Fast identische Umschläge – alle weiß. Bis auf einen waren alle Adressen mit Computer geschrieben, die Briefblätter ganz gewöhnliches Kopierpapier. Einer der Briefe hob sich jedoch von den anderen ab. Ob es sich um einen anderen Absender handelte? Der Brief war mit der Hand geschrieben, auf dem Umschlag befand sich nur der Name Paula mit einem Herz drum herum, keine Adresse, keine Briefmarke, kein Poststempel, er war also persönlich abgegeben worden. Eine steile Schrift, leicht schräg gestellt. Die Anrede hier »Geliebte Paula«. Maike las diesen Brief aufmerksamer. Auch hier wurde von der großen Liebe gesprochen, von einer gemeinsamen Zukunft, egal wo und unter welchen Umständen. Der Schreiber musste Paula über alles lieben. Als Maike zum Ende des zwei Seiten langen Schriftstückes kam und die Unterschrift las, zuckte sie unwillkürlich zusammen. Der Brief war mit »Max« unterzeichnet.

Maike senkte das Blatt. Wie hoch war die Wahrscheinlichkeit, dass es sich bei diesem Max nicht um ihren Kollegen Teubner handelte? Vermutlich gleich null. Er hatte also eine Affäre mit Paula Horváth gehabt. Sie kam sich schäbig vor, so tief in seine Privatangelegenheit eintauchen zu müssen. Aber er war nun seit mehreren Stunden verschwunden. Mit Paula Horváth, in deren Wohnung ein Mordopfer gefunden wurde. Da durfte Maike sich keine Sentimentalitäten leisten. Sie verglich die Unterschrift ihres Kollegen mit der in den anderen Briefen und musste feststellen, dass die Unterschrift »Novize« durchaus die Handschrift ihres Kollegen Max Teubner sein könnte. Machte ihn das verdächtig? Maike schüttelte den Kopf. Es galt nicht als Straftat, Liebesbriefe zu schreiben. Aber es könnte beweisen, dass er nach wie vor zu Paula in Kontakt gestanden hatte. Maike schob den letzten Brief in den Umschlag zurück und legte den Stapel in einen Beweissicherungsbeutel. Ein Grafologe würde herausfinden, ob es sich bei Max und dem »Novizen« um ein und dieselbe Person handelte.

Maike erhob sich von der Couch und reckte sich. Erst jetzt bemerkte sie, dass ein Kollege das Licht im Wohnzimmer eingeschaltet hatte. Draußen zeigte sich bereits ein dunkler, sternenklarer Himmel. Die Mitarbeiter der Spurensicherung waren dabei, ihre Koffer zu packen. Man war fertig in der Wohnung. Die Beweismittel wurden verstaut. Maike überreichte die Briefe, das alte Handy und die Box mit den Ordnern an die Kollegen. Sie sah, dass die Staatsanwältin sich gerade von Jochen verabschiedete. Er lächelte und hielt deren Hand länger, als es nötig gewesen wäre.

»Das geht mich nichts an!«, murmelte Maike, dennoch versetzte es ihr einen Stich. Im selben Moment drehte Jochen sich um und Frau von Haunhorst verließ die Wohnung.

»Was geht dich nichts an?« Jochen kam auf Maike zu. Er sah abgespannt und überarbeitet aus. Seine Brille, die er sonst nur privat getragen hatte, saß schief auf der Nase. Vielleicht vertrug er momentan keine Kontaktlinsen, denn seine graugrünen Augen waren leicht gerötet. Einen Friseurbesuch sollte er auch nicht allzu lange aufschieben. Seine sonst kurz geschnittenen Haare waren mit Gel nach hinten gekämmt, was ihn etwas verwegen aussehen ließ. Nur der Kinn- und Oberlippenbart war wie eh und je exakt gestutzt.

»Nichts!«, winkte Maike ab und war erleichtert, dass Jochen nicht näher darauf einging.

»Es tut mir leid, dass ich eben so kurz angebunden war. Aber ein Mord, in den ein Kollege verwickelt ist, ist heikel. Eine Großfahndung nach Teubner läuft. Bislang fehlt jede Spur von ihm. Leider hat sich herausgestellt, dass die Waffe, die dein Kollege Reinders im Bad gefunden hat, die Dienstwaffe des Kollegen Teubner ist. Wir werden sehen, ob daraus geschossen wurde. Staatsanwältin von Haunhorst ist überzeugt, dass er geschossen hat und nun mit Paula Horváth auf der Flucht ist, die er laut Reinders aus seiner Zeit in Köln kennt.«

»Auch für einen Polizisten sollte erst einmal die Unschuldsvermutung gelten, Jochen!« Maike empfand die Staatsanwältin als immer unsympathischer. Sie hatten inzwischen den Hausflur erreicht. Ein Kollege des KK 11 löschte sämtliche Lichter in der Wohnung und versiegelte die Wohnungstür. Maike und Jochen Hübner entledigten sich der Tyvek-Overalls und verließen gemeinsam das Haus. Jochen starrte die Straße rauf und runter und fluchte. Als er Staatsanwältin von Haunhorst neben ihrem Wagen telefonieren sah, eilte er auf sie zu, ohne sich von Maike zu verabschieden. Die Blondine beendete ihr Gespräch und wechselte einige Worte mit ihm.

»Könnten Sie mich bis zum Präsidium mitnehmen? Kollegin Sauber hat es leider nicht für nötig empfunden, mir das Auto nach der Obduktion zurückzubringen.«

»Klar! Steigen Sie ein! Ist sowieso meine Richtung!«

Die Staatsanwältin wendete ihren Porsche Cayenne und fuhr aus dem Schützenhof heraus, ohne dass Jochen Maike zum Abschied auch nur zugenickt hätte. Sie war enttäuscht. Er hatte nicht einmal angedeutet, ob er sie ins Ermittlungsteam nehmen wollte.

Maike setzte sich erschöpft hinter das Steuer ihres Wagens und fuhr auf direktem Weg in die Lortzingstraße, wo sie sich eine Eigentumswohnung eingerichtet hatte. Als sie das Treppenhaus betrat, schallte aus der rechten Parterrewohnung Blasmusik. Ehepaar Döring hatte also schon das Wochenende eingeläutet. Müde stieg Maike die Stufen zu ihrer Wohnung hinauf. Sie warf einen kurzen Blick zur Nachbarwohnung, die seit Monaten leer stand. Seit die alte Frau Grabowski zu ihrer Tochter nach Köln gezogen war, hatte Maike bereits zahlreichen Wohnungssuchenden die Räume gezeigt. Bislang hatte sich niemand gefunden, der die Wohnung mieten wollte. Die Renovierungskosten seien zu hoch. Für morgen hatte sich wieder jemand angemeldet. Ein junger Mann, Alleinunternehmer und Handwerker. Maike würde versuchen, ihm die Wohnung irgendwie schmackhaft zu machen.

SAMSTAG, 1. APRIL

11

Daphne Tischer hätte heute eigentlich ihren freien Samstag gehabt. Da ihre Kollegin Maria aber seit dem brutalen Überfall auf das Juweliergeschäft im Krankenhaus lag und der Chef einen Vertreterbesuch erwartete, hatte sie sich bereit erklärt, von 10 bis 12 Uhr im Laden auszuhelfen. Der Wecker schellte um 7.30 Uhr und riss sie aus einem Traum mit einem Adonis von Mann an einem weißen Karibikstrand. Sie seufzte, weil ihr das Traumbild vor Augen hielt, wie einsam sie sich als Single fühlte, obwohl sie in ihrem Umfeld immer lautstark kundtat, sie genosse das Alleinsein. Wie furchtbar wäre es doch, ständig Rücksicht auf Partner oder Familie nehmen zu müssen. Sie könne das Leben so planen, wie sie wolle. Dabei sehnte sie sich insgeheim nach nichts mehr, als nach einem stinknormalen Spießerleben mit Ehemann, Kind, Hund und Familienkutsche. Es nutzte nichts. Sie sprang aus dem Bett, ging hinüber ins Bad, putzte sich die Zähne und bekam danach beim Blick auf die Waage ein schlechtes Gewissen. 81 Kilogramm bei einer Größe von 1,65 Meter.

So ging das wirklich nicht weiter!

Über den Winter hatte sie glatte fünf Kilo zugelegt! So unwohl, wie sie sich mit ihren Speckrollen fühlte, würde sie bestimmt nicht die Aufmerksamkeit eines passablen Mannes wecken. Bereits gestern hatte sie gemerkt, wie ihre Lieblingsbluse an den Hüften spannte.

Sie musste etwas dagegen tun! Sofort!

Entschlossen stapfte sie zurück ins Schlafzimmer, tauschte den karierten Pyjama gegen Sporthose und T-Shirt, dann schlüpfte sie in ihre Sportschuhe. Schließlich nahm sie ihre langen Haare zusammen und zurrte sie mit einem Haargummi zu einem strammen Zopf fest. Sie würde zum anderen Ende des Dorfes laufen – immerhin gut einen Kilometer – und sich dort beim Bäcker Körnerbrötchen zum Frühstück holen. Wenn sie auf dem Rückweg einen kleinen Umweg lief, käme sie vielleicht auf drei Kilometer. Das sollte für den Anfang reichen. Bevor sie ihre Wohnung verließ, steckte sie den Hausschlüssel und etwas Kleingeld in eine Hosentasche, in die andere ihren I-Pod. Sie stöpselte die Kopfhörer in die Ohren und hörte »Hello« von Adele.

Draußen empfing sie eine frische Brise. Nach einigen Dehnübungen lief sie die Nußbredde des Dorfs Mühlhausen hinunter und bog bei der Heerener Straße in den Quellweg ein. Sie passierte ein altes Fachwerkhaus, in dessen Hof die Quelle des Mühlbachs entsprang, und trabte weiter über einen Trampelpfad, der neben dem Mühlbach herführte, immer entlang dem fast ausgetrockneten Bach und den auffallend schräg stehenden Kopfweiden, deren Stämme im Laufe der Jahre hohl geworden waren. Außer Vogelgezwitscher war in diesem Teil des Dorfs nichts zu hören. Denn Mühlhausen war um einen grünen Kern herum gebaut worden. Zu dieser frühen Stunde am Samstag kamen ihr weder Läufer noch Hundebesitzer entgegen.

Daphne genoss die Stille des Morgens, verlangsamte ihren Lauf immer wieder und wechselte in einen schnellen Walkinggang, da ihr die Luft wegblieb. Ihre Kondition ließ deutlich zu wünschen übrig. Das sollte sich in Zukunft ändern. Als sie an einem Hühnergehege pausierte, kamen ihr die Hennen und Hähne im Laufschritt entgegen in der Hoffnung, sie habe einige Brotkrumen zu verteilen. Daphne schüttelte bedauernd den Kopf und setzte sich wieder in Bewegung.

Nach knapp zehn Minuten verließ sie den Mühlpfad und erreichte einen Teil der Hauptstraße, die um Mühlhausen herumführte. Sie machte eine kurze Pause, war von der ungewohnten Anstrengung völlig außer Atem. Als sich ihr Herzschlag etwas beruhigt hatte, beschloss sie, den Rest des Weges zu gehen – in einem mittleren Walkingtakt. Bis zum Bäcker waren es höchstens noch 200 Meter. Sie versuchte, in gleichmäßigen Zügen zu atmen, weil es in ihrer Seite zu stechen begann. Gleichzeitig brüllten ihr »Die Ärzte« »Zu spät« ins Ohr und es kam ihr wie ein Hohn vor, obwohl sie wusste, dass es in dem Lied um eine verlorene Liebe ging. Sie schnaufte und schaltete den I-Pod aus, rollte das Kabel der Ohrstöpsel darum und ließ ihn zurück in die Tasche ihrer Sporthose gleiten.

Als sie endlich das schlichtgraue Gebäude der Bäckerei erkennen konnte, sah sie aus entgegenkommender Richtung einen dunklen Sportwagen, der scharf abbremste und mit quietschenden Reifen auf den Parkplatz vor dem Bäckerladen einbog.

»So ein Idiot!«, murmelte Daphne und beobachtete, wie der junge Fahrer aus dem Auto sprang, lässig die Tür knallte und mit federnden Schritten auf den Eingang des

»Dorf-In«, wie die Bäckerei und Trinkhalle sich nannte, zulief. Daphne warf im Vorbeigehen einen flüchtigen Blick auf das schwarze Auto und vermutete, dass es sich um ein älteres Porschemodell handeln könnte. Ob der Typ sich auf die Karre etwas einbildete? Daphne betrat den Laden und sah den Fahrer – mit Jogginghose und Achselhemd, auf dessen Vorderseite ein Totenkopf gedruckt war. Er hatte sich eine Zeitschrift und eine Flasche Wodka genommen und wollte sich nun Zigaretten aus einem Regal angeln, das hinter der Bedienungstheke stand.

»Bei den Zigaretten bitte keine Selbstbedienung!«, rief Frau Herwig, die Verkäuferin, resolut, während sie der alten Frau Obermeier die Brötchen abkassierte und dabei geduldig wartete, bis diese mit ihren gichtverknoteten Fingern ein Centstück nach dem anderen auf den Zahlteller legte.

»Wie geht's denn Ihrer Großnichte, Frau Obermeier?«, versuchte Frau Herwig, die Zeit zu überbrücken.

»Ach«, klagte die alte Dame, während sie weiter in ihrem Portemonnaie kramte, »Jenny hat sich seit Weihnachten nicht mehr gemeldet. Da hatte ich ihr ein paar Hunderter aufs Konto überwiesen. Sie studiert ja in München, und Studenten können doch immer Geld gebrauchen, nicht wahr? Oder studiert sie in Berlin? Ich weiß es nicht mehr genau. Ich hab es mir irgendwo aufgeschrieben. Gesehen habe ich Jenny das letzte Mal vor zwei Jahren, glaube ich. Meist höre ich nur von ihr, wenn sie in Geldnot ist. Dann bekommt sie immer ein paar große Scheinchen von mir. Ich kann Herberts Rente sowieso nicht allein ausgeben. Die kleine Mietwohnung im Kusenkamp kostet nicht viel.«

Der Porschefahrer griff nun doch nach den Zigaretten, drängte sich an Daphne vorbei zur Kasse. »Ich hab's eilig. Können Sie der Alten mit dem Kleingeld nicht helfen?«, murrte er. »Ich brauche noch ein Brot und vier Brötchen!«

Frau Herwig bekam einen roten Kopf und man spürte, dass ihr eine passende Bemerkung auf den Lippen lag, sie zügelte sich jedoch und bat den Mann um etwas Geduld. »Ich bin gleich für Sie da!«

Da legte der Mann seine Einkäufe resolut auf die Ladentheke neben der Kasse. Mit einem unfreundlichen »Darf ich mal?«, zog er der alten Frau Obermeier grob das Portemonnaie aus der Hand und kippte den Inhalt auf den Zahlteller. Mit einem Blick auf den Betrag von 3,47 €, der in Leuchtziffern am Kassendisplay zu sehen war, schob er das passende Geld zusammen, fegte den Rest mit der Handkante in die Geldbörse und gab es der Frau zurück.

»So einfach geht das!«, sagte er mit falschem Lächeln.

Daphne blieb vor so viel Dreistigkeit der Mund offen stehen. Sie besah sich den frechen Kerl etwas genauer und erstarrte. Das gab es doch nicht! Sie hatte ihn nicht gleich erkannt, weil er völlig anders gekleidet war und seine halblangen Haare zu einem Zopf gebunden hatte.

Sie *kannte* den Typ!

Der Mann, der an der Kasse stand, sah aus wie der Verbrecher, der gestern *ihren* Juwelierladen überfallen hatte! Daphne schlenderte langsam zum Zeitschriftenregal, um ihn sich von der anderen Seite besehen zu können. Das Herz schlug ihr bis zum Hals. Vorsichtig warf sie ihm einen Blick zu. Tatsächlich! Das musste er sein! Sie erkannte das ineinander verschlungene Tattoo mit den Buchstaben SP. Daphnes Herz begann zu rasen. Automatisch senkte sie den Kopf und starrte auf die Spitzen ihrer Sportschuhe. Sie ging in die Hocke und nestelte an ihren Schuhbändern herum. Würde er sie niederschlagen, wenn er sie erkennen würde? Oder die alte Frau Obermeier, die den Laden immer noch nicht verlassen hatte? Was sollte sie machen? Heimlich die Polizei verständigen? In jedem Fall sollte sie sich das Autokennzeichen merken! Dann könnte sie Kriminalhauptkommissar Teubner anrufen, der ihr vorgestern seine Visitenkarte gegeben hatte, falls ihr etwas Relevantes einfiele.

Daphne verhielt sich zunächst still. Beobachtete nur weiter, wie Frau Herwig ein Brot für ihn in die Schneidemaschine legte und vier Brötchen einpackte, dann seine Einkäufe kassierte. Er verlangte nach einer Tüte, für die er wiederum 10 Cent bezahlen musste, was ihn noch wütender machte. Er nahm das Wechselgeld entgegen, stopfte seine Besorgungen in die Plastiktüte und stürmte zum Ausgang. Während Frau Obermeier mit ihrem Rollator langsam den Laden verließ, sah Daphne dem Porschefahrer hinterher, der seine Einkaufstüte auf den Beifahrersitz des Autos warf und sich hinters Steuer schwang. Im Stillen murmelte sie immer wieder die Buchstaben und Ziffern des Autokennzeichens vor sich her, um sie nicht zu vergessen.

K-SB 944 – K-SB 944 – K-SB 944.

Sie würde Frau Herwig gleich um Stift und Papier bitten. Der Porschefahrer startete den Motor, blickte noch einmal auf, dabei direkt in Daphnes Richtung. Unwillkürlich zuckte sie zusammen, als ihr Blick seine stechend grünen Augen traf. Sie war plötzlich sicher, dass er sie in diesem Moment ebenfalls erkannte. Er ließ den Motor einige Male röhren, was sie wie eine Drohung empfand. Sein Gesichtsausdruck jagte ihr einen kalten Schauer über den Rücken. Sie atmete erleichtert auf, als er endlich rasant zurücksetzte und ihren Blicken kurz darauf entschwand.

»K-SB 944«, murmelte Daphne. Ein Kölner Kennzeichen! Er war wohl hier in der Nähe zu Besuch. Sie musste dringend mit Kommissar Teubner telefonieren. Zu dumm, dass sie seine Visitenkarte nicht dabeihatte. Dieses Schwein gehörte eingesperrt! Ihre Kollegin Maria hätte tot sein können. Daphne trat an die Theke der Bäckerei und bat Frau Herwig um Stift und Papier. Schnell kritzelte sie das Kennzeichen darauf und steckte den Zettel in ihre Hosentasche. Sie zahlte die Körnerbrötchen, verabschiedete sich von Frau Herwig, die über das Verhalten des Rüpels genauso schockiert war, und lief auf kürzestem Weg zu ihrer Wohnung zurück. Sie joggte langsam, hörte dabei »Das Lied vom Scheitern« von den »Ärzten« und bezog es auf den Verbrecher. Sie versuchte, gleichmäßig zu atmen, um nicht nach den ersten 100 Metern schlappzumachen. Doch ob es an dem Adrenalinschub lag, den der unverhoffte Kontakt mit dem Juwelendieb ihr verpasst hatte, jedenfalls schaffte sie die Strecke bis nach Hause, ohne eine Pause einzulegen. Unterwegs blickte sie in jede Seitenstraße, ob sie den schwarzen Porsche möglicherweise irgendwo entdecken konnte. Wer bei einem Bäcker im Dorf einkaufte, musste zwangsläufig auch auf dem Land wohnen, sagte sie sich. Leider kam ihr der Zufall kein zweites Mal zur Hilfe.

Zu Hause angekommen, hastete sie in ihre Wohnung, lief zunächst zum Wasserhahn und trank, indem sie den Kopf darunter hielt. Sie wischte sich mit dem Saum ihres

T-Shirts den Mund trocken und griff gleich darauf nach ihrer Handtasche. Dann fischte sie die Visitenkarte des Kommissars heraus und tippte seine Durchwahl in ihr Smartphone. Nach achtmaligem Bimmeln knackte es in der Leitung, kurz darauf wurde das Gespräch entgegengenommen.

»Kriminalkommissariat 1/2, Hauptkommissarin Graf.«

Daphne stutzte einen Moment. »Hm, Entschuldigung, mein Name ist Daphne Tischer, ich möchte mit Kommissar Teubner sprechen.«

»Der ist heute nicht im Büro. Kann ich Ihnen helfen?«

Daphne überlegte einen Moment. Die Kommissarin war nicht mit dem Fall betraut. Für lange Erklärungen fehlte ihr aber die Zeit. Es war kurz vor neun, der Schweiß lief ihr über Stirn und Rücken, sie bedurfte dringend einer ausgiebigen Dusche und gefrühstückt hatte sie auch noch nicht. Um 10 Uhr musste sie in Unna im Laden sein. Außerdem ... vielleicht gehörte das Auto gar nicht dem brutalen Dieb. Das passte doch nicht zusammen – ein Porsche und ein Überfall auf einen Juwelier.

»Frau Tischer? Sind Sie noch dran?«

»Ja. Entschuldigung. Aber ich möchte nur mit Herrn Teubner sprechen. Er ist mit der Sache betraut. Ist er am Montag im Büro?«

Diesmal zögerte die Hauptkommissarin mit der Antwort.

»Das kann ich nicht genau sagen.«

»Hm«, sagte Daphne. »Ich werde es am Montag einfach noch einmal versuchen.« Sie legte auf und ging ins Bad, wo sie mit hochrotem Kopf in den Spiegel blickte. Sie würde ein aufwendiges Make-up benötigen, um die

Röte in ihrem Gesicht zu vertuschen. Sie löste das Haarband und dachte an den Porschefahrer. Mühlhausen war nicht groß, hatte nur an die 1.400 Einwohner. Vielleicht sollte sie selbst ein wenig Detektiv spielen und nach dem Porsche Ausschau halten. Wäre doch genial, wenn sie der Polizei gleich die Adresse des Täters mitliefern könnte. Daphne wurde vor unterdrücktem Ehrgeiz ganz unruhig. Ein wenig würde sie sich mit ihrem Enthusiasmus zurückhalten müssen. Jetzt musste sie sich erst mal beeilen, um nicht zu spät zur Arbeit zu kommen.

12

Maike Graf hatte in der Nacht kaum schlafen können. Immer wieder musste sie an den Kollegen Teubner denken. Dass er mit dieser Paula Horváth auf der Flucht war, konnte Maike sich nicht vorstellen. Blieb also nur die Möglichkeit, dass man ihn in der Wohnung überwältigt und gegen seinen Willen verschleppt hatte. Wer könnte dafür verantwortlich sein? Eigentlich konnte nur Teubners Vergangenheit in Köln Aufschluss bringen. Und zwar genau genommen die Zeit und die Umstände, als er Paula Horváth kennengelernt hatte. Maike war nach einer unruhigen Nacht schließlich um 6 Uhr aufgestanden, hatte geduscht und gefrühstückt. Sie hatte sich vorgenommen, Jochen Hübner zu bitten, sie mit in die Ermittlungen einzubeziehen. Nur so konnte sie Teubner helfen. Doch bereits um 7 Uhr in der Früh hatte Jochen bei Maike angerufen. Er hatte sich für seine Nachlässigkeit am Vortag entschuldigt. Ein verschwundener Polizeibeamter, der in einen Mordfall verwickelt war, das sei ein Fall, der mit äußerster Sensibilität zu bearbeiten sei. Schließlich hatte Jochen sie gebeten, der Mordkommission im Fall Slatko Breuer zuzuarbeiten. Sören Reinders werde sie dabei unterstützen. Maike solle die Vergangenheit Paula Horváths aufarbeiten und Kollege Reinders die Wohnung von Max Teubner durchsuchen. Sören Reinders ging aber weder an sein Handy, noch war er über Festnetz zu erreichen.

Nun saß Maike in ihrem Büro über Akten, die das Kölner KK21 ihr über Paula Horváth und die Enkeltrickmasche elektronisch übermittelt hatte. Maike wusste inzwischen, dass Paula viele Jahre als Anruferin in der sogenannten Enkeltrickmafia tätig war. Der Anruf der Schmuckverkäuferin Daphne Tischer – der letzte Fall, den Kollege Teubner bearbeitet hatte, riss Maike Graf aus einem Sumpf von Betrügereien, die auf perfide Weise an alten Mitbürgern verübt worden waren. Nach dem Telefonat mit Daphne Tischer blickte Maike einen Moment auf den leeren Platz von Max Teubner, der ihrem direkt gegenüberlag. Sie hatte sich stets auf ihn verlassen können. Sie waren zu einem guten Team zusammengewachsen. Seit ihrer freiwilligen Versetzung nach Unna teilten sie sich dieses Büro und hatten immer hervorragend kooperiert. Er war ein angenehmer, kompetenter Partner. Im Herbst hatte er sogar mitgeholfen, ihre Wohnung zu renovieren. Maike würde alle Hebel in Bewegung setzten, ihn zu finden und ihm zu helfen. Er war jetzt seit 16 Stunden verschwunden, ohne jegliches Lebenszeichen. Selbst bei seiner Tante Belinda hatte er sich nicht gemeldet. Für Maike ein eindeutiges Indiz dafür, dass er tief in der Klemme saß.

Entschlossen widmete Maike sich erneut den Akten aus Köln und ihrem Versuch, die Fakten für die Kollegen in eine überschaubare Zusammenfassung zu bringen. Paula Horváths Vita las sich wie der Aufstieg eines Kindes aus den Slums in die Gesellschaft der oberen Zehntausend. Wie Maike aus den Berichten entnahm, wurde Paula von ihrem Onkel bereits als Kind in die Verbrecherschiene gezwungen. Bis sie schließlich als Keiler, also als Anruferin mit dem Enkeltrick erfolgreich war. Da war sie knapp über 20. Paula Horváth hatte eine steile Karriere gemacht und gutes Geld dabei verdient. Dies belegten die folgenden Seiten der Berichte. Maike las von Betrugsfällen, die sich teilweise in fünfstelligen Beträgen bezifferten.

So hatte Paula zum Beispiel ein über 80-jähriges Ehepaar aus Schleswig-Holstein mit viel Geschick überzeugt, ihr für den Kauf einer Wohnung kurzfristig Geld zu leihen. Der Rentner holte einen fünfstelligen Betrag von der Hausbank. Kurz vor der vereinbarten Abholung meldete Paula sich noch einmal bei den Senioren und teilte ihnen mit, dass sie nicht selbst kommen könne. Kurze Zeit später klingelte ein Abholer, der das Geld in Empfang nahm. Erst nach einem Telefonat mit der echten Verwandtschaft wurde dem Ehepaar klar, dass es viel Geld an Kriminelle verloren hatte.

In einer Kleinstadt bei Hannover gab Paula sich bei einer älteren Dame telefonisch als Cousine aus. Sie bat um 25.000 Euro, weil sie gerade bei einem Notar sitze und das

Geld dringend benötige. Die ältere Dame roch den Betrug und verweigerte zunächst die Zahlung. Kurz darauf rief die Polizei bei der Seniorin an und teilte ihr mit, dass ihre Telefonleitung überwacht wurde und die Beamten den Betrug mitgehört hätten. Sie lobten die Dame für das richtige Verhalten. Allerdings wolle die Polizei die Betrügerbande auf frischer Tat schnappen. Deshalb solle die Frau das Bargeld übergeben. Das tat sie dann auch, da sie sich sicher fühlte, weil die Aktion von der Polizei überwacht wurde. Und damit war das Geld weg, da es sich um einen Anruf eines falschen Polizisten gehandelt hatte.

Maike seufzte. Welch ein Labyrinth aus Lug und Trug! Und sie hatte nicht einmal einen Bruchteil der Berichte gelesen. Sie machte eine Pause, griff zum Telefon und versuchte erneut, ihren Kollegen Reinders zu erreichen. Bei ihm zu Hause meldete sich niemand. Sie wählte seine Handynummer, in Erwartung, die Mailbox würde anspringen, auf die sie schon zweimal gesprochen hatte. Doch nach dem fünften Rufzeichen wurde das Gespräch entgegengenommen.

»Was gibt's, Maike?«, fragte er in seiner typisch flachsigen Art.

»Guten Morgen, Sören!«, begann Maike. »Ich weiß, du hast dein freies Wochenende, aber Jochen Hübner möchte, dass wir der Mordkommission zuarbeiten. Du sollst die Wohnung von Max durchsuchen! Um 13 Uhr werden wir mit Ergebnissen im KK11 erwartet!«

»Uff!«, kam es überrascht. »Ich hab von gestern noch einen richtigen Brummschädel.«

»Meinst du, du bekommst das trotzdem hin?«

Reinders grummelte etwas, das Maike nicht verstand,

sie nahm es aber als Zusage auf. »Du solltest dich beeilen!«, mahnte sie.

»Ja. Ja, bin auf dem Sprung. Wird aber dauern. Kommst du vielleicht mit zum Landhaus von Teubners Tante? Dich kennt die Dame.«

Maike blickte auf die Uhr. 9.15 Uhr. Bis 10.30 Uhr müsste sie die Akten durchhaben. »Okay! Hol mich dann im Büro ab.«

Maike beendete das Gespräch, setzte den Wasserkocher in Gang, den sie und Teubner sich für ihr Büro angeschafft hatten, und warf einen Beutel Früchtetee in ihre Tasse. Nachdem sie den Tee aufgegossen hatte, widmete sie sich wieder ihrer Aufgabe.

Soweit aus den Akten ersichtlich, hatte sich der Roma-Clan mit Beginn der Enkeltrickmasche in Köln niedergelassen und zunächst in Sozialwohnungen gelebt. Über die Jahre hatte Clanchef Bakro Taragos mit seinem Sohn den Trick perfektioniert und bandenmäßig organisiert. Die mafiöse Struktur breitete sich über viele europaische Lander aus. Die Anrufer arbeiteten meist vom Ausland aus. Vor Ort wurden die Opfer bereits von den Geldabholern beobachtet, wenn sie das Geld von der Bank holten. Die Masche wurde zeitnah und schnell durchgezogen. Der Betrug hatte so effektiv funktioniert, dass Clanchef Bakro Taragos und Sohn Adam sich im Laufe der Jahre in Köln-Rodenkirchen Protzvillen bauen ließen. Sie erwirtschafteten sich einen Fuhrpark von Nobelkarossen, die Damen kleideten sich in Designer-Roben, trugen teuren Schmuck, und der Nachwuchs, sprich die Enkelkinder des Clanchefs, besuchten ein teures Internat. An diesem Erfolg hatte Paula Horváth einen beträchtlichen Anteil und wurde dementsprechend hofiert.

Als die Ermittler der Sonderkommission des KK21 endlich auf Paula stießen, wollte man durch sie an die Hintermänner gelangen. Insbesondere Clanchef Bakro Taragos und sein Sohn Adam, die als Erfinder des Enkeltricks galten, sollten dingfest gemacht werden. Paula ahnte zunächst nicht, dass sie in das Visier der Polizei geraten war. Über abgehörte Telefonate ließ sich feststellen, dass sie von einem Hotel aus dem niederländischen Ort Roermond agierte. Da erst kam Kollege Teubner ins Spiel, der mit ihrer Observation betraut wurde. Um mehr Informationen zu bekommen, suchte er bald ihren persönlichen Kontakt und leitete zahlreiche Details über die Hintermänner an seine Vorgesetzten weiter. Dass aus der Zweisamkeit mit Paula eine Affäre wurde, tauchte in den Akten bislang nicht auf.

Teubner verschaffte der SOKO mit den Informationen von Paula genügend Material, um einen zentralen Schlag gegen die Enkeltrickmafia zu erwirken. Bakro Taragos und sein Sohn Adam sollten in ihren Villen in Köln-Rodenkirchen überführt werden. Die SOKO plante in Zusammenarbeit mit den niederländischen, belgischen und polnischen Polizeibehörden einen spektakulären Zugriff. Am 10. April vor fünf Jahren ging ein Großteil der Clanmitglieder der Polizei ins Netz. Unter anderem auch Paula Horváth und Clanchef Bakro Taragos. Sein Sohn Adam und dessen Frau kamen im Laufe des Einsatzes bei einer Verfolgungsjagd ums Leben. Sie hinterließen zwei jugendliche Kinder, die sich zur Zeit des Zugriffs im Internat befunden hatten.

Teubner wurde nach Abschluss der Ermittlungen gegen die Enkeltrickmafia mit sofortiger Wirkung vom Dienst suspendiert. Maike stutzte. Man hatte also doch von seiner Affäre gewusst, diese aber lange genug geduldet, um an Informationen von Paula zu gelangen. Die internen Untersuchungen gegen Teubner erstreckten sich über fast ein Jahr. Außer seiner Affäre mit Paula konnte man ihm jedoch kein Vergehen gegen die Dienstvorschriften nachweisen. Man legte ihm schließlich eine Versetzung nahe. So arbeitete er zunächst eine Zeit lang im KK11 in Köln, bis er sich nach Unna versetzen ließ.

Maike rollte ihren Schreibtischstuhl schwungvoll zurück und öffnete das Fenster in ihrem Büro. Bei frischer Luft würde es ihr vielleicht eher gelingen, ihre Gedanken zu sortieren. Ihr Blick fiel auf die Bahnhofsuhr an der Wand. Schon 10.50 Uhr und von Reinders keine Spur. Wo blieb der Kollege nur? Sie würde ihn nicht zu Teubners Tante begleiten können, sie hatte noch nicht einmal die Hälfte der Informationen des KK21 gesichtet. Maike griff zum Telefon und wählte erneut seine Nummer.

13

Sören Reinders erschrak vom Bimmeln seines Handys und wurde unsanft aus dem Schlaf gerissen. Kollegin Maike Graf rief an. Er ließ es bimmeln, stöhnte und wälzte sich mühsam aus dem Bett.

»Verflucht!«, murmelte er und hielt sich den immer noch schmerzenden Kopf. Ob die Ursache des Schmerzes bei der Beule zu suchen war, die von dem Schlag auf den Kopf in Paula Horváths Wohnung herrührte und mit den Fingern deutlich zu fühlen war? Oder doch eher verursacht durch seinen übertriebenen Alkoholkonsum am Vorabend? Seit Maikes letztem Anruf waren schon fast zwei Stunden vergangen. Er hatte nach dem Gespräch mit ihr gleich zwei Kopfschmerztabletten eingeworfen und sich danach nur kurz hinlegen wollen, in der Hoffnung, seinen Kater einigermaßen in den Griff zu bekommen. Es war ihm peinlich gewesen, vor der Kollegin zuzugeben, dass er getrunken hatte. Mit dem Restalkohol konnte er jedenfalls nicht Auto fahren. Er hatte noch nie viel Alkohol vertragen, aber gestern hatte er, nach dem Erlebnis in der Wohnung Horváth, den Drang nach etwas Starkem gehabt. Irgendwie fühlte er sich verantwortlich für das Verschwinden des Kollegen Teubner.

Es war bereits 11.15 Uhr, als Reinders sich endlich angezogen sowie eine Scheibe Brot und einen schwarzen Kaffee intus hatte. Er rief sich ein Taxi und wählte dann die Nummer seiner Kollegin.

»Reinders!«, ihre Stimme klang empört. »Wo bleibst du denn?«

»Tut mir leid, Maike, aber mein Wagen streikt! Ich komme jetzt mit dem Taxi!«

»Dein Nissan? Der ist doch noch gar nicht so alt! Hör zu, Sören, ich kann nicht mitfahren. Ich habe die Zusammenfassung über Paula Horváth und die Enkeltrickmafia noch nicht fertig. Du musst allein zu Teubners Tante fahren.«

»Mit dem Taxi? Bis nach Langschede? Weißt du, was das kostet?«

Er hörte seine Kollegin seufzen und sah praktisch, wie sie ihre Augen verdrehte. »Du kommst mit dem Taxi zur Dienststelle und nimmst dann einen Dienstwagen! Ist doch ganz einfach.«

Reinders beendete das Gespräch und lief die Stufen von seiner Wohnung hinunter auf die Straße, wo bereits das Taxi wartete. So einfach war das natürlich nicht mit dem Dienstwagen, wenn man Alkohol im Blut hatte. Er nannte dem Taxifahrer Teubners Adresse, lehnte sich im Sitz zurück und schloss die Augen. Vielleicht ließ sich die Taxi-Rechnung als Spesen abrechnen. Schließlich hatte er eigentlich sein freies Wochenende. Sonst hätte er auch niemals getrunken.

Kurz nach 11.30 Uhr setzte der Taxifahrer Reinders vor einem alten Landhaus ab. Der Fahrer ließ sich für einen fairen Preis dazu überreden, eine halbe Stunde zu warten. Reinders stieg aus und pfiff leise durch die Zähne.

»Was für eine schmucke Hütte!«, murmelte er und blickte auf ein doppelstöckiges Backsteinhaus mit großen Sprossenfenstern in weißen Rahmen, grünen Fensterläden und eingeschobenen Markisen, dazu Balkonvorbauten, die auf Natursteinsäulen ruhten. In das Walmdach waren Doppelgauben eingebaut – scheinbar nachträglich – sie hatten jedoch zu den anderen Fenstern die passenden grün-weiß gestreiften Markisen. Unter einem der Balkone befand sich der Haupteingang, erreichbar über zwei Stufen. Reinders betätigte die Klingel, kurz darauf wurde die schwere Eichentür von einer rüstigen Frau in den 60ern geöffnet. Kurze, graue Haare standen ihr etwas struppig vom Kopf. Sie trat ihm auf Socken entgegen, trug Jeans und ein schmuddeliges Schlabber-T-Shirt, ihre Hände steckten in quietschgrünen Gummihandschuhen.

»Äh … Frau Teubner? Mein Name ist Sören Reinders, Kriminaloberkommissar, Dienststelle Unna. Ich bin ein Kollege von Max. Haben Sie seit gestern etwas von Ihrem Neffen gehört?«

Tiefe Falten gruben sich in die Stirn der Seniorin. »Nein, habe ich nicht. Ich mache mir irrsinnige Sorgen. Max ist ein sehr zuverlässiger Mensch. Er würde nicht fortgehen, ohne mir Bescheid zu geben. Ich habe mich den ganzen Morgen in Gartenarbeit gestürzt, nur um mich abzulenken. Da muss etwas Furchtbares passiert sein. Sagen Sie, sind Sie nicht der Kollege, der mit ihm diesen Einsatz gefahren ist?«

Reinders nickte nur.

»Meine Güte«, rief die ehemalige Richterin bestürzt. »Ich habe gerade mit Ihrem Dienststellenleiter telefoniert. Ein guter Freund. Er erzählte, man hat Sie niedergeschlagen! Deshalb sind Sie auch so weiß um die Nase. Kommen Sie herein, ich habe frisch gepressten Orangensaft.«

Sie führte ihn durch den Eingangsbereich in ein helles, geräumiges Wohnzimmer: Terrakottafliesen, eine hohe Decke mit freigelegten Eichenbalken und Bruchsteine an den Wänden. Links ein schlichter Eichentisch mit sechs Stühlen, mittig darauf eine Obstschale. Gegenüber dem Essbereich eine bequeme Sitzgruppe. Belinda Teubner durchquerte das Wohnzimmer mit großen Schritten.

»Kommen Sie, Herr Reinders! Wir setzen uns bei den milden Frühlingstemperaturen einen Moment auf die Terrasse.«

Reinders folgte ihr durch eine Sprossenglastür nach draußen. Sie zog die Gummihandschuhe aus und schenkte an einem Teakholztisch aus einer Karaffe Orangensaft in zwei Gläser.

»Setzen Sie sich, bitte. Ich bin sofort wieder da.«

Während sie im Haus verschwand, folgte Reinders ihrer Aufforderung und trank sein Glas in einem Zug leer. Das fruchtige Getränk tat seinem Allgemeinzustand enorm wohl. Er ließ den Blick über den großen Garten schweifen. Akkurat geschnittener Rasen, Tulpenbeete, Rosenstauden und Rhododendren. Rechts plätscherte ein kleiner Brunnen. Aus einem Apfelbaum am Ende des Gartens, aus dem durch das warme Wetter der vergangenen Tage die ersten weiß-rosa Blütenknospen brachen, schallte Vogelgezwitscher. Idylle pur. Der ideale Ort, um nach einem stressigen Arbeitstag zur Ruhe zu kommen. Hier hatte Belinda Teubner sich den perfekten Alterswohnsitz geschaffen. Sie kam gerade mit einem Tablett aus dem Haus, immer noch in der gleichen Kluft, nur die Haare lagen jetzt akkurat. Sie schlüpfte in Gartenclogs und stellte einen Teller mit belegten Broten vor Reinders ab. Danach füllte sie sein Glas erneut und setzte sich.

»Gibt es neue Erkenntnisse über den Verbleib meines Neffen? Haben Sie eine Ahnung, was es mit dieser Frau auf sich hat, aus deren Wohnung er spurlos verschwunden ist?«

Reinders schluckte den Rest einer Mettbrötchenhälfte hinunter und spülte mit Orangensaft nach. »Hm«, begann er, »Max kannte diese Paula Horváth aus seiner Zeit in Köln. Die beiden waren damals wohl ein Paar. Wissen Sie Näheres davon? Vielleicht, ob er zwischenzeitlich noch Kontakt zu Paula Horváth hatte?«

Belinda Teubner lehnte sich in ihrem Polster zurück und ließ die Daumen umeinander kreisen. Sie selbst hatte sich auch einen Brotteller zubereitet, aber noch nichts davon angerührt. Sie wirkte angespannt und verzweifelt. »Ich weiß nichts von einer Paula Horváth. Als Max seine Stellung in Köln seinerzeit aufgab, habe ich mich natürlich gewundert. Hauptkommissar in einem großen Polizeipräsidium wie Köln, das war immer das, was er wollte. Und plötzlich schmiss er alles hin, rief mich an, ob er vorübergehend bei mir wohnen und ich mich mal bei der Dienststelle in Unna erkundigen könne, ob er dort unterzubringen sei.«

Sie nahm einen Schluck Orangensaft, beobachtete dabei eine Kohlmeise, die auf den Boden der Terrasse flog, sich eine Brotkrume schnappte und Richtung Apfelbaum verschwand. Dann blickte sie Reinders direkt an und fuhr fort: »Ich weiß nicht, welche Erfahrungen Sie während der Zusammenarbeit mit Max gemacht haben. Ich kann Ihnen nur so viel sagen: Er ist ein rechtschaffener Mensch. Er würde nie etwas Gesetzwidriges tun. Niemals!«

Reinders nickte. »Da gebe ich Ihnen vollkommen recht, Frau Teubner. Sie haben Ihrem Neffen damals zu seiner Stelle verholfen?«

Belinda Teubner nickte und schob Reinders ihren unberührten Teller zu. »Essen Sie! Ich habe keinen Appetit und freue mich, dass es Ihnen schmeckt!« Sie lächelte und zog seinen leeren Teller zu sich. »Ja! Ich hatte als Richterin damals ganz gute Beziehungen und habe bei den Verantwortlichen ein gutes Wort für ihn eingelegt.«

»Und er hat nie über die Geschichte mit Paula gesprochen?«

Die Seniorin nahm einen kleinen Schluck und schüttelte den Kopf.

»Nein. Er hat selten über seine Zeit in Köln geredet. Und ich muss Ihnen sagen, ich habe auch nicht sonderlich nachgehakt. Max ist der Typ, der solche Sachen mit sich selbst ausmacht. Zudem war ich seinerzeit gerade in Rente gegangen und hatte mit mir selbst zu tun. Der Beruf fehlte mir, die Verantwortung, der Trubel, einfach alles. Da war ich schon froh, vorübergehend nicht mehr alleine in diesem großen Haus leben zu müssen. Wir haben uns prima arrangiert. Am Wochenende saßen wir oft abends zusammen und haben geklönt. Wenn er allerdings seine Ruhe wollte, hatte er oben sein eigenes Reich und konnte sich zurückziehen. Ich glaube, er fühlt sich hier wohl.«

»Davon bin ich überzeugt, Frau Teubner!« Reinders hatte auch den zweiten Teller geleert, besonders der Blauschimmelkäse war köstlich gewesen. Jetzt lehnte er sich zufrieden seufzend zurück. Seine Kopfschmerzen spürte er nur noch durch ein leichtes Tuckern hinter der Stirn. Was würde er drum geben, den Rest des Tages in diesem bequemen Gartenstuhl verbringen zu dürfen. Aber es galt, einen Mord aufzuklären, und vor dem Landhaus wartete sein Taxi. Als hätte der Fahrer seine Gedanken gelesen, begann er anhaltend zu hupen. Reinders sprang auf.

»Entschuldigung! Mein Taxi wartet vor der Tür ... mein Wagen sprang heute Morgen nicht an!«, blieb er bei der schon einmal verwendeten Lüge. »Ich sag dem Fahrer nur schnell Bescheid, dass es noch ein halbes Stündchen dauert.«

»Warten Sie!«, hielt Belinda Teubner ihn zurück. »Schicken Sie Ihr Taxi fort. Ich werde Sie gleich zur Dienststelle bringen. Ich habe sowieso noch etwas in Unna zu erledigen.«

Reinders bedankte sich und lief zur Haustür. Als er zurückkam, stand die Seniorin im Eingangsbereich an das Treppengeländer einer Wendeltreppe gelehnt, die in den ersten Stock führte.

»Sie wollen doch bestimmt die Räumlichkeiten von Max untersuchen? Kommen Sie!«

Der Oberkommissar hatte kaum gewagt, zu fragen, aber als ehemalige Richterin kannte sie die Vorgehensweise in einer polizeilichen Ermittlung. Er folgte ihr über die Treppen ins Obergeschoss und betrat einen rustikalen Dielenboden. Auch hier offengelegte Eichenbalken und Bruchstein an den Wänden. Von einem langen Flur gingen fünf Türen ab. Ein zweckmäßiges Bad, das Zimmer von Teubners Sohn Raffael, eine kleine Küche, die unbenutzt aussah. Reinders öffnete einige der Schranktüren. Kaum Geschirr, wenige Töpfe, eine Pfanne, ein paar Gläser. Im Kühlschrank nur eine Lage Dosenbier, etwas Käse, frisches Obst und Gemüse. Die Kaffeemaschine schien öfters in Gebrauch zu sein, das Glas der Kanne hatte braune Ränder und es steckte noch der alte Filter darin.

»Max hat die Küche kaum benutzt«, erklärte Belinda Teubner. »Höchstens mal die Kaffeemaschine oder die Mikrowelle. Raffael macht sich manchmal eine Pizza im Backofen. Ansonsten essen die beiden unten bei mir.«

Reinders inspizierte noch die Schubladen, fand aber nichts von Bedeutung, nur Frischhaltefolie, Brot- und Filtertüten, Besteck und Kleinkram. »Ich würde mir gerne das Schlafzimmer von Max und das Wohnzimmer ansehen. Hatte er ein Arbeitszimmer?«

Belinda Teubner wies auf die zwei verbleibenden Türen. »Ein eigenes Büro hatte er nicht. Bei Bedarf konnte er meines benutzen. Schauen Sie sich in Ruhe um. Ich werde mich derweil etwas frisch machen und umziehen. So kann ich Sie schließlich nicht in die Stadt fahren.« Sie zupfte an ihrem schmuddeligen Schlabbershirt, lächelte und stieg forsch die Stufen hinab ins Erdgeschoss.

»Ist Ihnen aufgefallen, ob etwas von seinen Sachen fehlt? Könnte er am Abend noch einmal hier gewesen sein?«, rief Reinders ihr nach.

Sie war die Stufen schon fast hinab, kam daher zwei, drei Stufen zurück und sah nachdenklich zu ihm hoch. »Sie mögen es für verwerflich halten, aber nachdem ich gestern von Kommissarin Graf erfuhr, was geschehen ist, habe ich sogleich nachgesehen, ob eine große Tasche fehlt oder irgendwelche Kleidung. Soviel ich feststellen konnte, ist alles so wie immer. Sein Rasierzeug, seine Zahnbürste … alles noch da. Und soweit ich das beurteilen kann, fehlt auch nichts von seiner Garderobe. Wenn er sich nicht ins Haus geschlichen hat, ist er auch nicht noch einmal hier gewesen, nachdem er am Morgen zur Arbeit aufgebrochen ist. Ich war den ganzen Tag zu Hause und hätte vermutlich bemerkt, wenn er das Haus betreten hätte.«

Reinders bedankte sich und machte sich an die Arbeit. Die erste der beiden verbleibenden Türen führte ihn in ein Wohnzimmer. Auch hier offengelegte Balken an der Decke und Wände aus rustikalem Bruchstein. Eine Sprossenglastür führte auf einen Balkon mit kleinem Tisch, Sonnenschirm und zwei Gartenstühlen. Das Zimmer an sich war sehr modern eingerichtet. Weiße Wohnwand mit Flachbildschirm, niedriger Glastisch und lederne Sitzmöbel, ebenfalls in Weiß. Am Rande eines hellen Berberteppichs lugten die rustikalen Bodendielen hervor, die auch im Flur verlegt waren. Reinders seufzte. Es war ihm unangenehm, die privaten Sachen des Kollegen zu durchsuchen. Aber möglicherweise fand sich ein Hinweis auf seinen Aufenthaltsort, vielleicht gab es noch Unterlagen im Zusammenhang mit Paula Horváth. Irgendetwas, das ihn weiterbringen würde.

14

Endlich Feierabend! Die zwei Stunden Arbeitszeit waren nur schleppend vergangen. Der Chef hatte mit dem Vertreter im Nebenraum gesessen. Kunden waren nur wenige gekommen. Wer interessierte sich bei herrlichem Sonnenschein auch für Schmuck? Daphne Tischer verließ den Juwelierladen und genoss die milden Frühlingstemperaturen. Die Sonne stand hoch an einem azurblauen Himmel. Die Innenstadt war außergewöhnlich voll. An diesem Wochenende fand, wie jedes Jahr Anfang April, in Unnas City der historische Westfalenmarkt statt. In der Fußgängerzone reihten sich Stände mit altertümlichen Keramik-, Schmuck- und Lederwaren. Da Daphne ihr Auto auf dem Rewe-Parkplatz am Ostring geparkt hatte und dementsprechend sowieso einen kleinen Fußmarsch vor sich hatte, beschloss sie, zuvor über den altertümlichen Westfalenmarkt zu schlendern. Auf dem Weg zum Marktplatz kamen ihr Gaukler und Spielmannsleute in prächtigen Gewändern und Ritter mit klirrenden Rüstungen entgegen. Der Marktplatz selbst fügte sich zwischen den historischen Fachwerkhäusern perfekt in die mittelalterliche Kulisse ein. Daphne sah Ritter, die sich bekämpften und Handwerker, die ihre traditionelle Kunst zeigten. Ein Scherenschleifer nahm Messer und Scheren zum Schärfen entgegen. An einem anderen Stand konnte man altertümliche Münzen prägen lassen. Ein Schmied schlug in der Schmiede auf glühendes Eisen ein, und beim Steinmetz durften Kinder sich mit Hammer und Meißel versuchen. Als Daphne der Geruch von Räucherfleisch in die Nase stieg, erinnerte sie sich daran, dass sie noch einkaufen wollte. Sie verließ den Markt über die Wasserstraße und spazierte langsam zum Rewe-Markt am Ostring.

Nach Erledigung ihrer Einkäufe schob sie den Einkaufswagen zu ihrem Smart und verstaute die Waren. Dabei musste sie wieder an den rücksichtslosen Räuber denken, den sie heute Morgen beim Bäcker in ihrem Dorf wiedergesehen hatte. Erneut meldete sich das schlechte Gewissen, weil sie längst die Polizei hätte informieren müssen. Sie kannte das Kennzeichen. Die Polizei hätte in Nullkommanichts den Halter ermittelt, und selbst wenn dieser nicht der Täter war, musste er ja wissen, wem er sein Auto geliehen hatte. Dennoch zögerte Daphne. SP, wie sie den Räuber mittlerweile wegen seiner auffälligen Tätowierung nannte, hatte sie vermutlich beim Bäcker erkannt. Er würde also sofort wissen, wem er den Besuch der Polizei zu verdanken hatte. Und wenn er nicht selbst der Halter war, würde er von diesem gewarnt werden und könnte früh genug untertauchen. Da hätte er noch ausreichend Gelegenheit, sich um die lästige Zeugin zu kümmern, die ihn verpfiffen hatte. Daphne malte sich aus, wie er ihr auflauern würde. Es war ihm zuzutrauen, dass er brutal auf sie einschlagen würde.

»Nein, nein!«, murmelte sie leise. »Ich muss erst mehr über den Typ herausfinden!« Sie ließ sich hinter das Steuer fallen und setzte das Auto rückwärts aus der Parklücke. Als ein knirschendes Geräusch ertönte, hämmerte sie den Fuß auf die Bremse.

»Verdammt!«, fluchte sie, stieg aus und besah sich den Schaden. Sie hatte einen Begrenzungspflock mit dem Kotflügel gerammt. Daphne fuhr mit den Fingern über den angekratzten Lack. Kein Totalschaden, aber vermutlich musste die gesamte hintere Karosserie neu lackiert werden, da sie aus einem Stück bestand. Das würde sicher an die 300 Euro kosten. Der Pflock hatte zum Glück nichts abbekommen. Dennoch lief sie in den Supermarkt zurück, um den Inhaber des Ladens über ihr Malheur zu informieren. Er begleitete sie auch sogleich zum Parkplatz und winkte dann lächelnd ab. Er bedauerte den Schaden an ihrem Auto und wünschte ihr ein schönes Wochenende. Daphne setzte sich genervt hinters Steuer und lenkte den Smart Richtung Mühlhausen.

Während der Fahrt überlegte sie, was sie mit dem angebrochenen Tag noch anfangen könnte. Am Abend war sie bei ihrer Freundin Britta zum Grillen eingeladen. Dafür hatte sie sogar ihrem Bowlingklub abgesagt. Das samstägliche Bowling mit ihren Freunden war ihr sonst heilig. Sie spielten schon drei Jahre miteinander, jeder besaß eine eigene, professionell gefertigte Kugel. Es machte Daphne immer wieder Spaß, zu sehen, wie Sven sich ärgerte, wenn sie einen Strike nach dem anderen warf, was ihr allerdings auch nicht immer gelang.

Daphne lenkte den Smart durch die schmale Eisenbahnunterführung am Hellweg und bog gleich dahinter rechts Richtung Uelzen ab. Sie passierte das Alu-Werk auf der linken Seite und fuhr an schmucken Einfamilienhäusern vorbei. In Höhe des Bahnübergangs kam ihr der Gedanke, beim Bäcker vorbeizufahren und sich für den Nachmittag ein Stück Kuchen mitzunehmen. Sie hatte seit dem hastigen Frühstück nichts gegessen, und bis zum Abend war es noch lange hin.

Wenn sie Glück hatte, tat Frau Herwig vom Morgen noch Dienst und sie konnte sie gleichzeitig über den rüpelhaften Kunden ausfragen. Daphne parkte ihren Smart direkt vor der Bäckerei. Zur Mittagsstunde war der kleine Laden ohne Kundschaft. Ein Duft von frisch gebackenem Brot stieg Daphne in die Nase und prompt knurrte ihr der Magen. Daphne betrachtete die ausgelegten Backwaren in der Theke und wartete auf die Verkäuferin.

»Einen Moment, bitte!«, schallte es aus dem Nebenraum. Kurz darauf betrat Frau Herwig den Verkaufsraum. Ihre schlanke Gestalt umhüllte ein Kittel, an dem eine Anstecknadel mit ihrem Namen befestigt war. Ihre dunkelblonden Haare hatte sie zu einem Zopf gebunden. Unter dem Kittel schimmerten ein dunkles T-Shirt und eine kurze Hose. Daphne beneidete die Verkäuferin um ihre schlanke Figur, wie gerne würde sie sich bei dem warmen Wetter auch mal luftig kleiden. Aber für Hotpants waren ihre Oberschenkel eindeutig zu dick, auch enge T-Shirts mochte sie nicht tragen, weil sie ihre kräftigen Oberarme und ihren großen Busen nicht gern zur Schau stellte. Frau Herwig lächelte freundlich und balancierte ein Tablett mit Quark- und Puddingteilchen in den Laden, schob es geschickt in die

Theke und fragte Daphne nach ihren Wünschen. Diese entschied sich spontan gegen kalorienreiche Quarkteilchen und orderte ein Dinkelbrot. Dazu nahm sie fettarme Margarine aus dem Regal und eine Packung Diätaufschnitt.

»Ab heute geht's dem Speck an den Kragen!«, sagte sie lächelnd.

Frau Herwig sah verwundert auf. »Ich finde, Sie haben eine schöne Figur. Ich wäre gern etwas fülliger. Aber ich kann essen, was ich will, ich sehe immer aus wie ein schmales Brett.«

Während Daphne ihr Portemonnaie aus ihrer schwarzen Handtasche fischte, beobachtete sie, wie Frau Herwig das Dinkelbrot in Papier einwickelte. »Sagen Sie, erinnern Sie sich an den frechen Kerl, der heute Morgen so ungeduldig war und die Geldbörse der alten Frau Obermeier auf dem Zahlteller auskippte?«, fragte sie.

Frau Herwig hob verwundert den Kopf. »Natürlich erinnere ich mich! So ein Flegel! Am liebsten hätte ich ihn vor die Tür gesetzt. Aber hier herrscht das Motto: Der Kunde ist König. Also habe ich mich zurückgehalten.« Sie tippte den Betrag für Daphnes Einkäufe in die Kasse und fragte nach weiteren Wünschen.

»Nein danke«, erwiderte Daphne. »Ist der Kerl schon oft bei Ihnen zum Einkauf gewesen? Wissen Sie, ob der hier im Dorf wohnt? Ich hab ihn nie zuvor gesehen«, fragte sie und fügte gedanklich hinzu: Außer, als er den Laden meines Chefs ausgeraubt hat.

Frau Herwig schüttelte entschlossen den Kopf. »Nein, der war nie zuvor hier im Laden. Nicht während meiner Arbeitszeit. An den Typ würde ich mich erinnern. Die aggressiven Gesichtszüge flößten mir fast Angst ein.«

Daphne nickte, bezahlte den Einkauf, packte Brot, Margarine und Diätaufschnitt in ihre Handtasche und wollte den Laden verlassen. Die Verkäuferin hielt sie jedoch zurück.

»Aber eben war er noch einmal hier«, sie blickte sie eindringlich an. »Ist keine halbe Stunde her.«

Daphne hatte sich bereits dem Ausgang zugewandt, drehte sich nun hektisch um. Er war also noch nicht nach Köln heimgefahren. Sie ahnte, dass die Rückkehr des Typen mit ihr zu tun hatte, und das konnte nichts Gutes bedeuten. Sie schaute Frau Herwig fragend an.

»Zunächst hat er sich nach Frau Obermeier erkundigt«, fuhr Frau Herwig fort. »Er wollte wissen, ob ich sie kenne, es täte ihm leid, dass er sie heute Morgen so grob behandelt hätte. Aber er habe dermaßen unter Zeitdruck gestanden, dass ihn die langsame Art der Frau Obermeier zur Weißglut gebracht hätte. Er wollte sich bei ihr entschuldigen und fragte nach ihrer Adresse oder Telefonnummer.«

Daphne sah die Verkäuferin erstaunt an. Solch ein rücksichtsvolles Verhalten passte ihrer Meinung nach nicht zu dem Juwelenräuber.

»Das überrascht mich jetzt aber«, sagte sie deshalb.

Frau Herwig nickte. »Ich war auch perplex und wusste so schnell gar nicht, wie ich reagieren sollte. Die Adresse der alten Dame wollte ich ihm nicht geben. Frau Obermeier hat aber ihre Telefonnummer hier hinterlegt. Wenn es ihr nicht so gut geht, rufe ich schon mal bei ihr an und frage, ob ich ihr was rüberbringen soll. Ist ja nicht weit bis zu ihrer Wohnung am Kusenkamp.«

»Sie haben dem Mann die Telefonnummer von Frau Obermeier gegeben?« Daphne war gar nicht wohl bei der

Sache. Aber am Telefon konnte SP vermutlich nicht viel Unheil anrichten.

»Hm«, nickte die Verkäuferin zögernd, »und dann hat er nach Ihnen gefragt«, fuhr sie fort. »Ob ich weiß, wo Sie wohnen. Angeblich wollte er sich auch bei Ihnen entschuldigen, weil er sich vorgedrängt hat. Das schien mir doch sehr weit hergeholt.«

Daphne spürte, wie ihr die Knie weich wurden. Vermutlich hatte SP sich zunächst nach Frau Obermeier erkundigt, um von ihr abzulenken, um Frau Herwig nicht skeptisch werden zu lassen. Der Kerl war gefährlich. »Was … haben Sie … ihm gesagt?« Daphnes Stimme versagte, sie konnte nur noch krächzen.

Frau Herwig lächelte beruhigend. »Keine Panik! Ich habe ihm keinen Namen genannt, Frau Tischer, und Ihre Adresse kenne ich gar nicht. Ich habe ihm gesagt, dass Sie mir hier noch nie aufgefallen sind und dass ich nicht weiß, ob Sie aus dem Dorf sind.«

»Damit hat er sich zufriedengegeben?«

»Nein«, sagte Frau Herwig, »er beugte sich dicht über die Theke und kam mir verdammt nah. Ich trat automatisch zurück bis ans Brotregal. Diese stechenden Augen! Er hat mir ein wenig Angst gemacht. Er sagte, es wäre ihm wichtig, mit Ihnen zu sprechen. Ich habe ihm gesagt, dass ich lediglich von unseren Stammkunden den Namen kenne. Und dass Sie definitiv nicht dazugehören würden. Er sah mich eine Weile schweigend an, dann verließ er grußlos den Laden.«

Ein leichtes Zittern überkam Daphne. Eine Gänsehaut überzog ihren Rücken, die feinen Härchen an ihren Armen stellten sich auf und sie begann zu frösteln. Sie verabschiedete sich hastig und eilte zu ihrem Auto. Ihre Gedanken kreisten nur noch um den Mann mit dem SP-Tattoo. Sie musste etwas unternehmen. Sie würde zu Hause direkt die Polizei anrufen. Mit zitternden Fingern gelang es ihr, den Zündschlüssel ins Schloss zu stecken und den Motor zu starten. Sie lenkte den Smart nach Hause, ohne irgendetwas wahrzunehmen. An einem Zebrastreifen musste sie eine Vollbremsung machen, weil sie um ein Haar eine alte Dame mit Rollator übersehen hätte. Sie entschuldigte sich mit erhobener Hand und nahm die Schimpftiraden der Alten kommentarlos hin. Zu Hause angekommen, schaffte sie ihre Einkäufe in ihre Wohnung und verstaute das meiste davon im Kühlschrank. Danach griff sie nach dem Telefon, um die 110 zu wählen. Sie brauchte noch den Zettel mit dem Kennzeichen. Nervös kramte Daphne in ihrer Handtasche. Wo hatte sie den Zettel nur hingetan? In die Tasche ihrer Sporthose, fiel es ihr ein. Und die hatte sie, bevor sie am Vormittag zur Arbeit fuhr, zusammen mit einigen anderen Sachen in die Waschmaschine gesteckt! Was sollte sie der Polizei nun sagen? Dass der Juwelenräuber einen schwarzen Porsche mit Kölner Kennzeichen gefahren hatte? War es überhaupt ein Porsche gewesen? Oder doch ein Sportwagen von einem anderen Hersteller? War er wirklich schwarz oder doch eher in einem tiefen Dunkelblau? Daphne war verunsichert. Sie ließ sich entmutigt aufs Sofa fallen. Auf keinen Fall würde sie sich bei der Polizei lächerlich machen!

15

Unmöglich! Maike warf einen Blick auf die runde Bahnhofsuhr in ihrem Büro und stellte fest, dass sie niemals pünktlich um 13 Uhr zur Besprechung im KK11 in Dortmund sein würde. Sie schob die Notizen zusammen, packte sie in ihre Umhängetasche, schaltete den PC aus und verließ das Büro. Da sie seit ihrem letzten Telefonat – bei dem Reinders sich in ein Taxi Richtung Dienststelle setzen wollte – nichts von ihm gehört hatte und sie telefonisch nur auf seiner Mailbox landete, beschloss sie, sich nun allein auf den Weg nach Dortmund zu machen. Maike ärgerte sich darüber, dass sie Teubners Wohnung nach der Dienstbesprechung vermutlich selbst durchsuchen musste. Das passte ihr überhaupt nicht in den Kram. Ganz davon abgesehen, dass sie Jochen und der *neuen* Staatsanwältin eine Erklärung schuldete. Dass Reinders sich überhaupt nicht meldete, machte sie regelrecht aggressiv. Und je länger sie über sein Verhalten nachdachte, desto wütender wurde sie.

Sie setzte sich in ihren Dienstwagen, warf ihre Tasche auf den Rücksitz und knallte die Tür zu. Als sie vom Parkplatz fuhr – der ausschließlich für Mitarbeiter der Dienststelle Unna reserviert war – kam ihr ein unbekannter Mercedes entgegen. Sie wollte gerade wütend hupen, als die Fahrerin ihr freundlich zuwinkte. Maike erkannte Belinda Teubner. Sie hob zum Gruß die Hand und sah verwundert dabei zu, wie Kollege Reinders die Beifahrertür öffnete und sich kurz darauf neben sie auf den Sitz fallen ließ.

»Tut mir echt leid, Kollegin, aber es ging nicht schneller!«

»Schon gut«, murmelte sie besänftigt und erleichtert darüber, dass sie nicht allein fahren musste. »Hast du mal was von Telekommunikation gehört? Handy? Festnetz? Einfach anrufen, um zu sagen, was Sache ist?« Maike wartete, bis Belinda Teubner zurückgesetzt hatte, und lenkte dann den Dienstwagen auf den Verkehrsring.

»Akku leer. Sorry.«

»Du musst die Besitztümer Teubners ja ziemlich gründlich durchforstet haben. Hast du wenigstens etwas herausfinden können?« Ihr Tonfall klang scharf und betonte ihre wütende Stimmung.

»Jetzt komm mal runter, Maike. Ich hab mir den freien Samstag auch anders vorgestellt«, murrte er.

»Entschuldige, Sören, aber die Zeit sitzt mir im Nacken.«

»Ja, meinst du, mir nicht? Glaubst du, ich hab bei Teubners Tante Kaffeeklatsch gehalten?« Er verschränkte die Arme vor der Brust. Sein Gesicht lief rot an und er starrte nach vorn.

»Ich hab mich doch entschuldigt. Also, was ist nun? Hast du was?«

Er warf ihr einen stummen Blick zu, wobei seine Augen zornig funkelten. Dann nestelte er in der Innentasche seines Jacketts und zog einen Briefumschlag heraus, den er auf seinen Schoß legte.

Maike fluchte über den Verkehr beim Möbelhaus Zurbrüggen, hoffentlich war die Autobahn Richtung Dortmund nicht auch verstopft. Sie warf Reinders, der stumm wie ein Fisch neben ihr hockte, einen fragenden Blick zu.

»Sören! ... Bitte!«

Er grummelte einige unverständliche Worte, wobei sie glaubte, so etwas wie »zickig« herauszuhören. Dann kam er endlich zum Punkt. In Teubners Wohnung deute nichts auf eine überstürzte Flucht seinerseits hin. Offensichtlich fehle auch nichts von seinen Sachen. Er habe alle Räume gründlich durchsucht, sogar einen Blick in das Büro der Richterin geworfen, das der Kollege mitbenutze. Keinerlei Auffälligkeiten. Lediglich diesen Brief habe er gefunden, Absender sei Paula Horváth, abgeschickt sei er vor einigen Jahren und adressiert an Teubners damalige Adresse in Köln.

»Und? Was steht drin?«, fragte Maike, während sie die Geschwindigkeitsbegrenzung von 120 Stundenkilometern mit 30 überschritt, als sie an einem LKW vorbeizog.

»Paula beendet die Beziehung zu Teubner. Scheinbar hat sie den Brief zu der Zeit ihrer U-Haft geschrieben. Sie glaubt, dass ein Polizist und eine Betrügerin nicht zusammenpassen würden. Sie könnte ihm und seiner Karriere schaden, da er bereits seit Monaten suspendiert sei und sie merke, wie der Job ihm fehle. Sie wolle nach ihrer Haft irgendwo ein neues Leben beginnen.«

»Das ist alles?«, fragte Maike ein wenig enttäuscht. Ein alter Brief, in dem Paula mit Teubner Schluss machte, half ihnen vermutlich nicht weiter. Vielleicht würde er wenigstens beweisen, dass Teubner in den letzten Jahren keinen Kontakt zu Paula Horváth hatte.

»In dem Briefumschlag befinden sich auch zwei Fotos«, erklärte Reinders und zog diese heraus.

Maike hatte die Autobahn verlassen. Sie befanden sich auf dem Westfalendamm, wo der Verkehr sich, wie gewohnt, vor den Ampelanlagen staute. Daher konnte sie einen ausgiebigen Blick auf die Fotos werfen. Auf beiden war Paula Horváth in inniger Vertrautheit mit einem Mann abgelichtet. Einmal himmelte sie Teubner an, auf dem anderen Bild einen jüngeren Mann, wohl etwa in ihrem Alter.

»Hast du eine Ahnung, wer das ist?«, fragte sie und deutete auf den Fremden.

Reinders zog die Schultern hoch. »Das lässt sich aber sicherlich herausfinden. Ich hatte die Hoffnung, der Mann wäre dir bei der Durchsicht der Enkeltrick-Akten aufgefallen.

Maike schüttelte den Kopf. »Leider nein. Aber vielleicht ist er der Schreiber der Briefe, die wir in Paula Horváths Wohnung gefunden haben, dieser ›Novize‹.«

»Möglich«, meinte Reinders, »immerhin ein weiterer Ermittlungsansatz. Mir wäre lieber gewesen, ich hätte eine Spur von Max Teubner gefunden oder etwas, was ihn entlastet.«

»Zumindest hast du nichts entdeckt, was ihn *belastet*. Überhaupt finde ich die Theorie der Staatsanwältin weit hergeholt, Teubner könne geschossen gehabt. Warum sollte er danach seine Walther P99 in der Wohnung verstecken? Und dann so unprofessionell, dass sie sofort gefunden wird. Immerhin hätte ihm die Waffe bei einer Flucht noch von Nutzen sein können. Ich bin der festen Überzeugung, er wurde gemeinsam mit Paula Horváth verschleppt.«

»Seh ich genauso!«, pflichtete ihr Reinders bei.

Kurz hinter den Westfalenhallen Dortmund bog Maike rechts in die Hohe Straße ein, dann erreichten sie das Polizeipräsidium Dortmund an der Markgrafenstraße. Während Maike auf den Parkplatz fuhr, starrte Reinders fast ehrfürchtig auf das mehrstöckige Gebäude.

»Komm schon«, rief Maike, »die Besprechung läuft bereits.« Sie hastete im Laufschritt auf den Glasvorbau des Präsidiums zu und eilte über die Treppe in den 2. Stock, wo in den Räumen des KK11 das Treffen der Mitarbeiter der Mordkommission stattfinden sollte.

Etwas abgehetzt betraten sie den Besprechungsraum. Da keine freien Stühle mehr vorhanden waren, lehnten sich Maike und Reinders an die Seitenwand. Etwa 20 bis 25 Mitarbeiter waren anwesend. Vor Kopf saßen Jochen Hübner, Leiter des KK11 und Staatsanwältin Lina von Haunhorst. Kriminaloberkommissarin Jasmin Sauber stand neben den beiden und informierte das Kollegium mit Bildmaterial über die Ergebnisse der Rechtsmedizin. Sie wirkte blass, als habe sie nicht wirklich Spaß an ihrer Aufgabe. Maike erfuhr, dass der tote Slatko Breuer von einem Schuss in die rechte Vorkammer des Herzens getroffen worden und augenblicklich dieser Verletzung erlegen sei. Kampfverletzungen, die auf ein vorheriges Gerangel hätten hindeuten können, habe der Rechtsmediziner nicht gefunden. Der Todeszeitpunkt des Romas lasse sich auf 17.30 bis 17.40 Uhr am Freitag festlegen. Schmauchspuren wurden beim Toten weder an der Kleidung noch an den Händen nachgewiesen. Er hatte also entweder keine Waffe besessen oder war nicht mehr zum Abfeuern gekommen. Ferner sei die gefundene Walther P99 untersucht worden. Aus ihr sei der tödliche Schuss abgefeuert worden. Fingerabdrücke habe man nicht sichern können, die Waffe sei gründlich abgewischt worden.

Jasmin Sauber legte die Berichte der Rechtsmedizin und Kriminaltechnik beiseite und griff nach einem anderen Ordner. Sie schien sich für ihren Auftritt hier besonders zurechtgemacht zu haben. Ihre langen blonden Locken waren lose hochgesteckt, ein dezentes Make-up sowie hochhackige Schuhe ließen die 31-jährige Oberkommissarin reifer und größer wirken. Ein dunkelblauer Blazer zu Jeans und weißem T-Shirt verlieh ihrer Erscheinung eine elegante Note. Sie blickte auf und erklärte, sie habe seit den frühen Morgenstunden recherchiert und erste Erkenntnisse über den Toten gewonnen.

Es handle sich bei Slatko Breuer um einen ehemaligen Komplizen von Paula Horváth. Er und auch sein Mitbewohner Sergej Timoschenko seien seinerzeit für Paula Horváth als Abholer tätig gewesen. Sie hätten also das Geld einkassiert, das Paula bei ihren Telefonaten erschwindelte. Breuer habe keine leichte Kindheit gehabt, er sei als Säugling vor einem Heim in Süddeutschland ausgesetzt worden. Bereits als Zehnjähriger habe er erste Fluchtversuche vorgenommen. Mit 13 Jahren sei ihm die Flucht gelungen. Nach einiger Zeit auf der Straße sei er in Köln auf den Clan von Bakro Taragos gestoßen, der ihn bei sich aufgenommen habe. Er sei zur Schule geschickt worden und in seiner Freizeit habe er für Taragos gebettelt und gestohlen. Nach und nach sei Breuer immer weiter in den Clan integriert worden. Man habe seine Loyalität und Dankbarkeit zu schätzen gewusst. Als Taragos seine Leute mit der Enkeltrickmasche losschickte, wurde Slatko Breuer als Abholer eingesetzt. In der Blütezeit des Enkeltricks wohnte er mit dem Roma Sergej Timoschenko in einem Anbau der Villa seines Bosses. Zu ihm habe er eine Art Freundschaft entwickelt. Als der Clan schließlich aufflog, wurden die beiden im Rahmen eines europaweiten

Zugriffs gefasst. Ihre Haftstrafe von zwei Jahren hätten sie in der JVA Köln abgesessen.

Jasmin Sauber hatte während ihres Vortrags stur auf einer Stelle gestanden und aus ihrer Mappe abgelesen. Jetzt schien sie den Faden verloren zu haben, blätterte hin und her, lief dabei leicht rot an.

»Och«, flüsterte Reinders, »jetzt kriegt sie nur ein Fleißkärtchen von ihrem Jochen, weil sie nicht weiterweiß. Das tut mir aber leid.«

»Sören!«, zischte Maike leise. Sie stieß ihm den Ellbogen in die Rippen und lächelte. Dann beobachtete sie Jasmin Sauber, die jetzt in ihren Notizen fündig geworden war und wieder aufblickte.

»Um zum Ende zu kommen: Nachdem die beiden Roma aus der Haft entlassen wurden, ließen sich Slatko Breuer und Sergej Timoschenko wieder in Köln nieder. Dort sind sie immer noch in einer Sozialwohnung gemeldet. Die Kölner Kollegen konnten den Mitbewohner Breuers dort jedoch nicht erreichen. Ein Nachbar der beiden hat schließlich die Handynummer von Sergej Timoschenko herausgerückt und wusste auch, wo er zu erreichen ist. Und jetzt kommt die Überraschung. Seit einiger Zeit wohnen die beiden Roma in Unna auf einem der Dörfer. Den Grund dafür wusste der Nachbar nicht. Sie leben auf einem ehemaligen Bauernhof zur Untermiete. Sergej Timoschenko wurde daraufhin von den Unnaer Kollegen der Streifenpolizei bereits über den Tod seines Mitbewohners informiert. Er soll sehr schockiert gewesen sein.«

Jasmin strich sich eine Haarsträhne aus der Stirn, die sich aus ihrer Hochsteckfrisur gelöst hatte, blätterte eine Seite weiter und fuhr fort: »Für die Tatzeit hat Herr Timoschenko ein Alibi. Der Besitzer des Bauernhofs, ein Doktor Hartmut Kniepel gab an, der Roma hätte in der fraglichen Zeit sein Wohnmobil von innen gründlich gesäubert, da Kniepel sich damit auf eine längere Tour machen wollte. Auf die Frage, was Slatko Breuer von Paula Horváth wollte und mit wem er unterwegs gewesen sei, habe Timoschenko keine Antwort gehabt.«

Jasmin klappte die Mappe zu und blickte erwartungsvoll zu Jochen Hübner. »Das war's von mir«, sagte sie.

Jochen blickte kurz auf. »Danke dir«, sagte er mit einem wohlwollenden Lächeln, blickte dann Maike und Reinders an und fuhr fort: »Was haben unsere Unnaer Kollegen für uns?«

Nachdem Reinders eindringlich: »Mach du das!«, geflüstert hatte, ging Maike nach vorne und fasste die wichtigsten Fakten über Paula Horváth und den einstigen Clan der Enkeltrickmafia in Köln zusammen. Sie erwähnte, dass die Clanchefs zu ihrer Blütezeit durch den Enkeltrick im Luxus und Überfluss gelebt hatten. Sie hätten ein Netzwerk an Mitgliedern aufgebaut, die nicht nur in Deutschland, sondern auch in den angrenzenden Ländern Europas mit der Masche unterwegs gewesen seien. Von dem Gewinn aus den Geschäften hatten Bakro Taragos und sein Sohn Adam unter anderem Prachtvillen in Köln-Rodenkirchen finanziert. Die Polizei habe ihnen den Betrug lange Zeit nicht nachweisen können, da sie nur im Hintergrund agierten. In langjähriger, intensiver Recherche seien die Ermittler in Deutschland, Belgien, den Niederlanden und Polen vor fünf Jahren endlich in der Lage gewesen, einen Teil der mafiösen Struktur zu zerschlagen. Das sei zum einen Paula Horváth zu verdanken, die gegen ihren Clan ausgesagt habe. Zum anderen habe ein Ermittler namens Dirk Neubach einen großen Schritt zu diesem Erfolg beigetragen, da er sich dafür eingesetzt habe, neue Strukturen im Kampf gegen den Enkeltrick zu legen und zentrale Anlaufstellen zu schaffen, bei denen alle Informationen zusammengelaufen seien. Es sei schließlich gegen etwa 18 Beschuldigte zwischen 16 und 63 Jahren Haftbefehl ergangen, darunter auch gegen den Haupttäter des Clans Bakro Taragos, der weiterhin in der JVA Köln inhaftiert sei. Insgesamt seien bei dem damaligen Zugriff 170 Beamte europaweit im Einsatz gewesen, über 30 Objekte durchsucht worden, dabei habe man Geld, Schmuck und Luxusautos sichergestellt. Die meisten der Inhaftierten hätten ihre Haftstrafen bereits abgesessen, erklärte Maike. Bei dem damaligen Zugriff seien der Sohn und die Schwiegertochter des Clanchefs Bakro Taragos bei einer Verfolgungsjagd ums Leben gekommen. Sie hätten zwei Kinder hinterlassen. Einer der verantwortlichen Beamten, der im Verfolgerauto gesessen habe, sei damals der Kollege Teubner gewesen.

Aus den Augenwinkeln sah Maike, dass Jochen und Staatsanwältin von Haunhorst die Köpfe zusammengesteckt hatten und angeregt miteinander flüsterten. Hörten sie ihr überhaupt zu?

Maike beendete ihren Vortrag mit der Untersuchung von Teubners Wohnung durch Sören Reinders. Sie erwähnte, dass nichts auf eine überstürzte Flucht deute. Reinders habe lediglich einen älteren Brief von Paula Horváth und zwei Fotos gefunden, auf denen sie einmal mit Teubner und mit einem Unbekannten abgelichtet sei. Der Brief könne womöglich beweisen, dass Teubner in den letzten

Jahren keinen Kontakt zu Paula gehabt habe. Maike legte die Beweisstücke mit Nachdruck vor Jochen auf den Tisch, dann stellte sie sich neben Reinders.

Hübner unterbrach sein Gespräch mit der Staatsanwältin, bedankte sich und machte sich Notizen. Endlich sah er auf und blickte ins Team. »Andreas hat uns die wichtigsten Fakten über die Enkeltrickmasche zusammengetragen«, fuhr Jochen fort, ohne aufzustehen. »Wir müssen in Erwägung ziehen, dass der Clan um Paula Horváth und Slatko Breuer sich neu organisiert, und dass der Mord an dem Roma damit zusammenhängt. Deshalb sollten wir Betrügereien dieser Art mit in die Ermittlungen einbeziehen.« Er nickte Andreas Wilms zu.

Maike kannte den erfahrenen Kriminalhauptkommissar seit vielen Jahren. Er war ein etwas bequemer, aber sehr zuverlässiger Kollege, der seine Kompetenzen besonders im IT-Bereich einbringen konnte. Seit ihrem letzten Zusammentreffen hatte er scheinbar noch ein paar Kilos zugelegt, denn sein kariertes Flanellhemd spannte über dem wuchtigen Bauch. Er blieb sitzen, rückte seine Brille zurecht, klappte einen Ordner auf, der auf seinem Schoß lag, und begann mit monotoner Stimme zu referieren.

»Wie der Enkeltrick funktioniert und wie so ein Clan sich organisiert, haben wir in groben Zügen schon von Maike gehört«, begann er, rutschte auf dem Stuhl zurück, damit er sich näher über seine Aufzeichnungen beugen konnte.

Maike vermutete, dass er eine stärkere Brille brauchte. Seinerzeit hatte Wilms sich aufgrund seiner Sehschwäche in den Innendienst versetzen lassen. Da war er 45 Jahre alt gewesen. Wie lange mochte das her sein? Sechs, sieben Jahre?

»Man vermutet, dass der Enkeltrick um das Jahr 1999 im Rahmen der Anbahnungsgeschäfte von Teppichbetrügereien entstanden ist«, fuhr er nun fort. »Es ging um Haustürgeschäfte, wobei angeblich teure Teppiche zu einem günstigen Preis angeboten wurden. Die Betrüger wiesen darauf hin, ihre Opfer hätten vor Jahren oder sogar Jahrzehnten bereits Teppiche bei den reisenden Familien gekauft. Die Betrugsmasche lief darauf hinaus, die Opfer um ein Darlehen zu bitten, als Pfand sollten die angeblich wertvollen Teppiche dienen. Jahre später haben sich die Gauner telefonisch erneut bei den Opfern gemeldet.«

»Sie holen mir zu weit aus, Herr Wilms! Ähnliches haben wir gerade schon von Frau Graf gehört«, unterbrach Lina von Haunhorst in resolutem Ton. »Kommen Sie zum Punkt!«

»Bei einem dieser Telefonate«, fuhr Wilms unbeirrt fort, »hat ein schwerhöriger Opa den Teppichhändler für seinen Enkel gehalten. Der Zigeuner – heute sagt man Sinti oder Roma – hat schlagfertig seine Taktik geändert und sich als Enkel ausgegeben. Er bat um ein Darlehen für eine dringend notwendige Operation oder Ähnliches, und es klappte. Dieser Modus Operandi wurde in den Jahren weiter verfeinert. Der sogenannte Enkeltrick breitete sich explosionsartig aus. Das gelang, weil die mafiöse Struktur der reisenden Zigeuner bereits Bestand hatte. Zielpersonen waren stets ältere Menschen.«

»Ich kann mir kaum vorstellen, dass diese Masche noch erfolgreich ist. Die Polizei geht mit Kampagnen in Altenheime und Seniorentreffs. Zigmal wurde vor diesem Trick gewarnt, in allen Medien. Mittlerweile müsste jeder Senior davon Wind bekommen haben!«, eiferte sich Staatsanwältin von Haunhorst. Sie trommelte nervös mit den Fingern auf den Tisch, dabei merkte man deutlich, dass ihr dieser Ermittlungsansatz überflüssig erschien.

Andreas Wilms schlug seinen Ordner demonstrativ zu und blickte Frau von Haunhorst angriffslustig an. »Ob Sie es glauben oder nicht, die Fallzahlen des Enkeltricks steigen jährlich. Die Betrüger machen sich unterschiedliche Umstände zunutze, die mit dem Älterwerden zusammenhängen. Körperliche Gebrechen führen zu einer Isolierung sozialer Kontakte. Nahe Angehörige gibt es manchmal nicht mehr, oder sie wohnen weit entfernt. Die geistigen Fähigkeiten lassen nach, die Senioren sind in manchen Dingen auf die Hilfe anderer angewiesen. Manchmal kommt auch eine beginnende Demenz hinzu, die weder selbst noch von Bekannten oder Verwandten wahrgenommen wird. Die alten Leute sind den Anrufern hilflos ausgeliefert! Sie werden wie in Hypnose versetzt und handeln wie Marionetten.«

Wilms hatte sich in Rage geredet und war immer lauter und fanatischer geworden. Staatsanwältin von Haunhorst hatte sich in ihrem Sitz zurückgelehnt und die Arme vor der Brust verschränkt, ihm jedoch zugehört, ohne ihn ein weiteres Mal zu unterbrechen. Jetzt hob sie beschwichtigend die Hand. »Ich weiß Ihren Enthusiasmus durchaus zu schätzen, Herr Wilms. Und es ist auch sehr interessant, was Sie über die Enkelmasche herausgefunden haben. Aber ob wir mit diesen Erkenntnissen einen Mörder finden?«

Jochen mischte sich ein. »Ich habe Andreas gebeten, über die Enkeltrickmasche zu recherchieren. Ich denke, wenn der Clan um Bakro Taragos sich neu organisiert, wird es in der Umgebung auch wieder zu Betrugsfällen mit dieser Masche kommen. Ich bin überzeugt, dass der Mord damit zu tun hat, und deshalb würde ich den Ausführungen des Kollegen gern bis zum Ende zuhören.«

Lina von Haunhorst lehnte sich seufzend zurück und verschränkte die Arme erneut vor der Brust. Sie starrte Andreas Wilms missmutig an und sank weiter auf Maikes Sympathieskala. »Also gut«, nickte die Staatsanwältin endlich, »fahren Sie fort, Herr Wilms!«

Wilms öffnete seinen Ordner umständlich und fuhr mit seiner Erklärung fort. »Wenn die alten Leute also solch einen ominösen Enkeltrickanruf bekommen, vermuten sie, bei den Anrufern einen Bekannten oder Verwandten am Telefon zu haben. Wenn sie glauben, dass diese Person in eine Notlage geraten ist, fällt es ihnen schwer, die Bitte nach Hilfe abzuschlagen. Sie sind selbst hilfsbedürftig und können die Situation deshalb gut nachempfinden. Die Anrufer der Enkelmafia sind geschulte Betrüger, die jeden Zweifel ausräumen.«

»Es gibt Senioren, die auf diesen Trick nicht hereinfallen. Die Polizei hat in der Vergangenheit zahlreiche Anzeigen bekommen, in denen die Masche nicht gelungen ist«, warf von Haunhorst ein.

»Das ist richtig«, erwiderte Wilms, »bei Unstimmigkeiten im Verhalten der Senioren am Telefon wird die Tat vom Täter abgebrochen. Es ist aber auch schon vorgekommen, dass die Betrüger sich erneut meldeten und als Polizisten ausgaben. Die Senioren wurden dann aufgefordert, das Geld auszuhändigen, damit die Täter auf frischer Tat erwischt werden könnten. Auch auf diese Masche sind zahlreiche Rentner hereingefallen.«

Maike nickte sinnend. Sie hatte selbst davon in den Akten gelesen.

»Sind Sie fertig, Wilms?«, fragte von Haunhorst.

Andreas starrte auf seinen Ordner und runzelte die Stirn. »Hm. Fast. Die Anrufer sind sehr hartnäckig. Werden sie zunächst von den Senioren abgewiesen, versuchen sie es am nächsten und übernächsten Tag erneut. Haben sie ihr Opfer endlich an der Angel, wird der Geschädigte von den Abholern beobachtet. Kurz nachdem das Geld im Haus ist, wird abkassiert. Die Opfer sind meist weit über 80 Jahre alt. Zurzeit gibt es in Deutschland etwa 4 Millionen Menschen, die in das Beuteschema des Enkeltricks fallen. Verhindert werden können die Taten weniger durch Aufklärung der Opfer, sondern mehr durch die Aufmerksamkeit ihrer Mitmenschen.«

Wilms klappte seinen Ordner zu. Staatsanwältin von Haunhorst schien regelrecht aufzuatmen. Dennoch nahm sie seinen Vortrag wohl ernst. »Wir sollten mit der Betrugsabteilung zusammenarbeiten und schauen, ob im Umkreis von Unna und Dortmund in letzter Zeit vermehrt Enkeltricktaten aufgetreten sind. Sämtliche Clanmitglieder um Paula Horváths Vergangenheit müssen befragt werden. Jemand muss sich die Nachbarn und Verwandten von Paula Horváth vornehmen. Vielleicht ergibt sich ein Hinweis auf einen möglichen Aufenthaltsort. Bakro Taragos sollte in der JVA Köln ebenfalls befragt werden. Zudem die ehemaligen Kollegen von Kriminalhauptkommissar Teubner, insbesondere der Kollege, der bei dieser Verfolgungsjagd im Einsatz war. Mir wäre es lieb, wenn wir uns hierbei nicht allein auf die Zusammenarbeit mit den Kölner Kollegen beschränken, sondern persönlich dort vorstellig werden. Außerdem muss dringend der Mitbewohner des Mordopfers intensiver befragt werden. Ich habe den Eindruck, dass die Unnaer Kollegen sich da etwas leicht abspeisen ließen. Herr Timoschenko hat lange mit Paula Horváth gearbeitet. Seit einiger Zeit wohnte er mit dem Mordopfer nun in der Nähe Unnas, somit in der Nähe von Paula Horváth. Das ist kein Zufall! Schicken Sie ihm am besten noch heute eine Vorladung und befragen Sie ihn gleich Montag früh auf Ihrer Dienststelle.« Dabei schaute von Haunhorst in Maikes Richtung, die automatisch nickte.

Die Staatsanwältin schob ihre Papiere und ihren Laptop in eine Aktentasche und zog den Reißverschluss zu. Dann klopfte sie auf den Brief von Paula Horváth, der immer noch auf dem Tisch lag. »Bis zur nächsten Besprechung möchte ich wissen, wer der Unbekannte auf dem Foto in Paula Horváths Begleitung ist und ob er etwas mit dem Schreiber der Liebesbriefe zu tun hat. Bis die grafologische Untersuchung vorliegt, können wir nicht ausschließen, dass Hauptkommissar Teubner die Briefe selbst geschrieben hat. Ich möchte sofort über jegliche Ermittlungsergebnisse informiert werden. Insbesondere, wenn die Spuren aus Paula Horváths Wohnung ausgewertet sind. Hauptkommissar Hübner wird Ihnen jetzt Ihre Aufgaben zuweisen. Die nächste Fallbesprechung setze ich für Montag an. Den genauen Zeitpunkt teile ich Ihnen rechtzeitig mit.« Sie legte Hübner ihre Hand auf die Schulter, beugte sich zu ihm hinab und flüsterte ihm etwas ins Ohr.

Maike ahnte, dass es dabei um etwas Privates ging. Warum traf sie dieser Anblick so? Ihre Beziehung zu Jochen gehörte der Vergangenheit an! Sie selbst hatte sie beendet! Maike erwischte sich immer häufiger dabei, diesen überstürzten Schlussstrich zu bereuen.

16

Nachdem der Zettel mit dem Autokennzeichen des Porschefahrers in der Waschmaschine unwiederbringlich zerstört worden war, hatte Daphne Tischer beschlossen, davon abzusehen, die Polizei zu verständigen. Am Montag wollte sie noch einmal versuchen, mit Kommissar Teubner zu sprechen. Zu ihm hatte sie Vertrauen gefasst. Allerdings hatte sie nicht vor, in der Zwischenzeit untätig herumzusitzen. Was sprach dagegen, sich im Dorf ein bisschen umzusehen? Ein alter Porsche – wenn es denn einer gewesen war – würde ihr auffallen, wenn er am Straßenrand abgestellt wäre. Sie würde das Auto mit dem Kölner Kennzeichen wiedererkennen, da war Daphne sicher.

Nach einer ausgiebigen Dusche hatte sie nun neuen Mut gefasst und saß mit leichter Baumwollhose, T-Shirt und Pumps in ihrem Auto. Die abgetönten Seitenscheiben ließ sie einen Spalt herunter, als sie die Hauptstraße im Dorf entlangfuhr. Kaum ein Mensch war unterwegs. Irgendwo dröhnte ein Rasenmäher, sonst nur leises Vogelgezwitscher. Daphne fuhr einmal um das Dorf herum: Heerener Straße, Bruchstraße, Mühlhausener Dorfstraße. Keine Spur von einem alten Porsche. Bei ihrer zweiten Rundfahrt fuhr sie in mehrere Seitenstraßen und hielt intensiv Ausschau, ob der Wagen vielleicht unter einem Carport oder in einer offenen Garage stand. Leider war ihre Suche nicht erfolgreich. Sie war sich durchaus bewusst, wie aussichtslos ihr Unterfangen war. Ob der Porschefahrer zurzeit in Mühlhausen wohnte, war mehr als fraglich, vielleicht war er nur kurz zu Besuch im Dorf gewesen. Und sollte er tatsächlich hier wohnen, könnte der Wagen auch für Passanten unsichtbar in einer Garage abgestellt sein. Als Daphne nun in die Seitenstraße Zur Kölke einbog, sah sie einen Kunden des Juweliergeschäfts, der jedes Jahr für seine Frau zum Geburtstag und zu Weihnachten Schmuckstücke für mindestens 500 Euro kaufte. Jetzt spritzte er gerade mit einem Schlauch seinen alten BMW ab, den er zuvor gründlich eingeschäumt hatte.

»Hallo, Herr Winter!«, lächelte Daphne und ließ die Fensterscheibe herunter. Sie hielt den Smart an und hob aus dem Auto heraus grüßend die Hand.

»Frau Tischer!«, erkannte er sie sofort. »Was treibt Sie bei dem schönen Wetter denn im Auto durchs Dorf?«

Daphne deutete auf ihren angekratzten Kotflügel. »Den Kratzer hat ein schwarzer Porsche vorm »Dorf-In« verursacht. Ist kaum eine halbe Stunde her. Hab das Auto nie zuvor im Dorf gesehen. Der junge Fahrer hat sich einfach aus dem Staub gemacht. Jetzt will ich mich mal umschauen, ob ich den Wagen irgendwo entdecke. Ist Ihnen in letzter Zeit ein Porsche älteren Baujahrs hier im Dorf aufgefallen? Mit Kölner Kennzeichen?« Sie war ein bisschen stolz auf ihre spontane Lüge. So würde der Kratzer am Auto vielleicht noch für etwas gut sein. Herr Winter war seit einem Jahr in Rente und vermisste die Hektik des Alltags, das hatte er ihr bei seinem letzten Besuch im Juwelierladen erzählt. Er hatte Zeit en masse und hielt sich oft draußen auf. Vielleicht hatte er den Wagen tatsächlich gesehen.

»Das ist ja ärgerlich!«, betonte Herr Winter seinen Unmut und betrachtete den Schaden am Heck des Smarts. »Ich werde die Augen aufhalten, Frau Tischer. Wenn ich einen dunklen Porsche aus Köln mit jungem Fahrer sehe, melde ich mich.«

Daphne bedankte sich, deutete an, dass es vielleicht auch ein anderes Modell eines Sportwagens gewesen sein könnte, und beschrieb ihrem Kunden den Fahrer als schlanken sportlichen Mann mit halblangem, dunkelblondem Haar und einem auffälligen Tattoo am Hals. Schließlich verabschiedete sie sich, bat Herrn Winter noch, seine Frau herzlich zu grüßen, und fuhr auf direktem Weg nach Hause.

17

Die Heimfahrt mit Reinders nach der Dienstbesprechung verlief recht schweigsam. Maikes Gedankenkarussell drehte sich vorwiegend um den verschwundenen Max Teubner, doch immer wieder schob sich auch das Gesicht von Jochen in ihre Gedanken. Und das machte sie wütend, denn eigentlich müsste ihre gesamte Aufmerksamkeit ihrem Kollegen Max gelten, von dem es nach wie vor kein Lebenszeichen gab. Immerhin schien inzwischen auch Staatsanwältin von Haunhorst der Meinung zu sein, dass Teubner nicht auf der Flucht war, sondern womöglich in die Fänge des Enkelclans geraten war. Vielleicht hatte der Brief, den Reinders in Teubners Wohnung gefunden hatte, sie dazu bewogen, ihre Meinung zu ändern. Immerhin stand darin schwarz auf weiß, dass Paula die Beziehung zu Teubner beendet hatte und keinen Kontakt mehr zu ihm wünschte. Das Ganze war Jahre her und es gab keinen Hinweis darauf, dass Teubner je wieder zu Paula Kontakt hatte.

Jochen Hübner hatte zum Ende der Besprechung den »Unnaer Kollegen«, wie er sich ausdrückte, aufgetragen, die Nachbarn und Verwandten von Paula Horváth zu befragen. Ihre Eltern waren tot, aber es gab einen Bruder, der ausfindig gemacht werden sollte. Möglicherweise bot er seiner Schwester Unterschlupf. Zudem sollte der Mitbewohner des Mordopfers Sergej Timoschenko noch einmal ausführlich befragt werden.

»Kommst du noch mit in die Dienststelle?«, fragte Maike nun mit Seitenblick auf Reinders, der unnatürlich blass wirkte.

Er verneinte und klagte über furchtbare Kopfschmerzen, die er auf den Schlag vom Vortag zurückführte. Maike bot ihm an, ihn zu einem Arzt oder ins Krankenhaus zu fahren, mit einer Gehirnerschütterung sei nicht zu spaßen. Aber Reinders versicherte, ein bisschen Ruhe und einige Stunden Schlaf würden ihm genügen, dann sei er wieder der Alte. Nachdem Maike Reinders schließlich vor seiner Wohnung in Unna-Königsborn abgesetzt und ihm gute Besserung gewünscht hatte, fuhr sie auf direktem Weg in ihre Dienststelle. Hier kümmerte sie sich als Erstes um die polizeiliche Vorladung Timoschenkos als Zeugen, die ein Kollege der Streifenpolizei persönlich überbringen sollte. Danach vertiefte sie sich erneut in die Akte Paula Horváth. Viele Verwandte hatte sie nicht. Der Onkel saß in der JVA Köln ein, seine Frau war schon vor Jahren verstorben. Allerdings hätte sie Paula auch wohl kaum Unterschlupf gewährt, nachdem diese den Clan verraten hatte. Blieb noch der Bruder. Wo er wohl abgeblieben war? Maike blätterte die gesamte Akte des Enkelclans durch. Hier tauchte der Name Joscha Taragos nicht im Zusammenhang mit dem Enkeltrick auf. Entweder hatte er aus dem Hintergrund agiert oder er war nie Teil der Enkelmafia gewesen.

Maike schaltete ihren Computer an, surfte im polizeiinternen Intranet und versuchte ihr Glück zunächst im Meldeverzeichnis der Stadt Köln. Mit wenigen Mausklicks fand sie heraus, dass es dort tatsächlich einen Doktor Joscha Taragos gab. Ob es sich dabei um Paulas Bruder handeln könnte? Der betreffende Mann hatte eine Praxis für Allgemeinmedizin in Köln-Deutz. Maike wählte die angegebene Rufnummer. Eine Durchsage wies darauf hin, dass der Anrufer sich außerhalb der Praxiszeiten meldete. Für Notfälle wurde eine andere Kölner Nummer angesagt. Maike notierte sie und wählte sodann. Einen Augenblick später meldete sich eine weibliche Stimme.

»Sankt Vinzenz-Hospital Köln. Sie sprechen mit Elisabeth Taragos.«

»Guten Tag, mein Name ist Maike Graf, ich würde gern mit Doktor Joscha Taragos sprechen!«

»Die Praxis meines Mannes ist geschlossen, Frau Graf. Vielleicht kann ich Ihnen weiterhelfen. Was fehlt Ihnen denn?«

»Oh, Entschuldigung, das ist ein Missverständnis. Ich bin Kriminalhauptkommissarin aus Unna und müsste Doktor Taragos in einer wichtigen Angelegenheit persönlich sprechen.«

»Die Polizei?«, fragte Elisabeth Taragos überrascht. »Hm. Wir haben auf dem Anrufbeantworter absichtlich nicht seine Handynummer angegeben, weil sonst übers ganze Wochenende und oft auch abends das Telefon geht. Da ich im Sankt Vinzenz-Hospital als Oberärztin arbeite, fanden wir diese Nummer ausreichend. Ich hoffe, Sie haben Verständnis, wenn ich Sie bitte, mir zunächst zu sagen, worum es geht. Mein Mann hat keine Geheimnisse vor mir.«

Maike konnte die Zurückhaltung der Ärztin durchaus verstehen. Wer gab am Telefon schon gern private Informationen preis? »Es geht um eine junge Frau namens Paula Horváth. Ich müsste wissen, ob Ihr Mann ihr Bruder ist.«

Elisabeth Taragos sog hörbar den Atem ein. »Paula?«, sagte sie und seufzte. »Da scheinen Sie an der richtigen Adresse zu sein. Ob Sie es glauben oder nicht, ich kenne die Schwester meines Mannes nicht einmal persönlich, obwohl mein Mann und ich schon über zehn Jahre verheiratet sind. Mittlerweile redet er auch nicht mehr so häufig von ihr. Aber er vermisst sie, das spüre ich oft.«

Maike griff erleichtert nach einem Stift, als Elisabeth Taragos ihr die Handynummer ihres Mannes nannte, und kritzelte die Zahlen auf einen Notizblock. Sie bedankte sich herzlich und versuchte sogleich, Doktor Joscha Taragos zu erreichen. Er meldete sich jedoch nicht. Auch die Mailbox sprang nicht an. Sie würde es in einer halben Stunde noch einmal versuchen. So suchte sie sich zunächst die Nummer von Stefan Humboldt, dem direkten Nachbarn von Paula Horváth, heraus. Vielleicht konnte sie ihn heute noch befragen. Humboldt schien ein engeres Verhältnis zu Paula Horváth gehabt zu haben. Hatte Reinders nicht erzählt, der Nachbar sei Assistenzarzt im Krankenhaus und hätte die Wunden von Paula Horváth daheim notdürftig versorgt? Doch auch Humboldt ging nicht ans Telefon. Sie versuchte es im evangelischen Krankenhaus, dort kannte man keinen Arzt dieses Namens. Von einer netten Sekretärin im Katharinenhospital erfuhr Maike schließlich, dass Humboldt sein freies Wochenende und eine Motorradtour geplant habe. Seine Befragung würde bis Montag warten müssen. Maike schaltete resigniert ihren Computer aus. Sie beschloss, sich einen Kaffee aus der kleinen Küche der Dienststelle zu holen und danach Feierabend zu machen. Immerhin war es inzwischen fast 19.30 Uhr und zu Hause erwartete sie gleich noch der Handwerker, der die Nachbarwohnung besichtigen wollte. Als Maike zurück ins Büro kam, blinkte ihr Telefon und zeigte einen versäumten Anruf an. Sie erkannte die Rufnummer von Doktor Joscha Taragos und betätigte sogleich die Rückruffunktion. Bereits nach dem zweiten Rufzeichen nahm er das Gespräch entgegen.

»Ja, Paula Horváth ist meine kleine Schwester, mein Rubinchen. Ist etwas mit ihr? Geht es ihr nicht gut?«

Maike versuchte, den Mann zu beruhigen. »Das wissen wir nicht. Sie ist seit gestern spurlos verschwunden. Und mit ihr mein Kollege Max Teubner. Die beiden kannten sich aus Köln.« Die näheren Umstände mochte Maike am Telefon nicht erklären.

»Max Teubner … hm … das war der Hauptkommissar, mit dem sie zusammen war. Ich hatte schon damals sehr wenig Kontakt zu ihr. Dennoch hatte ich das Gefühl, mit ihm könnte sie den Absprung von der schiefen Bahn schaffen. Sie wollte nicht. Das ist so schade.«

»Haben Sie eine Idee, wo Ihre Schwester sich aufhalten könnte?«

»Nein, überhaupt nicht. Wie gesagt, wir hatten keinen Kontakt.«

»Sagen Sie, Doktor Taragos, wäre es Ihnen möglich, nach Unna zu kommen, um mir einige Fragen zu beantworten? Es wäre mir sehr wichtig, dass ich Sie persönlich kennenlerne.«

Er atmete hörbar die Luft aus. »Das ist schlecht, Frau Kommissarin Graf. Ich habe eine Arztpraxis und bin von Montag bis Freitag sehr eingespannt. Selten, dass ich vor 20 Uhr nach Hause komme.«

»Wäre es Ihnen vielleicht morgen in der Früh möglich? Es geht um das Leben meines Kollegen und um das Ihrer Schwester!«

Doktor Taragos seufzte. »Sie haben wohl genauso selten geregelte Arbeitszeiten wie ich, wie? Eigentlich wollte ich morgen mit meiner Frau und meiner Tochter ins Spaßbad fahren. Aber wenn ich recht früh zu Ihnen käme, könnte ich das danach immer noch tun. Sagen wir um 9 Uhr in Ihrer Dienststelle?«

»Das passt mir gut, Doktor Taragos.« Maike nannte ihm die genaue Adresse, bedankte sich für seine spontane Kooperation, dann beendete sie das Gespräch. Für heute konnte sie Feierabend machen. Sie würde sich beeilen müssen, der Termin mit dem Handwerker war in knapp 15 Minuten. Als Maike in die Lortzingstraße einbog, sah sie bereits einen silbernen Transporter am Straßenrand stehen, der ihr zuvor nie aufgefallen war. Schwarze Schnörkelschrift warb für die Fähigkeiten eines Allroundtalents:

Willst du neu? Nick Nigge ist treu!
Ob Maler-, Maurer-, Fliesen- oder Fugenarbeiten!
Rufen Sie an, ich bin Ihr Mann!

Es folgte eine Handynummer. Maike parkte hinter dem Transporter und stieg aus. Ein junger Mann im Arbeitsoverall mit gleicher Werbeschrift auf dem Rücken sprang aus dem Wagen. Maike trat auf ihn zu und stellte sich vor. Gemeinsam stiegen sie die Stufen zur Wohnung Grabowski hinauf. Maike holte die Schlüssel aus ihrer Wohnung und zeigte dem Mann die Räume. Während er mit Zollstock auf den Knien lag und Raum für Raum Maß nahm, inspizierte sie sein Äußeres etwas intensiver. Nick Nigge war ein sportlicher Typ, schlank, fast dünn mit kurzem, braunem Haar, das seitlich gescheitelt war. Sie schätzte ihn auf Anfang 30. Jetzt kam er auf die Beine.

»Die Wohnung täte mich schon interessieren. Von der Größe her passt sie und die Miete ist günstig. Sind Haustiere erlaubt?«

Maike hob ratlos die Schultern. »Da muss ich die Eigentümerin fragen. Aber das dürfte kein Problem sein.«

Nigge nickte. »Ich hab einen Labrador. Bolt heißt er, wie der Weltklassesprinter aus Jamaika. Wenn Hunde erlaubt sind, nehm ich die Bude. Wann kann ich einziehen?«

»Pfff«, stieß Maike ahnungslos die Luft aus. »Ich werde die Besitzerin anrufen und mich danach erkundigen. Ich melde mich bei Ihnen.«

Nigge reichte ihr eine Visitenkarte. »Da steht auch meine Handynummer drauf. Na, dann vielleicht auf gute Nachbarschaft. Ich würde mich freuen, wenn's klappt.« Er grinste, hob grüßend die Hand und verschwand aus der Wohnung.

Auf Maike hatte er einen ganz netten Eindruck gemacht. Und Frauke Grabowski würde froh sein, endlich einen Mieter gefunden zu haben. Ob mit oder ohne Hund.

SONNTAG, 2. APRIL

18

Doktor Joscha Taragos strahlte Selbstsicherheit aus, hatte einen aufrechten Gang und einen festen Händedruck. Maike bat ihn, gegenüber ihres Schreibtisches Platz zu nehmen. Er hängte seine Bomberjacke aus olivfarbenem Nylon über die Stuhllehne und setzte sich. Zu ausgeblichenen Jeans und T-Shirt mit V-Ausschnitt trug er braune Sandalen und weiße Tennissocken. Um den Hals baumelte eine feine Goldkette mit Kreuz, das dunkle Haar war kurz geschnitten und wies erste graue Schattierungen auf. In seinen braunen Augen lag ein warmer Ausdruck, der etwas getrübt wurde von einer langen Narbe, die quer über seine Stirn verlief. Er war von stämmiger Statur, etwa gleich groß wie sie selbst – also 1,75 Meter – und schaute sie nun erwartungsvoll an.

»Schön, dass Sie sich die Zeit genommen haben, nach Unna zu kommen, Herr Taragos. Ich möchte Sie nicht lange aufhalten, es geht mir in erster Linie um Informationen über Ihre Schwester Paula Horváth.« Sie erzählte dem Arzt, unter welchen Umständen Paula und Teubner verschwunden waren, und sah in seinen erschrockenen Augen, dass er sich ernsthaft sorgte. Auf seine Frage, wie er helfen könne, fragte Maike zunächst, ob er das Mordopfer kenne.

»Tut mir leid, den Namen Slatko Breuer habe ich nie gehört.«

Maike zeigte ihm daraufhin ein Bild des Toten, aber Taragos schüttelte nur bedauernd den Kopf. Auch als sie ihm das Foto von Paula mit dem Unbekannten zeigte, musste Taragos passen.

»Nein, keine Ahnung, wer das ist!«

Die Antwort hatte Maike befürchtet. Taragos hatte bereits am Telefon erwähnt, dass der Kontakt zu seiner Schwester abgerissen war.

»Wann haben Sie Ihre Schwester das letzte Mal getroffen?«

Der Arzt rieb sich das Kinn. »Hm. Das ist Jahre her. Ich habe sie einige Male besucht, als sie im Gefängnis saß. Sie hat damals sehr von Ihrem Kollegen Teubner geschwärmt und ich hatte die Hoffnung, dass sie vielleicht doch noch die Kurve bekommen würde. Doch dann trennte sie sich von ihm. Nach ihrer Entlassung habe ich sie aus den Augen verloren.«

»Sie hat sich nie bei Ihnen gemeldet?«

Taragos zog die Schultern hoch. »Ich wusste, dass sie in den Süden Deutschlands gezogen ist, um einen möglichst großen Abstand zum Clan zu schaffen. Wir haben ab und zu telefoniert.«

»Den genauen Ort kannten Sie nicht?«

»Doch. Sonthofen in Bayern, aber sie wollte keinen Kontakt.«

»Könnte Paula dorthin zurückgekehrt sein? Hatte sie Freunde, an die sie sich jetzt vielleicht wenden könnte? Bitte denken Sie nach! Bei wem könnte sie sich verstecken, wenn sie auf der Flucht wäre?«

Joscha Taragos seufzte resigniert. »Ich glaube, da kann ich Ihnen nicht helfen. Paula wohnte etwa zwei Jahre in Sonthofen. Ich habe sie in dieser Zeit vielleicht fünfmal angerufen. Es ginge ihr gut, hat sie immer behauptet. Von Freunden weiß ich nichts. Aber sie erzählte von einem guten Verhältnis zu ihrer Nachbarin – eine alte Dame, mit der sie oft zusammensitze.«

»Wissen Sie den Namen der alten Dame?«

Taragos nickte, kramte nach einem Notizbuch in der Innentasche seiner Bomberjacke, die über der Stuhllehne ziemlich verrutscht war, und blätterte einen Moment. »Da ist sie ja!«, sagte er dann, »Anna Maischhammer heißt sie.«

Maike notierte Namen, Adresse und Telefonnummer der Nachbarin. »Wissen Sie, warum Paula Sonthofen verließ? Sie schien sich dort doch wohlzufühlen.«

Doktor Taragos zog ratlos die Schultern hoch. »Ich habe von Paula nichts mehr gehört, seit sie Sonthofen verlassen hat. Sie hat sich nie wieder bei mir gemeldet. Ich habe sogar bei Frau Maischhammer angerufen, aber auch sie hatte keine Ahnung, welchen Grund der Umzug hatte oder wohin es Paula verschlagen haben könnte.«

Die Informationen, die Maike von Taragos erhielt, waren recht dürftig. Vielleicht gab es etwas in der Vergangenheit der Geschwister, das bei den Ermittlungen hilfreich sein konnte, einen Ort, an dem sich Paula heute versteckt hielt oder festgehalten wurde.

»Erzählen Sie mir etwas von Paulas Kindheit, damit ich mir ein besseres Bild von Ihrer Schwester machen kann«, ermutigte Maike.

Joscha Taragos überlegte einen Moment, rieb sich dabei sinnend einen nicht vorhandenen Bart. Schließlich suchten seine Augen die von Maike. »Rubinchen war ein wilder Feger«, begann er und nannte seine Schwester bei dem Kosenamen, den Maike schon aus den Briefen des »Novizen« kannte. »Unsere Mutter starb bei ihrer Geburt, mein Vater war mit der Erziehung eines Babys überfordert, und so kümmerte ich mich um sie. Wenn ich in der Schule war, ließ Vater sie einfach schreien. Er kippte täglich eine Flasche Wodka in sich hinein und vergaß die Probleme um sich herum.«

»War er nicht berufstätig? Wovon haben Sie gelebt?«

Joscha Taragos lehnte sich zurück, faltete die Hände im Nacken und stützte seinen Kopf darin ab. Er lächelte, aber seine Augen blieben ernst. Er erklärte, sein Vater habe in einem großen Pharmazie-Unternehmen in Budapest gearbeitet. Gelebt hätten sie in einem Plattenbau in einer 50-m²-Wohnung mit fleckigen Matratzen, zerrissenen Vorhängen und krummen Wänden, von denen sich die nikotingelbe Tapete löste. Einmal in der Woche habe eine Nachbarin sich um den Haushalt gekümmert. Paula sei als Kleinkind viel allein gewesen, einen Kinderhort habe der Vater sich nicht leisten können. So spielte sie auf der Straße, meist mit den Rabauken, und wäre abends oft mit kaputten Knien oder anderen Blessuren heimgekommen. Mit fünf Jahren musste sie in die Vorschule. Das sei in Ungarn Pflicht und würde staatlich gefördert. Mit sechs folgte die Einschulung. Sie sei eine gute Schülerin gewesen.

»Während dieser Zeit lebten Sie in dem Plattenbau in Budapest?«

Joscha Taragos nickte. »Ja, dort ging es allen ähnlich wie uns. Als Paula acht Jahre alt war, starb schließlich unser Vater. Er hat sich mehr oder weniger totgesoffen. Mit knapp 18 war ich damals mit der Erziehung meiner kleinen Schwester völlig überfordert. Zumal ich selbst noch zur Schule ging. Wir mussten die Wohnung im Plattenbau aufgeben und kamen eine Weile bei Freunden von mir unter. Das konnte natürlich keine Lösung auf Dauer sein.«

Maike seufzte. Eine erbärmliche Kindheit hatten die Geschwister erlebt. Aber wie sollten ihr diese Informationen helfen, den Kollegen Teubner zu finden? Paula würde sich wohl kaum nach Budapest aufgemacht haben oder dorthin verschleppt worden sein. Nein, Maike vermutete, dass sie sich noch in Deutschland befand.

»Was geschah nach der Zeit im Plattenbau?«

Doktor Taragos beugte sich vorn über und stützte den Kopf in die Hände. »Es war einer dieser dummen Zufälle, die einen im Leben manchmal auf einen neuen Weg führen. Ich traf meinen Onkel Bakro, als ich aus der Schule kam. Er trug einen ordentlichen Anzug und ein blütenweißes Hemd, schwarze Lackschuhe, sauber geputzt. Er erkannte mich sofort, fragte nach seinem Bruder, also meinem Vater. Er war sichtlich schockiert über dessen Tod und bot seine Hilfe an.«

Maike konnte sich sehr gut in die damalige Lage von Doktor Joscha Taragos hineinversetzen. Ein junger Mann, eigentlich selbst noch ein Kind, trug seit Jahren die Verantwortung für seine kleine Schwester und wusste kaum, wie er für den nächsten Tag etwas zu essen organisieren sollte.

Taragos erzählte, er habe Paula in die Obhut seines Onkels gegeben. Sie sei von da an mit ihm durch die Lande gezogen. Den Behörden gegenüber habe Bakro Taragos sich verpflichtet, Paula einen Privatlehrer zu stellen. Damit sei die offizielle Hürde genommen worden. Von der Zeit an habe Joscha Taragos keinen Einfluss mehr auf Paula gehabt. Er sei aber froh gewesen, die Verantwortung los zu sein. Mit seinem Onkel habe er in regelmäßigem Kontakt gestanden und mindestens einmal in der Woche hätte er mit Paula telefoniert.

Maike fiel auf, dass er in jener Zeit einen gefühlsmäßigen Schnitt mit seiner Schwester gemacht haben musste. Er nannte sie nicht mehr Rubinchen, sondern bei ihrem Vornamen Paula. Maike dachte an die Liebesbriefe, die sie in der Wohnung der Roma gefunden hatte.

»Sie nannten Paula eben Rubinchen. Wurde sie oft so genannt?«

Taragos lächelte. »Jeder, der mit ihr zu tun hatte und sie mochte, nannte sie so. Onkel Bakro, Tante Dorina, auch andere.«

»Dann sagt Ihnen vielleicht auch der Name ›Novize‹ etwas?«

Joscha Taragos sah sie überrascht an. »Nein, wer soll das sein?«

Maike winkte ab. »Der Name tauchte im Zusammenhang mit Briefen auf, die wir in Paulas Wohnung gefunden haben.«

Maike durfte das Gespräch mit Doktor Joscha Taragos' Einverständnis aufzeichnen. Dennoch machte sie sich bereits zu den wichtigsten Punkten Notizen. Bislang hatte sie nicht viel erfahren. »Paula zog also durch die Lande. Kannten Sie ihren jeweiligen Aufenthaltsort?«

»Der Clan war stets mit Wohnwagen unterwegs. Wir sprechen da von 15 bis 20 Leuten. Sie verkauften Teppiche an Haustüren. Sie reisten durch Polen, Österreich, Schweiz, Belgien. Meist campierten sie am Rande der

Großstädte. Sie blieben nie länger als eine Woche am gleichen Ort, manchmal nur ein oder zwei Tage. Ich wusste nie genau wo sie gerade ist, und ich kann mir auch nicht vorstellen, dass Paula an einen dieser Orte zurückgekehrt ist.«

Doktor Joscha Taragos fuhr fort, er selbst habe damals einen überdurchschnittlich guten Abschluss gemacht. Aufgrund seiner blendenden Deutschkenntnisse hatte man ihn für ein Auslandsstipendium vorgeschlagen. Es gäbe eine Organisation mit dem Namen DAAD, Deutscher Akademischer Austauschdienst. Die hätten das in die Wege geleitet. Wenige Wochen später habe er sich an der Uni Köln eingeschrieben. Als er seinem Onkel Bakro seine neue Adresse mitteilte, wäre dieser begeistert gewesen. Deshalb hätte er spontan beschlossen, seine Geschäfte nach Köln zu verlegen. Deutschland sei schon immer ein Sozialparadies gewesen. Die Mitglieder des Clans besorgten sich Sozialwohnungen und bekamen Sozialhilfe bewilligt. Das hielt sie natürlich nicht davon ab, weiter ihre dubiosen Teppichgeschäfte zu betreiben. Um Paula, die damals 12 Jahre alt gewesen sei, habe sich in jener Zeit Tante Dorina gekümmert. Doktor Taragos hätte sie einmal in der Woche besucht, sie sei auch wieder zur Schule gegangen.

Maike hatte für sich und ihren Gast eine Flasche Mineralwasser bereitgestellt, die mittlerweile leer getrunken war. Die Luft war stickig im Büro, durchs Oberlicht sah sie, dass der Himmel sich zuzog. Für den Nachmittag war Regen angesagt. Sie stand auf und öffnete die Bürotür. Da heute kaum Personal in der Dienststelle anwesend war, würde man sie vom Flur her kaum stören. Dann stellte sie eine neue Flasche Wasser bereit und setzte sich wieder. »Gibt es die Wohnungen in Köln noch? Leben dort vielleicht noch Clanmitglieder? Könnte Paula dort sein?«

Joscha Taragos hob ratlos die Schultern. »Ich weiß es nicht.«

»Wie ging es weiter mit Ihnen und Paula?«

Doktor Taragos trank noch einen Schluck Wasser, dann lehnte er sich zurück und verschränkte die Arme vor der Brust. Er erzählte, dass er sich voll und ganz auf sein Studium konzentriert habe. Er gab zu, dass die Treffen mit seiner Schwester immer seltener wurden. Paula sei ins Teenageralter gekommen und ihr seien die Besuche von ihm nicht mehr so wichtig gewesen. Onkel Bakro sei mit seinen Teppichgeschäften unterwegs gewesen, zu Tante Dorina habe Joscha Taragos kein sonderlich gutes Verhältnis gehabt. Dennoch habe er immer versucht, den Kontakt zu Paula nicht ganz abreißen zu lassen. Zum Eklat sei es gekommen, als er bemerkte, dass der Onkel begann, Paula für seine Zwecke zu missbrauchen. Doktor Taragos erzählte, dass er Bakro zur Rede gestellt hätte. Dabei sei es zu einem handfesten Streit gekommen. Bakro Taragos habe gesagt, was Joscha glaube, warum er so viel Zeit und Geld in Paula investiert habe? Nun müsse sie beginnen, diesen Vorschuss zurückzuzahlen. Und sie habe Talent dabei, alte Leute um den Finger zu wickeln. Joscha habe seinem Onkel daraufhin die Faust ins Gesicht geschlagen. Tante Dorina habe geschrien und Paula sei fasziniert Zuschauerin gewesen. Onkel Bakro habe jedoch plötzlich ein Messer in der Hand gehabt. Und er habe es eingesetzt. Doktor Taragos deutete auf die Narbe auf seiner Stirn.

»Das ist nicht das einzige Erinnerungsstück an jenen Tag. Nachdem er mich am Kopf verletzt hatte, rammte er mir das

Messer in den Bauch. Tante Dorina schrie wie von Sinnen und rief die Ambulanz. Sie hat mir das Leben gerettet. Paula stand nur regungslos da. Ich habe sie danach lange Zeit nicht wiedergesehen. Sie hat mich auch nicht im Krankenhaus besucht. Sie bewies Onkel Bakro wohl ihre Loyalität.«

Maike nickte ergriffen. Die Geschichte, die Doktor Taragos erzählte, ließ vermuten, dass er über Paulas momentanen Aufenthaltsort keinen Hinweis würde geben können. Paula war zum Zeitpunkt der Messerattacke auf Joscha Taragos etwa 15 Jahre alt gewesen. Heute war sie 33. Wie Maike aus den Akten wusste, hatte sie ihren festen Wohnsitz lange in Köln gehabt. Wie wahrscheinlich war es, dass sie sich jetzt dort befand? Maike würde in jedem Fall die damaligen Adressen ihrer Wohnsitze heraussuchen und von den Kölner Kollegen überprüfen lassen.

»Haben Sie Paulas Werdegang weiterverfolgt?«

Taragos fuhr sich wieder mit den Fingern durch die kurzen Haare, dann griff er nach seinem Glas, trank es leer und füllte es erneut nach. »Meine Wut auf Paula wandelte sich in Enttäuschung«, begann er und gab zu, dass er eine Weile Abstand von seiner Schwester gebraucht habe. Paula habe ein Jahr später ihren Realschulabschluss gemacht und die Schule verlassen. Von da an sei sie im großen Stil in die Betrügereien des Onkels eingestiegen. Joscha habe dennoch einige Versuche gestartet, sie aus dem Sumpf herauszuziehen, aber erfolglos. Der weitere Kontakt habe nur noch aus gelegentlichen Telefonaten bestanden. Er habe in diesen Jahren eigentlich nie gewusst, wo seine Schwester sich aufhalte. Sie sei viel unterwegs gewesen.

Maike nickte und stand mit einem Blick auf die Bahnhofsuhr an der Wand auf. Fast 11 Uhr. So lange hatte sie den Arzt gar nicht aufhalten wollen. Sie bedankte sich bei Joscha Taragos und versicherte ihm, sobald es Neuigkeiten über den Verbleib seiner jüngeren Schwester gäbe, würde sie sich bei ihm melden. »Noch eine Frage«, fügte sie an, »warum trägt Ihre Schwester den Namen Horváth? Müsste Sie nicht auch Taragos heißen? Oder ist sie verheiratet?«

»Nein, sie ist ledig«, erwiderte Taragos, der ebenfalls aufgestanden war. »Unsere Eltern haben nie geheiratet. Wir trugen als Kinder beide den Namen meines Vaters, also Taragos. Paula hat später Mutters Namen angenommen.«

»Wann war das genau?«

Ehe Doktor Joscha Taragos antworten konnte, vernahm Maike ein intensives Vibrieren. Taragos entschuldigte sich. Das sei vermutlich seine Frau, die wissen wolle, wann er heimkäme. Er zog ein Smartphone aus seiner Gesäßtasche, nahm das Gespräch entgegen und lauschte einen Moment. Sein Gesicht wurde ernst.

»Wie konntest du mir das verschweigen?« Seine Stimme war ein einziger Vorwurf. Er schien Mühe zu haben, seine Gefühle unter Kontrolle zu bringen. Fahrig nestelte er mit seiner freien Hand in der Innentasche seiner Jacke herum und fischte sein Notizbuch heraus, in das er hastig etwas hineinschrieb. Kurz darauf sagte er wütend: »Darüber reden wir noch!« Dann lauschte er erneut.

Maike beobachtete ihn stumm. Er hatte Mühe, sich zu beherrschen. Mehrmals atmete er tief ein und aus, trank in kleinen Schlucken sein Glas leer und sah Maike schließlich ergriffen an.

»Meine Frau hat Ihnen etwas zu sagen, was für Ihre Ermittlungen wichtig sein könnte.« Er reichte ihr das Smartphone.

Maike lauschte der aufgebrachten Stimme von Doktor Elisabeth Taragos. Sie habe lange mit sich gerungen, begann die Ärztin, eigentlich habe sie ihren Mann schon gestern in Kenntnis setzen wollen, aber sie habe einfach nicht die richtigen Worte gefunden. Jedenfalls habe Paula Horváth sich kurz nach ihrem Umzug von Sonthofen nach Unna bei ihr gemeldet. Sie habe ihren Bruder sprechen wollen, aber Joscha sei nicht zu Hause gewesen. Paula habe schließlich erzählt, dass ihr Clan sie in Sonthofen aufgespürt habe, dass sie nur mit Mühe habe fliehen können.

»Es lag mir auf der Zunge, sie zu uns nach Köln einzuladen«, fuhr Elisabeth Taragos fort. »Ihr vorzuschlagen, bei uns zu wohnen, unser Haus ist groß genug. Aber dann hörte ich aus ihren Worten, dass man ihr nach dem Leben trachte. Ich dachte an meine Familie, an unsere kleine Tochter Jule, die damals gerade in die Schule gekommen war. Ich bekam Angst und unterließ es, sie zu uns zu bitten.«

Maike vernahm ein Seufzen, das aus tiefstem Herzen kam. Die Ärztin erzählte weiter, sie habe das Gespräch mit Paula also in eine andere Richtung geleitet. Sie habe nach ihrem Befinden gefragt, ob sie sich schon in Unna eingelebt habe, wie es ihr gefalle und ob sie sich immer noch bedroht fühle. Paula habe erwidert, sie glaube, ihre Verfolger abgeschüttelt zu haben. Sie fühle sich sehr wohl in der Kleinstadt, außerdem arbeite Max Teubner in der Nähe, der Kommissar würde sie im Bedarfsfall schon beschützen. Nur seinetwegen habe sie Unna als neuen Wohnort gewählt, er wisse aber noch nichts von seinem Glück. Zudem habe sie zu ihrem direkten Flurnachbarn bereits ein freundschaftliches Verhältnis aufgebaut.

»Ich habe das Gespräch schließlich beendet und versprach Paula, Joscha zu informieren.« Maike hörte ein Schluchzen. »Das habe ich jedoch bewusst unterlassen. Ich wollte einfach nicht in ihren Sumpf hineingezogen werden. Sie hätte unsere Familie in Gefahr gebracht. Der Beweis dafür ist doch, dass sie jetzt verschwunden ist.«

Den Konflikt ihrer Unterlassung würde Elisabeth Taragos mit ihrem Ehemann austragen müssen. Aber immer noch war Maike nicht wirklich bewusst, warum die Ärztin ausgerechnet jetzt mit diesen Informationen herauskam. Wie sollte die Tatsache, dass Paula sich vor Jahren an ihren Bruder gewandt hatte, hilfreich sein?

»Sie werden sich jetzt fragen, warum ich Ihnen das alles ausgerechnet jetzt erzähle«, kam Frau Taragos genau auf diesen Punkt zu sprechen. »Mir ist eingefallen, dass Paula von einer Hütte sprach, in der sie sich verstecken könnte. Sie sagte das damals mehr scherzhaft, als ich sie fragte, ob sie sich in Unna sicher fühle.«

»Eine Hütte?«, fragte Maike interessiert.

»Ja. Paula erzählte, ihr Flurnachbar besitze eine Blockhütte im Sauerland. Er habe ihr sogar einen Schlüssel davon angeboten, wenn sie mal ausspannen wolle. Paula gab mir sogar die Adresse der Hütte, mein Mann hat sie sich eben notiert.«

Doktor Elisabeth Taragos schloss ihren Anruf mit den Worten, dass ihr alles furchtbar leidtue, und sie hoffe, ihr Mann könne ihr Verhalten verstehen und ihr irgendwann verzeihen.

Das hoffte Maike auch und gab Doktor Joscha Taragos sein Smartphone zurück, nachdem sie sich von seiner Frau verabschiedet hatte.

»Sie werden die Hütte doch überprüfen?«, fragte er.

Maike nickte und schrieb sich die Adresse auf ein Blatt Papier. War das die erste heiße Spur? Wie hoch war die Wahrscheinlichkeit, dass Paula sich in der Hütte befand? Es musste sich bei dem Nachbarn um Stefan Humboldt handeln. Der war doch mit seinem Motorrad zu einer Wochenendtour aufgebrochen! Vielleicht gemeinsam mit Paula Horváth? Aber wo war dann Max Teubner abgeblieben? War es nicht wahrscheinlicher, dass Teubner und Paula die Flucht gelang und sie sich in dieser Hütte versteckt hielten? Oder machte Paula etwa wieder mit ihrem Clan gemeinsame Sache und nutzte diese Hütte, um den lästigen Kommissar beiseitezuschaffen? Wurde Teubner vielleicht gefesselt und geknebelt in der Hütte gefangen gehalten?

»Natürlich werden wir das sofort überprüfen, Herr Taragos!«

»Ich würde Sie gerne begleiten, aber ich weiß, das würden Ihre Vorschriften nicht zulassen. Bitte informieren Sie mich sofort, wenn Sie etwas herausfinden! Ich werde jetzt nach Hause fahren und ein langes Gespräch mit meiner Frau führen. Sollte es noch weitere Neuigkeiten über Paula geben, die Elisa mir vorenthalten hat, erfahren Sie es umgehend.« Als Doktor Joscha Taragos ihre Hand zum Abschied schüttelte, lag eine tiefe Enttäuschung in seinen Augen, die seine Ehe hoffentlich nicht zu stark strapazierte.

19

Die Dunkelheit ließ sich mit den Augen nicht durchbrechen. Überhaupt kostete es enorme Anstrengung, die Lider zu heben. Sie schienen mit Blei gefüllt und zu einer Kilolast avanciert zu sein. Zudem offensichtlich geschwollen durch Schläge. Sein gesamtes Gesicht schmerzte. Je klarer sein Kopf wurde, je besser es ihm gelang, seine Gedanken zu kontrollieren, desto mehr Schmerzherde fühlte er in seinem Körper. Er lag auf dem Rücken, spürte einen harten und kalten Steinboden unter sich.

Max Teubner stöhnte. Langsam hob er den Kopf, als könne er so die Dunkelheit besser mit den Augen durchdringen. Aber die einzige Konsequenz seines Handelns war ein stechender Schmerz, der seinen Schädel zum Platzen zu bringen schien. Impulsiv wollte er sich an den Kopf fassen, aber seine Handgelenke waren fest zusammengebunden. Langsam hob Max Teubner die gefesselten Hände und tastete mit den Fingern vorsichtig sein Gesicht ab. Die Augen geschwollen, die Nase schmerzte bei Berührung, als sei sie gebrochen, über seine Lippen hatte sich eine trockene Kruste gelegt. Kraftlos ließ er die Hände auf seinen Bauch fallen. Er fühlte sich schwach, als habe er tagelang körperlich hart gearbeitet. Mehrmals atmete er tief ein. Dabei nahm er einen muffigen Geruch wahr.

Fäulnis lag in der Luft. Schimmel.

War er allein? Wo war Paula, wo der Kollege Reinders? Befand sich noch ein Gefangener in diesem Verlies?

»Paula?«, krächzte er endlich in die Dunkelheit. Befand sie sich in Gefahr? Oder machte sie wieder gemeinsame Sache mit den Verbrechern und Betrügern ihres Clans? Aber warum sollte sie sich gegen ihn wenden, wo sie ihn doch um Hilfe gebeten hatte? Eine Falle? Wollte der alte Bakro Taragos sich nun endlich an Teubner für den Tod seines Sohnes Adam und seiner Schwiegertochter Lucia rächen? Teubner hatte im Verfolgerauto gesessen, als die beiden einen tödlichen Unfall hatten. Der Alte hatte Rache geschworen. Spielte Paula dieses makabre Spiel mit? War sie der Köder?

»Reinders?« Seine Stimme klang immer noch wie ein Reibeisen. Er lauschte in die Stille, bekam keine Antwort und hörte auch keine weitere Person atmen. Unter großer Kraftanstrengung versuchte Teubner, seine Beine zu bewegen. Auch die Fußgelenke waren aneinandergebunden, er konnte sie nur mühsam vor- und zurückbewegen. Einen Moment lag er ruhig da. Dann zog er die Beine gleichmäßig an. Zentimeter für Zentimeter, bis er die Füße auf den Boden stellen konnte. Knochenbrüche schien er nicht davongetragen zu haben. Er rollte sich auf die Seite. Seine Hände schlugen auf den kalten Boden. Seine Finger ertasteten Dreck. Feuchten Lehm oder Staub, der sich über Jahre angesammelt haben musste. Ein Steinboden mit Ritzen, ziemlich holperig verlegt, vielleicht aus groben Pflastersteinen. Der Boden strömte eine Kälte aus, die sich in seinen Knochen eingenistet hatte, die seine Glieder steif und unbeweglich machte, die ihm eine Gänsehaut über den Körper jagte und ihn zum Zittern brachte. Er mühte sich, das Klappern der Zähne zu unterdrücken, doch es gelang ihm nicht.

Max Teubner blieb eine Weile auf der Seite liegen, versuchte zu erfassen, wie er in diese Lage gekommen war.

Paula!

Wieder einmal brachte sie sein Leben in Unordnung! Er war mit Reinders in ihrer Wohnung gewesen. Paula hatte sich merkwürdig verhalten. Erst recht, wenn man bedachte, dass sie ihn um Hilfe gerufen hatte. Ihr erstes Lebenszeichen nach Jahren war dieser Notruf gewesen. Und dann eskalierte die Situation in ihrer Wohnung. Teubner versuchte, die Sachlage zu rekonstruieren.

Als Sören Reinders niedergeschlagen wurde, hatte Paula in Teubners Armen gehangen. Ein Schwächeanfall, nachdem sie tags zuvor einem Überfall zum Opfer fiel. Oder hatte sie diese Schwäche nur vorgetäuscht? Teubner konnte das nicht wirklich einschätzen. Sie hatte ihm etwas zugeflüstert, schoss es ihm durch den Kopf!

Eine Warnung! Was hatte sie gesagt?

Verlass meine Wohnung! Ich habe Besuch!

Sie hatte ihn doch zuvor um Hilfe gebeten! Und dabei mehr als verzweifelt geklungen! Abgelenkt durch ihre Worte, hatte er zu spät gesehen, dass Reinders von hinten angegriffen wurde. Er konnte ihm noch eine Warnung zurufen, dennoch ging der Kollege zu Boden.

Es kam zu einer Rangelei. Dann fiel der Schuss. Ein Desaster.

Noch jetzt bekam Teubner Schweißausbrüche, wenn er an die Situation in Paulas Wohnung dachte. Einer der Männer lag getroffen am Boden. Ob er noch lebte, konnte Teubner nicht erkennen. Es ging alles viel zu schnell. Zwei Männer hatten sich auf ihn gestürzt und brutal auf ihn eingeschlagen. Vermutlich hatte er das Bewusstsein für kurze

Zeit verloren. Denn er erinnerte sich nur sehr vage daran, die Treppe in Paulas Wohnhaus hinuntergedrängt worden zu sein. Vor der Haustür hatte ein dunkler Wagen mit getönten Scheiben gestanden, in den er hineingezwängt wurde. Man hatte ihm auf dem Rücksitz eine Tüte über den Kopf gestülpt. Bereits während der Fahrt wurden seine Handgelenke gefesselt. Wer war noch mit im Wagen gewesen? Reinders? Paula?

Die Zeit, die die anschließende Autofahrt beanspruchte hatte, konnte Teubner schlecht einschätzen. 20 Minuten? Eine halbe Stunde? Oder länger? Irgendwann kam das Auto zum Stillstand. Dann wurde die Autotür aufgerissen. Man hob die Plastiktüte, unter der er kaum noch Luft bekam, und hielt ihm ein Glas an den Mund. Das Letzte, woran er sich erinnerte, war der Geschmack von abgestandener, schaler Cola mit einem bitteren Beigeschmack. Man zwang ihn, zu trinken. Vermutlich war das Getränk mit K.-o.-Tropfen versehen, denn die Erinnerung, wie er zunächst in ein Bett und später in dieses Verlies gelangt war, war lückenhaft. Möglicherweise hatte man ihm mehr als einmal dieses betäubende Getränk eingeflößt. Die Erinnerung an das Zimmer sah er nur durch dichten Nebel. Er hatte gefesselt und geknebelt in dem Bett gelegen. Selbst die Lage auf der weichen Matratze hatte er als äußerst unbequem empfunden.

Doch jetzt lag er auf kalten Steinen in irgendeinem Kellergewölbe. Warum hatte man ihn in dieses dunkle Loch verfrachtet? Der Umzug von dem weichen Bett auf diesen kalten Boden. Wie war der abgelaufen? Er glaubte, sich dunkel an eine Leiter zu erinnern. Kalte Metallstäbe, die seine Hände umklammerten. Er spürte noch die Angst, in die Tiefe zu stürzen.

Teubner schüttelte unmutig den Kopf. Was brachte es, sich mit Gewalt an Dinge erinnern zu wollen, die er nur wie durch dichten Nebel sehen konnte? Bilder, die er nicht festhalten konnte. Irgendwie schien es ihm gelungen zu sein, in dieses Verlies zu gelangen, ohne sich sämtliche Knochen zu brechen. Max Teubner holte tief Luft und versuchte, seinen schmerzenden Körper zu entspannen. Er lag ruhig da und lauschte in die Stille. Ganz leise vernahm er ein Rascheln. Oder eher ein Krabbeln?

Ratten? Mäuse?

Sein Herzschlag beschleunigte sich. Er verspürte wenig Lust, bei lebendigem Leib angeknabbert zu werden. Mit einem Ruck drehte er sich zurück auf den Rücken und versuchte, den Oberkörper in die Höhe zu bringen. Es klappte nicht. Die Schmerzen in Bauch und Seiten waren unerträglich. Langsam drehte er sich wieder auf die Seite. Er holte tief Luft, ignorierte dabei den Geruch nach feuchtem Schimmel und rollte sich schwungvoll auf den Bauch. Es gelang ihm trotz der gefesselten Hände, die Unterarme als Stützen zu nutzen. So zog er die Beine unter den Bauch und kam in eine kniende Stellung. Endlich gelang es ihm, den Oberkörper aufzurichten. Sein Herz raste von der Anstrengung und er wartete geduldig, bis er zu Atem kam.

Die Fesseln an seinen Händen ließen ihm kaum Bewegungsfreiheit. Er unternahm mehrere Versuche, sich damit abzustützen, um sich in den Stand drücken zu können. Endlich hatte er am Boden eine Stelle gefunden, die er wie eine kleine Mulde nutzen konnte. Er stützte seine Hände dort ab und zog die Zehen an, damit sie auf den Boden kamen. Dann versuchte er, sich von den Knien in den Stand zu wuchten, verlor dabei das Gleichgewicht und schlug mit voller Wucht auf den Boden auf.

Er hörte ein erschrockenes Fiepen und fühlte etwas Pelziges am Arm, war nun sicher, nicht ganz allein in seinem Gefängnis zu sein. Erneut drückte er sich bis auf die Knie hoch. Auf allen vieren versuchte er nun, sein Verlies zu erforschen. Bald stieß er auf eine Wand und berührte grobe Mauersteine sowie bröckelnden Mörtel. Er tastete sich an der Wand entlang, errechnete, dass sie bis zur Ecke etwa vier Meter lang sein musste. Die nächste Wand war höchstens drei Meter breit. Dann wieder vier Meter, in das letzte Wandstück war eine Tür eingelassen. Oder ein Tor. Er fühlte Metall und einen dicken Eisenbeschlag, etwa 40 Zentimeter vom Boden entfernt. Wo befand sich dieser Keller? Wo hatte man ihn hingeschafft?

Plötzlich vernahm er Schritte. Sie näherten sich hinter der Tür. Ein Schlüsselbund klimperte, ein Schlüssel wurde im Schloss gedreht. Dann gleißendes Licht, das seine Augen nicht zu durchdringen vermochten. Schwere Schritte näherten sich. Teubner hielt die Augen geschlossen. Er wurde von beiden Seiten gepackt, in den Stand gezogen und von dem grellen Licht weg, tiefer in den Raum hineingeschleift. Von einer Seite wurde er losgelassen. Schritte entfernten sich.

»Was habt ihr mit mir vor?« Seine Stimme hörte sich brüchig an.

Er bekam keine Antwort.

Stattdessen vernahm er ein schleifendes Geräusch. Sekunden später wurde er auf den Boden gezwungen. Er spürte etwas Weiches unter seinem Gesäß. Vielleicht eine Matratze.

»Trink!«, hörte er eine männliche Stimme und spürte gleichzeitig ein Glas an seinen verkrusteten Lippen. Er öffnete den Mund. Das Glas wurde angehoben. Er schluckte. Einiges der Flüssigkeit lief an seinem Kinn hinab, am Hals hinunter bis zur Brust. Jemand griff in seine Haare und zog ihm den Kopf grob in den Nacken. Teubner schluckte, hustete, schluckte. Endlich ließ man von ihm ab. Er versuchte, die Augen zu öffnen, glaubte, im gleißenden Licht an der Tür zwei schemenhafte Gestalten zu erkennen. Etwas wurde neben der Matratze abgelegt, dann wurde die Tür zugeschlagen. Der Schlüssel wurde im Schloss umgedreht. Die schweren Schritte entfernten sich. Finsternis umgab ihn. Kraftlos ließ er sich auf den Rücken fallen. Das waren zwei Männer gewesen. Wo war Paula? Wurde sie anderswo festgehalten? Oder machte sie doch gemeinsame Sache mit den Männern? Was war mit dem Kollegen Reinders? Hatte man ihn in der Wohnung zurückgelassen? Teubner bemerkte erneut eine bleierne Müdigkeit, die ihn überfiel. Das Getränk. Vermutlich wieder K.-o.-Tropfen. Verzweifelt rollte er sich auf die Seite und schloss die Augen.

20

Maike lenkte den Dienstwagen über die Wilhelmshöhe zu dem Dörfchen Langschede, das in einer Talsenke zu Füßen der Ruhr lag. War es ein Zufall, dass der Wohnort

Teubners auf dem Weg zur Hütte lag, von dessen Existenz Paula Horváth wusste?

Kurz vor der Ruhrbrücke warf die Kommissarin einen kurzen Blick rechts über die Schulter, als könne sie so überprüfen, ob Teubner inzwischen zu Hause angekommen war. Sie schüttelte über sich selbst den Kopf und konzentrierte sich auf den Verkehr. Am heutigen Sonntag waren viele Ausflügler unterwegs. Sie wurde mehrfach von Motorradhorden überholt, die wie ein Hornissenschwarm an ihr vorbeischossen, vermutlich auf dem Weg zum Möhnesee, wo es einen Treffpunkt für Biker gab. Maike nahm hinter der Ruhrbrücke auf dem Kreisverkehr die Abfahrt Richtung Menden und beschleunigte auf die erlaubten 100 Kilometer pro Stunde. Links und rechts der Fahrbahn taten sich weite Wiesen auf, wo Kühe und Pferde grasten.

Nachdem Doktor Joscha Taragos ihr Büro verlassen hatte, musste sie erst einmal ihre Gedanken sortieren. Wie relevant war die Information, dass Paula Horváth Zutritt zu einer einsam gelegenen Hütte im Sauerland hatte? Maike hatte beschlossen, den Leiter der Mordkommission, ihren Ex-Freund Jochen Hübner zu informieren. Leider landete sie bei mehrmaligen Versuchen nur auf seiner Mailbox. Auch seine Dienstnummer war nicht besetzt. Maike fragte sich, ob es Sinn machte, den gesamten Ermittlerstab in Aufruhr zu versetzen. Wie wahrscheinlich war es, dass Paula oder Teubner sich in der Hütte versteckt hielten? Sie hätten ein Auto gebraucht, um dorthin zu gelangen. Auf die Roma war jedoch kein Fahrzeug zugelassen. Der Dienstwagen Teubners hatte am Freitag noch im Schützenhof gestanden. Reinders war später damit zur

Dienststelle gefahren. Je länger Maike über ein mögliches Versteck in der Hütte nachgedacht hatte, umso unwahrscheinlicher kam es ihr vor, dass die Vermissten sich dort aufhalten könnten. Im Grunde war sie längst davon überzeugt, dass die beiden sich nicht auf der Flucht befanden, sondern irgendwo gegen ihren Willen festgehalten wurden. In diesem Fall sollte die Hütte keine Rolle spielen. Allerdings bestand auch die Möglichkeit, dass Paula mit Komplizen handelte. Würde sie die Hütte im Sauerland dann als Gefängnis für Teubner nutzen? Ein besseres Versteck hätte ihr in dem Falle auf die Schnelle gar nicht einfallen können.

Maike seufzte. Sie musste der Sache nachgehen. Deshalb hatte sie sich schließlich allein auf den Weg gemacht. Sie hatte Jochen Hübner lediglich auf die Mailbox gesprochen. Sie hätte Reinders mitnehmen können. Aber sie wollte dem Kollegen den Sonntag nicht verderben, er hatte sich am Vortag elendig genug gefühlt. In der Dienststelle hatte sie sich ordentlich abgemeldet und einem Kollegen die Adresse der Hütte mitgeteilt mit den Worten, sie wolle das Objekt im Zusammenhang mit dem Verschwinden des Kollegen Max Teubner überprüfen. Zur eigenen Sicherheit hatte sie auch ihre Dienstwaffe mitgenommen.

Mittlerweile hatte sie die Umgehungsstraße Mendens erreicht. Sie erinnerte sich an Ausflüge mit Jochen nach Menden. Der historische Altstadtbereich wurde dominiert von der Sankt Vincenz-Kirche und liebevoll restaurierten Fachwerkhäusern, umrahmt von Gebäuden aus der wilhelminischen Zeit, des Jugendstils und modernen Ergänzungsbauten. Sie war mit Jochen durch die verkehrsberuhigte Einkaufspassage spaziert und hatten in einem urigen Café Rast gemacht. Maike erinnerte sich gerne an diese Zeit zurück.

Jetzt wurde sie allerdings von ihrem Navigationssystem an der City vorbeigeführt, sie musste eine starke Kurve fahren und dann ging es steil bergauf. Man merkte deutlich, dass man sich hier am Rande des hügeligen Sauerlands befand. Links und rechts der Fahrbahn taten sich Wälder auf. Sie folgte eine Weile dem Straßenverlauf, bis sie auf einen Parkplatz geleitet wurde, an dem ein Schild mit der Aufschrift »Hexenteich« stand. Maike stellte den Dienstwagen ab und verließ das Fahrzeug. Auch hier war sie schon mit Jochen gewesen. Sie hatten einen ausgiebigen Waldspaziergang gemacht. Dabei hatte er ihr erzählt, dass der Name des Hexenteichs von einer düsteren Vergangenheit zeugte. Zu Zeiten der Hexenverfolgungen seien im Teich Unschuldige ertränkt worden, die man der Hexerei beschuldigt habe.

Maike fröstelte trotz der warmen Temperaturen und sah sich um. Auf dem großen Parkplatz befanden sich nur zwei Pkws mit Unnaer Kennzeichen. Ein weißer VW-Kombi und ein Mercedes Coupé in Silbermetallic. Vermutlich schreckte der sich immer stärker zuziehende Himmel weitere Ausflügler davon ab, hier haltzumachen. Zudem war gerade Mittagszeit. Da sich in unmittelbarer Nähe des Parkplatzes nur eine offene Grillhütte befand, folgte Maike einem Wanderweg, der sie einmal um den Hexenteich herumführte. Baumskulpturen, die auf sie wie Totempfähle wirkten, umgaben den Teich. Sie sahen wie indianische Marterpfähle aus, bei näherem Hinsehen erkannte Maike ein Schild, das auf den serbischen Künstler Mile Prerad verwies. Allerdings fand sie nirgends einen

Hinweis auf eine Hütte. Also beschloss sie, einem breiteren Weg zu folgen, der vom Teich wegführte. Es ging steil bergan und bald kam Maike ins Schwitzen. Kurz darauf folgte eine Abzweigung. Der Weg nach links war durch einen Schlagbaum versperrt. Konnte sie ihn ignorieren? Sie fischte ihr Smartphone aus der Hosentasche und gab die Adresse der Hütte ein. Das hätte sie sofort machen sollen. Demnach sollte es der linke Weg sein. Sie ging am Schlagbaum vorbei und quälte sich einen noch steileren Hang hinauf in den Wald.

Sie folgte dem Weg eine Weile, dann sah sie ein Holzhäuschen. Es lag auf einer kleinen Anhöhe, umgeben von Wiese, und sah verlassen aus. Da es die einzige Hütte war, die Maike entlang des Weges ausmachen konnte, musste es demnach die richtige Adresse sein. Die Blendläden der beiden Fenster, vom Sonnenlicht verblichen und mit rostigen Eisenbeschlägen versehen, waren verschlossen. Weit und breit war kein Mensch zu sehen. Maike war sich durchaus bewusst, dass sie in dieser Abgeschiedenheit im Notfall auf keine Hilfe hoffen konnte. Dennoch würde sie sich die Hütte näher ansehen. Rings um das Häuschen sah sie eine hölzerne Veranda in etwa einem halben Meter Höhe, die über zwei Stufen zu erreichen war. Maike umrundete die Hütte zunächst. Die Front und die Seitenteile waren aus runden, querverlegten Holzbalken gebaut, die Rückseite bestand aus grobem Mauerstein. In etwa zwei Metern Abstand zur Rückwand befand sich zudem eine Luke aus Metall, ungefähr einen Quadratmeter groß, die in den Boden eingelassen und mit einem Vorhängeschloss versehen war. Maike ging davor in die Hocke und untersuchte das Schloss. Es war rostig, der Schieber über dem Schloss ließ sich kaum bewegen. Maike fragte sich unwillkürlich, was in so einem Schacht mitten im Wald wohl aufbewahrt wurde. Sie rüttelte am Schloss. Aber es gab nicht nach. Schulterzuckend stand sie auf und ging zurück zur Hausfront, wo sich zwischen den Fenstern eine Eingangstür mit Bronzebeschlag befand.

Maike erklomm die Stufen zur Veranda. Das trockene Holz knarrte unter ihren Füßen. Einen Moment verharrte sie und lauschte. Als sich nichts rührte, drückte sie leise die Türklinke hinab. Die Tür war verschlossen. Es handelte sich um ein einfaches Türschloss mit offenem Schlüsselloch. Sie trat näher an die Tür und legte ihr Ohr an das vom Sonnenlicht der vergangenen Tage erwärmte Holz. Sie hörte deutlich Geräusche hinter der Tür!

Sie hörte ein Rumpeln! Jemand stöhnte!

Maike drehte sich um und lehnte sich mit dem Rücken gegen die Tür. Einen Moment schloss sie die Augen, um sich besser konzentrieren zu können. Was sollte sie jetzt machen? Die Kollegen aus Unna herbestellen? Die würden mindestens eine halbe Stunde brauchen, eindeutig zu lange. Die Ermittler aus Dortmund würden noch länger benötigen. Sollte sie die Polizei in Menden informieren? Das war wohl die vernünftigste Alternative. Sie entfernte sich rasch außer Hörweite der Hütte und wählte den Notruf. Sie erklärte dem Beamten der Leitstelle mit knappen Worten die Situation. Man würde umgehend einen Wagen schicken. Es könne aber bis zu einer halben Stunde dauern. Maike bedankte sich. Jetzt verfluchte sie sich dafür, auf eigene Faust losgefahren zu sein. Sie hätte irgendeinen Kollegen der Dienststelle Unna mitnehmen können. Ihre Reue kam zu spät. In keinem Fall wollte sie, dass Teubner unter ihrem Versäumnis leiden sollte. Wenn er sich tatsächlich in dieser Hütte in einer Notlage befand, bräuchte er sofort Hilfe! Die Kollegen waren unterwegs, viel konnte ihr also nicht passieren. Maike beschloss, die Sache selbst in die Hand zu nehmen.

Sie schlich auf die Veranda, achtete penibel darauf, das knarrende Holzbrett nicht zu betreten. Dann fischte sie ein Taschenmesser aus ihrer Hosentasche und zog das Metall des Flaschenöffners heraus, das leicht gebogen war. So leise wie möglich schob sie das Messer mit dem Haken nach oben ins Türschloss und drückte es danach hoch. Dann schob sie es nach links und vernahm dabei ein leises Knacken. Die Tür war auf! Einen Moment lauschte sie, aber außer dem immer noch anhaltenden Stöhnen drang kein Laut nach draußen. Maike nahm ihre Waffe aus dem Halfter und entsicherte sie. Dann schob sie langsam die Tür auf, gerade weit genug, um sich in die Hütte zu zwängen. Der Innenraum befand sich im Dunklen, nur erhellt von einigen Kerzen, die auf dem Boden ein flackerndes Licht verteilten. Es dauerte eine Weile, bis Maikes Augen sich an die veränderten Lichtverhältnisse gewöhnt hatten. Die Hütte war einfach geschnitten, nur von zwei Mauerstücken, die etwa zwei Meter in den Raum führten, unterteilt. Mit einem Blick erkannte Maike rechts der Tür einen Tisch, zwei Stühle und zwei Reisetaschen. Vor Kopf ein Regal mit Lebensmitteln. Daneben ein Gaskocher.

Das Stöhnen klang jetzt lauter. Es flammte immer wieder auf. Zwischendurch hörte man ein Klatschen, als würde jemand geschlagen. Die Geräusche kamen aus dem hinteren Bereich der Hütte. Der Verletzte musste sich direkt hinter einer gemauerten Wand befinden, die von der Rückwand in den Raum führte, wurde dort – so wie es klang – immer noch misshandelt. Maike schlich mit ihrer Waffe im Anschlag vorwärts.

Erneut hörte sie einen Schlag!

Wieder folgte ein Stöhnen!

Maike sah links unter dem Fenster zwei Schlafsäcke liegen. Sie schlich bis zur Mauer, dann sprang sie mit einem Satz vorwärts und schrie gleichzeitig: »Polizei! Ich möchte Ihre Hände oben sehen!«

Die Szene, die sich ihr bot, war ... delikat.

Sie sah einen Mann und eine Frau, beide etwa Mitte 30. Sie in rotem Ledermini, knielangen hochhackigen Lacklederstiefeln und blonder Perücke. Er in enger schwarzer Latexhose mit nacktem Oberkörper, barfuß und mit Lederpeitsche in der Hand. Langsam hoben beide die Hände in die Höhe.

Maike hätte am liebsten laut losgeprustet. Der innere Druck ihrer Sorge um den Kollegen Teubner, der wie eine Zentnerlast von ihr abfiel, gepaart mit dem überraschten Sadomaso-Pärchen war zu viel für ihre Psyche. Die Kommissarin beherrschte sich mit Mühe, wies sich als Polizistin aus und fragte das Paar nach den Personalien. Die Frau bückte sich hektisch nach einer Handtasche, dabei fiel ihr Röckchen hoch und entblößte ein von den Peitschenhieben gerötetes Hinterteil.

Maike drehte sich diskret um.

Dann nahm sie den Ausweis der Blondine entgegen und erkannte verwundert, dass es sich um einen Peter Maurer handelte. Maike hatte im dämmrigen Licht der Hütte nicht erkannt, dass es sich bei dem Paar um zwei Männer handelte. Der Sadist legte ebenfalls seinen Ausweis vor. Er erklärte, er habe den Schlüssel zur Hütte von seinem Kollegen Stefan Humboldt. Er arbeite im Katharinenhospital in Unna als Assistenzarzt. Ob er auf Maikes Diskretion bauen könne.

»Was Sie hier treiben, geht mich nichts an«, erwiderte Maike. »Mich interessiert, wann Sie die Hütte betreten haben und ob Ihnen aufgefallen ist, ob sich jemand in letzter Zeit hier aufgehalten hat.«

Der Sadist legte die Peitsche zur Seite und zog sich einen Pulli über den nackten Oberkörper. »Wir sind seit Freitagvormittag hier und haben Vorräte bis zum nächsten Wochenende, wenn Sie verstehen, was ich meine. Als wir ankamen, lag die Hütte einsam und verlassen da, genau wie die Monate zuvor, wenn wir uns hier für ein paar Tage getroffen haben. Der Besitzer selbst nutzt die Hütte seit Jahren nicht mehr. Ob noch jemand anderes einen Schlüssel hat, weiß ich nicht, das müssten sie den Stefan schon selbst fragen.«

Maike bedankte sich und nahm die Personalien der Männer auf. Dann sah sie den Sadisten an. »Eine Frage habe ich noch: Die Luke hinter dem Häuschen, wo führt die hin?«

Der Mann hob ratlos die Schultern. »Eine Luke? Ich war nie hinter der Hütte!« Er sah seinen Freund fragend an, doch der schüttelte nur ratlos den Kopf.

Maike verstand. Wenn die beiden sich hier trafen, ging es nur um eine Sache. Alles andere war egal. Nachdem sie das Paar gefragt hatte, ob sie sich umsehen dürfe, warf sie noch einen Blick hinter das zweite Mauerstück. Hier befanden sich ein Waschbecken und eine Toilette. Das Abflussrohr lag auf Höhe der Luke, die sich draußen befand. Dann handelte es sich möglicherweise um eine

Art Sickergrube, die sich unter der Luke befand. Genaueres würde sie am Montag von dem Besitzer, Stefan Humboldt, erfahren. Sie wünschte dem Pärchen noch einen schönen Tag und verabschiedete sich. Auf dem Weg zum Dienstwagen traf sie die Mendener Kollegen, die mit ihrem Streifenwagen gerade hinter dem Schlagbaum hielten. Sie klärte die Beamten über die Sachlage auf und konnte dabei beobachten, wie das Grinsen der Kollegen immer breiter wurde. Ihren Bericht über diesen Einsatz würde Maike auf das Allernötigste beschränken.

21

Daphne Tischer lag in der Badewanne. Einmal im Monat gönnte sie sich ein ausgiebiges Schaumbad. Heute sogar mit einer Spezial-Schönheitsmaske im Gesicht. Ihr war gestern beim Grillabend mit Britta wieder einmal aufgefallen, dass das Single-Dasein seine Tücken hatte. Wie hatte sie ihre Freundin um den Ehemann und die tobenden Kinder beneidet! Sie hatte sich vorgenommen, in nächster Zeit das Beste aus ihrem Typ herauszuholen. Nun saß sie also mit Quark-Honig-Maske in der Wanne. Wie es sich gehörte, hatte sie noch zwei Gurkenscheiben auf ihre Augen gelegt und lauschte den leisen Klängen von Andrea Bocelli, der mit klarem Tenor »Time to say goodbye« trällerte.

Genau in diesem Moment klingelte das Telefon. Überhaupt schien dieses Gerät darauf programmiert zu sein, nur dann zu klingeln, wenn Daphne im Keller war, sich auf der Toilette befand oder in der Badewanne, eben immer im unpassendsten Moment. Daphne ließ es schellen, zählte mit geschlossenen Augen die Klingeltöne.

Achtmal, neunmal, zehnmal. Aus.

Daphne entspannte sich wieder. Doch kurz darauf begann das Telefon erneut zu klingeln. Daphne verschränkte die Arme im Wasser vor der Brust. Sie würde *nicht* aufstehen!

Elfmal. Zwölfmal.

Wütend wuchtete sie sich in den Stand. Die Gurkenscheiben fielen ins Badewasser. Sie blinzelte durch einen schleimigen Quark-Honig-Nebel und schwang ihre Füße aus dem Wasser. Dann warf sie sich den Bademantel über und stapfte in den Flur. Wehe dem Anrufer, wenn seine Nachricht nicht wenigstens dem Millionengewinn in der Klassenlotterie glich. Als sie den Hörer an ihr Quark-Honig-Ohr hielt, hatte sie ihren Kunden Herrn Winter in der Leitung.

»Entschuldigen Sie vielmals die Störung, Frau Tischer. Aber Sie baten mich doch, die Augen aufzuhalten nach diesem schwarzen, älteren Porschemodell. Ich glaube, ich hab den Wagen gesehen. Mit Kölner Kennzeichen! Er fuhr in Stockum auf einen Bauernhof. Und am Steuer saß so ein Jungspund mit blondem, halblangem Haar. Da könnte es sich doch um den Fahrer handeln, der Ihnen die Schramme ins Auto gefahren hat. Möchten Sie sich die Adresse aufschreiben?«

Daphnes Herzschlag beschleunigte sich. Der Anruf war gleichzusetzen mit dem Hauptgewinn in der Klassenlotterie. Sie notierte die Adresse, bedankte sich überschwänglich bei Herrn Winter und eilte zurück ins Bad. Mit einem in lauwarmer Milch getränkten Wattebausch, wie in dem Super-Tutorial auf Youtube empfohlen, wusch sie sich die Quark-Honig-Maske ab. Ob die Packung ihr nun eine zartere, wachere Gesichtshaut gezaubert hatte, vermochte Daphne nicht zu erkennen. Nachdem sie ihre langen Haare mit Föhn und Bürste in Form gebracht hatte, schminkte sie sich gewissenhaft, zog sich an, griff nach ihrer Handtasche und lief zu ihrem Smart. Dieser verfügte leider nicht über ein gut funktionierendes Navi.

»Das sind zu 98 Prozent Bedienungsfehler«, hatte ihr mal ein Typ erklärt, mit dem sie verabredet gewesen war und der am Ende der Welt zwischen Billmerich und Holzwickede wohnte. Sie war damals mehrmals im Kreis gefahren, ohne die angegebene Adresse zu finden. Sie tippte nun die Adresse des Stockumer Bauernhofs in das besagte Navi ein, das eine Entfernung von genau 2,9 Kilometern und sechs Minuten zu dem von Herrn Winter beschriebenen Objekt errechnete. Die nette weibliche Stimme erklärte ihr auch nach exakt sechs Minuten, sie habe ihr Ziel erreicht. Sie befand sich jedoch mitten im Nichts. Zur linken Seite ein Weizenfeld, zur rechten war irgendein Grünzeug angebaut, das gerade die ersten Versuche machte, aus dem trockenen Boden zu lugen. Vielleicht Kartoffelpflanzen.

Ein Haus, geschweige denn ein Bauernhof, war nirgends in Sicht. Daphne ließ den Smart langsam weiterrollen. Nach etwa 100 Metern kam eine Straßengabelung. Hier standen einige Häuser. Keines davon wirkte auf sie wie ein Bauernhof. Daphne fuhr auf den Weg scharf rechts. Es war ihr schon einmal passiert, dass das Navi sie auf den hinteren Teil eines Grundstücks geführt hatte, wo weit und breit kein Haus zu sehen war. Vielleicht, wenn sie den Weg nun halb in die gekommene Richtung zurückfuhr, fand sie die richtige Adresse. Doch auch hier zu beiden Seiten der Straße nur Felder. Nach etwa 200 Metern sah sie tatsächlich einen Gebäudekomplex am rechten Wegesrand. Obwohl das Navi sie seit geraumer Zeit anmahnte, sie möge bitte wenden, hielt Daphne den Smart an und sah sich das Gelände näher an. Modernisierte Gebäude mit Solarplatten auf den Dächern. Auf einer Parkbucht gegenüber standen ein Mercedes und ein Opel Astra, ein Porsche war nirgends zu sehen. Ob eventuell hinter den Häusern Fahrzeuge abgestellt waren, ließ sich nicht feststellen, da der Gebäudekomplex von einer halbhohen Mauer umgeben war. Daphne suchte an einem der Häuser nach einer Hausnummer, konnte aber nirgends eine entdecken.

»Kann ich Ihnen helfen, junge Frau?«

Daphne schnellte herum und sah einen Mann, dessen Alter sich sehr schwer schätzen ließ. Zwischen 60 und 80 war alles möglich. Er trug trotz der Wärme Cordhosen und Gummistiefel, ein kariertes Hemd, dessen Ärmel er hochgekrempelt hatte, und darüber eine Strickweste. Auf seinem Kopf befand sich eine Schiebermütze, darunter lugten seitlich einige graue Haare hervor. Sein Gesicht war wettergegerbt und faltig, seine Lippen schmal, aber seine Augen blickten wach und freundlich. Daphne hatte den Mann nicht kommen gehört, deshalb hatte er ihr einen riesigen Schreck eingejagt. Allmählich beruhigte sich ihr Herzschlag wieder. Instinktiv hatte sie wohl mit einem aggressiven SP gerechnet, der sie in seine Gewalt bringen wollte.

»Entschuldigen Sie, wenn ich einfach so Ihr Grundstück betreten habe, ich suche das Haus Stockumer Hellweg 45. Ich konnte hier keine Hausnummer entdecken, deshalb bin ich ausgestiegen.«

Der Alte lachte. »Entschuldigen Sie sich man nicht, junges Fräulein. Ich bin ein alter Bauer und bekomme selten so netten Besuch. Dachte schon, Sie wollten meine Kartoffeln kaufen. Aber da wären Sie ein bisschen früh dran. Meine ›Acapella‹ gibt's erst ab Ende Juni.«

Daphne lächelt freundlich, verabschiedete sich und wollte sich in ihren Smart setzen, da hielt er sie winkend zurück.

»Drehen Sie hier mal wieder um mit Ihrem Auto, junges Fräulein, und fahren Sie den ganzen Dahlweg zurück bis zur Gabelung. Dann scharf links, da sind Sie praktisch schon da. Ist ein etwas heruntergekommenes Anwesen. Und der Doktor Kniepel ist vermutlich auch gar nicht zu Hause. Der wollte auf Reisen gehen mit seinem großen Campingmobil. Das hat mir jedenfalls einer seiner neuen Mitbewohner erzählt, als ich den Doktor gestern besuchen wollte. Den Hof hat er seit dem Tod seiner Eltern vor zehn Jahren nicht mehr bewirtschaftet. Regelrecht verkommen lassen hat er ihn. Eine Schande ist das.« Er schüttelte missbilligend den Kopf.

»Seine alten Herrschaften würden sich im Grab umdrehen. Aber so sind sie halt, die Studierten. Mit echter Arbeit haben die nichts am Hut. Ach was rede ich da? Vielleicht sind Sie mit dem Doktor Kniepel verwandt oder gut befreundet?« Er zwinkerte ihr verschmitzt zu.

»Nein, nein«, lächelte Daphne, »weder das eine noch das andere«, blinzelte Daphne ebenfalls zurück. »Machen Sie sich keine Sorgen. Ich möchte einen Bekannten besuchen, der seit einiger Zeit für den Doktor arbeitet.« Daphne hatte keine Ahnung, wie der Mann mit dem Tattoo SP zu Doktor Kniepel stand. Da SP eher slawische Gesichtszüge hatte, schloss sie verwandtschaftliche Verhältnisse aus. Und da blieben nicht mehr viele Möglichkeiten. Als Gespielen eines alten Knackers konnte sie sich den brutalen Juwelendieb nun wirklich nicht vorstellen. Aber man wusste ja nie.

Der alte Landwirt zog die Stirn kraus. Sein Gesicht verdüsterte sich, als er langsam auf den Smart von Daphne zukam, die schon einen Fuß im Auto hatte und ihn über das Dach des Fahrzeugs hinweg anschaute. Er kam um den Wagen herum, steckte die Hände tief in die Hosentaschen und blieb dicht vor ihr stehen.

»Geben Sie Obacht, junges Fräulein! Das ist kein Umgang für Sie. Das sind Zigeuner, die zwei jungen Burschen, die dort auf dem Hof leben. Und zwar welche von der übelsten Sorte. Die führen nichts Gutes im Schilde!«

Daphne sah den alten Mann an und war einen Moment versucht, ihm von dem Überfall auf das Juweliergeschäft ihres Chefs zu erzählen. Dann ließ sie es jedoch bleiben. Es würde den Bauern nur zusätzlich beunruhigen. »Ich passe auf mich auf! Versprochen!«

Sie verabschiedete sich, setzte sich hinters Steuer und fuhr los. Im Rückspiegel sah sie den Alten noch auf der Straße stehen, bis sie eine kleine Kurve fuhr und ihn aus den Augen verlor. An der Straßenbiegung fuhr sie links und befand sich an genau der Stelle, wo sie schon zuvor keinen Bauernhof entdeckt hatte. Auf dieser Straßenseite befand sich nur ein Haus. Sie hielt den Wagen am rechten Straßenrand an und starrte auf das Gebäude. Sollte sie aussteigen? Ihre Neugier siegte. Langsam öffnete sie die Wagentür und ging auf das Gemäuer zu. Sie musste sich vergewissern, ob es sich um die richtige Adresse handelte.

Das Haus strahlte eine düstere Stimmung aus. Ob es am Zwielicht lag, in das der immer grauer werdende Himmel es tauchte, wusste Daphne nicht zu sagen. Die zur Straße liegende Front des Hauses war irgendwann mit grauem Putz überzogen worden, der bereits hier und da Risse aufwies. Auch neue Fenster schienen hier vor Jahren eingesetzt worden zu sein. Man hatte danach den herausgebrochenen Mörtel mit PU-Schaum gefüllt, der nun schmutzig gelb aus den Ritzen quoll. Ein Eingang führte von der Front nicht ins Haus, auch eine Hausnummer war nirgends zu sehen. Daphne seufzte und ging zögernd auf den Innenhof zu.

Wenn SP sie nun durch eine der schmutzigen Fensterscheiben beobachtete und erkannte? Daphne ging das Risiko ein. Nicht ein Laut war zu hören. Keine entfernten Motorengeräusche, sogar die Tauben, die Daphne auf der Dachspitze des Hauses im Schatten eines Kamins hocken sah, schienen zum Gurren zu müde zu sein. Immerhin erkannte man im Innenhof, dass es sich tatsächlich um einen alten Bauernhof handelte. Daphne sah links eine Scheune, davor ein alter, verrosteter Traktor. Rechts offenes Fachwerk, in dem sich einige weiß getünchte Mauersteine gelockert hatten. Sprossenfenster mit dreckigen Scheiben, über einer Glastür mit Metallrahmen hing ein kleines blaues Metallschild mit der weißen Nummer 45. Die angegebene Adresse von Herrn Winter stimmte. Daphne sah sich auf dem Innenhof um. Es gab zwei

Scheunentore, hinter denen sich durchaus ein oder mehrere Autos befinden konnten. Das linke war mit einem Vorhängeschloss gesichert, vor dem rechten war ein Brett hinter zwei Eisenhaken geklemmt. Sollte sie das Brett entfernen? Vielleicht ließ sich das Tor geräuschlos öffnen und sie könnte nachschauen, ob sich ein schwarzer Porsche dahinter verbarg? Aber wäre das nicht Hausfriedensbruch?

Mitten in ihre Gedanken hinein platzte plötzlich lautes Motorengeräusch. Daphne drehte sich erschrocken um. Wenn das der schwarze Porsche von SP war? Das Herz schlug ihr bis zum Hals. Sie sah sich verzweifelt nach einem Versteck um. In einer Ecke des Hofes stand ein alter Waschkessel aus Kupfer, der einst einmal mit schönen Blumen bepflanzt gewesen sein musste, aus dem nun jedoch Unkraut wucherte. Kein ideales Versteck, aber besser als nichts. Daphne ging hinter dem Kübel in die Hocke und wartete. Sie konnte von ihrer Position aus die Straße nicht einsehen und würde den Porsche erst beim Befahren des Hinterhofs erkennen. Sollte SP vor dem Haus parken und den Hof zu Fuß betreten, könnte er sie möglicherweise noch eher entdecken. Das Motorengeräusch schwoll an, so laut, als flögen Millionen von Bienen heran. Daphne erkannte, dass es sich um Motorräder handelte, die mit ziemlicher Geschwindigkeit vorbeibrausten.

Erleichtert kam sie aus ihrem Versteck und klopfte sich den Staub von der Kleidung. Für den Moment hatte sie genug vom Detektivspiel. Sie würde später oder am nächsten Tag zurückkehren. Vor ihr lag eine Woche Urlaub, die sie nutzen konnte, SP auf die Schliche zu kommen. Als sie auf ihren Smart zueilte, sah sie, dass der Himmel sich immer mehr zuzog. Mit ein bisschen Glück und wenig Verkehr würde sie es trockenen Fußes nach Hause schaffen und sich dort einen gemütlichen Nachmittag machen.

22

Lisbeth Obermeier trat der Schweiß auf die Stirn. Sie stand neben ihrem Rollator an einem der Geldautomaten in der Hauptstelle der Sparkasse in Unnas Innenstadt und hatte bereits zweimal den falschen Code eingegeben. Verzweifelt sah sie sich um. Der Vorraum der Sparkasse war gut gefüllt. An jedem der Automaten hatte sich eine Schlange gebildet. An ihrem Automaten stand im Sicherheitsabstand ein junges Mädchen, das geduldig darauf wartete, dass Lisbeth fertig wurde.

»Entschuldigen Sie!«, rief Lisbeth ihr zu. »Können Sie mir helfen? Ich komme mit dieser Technik nicht zurecht!«

Das junge Mädchen blickte von einem schmalen Gerät auf, in das sie mit zwei Daumen etwas tippte. So ein neumodisches Telefon war das. Ein Smartphone. Lisbeth besaß nur ein gewöhnliches Handy.

»Wie kann ich Ihnen helfen?«, fragte das Mädchen nun freundlich und kam zögernd auf Lisbeth zu.

Lisbeth zeigte auf den Bildschirm des Geldautomaten und erklärte ihr Dilemma. Sie müsse dringend Geld abheben, ihr falle aber die Geheimzahl nicht mehr ein. Und nun stünde dort, sie habe noch einen Versuch. »Was passiert, wenn ich wieder die falsche Zahl eingebe?«

»Dann zieht der Automat Ihre Karte ein und Sie müssen sich an einen Mitarbeiter der Sparkasse wenden. Da heute Sonntag ist, hat die Bank aber geschlossen. Da müssten Sie morgen wieder kommen.«

Lisbeth seufzte. »Und was mache ich jetzt?«

Das junge Mädchen lächelte freundlich. »Darf ich?«

Lisbeth nickte und sah, wie der Finger des Mädchens auf einen Knopf drückte, der Automat gab die EC-Karte frei und das Mädchen reichte sie ihr.

»Ich habe den Vorgang abgebrochen. Am besten rufen Sie morgen bei der Sparkasse an, dann wird man Ihnen sagen, was zu tun ist.«

Lisbeth bedankte sich, verstaute die Karte im Portemonnaie und steckte es zurück in die Innenjacke ihres Mantels. Dann schob sie den Rollator langsam zum Ausgang durch die große Automatiktür. Lisbeth Obermeier war froh, wieder an der frischen Luft zu sein. Sie war viel zu warm angezogen. Es war doch erst Anfang April und trotzdem fühlte sich die Luft heute drückend an wie im Sommer. Auf wackeligen Beinen schob Lisbeth den Rollator um die Sparkasse herum aufs Hellwegmuseum zu. Dort wollte der Freund von Jenny sie treffen und das Geld in Empfang nehmen.

Das war auch so ein Zufall. Gestern noch hatte sie bei Frau Herwig im »Dorf-In« von Jenny gesprochen und heute früh rief ihre Großnichte an. Natürlich brauchte sie wieder einmal Geld. Ihr Auto hatte einen Motorschaden und sie benötigte für die Reparatur 5.000 Euro. Wie sollte das arme Ding sonst zur Uni kommen? So viel Geld hatte

Lisbeth natürlich nicht zu Hause herumliegen. Immerhin 3.000 Euro hatte sie für schlechte Zeiten in einem Schuhkarton unter ihrem Bett gebunkert. Weitere 1.000 Euro hätte sie aus dem Automaten ziehen können. Das war das Limit. Aber sie hatte die verdammte Geheimzahl vergessen. Sie würde Jenny die restlichen 2.000 Euro einfach überweisen. Es war Lisbeth sowieso schleierhaft, warum Jenny darauf bestanden hatte, dass ihr Freund das Geld in bar abholen sollte. Da versteh einer die jungen Leute, die haben auch ihren eigenen Kopf. Jenny hatte behauptet, ihr Freund wolle ein teures Ersatzteil besorgen und das Auto auch selbst reparieren. So würde sie eine Menge Geld sparen. Lisbeth seufzte. Wäre vielleicht sinnvoller gewesen, sich für 5.000 Euro einen anderen Gebrauchtwagen zu kaufen. Aber das musste Jenny selber wissen.

Lisbeth hatte den Eingang des Museums nun erreicht und war völlig außer Atem. Sie hatte sich eindeutig zu viel zugemutet. Erst mit dem Bus von Mühlhausen nach Unna fahren, dann mit dem Rollator vom Busbahnhof bis zur Sparkasse. Und dabei die vielen Menschen, die die Innenstadt heute bevölkerten! Familien mit Kleinkindern, Senioren, verliebte Pärchen. Irgendwas gab es in der Stadt wieder zu sehen. In der Bahnhofstraße waren Stände aufgebaut, an denen sich die Menschenmassen vorbeischoben, und die Geschäfte hatten auch geöffnet. Die Sparkasse leider nicht.

Lisbeth blickte auf ihre Armbanduhr, dann sah sie sich um. Der Freund von Jenny müsste gleich eintreffen. Erschöpft schob Lisbeth ihr Wägelchen noch etwas weiter, stellte dann die Bremse fest und setzte sich auf den schmalen Sitz. Das tat den Beinen gut. Ihr Blick fiel auf die moderne Skulptur, die man vor dem Burgspielplatz errichtet hatte: »Die Lesende«. Eine sitzende Frau aus Bronze mit übereinandergeschlagenen Beinen, langem Kleid und wirrer Frisur schaute auf ein Buch, das auf ihrem Schoß lag.

»Hallo, Frau Obermeier!«

Lisbeth zuckte zusammen. Sie hatte nicht bemerkt, dass jemand an sie herangetreten war. »Huch! Haben Sie mich erschreckt!«, sagte sie, während sie ihr Herz schmerzhaft gegen die Brust hämmern spürte. In der Eile hatte sie heute Mittag tatsächlich vergessen, ihre Herztabletten zu nehmen. »Sie sind der Freund von Jenny?«

Der Mann nickte. Irgendwie kam er Lisbeth bekannt vor.

»Haben Sie das Geld für Jenny?«

Lisbeth zog einen Umschlag aus ihrem Mantel. »Es sind leider nur 3.000 Euro. Mehr hatte ich nicht im Haus und dummerweise habe ich die Geheimzahl für meine Scheckkarte vergessen.«

Der Mann lächelte. »Das macht nichts. Den Rest kann Jenny mir dann später zurückzahlen. Etwas Geld kann ich ihr vorstrecken. Ich soll Sie noch schön grüßen, Frau Obermeier, und dann müsste ich mich auch beeilen, damit ich das Ersatzteil heute noch bekomme. Ist sowieso schwierig an einem Sonntag.«

»Ist schon gut«, sagte Lisbeth und reichte dem jungen Mann die Hand. Dabei sah sie ein Tattoo an seinem Hals, das ihr auch bekannt vorkam. Irgendwoher kannte sie den Mann. Vielleicht hatte Jenny ihr einmal ein Foto von ihm gezeigt. »Grüßen Sie Jenny schön von mir. Und sagen Sie ihr, sie soll sich mal wieder bei mir blicken lassen!«

»Mach ich!«

Lisbeth sah dem jungen Mann nach, der mit großen Schritten über den Burgspielplatz lief und dann ihren Blicken entschwand. Mühsam drückte sie sich wieder in den Stand. Insgeheim hatte sie gehofft, der Freund von Jenny wäre mit dem Auto gekommen und hätte ihr angeboten, sie nach Hause zu fahren. Sie öffnete ihren Mantel. Sie schwitzte und hatte schrecklichen Durst. Auch leichte Übelkeit stieg in ihr auf. An irgendeinem Stand in der Innenstadt würde es bestimmt etwas zu trinken geben. So schob sie den Rollator durch die Burgstraße in die Fußgängerzone. Hier konnte sie sich auf die einzelnen Stände gar nicht konzentrieren. Sie wurde von den Menschenmassen vorwärtsgedrängt und hatte Mühe, sich auf den Beinen zu halten. Mit viel Tamtam kam ihr ein altertümlicher Spielmannszug entgegen. Dahinter schlugen zwei Ritter ihre Schwerter aneinander. Lisbeth wurde der Trubel zu viel. Sie hatte keine Ahnung, wie weit sie noch vom Marktplatz entfernt war. Dort sollte es einen Getränkestand geben. Ihr Herz pochte wild, ihre Brust schmerzte. Sie schob den Rollator weiter, ließ den Blick flüchtig über die Stände streifen, in der Hoffnung, doch früher auf etwas zu trinken zu stoßen. Gürtel, Taschen, Felle, altertümlicher Schmuck, antike Gefäße und eine Pommesbude. Da gab es auch Getränke. Der Stand war jedoch so bevölkert, dass Lisbeth sich weitertreiben ließ. Die Menschenmassen drohten sie zu erdrücken. Sie wollte nur raus aus diesem Trubel. Wo war die nächste Straße, die sie von der Fußgängerzone herunterführte? Lisbeth sah Menschen, hörte Gelächter, und wieder kam der Spielmannszug an ihr vorbei.

Endlich erreichte sie den Marktplatz. Auch hier ein Gewimmel von Menschen. Ein Schmied, ein Scherenschleifer, ein Steinmetz, eine alte Räucherei. Keine Getränke. Ein Stand mit Schilden und Schwertern aus Holz für Kinder. Lisbeth zwängte sich an den Tischen des Cafés »Extrablatt« vorbei. Alle Tische waren besetzt, obwohl der Himmel sich immer mehr zuzog und eine leichte Brise aufkam. Sie hatte so schrecklichen Durst! Etwas weiter hinten auf dem Markt erkannte sie die Reklame einer Biermarke über einem Stand. Da gab es sicher auch alkoholfreie Getränke. Aber wie sollte sie sich mit dem Rollator durch diese Menschenmassen zwängen?

Lisbeth war kurz davor, in Tränen auszubrechen. Sie quälte sich bis an den Rand des Marktplatzes und lehnte sich an die Wand eines alten Fachwerkhauses, das das Eiscafé »Kuhbar« beheimatete. Auch hier waren alle Tische besetzt. Sie holte ein altes Telefon aus ihrer Manteltasche, das sie nur zu einem Zweck besaß: um im Notfall ein Taxi rufen zu können. Sie tippte die Nummer auf die kleinen Tasten und orderte das Taxi an die Schaferstraße Ecke Gerhard-Hauptmannstraße. Es würde in fünf Minuten da sein. Die würde Lisbeth noch überstehen. Danach zu Hause etwas trinken, die Herztabletten nehmen und ab ins Bett. Sie wollte das Telefon gerade zurück in ihre Manteltasche stecken, als es aufleuchtete. Das Foto von Jenny erschien auf dem Minibildschirm. Lisbeth drückte erfreut auf den grünen Hörer. Sicher wollte Jenny sich für das Geld bedanken.

»Das ist aber lieb, dass du noch einmal anrufst, Jenny!«

»Hallo, Tante Lisbeth! Ich habe direkt ein schlechtes Gewissen, weil ich mich so lange nicht gemeldet habe. Wie geht es dir?«

Lisbeth war leicht irritiert. Sie hatte doch am Vormittag noch mit Jenny gesprochen. »Dein Freund hat das Geld übrigens eben abgeholt. Ich hoffe, dass du dein Auto jetzt schnell repariert bekommst.«

»Was redest du da, Tante Lisbeth? Welcher Freund? Und ich habe gar kein Auto. An der Uni hier in München würde ich ganz schlecht einen Parkplatz finden, da komme ich mit dem Studententicket viel besser durch die Stadt.«

Lisbeth wurde es heiß. »Aber du hast mich doch heute Morgen angerufen! Und dein Freund hat doch eben das Geld abgeholt!«

»Oh, Tante Lisbeth! Da musst du Betrügern auf den Leim gegangen sein. Wie viel Geld hast du ihnen gegeben?«

Lisbeth konnte nicht mehr antworten. Ein stechender Schmerz schoss ihr durch den Arm zwischen die Schulterblätter. Sie ließ das Telefon fallen. Ihre Beine knickten ein. Sie wollte sich am Rollator festhalten, der rollte jedoch davon. Mit voller Wucht schlug Lisbeth auf das Marktplatzpflaster. Jeder Atemzug bereitete ihr höllische Schmerzen, sie hatte das Gefühl, ein Elefant stünde auf ihrer Brust und würde sie zerquetschen. Wie durch einen Nebel sah sie Menschen, die aufsprangen und auf sie zueilten. Jemand kniete sich neben sie, hielt ihren Kopf und rief nach einem Notarzt. Lisbeth zitterte. Sie würde keinen Arzt mehr brauchen. Der Schmerz in der Herzgegend fühlte sich an wie eine Explosion. Dumpf hörte sie das Martinshorn. Die Sanitäter würden sich nicht beeilen müssen. Lisbeth machte sich nun auf ihre letzte Reise. Mit 87 Jahren hatte sie sich hoffentlich einen Platz im Himmel verdient.

23

Die Rückfahrt von Menden nach Unna hatte Maike entspannt hinter sich gebracht. Sie hatte Teubner nicht finden können, aber der Verdacht, der in ihr hochgekrochen war, er könne sich vor der Polizei auf der Flucht dort verstecken, war jetzt widerlegt. Sie betrat die Dienststelle in Unna gemeinsam mit zwei Kollegen von der Bereitschaft, die gerade von einem Einsatz zurückkamen.

»… könnte sich um die Enkeltrickmasche handeln, auf die die alte Dame hereingefallen ist!«, sagte einer der beiden.

Maike horchte auf und fragte die Kollegen nach den Hintergründen der Tat. Sie erfuhr, dass auf dem Marktplatz in Unna, wo sich gerade der historische Westfalenmarkt mit altertümlichen Handwerkern zur Schau stellte, eine alte Dame an einem Herzinfarkt gestorben war. Laut ihrer Großnichte, mit der die alte Frau Obermeier telefoniert hatte, war sie einer Betrugsmasche aufgesessen und hatte einem unbekannten Mann einen Geldbetrag in ebenfalls unbekannter Höhe ausgehändigt. Als ihr der Betrug auffiel, habe sie sich dermaßen aufgeregt, dass sie an einem Herzinfarkt verstorben sei.

Maike bedankte sich bei den Kollegen für die Informationen und ging nachdenklich in ihr Büro. Sollte sich der Verdacht bestätigen, dass Frau Obermeier mit der Enkelmasche betrogen wurde, würde man davon ausgehen müssen, dass die Bande um Paula Horváth in Unna und Umgebung wieder ihr Unwesen trieb. Maike rief in ihrem Büro sogleich die Großnichte der alten Dame an, deren Nummer sie von den Kollegen der Bereitschaft bekommen hatte. Jenny Obermeier konnte Maike jedoch kaum weiterhelfen. Sie war völlig verzweifelt und gab sich die Schuld am Tod ihrer Großtante. Maike versuchte zu trösten und beendete dann das Gespräch. Man würde die Befragungen der Nachbarn und der Mitarbeiter der Bank abwarten müssen.

Nachdem Maike den Bericht über ihren Ausflug nach Menden geschrieben hatte, widmete sie sich der Aussage von Doktor Joscha Taragos. Sie hörte die Aufnahme des Gesprächs noch einmal ab, um zu überprüfen, ob sie keine relevanten Informationen übersehen hatte, dann schloss sie das Programm und schaltete ihren Computer aus.

Zu schade, dass sie Anna Maischhammer, die ehemalige Nachbarin von Paula Horváth nicht zu einer Aussage hatte bewegen können. Sie hatte nach dem Besuch von Doktor Taragos mehrmals bei ihr in Sonthofen angerufen, es dabei jedoch mit einer übervorsichtigen Dame zu tun gehabt. Da könne ja jeder am Telefon behaupten, er sei Kriminalkommissarin. Nein, nein, auf solch einen Trick falle sie nicht herein. Aufgelegt. Beim zweiten Versuch hatte die alte Dame sofort begonnen zu schimpfen, ohne Maike auch nur zu Wort kommen zu lassen. Nachdem Maike eine halbe Stunde hatte vergehen lassen, versuchte sie es ein drittes Mal. Ohne Umschweife lobte Maike die Umsicht von Frau Maischhammer und nannte ihr die Durchwahl ihres Diensttelefons. Sie habe vielleicht die Möglichkeit, sich zu informieren, dass dies tatsächlich ein polizeilicher Anschluss sei, mit dem man nicht tricksen könne. Frau Maischhammer erwiderte, sie habe kein Internet, aber sie

würde ihren Sohn bitten, sobald sie ihn sähe, und sich dann bei Maike melden. Da konnte man nur hoffen, dass sie ihr Versprechen nicht vergaß. Ansonsten würde Maike sich am nächsten Tag an die örtliche Polizeidienststelle in Sonthofen wenden und um Amtshilfe bitten. Sie seufzte, räumte ihren Schreibtisch auf und griff dann nach ihrer Handtasche, um ihr Büro zu verlassen, da bimmelte ihr Telefon. Hoffnungsvoll nahm sie das Gespräch entgegen.
»Kriminalhauptkommissarin Graf!«
»Guten Tag, mein Name ist Klaus Maischhammer. Meine Mutter hat mich gebeten, zu überprüfen, ob sie tatsächlich mit einer Kommissarin gesprochen habe. Nachdem ich Ihre Glaubwürdigkeit überprüft habe, reiche ich Ihnen meine Mutter nun ans Telefon.«

Maike bedankte sich herzlich, ließ ihre Handtasche fallen und griff zu Notizblock und Stift. »Schön, dass Sie sich zurückmelden«, begann sie und lobte noch einmal die Vorsicht der Dame.

So zurückhaltend Anna Maischhammer zuvor gewesen war, so sprudelten nun die Worte aus ihr heraus. Zunächst entschuldigte sie sich mehrmals für ihre Skepsis, aber Paula habe sie bei ihrer Abreise eindringlich darum gebeten, niemandem Auskunft über sie zu erteilen. Vor langer Zeit habe sich schon einmal jemand telefonisch nach ihr erkundigt. Er habe behauptet, ihr Bruder zu sein. Auch ihm habe sie keine Informationen gegeben. Anna Maischhammer habe ein sehr gutes Verhältnis zu Paula Horváth gehabt und sie wolle ihr im Nachhinein nicht schaden. Ach, was sei das doch für eine nette junge Frau gewesen. Sie habe ihr die schweren Einkäufe geschleppt, die Fenster geputzt, und so oft hätten sie abends gemütlich beieinandergesessen und über Gott und die Welt geplaudert. Und so schade sei es, dass Paula letztendlich so überstürzt weggezogen sei. Aber wenn man die Hintergründe kenne, könne man ihr Verhalten gut verstehen.

»Sie wissen, warum Paula Horváth Sonthofen verließ?«

»Aber ja, Frau Hauptkommissarin!«, erwiderte Frau Maischhammer und Maike erkannte die Erregung an ihren Worten. Sie hatte kein Foto von der alten Dame, aber dennoch ein genaues Bild vor ihrem inneren Auge. Vermutlich saß sie mit zusammengekniffenen Knien an der Vorderkante ihres Lieblingssessels, im Bewusstsein, dass ihre Aussage von Wichtigkeit war. Ihre schlanke Figur in kerzengerader Haltung, ordentlich gekleidet vielleicht mit einem Hausanzug oder eher einem eleganten Kostüm, weil ja der Sohn zu Besuch gekommen war. Möglicherweise nestelte sie mit den Fingern an einem der Hirschhornknöpfe der Kostümjacke, um ihre Nervosität zu überspielen. Und aus der Küche duftete es nach leckerem Apfelstrudel und frisch aufgebrühtem Kaffee, denn wenn der Sohn schon kam, um zu helfen, dann wurde er natürlich auch ordentlich bewirtet.

»Da war dieser Bursche«, fasste die alte Dame ihre Beobachtungen von einst in Worte, »er schellte bei mir und hat nach der Paula gefragt. Er war sehr jung und da bin ich von Natur aus skeptisch. Ich habe ihm gesagt, mit der Nachbarschaft hätte ich nichts am Hut. Dann habe ich ihm die Tür vor der Nase zugeknallt.«

»Können Sie den jungen Mann beschreiben?«

»Aber ja! Ich seh ihn noch vor mir, als sei er gestern dagestanden. Ein Bursche, höchstens 20 Jahre alt. Mit so einem kurzen Haarschnitt, die Seiten fast kahl rasiert und oben auf dem Kopf eine Matte mit einer Tolle wie einst Elvis Presley. Fast schwarz die Haare und seine Haut war auch dunkel. Also nicht schwarz, aber auch nicht weiß. Irgendwas dazwischen. Er hatte braune Augen und buschige Brauen, ziemlich volle Lippen und ganz ebenmäßige Gesichtszüge. Dann trug er so eine fetzige Hose, also mit Löchern drin, wie die jungen Leut' halt so drauf steh'n.«

Ihre Beschreibung passte exakt auf das Mordopfer Slatko Breuer.

»Haben Sie mit Paula Horváth über den jungen Mann gesprochen? Kannte sie ihn vielleicht?«

Frau Maischhammer räusperte sich, dann hörte Maike, wie sie etwas trank. Schließlich erzählte sie, Paula sei an jenem Abend zu ihr gekommen. Hektisch und verweint. Sie müsse von Sonthofen fortziehen, man habe sie aufgespürt. Anna Maischhammer erfuhr, dass Paula vorbestraft war, dass sie im Enkeltrickgewerbe ihr Geld verdient und schließlich ihre damaligen Komplizen verraten hatte. Nach ihrer Haftzeit, die nicht wesentlich kürzer als die ihrer Komplizen gewesen sei, wäre sie nach Bayern gezogen, um möglichst weit wegzukommen von ihrem Clan. Zwei Jahre sei es gut gegangen, und nun habe man sie doch gefunden. Der junge Mann, der sich nach ihr erkundigt habe, sei ein ehemaliger »Mitarbeiter« von ihr gewesen. Den Namen habe Anna Maischhammer vergessen, aber es sei ein kurzer Name gewesen. Paula Horváth habe Sonthofen bereits am nächsten Tag verlassen. Ihre Wohnung sei möbliert gewesen, an Kleidung und sonstigen Habseligkeiten habe sie nur das Nötigste mitgenommen. Um die Formalitäten mit dem Vermieter habe sich

Anna Maischhammer gekümmert. Sie habe auch dafür gesorgt die Sachen, die Paula zurücklassen musste, für wohltätige Zwecke zu spenden.

Maike hatte fleißig mitgeschrieben. Paula war also tatsächlich aus Sonthofen geflohen, weil ihre Sippe sie dort aufgespürt hatte. Das hatte ja bereits Elisabeth Taragos am Telefon angedeutet. »Der Name des Komplizen, könnte der Stani Peukner gelautet haben?«, nannte sie nun ihrer Zeugin zunächst bewusst einen erfundenen Namen.

»Nein, der hieß anders. Es ist schon so lange her, aber dennoch würde ich mich erinnern – glaube ich – wenn ich ihn höre.«

»Vielleicht Slatko Breuer oder Sergej Timoschenko?«

»Slatko Breuer! Das war der Name! Ich bin mir ganz sicher!«

Maike spürte die Erregung der alten Dame durchs Telefon und hoffte inständig, sie möge sich nicht zu sehr aufregen. Sie selbst wusste die Erkenntnis, dass der Enkelclan Paula in Sonthofen aufgespürt hatte, nicht richtig einzuschätzen. Was bedeutete das konkret für ihren Fall? Entlastete diese Tatsache ihren Kollegen Max Teubner nun endlich, weil sich beweisen ließ, dass Paula vor ihrem Clan auf der Flucht gewesen und nun womöglich in dessen Fänge gelangt war? Oder machte ihn diese Tatsache erst recht verdächtig? Maike bedankte sich herzlich für die Informationen bei Frau Maischhammer, wünschte ihr noch einen schönen Sonntagnachmittag und bat, im Bedarfsfall noch einmal anrufen zu dürfen.

»Aber natürlich, Frau Hauptkommissarin! Ich weiß ja nun, dass Sie von der richtigen Polizei sind«, gab sie lachend zu, »und Ihre Nummer hab ich auch, wenn mir noch etwas einfällt.« Bevor sie das Gespräch beendete, erwähnte sie, dass sie nach der Aufregung nun mit ihrem Sohn gemütlich Kaffee trinken könne. Und frischer Apfelstrudel sei schon im Backofen. Sie müsse nur noch die Schlagsahne zubereiten.

Maike wünschte guten Appetit und lächelte über ihre Vision, mit der sie Frau Maischhammer goldrichtig eingeschätzt hatte. Sie verließ endlich ihr Büro. Heute würde sie für den Kollegen Teubner nichts mehr ausrichten können.

24

Daniel Novak trat vom Fenster zurück und schob sein Smartphone in die Hosentasche. Das merkwürdige Verhalten der Frau im Hof ließ alle möglichen Alarmglocken bei ihm läuten. Er hatte sie aus dem Fenster fotografiert und würde abwägen, ob man etwas unternehmen musste. Zunächst hatte er gedacht, die Frau wäre eine Bekannte oder Verwandte des Hausbesitzers. Doch dann begann sie, im Hof herumzuschnüffeln. Als sie sich gar hinter dem Blumenkübel versteckte, weil sie glaubte, jemand würde auf den Hof fahren, war Novak sicher, mit der Frau stimmte etwas nicht. Er würde Timoschenko fragen, ob sie ihm bekannt war. Auf dem Foto, das Novak durchs Fenster mit Zoom geschossen hatte, war sie ziemlich gut zu erkennen. Das Kennzeichen ihres Smarts, den sie an der Hauptstraße geparkt hatte, konnte er ebenfalls durch ein anderes Fenster fotografieren.

Er seufzte. Die Probleme häuften sich. Timoschenko hatte ihm von einer polizeilichen Vorladung erzählt, der er am nächsten Vormittag nachkommen sollte. In seiner unkontrollierten Wut über diese Dreistigkeit der Polizei hatte Sergej einen tiefen Schluck aus der Wodkaflasche genommen und diese dann mit Wucht an die Wand gepfeffert. Immer noch stank die obere Etage nach Alkohol, weil sich der Wodka in einen Teppich im Flur eingesaugt hatte. Novak hatte Timoschenko geraten, den Vorladungstermin wahrzunehmen. Er befürchtete, sonst stünden die Kommissare am nächsten Tag mit einem Durchsuchungsbeschluss auf der Matte. Da hatte Timoschenko gebrüllt, sein Phantombild sei noch am Freitag in der Zeitung gewesen, und wenn die Bullen sich nicht total dämlich anstellen sollten, könnte man ihn mit dem Raub auf das Schmuckgeschäft in Verbindung bringen. Novak hatte daraufhin tatsächlich gelacht und nur gesagt: »Das Bild sieht dir nur sehr entfernt ähnlich. Außerdem suchen die dich nicht als Schmuckdieb, sondern als Entführer eines Polizisten. Wenn du nicht gehst, macht dich das erst recht verdächtig.«

»Eine polizeiliche Vorladung als Zeuge ist rechtlich nicht verbindlich. Ich bräuchte den Termin nicht einmal absagen«, brüllte Sergej.

»Dann schicken sie dir am nächsten Tag eine Vorladung von der Staatsanwaltschaft«, hatte Novak entgegnet.

Timoschenko hatte nicht darauf geantwortet, aber seine gerunzelte Stirn zeigte, dass er scharf nachdachte. Kurz danach hatte er den Hof verlassen, war in den Porsche gesprungen und mit quietschenden Reifen davongerast, weil er noch etwas zu erledigen habe, wie er knapp erklärt hatte.

Novak gab sich einen Ruck. Er musste sich dringend der Aufgabe widmen, die er seit Freitagabend vor sich herschob. Es fiel ihm nicht leicht, doch wenn Timoschenko zurückkam, sollte die Sache erledigt sein. So oder so. Novak nahm eine Schere aus einer der Schubladen des alten Küchenschrankes und trat auf den dunklen Flur. Die Dielen knarrten. Durch die verdreckten Fenster drang kaum Tageslicht herein, obwohl es noch keine 17 Uhr war. Das für den Abend angekündigte Unwetter bahnte sich an und gab ihm für sein Vorhaben die perfekte Kulisse. Er zog einen Schlüsselbund aus seiner Hosentasche, trat an eine schmale Holztür und öffnete das Schloss.

Der Raum lag im Dunkeln. Novak schaltete das Licht ein und betrat ein uraltes Wohnzimmer. Der Hausbesitzer hatte es möbliert vermietet und man fühlte sich schlagartig in die 50er-Jahre zurückversetzt. In der rechten Ecke tickten laut die Zeiger einer antiken Standuhr aus Eiche. Auf den kirschrot gestrichenen Dielen lag ein verblasster Orientteppich, der als Unterlage für eine Couch mit Mohairbezug, zwei Sessel und einen runden Eichentisch diente. In der linken Ecke stand eine Stehlampe aus Messing mit schmuddeligem Schirm, dessen Saum goldene Fransen zierten. Ob der Fernseher auf dem kleinen Beistelltisch funktionierte, wagte Novak zu bezweifeln. Es war ein Modell mit Holzfassung, das einen halben Meter in die Tiefe ging. Obendrauf thronte eine Zimmerantenne, fast so groß, wie man sie vor 30 Jahren noch auf den Hausdächern fand, bevor Satellitenschüsseln diese ablösten.

Novak trat an die Couch und setzte sich ans Fußende. Paula lag auf der Seite, mit auf dem Rücken gefesselten Händen. Timoschenko hatte das Klebeband aus Novaks Sicht viel zu eng um ihre schlanken Handgelenke geklebt. Auch die Füße waren dicht aneinandergezurrt. Ein Tuch vor ihren Mund, das mit Klebeband mehrfach um den Kopf herumgeklebt war, sollte ihr Geschrei verhindern. Dabei hatte der junge Roma auf das wunderschöne Haar Paulas keine Rücksicht genommen. Paula starrte Novak aus großen Augen an. Sie regte sich nicht. Aber aus ihrem Blick sprachen Trauer, Enttäuschung, Mutlosigkeit und auch ein bisschen Zorn.

»Ich werde nun vorsichtig deine Fesseln lösen, Paula. Bitte verhalte dich still!«

Sie nickte.

Novak nahm die Schere und schnitt damit zunächst ihre Fußfesseln durch. Dann schob er ihre Füße langsam zu Boden und half ihr, sich zu setzen. Paula rieb sofort die Füße aneinander, um ihre tauben Gelenke wieder wachzurütteln. Sie drehte ihm den Rücken zu, sodass er auch ihre Handgelenke von den Fesseln befreien konnte. Gleich würde sich zeigen, wie sie zu ihm stand. Entweder sie verwandelte sich in eine Furie und stürzte sich mit den Fäusten auf ihn – was er ihr am ehesten zutraute – oder sie würde sich in seine Arme werfen und hemmungslos weinen. Diese Variante gefiel ihm bedeutend besser. Novak nahm die Schere und löste vorsichtig das Klebeband vom Knebel. Paula schluckte mehrfach, sagte jedoch kein Wort. Sie zog ihr Haar stramm nach unten und riss das Klebeband mit einem Ruck ab. Dann starrte sie Novak an.

»Es tut mir leid, Paula!«, begann er zaghaft. Und obwohl er kaum 30 Zentimeter von ihr entfernt auf der Couch saß, schien sie für ihn unerreichbar zu sein. Sie rieb sich die Handgelenke. Timoschenko hatte übertrieben mit seiner Maßnahme, aber Paula machte ihm keinerlei Vorwürfe. Novak sah in ihre zauberhaften braunen Augen und las dort Tausende unausgesprochene Fragen. Er hatte keine Ahnung, wie er sie beantworten sollte.

Warum hatte er Paula Timoschenko überlassen, obwohl er doch wusste, wie brutal dieser sein konnte? Warum hatte er ihr nicht selbst etwas zu Essen und Trinken gebracht und darauf geachtet, dass es ihr gut ging? War sie ihm so gleichgültig?

Die Erklärung, die Novak ihr geben könnte, hätte ihr nicht gefallen. Es war bequemer, sich auf den resoluten Timoschenko zu verlassen, der keine Probleme damit gehabt hatte, das Fiasko in Paulas Wohnung in den Griff zu bekommen. Der Roma hatte die Lage im Handumdrehen überblickt und genau gewusst, was zu tun war. Ohne ihn säßen sie vermutlich längst im Knast. Und aus dem Grunde hatte Novak auch auf Timoschenko gehört und die Finger von Paula gelassen.

»Wo ist Max Teubner?«

Ihre ersten Worte versetzten ihm einen Stich. Mitten ins Herz. Warum bedankte sie sich nicht, dass er sie von den Fesseln befreit hatte? Warum dachte sie nur und immer wieder an diesen verdammten Bullen, der ihnen bereits vor Jahren in die Quere gekommen war? Wenn Novak nur im entferntesten geahnt hätte, dass dieser Teubner hier in Unna beschäftigt war, er hätte Bakro Taragos in dieser Richtung einen Tipp gegeben. Auch Timoschenko und Breuer waren überrascht gewesen, als der Polizist vor Paulas Wohnungstür stand. Sie hatte zwar versucht, ihn abzuwimmeln, das war ihr aber nicht gelungen. Und mit dem Betreten der Wohnung hatte Teubner sein Todesurteil unterschrieben, ohne es zu wissen. Novak würde dem Mistkerl keine Träne nachweinen. Erst recht nicht, nachdem Slatko Breuer mit der Waffe des Bullen erschossen wurde. Wer dabei abgedrückt hatte, war egal.

»Novak! Ich habe dich etwas gefragt!« Paulas Stimme hatte einen schrillen Klang angenommen. Sie hatte ihn beim Nachnamen genannt, das tat sie eigentlich nur, wenn sie außer sich vor Wut war.

»Er ist in Sicherheit. Es geht ihm gut!«
»Ich will ihn sehen!«
»Das geht nicht. Timoschenko kümmert sich um ihn.«
»Dann will ich ihn erst recht sehen!«

Novak stand auf, drehte ihr den Rücken zu und trat ans Fenster. Der Himmel schien bedrohlich tief zu hängen, es war dunkel wie in der Nacht. Nicht lange, dann würden ihn Blitze erhellen, würden die Wolken aufbrechen und Fluten von Wasser auf den Hof prasseln lassen.

»Du bist nicht in der Position, hier Forderungen zu stellen, Paula«, sagte Novak, ohne sich zu ihr umzudrehen. Er hatte die Schere auf den Tisch gelegt. Paula könnte sie greifen, sich auf ihn stürzen und ihm die Klinge in den Rücken rammen. Sollte sie ruhig! Einen Moment starrte er stumm in die unwirkliche Welt da draußen, die ihm wie in einem Standbild die Ruhe vor dem Sturm vorgaukelte. Erst, als er ihr Schluchzen vernahm, drehte er sich langsam um. Sie saß vornübergebeugt, hatte das Gesicht hinter den Händen verborgen. Er ging zu ihr, setzte sich neben sie und legte zaghaft einen Arm um ihre Schultern. Sie wandte sich zu ihm, barg ihr Gesicht an seiner Brust, und am Zucken ihres Körpers erkannte er ihre tiefe Verzweiflung.

»Hör zu, Paula! Wir befinden uns in einer äußerst schwierigen Lage. Es ist nur eine Frage der Zeit, bis die Polizei die richtigen Schlüsse zieht. Dann müssen wir hier weg sein. Du kannst dabei helfen. Du müsstest nur ein wenig telefonieren.«

Sie sah ihn stumm an, fast gleichgültig. Ihr Gesicht nahm einen abweisenden Ausdruck an und sie presste ihre Lippen zusammen. Ein Blitz zuckte in der Nähe des Hauses, fast gleichzeitig krachte der Donner. Paula zog die Füße auf die Couch und umschloss sie mit den Armen.

Novak drückte sie an sich. »Ich verspreche dir, wenn du fleißig telefonierst und auch erfolgreich dabei bist, dann überzeuge ich Timoschenko davon, dass du deinen Kommissar sehen darfst. Du musst nur schwören, keine Dummheiten zu machen. Wir lassen ihn gehen, sobald wir in Sicherheit sind.«

Wieder krachte ein Donner. Paula zuckte zusammen und drängte sich an Novak heran. Er genoss ihre Nähe, spürte den unruhigen Schlag ihres Herzens. Der Regen prasselte gegen die Fensterscheibe und schien den Staub der letzten trockenen Tage fortwaschen zu wollen. Es sah aus, als schwappe der Himmel über, so klatschten plötzlich die Wassermassen auf den Hof herab. Paula blieb stumm. Ob sie einen inneren Kampf um ihre Entscheidung ausfocht?

»Rubinchen!«, versuchte Novak, sie zu überzeugen. »Selbst wenn ich wollte, ich könnte dich nicht zu diesem Teubner bringen. Nur Timoschenko hat die Schlüssel. Ich werde gleich mit ihm reden, mehr kann ich nicht tun. Es wäre sicher von Vorteil, wenn ich ihm dabei einige Adressen von Senioren vorlegen könnte, die du am Telefon um den Finger gewickelt hast.«

Paula löste sich mit Schwung aus seiner Umarmung und stand auf. »Du musst mich nicht für dumm verkaufen, Daniel! Ich weiß selbst, dass wir tief in der Scheiße stecken und dringend Geld brauchen. Außerdem habe ich heute Vormittag schon für Timoschenko telefoniert. Er müsste das Geld längst haben, wenn alles gut gegangen ist. Er scheint ziemliche Spielschulden zu haben.«

Novak sah Paula überrascht an. Wieso hatte Sergej Timoschenko ihm das nicht gesagt? »Du bist also dabei?«

Als Paula nickte, lief er aus dem Zimmer und holte den Block, auf dem er mit Timoschenko gemeinsam alte Vornamen aus dem Unnaer Telefonbuch herausgeschrieben hatte. Dann setzte er sich wieder neben Paula und diktierte ihr die erste Nummer. Paulas Gesichtsausdruck wandelte sich. Sie sah jetzt konzentriert und überzeugend aus.

»Hallo, Opa«, sprach sie schließlich einen Fritz Siemens an. »Du glaubst nicht, wen du in der Leitung hast!«, begann sie das Gespräch. Aber der Rentner wimmelte sie sofort ab, er habe weder Kinder noch Enkelkinder. Paula tippte die nächste Nummer in das Prepaidhandy. Hier meldete sich niemand. Der fünfte Versuch hieß Adele Scholl.

»Hallo, Oma! Rate mal, wer hier spricht!«, säuselte Paula. Sie hatte den Lautsprecher angestellt, so konnte Daniel mithören.

»Agnes? Bist du das?«, hörten sie eine zittrige Stimme.

»Ja, Oma! Es tut mir so leid, dass ich mich so lange nicht gemeldet habe, aber ich war lange Zeit im Ausland.«

»Agnes! Du bist es tatsächlich! Hast du dein Studium endlich beendet? An dieser amerikanischen Universität?

Du wolltest doch etwas mit Fremdsprachen machen, richtig?«

»Genau, Oma. Auslandskorrespondentin. Und jetzt könnte ich einen Superjob in den Staaten bekommen, aber leider fehlt mir das Geld für das Flugticket und die Unterkunft. Dabei wäre der Job so wichtig für mich.« Paula ließ ihre Stimme zittern und gab ihr einen weinerlichen Klang. »Es ist so schrecklich!«

»Was ist denn passiert, mein Kind? Hast du Ärger mit deinem Freund? War der nicht Anwalt?«

Paula schluchzte eine Weile laut hörbar, dann jammerte sie: »Das war alles gelogen, Oma. Er hat mich nur ausgenutzt. Er ist arbeitslos und zudem spielsüchtig. Ich hab ihm geglaubt, dass er mein Geld in unsere Zukunft investieren will, aber er hat alles verspielt, und nun stehe ich ohne einen Cent da und kann nicht in die USA reisen, wo so ein toller Job auf mich warten würde.«

»Ach, Agnes. Das ist schrecklich! Wenn ich dir irgendwie helfen kann, mach ich das gerne. Du warst immer so ein liebes Mädchen.«

Paula seufzte und blieb eine Weile stumm. Sie machte das wirklich gut, hatte in den vergangenen Jahren nichts von ihrem Talent verlernt.

»Agnes? So sag doch was! Bist du noch dran?«

»Ja, Omi … ich habe dich angerufen, weil ich wissen wollte, wie es dir geht. Ich kann dich nicht um Geld bitten!«

»Doch, das kannst du. Mir geht es sehr gut. Ich habe in den letzten Jahren wieder etwas gespart. Es wäre viel mehr, wenn ich vor langer Zeit nicht einer Betrügerin auf den Leim gegangen wäre.«

Paula sah alarmiert auf. Novak dachte das Gleiche. Hatten sie etwa eine Frau in der Leitung, die sie schon einmal abgezockt hatten? Wäre es nicht besser, Paula würde einfach auflegen? Sie erriet seine Gedanken und schüttelte nur stumm den Kopf. Sie schien sich ihrer Sache sicher zu sein. Ob sie sich an den Fall erinnerte?

»Ja«, sagte Paula, »du hast mir die Geschichte damals erzählt. Da hat sich jemand als deine Nichte ausgegeben. Die Betrüger werden immer dreister. Wenn ich den Job in den USA bekomme, werde ich dir bald eine hübsche Summe überweisen können, dann brauchst dir um Geld keine Sorgen mehr machen.«

»Ach, du bist so ein liebes Kind, Agnes. Nun möchte ich dir aber erst einmal helfen. Wie viel brauchst du? Ich könnte dir 6.000 Euro geben. Da müsste ich nur morgen zur Bank.«

Paula schluchzte. »Du bist so lieb. Damit würdest du mir wirklich sehr helfen. Die restlichen 2.000 Euro kann ich mir vielleicht von jemand anderem leihen!«

Einen Moment blieb Adele Scholl still. Dann drang ihre Stimme resolut zu ihnen durch. »Das brauchst du nicht, Agnes. Ich werde dir 8.000 Euro leihen. Da bleibt mir immer noch eine kleine Rücklage und meine Rente kommt ja auch jeden Monat. Allerdings kann ich erst gegen Mittag zur Bank gehen. Meine Pediküre ist morgen fällig.«

Novak nickte, damit Paula nicht darauf drängte, das Geld schon am Vormittag holen zu wollen. Denn da musste Timoschenko, der als Abholer fungieren würde, zunächst seinen Termin bei der Polizei wahrnehmen. Auch wenn das Risiko sehr groß war, so viel Zeit zwischen Anruf und Abholung des Geldes verstreichen zu lassen, Novak musste noch heute zurück nach Venlo, um morgen wie gewohnt seiner Arbeit nachzugehen. Zunächst würde er sich so unauffällig wie möglich verhalten. Er zeigte Paula drei Finger und diese verstand.

»Passt es dir, wenn ich so gegen 15 Uhr bei dir vorbeikomme? Vielleicht können wir noch ein bisschen zusammensitzen und über meinen tollen Job sprechen?«, säuselte Paula.

»Das wäre fantastisch, mein Kind. Ich werde uns einen Kuchen backen und dann trinken wir gemütlich zusammen Kaffee. So viel Zeit hast du doch, Agnes?«

»Natürlich, Omi! Für dich immer! Dann bis morgen!«

Paula beendete das Gespräch und grinste. Das Donnergrollen zog nach Osten ab. Es hatte fast aufgehört zu regnen und der Himmel nahm wieder ein helleres Grau an. Novak öffnete das Fenster des kleinen, stickigen Wohnzimmers. Eine frische Brise wehte klare Luft in angenehmer Temperatur herein.

»Gib mir die nächste Nummer!«, forderte Paula lächelnd.

Novak wandte sich um, am liebsten hätte er Paula auf der Stelle geküsst, aber er schaute nur auf seinen Block und diktierte.

MONTAG, 3. APRIL

25

Seit dem gestrigen Abend hatte Max Teubner Angst. Er saß immer noch gefesselt in seinem dunklen Verlies. Die Handgelenke schmerzten höllisch, da er durch ständige Reibung versuchte, seine Fesseln zu lockern. Aber der Kabelbinder gab nicht einen Millimeter nach. Das Gewitter gestern hatte sich in seinem Kerker bedrohlich angehört. Es knallte dumpf, und der Boden vibrierte um ihn herum. Mehr als einmal glaubte er, bald lebendig begraben zu werden, weil die Wände um ihn herum einstürzen würden. Es mussten Wassermassen aus dem Himmel geströmt sein, denn der Boden seines Gefängnisses fühlte sich klamm und feucht an. Nur eine Frage der Zeit, bis die Matratze die Feuchtigkeit in sich aufsog und ihm keine warme, schützende Unterlage mehr bot. Teubner schob sich nun mit den Füßen zurück, sodass er seinen Rücken an die Mauer anlehnen konnte. Die Schuhe stellte er mit auf die Matratze, wen scherte es, ob sie dreckig wurde oder nicht?

Er lauschte in die Dunkelheit. Kein Geräusch drang zu ihm durch. Auch das Klatschen des Regenwassers war nicht mehr zu vernehmen, vielleicht hatte es aufgehört zu regnen. Wo befand er sich? Wo hatte man ihn hingeschleppt? Was war mit Paula geschehen, nachdem man ihn in diese Grube verfrachtet hatte? Ging es dem Kollegen Reinders gut, der einen harten Schlag auf den Kopf bekommen hatte? Befand er sich ebenfalls in diesem Kerker, vielleicht in einem Nebenraum des dunklen Gewölbes? Teubner hatte mehrere Versuche unternommen, sich durch lautes Schreien bemerkbar zu machen, aber niemand schien ihn zu hören. Würde sein Schreien eine Gefahr darstellen, hätte man ihm vermutlich einen Knebel verpasst. Es blieb ihm nichts anderes übrig, als abzuwarten und auf eine Chance zu hoffen.

Als seine Entführer ihm die Matratze gebracht hatten, bemerkte er einige Zeit später in der Dunkelheit eine Tasche, die sie neben seiner Liegestätte abgestellt hatten. Darin fand er Obst, eine Packung Kekse und eine Flasche Mineralwasser. Mit dem Wasser war er sparsam umgegangen, das glaubte er jedenfalls. Dennoch war die Flasche seit geraumer Zeit leer. Die Kekse waren widerlich süß und er brachte sie einfach nicht herunter. Die drei Äpfel waren lange verspeist, und sein Magen hatte inzwischen bereits aufgegeben, zu knurren. Wollte man ihn hier in der Dunkelheit elendig verrecken lassen? Hatte man ihn bereits vergessen? Warum unternahmen die Kollegen nichts? Oder waren sie dem Clan schon auf der Spur?

In seine aufkommende Panik hinein hörte Teubner plötzlich ein Geräusch. Schritte näherten sich. Ein Schlüssel klimperte, kurz darauf wurde die Tür geöffnet. Teubner blickte in den Strahl einer Taschenlampe. Die Person, die sie hielt, verharrte hinter dem Eingang. Eine zierliche Person kam im Schein des Lichts näher. Teubner konnte kein Gesicht erkennen. Selbst der schwache Schein der Lampe fühlte sich in seinen Augen wie ein bohrendes Stechen an. Die schlanke Gestalt schleppte schwer – einen Eimer in der einen, einen Korb in der anderen Hand. Den Eimer stellte sie am Eingang ab, kam näher, beugte sich zu ihm und stellte den Korb neben ihn auf die Matratze. Mit einem Blick erkannte er eine Kaffeekanne, eine Brötchentüte, Geschirr und etwas Obst sowie drei Flaschen mit Mineralwasser. Er blickte seinen Gönner an. Allmählich gewöhnten sich seine Augen an das fahle Licht und er erkannte die Person, die in sein Gefängnis gekommen war, um ihm Vorräte zu bringen.

»Paula!«, rief er überrascht. »Geht es dir gut?«

Ehe sie antworten konnte, machte ihr Begleiter an der Tür eine energische Bewegung mit der Taschenlampe.

»Raus da!«, befahl eine tiefe, herrische Stimme.

»Es tut mir so leid, Max!«, flüsterte Paula kaum hörbar. Sie stellte den halb gefüllten Wassereimer in eine Ecke – wohl für seine Notdurft – dann packte ihr Begleiter sie und riss sie aus seinem Verlies. Die Tür wurde mit Wucht zugeschlagen, ein Schlüssel drehte sich im Schloss und Schritte entfernten sich. Seine Umgebung strahlte wieder bedrohliche Stille und Schwärze aus. Teubner lehnte seufzend den Kopf an die harten Mauersteine in seinem Rücken. Ihm wurde übel. Ob vor Enttäuschung über Paulas Verhalten oder aufgrund seiner Situation – er wusste es nicht. Außerdem hatte er seit Stunden nichts gegessen. Wenn er hier unten noch eine Weile überleben wollte, musste er etwas zu sich nehmen. Er tastete mit den gefesselten Händen in der Dunkelheit nach dem Korb, den Paula neben ihn auf die Matratze gestellt hatte. Dann schob er seine ebenfalls gefesselten Füße weit von sich, holte zunächst die Thermoskanne heraus und stellte sie zwischen seine Beine. In der Bäckertüte fühlte er drei Brötchen, er öffnete die Tüte und nahm den Geruch von Ei, Remoulade und Tomaten wahr. Gierig riss er sie auf und verschlang das Remouladenbrötchen mit wenigen Bissen. Als Nächstes beförderte Teubner eine Tasse aus dem Korb, dann fand er Bananen, Äpfel und eine Packung Kekse. Er entnahm drei Wasserflaschen, zudem eine Rolle Küchenpapier, dann war der Korb leer. Zunächst stillte Teubner seinen Durst mit einem tiefen Zug aus einer der Flaschen.

Er hatte den Inhalt des Korbs mühsam mit den gefesselten Handgelenken zwischen seine Beine gepackt, um nichts zu verschütten oder zu verlieren. Jetzt tastete er den Korb von innen, so gut es in seiner Lage ging, noch einmal gründlich ab. Er fühlte einen Plastikbezug, mit dem der Korb ausgeschlagen war und der oben über den Rand gestülpt war. Der Bezug war ringsum befestigt und ließ sich nicht herausnehmen. Zentimeter für Zentimeter fuhren Teubners Finger über das Plastik. Am äußeren Rand des Bodens befand sich eine wulstige Naht. Auch diese tastete er ab. Als er sorgfältig fast eine Runde zurückgelegt hatte, fühlte er eine Öffnung. Hatte die Naht sich nur gelöst, oder war sie bewusst aufgetrennt worden?

Teubner zwängte den linken und rechten Zeigefinger hindurch und riss das Loch unter Kraftanwendung weiter auf. Der Kabelbinder schnitt scharf in die angespannten Gelenke, aber Teubner ignorierte den Schmerz. Endlich war die Öffnung groß genug, sodass er über das darunterliegende Korbgeflecht tasten konnte.

Er wusste selbst nicht, warum er so gründlich und penibel vorging, vielleicht war es der Überschuss an Zeit, den er in diesem Verlies totschlagen musste. Und letztendlich lohnte sich sein akribisches Vorgehen. In einer Ecke des Bodens fühlte Teubner etwas Kaltes und Scharfes. Ein kleines Stück Metall, kaum größer als eine Briefmarke. Die Kanten waren geschliffen, und der Kommissar erkannte eine Rasierklinge. Er war sich sofort bewusst, dass diese nicht durch Zufall in sein Gefängnis gelangt war. Hierfür musste Paula verantwortlich sein. Sie hatte ein großes Risiko in Kauf genommen, um ihm zu helfen. Sein Herzschlag beschleunigte sich. Das bedeutete, sie stand nicht ganz freiwillig auf der Seite seiner Entführer. Vielleicht wurde sie unter Druck gesetzt. Diese kleine Rasierklinge gab ihm Hoffnung. Sie bedeutete, Paula würde ihn nicht im Stich lassen.

Vorsichtig schob Teubner die Klinge von oben in seine Hosentasche. Dann packte er seine Vorräte wieder zurück in den Korb. Als er die Küchenrolle in die Hand bekam, fragte er sich, wie er im Ernstfall mit gefesselten Händen und Füßen auf einem Eimer … er verwarf den Gedanken. Vielleicht wurde er ja rechtzeitig befreit oder konnte sich selbst befreien. Er stellte den Korb beiseite und zog die Rasierklinge wieder hervor. Teubner hielt sie mit Daumen und Zeigefinger, verrenkte seine Finger, um mit der Klinge an den Kabelbinder zu gelangen. Dabei wurde der Druck, den der Kabelbinder auf seine Handgelenke ausübte, schier unerträglich. Die Blutzufuhr wurde abgeschnürt, seine Finger begannen zu kribbeln. Bald bemerkte er, dass es unmöglich war, mit den Fingern den Kabelbinder an den Handgelenken zu erreichen. Nachdem er diese Enttäuschung halbwegs verdaut hatte, macht er sich daran, das Kabel an den Fußgelenken zu bearbeiten. Er zog die Füße so weit wie möglich zu sich heran und begann mit der kleinen Klinge zu sägen, was das Zeug hielt.

26

Am heutigen Montag hatte Daphne Tischer erst einmal ausgeschlafen. Sie befand sich schließlich im Urlaub. Danach hatte sie ausgiebig gefrühstückt, keine Körnerbrötchen, sondern Croissants und dazu einen heißen Cappuccino mit Schlagsahne.

»Pfeif doch auf die Pfunde!«, murmelte sie. Der Mann ihrer Träume würde sie nehmen müssen, wie sie war – rund und gesund. Nun war sie bereits frisch geduscht und guter Dinge. Für heute stand ihr Plan fest. Sie würde den schwarzen Porsche suchen, um den rücksichtslosen Fahrer endlich seiner gerechten Strafe zuzuführen. Also schlüpfte Daphne in bequeme Jeans, T-Shirt und Strickjacke, schnappte sich ihre Handtasche und setzte sich in ihren Smart. Ihre erste Anlaufstation war das »Dorf-In« in Mühlhausen. Daphne parkte das Auto vor dem Laden und stieg aus. Ein frischer Wind wehte ihr das offene Haar um den Kopf. Sie zog den Reißverschluss ihrer hellen Strickjacke höher zu und bereute, sich nicht für eine dichte Windjacke entschieden zu haben. Zumal der Himmel immer dunklere Wolkenformen annahm, was auf baldigen Regen schließen ließ.

Als sie den kleinen Supermarkt betrat, genoss sie die wohlige Wärme und den Geruch von frisch gebackenem Brot. Spontan beschloss sie, für den Abend Brötchen mitzunehmen. Dazu eine Rätselzeitschrift, um die Langeweile aus ihrer nicht verplanten Urlaubswoche zu verbannen. Sie griff willkürlich nach einem Rätselblatt und beobachtete dabei Frau Herwig, die gerade eine Mutter mit zwei kleinen Kindern bediente. Die Verkäuferin bewies erneut Geduld, denn die kleinen Racker konnten sich weder für Donuts noch für Puddingteilchen entschließen. Endlich nahm die Mutter ihre Sprösslinge bei der Hand und verließ den Laden.

»Guten Morgen!«, grüßte Frau Herwig freundlich. »Was kann ich für Sie tun, Frau Tischer?«

Daphne legte die Zeitschrift auf den Glastresen und orderte zwei Brötchen. »Sagen Sie«, begann sie dann ohne Umschweife, »der Rüpel von Samstagvormittag, ist der noch einmal hier gewesen?«

Frau Herwig nickte. »Ja, war er«, erwiderte Frau Herwig, »heute Morgen hat er mehrere belegte Brötchen gekauft. Dabei war er recht freundlich. Es waren keine weiteren Kunden anwesend und er musste eine Weile warten, bis ich die Brötchen belegt hatte.«

Daphnes Magen zog sich zusammen. Ob der Typ die Verkäuferin wieder über sie aushorchen wollte?

Frau Herwig nahm ihr jedoch die Ängste diesbezüglich. »Er hat nicht noch einmal nach Ihnen gefragt. Während er wartete, hat er auf seinem Smartphone herumgetippt. Als er den Laden verließ, bekam er einen Anruf, danach hatte er es sehr eilig.«

Daphne bedankte sich, zahlte und lief durch feinen Nieselregen zurück zu ihrem Smart. Die Strecke zu dem verdächtigen Bauernhof nach Stockum fuhr sie in knapp fünf Minuten. Um nicht vorzeitig Aufmerksamkeit zu erregen, ließ sie den Smart langsam an besagtem Grundstück vorbeirollen. Ein schwarzer Porsche war nirgends zu sehen. Daphne lenkte ihren Wagen weiter, bog links in die Stockumer Dorfstraße ein und parkte dort weit entfernt am Straßenrand. Dann verschloss sie das Auto, stopfte den Autoschlüssel in die Jeans und machte sich zu Fuß auf den Weg zum Hof von SP.

Die Stockumer Dorfstraße zog sich leicht zäh bergauf. Am rechten Straßenrand reihten sich Familienhäuser mit akkuraten Vorgärten, links zeigte sich ein nicht beackertes Feld mit großem Bauernhof im Hintergrund. Den lang gezogenen, recht flachen Hofbauten nach zu urteilen, handelte es sich wohl um einen Schweinemastbetrieb. Bald erreichte Daphne die Kreuzung zum Stockumer Hellweg. Sie legte eine kleine Pause ein, um zu Atem zu kommen, dabei glitt ihr Blick über riesige Getreidefelder bis hinauf zur alten B1. Auf der Hauptstraße, die früher als Hellweg bekannt war und hier die Städte Unna und Werl verband, tummelte sich reger Verkehr. Der Motorenlärm dröhnte laut herüber. Sie setzte ihren Weg fort und kurz darauf erreichte sie den alten Bauernhof.

Wie bereits bei ihrem ersten Besuch, lag der Hof einsam und verlassen da. Irgendwie sah er unbewohnt aus. Der Traktor inmitten des Innenhofes schien seit Jahren ausgedient zu haben und mochte seine Zwecke lediglich als Erinnerungsstück erfüllen. Alle Fenster sahen dreckig und undicht aus. Farbe blätterte an ihren Rahmen ab. Ob Herr Winter sich getäuscht hatte, als er glaubte, hier den Porsche mit dem Kölner Kennzeichen beobachtet zu haben? Andererseits, gab es einen besseren Ort für einen gesuchten Juwelendieb wie SP, um unterzutauchen? Immerhin zeugte die Tatsache, dass er erst heute früh Brötchen gekauft hatte, davon, dass er noch nicht nach Köln zurückgekehrt war.

Daphne ging zielstrebig auf die Haustür zu. Tatsächlich befand sich im Türrahmen eine Messingklingel mit eingraviertem Namen. Sie musste die Stufen hinaufsteigen, um den fein geschliffenen Namen lesen zu können. *H. Kniepel* las Daphne und schüttelte dabei den Kopf. Messinggravur passte nicht zu SP. Also wenn er überhaupt hier lebte, war er zu Besuch oder wohnte vielleicht zur Untermiete. Allerdings fand sich kein weiterer Name im Türbereich. Daphne atmete einmal tief ein. Dann nahm sie all ihren Mut zusammen und drückte auf die Schelle. Ein durchdringender Ton, wie er zu ihrer Schulzeit die Pause eingeläutet hatte, erklang. Daphne zuckte von dem schrillen Geräusch unwillkürlich zusammen. Dann lauschte sie in die folgende Stille. Sollte SP die Tür öffnen, bliebe ihr nur die Flucht. Automatisch trat sie die Stufen wieder hinab, um bei seinem Anblick sofort die Beine in die Hand nehmen zu können. Aber vielleicht hatte sie Glück und niemand war zu Hause. Das gäbe ihr die Möglichkeit, etwas auf dem Hof herumzuschnüffeln. Im besten Fall stand der Porsche irgendwo auf dem Hof. Dann könnte sie die Polizei informieren, ohne sich lächerlich zu machen.

Minuten vergingen, ohne dass etwas passierte. Noch einmal schellen mochte Daphne nicht. Sie hatte die Fenster des Hauses während ihrer Wartezeit beobachtet und keine Regung erkennen können. Vieles deutete darauf hin, dass sich zurzeit niemand auf dem Hof befand. Eine bessere Gelegenheit, sich gründlich umzusehen, würde Daphne nicht bekommen. Bereits bei ihrem letzten Besuch hatten die beiden Scheunentore gegenüber vom Hauseingang eine magische Anziehungskraft auf sie ausgeübt. Das eine Tor war nach wie vor mit einem großen Vorhängeschloss versehen, da ließ sich nichts machen. Aber das zweite Tor, das rechts vom ersten im hinteren Teil des Hofes lag, war nur mit einer breiten Latte, die in zwei Verankerungen aus Eisen geschoben war, gesichert. Daphne ging langsam darauf zu. Sie blieb zögernd davor stehen, sah sich noch einmal um. Dabei beobachtete sie die Fenster auf der gegenüberliegenden Seite mit Argusaugen.

Hatte sich links vom Eingang nicht gerade die schmuddelige Gardine bewegt? Daphne starrte gebannt auf das alte Fachwerk. Nichts rührte sich. Hätte sie die Aufmerksamkeit von SP auf sich gezogen, würde ihn wohl kaum etwas im Haus halten. Sie drehte sich langsam wieder dem Scheunentor zu. Die Latte, die als Absperrung diente, hatte Risse und an den Außenrändern splitterte sie. Daphne schob ihre Hände unter das Holz und versuchte es anzuheben. Trotz größter Kraftanstrengung rührte sich das Brett keinen Millimeter.

Daphne kam ins Schwitzen, obwohl der feine Nieselregen sich inzwischen zu einem richtigen Landregen ausgewachsen hatte. Das Holz klemmte hinter einem der Eisenhaken. Sie nahm die Faust und klopfte mit aller Wucht unter die Latte. Immer und immer wieder. Zwischendurch wandte sie den Blick zum Haus, um zu sehen, ob sie durch den Krach, den sie verursachte, nicht doch einen Hausbewohner auf sich aufmerksam machte.

Die Oberfläche ihrer Faust war inzwischen rot, schmerzte, und an einigen Hautstellen waren durch Holzsplitter bereits blutige Risse entstanden. Daphne ignorierte den Schmerz. Als hinge ihr Leben davon ab, klopfte sie weiter unter das Brett, das sich allmählich zentimeterweise in die Höhe schob. Die junge Frau rieb den schmerzenden

Knöchel, dann klopfte sie mit der anderen Hand unter das Holz, das in der zweiten Verankerung hing. Ganz allmählich wurde die Latte gefügig und löste sich aus der Verankerung. Nach einer geschlagenen halben Stunde konnte sie das Brett entfernen. Daphne säuberte die schmerzenden Hände an ihrer Jeans, dann öffnete sie die Flügel des Scheunentors.

Zu ihrer Überraschung fand sie im Innenraum keinen schwarzen Porsche, sondern ein relativ neues und modernes Wohnmobil in Silbermetallic mit großer Panoramafrontscheibe. Daphne staunte. Wohnbus war wohl das treffendere Wort, denn das Mobil ging bestimmt an die acht Meter in die Länge und maß in der Breite wohl auch zweieinhalb Meter. Es füllte die Scheune nur zum Teil aus. Im hinteren Teil war noch Platz, wo ein E-Bike und ein Smart abgestellt waren. Das Auto ähnelte vom Modell ihrem eigenen. Daphne sah außerdem eine an die Wand gelehnte Rampe und vermutete, dass sowohl Fahrrad als auch Auto im hinteren Teil des Wohnmobils Platz finden könnten.

Dieses Luxusgefährt gehörte in keinem Fall SP. Denn wäre er der Besitzer, hätte er es wohl kaum nötig, ein Juweliergeschäft auszurauben. Daphne vermutete, dass der Hofbesitzer seine Reise noch nicht angetreten hatte. Sie sah sich weiter um und stieß im hinteren Teil der Scheune auf Regale mit Werkzeug und Campingartikeln. Vielleicht hatte der Besitzer des Bauernhofs das Rentenalter erreicht und wollte, anstatt in mühsamer Schwerstarbeit sein Land zu beackern, lieber mit dieser Luxuskarosse die Welt erobern.

Ein bisschen enttäuscht darüber, dass sie ihre Fäuste umsonst zerschunden hatte, wollte Daphne gerade die Scheune verlassen, als sie an einem der Regale ein Shirt hängen sah. Neugierig trat sie näher heran. Das weiße Achselhemd hatte im vorderen Bereich einen Totenkopf aufgedruckt, und Daphne erinnerte sich, dass SP genau so ein Shirt am Samstag im »Dorf-In« getragen hatte. Sie wollte das Shirt vom Regal ziehen, um es näher zu betrachten. Dabei blieb der Träger am Pfosten hängen, das Regal geriet ins Schwanken und drohte auf sie hinabzustürzen. Geistesgegenwärtig trat Daphne einen Schritt vor und schob das Regal zurück an die Wand. Dabei konnte sie jedoch nicht verhindern, dass sich ein großer Schraubenschlüssel aus dem obersten Regalfach verabschiedete und laut polternd auf den Steinboden donnerte.

Daphne erschrak fürchterlich. Ihr Herz schlug ihr bis zum Hals, ihre Finger begannen zu zittern und auf ihrer Stirn bildete sich kalter Schweiß. Sollte sich tatsächlich jemand auf dem Hof befinden, hatte sie ihre Anwesenheit nun laut und deutlich angekündigt. Sie stand wie erstarrt, erwartete jeden Moment einen heranstürmenden SP. Aber nichts dergleichen geschah. Stattdessen vernahm sie ein leises Klopfen, das aus dem Wohnmobil zu kommen schien. Daphne versuchte, den Schreck zu bewältigen. Sie schlich leise aus der Scheune, um die Lage im Innenhof zu prüfen. Es regnete inzwischen deutlich fester, der Himmel zeigte sich in einem tristen Grau und eine heftige Windbö ließ Daphne erschaudern. Niemand schien auf den Krach, den sie verursacht hatte, aufmerksam geworden zu sein.

Langsam ging sie zurück in die Scheune. Das Klopfen war nun laut und deutlich zu vernehmen. Ob jemand in dem Luxusmobil festgehalten wurde? Daphne betätigte den Türgriff, aber die Beifahrertür war verschlossen. Sie ging um den großen Bus herum und versuchte ihr Glück an der Fahrertür. Auch hier ließ sich die Tür nicht öffnen. Genauso wenig wie die einzige Tür, die in den Wohn- und Schlafbereich des Luxusmobils führte.

Poch, poch, poch!

Das Klopfen kam aus dem hinteren Teil der Luxuskarosse. Daphne blickte hoch zu den Fenstern des Mobils. Vielleicht, wenn sie auf die Räder klettern würde, könnte sie in den Innenraum blicken. Nach mehreren Fehlversuchen gab sie dieses Vorhaben auf. Sie musste eine der Türen öffnen! Da war jemand in Not! Vielleicht eingesperrt von SP, zutrauen würde sie dem Brutalo alles. Daphne würde im Notfall die Tür auch aufbrechen oder eine der Scheiben einschlagen. Auf den Gedanken, einfach die Polizei zu rufen, kam sie nicht.

27

Maike Graf saß an ihrem Schreibtisch. Die Befragung von Sergej Timoschenko würde hier in ihrem Büro stattfinden. Er wurde nicht als Beschuldigter befragt, sondern lediglich als Mitbewohner des Opfers, demnach brauchte er einer Aufzeichnung des Gesprächs nicht zustimmen. Der Roma kannte seine Rechte, dessen war Maike sich sicher, nachdem sie seine Akte gelesen hatte. Inzwischen zeigte die Bahnhofsuhr im Büro 9.15 Uhr an – er war bereits eine Viertelstunde überfällig – und allmählich bezweifelte die

Kommissarin, dass Timoschenko sich überhaupt herbemühen würde.

Sie seufzte, lehnte sich in ihrem Bürostuhl zurück und verschränkte die Arme vor der Brust. Bis 9.30 Uhr würde sie warten. Ihr Computer summte leise, der Bildschirm zeigte die Akte Timoschenkos, in die sie sich kurz eingelesen hatte. Sein Strafregister hatte einiges aufzuweisen, dennoch – oder gerade deswegen – glaubte sie nicht, dass er etwas mit dem Tod seines Mitbewohners zu tun hatte. Die beiden waren so etwas wie beste Freunde gewesen – unzertrennliche – sie traten füreinander ein, sorgten sich um den anderen. Das war deutlich aus den Akten ersichtlich.

Vom Flur her schallten eilige Schritte zu ihr herüber, vermutlich wurden die Kollegen der Schutzpolizei zu einem Einsatz gerufen. Maike starrte auf den gegenüberliegenden Schreibtisch, der dicht an ihren herangeschoben war, auf dem sich Akten stapelten und der übersät war mit bunten Post-its. Das Bild von Teubners Sohn Raffael fand irgendwo zwischen aufgeschlagenen Ordnern Platz, sonst herrschte Chaos auf dem Schreibtisch. Maike vermisste den Kollegen, sein zorniges Hacken auf die Computertastatur, sein nervtötendes Hin- und Hergerolle mit dem Bürostuhl, wenn er mit seinem Bericht nicht weiterkam. Ihr fehlte selbst sein Fluchen, wenn sich das Papier des Druckers mal wieder staute und er das Schubfach nicht aufbekam.

»Wo bist du, Max Teubner?«, fragte Maike sich zum tausendsten Mal. Hoffentlich ging es dem Kollegen gut und er hielt durch, bis sie ihn fanden. Ehe Maike weiter ins Lamentieren geraten konnte, wurde die Bürotür aufgerissen. Reinders ließ einen aufgebrachten Sergej Timoschenko eintreten. Dann setzte er sich auf Teubners Stuhl und bedeutete dem Roma, auf dem Besucherstuhl Platz zu nehmen.

Maike begrüßte Timoschenko und stellte sich als Kriminalhauptkommissarin vor. Der Roma nickte wenig begeistert und beschwerte sich im gleichen Atemzug, er habe bereits alles gesagt, was er wisse, und empfände diese Vorladung als Beleidigung seiner Persönlichkeit. Er hoffe, sein Entgegenkommen würde die Polizei zu schätzen wissen. Maike musterte den Roma. An Selbstbewusstsein mangelte es ihm scheinbar nicht. Er saß aufrecht, die Füße weit von sich gestreckt, trug zu verwaschenen Jeans und Lederschuhen eine braune Lederjacke und um den Hals einen karierten Flanellschal, den Maike trotz der abgekühlten Temperatur als übertrieben empfand.

»Sie sind in Köln gemeldet, Herr Timoschenko. Genau wie Ihr Mitbewohner, das Mordopfer Slatko Breuer. Was hat Sie nach Unna verschlagen? Planen Sie, umzuziehen, oder machen Sie einen längeren Besuch? Gibt es Verwandte, Bekannte?«

Ihr Einstieg in die Befragung schien Timoschenko zu überraschen. Er wirkte einen Moment irritiert, schien nach einer plausiblen Erklärung zu suchen. »Ja ... also ... das ist etwas kompliziert ...«

»Die Wahrheit würde helfen«, sagte Maike, lehnte sich zurück und drehte einen Kugelschreiber zwischen ihren Fingern.

»Wir wollten eine Bekannte besuchen und haben durch Zufall einen Job auf dem Bauernhof erwischt«, erklärte Timoschenko.

»So, so«, meinte Maike, »ein Zufall. Bei der Bekannten handelt es sich doch gewiss um Paula Horváth, Ihre ehemalige Clangenossin. Wir wissen inzwischen, dass Slatko Breuer Paula bereits in Sonthofen aufgespürt hatte, als sie noch dort wohnte. Da Sie beide eng befreundet sind, dürfte Ihnen diese Tatsache bekannt sein. Was wollten Sie von Paula? Warum haben Sie sie aufgesucht?«

Während der Roma sich seine Antwort zurechtlegte, warf Maike einen Blick zu Reinders. Der hatte Teubners Computer hochgefahren und tat sehr beschäftigt, aber Maike wusste, dass er jedes Wort mitbekam und sich bei Bedarf auch in die Befragung einklinken würde.

»Slatko und ich waren wie Brüder. Ich bin davon überzeugt, dass Sie sich mit unseren polizeilichen Akten eingehend befasst haben, Frau Hauptkommissarin Graf. Daher werden Sie auch wissen, dass wir einige Jahre im Knast gesessen haben. Zuvor haben wir zusammen für Bakro Taragos gearbeitet. Wir waren wie eine große Familie. Und diese Familie ist nach dem Prozess, der gegen Bakro und die Clanmitglieder geführt wurde, auseinandergebrochen. Slatko und ich haben beschlossen, die engsten Clanmitglieder wieder zusammenzuführen. Deshalb haben wir uns hier in Paulas Nähe niedergelassen. Wir wollten sie überzeugen, wieder nach Köln zurückzukommen.«

»Da kommen mir ja fast die Tränen vor Rührung«, murmelte Reinders, ohne vom Bildschirm aufzusehen.

Maike warf ihrem Kollegen einen strengen Blick zu, den dieser aber gar nicht wahrnahm. Dann wandte sie sich an Timoschenko.

»Nachdem Sie Paula in Sonthofen verpasst hatten, haben Sie weitergesucht. Wie ist es Ihnen gelungen, sie zu finden?«

Timoschenko seufzte. »Ihren Aufenthaltsort hat ein befreundeter Computerfreak herausgefunden, der uns noch einen Gefallen schuldete und dessen Namen ich nicht verraten werde. So machte ich mit Slatko einen spontanen Trip von Köln nach Unna. Mit dem Porsche von Slatko schließlich kein Problem. Wir wollten Paula zurückholen, wie schon gesagt. Aber sie wollte nicht. So mussten Slatko und ich ihre Wohnung unverrichteter Dinge verlassen. Wir haben beschlossen, eine Weile in ihrer Nähe zu bleiben, um sie vielleicht doch noch überzeugen zu können.«

»Warum war es Ihnen so wichtig, Paula nach Köln zu holen?«

Timoschenko rieb seine Handflächen an den Oberschenkeln über die Jeans, sein Blick irrte von einer Ecke des Büros in die nächste. »Das können Sie nicht verstehen, Frau Kommissarin. Wir sind Roma. Für uns bedeutet Familie mehr als für die meisten Deutschen.«

»Vielleicht bedeutet Familie aber auch, dass der eine den anderen nicht verrät. Und genau das hat Paula Horváth doch getan. Sie hat Sie und Slatko Breuer und viele andere Mitglieder Ihres Clans in den Knast gebracht. Da können Sie mir nicht erzählen, Sie wollten sie lediglich zurück in den Schoß Ihres Familienclans holen.«

»Glauben Sie, was Sie wollen, Frau Graf! Ich werde nichts anderes zu diesem Thema sagen. Und vergessen Sie bitte nicht, dass ich freiwillig hier sitze und jederzeit dieses Büro verlassen kann.«

Maike sah kleine Schweißperlen auf Timoschenkos Stirn, obwohl das Oberlicht im Büro geöffnet und das Thermometer nicht über 20 Grad gestiegen war. Warum nahm er bloß den Schal nicht ab? Um ihm etwas Luft zu verschaffen, beließ sie es bei seiner Aussage. Timoschenko würde hier nichts preisgeben, was ihn selbst belasten könnte.

»Herr Timoschenko, Sie haben meinen Kollegen gegenüber ausgesagt, Ihr Mitbewohner Herr Breuer habe sich am letzten Freitag gegen 15 Uhr von Ihnen verabschiedet. Sagte er Ihnen, was er vorhatte? Erwähnte er einen Besuch bei Paula Horváth? Könnte er noch einmal versucht haben, sie zu überreden, nach Köln zu ziehen?«

Der Roma seufzte theatralisch, verschränkte demonstrativ die Arme vor der Brust und zog die Füße unter seinen Stuhl. »Frau Kommissarin, genau das habe ich bereits alles Ihren Kollegen gesagt. Slatko war mir keine Rechenschaft schuldig. Er sagte, er wolle ein bisschen mit dem Porsche herumfahren. Punkt. Ich habe nicht nachgefragt, weil ich damit beschäftigt war, das Wohnmobil unseres Vermieters zu reinigen. Von außen und innen. Herr Kniepel ist inzwischen damit auf Reisen gefahren.«

Maike machte sich Notizen, obwohl sie die einstige Aussage Timoschenkos bereits in ihrem System hatte. Sein letzter Satz klang wie auswendig gelernt. Zu schade, dass Herr Kniepel nicht erreichbar war, um die Aussage Timoschenkos noch einmal zu bestätigen. Da würde Maike in jedem Fall dranbleiben. »Hat Herr Kniepel eine längere Reise geplant? Ist er eventuell über Handy erreichbar?«

Timoschenko zeigte keine Reaktion, an der Maike ablesen konnte, ob ihm die Frage unangenehm war. Er schob den Ärmel seiner Lederjacke etwas hoch und blickte interessiert auf seine Armbanduhr, ein Stück, das Maike wertvoll erschien, ein Chronometer mit goldenem Band.

»Auch das habe ich bereits bei Ihren Kollegen ausgesagt. Herr Kniepel hat sich zu einer längeren Reise durch Europa aufgemacht. Slatko Breuer und ich sind durch eine Zeitungsannonce auf ihn aufmerksam geworden. Wir waren die einzigen Interessenten und sollten in seiner Abwesenheit auf seinen Hof aufpassen. Im Gegenzug durften wir mietfrei wohnen. Er wird mehrere Wochen unterwegs sein.«

»Sie können mir doch nicht sagen, dass Sie keinerlei Kontaktmöglichkeit zu dem Mann haben!«

Timoschenko spielte den Ahnungslosen und hob nur ratlos die Schultern hoch. »Ich habe eine Handynummer, die ich nur im Notfall anwählen soll.«

Maike horchte auf. Davon stand nichts in seiner ersten Aussage.

»Und als einen Notfall sehen Sie den Tod Ihres Mitbewohners und die Bestätigung Ihres Alibis nicht an?«

Er zog sein Portemonnaie aus der Gesäßtasche und fischte eine Visitenkarte heraus. »Das ist seine Karte. Ich habe nur diese eine, Sie müssen sich die Daten also bitte abschreiben.«

Maike stand auf und reichte Reinders die Karte, damit er sie kopieren konnte. Der Kollege legte sie sogleich unter den Kopierer und fluchte fast so gut wie Teubner, weil der Papiereinzug klemmte. Umständlich nahm er die Rückverkleidung ab und zog ein schief eingespanntes Blatt Papier heraus. Sekunden später ratterte der Drucker.

»Wir werden Herrn Kniepel kontaktieren und Ihre Angaben überprüfen«, sagte Maike und setzte sich wieder, während Reinders dem Roma die Visitenkarte zurückreichte.

»War's das?«, fragte dieser und stand auf.

»Einen Augenblick noch«, hielt Maike ihn zurück. »Sie müssen ein sehr enges Verhältnis zu Herrn Breuer gehabt haben, wenn Sie sich schon so lange kannten. Sie sagten zu Beginn selbst, Sie waren wie Brüder. Da muss es doch ein Schock für Sie gewesen sein, dass Herr Breuer erschossen wurde. Es muss in Ihrem Sinne sein, dass wir seinen Mörder finden. Also können Sie sich vorstellen, wer für den Tod Ihres Freundes verantwortlich ist?«

Timoschenko beugte sich vor, stützte die Hände auf seinen Oberschenkeln ab und kam ihrem Gesicht sehr nahe. Dabei starrte er sie durchdringend mit seinen stechend grünen Augen an. »Wenn ich das wüsste, würde ich es Ihnen sagen, damit das Schwein seine gerechte Strafe bekommt. Das können Sie mir glauben.«

Maike ließ sich von seiner dominanten Art nicht beeindrucken. »Einer meiner Kollegen und Paula Horváth selbst sind seit dem Mord an Slatko Breuer verschwunden. Könnte Paula mit Breuers Tod zu tun haben? Wo könnte Sie sich aufhalten?«

Timoschenko richtete sich auf und steckte die Hände in die Taschen seiner Lederjacke. »Tut mir leid, da kann ich gar nichts zu sagen. Zutrauen tu ich ihr viel, aber dass sie ein Clanmitglied erschießt? Nein, das kann ich mir nicht vorstellen. Wo sie sich aufhalten könnte? Keine Ahnung. Unseren Besuch kürzlich bei ihr einmal ausgenommen, hatten wir jahrelang keinen Kontakt.«

Maike beobachtete Timoschenko. Was wusste der Roma wirklich? Bestimmt mehr, als er jemals zugeben würde. Er war aalglatt, würde auf jede Frage eine unkonventionelle Antwort geben. Diese Befragung würde sie keinen Schritt weiterbringen. »Eine letzte Sache noch«, leitete Maike deshalb das Ende ihrer Befragung ein und schob Timoschenko das Foto Paula Horváths mit dem Unbekannten zu.

»Kennen Sie diesen Mann? Gehörte er zum Clan?«

Timoschenko warf einen kurzen Blick auf das Bild. Er runzelte die Stirn und Maike schien es, als gehe ein erschrockenes Flackern durch seine Augen. »Nein, nie gesehen«, sagte er.

Maike warf Reinders einen kurzen Blick zu, der hob nur ratlos die Schultern. So blieb ihr nichts anderes übrig, als Timoschenko zu entlassen. Als er den Reißverschluss seiner Jacke hochzog, fragte Maike sich, warum er so penibel darauf bedacht war, dass sein Schal nicht verrutschte. Ob er etwas verbergen wollte? Eine Narbe vielleicht? Es war müßig, darüber nachzugrübeln. Zunächst mussten sie Timoschenko laufen lassen.

28

Daphne hatte sich nicht lange damit aufgehalten, die Regale nach dem Autoschlüssel abzusuchen. Logischerweise würde man den im Haus aufbewahren und nicht in unmittelbarer Nähe eines so teuren Mobils. Da würde bei einem Diebstahl keine Versicherung bezahlen!

Das Klopfen aus der Luxuskarosse war stetig und immer intensiver geworden. Der oder die Gefangene musste wohl ahnen, dass mit Daphne die Rettung nahte. Sie hatte mehrfach von außen zurückgeklopft, dabei laut »Hallo?« gerufen. Hier brauchte ein Unbekannter Hilfe und sie war zur Stelle.

Fieberhaft sah sie sich in der Scheune um. In dem Regal mit Campingzubehör standen Gasflaschen, ein alter Grill, eine Kühltasche, Thermoskannen und eine Kühlbox. In einem verschlossenen Eimer fand sie Wäscheklammern und eine Nylonleine. Nichts davon eignete sich, eine Tür zu öffnen. Und die Gasflaschen zu nutzen, um das Fenster einzuschlagen, davor schreckte Daphne zurück. Das Risiko, dass die Flasche explodieren könnte, erschien ihr zu groß. Im angrenzenden Regal befanden sich Stahlkocher, eine Dynamoleuchte, Plastikgeschirr und Vorratsdosen sowie ein Minibackofen, ein Wasserkocher und mehrere Anschlusskabel. Neben dem Regal stand ein Akku-Nass- und Trockensauger und an die zehn Autoreifen. Wieder daneben gestapelte Mineralwasserkästen.

Daphne fluchte. Nichts davon ließ sich als Werkzeug verwenden. Sie blickte die unverputzten Mauerwände hoch, an denen zahlreiche Haken befestigt waren. Hier hingen Wasserschlauch und Wischmob, Besen und Schrubber. Ihre letzte Hoffnung war eine große Box, die am Ende der Scheune stand. Etwa zwei Meter breit, 60 Zentimeter tief und 80 hoch. Daphne hoffte, dass sie nicht verschlossen war. Am Deckel befanden sich abschließbare Schnappverschlüsse. Sie griff unter den ersten und zog daran. Der Verschluss ließ sich problemlos öffnen. Daphne öffnete den Deckel und hätte vor Enttäuschung am liebsten geweint. Nur karierte Gartenpolster.

Wütend riss Daphne ein Polster nach dem anderen aus der Truhe und pfefferte alle auf den Steinboden. Auf dem Grund der Box fand sie noch einen kleinen Jutesack. Daphne bückte sich danach. Er war schwer. Als sie das Zugband öffnete und hineinblickte, atmete sie erleichtert auf. In dem Beutel fanden sich Schraubenschlüssel in verschiedensten Größen, Hammer, Zange und anderes Werkzeug. Daphne entschied sich für das Brecheisen. Sie klopfte mit der flachen Hand fest gegen die Wand des Wohnmobils und schrie: »Halten Sie aus! Ich hole Sie jetzt da raus!«

Dann lief sie zum Eingang des Wohnmobils und suchte die richtige Stelle, um das Eisen anzusetzen. Der Spalt zwischen Tür und Rahmen war breit genug. Sie klemmte das Eisen in Höhe des Schlosses in den Spalt und hebelte mit Macht dagegen. Mehrere Male rutschte sie ab. Einmal fiel das Brecheisen laut krachend auf den Boden. Daphne arbeitete weiter. Schweißtropfen liefen an ihrer Stirn hinab, behinderten ihre Sicht. Sie wischte sich die Augen mit dem Jackenärmel trocken und setzte erneut an. Die Kerbe, die sie dabei schlug, wurde größer. Dann krachte es. Ein Stück der Außenverkleidung brach heraus. Die Tür des Wohnmobils ließ sich öffnen.

Daphne ließ das Brecheisen fallen und kletterte in das Wohnmobil. Das Innere lag im Dunkeln. Das trübe Tageslicht, das durch das geöffnete Tor in die Scheune fiel, reichte nur, um die Konturen der Möbel zu erkennen. Da das Mobil vorwärts eingeparkt war, drang auch kein Licht durch das frontseitige Panoramafenster. Daphne betätigte einen Lichtschalter in Höhe des Eingangs und war erstaunt, als tatsächlich mehrere LED-Spots aufleuchteten. Sie sah Hängeschränke aus Teakholz mit gebogenen Fronten und eine geräumige Sitzgruppe im Wohnbereich mit fünf Sitzplätzen.

Wo kam das Klopfen her?

Sie hörte es jetzt nur gedämpft. Eigentlich leiser als außerhalb des Mobils. Sie ging weiter, sah eine Küchenzeile mit Edelstahlkochmulde und Spritzschutz. Die Arbeitsplatte in Granitoptik. Überall glänzte Chrom, im Ceranfeld spiegelten sich zwei LED-Leuchten. Daphne öffnete die Unterschränke. Hier gab es ausreichenden Stauraum, aber keine Spur vom Ursprung des Klopfens. Daphne wurde es heiß. Sie hatte die Tür eines Luxusmobils zerstört. Sie mochte nicht daran denken, was die Reparatur kosten würde. Da gingen gewiss mehrere Monatsgehälter drauf. Sie blickte ins Bad. Luxus pur. Auf der linken Seite ein Doppelhängeschrank, zu klein, um selbst ein Kind darin zu verstecken. Der Schrank rechts enthielt diverse Kleinutensilien wie Kosmetika und Waschzeug. Sonst nur ein Waschtisch mit eingeformtem Becken. Auch hier glänzten Designbad-Armaturen aus hochwertigem Chrom.

Da war es wieder! Das Klopfen!

Daphne trat einen Schritt zurück, schloss die Augen und lauschte. Das Geräusch kam aus dem hinteren Teil des Mobils. Sie betrat das Schlafzimmer. Eine Matratzenwelt sondergleichen. Das Bett schien ihr doppelt so groß wie ihr eigenes zu Hause. Im rückwärtigen Teil befand sich eine Verkleidung, in die Lichtschalter, Steckdose und LED-Spots eingelassen waren. Dazu eine Ablage für Bücher oder Ähnlichem. Das Klopfen war jetzt lauter zu hören. Daphne hob eine der Matratzen etwas an. Sie sah nur einen Lattenrost. Unter den Betten befanden sich Schiebetüren zum Stauraum. Die junge Frau kniete davor nieder und schob sie auf. Hier war jede Menge Kleidung verstaut. Daphne versuchte, sie etwas zur Seite zu wühlen, aber alles lag zu dicht gepackt. Dahinter wäre ein Mensch längst erstickt. Erneut verhielt sie sich still und lauschte. Das Klopfen ertönte hinter der rückwärtigen Verkleidung. Aber da gab es doch keinen weiteren Raum mehr!

Daphne war nie der Campingfan gewesen, der mit dem Wohnmobil oder Wohnwagen in den Urlaub gefahren wäre. Sie bevorzugte Flugreisen. Mit Hotel, anständigem Frühstück und ausreichendem Angebot fürs abendliche Buffet. Sie musste in ihrer begrenzten Urlaubszeit nicht die Tage damit verbringen, zu kochen, zu putzen und zu waschen. Deshalb kannte sie sich mit der Konstruktion eines Wohnmobils auch nicht aus. Erst recht nicht mit so einer Luxuskarre. Sie stemmte sich wieder in die Höhe.

Sie musste noch einmal von außen schauen. Also kletterte sie aus dem Mobil, schob die demolierte Tür zu und ging zum Heck des Fahrzeugs, das durch das einströmende Tageslicht gut zu erkennen war. Hier befanden sich weder Tür noch Klappe. Aber seitlich im Heckbereich. Diese Tür hatte sie völlig übersehen. Vielleicht, weil sie nicht so hoch war wie die anderen.

Daphne rannte zurück, schnappte sich erneut das Brecheisen und setzte es auch hier an. Inzwischen war sie geübt, rutschte nicht mehr so oft mit dem Werkzeug ab und hatte die Tür in weniger als fünf Minuten geöffnet. Sie beugte sich in eine geräumige Kammer und sah am Ende ein Bündel Mensch am Boden liegen. Daphnes Herz klopfte ihr bis zum Hals. Sie kroch auf allen vieren in die Kammer. Da kauerte ein älterer Mann in Embryonalstellung am Boden. Die Füße mit Kabelbinder zusammengezurrt, die Handgelenke ebenfalls. Um den Kopf hatte er ein Band gewickelt, das ein Stück Stoff in seinem Mund fixierte. Daphne löste vorsichtig den Knebel.

»Danke«, krächzte der Mann. »Ich brauch etwas zu trinken!«

Daphne nickte und kroch rückwärts aus dem Wagen heraus. Sie rannte zu den Regalen, wo sie Wasserkästen gesehen hatte.

Hoffentlich kein Leergut!, dachte sie. Sie hatte Glück. Die Kästen waren allesamt gefüllt. Sie griff nach einer Flasche, wollte zurücklaufen, stockte aber in der Bewegung und lief zunächst zu dem alten Jutebeutel und nahm eine Zange heraus.

Daphne half dem alten Mann zunächst beim Trinken. Während sie die Flasche hielt, schluckte er gierig. Dabei lief die Hälfte des Wassers an seinem Hals herab, aber das schien ihn nicht zu stören. Daphne schätzte ihn auf Mitte 70. Er sah klein aus, war höchstens 1,70 Meter groß. Die schlohweißen Haare standen strähnig vom Kopf, erinnerten sie mit dem dunkleren Schnurrbart und dem eingefallenen Gesicht ein wenig an Albert Einstein. Seine schmale Statur wurde von einem robusten Anzug aus grobem Stoff umhüllt. Sein weißes Hemd war zerknittert, die rote Fliege wirkte fehl am Platz. Daphne löste mit der Zange den Kabelbinder und er begann, seine Gelenke zu reiben, die bereits von vergeblichen Befreiungsversuchen blutig waren.

»Wer sind Sie?«, murmelte er. »Wie kommen Sie auf meinen Hof? Haben Sie etwas mit dem Gesindel zu tun, dem ich ein Dach über dem Kopf und freie Miete gewährt habe? Und zum Dank haben sie mich schließlich hier eingesperrt!« Seine Augen funkelten böse.

»Nein«, sagte Daphne und erklärte, dass sie einem Mann auf den Fersen sei, von dem sie glaubte, er habe das Juweliergeschäft, in dem sie arbeitete, überfallen.

»Zuzutrauen ist es dem Pack!«, ereiferte sich der alte Mann. »Dieses Phantombild in der Zeitung. Da habe ich gleich gedacht, das könnte der Sergej sein. Ich habe ihn drauf angesprochen, das war mein Fehler. Ich bin übrigens der Besitzer dieses Hofes. Mein Name ist Doktor Hartmut Kniepel.«

»Ich heiße Daphne«, stellte sie sich ebenfalls vor. »Wir müssen hier schnellstens verschwinden und die Polizei informieren.«

»Das wird nicht möglich sein, junge Frau. Ich habe keine Ahnung, wie lange ich hier eingesperrt war, ich weiß nur, dass meine Knochen momentan keinen Schritt tun können. Ich hab Arthrose und würde so keine zwei Meter weit kommen.«

Daphne nickte. »Also gut. Dann rufe ich jetzt die Polizei und warte mit Ihnen gemeinsam hier. Zur Verteidigung bleibt uns ja das Brecheisen. Es tut mir übrigens furchtbar leid, dass ich damit zwei der Türen des Wohnmobils demoliert habe.«

»Sie haben genau das Richtige getan, Daphne. Jetzt rufen Sie die Polizei, bevor das Gesindel auf uns aufmerksam wird. In dem Fall könnten wir es uns nämlich zu zweit hier drinnen gemütlich machen.«

Daphne robbte wieder aus dem Wohnmobil. Sie wollte ihr Smartphone aus der Hosentasche ziehen, fasste aber ins Leere. Sie musste es hier in der Scheune verloren haben. Oder befand es sich in ihrer Handtasche, die sie im Auto gelassen hatte?

»So ein Mist!«, murmelte sie. Dann wandte sie sich an Herrn Kniepel. »Haben Sie im Haus Telefon? Ich muss mein Handy verloren haben.«

»Das Telefon steht gleich im Flur. Aber passen Sie auf, dass Sie nicht von den üblen Kerlen erwischt werden! Mit denen ist nicht zu spaßen.« Er zog einen Schlüssel aus seiner Hosentasche und warf ihr das Bund zu. »Der mit dem roten Ring ist der Hausschlüssel. Der andere für meine Wohnung im Parterre links.«

Daphne bedakte sich und versicherte dem alten Mann vorsichtig zu sein. Dann bückte sie sich nach dem Brecheisen und schob es Herrn Kniepel in die Kammer, damit er sich im Notfall verteidigen konnte. Sie versprach, sich zu beeilen, und rannte aus der Scheune heraus. Der Nieselregen wehte ihr unangenehm ins Gesicht. Sie lief über den Innenhof und erklomm die wenigen Stufen bis zur Haustür. Im selben Moment hörte sie Motorengeräusch. Ohne sich umzudrehen, wusste sie, dass es sich um den Porsche von SP handelte. Wie hatte Herr Kniepel ihn genannt? Sergej?

Das Fahrzeug kam mit quietschenden Reifen hinter ihr zum Stehen. Daphne lief die Stufen wieder hinunter und rannte. Aus den Augenwinkeln sah sie, wie ein Mann aus dem Wagen sprang. Daphne lief in ihrer Panik vom Hof, überquerte die Straße und rannte auf den Acker. Ihr Herz pumpte. Als sie mit ihren Sportschuhen im Schlamm versank, bemerkte sie ihre Dummheit. Mühsam lief sie vorwärts. Ihre Beine wurden immer schwerer. Sergej fluchte hinter ihr. Auch er kämpfte mit dem nassen Ackerboden.

»Bleib stehen, du neugierige Schlampe!«, schrie er.

Daphne dachte nicht daran. Sie sah ihn vor sich, wie er Maria im Juwelierladen mit dem Knauf seiner Waffe niedergeschlagen hatte. Und den Hofbesitzer hatte er rücksichtslos in das Kabuff des Wohnmobils gesperrt. Was würde er also mit ihr anstellen? Daphne blickte nach vorn. Nur nicht stehen bleiben. Bis zur B1 war es zwar noch ein ganzes Stück, aber sie könnte es schaffen. Die Luft wurde ihr knapp. Sie hörte seine Schritte durch den Matsch laufen. Er hatte eindeutig die bessere Kondition. Sie blickte sich gehetzt um und sah sein Gesicht zornrot dicht hinter sich. Er machte einen großen Satz und sprang sie an. Beide landeten auf dem matschigen Boden. Er drehte sie um, holte aus und schlug ihr die Faust ins Gesicht. Daphne hatte noch nie einen solchen Schmerz gefühlt. Er stand erstaunlich flink auf. Seine Jeanshose war schlammverschmiert, was ihn nicht zu stören schien. Ehe Daphne es sich versah, bückte er sich zu ihr herunter und riss sie an den Haaren hoch. Tränen schossen ihr in die Augen.

Sie hätte sich sofort an die Polizei wenden sollen!

Jetzt wurde sie von Sergej an den Haaren zurück auf die Straße gezerrt. Daphne hatte nicht einmal mehr den Atem, um nach Hilfe zu schreien. Sie blickte zum Stockumer Hellweg. Weit und breit kein Autofahrer zu sehen, der auf ihre Notlage aufmerksam werden könnte. Und die nächsten Häuser standen viel zu weit entfernt.

Als sie die Straße überquert hatten, stieß er sie grob auf den Hof.

»Verdammt!«, fluchte er. »Sag nicht, du hast den Alten befreit!«

Er schubste sie vor sich her. Daphne stolperte, wäre fast der Länge nach hingeschlagen. Sie hatte es vermasselt! Hoffentlich würde der alte Mann nicht unter ihrer Dummheit leiden müssen!

Sergej schob sie in die Scheune. Er lachte, als er Herrn Kniepel angelehnt an das Wohnmobil auf wackeligen Beinen stehen sah, bewaffnet mit dem schweren Brecheisen, das er kaum in den Händen halten, geschweige denn drohend erheben konnte. SP trat Daphne mit Wucht vors Schienbein. Sie schrie vor Schmerz auf und knickte ein. Dann traf sie ein Schlag mit der flachen Hand am Kopf. Den nächsten Tritt spürte sie in ihrem Rücken und kippte bäuchlings auf die kalten, groben Steine der Scheune.

»Lass die junge Frau in Ruhe, Sergej!«, hörte Daphne die schwache Stimme von Herrn Kniepel. Sie blickte auf, wollte dem alten Mann zurufen, er solle den Mund halten. Aber zu spät. Sergej riss dem Alten das Brecheisen aus der Hand und schlug mit Wucht vor die Beine des Mannes. Ein hässliches Knacken war zu hören, als seine Knochen brachen. Der Alte ging stöhnend zu Boden und blieb regungslos liegen. Daphne stemmte sich hoch.

»Bleib, wo du bist! Oder willst du, dass ich ihn totschlage?«

Sie schüttelte schweigend den Kopf, konnte nicht verhindern, dass ihr Tränen die Wangen herabliefen.

»Steh auf!«, befahl er. »Und dann da rein!«

Daphne folgte seiner Weisung und krabbelte in das Kabuff des Luxusmobils. Sie sah, wie Sergej den bewusstlosen Herrn Kniepel mühelos hochhob, als handele es sich um eine Stoffpuppe. Er schob ihn seitlich zu ihr ins Kabuff, schmiss die Tür zu und fluchte abermals, als er sah, dass sie beschädigt war. Mit großen Schritten ging er durch die Scheune, hantierte einen Moment und kam mit einer Wäscheleine zurück.

Daphne musste wieder herausklettern. Er benutzte als Fessel die gesamte Länge der Leine, sie fühlte sich wie eine verschnürte Mumie. Er stieß sie zurück, schloss die Tür und schob mit lautem Geklapper die Wasserkästen davor. Als

Letztes hörte Daphne, dass das Scheunentor verschlossen und das Brett in die eiserne Verankerung gepresst wurde. Dunkelheit umschloss sie. Sie dachte daran, dass niemand sie in absehbarer Zeit vermissen würde. Zu ihren Eltern und anderen Verwandten hatte sie keinen regelmäßigen Kontakt. Ihre Bowlingfreunde würden erst am Wochenende auf sie warten, und ihre beste Freundin Britta hatte sich heute mit ihren Kindern zu einer Mutter-Kind-Kur nach Borkum aufgemacht. Daphne saß ziemlich in der Klemme!

29

Maike Graf und Sören Reinders waren sich darüber im Klaren, dass der Roma Sergej Timoschenko ihnen einiges verschwiegen hatte. Wie er mehrfach betont hatte, war er freiwillig auf die Dienststelle gekommen und konnte gehen, wann immer er dazu Lust hatte. Er hatte zugegeben, in Paulas Wohnung gewesen zu sein. Vermutlich wusste er, dass man seine Spuren dort finden würde. Angeblich war das Wochen vor dem Mord geschehen, aber Maike war fest davon überzeugt, dass Timoschenko auch anwesend war, als Breuer erschossen wurde. Folglich müsste er wissen, wer seinen besten Freund getötet hatte. Vielleicht hatte ein Mitbewohner von Paula Horváth im Schützenhof etwas beobachtet.

Maike Graf parkte den Dienstwagen vor Paulas Haus.

Gleichzeitig mit Reinders, der noch schnell nach seiner Laptoptasche griff, verließ sie das Auto und schellte zunächst im Parterre bei Markward.

»Der hat so einen Hals auf uns!«, murrte Reinders und zog seinen eigenen Hals pantomimisch in die Länge. »Ich glaub kaum, dass wir von dem sachdienliche Hinweise zur Klärung unseres Falls erfahren.«

Maike winkte ab. »Warten wir es ab, Sören.«

Nach dem dritten Schellen surrte der Türöffner und Maike schob die Haustür auf. Die Wohnungstür zum rechten Parterre stand sperrangelweit auf. Im Türrahmen lauerte breitbeinig mit schlabberiger Jogginghose und ärmellosem Unterhemd, die Arme vor der Brust verschränkt, ein offensichtlich wütender Herr Markward.

»Sie schon wieder!«, blaffte er Richtung Sören. »Ich bin hier kein Türöffner! Kapieren Sie nicht, dass ich meinen Schlaf brauche? Ich werde mich an Ihren Vorgesetzten wenden!«

»Hab's dir doch gesagt«, murmelte Reinders.

Maike lächelte höflich. »Es tut mir leid, wenn wir Sie stören. Wir haben nur einige Fragen und werden Sie nicht lange belästigen. Es geht um letzten Freitag. Wie Sie sicher mitbekommen haben, gab es in der Wohnung Horváth einen Todesfall. Haben Sie etwas Verdächtiges bemerkt? Sind Ihnen Personen aufgefallen, die das Haus betraten und in die obere Etage gingen?«

Herr Markward machte einen Schritt nach vorn und senkte bedrohlich den Kopf. Sein schwammiges Gesicht, das von einer übergroßen Knollennase dominiert wurde, lief dunkelrot an. Seine kleinen Augen funkelten ärgerlich, sodass Maike automatisch einen Schritt zurücktrat.

»Kommunizieren Sie eigentlich mit Ihren Kollegen?«, brüllte er. »Ich habe bereits ausgesagt, dass ich am Freitagabend nicht zu Hause war. Da begann meine Schicht früher!«

Maike mahnte sich zur Ruhe und dankte Reinders im Stillen, dass er im Hintergrund ebenfalls ruhig blieb. »Herr Markward, wir haben einen Mordfall aufzuklären. Also bitte, auch wenn Sie es den Kollegen schon mitgeteilt haben: Wie spät war es, als Sie am Freitag das Haus verlassen haben?«

Er seufzte theatralisch. »So gegen 17 Uhr.«

»Demnach müssen Sie noch im Haus gewesen sein, als Paula Horváth ihren Besuch empfing. Als meine Kollegen hier eintrafen, war es ungefähr 17.15 Uhr. Wir reden von der Zeit davor.«

»Hören Sie, Frau Kommissarin, ich habe nichts gesehen und nichts gehört. Ob die Tussi da oben Besuch bekommt oder nicht, ist mir schnurzpiepegal. Ich habe Besseres zu tun, als meine Nachbarn zu bespitzeln. Ich kümmere mich um mich selbst, damit bin ich vollends ausgelastet!« Er drehte sich grußlos um, verschwand in seiner Wohnung und knallte die Tür zu.

»Das glaube ich ihm aufs Wort!«, brummte Reinders.

Maike sah ihren Kollegen fragend an.

»Dass er mit sich selbst genug zu tun hat!« Reinders grinste und stieg vor Maike die Treppenstufen aus hellem Betonwerkstein hinauf in den ersten Stock. Durch den Glasbausteinstreifen fiel nur trübes Tageslicht ein und das Treppenhaus wirkte um einiges düsterer als bei ihrem ersten Besuch, als das Sonnenlicht sie noch blendete. Sie hatten sich bereits telefonisch bei Stefan Humboldt angemeldet, der am Morgen von seiner Motorradtour zurückgekehrt war. Reinders klingelte an seiner Wohnungstür. Kurz darauf näherten sich Schritte und die Tür wurde geöffnet. Maike erblickte einen großen, schlanken Mann in den Dreißigern mit freundlichen Lachfalten um die Augen. Er machte einen sportlichen Eindruck, trug zu legeren Jeans ein Karohemd und Wildlederschuhe. Sein schmales Gesicht war bereits etwas sonnengebräunt, vermutlich verbrachte er aufgrund seines Hobbys, Motorrad fahren, viel von seiner Freizeit an der frischen Luft. Er bat sie durch einen kleinen Flur ins Wohnzimmer.

Die Wohnung musste in etwa den gleichen Grundriss haben wie die von Paula Horváth, dennoch wirkte sein Reich größer und exklusiver. Er legte Wert auf Designermöbel in einer durchaus exzentrischen Kombination. Die Wand vor Kopf war in Betonoptik gestrichen, wobei hier und da einige Tupfen kräftiger wirkten, als sei die Farbe noch nicht richtig getrocknet. Über einem großzügigen flachen Zweisitzer war über die rechte Armlehne lose eine Decke geschlagen, daneben stand eine Zimmerpalme. Über dem dunkelgrauen Sofa hing eine Bilderkombination aus Grafiken, Porträts und Designerfotos von unterschiedlicher Größe, die kreisförmig angeordnet waren. Die Couchtische, bestehend aus drei abgesägten Baumstämmen in ungleicher Höhe, lockerten das minimalistische Design auf. Sie standen in krassem Gegensatz zu den darumgestellten Designerstühlen, mit hellen Sitzschalen aus Kunststoff und einem Untergestell aus pulverbeschichtetem Rundstahl.

Maike setzte sich auf Geheiß von Stefan Humboldt in einen der Kunststoffstühle, der bequemer war, als er aussah. Reinders zog einen Stuhl zu einem der Baumstümpfe und drapierte seinen Laptop darauf, um ihn hochzufahren. Humboldt schaltete eine weit ausladende Standleuchte aus silbernem Edelstahl ein, deren kugelförmiger Strahler ein warmes Licht verteilte. Nachdem der Gastgeber sich einverstanden erklärte, tippte Reinders das Gespräch mit.

»Am vergangenen Freitag kam es in der Wohnung Ihrer Nachbarin Paula Horváth zu einem Todesfall«, begann Maike. »Sie selbst ist seitdem verschwunden. Wir würden gern wissen, ob Ihnen in der Zeit vor 17 Uhr verdächtige Personen im Haus aufgefallen sind«, kam sie sofort zur Sache.

»Ich habe mich Freitagnachmittag zu meiner Motorradtour aufgemacht. Das mag so zwischen 16 und 16.30 Uhr gewesen sein. Zuvor wollte ich mich noch von Paula verabschieden und schauen, wie es ihr ging, nachdem sie sich am Tag zuvor so stark verletzt hatte. Ich hatte die Wunden nur notdürftig versorgt und ihr empfohlen, zum Arzt zu gehen. Das lehnte sie jedoch ab. Als ich Freitag vor ihrer Tür stand, hat sie jedenfalls nicht aufgemacht oder sie war nicht zu Hause.«

Humboldt selbst hatte sich schräg in die Ecke seines Sofas gesetzt und die Beine übereinandergeschlagen. Jetzt sprang er plötzlich auf und bat um Entschuldigung, dass er keine Getränke angeboten hatte. Reinders nahm die Einladung dankbar an und entschied sich für einen Cappuccino, Maike wählte ein Wasser. Sie hörten ihn in der Küche hantieren, und kurz nachdem der Milchschaum aus der Kaffeemaschine zischte, kam Humboldt mit einem kleinen Tablett zurück ins Wohnzimmer. Er stellte es auf einen der Baumstämme, reichte seinen Gästen das Gewünschte und nahm sich selbst ebenfalls einen Cappuccino, bei dem er vorsichtig den Schaum abtrank.

»Sie haben Paula Horváth verarztet, nachdem sie im Bornekamp überfallen wurde?«, fragte Maike nun.

Er stellte seinen Cappuccino auf seinem Oberschenkel ab und blickte ernst auf. »Sie sagte, sie sei unglücklich gestürzt, aber ich habe mir gedacht, dass diese zahlreichen Blutergüsse und Schnittwunden am ganzen Körper nicht von einem Sturz herrühren können.«

»Wie wirkten die Verletzungen auf Sie?«, mischte sich Reinders in das Gespräch.

Humboldt krauste die Stirn, stellte seinen Cappuccino auf einen der Baumstümpfe und schlug die Beine wieder übereinander. »Sie sah aus, als sei sie massiv misshandelt worden. Schläge, Fußtritte, Messerstiche. Die Wunde an ihrer Seite musste ich mit Tapes fixieren, eigentlich hätte sie genäht werden müssen. Der Rücken wirkte, als habe man mehrfach mit dem Fuß darauf getreten. Ich war kurz davor, die Polizei zu informieren. Hätte ich es doch getan. Aber Paula hatte mich gebeten, dies zu unterlassen.«

»Sie trifft keine Schuld, Herr Humboldt«, sagte Maike und stellte ihr leeres Wasserglas zurück auf das Tablett. »Sie verließen am Freitag das Haus also zwischen 16 und 16.30 Uhr. Ist Ihnen da jemand am Haus aufgefallen?«

Humboldt seufzte, griff nach einem der Zierkissen auf dem Sofa und knetete es vor seinem Bauch. »Ja«, sagte er, starrte das Kissen an und blieb eine Weile stumm. Schließlich hob er den Kopf und in seinem Gesicht zeigte sich Verzweiflung. »Als ich das Haus verließ und zu meinem Motorrad ging, das ich auf dem Bürgersteig vorm

Haus abgestellt hatte, kamen mir drei junge Männer entgegen.«

»Sie wollten ins Haus?«, fragte Reinders neugierig.

Humboldt nickte, und Maike fürchtete, das Kissen würde die heftige Bearbeitung von seinen Händen nicht mehr lange durchstehen.

»Sie schellten bei Paula Horváth. Ich sagte ihnen, sie sei nicht zu Hause. Da bat der eine, ob er ihr eine Nachricht oben an die Tür kleben dürfte.«

»Und Sie haben ihn ins Haus gelassen?«, hakte Reinders nach.

»Nein. Ich habe ihnen gesagt, sie sollen ihr die Nachricht in den Briefkasten werfen. Allerdings war ich in Gedanken schon auf meiner Route«, erwiderte Humboldt und fügte hinzu, dass es durchaus sein könne, dass er vergessen habe, den Riegel in der Tür wieder in die Position zu schieben, sodass sie automatisch wieder ins Schloss falle.

»Können Sie die Männer beschreiben?«

Humboldt schüttelte zaghaft den Kopf, warf das Zierkissen beiseite und griff nach seiner Tasse. Er nahm einen tiefen Schluck, dann sah er die Beamten an.

»Ich war in voller Lederkluft. Sogar den Helm hatte ich schon auf. Im Arm hatte ich noch einige Utensilien für die Satteltaschen. Ich hab auf die Männer überhaupt nicht weiter geachtet. Dabei hätte bei mir doch eine Alarmglocke angehen müssen.« Er erwähnte, dass Paula Horváth in der Zeit, in der sie im Schützenhof wohnte, kaum Besuch bekommen habe. Sie hätte sehr zurückgezogen gelebt und den Kontakt zu den Nachbarn gemieden. Freunde habe sie wohl keine gehabt und auch zu ihren Arbeitskollegen sei das Verhältnis rein beruflich gewesen, wie sie ihm einmal erzählt habe. Sie würde gerne allein leben, hatte sie behauptet.

»Umso merkwürdiger ist doch, dass auf einmal drei junge Männer zu ihr wollten. Ich hätte achtgeben müssen, dass sie nicht ins Haus gelangen«, schloss Humboldt.

»Sie haben zuvor nie jemanden in Paulas Gegenwart gesehen?«, fragte Maike. »Sie hat auch nie irgendwelche Bekannte erwähnt?«

Humboldt rutschte auf die Kante der Couch. Von Bekannten und Freunden wisse er nichts. Auch von keinen Verwandten. Mit leiser Stimme erzählte er, dass er mehrfach versucht habe, mit Paula in Kontakt zu kommen, weil sie ihm gefallen habe. Aber Paula sei stets sehr zurückhaltend gewesen. Er habe es für Schüchternheit gehalten. Einmal habe sie sich dazu überreden lassen, auf seinem Balkon ein Glas Wein mit ihm zu trinken. Es sei ein wunderschöner Abend gewesen, und sie habe viel gelacht und glücklich und befreit ausgesehen. Da habe Humboldt bereits gedacht, er habe den Durchbruch geschafft. Aber am nächsten Tag sei wieder alles beim Alten gewesen.

»Ist Ihnen in den Tagen oder Wochen vor dem Überfall auf Paula etwas Verdächtiges aufgefallen?«, fragte Reinders nun.

»Aber ja!«, rief Humboldt aus und seine Augen leuchteten vor Erregung. »Jetzt, wo Sie mich danach fragen: Mir fiel Anfang der Woche ein Motorrad in der Straße auf. Ein Fahrer und ein Sozius. Beide ganz in Schwarz gekleidet, mit ebenfalls schwarzem Helm, das Visier undurchsichtig. Sie saßen auf dem Motorrad und starrten – so wirkte es jedenfalls – auf unser Haus. Als wenn sie auf jemanden warteten oder etwas beobachteten.«

»Wieso wurden Sie auf die beiden aufmerksam?«, fragte Reinders.

Humboldt lächelte leicht verlegen. »Das Motorrad fiel mir auf. Eine Kawasaki W 800, eine sogenannte ›Café Racer‹, Spezial-Edition. Ich habe fast das gleiche Motorrad, schwarz mit goldenen Felgen und silbernen Speichen. Eben ein für Kawasaki typischer Retrolook. Nur war an dem Bike ein abnehmbarer Höcker montiert und es hatte eine Speziallackierung. Sah wirklich sehr gut aus. Ich weiß noch, dass ich dachte, so könnte ich meine Karre auch aufmotzen.«

»Wir interessieren uns mehr für Fahrer und Beifahrer«, fuhr Maike fort, bevor Humboldt noch weiter ins Schwärmen über das Motorrad geriet. »Motorradkluft und dunkler Helm, da können wir leider nicht viel mit anfangen. Das Kennzeichen haben Sie nicht zufällig?«

Humboldt zog die Stirn kraus. »Warten Sie … Also beide waren sehr schlank, beim Beifahrer handelte es sich um eine Frau, ganz sicher. Lange, schwarze Haare schauten unterm Helm hervor, die reichten fast bis zur Hüfte. Die waren ziemlich gekraust. Solche Haare habe ich noch bei keinem Mann gesehen.«

Reinders tippte fleißig. Jetzt sah er auf. »Das Kennzeichen?«

Humboldt schloss die Augen. »Das Motorrad kam nicht aus Unna. Ich glaube, der erste Buchstabe war ein K für Köln. Ganz sicher bin ich aber nicht.«

»Aber Sie sind sicher, dass es sich bei dem Sozius um eine Frau handelte? Es könnten also nicht die Männer gewesen sein, die am Freitag zu Paula Horváth wollten?«, fragte Maike.

Humboldt schüttelte langsam den Kopf. »Nein, das denke ich nicht. Die Person mit den langen schwarzen Haaren war am Freitag definitiv nicht dabei. Und der Fahrer …«, er hob ratlos die Schultern. »Beschwören kann ich es nicht, aber er war extrem schlank, genau wie die Beifahrerin. Die drei Männer am Freitag waren nicht dick, aber kräftiger, sie sahen sportlicher und trainierter aus.«

Maike stand auf und ging neben Reinders in die Hocke. »Ruf doch mal die Lichtbildvorzeigedatei auf! Zeig Herrn Humboldt die Mitglieder des Roma-Clans. Vielleicht erkennt er einen der Männer!«

Humboldt setzte seine inzwischen leere Cappuccinotasse auf dem Tablett ab, zog einen der Hartschalenstühle scharrend über den Boden und setzte sich neben Reinders. Eine Weile war es still im Wohnzimmer des Mietshauses. Lediglich das Klatschen des aufkommenden Regens gegen die Fensterscheibe war zu hören. Humboldt schüttelte ein ums andere Mal den Kopf. Maike blickte mit auf den Bildschirm, doch mit jedem Gesicht des Clans, das Humboldt abtat, schwand ihre Hoffnung, hier weiterzukommen.

Plötzlich sprang Humboldt auf. »Der war dabei! Ganz sicher! Das war einer der Männer, die zu Paula Horváth wollten. Er hatte so ein junges, unverbrauchtes Gesicht. Und die dunklere Hautfarbe fiel mir auf. Ich weiß noch, dass ich rätselte, welche Nationalität der Mann wohl haben könnte.«

Maike erkannte auf dem Foto das Mordopfer Slatko Breuer. Damit war wohl bewiesen, dass sich außer ihm noch zwei weitere Männer in Paulas Wohnung aufgehalten hatten, als Reinders und Teubner am Freitag bei ihr geschellt hatten. Aber so intensiv Humboldt sich auch die weiteren Fotos der Lichtbildvorzeigedatei anschaute, er konnte niemanden mehr erkennen.

»Tut mir wirklich leid«, beteuerte er, »aber ich habe die Männer wirklich nur ganz flüchtig im Vorbeigehen gesehen. Dieser Breuer stand als Letzter mitten im Weg, da musste ich meinen Kram noch um ihn herumbalancieren. Vielleicht habe ich mir sein Gesicht deshalb besser gemerkt.«

Reinders nickte und schloss das Programm. Es öffnete sich eine Seite mit aktuellen Fahndungsbildern. Maike stutzte, als sie unwillkürlich darauf schaute. Sie deutete mit dem Finger auf ein Phantombild.

»Der sieht fast aus wie Timoschenko!«, murmelte sie.

»Stimmt!«, erwiderte Reinders und fasste den beigefügten Text zusammen. »Der Mann wird verdächtigt, ein Juweliergeschäft in Unna ausgeraubt zu haben. Ist also durchaus sein Einzugsgebiet.«

Maike zuckte die Schultern. »Es kann in jedem Fall nicht schaden, den Mitarbeitern des Schmuckgeschäfts sein Foto zu zeigen. Vielleicht erkennt ihn jemand. Das war der Raubüberfall, den Teubner zuletzt bearbeitet hat. Da steht, der Täter hatte ein Tattoo am Hals. Ob Timoschenko deshalb den Schal getragen hat?«

»Möglich. Das lässt sich ja überprüfen!«, meinte Reinders, klappte den Laptop zu und stand auf.

Maike reichte Stefan Humboldt ihre Karte mit den Worten, er möge sich melden, wenn ihm noch etwas einfalle. Dann erzählte sie ihm von ihrem gestrigen Ausflug nach Menden. »Wir wissen von Paula Horváths Schwägerin, dass Sie eine Hütte im Sauerland besitzen. Haben außer Ihrem Arbeitskollegen und Paula Horváth noch weitere Personen einen Schlüssel?«

Humboldt wirkte irritiert. »Paula? Nein, die hat keinen Schlüssel. Ich habe ihr einmal von der Hütte erzählt, aber ehrlich gesagt, so eng war unser nachbarschaftliches Verhältnis nicht, dass ich ihr den Schlüssel überlassen hätte. Mein Kollege benutzt die Hütte ab und zu. Er gibt mir die Schlüssel nach seinen Trips aber immer zurück. Sonst hat niemand Zugang zu dem Holzhaus und ich selbst war seit Ewigkeiten nicht mehr dort.«

Maike erklärte, dass sie gestern dort gewesen sei, weil der Verdacht bestand, dass Paula sich dort versteckt haben könnte. Es bestünde immerhin die Möglichkeit, dass sie sich den Schlüssel heimlich angeeignet und nachgemacht habe. »Ich sah hinter dem Haus eine Luke, die in den Boden gelassen ist. Können Sie mir sagen, wo die hinführt?«

Humboldt nickte. »Ja, das Loch wird bestimmt niemand als Versteck nutzen. Das ist eine Sickergrube. Dort wird das Abwasser der Hütte hineingeleitet. Es gibt nur fließendes Wasser aus einem großen Tank. Ist als Trinkwasser nicht nutzbar.«

Maike bedankte sich und verabschiedete sich mit Reinders. Die Spur der Hütte konnte also vermutlich ad acta gelegt werden.

30

Paula Horváth trug eine unbändige Wut in sich. Timoschenko hatte sie mit Kabelbinder an Händen und Füßen gefesselt zurückgelassen, während er seinen Termin bei der

Polizei wahrnahm. Sogar die Zimmertür hatte er abgesperrt. Sie mochte nicht daran denken, was passierte, wenn ihn die Bullen dabehielten. Die ganze Zeit über hatte sie sich zurechtgelegt, was sie ihm alles an den Kopf schmettern würde, sobald er wieder in ihre Nähe käme. Einmal hatte es während seiner Abwesenheit geschellt. Paula war kurz davor gewesen, um Hilfe zu rufen, dann hatte sie es doch unterlassen, schließlich hätte auch die Polizei an der Tür stehen können, und die konnte sie nun wirklich nicht gebrauchen.

Als Timoschenko jetzt das Zimmer betrat, verflog ihre Wut. Sein Gesicht wirkte grau und eingefallen, der Muskelprotz machte einen kraftlosen Eindruck. So kannte sie ihn nicht, obwohl sie ihn bereits seit seiner Kindheit hatte aufwachsen sehen. Er war stets ungestüm und dominant gewesen. Immer der Anführer, der den anderen sagte, wo es langging. Jetzt setzte er sich zu ihr auf die Bettkante und stützte den Kopf in seine Hände.

»Es läuft alles schief«, murmelte er. »Von Anfang an. Slatko und ich hatten nur den Auftrag, dich zu finden. Dabei hätten wir es belassen sollen. Dann würde er noch leben.«

»Es tut mir so leid, was passiert ist«, erwiderte Paula.

Timoschenko sah sie wortlos an. Dann stand er auf, fischte ein Taschenmesser aus seiner Jeans und schnitt ihr die Arm- und Fußfesseln durch. Paula setzte sich auf die Bettkante und rieb sich die schmerzenden Gelenke.

»Und jetzt?«, fragte sie.

Er setzte sich neben sie, starrte auf das Schweizer Taschenmesser und spielte daran herum. »Keine Ahnung. Ich weiß nur eines: Novak eignet sich nicht als Boss. Er hat nicht den Überblick. Er wird uns in den Knast bringen. Ganz sicher.«

»Was ist passiert?«

Er sprang auf und lief unruhig im Zimmer auf und ab. »Hab ich doch gesagt!«, schnauzte er. »Alles läuft schief! Die Bullen wittern was, da bin ich sicher. Und es wird nicht lange dauern, da stehen sie mit 'ner Hausdurchsuchung vor der Tür.«

»Wie kommst du darauf? Was haben sie gesagt?«

»Ach!« Er machte eine abwertende Handbewegung. »Nichts Konkretes, aber die Art der Fragen zielte darauf ab, dass sie mich in Verdacht haben. Und dann dieses dämliche Phantombild von mir!«

Paula blickte ihn alarmiert an. »Ein Phantombild? Woher?«

Er stürmte zum Fenster, riss es auf, als sei er kurz vor dem Ersticken. Dann stützte er seine Arme auf dem Fensterbrett ab, nahm einige gierige Züge Frischluft und drehte sich langsam um.

»Ich hab letzte Woche einen Juwelierladen in Unna ausgeraubt. Eine der Verkäuferinnen hat sich an mein Gesicht erinnert.«

Paula starrte Timoschenko mit offenem Mund an. »Du Idiot!«

Er schloss das Fenster, da der Wind die Gardine aufblähte und sich die einströmende Luft unangenehm nasskalt anfühlte. Langsam trat er auf Paula zu, ging vor ihr in die Hocke und barg seinen Kopf in ihrem Schoß. »Ich hab bei den falschen Leuten Spielschulden, Rubinchen. Ich brauche Geld. Das ist auch der einzige Grund, warum ich mich auf den Vorschlag von Novak eingelassen habe.«

Paula streichelte ihm sanft übers Haar. Timoschenko war wie ein ungezähmter Löwe. Majestätisch, gefährlich und unberechenbar. Aber manchmal zeigte er auch eine verletzliche Seite.

»Du musst mir helfen, Paula! Wir haben ein Problem!«

Sie hob seinen Kopf an und sah ihm in die Augen. »Was noch?«

Er drückte sich in den Stand und blieb mit vor der Brust verschränkten Armen vor ihr stehen. »Eine der Schmuckverkäuferinnen hat mich letztens beim Bäcker erkannt. Sie hat mir hinterhergeschnüffelt. Novak hat sie bereits gestern hier auf dem Hof gesehen und ein Foto von ihr gemacht. Und gerade eben habe ich sie dabei erwischt, wie sie den alten Mann aus dem Wohnmobil befreien wollte.«

Jetzt sprang Paula vom Bett und stützte die Hände auf ihren Hüften ab. »Eine Schmuckverkäuferin? Ein alter Mann? Ich verstehe nicht, Timoschenko! Was soll das heißen?«

Er seufzte, schob seine Hände tief in die Taschen seiner Jeans und begann zu erzählen. Der Besitzer des Bauernhofs habe ihm für die Tatzeit, als der Mord in Paulas Wohnung passiert sei, zunächst ein Alibi gegeben, weil Timoschenko ihm irgendeine Lügengeschichte aufgetischt habe. Doch am späten Freitagabend hätte der Alte das Phantombild in der Zeitung gesehen. Einen brutalen Juwelendieb könne er nicht schützen, habe er gesagt. Timoschenko habe keine Wahl gehabt. Er habe den Alten überwältigt, ihn in sein Wohnmobil gesperrt und das Fahrzeug in den Schuppen gefahren. Wie hätte er ahnen sollen, dass diese Schmuckverkäuferin ihn da finden würde?

Paula fuhr sich mit den Fingern durch die Haare. Die Situation drohte zu eskalieren. »Was hast du mit ihnen gemacht?«, schrie sie. »Was noch alles? Wir haben nie Gewalt angewendet. Immer ging es nur um Betrug. Und jetzt ist Slatko tot! Dazu haben wir drei Menschen in unserer Gewalt! Warum habt ihr mich in diesen Sumpf gezogen? Warum?!«

Timoschenko wischte sich Schweißperlen von der Stirn. »Führ dich nicht so auf!«, mahnte er. »Du bist gewiss nicht in der Position, große Reden zu schwingen«, Timoschenko kam auf Paula zu. Sie sah seine Augen gefährlich funkeln, als er ihr eine Haarsträhne aus dem Gesicht strich. Sie versuchte, seinem Blick standzuhalten, wandte den Kopf aber schließlich ab.

»Was hast du mit ihnen gemacht?«, wiederholte sie ihre Frage.

»Ich habe sie ins Wohnmobil gesperrt. Aber dort können sie nicht bleiben. Das Mobil muss weg. Schnellstens Nur so haben wir eine Chance, wenn die Bullen hier mit einem Durchsuchungsbeschluss auftauchen. Die glauben, der Besitzer des Hofes ist längst unterwegs.«

»Also gut!«, sagte Paula. Natürlich hatte Timoschenko recht. Sie schlüpfte in ihre Sportschuhe, band die Bänder zu und griff nach ihrer Sportjacke. »Lass uns keine Zeit verlieren.«

Sie folgte ihm über den Hof zum Schuppen. Er löste ein Brett, das er zur Absicherung der Türen in die eisernen Verankerungen gesteckt hatte, dann öffnete er beide Flügel des Scheunentors und warf ihr einen Schlüssel zu. »Öffne das Silo hinter dem Haus!«

Paula nickte und lief über den Hof zum rückwärtigen Teil des Grundstückes. Hinter dem Gebäude tat sich ein nicht beackertes Feld auf. Gleich zu Beginn war eine Eisenluke in den Boden gelassen. Paula öffnete das Vorhängeschloss und wuchtete die Luke in die Höhe, die mit einer schweren Eisenkette gehalten wurde. Sie starrte in das dunkle Loch und überlegte einen Augenblick, ob es Sinn machte, hinunterzuklettern, um Max Teubner aus seinem Gefängnis zu befreien. Dann verwarf sie den Gedanken. Timoschenko hatte eben eine Waffe hinter seinen Hosenbund geschoben. Er würde nicht zögern, diese zu benutzen. Also schob Paula den Schlüsselbund in ihre Jackentasche und lief zurück zur Scheune. Sie erblickte ein luxuriöses Wohnmobil in der Größe eines Busses. Im hinteren Teil befand sich eine Art Abstellkammer mit einer zerbeulten Tür. Hier hatte die Schmuckverkäuferin Hand angelegt, als sie den Hofbesitzer befreien wollte. Eine etwas mollige Frau, Mitte 20, saß nun mit Knebel im Mund auf der Stufe zu dieser Kammer und starrte Timoschenko ängstlich an. Neben ihr lag eine Wäscheleine auf dem Boden mit der sie zuvor wohl gefesselt war.

»Bring sie zum Silo und sperr sie zu deinem Kommissar!«, befahl Timoschenko. »Und mach keine Dummheiten, Paula! Ich bleib dir auf den Fersen!« Er zog seine Waffe aus der Hose und richtete sie erst auf seine Gefangene, dann auf Paula selbst.

Paula warf ihm nur einen vernichtenden Blick zu. Sie griff fest nach dem Oberarm der Molligen und zog sie mit sich. Beim Silo gab sie ihr einen kleinen Stoß und deutete in das Loch.

»Los! Rein da!«, befahl sie.

Die junge Frau zitterte vor Angst. Ihre Kleidung war

verdreckt und an einigen Stellen zerrissen. Sie ging langsam auf die Knie, robbte an das Silo heran und schob sich vorsichtig bäuchlings an die im Inneren angebrachte Leiter. Dann ließ sie ihre Beine hinab und hielt sich mühsam mit den gefesselten Händen an den Sprossen fest. Schließlich kletterte sie hinunter. Paula folgte ihr, während Timoschenko von oben mit der Waffe ins Silo zielte. Wie bereits bei ihrem ersten Besuch fröstelte Paula. Dieser unterirdische Bereich musste einmal als eine Art Bunker gedient haben. Die Außenwände waren aus grobem Mauerwerk und vom eigentlichen Schacht, der als Speicher für Getreide vorgesehen war, ging ein kurzer Gang ab, der vor einer Tür endete. Bis hierher reichte kaum das Tageslicht und Paula ermahnte sich, beim nächsten Mal eine Taschenlampe mitzunehmen. Sie öffnete die Tür, nachdem sie das Schlüsselloch ertastet hatte.

»Beeil dich, Paula. Keine Dummheiten! Sonst ist der Bulle tot!«

Paula schob die Schmuckverkäuferin in den Kellerraum, danach verschloss sie die Tür wieder sorgfältig.

»Braves Mädchen!«, rief Timoschenko von oben.

Die Roma kletterte flink die Leiter hinauf. »Drei Geiseln, Sergej! Das wird nicht gut gehen.«

Er ignorierte ihren Einwand und ging mit schnellen Schritten zum Wohnmobil. Dort schob er zunächst seine Waffe zurück hinter seinen Hosenbund, dann kletterte er in die Kammer und hob den alten Hofbesitzer aus dem Wagen. Dieser blinzelte ins Tageslicht, bevor er leise zu winseln begann und die Augen schloss.

»Was ist mit ihm?«, fragte Paula.

»Ich hab ihm ein Bein gebrochen. Er kann nicht laufen.«

»Wie willst du ihn in das Silo schaffen, Sergej? Das ist unmöglich! Du brichst ihm all seine anderen Knochen auch noch! Er kann da nicht hinunterklettern!«

Timoschenko setzte seinen Weg zum Silo unbeirrt fort.

»Sergej!«, rief Paula. »Das kannst du nicht machen!«

»Du hast recht!«, sagte er, ohne stehen zu bleiben, »Wir machen es gemeinsam!« Er hatte das Silo fast erreicht, bückte sich und legte den Alten auf dem Boden ab, nahe der Luke, die ins Silo führte.

Der Alte hatte sich wieder gefangen. Er setzte sich aufrecht und hielt sich das schmerzende Bein. »Ich brauche einen Arzt, Sergej«, forderte er und sah Timoschenko an, als erwarte er eine Zusage.

Timoschenko grinste nur. »Da wirst du noch warten müssen.«

Er zog seine Waffe aus dem Hosenbund und zielte auf den Alten. Dann befahl er Paula, in das Silo zu klettern und den Alten von unten zu stützen. Paula wagte keine Widerrede. Sie sah Timoschenkos entschlossenen Blick und wusste, dass er ihr nur Schmerzen zufügen würde, sollte sie sich weigern. Also kletterte sie so weit die Leiter hinab, dass sie sich mit den Händen an den Seitenhalterungen festhalten konnte, und schaute zu ihm auf.

»Und jetzt?«

Timoschenko steckte die Waffe zurück, dann bückte er sich und hob den Alten hoch, als handele es sich um eine Schaufensterpuppe. Er ließ die Beine des Mannes so weit ins Silo hinab, dass er sich mit diesen auf eine Sprosse stellen konnte. Der Alte heulte vor Schmerz. Paula versuchte, ihn von hinten zu sichern. Er zitterte am ganzen Körper, er würde sich nicht lange halten können. Und Paula bezweifelte, dass sie ihn stützen konnte. Immerhin war sie selbst in keinem gesundheitlich stabilen Zustand. Die Wunden, die sie bei dem Überfall im Bornekamp davongetragen hatte, waren lange nicht verheilt. Der Anschlag war nicht einmal eine Woche her, und besonders der Schnitt in ihrer Seite begann nun heftig zu pochen. Sie krampfte ihre Hände um die Eisenhalterung. Timoschenko ließ den alten Mann weiter hinunter. Sie fragte sich, wie er solch eine Kraft aufbringen konnte. Endlich konnte der Alte seine Hände um die Wandhalterungen klammern. Paula sah Schweiß auf seiner Stirn.

»Ich kann mich nicht halten!«, jammerte er.

Timoschenko ließ ihn los. Der Mann umklammerte mit den Händen die Haltestangen. Sein gebrochenes Bein baumelte wie ein Fremdkörper in der Luft. Das gesunde Bein zitterte unter der Last. Paula kletterte eine Sprosse weiter. Bis zum Boden mussten sie noch etwa zehn Sprossen bewältigen. Der Alte schob seine Hände Millimeter für Millimeter hinunter, dann setzte er unter lautem Stöhnen seinen Fuß eine Sprosse tiefer. Paula wartete, bis er zu Atem kam, dann setzte sie ihren Weg fort. Der Alte zitterte immer heftiger.

»Ich schaffe es nicht«, stöhnte er. »Zieh mich wieder hoch, Sergej. Ich bitte dich! Ich schaffe es einfach nicht!«

Paula blickte über den Mann hinweg hinauf. Sergej stand über das Loch gebeugt und schien die Situation abzuwägen. Plötzlich nickte er.

»Klettere ganz hinunter, Paula!«, rief er.

Sie sah ihn verwirrt an. Was hatte er vor? Er setzte sich an den Rand der Öffnung, die ins Silo führte. Seine Füße baumelten knapp über dem Kopf des Alten.

»Wir haben keine Zeit, Paula! Versuch, ihn aufzufangen!«

Ehe Paula protestieren konnte, oder der Alte kapierte, wie ihm geschah, ergriff Timoschenko mit seinen Händen die Haltestangen. Er schwang seinen durchtrainierten Körper vorwärts auf die Sprossen, knapp über dem Kopf des Alten. Dann sprang er mit Wucht auf die Hände des Mannes. Der Schrei ging Paula durch Mark und Bein. Sie sah, wie Timoschenko sich flink aus dem Silo bewegte. Der alte Mann ließ die Haltestangen los und verlor das Gleichgewicht. Wie in Zeitlupe stürzte er auf sie hinab. Impulsiv trat Paula einen Schritt zurück. Sie versuchte, dem Mann vor dem Aufprall unter die Schulter zu greifen, das gelang ihr nur bedingt. Obwohl der Alte kein Schwergewicht war, riss er sie mit zu Boden. Ein heftiger Schmerz schoss durch ihre Seite. Vermutlich war die Wunde aufgeplatzt. Zudem hörte sie ein knackendes Geräusch, als sei der angeknackste Knochen des Mannes nun vollends durchgebrochen. Sie blieb regungslos am Boden liegen, der Alte auf ihr. Im Gegenlicht, das durch die Eingangsluke des Silos strömte, sah sie Timoschenko, der die Leiter hinabkletterte. Er hob den Alten hoch, der das Bewusstsein verloren hatte.

»Schließ die Tür hinten auf, Paula! Beeil dich!«

Paula lagen tausend Flüche auf den Lippen. Sie wälzte sich auf die Seite, hob ihre Jacke etwas an und starrte auf ihre Wunde. Sie hatte Glück gehabt. Sie war nicht aufgebrochen. Mühsam drückte sie sich in den Stand. Einen Moment drehte sich alles. Timoschenko stand bei ihr und wartete ungeduldig. Paula griff sich den Schlüssel aus ihrer Jacke und öffnete abermals die Tür im hinteren Teil des Silos. Im Dämmerlicht sah sie Max Teubner, der neben der jungen Frau auf seiner Matratze saß und sie anblickte.

»Paula!«, rief er und wollte aufspringen, seine Fesseln hinderten ihn jedoch daran.

»Sitzen bleiben, alle beide!«, blaffte Timoschenko und legte den Alten zwischen den Geiseln ab.

Die junge Frau beugte sich sofort über den Verletzten und fühlte mit ihren gefesselten Händen umständlich seinen Puls. Dann warf sie Paula einen alarmierenden Blick zu und begann unter dem Knebel zu grunzen. Timoschenko trat auf sie zu und schlug ihr ins Gesicht.

»Schnauze!«, blaffte er. Dann löste er dennoch den Knebel.

»Der Mann muss sofort in ein Krankenhaus!«, rief die junge Frau.

»Seien Sie vernünftig!«, mischte Max Teubner sich ein. »Damit werden Sie niemals durchkommen!«

Timoschenko verließ schweigend den Kellerraum hinter Paula und schlug die Tür laut zu, dann wies er Paula an, abzuschließen. Schweigend kletterten sie aus dem Silo. Timoschenko verschloss die Luke. Paula keuchte und hielt sich die Seite, die heftig pochte. Timoschenko legte einen Arm um sie.

»Jetzt muss nur noch das Wohnmobil verschwinden. Und danach machen wir uns endlich auf, das erste Geld einzusammeln.«

Paula blickte den jungen Roma schweigend an. Er war voller Zuversicht. In ihr selbst nagten Zweifel. Zu viele Steine lagen in ihrem Weg. Ihr fehlte die Kraft, sie fortzuräumen.

31

Staatsanwältin von Haunhorst hatte die Besprechung im KK 11 für 15 Uhr anberaumt. Maike Graf und Sören Reinders trafen als eine der ersten Beamten im Besprechungsraum des Polizeipräsidiums ein. Sie hatten ihre Hausaufgaben gemacht, Reiners zog es erneut vor, Maike die Ermittlungsergebnisse vortragen zu lassen. Sie setzten sich in die zweite Stuhlreihe, und während sie darauf warteten, dass die Besprechung begann, hing jeder seinen Gedanken nach.

Jochen Hübner traf pünktlich gemeinsam mit Staatsanwältin von Haunhorst ein. Zunächst sollte Andreas Wilms über die ehemaligen Mitglieder um Clanchef Bakro Taragos berichten. Er stand behäbig auf, rückte seine Jeans zurecht, die unter seinen dicklichen Bauch gerutscht war und griff nach seinem Laptop. Dann trat er nach vorne, stellte den Computer vor der Staatsanwältin auf den Schreibtisch und schloss ihn an den Beamer an. Sein kariertes Flanellhemd spannte über dem Bauch und an den Oberarmen, als sei er herausgewachsen. Maike sah, dass er trotz seiner Behäbigkeit schwitzte, seine altmodische Hornbrille war bis auf die Spitze der Nase gerutscht. Während er die Dateien für seinen Vortrag suchte, fielen ihr seine abgetragenen Schuhe auf. Ob er in Geldschwierigkeiten war?

»Der Roma-Clan um den in der Kölner JVA einsitzenden Bakro Taragos umfasst ungefähr 20 zentrale Mitglieder. Dazu kommen noch Handlanger, die meist für Botengänge eingesetzt werden«, begann Wilms. Dann erklärte er, dass außer dem Clanchef selbst noch weitere drei Mitglieder inhaftiert seien. Sie hätten mit zu den Drahtziehern gehört. Er dokumentierte seine Angaben mit den Fotos der Inhaftierten, die er mit einer schnurlosen Maus anklickte. Alle anderen Roma seien seit mindestens zwei Jahren wieder auf freiem Fuß. Die meisten würden weiterhin im nahen Umkreis von Köln leben. Ein Foto nach dem anderen erschien auf dem Beamer und Wilms erklärte ausführlich, ob die betreffende Person zur Tatzeit des Mordes an Slatko Breuer ein Alibi aufweisen konnte.

Maike unterdrückte ein Gähnen und rutschte etwas tiefer in ihren Stuhl. Sie bereute, nicht einen der hinteren Plätze gewählt zu haben, dann könnte sie für einen Moment die Augen zumachen. Sie sah, dass Staatsanwältin von Haunhorst den Ausführungen von Wilms aufmerksam folgte und sich zahlreiche Notizen dazu machte. Soweit Maike seinem Vortrag bisher folgen konnte, hatten bis auf zwei Ausnahmen alle 20 engen Mitglieder des Roma-Clans ein Alibi und auch keinerlei Motiv, Slatko Breuer zu erschießen.

Wilms fuhr fort und öffnete eine PDF-Datei. Eine Mindmap mit der verschwundenen Paula Horváth im Zentrum sollte verdeutlichen, welche Personen in engerer Beziehung zu ihr standen. Gleich über ihrem Namen stand der des Kollegen Max Teubner, zu dem sie vor fünf Jahren ein Verhältnis hatte. Rechts neben Paulas Namen hatte Wilms den Clanchef Bakro Taragos eingezeichnet.

»Wie uns inzwischen bekannt ist«, referierte Wilms weiter, »sind der Sohn von Bakro Taragos sowie seine Schwiegertochter bei ihrer Flucht vor der Polizei durch einen Autounfall ums Leben gekommen, als die Kölner Kollegen seinerzeit innerhalb eines europaweiten Zugriffs das Ehepaar festsetzen wollten. Zu den beiden Beamten gehörte auch Max Teubner, sein damaliger Kollege hieß Sven Klewe. Adam und Lucia Taragos hatten zwei Kinder, Jana und Adrian, die inzwischen 19 und 24 Jahre alt sind. Sie wohnen in einem kleinen Haus in Köln und geben sich gegenseitig ein Alibi, was ein bisschen dünn sein dürfte, berücksichtigt man, dass infolge der Aussage Paula Horváths ihre Eltern in den Fokus der Polizei rückten und schließlich ums Leben kamen. Ein Motiv, Paula Horváth zu überfallen, haben sie somit. Ob das mit dem Mord an Slakto Breuer ins Bild passt, kann ich nicht sagen.«

Wilms deutete auf die Namen Slatko Breuer und Sergej Timoschenko auf seiner Mindmap und erklärte, dass beide jahrelang eng mit Paula zusammengearbeitet hätten. Sie seien als Abholer für sie tätig gewesen und es sei durchaus möglich, dass sie die Enkelmasche wieder ins Leben rufen wollten. Wilms habe mit den Kollegen der Betrugsabteilung gesprochen, allerdings sei die Enkelmasche im Unnaer oder Dortmunder Raum momentan nicht auffällig. Sollten Fälle bekannt werden, würden die Kollegen sich sofort melden. Als Letztes deutete Wilms nun auf das Kästchen links neben Paulas Namen. Dort stand das Wort »Novize«.

»Ich habe die Akten noch einmal durchgesehen. Nichts deutet auf ein Clanmitglied hin, das man mit dem ›Novizen‹ in Verbindung bringen könnte. Niemand scheint einen Spitznamen dieser Art zu tragen. Es ist allerdings unter den Roma durchaus üblich, sich untereinander nicht mit dem Namen, sondern mit einem besonders treffenden Tätigkeitswort zu bezeichnen. *›Novize‹ könnte ›der Neue‹ bedeuten.* Das hilft uns leider nicht weiter, den Mann zu identifizieren. Der ominöse Briefeschreiber bleibt somit im Dunkeln. Es ließ sich auch nicht feststellen, ob es sich bei ihm um den Mann auf dem Foto handelt, das Kollege Reinders in Max Teubners Wohnung gefunden hat. Wenn der Unbekannte für den Enkelclan tätig war, hat er aus dem Hintergrund gearbeitet oder er ist nicht auffällig geworden.«

Wilms trennte den Laptop vom Beamer, klappte ihn zu und setzte sich. Staatsanwältin von Haunhorst blickte von ihren Notizen auf und krauste die Stirn. »Konnte nicht festgestellt werden, ob der Kollege Teubner hinter dem geheimnisvollen Briefeschreiber, dem ›Novizen‹, steckt? Was sagt die grafologische Untersuchung?«

Während Andreas Wilms seinen Laptop verstaute, murmelte er: »Das kann Wochen dauern, bis wir das Ergebnis haben!«

Von Haunhorst seufzte. »Was ist mit den Verwandten von Paula Horváth? Oder diesem Abholer Timoschenko? Die müssen doch wissen, was das für ein Mann ist. Wer hat sich darum gekümmert?«

Maike hob die Hand und stand auf. »Es gibt nur noch einen Bruder. Ihr Onkel, der ehemalige Clanchef sitzt in Köln in Haft, wie uns bekannt ist. Seine Frau ist vor Jahren an einer Lungenentzündung gestorben. Das wusste noch nicht einmal Paulas Bruder. Ich habe gestern ausführlich mit ihm in meinem Büro gesprochen. Er ist Allgemeinmediziner und betreibt in Köln eine Praxis. Den Mitbewohner des Opfers Sergej Timoschenko haben wir heute früh in der Dienststelle ebenfalls in meinem Büro befragt.«

Die Staatsanwältin sah Maike überheblich lächelnd an. »Dann treten Sie mal nach vorne, Frau Kommissarin, und berichten uns von den Ermittlungen aus der Provinz!«

Maike legte irritiert die Stirn in Falten, während sie sich an den Kollegen vorbei durch die Stuhlreihen zwängte. Hatte die Juristin Unna gerade als Provinz bezeichnet?

Sie überhörte die Anspielung und begann mit ihrem Bericht: »Joscha Taragos, der Bruder von Paula Horváth, hat eine Arztpraxis in Köln. Über den Verbleib seiner Schwester konnte er keinerlei Angaben machen. Die Geschwister wuchsen in sehr schwierigen Verhältnissen auf, die Eltern verstarben früh. Taragos hatte das Glück, der Ältere zu sein, und kam durch seine große Intelligenz zu einem Studium. Paula dagegen wuchs bei ihrem Onkel Bakro Taragos auf und gelangte durch ihn auf die schiefe Bahn. Seit ihrem 12. Lebensjahr hatte Joscha nur noch wenig Kontakt zu seiner Schwester. Deshalb konnte er uns auch leider keinerlei fallrelevante Erkenntnisse mitteilen. Die Kollegen in Köln haben dem Wohnhaus des Arztes dennoch einen Besuch abgestattet. Sie bekamen sofort die Einwilligung zu einer Hausdurchsuchung, die allerdings keine Verdachtsmomente gegen den Arzt erhärten konnten. Bei seiner Befragung berichtete er jedoch von einer Nachbarin, mit der Paula engeren Kontakt pflegte, als sie in Sonthofen wohnte.«

Maike erzählte von Anna Maischhammer. Man könne ihrer Aussage zufolge davon ausgehen, dass Slatko Breuer es war, der Paula in Bayern aufspürte. Vermutlich habe er sie schließlich auch in Unna wieder aufgetrieben. Das habe Sergej Timoschenko bei seiner Befragung bereits ohne Umschweife zugegeben.

Staatsanwältin von Haunhorst sah auf. »Das ist interessant. Sie haben sicher eine Aufzeichnung des Verhörs von Herrn Timoschenko. Davon hätte ich gerne eine Kopie. Wer hat das Verhör durchgeführt? Ihr Dienststellenleiter gemeinsam mit Ihrer Unterstützung?«

In Maike wuchs der Unmut. Sie fühlte sich wie eine inkompetente Polizeischülerin. »Liebe Frau Staatsanwältin!«, konnte sie nicht länger innehalten, »Ich habe die *Befragung* von Sergej Timoschenko mit meinem Kollegen Kriminaloberkommissar Sören Reinders durchgeführt. In meinem Büro, wie ich eingangs schon erwähnte. Herr Timoschenko war nicht als Beschuldigter geladen und hat zu Beginn gleich deutlich gemacht, dass er freiwillig zu uns in die Dienststelle gekommen ist. Wenn Sie eine Beschuldigtenbefragung gewünscht hätten, hätte Herrn Timoschenko ein Schreiben der Staatsanwaltschaft oder eines Richters zugestellt werden müssen.«

Der Kopf von Staatsanwältin von Haunhorst schnellte hoch. Ehe sie jedoch auf Maikes Angriff reagieren konnte, legte Jochen Hübner ihr beschwichtigend die Hand auf den Unterarm. »Alles gut, Lina.«

Ach, er duzte sie also schon!

»Maike Graf ist eine kompetente Mitarbeiterin, die viele Jahre hier im KK11 als Kriminalhauptkommissarin gearbeitet hat. Sie weiß, wie eine professionelle Befragung durchgeführt wird. Wir werden auch ohne die Aufzeichnung in Erfahrung bringen, wie das Gespräch verlaufen ist.«

Staatsanwältin von Haunhorst starrte Maike mit undefinierbarem Blick an. Vermutlich gab es nicht viele Menschen, die den Mut hatten, ihr Paroli zu bieten. Schließlich beugte sie sich schweigend über ihre Notizen und begann zu schreiben. Hübner bat Maike, fortzufahren.

»Das Gespräch mit Sergej Timoschenko war in der Tat nicht erträglich. Er gab nur zu, was wir bereits wussten. Neue Erkenntnisse ergaben sich zunächst nicht.« Schließlich berichtete Maike von der Zeugenbefragung des Nachbarn von Paula Horváth, dem Assistenzarzt Stefan Humboldt. Er habe erzählt, dass Paula sehr zurückgezogen gelebt habe und nach dem Unfall im Bornekamp ziemlich verstört gewesen sei. In den Tagen vor der Tat sei ihm ein Motorrad mit zwei Personen in der Nähe des Hauses aufgefallen. Es habe sich dabei um das gleiche Modell gehandelt wie bei dem Motorrad, das in den Überfall auf Paula verwickelt war. Die Beschreibung der Motorradfahrer sei jedoch nur dürftig.

»Dass es sich um einen Überfall gehandelt hat, lässt sich durch das aufgefundene Blut im Bornekamp nachweisen«, unterbrach Jochen Hübner Maikes Vortrag. »Es stammt eindeutig von Paula Horváth. Auch das Blut, das auf dem Messer gefunden wurde, stammt von ihr. Die sichergestellten Reifenspuren weisen laut KTU ebenfalls auf ein Motorrad hin, vermutlich eine Honda. Das würde sich mit den Zeugenaussagen decken. Weitere Spuren vom Tatort Bornekamp lassen sich schwerlich mit der Tat in Verbindung bringen. Wir haben ein Büschel schwarze, lange, gekrauste Haare gefunden. Möglich, dass es Paula Horváth gelang, sie einem ihrer Angreifer auszureißen. Außerdem einige Tropfen Blut, die weder vom Hund noch von Frau

Horváth stammen. Diese Indizien weisen nicht die DNA von Slatko Breuer und Sergej Timoschenko auf. Sollten die Spuren also der Tat zuzuordnen sein, sind die Täter bisher nicht erkennungsdienstlich auffällig geworden.« Hübner nickte Maike zu, dass sie weitermachen könne.

»Stefan Humboldt fielen am Tag des Verschwindens von Paula Horváth und Max Teubner drei Männer auf«, fuhr Maike fort, »die das Haus betreten haben könnten. Leider hat sich der Nachbar die Gesichter nicht gemerkt. Lediglich das Mordopfer konnte er einwandfrei identifizieren.«

Hübner nickte, hob die Hand zum Zeichen, sie solle einen Moment warten, und blätterte in seinen Unterlagen. »Da haben wir es ja!«, sagte er schließlich, »die Spuren, die in der Wohnung Horváth gefunden wurden, sind rar. Identifiziert werden konnten die Fingerabdrücke von Slatko Breuer und Sergej Timoschenko, und zwar in der ganzen Wohnung. Lediglich im Eingangsbereich fanden sich Spuren von den Kollegen Reinders und Max Teubner. Abdrücke einer weiteren Person konnten nicht eingeordnet werden, da sie nicht registriert sind. Aber auch diese Spuren fanden sich in der ganzen Wohnung. Das deckt die Aussage des Nachbarn von Paula Horváth, sie habe am Freitag drei Männer zu Besuch gehabt.«

Staatsanwältin von Haunhorst nickte. Sie schien sich wieder gefangen zu haben. »Wir können also davon ausgehen, dass sich zum Zeitpunkt des Mordes außer dem Opfer Slatko Breuer noch zwei weitere Männer in der Wohnung befunden haben. Zum einen vermutlich Sergej Timoschenko, aber der hat laut Aussage des Hofbesitzers Hartmut Kniepel ein Alibi. Konnten Sie sich das noch einmal bestätigen lassen, Frau Kriminalhauptkommissarin Graf?«

Maike überhörte die spitze Tonlage der Anwältin. »Nein. Laut Timoschenko ist Herr Kniepel mit seinem Wohnmobil zu einer längeren Reise aufgebrochen. Der Roma gab mir die Handynummer des Hofbesitzers, aber das Handy ist permanent ausgeschaltet.«

»Da bleiben Sie in jeden Fall bitte dran!«, bat von Haunhorst. »Ohne die Einwilligung des Mannes möchte ich keine Hausdurchsuchung vornehmen. Gibt es sonst neue Erkenntnisse?«

Maike nickte. »Kollege Reinders und ich haben Stefan Humboldt die Lichtbildvorzeigedatei vorgelegt. Leider konnte er keinen der Roma identifizieren, außer eben das Mordopfer. Aber als der Kollege das Programm schloss, kamen durchs Intranet die neuesten Fahndungsbilder auf den Schirm. Mir fiel die Ähnlichkeit eines der Gesuchten mit Sergej Timoschenko auf. Es handelte sich bei dem Delikt um den Überfall auf ein Juweliergeschäft in Unna. Der Gesuchte hat ein Tattoo am Hals, und in den Akten Timoschenkos fand ich schließlich den Eintrag, dass auch er solch ein Tattoo besitzt. Ich wollte das Foto der Schmuckverkäuferin zeigen, nach deren Angaben das Phantombild gefertigt wurde, aber sie hat Urlaub und scheint verreist zu sein.«

Staatsanwältin von Haunhorst nickte wohlwollend. »Sehr gut, Frau Graf. Das reicht mir für eine Observation. Zwei Beamte sollen den Roma nicht mehr aus den Augen lassen. Vielleicht Kriminalhauptkommissar Wilms mit einem Kollegen?« Sie blickte Maike nun etwas wohlgesonnener an. »Das war's von Ihrer Seite?«

»Eine Sache hätten wir noch«, erwiderte Maike und erzählte von der alten Lisbeth Obermeier, die am gestrigen Sonntag auf dem Marktplatz in Unna an einem Herzinfarkt gestorben war, nachdem sie sich bewusst wurde, einem Betrüger auf den Leim gegangen zu sein.

»Nach Aussage ihrer Großnichte«, erklärte Maike, »hat Frau Obermeier einem jungen Mann einen Betrag in unbekannter Höhe ausgehändigt, in dem Glauben er käme im Auftrag von Jenny. Nach Rücksprache mit der Sparkasse konnten wir feststellen, dass sie den Geldautomaten benutzen wollte, aber wohl die Geheimzahl vergessen hatte. Laut ihrer Nichte Jenny habe sie aber zu Hause immer einen Notgroschen parat liegen, das könne sich um mehrere Tausend Euro handeln. Schlussendlich können wir davon ausgehen, dass die alte Frau Obermeier mit dem Enkeltrick betrogen wurde. Die Befragung ihrer Nachbarn und Bekannten läuft.«

Staatsanwältin Haunhorst lehnte sich zurück und verschränkte die Arme vor der Brust. »Also scheint sich der Enkelclan doch wieder zu formieren. Da bleiben wir in jedem Fall dran.« Dann wandte sie sich an Jochen, der neben ihr saß: »Von dem Kollegen Teubner bislang überhaupt keine Spur?«

Jochen seufzte. »Nein. Er bleibt wie vom Erdboden verschluckt. Genau wie Paula Horváth. Die Handyortung Teubners ergab, dass sein Telefon zuletzt im Schützenhof eingeloggt war. Und zwar am Freitag gegen 17.28 Uhr. Das muss kurz nach dem Mord in Paula Horváths Wohnung gewesen sein.«

Die Staatsanwältin strich ihr langes, blondes Haar hinter die Schultern und machte sich eine Notiz, dann blickte sie Jochen an. »Hast du schon etwas in Köln erreicht? Hat der Chef des Roma-Clans in der Kölner JVA ausgesagt?«

Jochen rückte seine Brille zurecht und durchblätterte seine Unterlagen. Dann sah er auf und bat Maike, etwas näher an den Schreibtisch zu treten. »Ich habe mit einem Dirk Neubach vom Kölner KK21 gesprochen. Er ist der Experte für die Enkeltrickmasche. Mit ihm habe ich morgen früh ein Gespräch, er hat mir auch einen Termin in der Kölner JVA besorgt, wo ich Bakro Taragos befragen werde.«

Er wandte sich an Maike. »Ich möchte, dass du mich nach Köln begleitest. Wir haben oft erfolgreich zusammengearbeitet. Du bist gut im Thema, außerdem kennst du den Kollegen Teubner besser als die anderen Kollegen, weil ihr euch ein Büro teilt.«

Maike nickte. Ein Kribbeln jagte durch ihren Körper und sie hoffte, man würde ihr nicht ansehen, wie sehr sie sich freute. »Gut. Wo und wann treffen wir uns?«

Jochen lehnte sich zurück und nahm die Brille ab. Dann rieb er sich müde die Schläfen. »Ich hole dich ab. Unna liegt ja an der Auffahrt zur A1 Richtung Köln. Ich bin morgen um 7 Uhr bei dir.«

32

Paula Horváth folgte dem Wohnmobil in Sergejs Porsche mit einem stumpfen Ausdruck in den Augen. Es war lange her, dass sie das letzte Mal hinter dem Steuer eines Autos gesessen hatte, aber verlernt hatte sie nichts. Timoschenko hatte den direkten Weg auf die alte B1 gewählt. Da der Hof am Rande des Dorfes lag, bestand nur ein minimales Risiko, dass die Anwohner Stockums auf sie aufmerksam werden könnten. Scheinbar fiel niemandem auf, dass sie das Luxusmobil von Herrn Kniepel aus dem Ort fuhren, denn sooft Paula auch in den Rückspiegel blickte, war kein Auto hinter ihr. Am Ende des Dahlwegs schien Timoschenko Schwierigkeiten zu haben, auf die schnell befahrene B1 abzubiegen. Das Spiel mit Kupplung und Gas eines solchen Busses war weitaus schwieriger, als mit dem Porsche aufs Pedal zu treten, zumal die Straße eine ziemliche Steigung aufwies. Paula wartete hinter ihm und beobachtete die Scheibenwischer, die im Intervall den feinen Nieselregen von der Windschutzscheibe wischten. Wieder einmal fragte sie sich, warum sie so bereitwillig nach Timoschenkos Nase tanzte? Zu Kölner Zeiten hatte er im Rang weit unter ihr gestanden, war ja auch viel jünger als sie. Man konnte sich seiner Dominanz nur schwer entziehen. Im Übrigen war es für sie selbst gesünder, ihn im Glauben zu lassen, sie sei ganz auf seiner Seite. Dennoch würde sie ihr eigenes Ziel nicht aus den Augen verlieren. Und wenn es nur mit einer erneuten Betrugsmasche zu erreichen war, sollte es so sein. Oberste Priorität hatte dabei das Wohlbefinden von Max Teubner und das der anderen beiden Geiseln. Paula hatte mehrfach verdeutlicht, dass sie nur als Keiler tätig werden würde, wenn sie die Gewissheit bekäme, dass die Gefangenen halbwegs unbeschadet aus der Sache herauskämen.

Endlich fand Timoschenko eine ausreichend große Lücke im Verkehr, um nach links abzubiegen. Er hatte sich zuvor im Internet auf seinem Smartphone die passende Route zu einer der nahe gelegenen Waldflächen herausgesucht. Ihr Ziel lag kurz hinter dem Dorf Siddinghausen. Bereits nach kurzer Fahrzeit auf der B1 bog Timoschenko nach rechts ab, wo sie einige Häuser passierten und hinter der Autobahnbrücke der A44 in ein kleines Waldstück einbogen.

Er verlangsamte die Fahrt immer wieder, schien nach einem passenden Versteck für das Mobil zu suchen. Paula ahnte, dass ihr Vorhaben hier zu scheitern drohte. Der Baumwuchs war nicht besonders dicht, und ein Platz, wo das riesige Mobil mehrere Tage unbemerkt bleiben würde, kam nicht in Sicht. Als das Waldgebiet sich bereits lichtete, hielt Timoschenko vor ihr und schaltete das Warnblinklicht an. Paula tat es ihm gleich und stieg aus. Mit großen Schritten und wutverzerrtem Gesicht kam der Roma ihr entgegen.

»Was für ein Kaff!«, brüllte er. »Hier lässt sich dieses Schiff unmöglich verstecken!« Er rieb sich mit dem Handrücken den Schweiß von der Stirn. Immerhin war es ihnen vor der Abfahrt noch gelungen, die von der Schmuckverkäuferin demolierten Türen einigermaßen zu richten, sodass sie sich wenigstens schließen ließen.

»Ich habe eine Idee, Sergej!«, begann Paula.

Er sah interessiert auf. »Und?«

»Lass uns das Mobil ganz regulär auf einen Campingplatz stellen. Die gibt es doch bestimmt in der Nähe. Wir zahlen die Gebühr, für – sagen wir eine Woche und – danach sind wir sowieso hier weg.«

Er machte einen Riesenschritt auf sie zu und kam ihrem Gesicht mit seinem bedrohlich nah. »Hast du sie noch alle? Was glaubst du, was passiert, wenn mich die Leute erkennen, die den Platz verwalten? Schon vergessen? Mein Phantombild war in der Zeitung!«

Paula trat einen Schritt zurück. Natürlich hatte Timoschenko recht. »Ein Parkplatz? Vielleicht auf der Autobahn? Das Mobil ist ja nicht als gestohlen gemeldet!«

Sergej fuhr sich mit gespreizten Fingern durch die Haare. »Wir müssen es wohl riskieren! Also los!«

Er lief zurück zum Wohnmobil. Paula startete den Porsche. Sie folgte ihm langsam, bis er einen Feldweg fand, der breit genug zum Wenden war. Sie konnte durch das Seitenfenster sehen, wie er beim Kurbeln des Lenkrads schwitzte. Endlich hatte er das lange Gefährt gedreht und fuhr zügig an ihr vorbei. Paula wendete den Porsche ebenfalls und folgte ihm zurück zur B1. Sie fädelte sich hinter dem Mobil in den Verkehr. Die Schnellstraße war jetzt am Nachmittag ziemlich dicht befahren. Paula fuhr stupide hinter Timoschenko her, dabei nahm sie die Getreide- und Kartoffelfelder links und rechts des Straßenrandes nur im Unterbewusstsein wahr. In größeren Abständen sah sie Bauernhöfe, die mit großen Plakaten auf frisches Obst und Gemüse aufmerksam machten. Der Tag war trübe und die Farben der Landschaft verwaschen, als hätte ein Aquarellmaler zu viel Wasser zum Mischen der Farben für sein Kunstwerk genommen. Sie passierten die Dörfer Hemmerde, Holtum und Büderich. Kurz danach fuhr Timoschenko bei Werl auf die Autobahn Richtung Kassel. Er beschleunigte das Wohnmobil auf über 130 Stundenkilometer. Paula folgte mit dem Porsche mühelos.

An der ersten Autobahnraststätte Röllingsergraben, die sie nach etwa zehn Minuten Fahrt erreichten, preschte Timoschenko vorbei. Paula konnte nur rätseln, dass ihm der Platz mit etwa fünf Lkws nicht voll genug war, um eine Weile unauffällig zu bleiben. Eine weitere Viertelstunde später erreichten sie die Soester Börde. Hier verlangsamte er die Fahrt und lenkte das Mobil vorbei an Tankstelle und Restaurant auf den großzügig geschnittenen Parkplatz für Lastkraftwagen. Er parkte das Gefährt hinter einem LKW aus Polen und sprang aus dem Auto. Nachdem er das Schiff sorgfältig verschlossen hatte, lief er zu ihr und setzte sich auf den Beifahrersitz. Paula sah sich um. Niemand schien sie beobachtet zu haben. So gab sie Gas und kurz darauf fädelte sie sich in den Verkehr auf der Autobahn ein. Sie nahm die nächste Abfahrt Soest-Ost, um wieder in die entgegengesetzte Richtung zu kommen. Timoschenko saß schweigend neben ihr.

»Wir können sie nicht in dem Bunker lassen!«, begann Paula und meinte die Geiseln, die mittlerweile zu dritt in dem Loch eingesperrt waren. Sie hatte noch das Knacken der Knochen des alten Mannes in den Ohren, als er die Leiter herabstürzte. Vermutlich hatte er höllische Schmerzen und bedurfte dringend der Hilfe eines Arztes. Paula hatte nie gewollt, dass jemand zu Schaden kam. Überhaupt hatte sie mit ihrer kriminellen Vergangenheit abgeschlossen. Warum nur hatte Daniel Novak dem Clan geholfen, sie aufzuspüren? Sie fühlte sich fehl am Platz in der Rolle der Gangsterbraut. Und nun sollte sie wieder als Keiler arbeiten! Aber was blieb ihr übrig? Slatko Breuer war tot. In ihrer Wohnung ermordet. Von …

»Was willst du denn machen, Paula, Schatz?«, unterbrach Sergej ihre Gedankengänge. »Den Alten in ein Krankenhaus bringen? Oder gleich einen Arzt auf den Hof holen? Sag mir nur vorher rechtzeitig Bescheid, dass ich mir die Gelenke eincreme, damit die Handschellen nicht so scheuern!« Er schüttelte missbilligend den Kopf und verschränkte die Arme vor der Brust.

Sein Sarkasmus war besser zu ertragen als ein Schlag ins Gesicht. Um ihn nicht weiter zu erzürnen, wechselte Paula das Thema: »Als Erste ist Adele Scholl an der Reihe. Such mal ihre Telefonnummer heraus. Wo sie wohnt, weiß ich bereits. Es ist nicht mehr weit.«

Während Timoschenko in seinem Notizbuch blätterte, näherte sich der Porsche wieder Unna. Die Stadtkirche mit ihrem angelaufenen, grünlich schimmernden Kupferturm hob sich erhaben von einem trübgrauen Himmel ab. Das Kreuz auf dem Turm schien sich in einer dichten, dunkelgrauen Wolke zu verstecken. Ob das ein böses Omen war? Obwohl erst Nachmittag, war es dunkel wie in der Dämmerung und die Tropfen auf der Windschutzscheibe wurden größer und klatschten kräftiger aufs Glas. Paula setzte den Blinker, fuhr bei der Abfahrt Unna-Ost von der Autobahn und bog nach dem Kreisverkehr in die Morgenstraße ein. Hier hielt sie kurz darauf am rechten Straßenrand und bat Timoschenko, ihr das Prepaid-Handy sowie die Rufnummer von Adele Scholl zu geben. Ihre Finger zitterten ein wenig bei der Eingabe der Nummer.

Bereits nach dem zweiten Rufton wurde das Gespräch entgegengenommen, als habe die alte Dame den Anruf herbeigesehnt.

»Hallo, Omi«, begann Paula und gab ihrer Stimme einen krächzenden Klang. »Es tut mir leid, dass ich mich nicht früher gemeldet habe, aber ich liege mit Fieber im Bett.«

»Ach Gott, Kind«, rief Adele Scholl besorgt. »Was ist passiert?«

»Ich bin bei dem Unwetter gestern klitschnass geworden und musste ziemlich lange durch den Regen laufen. Ich habe schrecklich gefroren. Bei mir zu Hause gibt's kein Warmwasser, weil ich die Stromrechnung nicht bezahlen konnte ...« Sie hustete erbärmlich und zog laut die Nase hoch. »Ich habe mich zwar gleich ins Bett gelegt, aber richtig warm bin ich nicht geworden. Heute Morgen hatte ich fast 40 Grad Fieber!«

»Nein!«, rief Adele Scholl erschrocken. »Mein armes Kind! Und ich habe Kuchen gebacken und Kaffee gekocht. Ich habe mir schon Sorgen gemacht, weil du doch um 15 Uhr bei mir sein wolltest!«

»Ich habe es verschlafen, Omi. Es tut mir so leid!« Paula gab ihrer Stimme einen weinerlichen Klang, das hatte sie immer gut gekonnt. »Ich habe wirklich gedacht, heute Nachmittag geht es wieder besser. Ich hab mich so auf dich gefreut!«

Paula hörte Adele Scholl seufzen. »Kann ich dir irgendwie helfen? Wo bist du? Vielleicht kann ich dir das Geld bringen lassen? Ich selbst trau mich nicht mehr so recht aus dem Haus.«

»Ach, Omi! Du bist so lieb«, schniefte Paula. »Ich könnte dir einen guten Freund schicken. Wir kennen uns schon sehr lange. Auf ihn ist wirklich Verlass. Er hat mir auch Medikamente aus der Apotheke besorgt und die wichtigsten Einkäufe für mich erledigt. Er hat heute beruflich in Unna zu tun. Er ist Ingenieur. Er könnte in zehn Minuten bei dir sein.«

Adele Scholl seufzte erleichtert. »Gut, dass sich jemand um dich kümmert. Ich hoffe, dein Freund hat Zeit für eine Tasse Kaffee.«

»Ganz bestimmt, Omi! Er heißt Michael Wagner. Ich ruf ihn dann eben an und sag ihm Bescheid!«

»Gut, mein Kind. Kommst du in den nächsten Tagen – wenn es dir wieder besser geht – bei mir vorbei?«

»Ich werde es versuchen, Omi! Ich muss aber auch sehen, dass ich die Sache mit den USA geregelt bekomme. Ich melde mich auf jeden Fall!« Erneut hustete Paula, tat, als könne sie den Krampf nicht loswerden. »Tschüss, Omi«, keuchte sie nur, »und vielen Dank!«

»Gerne, Agnes! Und sieh zu, dass du gesund wirst!«

Paula beendete das Gespräch und gab Timoschenko das Handy grinsend zurück. Dann lenkte sie den Porsche über die Morgenstraße und befuhr kurz darauf den Verkehrsring Unnas. In Höhe der Star-Tankstelle bog sie links in die Massener Straße ein und parkte dort am Straßenrand in der Nähe des alten Brauereikomplexes. Frau Scholl wohnte in der nahe gelegenen Ludwig-Richter-Straße. Bis dahin würde Timoschenko zu Fuß gehen. Sie wollte das Risiko nicht eingehen, dass ein Nachbar von Frau Scholl auf das Kölner Kennzeichen aufmerksam wurde. Timoschenko wartete, bis etwa 15 Minuten nach dem Anruf vergangen waren, dann stieg er schweigend aus und lief durch den Regen, um das Geld in Empfang zu nehmen.

Paula blieb etwas nervös hinterm Lenkrad sitzen. Bisher war sie nie so nah an ihre Opfer herangekommen. Früher hatte sie vom holländischen Roermond aus angerufen und war nur telefonisch mit dem Abholer in Kontakt geblieben. Sie hatten über ein weiteres Handy kommuniziert, bis der Deal gelaufen war. Der Betrug in den früheren Jahren war professionell und groß aufgezogen gewesen. Bakro Taragos hatte perfekt organisiert und seine Leute bestens geschult. Es hatte auch niemals so viel Zeit zwischen dem ersten Anruf und dem Abholen des Geldes gelegen. Die Abholer waren meist zu zweit und einer hatte bereits beobachtet, wie der Betrogene das Geld von der Bank holte. Jetzt, hier und heute mussten Paula und Timoschenko sich auf eine andere Ausgangslage einstellen. Sie mussten mit ihren spärlichen Mitteln auskommen und versuchen, das Beste dabei herauszuholen. Wobei das Risiko, erwischt zu werden, um ein Vielfaches höher war, sollte der Angerufene Verdacht schöpfen und die Polizei informieren.

Paula seufzte. Erst jetzt ließ sie die Hände vom Lenkrad sinken, das sie krampfhaft umschlossen hatte, und lehnte sich entspannt zurück. Sie beobachtete Passanten, die mit Regenschirm bewaffnet die tiefen Pfützen am Straßenrand übersprangen. Ihr Blick fiel auf den riesigen Komplex der Lindenbrauerei, der heute als Kulturzentrum Unnas genutzt wurde. Links das Sudhaus mit einem Vordach über dem Eingang, das aus einem alten Kupfer-Braukessel der Brauerei bestand. Das Pendant befand sich über dem Eingang der Eisdiele im rechten Teil des Gebäudes. Im Hintergrund des alten Backsteinbaus schob sich noch heute der gigantische Brauereischornstein in den Himmel. Aufgemotzt mit Lichtkunst aus einer Fibonacci-Zahlenreihe, die man nachts weit hinaus leuchten sah. Paula war einmal zu einer Veranstaltung ins Kühlschiff gegangen. Sie hatte damals die Einsamkeit zu Hause nicht länger ausgehalten und spontan gehandelt. Eine Ü-30-Party. Die hatte ihr gut gefallen. Auch im ZIB, dem Zentrum für Information und Bildung, das ebenfalls in dem Komplex untergebracht war, war sie schon gewesen. In der Bücherei hatte sie sich stundenlang in die Sachbücher über Sinti und Roma vertieft.

Die Scheiben im Porsche begannen zu beschlagen. Paula ließ sie zur Hälfte herunter. Es hatte inzwischen fast aufgehört zu regnen, der Himmel hatte wieder ein etwas helleres Grau angenommen. Timoschenko war nun schon seit 20 Minuten bei der alten Dame. Hoffentlich hatte sie nicht doch einen Betrug gewittert und die Polizei informiert. Der aufkommende Wind trieb einen Hauch von Popcorn in den Porsche. Paula sog den Duft gierig in ihre Lungen und bemerkte dabei, dass sie seit dem Frühstück nichts mehr gegessen hatte. Das Kino war ganz in der Nähe. Sie hatte oft die Auslagen der Filme betrachtet, aber nie Lust gehabt, sich allein in den Kinosaal zu setzen. Sollte sie es wagen, zum Kino zu laufen, um sich eine Tüte Popcorn zu kaufen? Sie schüttelte instinktiv den Kopf. Zu leicht könnte sie jemand erkennen. Schließlich galt sie bei der Polizei vermutlich als vermisste Person. Wer wusste schon, ob ihr Foto nicht veröffentlicht worden war? In Zeiten des Internets ging so etwas rasend schnell. Als Paula eine Gruppe von Teenagern beobachtete, die gerade laut grölend über den Platz vor dem ZIB zum Kino pilgerten, wurde die Beifahrertür aufgerissen und Timoschenko schmiss sich auf den Sitz neben ihr.

»Meine Güte!«, rief Paula erschrocken, weil sie ihn nicht hatte kommen sehen. »Du hast aber lange gebraucht!«

Sergej rieb sich den Bauch. »Zwei Stück Apfelkuchen und zwei Tassen Kaffee. Vorher hat die Alte die Kohle nicht rausgerückt. Sie hat mich vollgelabert und hundertmal nach deinem Gesundheitszustand gefragt. Am Ende ist alles glatt gelaufen!« Er grinste, zog einen Umschlag aus der Innentasche seiner Jacke und zeigte ihr ein Bündel 100-Euro-Scheine.

»Glatte 8.000 Euro«, schwärmte er.

Paula startete den Motor und verschloss beide Fenster. »Die nächste Adresse ist, glaube ich, in Königsborn. Gib mir das Handy, damit ich dich ankündigen kann.«

Nachdem sie zwei weitere Rentner abgefahren hatten, befanden sie sich im Besitz von immerhin 25.000 Euro. Kein schlechter Verdienst für einen Nachmittag. Timoschenko setzte sich hinters Lenkrad, nachdem Paula auf den Beifahrersitz gerutscht war, schaltete das Radiogerät ein und steuerte den Wagen – einen Song von Bruno Mars mitsummend – nach Unna-Stockum. Als sie auf der alten B1 fuhren, und Paula durch den Seitenspiegel blickte, sah sie hinter sich die Wolken am Himmel ein Stück aufbrechen. Sie blickte zu Timoschenko, dessen Haar im Sonnenschein fast golden wirkte. Er bog von der B1 in den abschüssigen Dahlweg. Nach wenigen Häusern tat sich zur Rechten ein Kartoffelfeld auf, links wurde die Straße von Bäumen gesäumt. Bald kam die nächste Kreuzung in Sicht und mit ihr der Bauernhof von Herrn Kniepel. Vor dem Grundstück parkte ein dunkler Combi.

»Runter!«, schrie Timoschenko, verlangsamte seine rasante Fahrt und drückte Paulas Kopf mit seiner Hand nach unten. Er löste ihren Sicherheitsgurt und befahl ihr, sich im Fußraum zu verstecken. »Scheiße!«, fluchte er. »Die Bullen observieren den Hof!« Er lenkte den Porsche an dem parkenden zivilen Polizeifahrzeug vorbei. »Zwei Bullen! Scheiße! Scheiße! Scheiße!«, murmelte er.

Paulas Herz klopfte bis zum Hals, sie versuchte, sich so klein wie möglich zu machen. Sie spürte, wie der Porsche auf das grobe Pflaster des Innenhofs rumpelte. Timoschenko stieg aus, ließ aber den Motor laufen. Sie wagte nicht, sich zu bewegen. Kurz darauf kam er zurück und fuhr langsam voran. Es wurde dunkel. Scheinbar lenkte er den Wagen in die Scheune, wo zuvor das Wohnmobil geparkt hatte. Er stieg aus, schlug die Wagentür mit Wucht zu. Dann öffnete er die Beifahrertür und zerrte Paula aus dem Auto. Er nahm die Wäscheleine, mit der er am Morgen die Schmuckverkäuferin gefesselt hatte. Timoschenko zurrte die Leine um Paulas Hand- und Fußgelenke und stieß sie dann zurück in den Porsche, wo er ihre Handfesseln zusätzlich am Lenkrad befestigte. Wortlos knallte er die Beifahrertür zu, verließ die Scheune und ließ sie im Dunkel zurück. Sie hätte schreien können. Aber sie wusste, dass es zwecklos war. Sie würde nur die Polizisten auf sich aufmerksam machen und das wollte sie auf keinen Fall. Sobald Timoschenko eine Möglichkeit sehen würde, sie von der Polizei unbemerkt ins Haus zu bringen, würde er sie holen kommen. Da war Paula sicher.

DIENSTAG, 4. APRIL

33

Die Luft war klamm und roch faul. Jeder Knochen schmerzte in Teubners Körper. Als er hergebracht wurde, waren draußen sommerliche Temperaturen gewesen, doch mittlerweile wurde es in diesem dunklen Verlies empfindlich kalt. Zum Glück hatte er über sein T-Shirt noch eine leichte Jeansjacke gezogen, als er mit Reinders zu dem Einsatz in Paulas Wohnung aufbrach. Seine Füße schienen inzwischen zu Eisklumpen mutiert, er musste sich dringend bewegen. Aber er wollte den alten Mann nicht wecken, der gerade in einen unruhigen Schlaf gefallen war. Die Nacht hatte Teubner auf dem kalten Steinboden, mit dem Rücken an der Wand lehnend, verbracht. Ab und zu war er aufgestanden und langsam hin und her gegangen, ein paar Kniebeugen, um die Blutzirkulation anzukurbeln, hatte er auch gemacht. An Schlaf war nicht zu denken, denn der alte Mann – Herr Kniepel, der Besitzer dieses Grundstücks – hatte gejammert und gestöhnt, sobald er kurz das Bewusstsein erlangte. Teubner hatte sich mit seiner Zellengenossin Daphne Tischer abgewechselt und ihm in Abständen mit Küchenpapier, das sie mit Mineralwasser anfeuchteten, die schweißnasse Stirn abgetupft. Das Wasser war fast aufgebraucht und es fehlte zum Trinken. Wer wusste schon, wann und ob ihre Entführer sich hier noch einmal blicken ließen?

Seit etwa einer Viertelstunde saß Teubner auf der Kante der Matratze und hatte die Beine weit von sich gestreckt. Sein Rücken schmerzte vom gebeugten Sitzen. Dicht neben ihm saß Daphne Tischer in ähnlicher Position. Die Nähe zu einem anderen Menschen tat gut, auch wenn man sich kaum kannte. Er hörte ihren gleichmäßigen Atem, wusste, dass sie wach war, und lobte sie insgeheim dafür, dass sie die Ruhe behielt. Er konnte sich noch recht gut an ihre Erscheinung erinnern, nachdem sie ihm erzählt hatte, dass sie letzten Donnerstag bei ihm auf der Dienststelle gewesen war. Da hatte sie ihm von dem Tattoo des Mannes berichtet, der den Juwelierladen in der Bahnhofstraße überfallen hatte. Und nun sollte sich herausstellen, dass es sich bei dem Kerl vermutlich um Sergej Timoschenko handelte. Dem einstigen Komplizen von Paula bei der Enkeltrickmasche, der für sie die Botengänge erledigt und bei den alten Leuten das ergaunerte Geld abgeholt hatte. Wenn Teubner sich die Zusammenhänge nun richtig erschloss, arbeitete Timoschenko erneut mit Paula zusammen. Ob sie die Enkelmasche wieder aufleben lassen würden? Oder ob er sich auf andere kriminelle Weise Geld beschaffen wollte? Zum Beispiel mit Raubüberfällen und Diebstählen?

Teubner zog die Beine an, hob seine gefesselten Handgelenke darüber, sodass er sie umschlungen halten konnte, und stützte sein Kinn auf den Knien ab. Der alte Mann, der hinter ihm und der Schmuckverkäuferin auf der Matratze lag, stöhnte wieder. Er fieberte und hatte in der Nacht Schüttelfrost gehabt. Dass Paula sich auf so eine Sache einließ, hätte er niemals für möglich gehalten. Teubner glaubte, sie damals in Roermond gut kennengelernt zu haben, aber scheinbar hatte er nur an ihrer äußeren Fassade gekratzt und den realen Menschen dahinter nie zu Gesicht bekommen. Denn dass sie bei diesem Kidnapping mitmachte, sprach von einem hohen Maß an krimineller Energie. Herr Kniepel brauchte dringend einen Arzt. Als sie ihn in dieses Verlies geschafft hatten, konnte Teubner nur in den hellen Schein der Taschenlampe blinzeln, dennoch hatte er gesehen, dass das Bein des Mannes unterhalb des Knies unförmig abstand. So, als seien Wadenbein und Schienbein gänzlich durchgebrochen.

»Sein Bein müsste geschient werden!«, sagte Daphne Tischer leise, als habe sie seine Gedanken gelesen.

Teubner nickte, dann fiel ihm ein, dass seine Nachbarin das in der Dunkelheit nicht sehen konnte. »Ja«, murmelte er und war sich gleichzeitig im Klaren darüber, dass sie niemals dazu in der Lage wären. Als er noch allein hier unten war, hatte er den Raum abgetastet. Hier gab es nichts. Nur einen Eimer, einen Korb und eine leere Thermoskanne.

»Haben Sie eine Ahnung, wo wir hier sind?«, hatte er sie gestern Abend gefragt.

»Auf einem abgelegenen Bauernhof in Unna-Stockum«, hatte Daphne geantwortet. »Hinter dem Hof befindet sich ein altes Getreidesilo, das unterirdisch angelegt wurde. Zu Kriegszeiten hat man hier scheinbar diesen Raum als eine Art Bunker errichtet.«

Teubner fragte sich, wie hoch die Wahrscheinlichkeit war, auf einem abgelegenen Bauernhof in einem Silo gefunden zu werden. Er befand sich mittlerweile mehrere Tage in Gefangenschaft und seine Hoffnung auf Freiheit war rapide gesunken. Auch wenn er wusste, dass die Kollegen alles Menschenmögliche tun würden, um ihn zu finden. Ohne fremde Hilfe kämen sie jedenfalls nicht hier heraus. So alt dieser Bau auch sein mochte, die Tür zu diesem Raum war aus Metall, und als er das Schloss abtastete, erkannte er die Merkmale eines Sicherheitsschlosses.

»Ah, mein Bein!«, begann der Alte plötzlich laut zu jammern. »Wo bin ich? Wer sind Sie?« Er musste versucht haben, sich mit einem Ruck aufzurichten, war dabei mit dem verletzten Bein wohl gegen die Wand gestoßen. Teubner hörte ihn schluchzen.

Daphne Tischer hatte sich umgedreht. Scheinbar tupfte sie ihm die Stirn ab. Sie redete leise auf Herrn Kniepel ein, der das erste Mal für längere Zeit zu Bewusstsein kam, und erklärte ihm die Sachlage.

»Oh, mein Gott!«, schluchzte der alte Mann. »Wir werden sterben! Wer soll uns hier unten finden? Der Timoschenko ist skrupellos. Der lässt uns verrotten, wenn der abhaut! Vielleicht ist er längst über alle Berge! Wie oft wollte ich dieses Silo schon zuschütten lassen? Immer wieder habe ich den Plan verschoben und jetzt wird es unser Grab.«

Teubner reckte seinen Rücken gerade. Das Letzte, was er jetzt noch gebrauchen konnte, war Gejammere. Pessimismus brachte sie nicht weiter. Daphne Tischer hatte recht. Sie mussten versuchen, das Bein des alten Mannes zu schienen, damit seine Schmerzen erträglicher wurden. Vielleicht konnte man den Korb, den Paula ihm gebracht hatte, zweckentfremden und den Boden als Schiene nutzen. Zunächst mussten sie sich jedoch von ihren Fesseln befreien. Gestern hatte er selbst stundenlang und erfolglos versucht, den Kabelbinder am Handgelenk mit der Rasierklinge zu durchtrennen. Aber er bekam einfach seine Finger nicht genug gebogen. Immerhin hatte er die Fesseln an seinen Fußgelenken durchtrennen können. Jetzt konnte die Schmuckverkäuferin helfen, auch die Fesseln an den Händen zu lösen.

»Daphne?«, rief er sie leise.

Er hörte, dass sie sich zu ihm umdrehte.

»Ich habe eine Rasierklinge in meiner Hosentasche. Ich werde sie vorsichtig herausholen und sie Ihnen geben. Sie müssen versuchen, damit den Kabelbinder an meinen Handgelenken zu zerteilen! Vielleicht gelingt es uns ohne Fesseln, das Bein von Herrn Kniepel mit dem Boden des Korbes zu schienen.«

»Gut«, entgegnete Daphne und Teubner hörte einen hoffnungsvollen Klang in ihrer Stimme. Hier war alles besser, als herumzusitzen und nichts zu tun. Selbst Herr Kniepel setzte für den Moment sein Jammern aus. Die junge Frau drehte sich um und Teubner bemerkte, wie sie über den Boden kroch. Sie fühlte mit den gefesselten Handgelenken nach seinem Knie und schob sich dann zwischen seine Beine so nah wie möglich an ihn heran.

Teubner hatte die Rasierklinge inzwischen aus seiner Hosentasche gezogen. »Hier!«, sagte er, »aber Vorsicht!«

Sie tastete nach dem scharfen Metall und nahm es ihm aus den Fingern. Dann spürte er, wie sie behutsam begann, mit der Klinge am Kabelbinder an seinen Handgelenken zu schneiden.

34

Jochen Hübner hatte sie pünktlich um 7 Uhr abgeholt. Maike freute sich auf die gemeinsame Ermittlungsarbeit mit ihm und dachte während der langen Fahrt über die A1 Richtung Köln ein wenig sehnsüchtig an ihre Zeit im KK11, wo es immer turbulent zugegangen war. Auch als Mensch an ihrer Seite fehlte ihr Jochen manchmal, und sie spürte, dass da oft mehr in ihr war als reines kollegiales Interesse. Sie war versucht, ihn zu fragen, ob sie nicht demnächst zusammen essen gehen wollten. Als sie ein Paar waren, hatten sie das fast an jedem Wochenende getan. Mal bei einem guten Italiener in der Dortmunder City, beim Chinesen am Ostenhellweg oder auch in einem erlesenen Steakhaus im Süden der Großstadt, und anschließend waren sie bei schönem Wetter im Westfalenpark oder im Rombergpark spazieren gegangen. Sie wollte gerade zu ihrer Frage ansetzen, als Jochens Smartphone vibrierte. Er nahm das Gespräch über die Freisprechanlage seines Dienstwagens entgegen. Als er hörte, dass er Staatsanwältin Lina von Haunhorst in der Leitung hatte, setzte er hastig sein Headset auf. Maike bemerkte sofort, dass der Dialog das rein Berufliche verließ, und sie fragte sich, warum sie das störte. Erst als sie ihr Ziel erreichten, beendete Jochen das Telefonat und murmelte mit leicht gerötetem Gesicht eine Entschuldigung. Er parkte den Dienstwagen nahe dem Kölner Präsidium, dann gingen sie schweigend auf den Eingang zu.

Das Polizeipräsidium in Köln-Kalk war ein imposantes Gebäude aus vier Gebäudeteilen, die sich zu einem einheitlichen Komplex verbanden. Um kurz vor 9 Uhr betraten sie das sechsgeschossige Kopfgebäude, das in U-Form gebaut war und eine einladende Eingangshalle mit großzügigem Kantinenbereich aufwies. Dahinter folgten ein quadratischer neungeschossiger Turm mit gläserner Konferenzkanzel und zwei fünf- und sechsstöckige Atriumgebäude, die über charakteristische Brücken miteinander verbunden waren. Die Räume des KK21 befanden sich in der Kriminalinspektion zwei. Dirk Neubach hatte sein helles Büro, das er sich mit niemandem teilen musste, in einer der oberen Etagen mit Blick durch ein Panoramafenster auf den angrenzenden Stadtteil Deutz, wo die Kölnarena wie ein übergroßes Ei im Stadtgebiet lag.

Der Kriminalhauptkommissar, der sich jahrelang auf den Enkeltrick spezialisiert und bereits viele Referate über Senioren als Opfer der organisierten Kriminalität verfasst hatte, begrüßte die Kollegen herzlich. Er setzte sich hinter seinen Schreibtisch und wies ihnen die Besucherstühle zu. Einen Moment wippte er sinnend in seinem Bürostuhl, hielt dabei die Hände über einem leichten Bauchansatz gefaltet und sah sie mit ernstem Blick an. Plötzlich hob er die Hand und zeigte mit dem Zeigefinger erst auf Maike, dann auf Jochen Hübner.

»Ich sage Ihnen, in 30 oder 40 Jahren könnten auch Sie zu potenziellen Opfern der Enkeltrickmasche werden. Da spielt es keine Rolle, dass Sie jahrzehntelang für die Polizei gearbeitet haben.« Er schlug die Beine übereinander und zupfte die Bügelfalte seiner schwarzen Anzughose zurecht. »Glauben Sie mir, die Abzocker in diesem Gewerbe führen sich immer gerissener und skrupelloser auf. Sie machen sich die Schwächen des Älterwerdens zum

Profit. Während wir im Jahr 2006 noch in etwa fünf bis zehn Modi Operandi unterteilen konnten, haben sich mittlerweile über 50 verschiedene Maschen herauskristallisiert, denen sich die Trickbetrüger bei der Enkelmasche bedienen. Manche Tricks treten öfter auf, andere nur einmal im Jahr. Sie können sich das Ausmaß dieses Betrugs nicht im Mindesten ausmalen!« Er rutschte mit seinem Stuhl näher an den Schreibtisch und stützte seine Unterarme darauf ab. »Es beginnt meist mit einem harmlosen Anruf bei den Senioren. Die geschulten Anrufer, im Fachjargon ›Keiler‹ genannt, geben sich als nahe Verwandte aus und klagen über eine Notlage. Das kann eine dringend notwendige Operation, hohe Schulden oder ein nötiger Autokauf sein. Mit wiederholten Anrufen setzen sie die alten Leute massiv unter Druck. Sind sie endlich zahlungswillig, stehen die Geldabholer schon bereit.«

Man spürte seinen inneren Kampf darüber, dass es so extrem schwierig war, diesen Kriminellen das Handwerk zu legen. Voller Unruhe trommelte er mit den Fingern auf die Schreibtischplatte und tippte mit der Fußspitze auf den Boden. Dann schob er den Stuhl schwungvoll zurück, stand auf, trat ans Fenster und stellte einen Flügel auf Kipp. Während er seinen Blick über Köln-Deutz schweifen ließ, begann er von seinem Kampf gegen die Enkelmafia zu berichten.

Sein Enthusiasmus verdeutlichte, dass er sich seit Jahrzehnten als Experte für die Bekämpfung der Enkeltrickmasche einsetzte. Er habe zahlreiche Artikel für Fachzeitschriften verfasst und dafür gekämpft, eine zentrale Anlaufstelle für die Enkeltrickmasche einzurichten, damit die einzelnen Betrugstaten nicht in den örtlichen Polizeistellen hängen blieben. Es sei schließlich eine SOKO in Köln gebildet worden, um das Problem mit einer überregional agierenden Zentralstelle anzugehen. Bei den damaligen, ersten Ermittlungen habe man festgestellt, dass es sich bei den aktiven Gruppen im Enkeltrick meist um ungarisch- oder polnischstämmige Roma-Clans handelte, die seit Jahren durch ihre Trickbetrügereien ältere Leute ausnahmen. Sie agierten dabei in wechselnder Besetzung. Banden von drei bis fünf Personen operierten arbeitsteilig.

»Sie werden sich im Umfeld Ihrer Ermittlungen insbesondere für den Fall Bakro Taragos interessieren«, fuhr Neubach fort. Er machte eine kleine Pause, weil durch das geöffnete Fenster das Vorbeifahren eines Zuges auf den nahen Gleisen das Gespräch störte. Er strich sich fahrig mit den Händen über die stoppelig kurz geschnittenen Haare, die bereits grau durchzogen waren.

Schließlich erzählte Dirk Neubach, man habe seinerzeit aufgrund der neuen Ermittlungsstelle zahlreiche Betrügereien aufdecken können, und so seien auch einige »Mitarbeiter« des Clans um Bakro Taragos der Polizei ins Netz gegangen. Dieser habe sofort reagiert und ein striktes Kölnverbot ausgesprochen. Er untersagte weitere Raubzüge im Großraum der Domstadt. Wer gegen diese Anordnung verstieß, dem drohten massive Bestrafungen durch den Clan. Der Missetäter musste sich vor einem Ältestengericht der Sippe verantworten und eine hohe Geldstrafe bezahlen. War er zahlungsunfähig, wurde er misshandelt. Unter diesem Druck verschoben die Keiler und Abholer ihr Tätigkeitsfeld. Aus abgehörten Telefonaten wurde damals bekannt, dass sich der Clan von Köln ins benachbarte Düsseldorf und ins Ruhrgebiet aufmachte.

»Es war ein großes Handicap, dass zwischenzeitlich die Vorratsdatenspeicherung gekippt wurde«, meinte Neubach und rieb sich nachdenklich über den Dreitagebart. »Das erschwerte unsere Arbeit im Kampf gegen die organisierte Kriminalität.« Er drehte sich zu Maike und Jochen um, ging langsam zu seinem Bürostuhl und setzte sich. Seine graublauen Augen funkelten erregt, als er weitersprach.

»Es ist wie ein Stochern im Wespennest«, seufzte er. »Auch wenn uns vor fünf Jahren ein internationaler Schlag gegen die Enkeltrickmafia gelungen ist und wir viele Verurteilungen durchbringen konnten. Die Banden organisieren sich neu, wachsen schneller als Unkraut aus dem Boden.«

»Aber in diesem Bereich wird doch vermehrt Kriminalprävention betrieben!«, warf Maike ein. »Da müssten die Fallzahlen eigentlich zurückgehen!«

Neubach schüttelte langsam den Kopf. »Weit gefehlt, Frau Kollegin! Die traditionell agierenden Tätergruppen mögen vielleicht weniger Straftaten begehen, dennoch steigen die Betrugsfälle. Ich habe hier eine Statistik von 2011 bis 2016. In diesen Jahren liegt eine Steigerung von, sage und schreibe, 46 Prozent vor, Tendenz steigend. Wir führen dies darauf zurück, dass immer mehr Täter und Tätergruppen erkennen, wie leicht es ist, alte Menschen zu betrügen. Aktuell kann ich ihnen ein Beispiel nennen, bei dem der Alleintäter wortlos an einer 90-Jährigen vorbeigegangen ist, nachdem sie die Tür öffnete. Er hat sich in der Wohnung genommen, was ihm von Wert schien, und ist wieder gegangen.«

Hübner räusperte sich. »Unglaublich! Aber man muss den alten Leuten doch einen Rat geben können, wie sie sich gegen solche Betrügereien schützen können!«

Neubach hob ratlos die Schultern. »Wie die Kollegin Graf schon erwähnte, wird in diesem Bereich weitreichende Prävention betrieben. Das Problem ist, die Opfer sind meist Personen mit nur wenigen oder gar keinen sozialen Kontakten. Der Ehepartner ist verstorben, die Kinder – wenn überhaupt vorhanden – wohnen weit entfernt. Wir raten den Senioren immer, nicht zurückgezogen zu leben. Ein reger Austausch mit Bekannten klärt auf und macht vorsichtiger.«

Jochen bedankte sich für die realistische Darstellung der Arbeit Neubachs im Kampf gegen den Enkeltrick. Dann schilderte er in kurzen Worten die Umstände um das Verschwinden von Paula Horváth und Max Teubner. Maike sah Neubach währenddessen mehrfach wissend nicken.

»Ich habe mir die alten Akten noch einmal angesehen und erinnere mich ziemlich gut an Paula Horváth. Eine sehr intelligente junge Frau. Eine Schande, dass sie ihr Talent im Umgang mit Menschen auf so eine betrügerische Weise missbraucht hat und dabei den Kollegen Teubner fast um seinen Job brachte. Und nun – nach über fünf Jahren – treffen die beiden erneut aufeinander und sind plötzlich verschwunden. Ich gebe Ihnen recht, das kann mit dem alten Fall zu tun haben. Wenn ich Ihnen irgendwie helfen kann, biete ich meine Unterstützung an. Ich habe seinerzeit gerne mit Hauptkommissar Teubner zusammengearbeitet. Er war einer meiner fähigsten Mitarbeiter. Ein aufstrebender Polizist mit Sinn für Gerechtigkeit. Zu dumm, dass ihm die Affäre mit der Horváth zum Verhängnis wurde. Ich möchte alles in meiner Macht stehende tun, um Ihnen bei der Aufklärung des Falls zu helfen.« Er zog fragend die Brauen hoch.

»Neben dem Termin heute Nachmittag mit Bakro Taragos in der JVA Köln, den Sie für uns arrangiert haben«, ergriff Maike das Wort, »möchten wir mit Teubners ehemaligem Kollegen, Kriminalhauptkommissar Sven Klewe, reden. Nach unserem Wissensstand teilte er sich mit Teubner ein Büro. Er war auch gemeinsam mit ihm an dem Unfall beteiligt, bei dem der Sohn von Bakro Taragos und seine Schwiegertochter ums Leben kamen. Vielleicht hat Klewe Informationen für uns, die uns weiterhelfen könnten. Arbeitet er noch hier im Präsidium?«

»Nein!«, erklärte Neubach. »Sven Klewe ist vor Jahren aus dem Polizeidienst ausgeschieden. Soweit ich weiß, hat er sich vorzeitig in den Ruhestand versetzen lassen.«

»Haben Sie die Adresse und Telefonnummer?«, fragte Hübner.

»Schaun wir mal!« Dirk Neubach schaltete seinen Computer ein. Während er wartete, dass das Gerät hochfuhr, rauschte erneut ein Zug am Präsidium vorbei. Neubach stand stöhnend auf und schloss das Fenster. Dann setzte er sich wieder und konzentrierte sich auf sein Computerprogramm.

»Da haben wir ihn ja!«, sagte er schließlich und kritzelte eine Adresse auf ein Blatt Papier. »Ob Sven Klewe dort noch wohnt, kann ich Ihnen aber nicht sagen. Ich habe ihn seit Monaten nicht gesehen. Er ist mit 55 vorzeitig aus dem Dienst ausgeschieden und bezieht eine dementsprechend abgespeckte Beamtenpension.«

Dirk Neubach stand auf. Der nächste Termin wartete. »Wenn Sie keine weiteren Fragen haben, würde ich mich gerne verabschieden«, sagte er.

Maike erhob sich gleichzeitig mit Jochen Hübner von ihrem Sitz. Der Kölner Kollege griff nach einer Visitenkarte und hielt sie Jochen hin. »Sollten noch Fragen auftauchen oder Sie Kölner Amtshilfe bei Ihren weiteren Ermittlungen benötigen, rufen Sie mich einfach an. Unter der Handynummer bin ich zu jeder Zeit erreichbar.« Er lächelte. »Außer, wenn ich Referate über den Enkeltrick halte, so wie in einer halben Stunde vor den Vertretern der Kölner Banken und Sparkassen. Denn auch dort muss Prävention betrieben werden. Würde manch Bankangestellter einmal mehr nachfragen, wenn Agathe Müller oder Fritz Schulze ihre Konten leer räumen wollen, dann hätten wir ein kleineres Problem mit dem Enkeltrick.«

35

Oberkommissar Sören Reinders fluchte. Bereits zum zweiten Mal war er falsch von der Hansastraße abgebogen, diesmal in die Bornstraße, da die reizende Kollegin Jasmin Sauber, laut ihres im Smartphone integrierten Navigationsgerätes, der Meinung war, das Altenheim müsse sich dort befinden. Reinders ließ den Kombi – einen Dienstwagen älteren Baujahrs ohne eigenes Navi – die Straße entlangrollen und fragte süffisant, wo denn nun das Altenheim sein solle, denn außer hübschen Einfamilienhäusern mit akkuraten Vorgärten und der Rückseite eines großen Gebäudekomplexes gab es in dieser Straße nichts. Jedenfalls kein Gebäude, in dem ein Seniorenheim untergebracht sein könnte.

»Komme ich aus Unna oder du?«, fauchte Jasmin mit hochrotem Kopf zurück, schob ihr Smartphone demonstrativ in ihre Jacke zurück und verschränkte die Arme vor der Brust.

Reinders seufzte, drehte am Ende der Straße im Wendehammer und fuhr zurück. Er bog links ab und fädelte sich in den Verkehr der stark befahrenen Hansastraße ein. Am bald folgenden Zebrastreifen ließ er eine ältere Dame mit Rollator, die von einem jungen Mann begleitet wurde, die Straße passieren und bog hinter dem Fußgängerüberweg erneut links ab. Dann parkte er den Wagen am rechten Straßenrand auf dem Bürgersteig zwischen zwei riesigen Platanen, wie er vermutete, da diese Bäume in Unna-Königsborn einige historische Straßen säumten.

»Wir sind da!«

Jasmin schaute verwundert auf. »Hier soll ein Altenheim sein?«

Reinders blieb sitzen und deutete auf die alte Frau mit dem Rollator und ihren Begleiter. »Achte drauf, wo die beiden hingehen! Außerdem könnte die Rückwand des großen Gebäudes in der Nebenstraße, wo uns dein Navi hinführte, zu dem Altenheim gehören.«

Es dauerte ein Weilchen, dann bog das ungleiche Paar von der Straße ab in die Einfahrt eines Grundstückes. Reinders öffnete die Fahrertür und stieg aus. Ohne darauf zu achten, ob Jasmin ihm folgte, setzte er der alten Dame nach. Als er die Einfahrt erreichte, holte Jasmin ihn ein. Sie passierten ein Schild, das das Gelände als Alten-

und Pflegeheim auswies, und Reinders konnte sich dem Gefühl der Genugtuung gegenüber der Dortmunder Kollegin nicht erwehren.

»Wir hätten hier parken können, Reinders. Viele freie Parkplätze. Wozu so weit laufen?«, maulte sie und versuchte mit ihren viel kürzeren Beinen mit ihm Schritt zu halten. Eigentlich eierte sie mehr, als zu gehen. Die Absätze ihrer hochhackigen Pumps klackerten laut übers Pflaster, während eine Windbö ihr eine Strähne ihres goldblonden Engelshaars ins Gesicht wehte.

»Ich gehe gerne ein paar Schritte zu Fuß. So kann ich mir gleich einen besseren Eindruck von der Einrichtung und der Umgebung machen.« Reinders sah die alte Dame und ihren Begleiter in ein rechts liegendes Gebäude gehen. Weiß getünchte Fassade, rote Dachziegel und große Fenster, die für ausreichend Tageslicht sorgten. Er ließ dieses Haus jedoch hinter sich und folgte weiter der Einfahrt, die auf ein bepflanztes Rondell zuführte. Dahinter tauchte zwischen zwei Bäumen der Haupteingang der Einrichtung auf. Reinders stürmte durch die Automatiktür und wandte sich gleich dahinter an eine Dame mittleren Alters mit blondem Kurzhaarschnitt, die die Rezeption besetzte, indem er seinen Ausweis gegen die Glasscheibe hielt.

»Wir möchten zu Herrn Walter Senner. In welchem Zimmer können wir ihn finden?«, fragte Reinders, nachdem er sich und Jasmin vorgestellt hatte. Die sympathische Rezeptionistin griff zum Telefonhörer und meldete die Beamten bei Herrn Senner an. Dann nannte sie ihnen eine Zimmernummer im zweiten Stock und erklärte ihnen mit knappen Worten den Weg dorthin. Reinders stürmte durch einen gemütlich eingerichteten Empfangsbereich auf den Fahrstuhl zu und hämmerte seinen Finger auf die Zwei. Während er wartete, nahm er den Duft von Bratkartoffeln mit Speck wahr und prompt knurrte ihm der Magen. Sein Frühstück war etwas dürftig ausgefallen und die Zeiger der Uhr schoben sich langsam auf die Elf zu, Zeit für ein zweites Frühstück. Endlich öffneten sich die Fahrstuhltüren. Reinders ließ Jasmin den Vortritt. Über einen langen Flur im zweiten Stock gingen sie über hellem Linoleumboden am Schwesternzimmer vorbei, kurz dahinter befand sich das Zimmer von Walter Senner. Reinders klopfte, dann trat er, gefolgt von Jasmin, in einen gemütlich ausgestatteten Raum. Auch hier Linoleumboden. Einige Möbel schienen mitgebracht zu sein, denn ein rustikaler Schreibtisch und eine Stehlampe mit Troddeln passten nicht so recht zum modernen Bett und einer gradlinigen Schrankwand.

Walter Senner saß im Rollstuhl vor einer großen Fensterfront – die bodenlange Gardine war zur Seite geschoben – und starrte nach draußen. Als er seine Besucher bemerkte, drehte er den Rollstuhl geschickt herum und sah sie fragend an.

Reinders stellte sich und seine Kollegin vor, dann kam er gleich zur Sache. »Herr Senner, wir ermitteln im Todesfall eines jungen Mannes. Der Tote gehörte vor Jahren einer Betrügerbande an, die Senioren in Unna um große Summen Bargeld gebracht hat. Sie gehörten zu den einstigen Betrugsopfern. Erinnern Sie sich an die Geschichte?«

Walter Senners Stirn fiel in zahlreiche Falten, dabei verzog sich ein daumenabdruckgroßer Leberfleck an seiner Schläfe und wirkte wie eine verschrumpelte Warze. Der Senior rollte etwa einen Meter auf die Beamten zu, dann begann er, breit zu grinsen, wobei sich zahlreiche Lachfalten an den Augen zeigten.

»Und jetzt glauben Sie, ich hätte mit dem Tod des Mannes zu tun? Auch mit dem Rollstuhl mag ich noch zu mancher Schandtat bereit sein. Aber das Ableben eines Menschen ist mir doch eine Nummer zu groß.« Er deutete auf den einzigen Stuhl im Raum. »Setzen Sie sich doch bitte! Auch auf der Bettkante ist Platz!«

Reinders bewunderte den alten Herrn für seinen Humor, setzte sich schräg aufs Bett und wehrte die im Raum stehende Anschuldigung ab. »Nein, nein, wir suchen lediglich Ermittlungsansätze. Wohnten Sie, als Sie auf die Betrugsmasche hereinfielen, auch hier im Heim?«

»Nein!«, winkte Senner mit beiden Händen ab. »Damals wohnte ich noch in Unna-Billmerich. Leider allein, meine Frau ist bereits vor 15 Jahren gestorben. Seit einem Autounfall vor etwa zweieinhalb Jahren bin ich an den Rollstuhl gefesselt und kam hier ins Heim. Der Schreibtisch aus meinem Büro und die alte Lampe sind alles, was mir aus jener Zeit geblieben ist. Meine Frau und ich hatten mal eine gut gehende Weinhandlung«, erklärte Senner. »Aber hier gefällt es mir auch. Man hat Unterhaltung und kann sich doch in seine vier Wände zurückziehen. Hier hätten mich die netten Betreuer bestimmt von meiner Blödheit abgehalten, einem wildfremden Mann 5.000 Euro auszuhändigen.« Er schlug sich mit der Hand vor den Kopf, als könne er seinen Fauxpas von damals immer noch nicht begreifen.

Jasmin nahm auf dem hochlehnigen Stuhl Platz. »Es kam vor etwa fünf Jahren zum Prozess gegen die Mitglieder der sogenannten Enkeltrickmafia. Sie machten damals eine Aussage, Herr Senner?«

»Ja, ich bin noch mit dem eigenen Auto nach Köln ins Gericht gefahren. Zu allen Prozesstagen. Dabei war ich zu der Zeit schon 85. Hätten Sie gedacht, dass ich 90 Lenze auf dem Buckel habe?«

Reinders staunte. Er hätte den alten Mann in der Tat jünger eingeschätzt. So knapp über 80 Jahre vielleicht. Senner hatte eine gesunde, leicht gebräunte Hautfarbe, als verbrächte er viel Zeit an der frischen Luft. Seine graublauen Augen hatten einen klaren Glanz und steckten noch voller Neugier und Leben. Die Brille mit Goldrand auf seiner Nasenspitze ließ ihn wie einen Professor erscheinen.

»Haben Sie Ihr Geld zurückbekommen?«, fragte Jasmin.

Senner lachte. »Nein«, sagte er schließlich. »Aber ein Zeugengeld habe ich bekommen, und die Fahrtkosten wurden mir erstattet.«

»Haben Sie beim Prozess den Betrüger wiedererkannt, dem Sie die 5.000 Euro ausgehändigt haben?«, setzte Jasmin nach.

Der Senior nickte. »Allerdings«, murrte er. »Zwei Jahre hat der Bursche gekriegt. Viel zu wenig, wenn Sie mich fragen.«

Jasmins Gesichtszüge drückten Verständnis aus. »Sie müssen eine ziemliche Wut auf die Bande gehabt haben.«

»Ja, die hatte ich. Aber nicht so groß, als dass ich nach fünf Jahren einen der Kerle töten würde. Ich habe auch niemanden dazu beauftragt.« Er lächelte und zwinkerte Jasmin dabei zu. »In meinem Alter ist man froh, wenn man seinen Frieden hat. Da freut man sich über die kleinen Dinge, wie zum Beispiel den Wii-Pokal, den ich im letzten Herbst gewonnen habe.« Er deutete auf die dunkle

Schrankwand, wo ein goldener Pokal in Form eines Bowling-Pins stand. »Mit der Fernbedienung kann ich heute noch Sport machen«, grinste er.

Dann geriet er ins Schwärmen. Früher sei er ein begeisterter Bowlingspieler gewesen und habe sogar an deutschen Meisterschaften teilgenommen. Bei der Wii-Meisterschaft sei eine Mannschaft seines Altenheims gegen andere Heime aus ganz Deutschland, Österreich und der Schweiz angetreten. Senner habe bei Weitem die höchste Punktzahl erzielt und den Sieg deshalb nach Hause geholt.

Reinders gratulierte, dann lenkte er das Thema zurück auf den Enkeltrick. »Haben Sie in letzter Zeit dubiose Anrufe bekommen, die man mit der Enkelmasche in Verbindung bringen könnte?«

»Nein!«, sagte Walter Senner entschieden. »Ich habe nicht einmal einen Telefonanschluss. Der Apparat in meinem Zimmer ist nur für interne Gespräche. Es gibt niemanden mehr, den ich in der Außenwelt anrufen könnte. Nahe Verwandte sind längst verstorben, Kinder habe ich nicht. Der ominöse Neffe, für den ich den Betrüger damals gehalten habe, ist nach Südamerika ausgewandert. Wie Sie sehen, beschränken sich meine sozialen Kontakte auf die Bewohner und Mitarbeiter dieses Heims.«

»Sie bekommen überhaupt keinen Besuch von außerhalb?«, fragte Jasmin und schlug ihre Beine übereinander.

»Ab und zu besucht mich ein ehemaliger Nachbar«, sagte Senner. »Vielleicht ein- oder zweimal im Jahr. Ach ja, und vor gut einer Woche kam ein junger Mann in mein Zimmer und wollte mir eine Zeitung verkaufen. Den habe ich ganz schnell rausgeschmissen und sofort auf den Notruf gedrückt. Hier darf kein Fremder unangemeldet hinein. Der Junge muss sich an der Rezeption vorbeigemogelt haben.«

Reinders stand auf und zog Fotos von den Mitgliedern des Enkelclans aus der Innentasche seiner Jacke. Er legte die Aufnahmen von Slatko Breuer, Sergej Timoschenko und dem unbekannten Begleiter von Paula Horváth in die Hand des alten Mannes. »Erkennen Sie einen der Männer als den angeblichen Zeitungsverkäufer wieder?«

Walter Senner rückte seine Brille zurecht und besah sich jedes der Fotos sehr aufmerksam. »Nein«, sagte er schließlich, »der junge Mann letzte Woche hatte rotblonde Haare und war so um die 50 Jahre alt. Der wollte mir tatsächlich nur ein Abo aufschwätzen. Sind auch arme Schweine, die für diese Drückerbanden arbeiten.« Er besah sich noch einmal die Fotos und tippte dann auf das Bild von Slatko Breuer. »Der hat mir damals das Geld abgeknöpft. Ist das der Tote?«

Reinders nahm dem alten Herrn die Bilder wieder ab. »Dazu darf ich nichts sagen, Herr Senner. Wir haben auch keine weiteren Fragen. Ich wünsche Ihnen noch einen schönen Tag!«

»Oh, den werde ich haben«, grinste Senner. »Heute Nachmittag ist besonderes Kaffeetrinken. Da bekommen wir Geschichten vorgelesen. Da hör ich immer gerne zu.«

Jasmin stand ebenfalls auf und reichte Senner die Hand. Auch sie wünschte ihm alles Gute, dann verließen die Beamten gemeinsam die Einrichtung. Sie waren kaum vor der Tür, als Jasmin zu schimpfen begann. »Das ist doch reine Zeitverschwendung! Als ob irgendeiner dieser alten Leute späte Rache üben oder in einer Weise dem Täterprofil entsprechen würde. Wir laufen uns die Füße platt und kommen keinen Schritt weiter!«

Reinders musste ihr im Stillen recht geben. »Es war nicht meine Idee, Kollegin! Herr Senner war erst Nummer acht. Da stehen bestimmt noch zehn Senioren auf unserer Liste. Wer ist der Nächste?«, fragte er, während er ein Päckchen Zigaretten aus der Tasche zog und sich eine davon ansteckte.

Jasmin kramte einen Zettel aus ihrer Umhängetasche. »Klara Baumeister. Afferder Weg. Weißt du wenigstens, wo das ist?«

Da Reinders beim Rauchen immer etwas langsamer ging, konnte Jasmin gut mit ihm Schritt halten. Er nahm einen tiefen Zug aus seiner Zigarette, blies den Qualm nach oben und blickte dann zu ihr herunter. »Ich bin kein Taxifahrer und muss nicht jede Straße in Unna kennen«, sagte er. »Der Afferder Weg liegt gleich um die Ecke! Die Friedrich-Ebert-Straße runter Richtung Königsborn«, er warf ihr den Autoschlüssel zu. »Du fährst und diesmal dirigiere ich!«

Jasmin setzte sie sich schweigend hinters Steuer, zog die Pumps von den Füßen und stellte den Sitz auf ihre Größe ein. Dann startete sie den Motor und bog am Ende der Straße links ab. Keine fünf Minuten später hatten sie ihr Ziel erreicht.

Der Afferder Weg zog sich von Königsborn bis Wasserkurl über eine Länge von etwa zehn Kilometern. Das Haus, in dem Klara Baumeister wohnte, lag gleich zu Beginn der langen Straße mit Blick auf einige Neubauten. Nach dreimaligem Schellen öffnete ihnen endlich ein Mann Anfang 60 mit schwammigem Gesicht und

Dreitagebart. Die braunen Augen blickten düster durch Brillengläser wie Glasbausteine, die schmalen Lippen hielt er zusammengepresst. Reinders spürte augenblicklich eine Antipathie. Und das lag nicht an der nachlässigen Art, wie er gekleidet war: Verwaschene Jeans, die ein Gürtel unter dem üppigen Bauch hielt, dunkelrotes Sweatshirt mit dem Label von Lacoste, wobei der rechte Ärmel am muskulösen Oberarm abgeschnitten war, weil der Unterarm eine Schiene trug. Dazu Filzpantoffeln, in denen nackte Füße steckten, sodass einem die schwieligen Fersen unter der hochgekrempelten Jeans sofort ins Auge fielen.

»Wir möchten Frau Klara Baumeister sprechen!«, begann Reinders ohne Umschweife und zeigte dem Mann seinen Dienstausweis.

Dieser studierte schweigend das Dokument. Ob er durch die verschmierten Brillengläser überhaupt etwas erkennen konnte, hielt Reinders für zweifelhaft.

»Was wollen Sie von meiner Mutter?«, brummte er.

»Es geht um eine Betrugsgeschichte vor etwa fünf Jahren, bei der Ihre Mutter eine Aussage gegen die sogenannte Enkeltrickmafia machte. Aber vielleicht können wir das im Haus besprechen?«, warf Jasmin mit Engelszungen ein.

Herr Baumeister vergrub seine gesunde Hand in der linken Hosentasche und starrte sie böse an. »Ah ... ist die bislang unfähige Polizei heute endlich gekommen, um meiner Mutter das verlorene Geld zurückzubringen?« Seine Stimme triefte vor Sarkasmus. »Dann kommen Sie gerne herein und nehmen in meiner guten Stube Platz.« Er machte keine Anstalten, einen Schritt zur Seite zu gehen, um sie vorbeizulassen.

Reinders trat einen Schritt vor. Ein unangenehmer Geruch von Schweiß strömte ihm von Baumeister entgegen. »Frau Klara Baumeister?«, brüllte er über die Schulter des Mannes. »Hier ist die Polizei! Wir müssten Sie kurz sprechen!« Schnell trat Reinders wieder zurück und beobachtete amüsiert, wie ein vorbeigehender Passant Herrn Baumeister irritiert grüßte. Dieser nickte nur, wobei sich sein Gesicht gefährlich dunkel verfärbte.

»Harald? Hat mich wer gerufen?«, kam eine zittrige Stimme aus dem Hintergrund. Dann trat eine korpulente alte Dame hinter Herrn Baumeister.

»Was wollen die Herrschaften, Harald? Habe ich gerade das Wort Polizei gehört? Warum lässt du die Beamten nicht herein?« Ihre Stimme klang jetzt resoluter als zuvor.

Der Passant nestelte derweil vor der Tür des Nachbarhauses in seinen Jackentaschen herum, als suche er seinen Hausschlüssel, dabei schielte er des Öfteren zu ihnen herüber. Reinders war sich sicher, dass er das Schauspiel vor der Haustür der Baumeisters noch ein Weilchen verfolgen wollte.

»Die Polizei will dich zu der alten Geschichte befragen, wo du diesem Gauner deine Ersparnisse in den Rachen geschmissen hast«, zischte Harald Baumeister seiner Mutter zu.

»Krieg ich mein Geld doch noch wieder?« Die Stimme von Klara Baumeister nahm einen hoffnungsvollen Klang an.

Reinders widerstrebte diese Haustürbefragung, aber Harald Baumeister schien nach wie vor nicht gewillt zu sein, sie hereinzulassen. Er blockierte den Eingang wie ein Bodyguard.

»Träum weiter, Mutti!«, raunte er nur, dann brüllte er in Richtung seines Nachbarn: »Glotz nicht blöd, Peter! Geh lieber zu deiner Alten! Heute ist Dienstag, da gibt's bei euch doch Backfisch vom Markt!«

Der Nachbar fand seinen Schlüssel und verschwand mit einem »Ja, ja!«, im Haus.

»Wie war das denn damals, als man Sie um Ihr Geld betrogen hat, Frau Baumeister?«, fragte Reinders. Inzwischen hatte er sich damit abgefunden, die Befragung an der Tür durchzuführen, auch wenn ihm ein unangenehmer Wind in den Nacken blies und sich von Westen eine dunkle Wolkenwand heranschob.

Klara Baumeister drückte sich neben ihren Sohn. Sie trug eine dunkle Hose aus Feinstrick und einen fliederfarbenen Pullover mit Polokragen und Reißverschluss am Hals. Darüber hatte sie eine hellgraue Weste an. Ihre Kleidung wirkte sauber und akkurat. Sie stützte sich auf einen schwarzen Gehstock mit geformtem Handgriff. In ihr freundliches Gesicht hatten sich Lachfalten an den Augen gegraben, wobei Reinders stark bezweifelte, dass sie bei ihrem Sohn viel zu lachen hatte. Schließlich erzählte sie, sie habe damals einen Anruf von einem jungen Mann bekommen, der sich als ihr Enkel ausgegeben habe. Mit Stolz in der Brust schwärmte sie, dass ihr Enkel Stefan in den USA studiert habe und heute dort als leitender Manager einer großen Textilfirma tätig sei. Sie habe damals geglaubt, er sei in ernsthaften Geldnöten. Angeblich hätte er sich mit seinem Hausbau übernommen und brauche dringend 50.000 Dollar. Klara Baumeister habe daraufhin ihr Konto leer geräumt und habe dennoch nur 30.000 Euro zusammenbekommen. Das würde ihm schon sehr helfen, habe der junge Mann am Telefon gesagt. Am nächsten Tag habe er noch einmal angerufen und behauptet, er hätte in Düsseldorf einen Autounfall mit seinem Mietwagen gehabt. Aber ein Freund, der in Unna zu tun habe, werde das Geld abholen und ihm bringen, damit er seinen Flieger zurück in die USA nicht verpasse. Klara habe dem Freund einen großen Umschlag mit den 30.000 Euro ausgehändigt. Stefan habe versprochen, das Geld so schnell wie möglich zurückzuzahlen. Zu spät habe sie bemerkt, dass sie gar nicht mit Stefan gesprochen habe, sondern mit einem Betrüger.

»Weil du saublöd gewesen bist, damals!«, knurrte Harald Baumeister. »Warum hast du nicht mit mir oder Sabine gesprochen?«

Klara Baumeister kamen die Tränen. Sie nahm ihre Brille ab, tupfte sich die Augen mit einem Stofftaschentuch trocken und schnäuzte sich die Nase. Sie schaute ihren Sohn verletzt an. »Der junge Mann am Telefon hat mich angefleht, euch nichts zu sagen. Und falls Stefan damals selbst in Geldschwierigkeiten gesteckt hätte, dann hätte auch er mich gebeten, vor allem dir nichts zu sagen. Warum ist er denn zum Studieren in die USA gegangen? Weil es ständig Streit zwischen euch gab. Und ja, ich weiß auch, dass ich euch finanziell zur Last falle! Wenn dies nicht noch mein Haus wäre und wenn es dich nicht so viel Geld kosten würde, hättest du mich längst in ein Heim abgeschoben.«

Harald Baumeister verschränkte die Arme vor der Brust. »Ja, meinst du, bei uns wächst das Geld auf den Bäumen? Ich verdiene nicht viel als Installateur. Wenn Sabine nicht den gut bezahlten Job als Filialleiterin dieser Schickimicki-Boutique hätte, kämen wir kaum über die Runden. Mit deiner Rente bist du uns keine große Hilfe. Allein könntest du das Haus niemals halten. Wissen Sie, was Mutti an Rente bekommt? Weniger als jeder Hartz-IV-Empfänger.«

Reinders hätte gut Lust gehabt, dem blasierten Proleten seine Faust mitten in die schwammige Visage zu schlagen. Sah der Typ überhaupt nicht, wie seine Mutter unter der Situation litt? Sie hatte in ihrem Leben – Reinders schätzte sie auf Mitte 80 – bestimmt einiges durchgemacht, vermutlich wünschte sie sich mehr als einmal am Tag, dieser Welt endlich den Rücken kehren zu dürfen. Gerade als er tief Luft holte, um dem arroganten Fatzke mal ordentlich die Meinung zu sagen, spürte er die Hand von Jasmin auf seinem Unterarm.

»Frau Baumeister«, sagte sie sanft. »Machen Sie sich bitte keine Vorwürfe. Sie sind damals auf geschulte Betrüger hereingefallen. Das kann Ihrem Sohn im Alter auch passieren. Davor kann sich niemand schützen.« Sie ergriff die Hand der alten Dame und streichelte vorsichtig über ihre knochigen, arthroseverknoteten Finger.

»Haben Sie damals auch hier bei Ihrem Sohn und Ihrer Schwiegertochter gewohnt? Haben die beiden nichts von diesem Anruf oder der Geldübergabe mitbekommen? Immerhin sind es doch Stefans Eltern, oder stammt der Junge von einem anderen Kind von Ihnen?«

Harald Baumeister antwortete, ehe seine Mutter auch nur Luft holen konnte. Seine Stimme klang voller Groll. »Ich bin der einzige Sohn. Stefan ist unser Junge. Meine Mutter wohnte damals in einer kleinen Eigentumswohnung in Unna-Massen. Nach dem Betrug konnte sie den Unterhalt nicht bezahlen und musste die Wohnung verkaufen. Meine Frau und ich haben sie notgedrungen aufgenommen. Ihre kleine Rente deckt bei Weitem nicht ihre Unkosten. Da müssen wir ganz schön zubuttern.«

Klara Baumeisters Lippen begannen zu beben. Ihre Stimme klang schrill. »Meinst du, ich merke nicht, dass ich euch finanziell zur Last falle? Ich gehe gerne in ein Altenheim. Ich verkaufe das Haus und zahle euch euren Anteil, dann müsst ihr sehen, wo ihr bleibt. Täte mir nur leid für Sabine. Sie ist immer nett zu mir gewesen. Ich wäre nur mal gespannt, von wem du dich dann bemuttern lässt, wenn du alle naselang mit irgendeinem Wehwehchen zu Hause bleibst. Da musst du dir nämlich selbst dein Essen kochen und die Wäsche waschen und bügeln und die Wohnung putzen. Aber ich bezweifle, dass du das schaffst. Das Einzige, was du kannst, ist, den lieben langen Tag mit deinem fetten Hintern vor deinem dämlichen Computer zu hocken und dich von deiner alten Mutter bedienen zu lassen!«

Gut gekontert, dachte Reinders.

»Irgendein Wehwehchen? Mein Arm ist gebrochen!«, maulte Harald, trat den Rückzug an und verschwand in einem Zimmer, aus dem laut der Sprecher eines Fernsehsenders zu hören war.

»Wollen Sie jetzt bitte hereinkommen?«, fragte Klara Baumeister freundlich. »In der Küche wären wir ungestört!« Sie drehte sich um und ging mit kleinen, aber flinken Schritten durch einen dunklen Flur voran in eine moderne Hochglanzküche, wobei sie den Stock als Stütze nutzte. In der Mitte der Küche fiel Reinders sofort eine hochmoderne Kochinsel ins Auge, rechts in einem Erker stand eine gemütliche Sitzgruppe. Als Frau Baumeister sich dort auf einen Stuhl vor Kopf des Tisches setzte, rutschten die

Hosenbeine etwas hoch und er erkannte, dass sie die Beine gewickelt hatte und darüber Stützstrümpfe trug. Zudem steckten ihre Füße in dunklen, orthopädischen Schuhen.

»Setzen Sie sich doch!«, sagte die alte Dame. »Möchten Sie etwas trinken? Sie müssen das schlechte Benehmen meines Sohnes entschuldigen, aber manche Männer sind unausstehlich, wenn sie krank sind.«

Reinders und Jasmin lehnten die Getränke ab und nahmen an dem ovalen Küchentisch Platz, der eine schwarzgoldene Granitplatte hatte und um den sechs Stühle gruppiert waren. Das war nicht die Einrichtung armer Leute. Arbeitsplatten aus Granit, in der Küchenzeile die hochwertigsten und modernsten Küchengeräte mit gebürsteter Edelstahlfront. Zudem eine integrierte Lichtleiste im Sockel der Küchenzeile.

»Hatte Ihr Sohn einen Unfall oder wie hat er sich den Arm verletzt?«, fragte Jasmin, die direkt neben Frau Baumeister saß.

»Ach«, winkte die alte Dame ab. »Das war eine ganz blöde Geschichte. Ist schon komisch, dass Sie gerade jetzt wieder auf die Sache mit diesem Enkeltrick zurückkommen.«

»Wollen Sie uns die Geschichte erzählen?«, fragte Jasmin.

Frau Baumeister nickte etwas abwesend. »Harald hatte von seiner Firma den Auftrag, oben im Schützenhof einen verstopften Abfluss zu reinigen. Als er fertig war und sein Arbeitsgerät wieder im Auto verstaute, sah er einen Mann aus einem gegenüberliegenden Gebäude kommen, den er für den Betrüger von damals hielt. Er hatte einen schlechten Tag gehabt, zudem macht er diesen Mann dafür verantwortlich, dass sein Erbe mal wesentlich schmaler ausfallen wird, als er es sich erträumt hat.« Sie zupfte mit den Fingern an einem Stofftaschentuch mit gehäkelter Spitze, das sie seit geraumer Zeit in Händen hielt. »Für die Eigentumswohnung, die ich verkaufen musste, hätte er nach meinem Tod ordentlich Miete kassieren können.«

»Und da hat er sich den vermeintlichen Betrüger zur Brust genommen!«, vermutete Reinders.

Klara Baumeister nickte. »Wollte er wohl. Zwei Jahre Knast hat der Bengel damals nur bekommen. Das war zu wenig. Harald hat ihn am Kragen gepackt und ihn zur Rede gestellt. Ich weiß nicht, ob es der Junge von damals gewesen ist. Jedenfalls kam dem Mann ein anderer, viel kräftigerer Kollege zur Hilfe. Der hat Harald die Faust mit Wucht in die Seite geschlagen. Dabei ist er so unglücklich auf die Bordsteinkante gestürzt, dass er sich den Arm gebrochen hat.«

»Und danach sind die Männer verschwunden? Hat Ihr Sohn die Polizei informiert?«, fragte Jasmin.

Klara Baumeister lachte abfällig. »Was hätte er der Polizei denn sagen sollen? Schließlich hat er den Streit angezettelt. Seinem Chef hat er gesagt, er sei unglücklich gestolpert und gefallen. Nur mir hat er erzählt, dass er diesen Bengel wiedergesehen hat.«

»Was hat Ihr Sohn am vergangenen Freitag zwischen 17 Uhr und 17.30 Uhr gemacht?«, fragte Reinders, der sich Harald Baumeister durchaus als späten Rächer vorstellen konnte.

Klara Baumeister wirkte irritiert. Reinders merkte deutlich, dass sie ihren Sohn nicht mit einer unbedachten Aussage belasten wollte. Doch plötzlich erhellte sich ihr Gesicht. »Da war er beim Arzt. Da bin ich ganz sicher!«

»Hat er sich ein Taxi bestellt?«, fragte Jasmin.

Die alte Dame schüttelte etwas verschämt den Kopf. »Nein. Er ist mit seinem Motorrad gefahren. Er behauptet, die Schiene stört ihn dabei nicht. Er wird deswegen doch keinen Ärger bekommen? Warum fragen Sie das alles? Weshalb sind Sie eigentlich hergekommen?«

»Es deutet einiges darauf hin«, erwiderte Reinders, »dass es sich bei dem jungen Mann, den sich Ihr Sohn zur Brust nehmen wollte, um denselben Mann handelt, den wir am Freitag im Schützenhof tot aufgefunden haben. Besitzt Ihr Sohn eine Schusswaffe? Ich glaube, wir müssen uns dringend noch einmal mit ihm persönlich unterhalten.«

36

Der Gestank war unerträglich. Während Max Teubner und Daphne Tischer sich bemühten, in der Dunkelheit ihre Notdurft auf dem Eimer in der Ecke zu verrichten, war dies für Hartmut Kniepel unmöglich. Einmal hatten sie auf seinen Wunsch hin versucht, ihm dabei zu helfen. Daphne hatte den Plastikeimer neben die Matratze gestellt. Alles tastend im Dunkeln. Aber obwohl beide nicht mehr durch den Kabelbinder gehandicapt waren – es war ihnen tatsächlich gelungen, die Fesseln mit der Rasierklinge zu durchtrennen – war der Versuch kläglich gescheitert. Denn als sie begannen, Kniepel so behutsam wie möglich in die

Höhe zu ziehen, hatte er vor Schmerz geschrien und eingesehen, dass es keinen Sinn machte. Der Eimer war instabil, er wäre auf dem holperigen Boden bei der kleinsten Berührung sofort umgekippt und der Inhalt hätte sich in die Matratze gesogen. So hatte Daphne den stinkenden Eimer zurück in die Ecke gebracht. Kniepel hatte sich inzwischen mehrfach eingenässt, die Matratze stank scharf nach Urin und fühlte sich klamm an. Teubner hockte nur auf der Kante, während der Verletzte hinter ihm lag und pausenlos stöhnte. Er fieberte und bedurfte dringend ärztlicher Hilfe, aber bislang hatte sich keiner der Entführer wieder hier blicken lassen. Inzwischen musste es Dienstagnachmittag, um kurz nach 15 Uhr sein. Da Daphne Tischer eine Armbanduhr mit Leuchtziffern besaß, behielten sie wenigstens die Zeit im Auge. Vor etwa einer halben Stunde hatte sie gesagt, es sei halb drei, ob er glaube, dass sich von ihren Entführern heute noch jemand blicken ließe. Die Vorräte waren aufgebraucht, den letzten Keks hatten sie sich am Mittag geteilt und insbesondere Hartmut Kniepel musste dringend etwas zu trinken bekommen.

Der Versuch, sein gebrochenes Bein irgendwie mithilfe des Korbbodens zu schienen, erwies sich als Sisyphusarbeit. Der Boden ließ sich weder durchbrechen noch vom Korbgeflecht trennen. Daphne Tischer war nun mit dem Versuch beschäftigt, das Korbgeflecht mithilfe der Rasierklinge doch noch vom Boden zu lösen. Teubner hörte sie mit einer Engelsgeduld sägen. Er würde sie gleich wieder ablösen, momentan taten ihm die Finger von den eigenen Versuchen zu weh.

Teubner hasste die undurchdringliche Dunkelheit. Er schloss die Augen. Von der Außenwelt drang kein

Geräusch zu ihnen herein. Kein Motorengeräusch, keine Stimmen, kein Hundegebell, nichts. Er hörte lediglich das laute, gleichmäßige Atmen von Hartmut Kniepel, der wohl für den Moment eingeschlafen war, und das leise Knatschen, das die Rasierklinge beim Sägen verursachte.

Seine Gedanken flogen zu seiner Tante Belinda nach Fröndenberg-Langschede. Er wusste, dass sie sich wahnsinnige Sorgen um ihn machen würde. Wie selbstverständlich hatte sie ihn bei sich zu Hause in dem schönen Landhaus aufgenommen, als er von Köln nach Unna wechselte. Er wohnte so gerne bei ihr, besonders, nachdem nun auch sein Sohn Raffael – von dessen Existenz Teubner erst vor gut einem halben Jahr erfahren hatte – dort ein Zuhause gefunden hatte. Sie hatten sich in den letzten Monaten gegenseitig zu schätzen gelernt. Manchmal hatte er ihn unbemerkt beobachtet und in ihm viel von sich selbst wiedergefunden: Nicht so sehr die Äußerlichkeiten, der Junge war noch etwas kleiner, hatte dunkle Locken, während Teubner kurzes, dunkelblondes Haar hatte. Von der Statur waren beide etwa gleich schlank und muskulös. Aber im Besonderen waren Teubner gemeinsame Vorlieben aufgefallen. Beide aßen zum Frühstück gerne Müsli mit einem Glas Orangensaft dazu. Beide waren eher Frühaufsteher als Nachtmenschen. Beide trieben gerne Sport. Raffael teilte sogar Teubners Hobby, auf der Ruhr zu paddeln! Koste es, was es wolle, er wollte noch viele weitere Gemeinsamkeiten mit seinem Sohn finden. Er hatte geglaubt, er hätte dazu alle Zeit der Welt. Und nun saß er seit Tagen in diesem Loch fest und war keineswegs sicher, dass er je lebend hier herauskam.

In keinem Fall wollte er in diesem dunklen Kerker vermodern!

Er riss die Augen auf und wandte sich nach links zu Daphne: »Geben Sie mir die Klinge! Ich mach weiter!« Er nahm ihr den Korb vom Schoß und tastete nach der Rasierklinge. Dann hielt er den Boden des Korbs fest und begann, knapp darüber mit der Rasierklinge zu sägen. Er legte den Groll über seine Gefangenschaft in die Tätigkeit und kam bald ins Schwitzen. Plötzlich rutschte er mit der Rasierklinge ab und diese bohrte sich schmerzhaft in die Innenseite seines Handgelenks. Der Schmerz schoss ihm wie ein Pfeil durch die Glieder, die Rasierklinge fiel zu Boden.

»Ah!«, stöhnte Teubner und presste automatisch seine gesunde Hand auf die Wunde.

»Was ist passiert?« Die Stimme Daphne Tischers klang besorgt.

Teubner verfluchte sich selbst für seine Unachtsamkeit. Sein Handgelenk pochte. Er spürte, wie das Blut am Gelenk entlangrann, und presste schnell die Handgelenke aneinander.

»Geht schon«, stöhnte er. »Ich bin mit der Klinge abgerutscht.«

Im selben Moment hörten sie ein Knarren. Scheinbar wurde die Luke des Silos geöffnet. Danach folgte ein undefinierbares Gepolter, das sich in Abständen wiederholte. Zweimal knarrte die Feuerleiter, als würde sie jemand hinabsteigen. Etwa zehn Minuten später wurde die Luke wieder geschlossen. Was hatte das zu bedeuten?

Teubner war zu müde, um sich über solche Dinge Gedanken zu machen. Sein Handgelenk schmerzte und allmählich verlor er die Kraft, die Gelenke gegeneinanderzupressen. Er durfte nicht die Besinnung verlieren. Er konzentrierte sich auf den rasselnden Atem vom alten Kniepel, der hinter ihm scheinbar wieder eingeschlafen war. Daphne Tischer saß neben ihm auf der Matratze und verhielt sich still.

Etwa zehn Minuten später knarrte die Luke des Silos erneut. Es folgten Schritte, die die Feuerleiter zum Quietschen brachten, kurz darauf drehte sich ein Schlüssel und die Tür des Bunkers wurde geöffnet. Der helle Strahl einer Taschenlampe ließ Teubner blinzeln.

»Der alte Mann braucht dringend einen Arzt!«, rief Daphne sofort. »Er hat hohes Fieber und Schüttelfrost. Der verreckt hier unten! Wir haben nicht einmal mehr Trinkwasser!«

»Der Alte ist scheinbar nicht der einzige Verletzte!«, hörte Teubner eine Männerstimme dicht vor sich, die nur zu Sergej Timoschenko gehören konnte. Max Teubner blinzelte. Der Strahl der Taschenlampe wanderte zu seinen Handgelenken.

»Verdammt!«, rief Timoschenko. »Ihr habt euch die Fesseln abgeschnitten! Wie habt ihr das geschafft? Womit?« Er hockte sich vor Teubner und griff auf den Boden. »Sieh an! Eine Rasierklinge! Die lag vermutlich zufällig hier herum? So völlig rostfrei?« Leise zischte er: »Hat deine Paulaschlampe dir helfen wollen, wie? Und du bist so blöd und schneidest dir das Handgelenk kaputt. Von mir aus könnt ihr alle hier verrecken!«

Er drückte sich in den Stand, lief aus dem Verlies und knallte die Tür zu, die er wieder verschloss. Teubners Hoffnung auf neue Vorräte sank. Vermutlich würde Timoschenko nun Paula zur Rede stellen. Vielleicht durfte sie ihnen dann auch noch Gesellschaft leisten. Doch als Timoschenko wenige Augenblicke später zurückkam, hatte er einen Verbandskasten in der Hand, den er Daphne Tischer zuwarf. »Du kannst ihn verarzten!«

Daphne stand sofort auf und ging vor Teubner in die Hocke. Als er seine Arme voneinander trennte, tropfte Blut auf den Boden, die Wunde begann sofort, heftiger zu pochen. Er sah einen fast drei Zentimeter langen und tiefen Schnitt. Daphne presste die klaffende Wunde zusammen. Sie hatte sich Einweghandschuhe aus dem Verbandskasten übergestreift und träufelte nun Jod auf den Schnitt.

»Wir brauchen Tapes!«, murmelte sie, kramte mit einer Hand im Verbandskoffer, fand aber nur Pflaster. Sie klebte schließlich drei schmale Pflasterstreifen quer über die Wunde, wobei sie die Haut straff zusammenschob, dann wickelte sie noch einen Verband darum.

Timoschenko hatte sie schweigend beobachtet.

»Keine Dummheiten!«, drohte er, als Daphne den Verbandskoffer wieder verschloss und sich zurück auf die Matratze setzte. Dabei deutete der Roma auf eine Waffe in seinem Hosenbund. »Sonst habt ihr ganz schnell wieder Kabelbinder an den Gelenken. Aber gefesselt oder nicht, hier unten kommt ihr so oder so nicht heraus. Schreien und Klopfen hört niemand. Also spart euch den Atem. Ihr werdet noch ein paar Tage ausharren müssen. Am Wochenende sind wir weg. Sobald wir in Sicherheit sind, sorgen wir dafür, dass ihr gefunden werdet.«

Teubner fühlte sich schwach. Nach der Lache, die er im Strahl der Taschenlampe gesehen hatte, musste er eine Menge Blut verloren haben.

»Das hält Herr Kniepel nicht aus! Er braucht einen Arzt!«, rief Daphne nun und sprang auf. Sie stürzte mit ungeahnter Kraft auf Timoschenko zu und rammte ihm ihr Knie in die Genitalien. Er stöhnte und krümmte sich, hatte sich aber schnell wieder unter Kontrolle. Er rannte Daphne hinterher, die bereits die Feuerleiter erreicht hatte, und zerrte sie an den Haaren zurück in den Bunker. Ehe sie noch einen weiteren Angriff wagen konnte, schmetterte er ihr die Faust ins Gesicht. Sie taumelte, verlor das Gleichgewicht und stürzte. Dabei schlug sie hart mit dem Kopf gegen die Wand.

»Blödes Weib!«, murrte Timoschenko und rieb sich den Schritt. Dann kramte er im Verbandskoffer und warf Teubner eine Schachtel Tabletten zu. »Hier! IBO 600! Schmerztabletten von Paula. Die kannst du dir mit dem Alten teilen. Damit werdet ihr durchhalten!«

Sein durchdringender Blick ließ keinen Widerspruch zu. »Ich werde einige Sachen hereinschaffen, damit könnt ihr ein paar Tage aushalten.« Er zog eine weitere Matratze in den Bunker und warf mehrere Decken und Kissen darauf. Dann schleppte er einen Kasten Wasser und eine Tasche mit Vorräten herein. Zuletzt ging er in die Ecke, brachte den stinkenden Eimer hinaus und stellte kurz darauf zwei Eimer mit Deckel in den Raum, die scheinbar mit etwas Wasser gefüllt waren. Sein Blick fiel wieder auf die Gefangenen.

Daphne Tischer hatte sich inzwischen wieder aufgerappelt und rieb sich den Hinterkopf. Timoschenko warf ihr seine Taschenlampe zu. »Damit könnt ihr euch ab und zu orientieren.« Schließlich griff er nach dem Verbandskoffer, knallte die Tür des Bunkers von außen zu und drehte den Schlüssel um. Seine Schritte brachten die Leiter zum Knarren. Kurz darauf hörten sie, wie die Luke des Silos verschlossen wurde. Ob er den vollgeschissenen Eimer aus dem Vorkeller mit nach oben genommen hatte, wagte Teubner zu bezweifeln.

37

Maike fiel müde auf den Beifahrersitz des Dienstwagens, den sie vor gut einer Stunde vor dem Gelände der JVA Köln abgestellt hatten. Sie beobachtete Jochen, der ungestört ein dringendes Telefonat erledigen wollte. Ihr Blick streifte die Haftanstalt, im Volksmund »Klingelpütz« genannt, noch nach dem alten Gefängnisbau aus dem Königreich Preußen. Die grauen, etwa fünf Meter hohen Mauern endeten in einer Stahlkonstruktion mit NATO-Draht und erinnerten Maike an ein Militärgelände. Trostlos ragten sie in den wolkenvergangenen Himmel, strahlten weniger Hoffnung aus als die Insassen, die ihre Haftstrafen abzubüßen hatten.

Der Ausflug nach Köln war bislang nicht sehr effektiv verlaufen. Nach dem Besuch im Polizeipräsidium hatten sie die zuletzt bekannte Adresse Sven Klewes, dem ehemaligen Kollegen von Max Teubner, aufgesucht. Aber Klewe war bereits vor über einem Jahr unbekannt verzogen. Von einem Nachbarn erfuhren sie, dass er nach seinem Polizeidienst als Taxifahrer gearbeitet hatte, er wusste sogar die Anschrift und Telefonnummer des Taxiunternehmens.

Außerdem erwähnte der Nachbar eine sehr junge Freundin, die Klewe kurz vor seinem Umzug häufig getroffen habe. Vielleicht sei er zu ihr gezogen. Mit der Adresse der Frau konnte er jedoch nicht dienen. Das folgende Telefonat mit dem Taxiunternehmer brachte die Beamten ebenfalls nicht weiter, denn der Betreiber der Taxizentrale wollte am Telefon keine Auskunft geben. Da ihnen der Termin in der JVA mit Bakro Taragos im Nacken saß, hatten sich Maike und Jochen zunächst auf den Weg nach Köln-Ossendorf gemacht, um den ehemaligen Clanchef der Enkeltrickmafia zu befragen.

Was sie sich allerdings auch hätten sparen können!

Denn nachdem man ihnen den Boss des Enkelclans in einem Befragungsraum vorgeführt hatte, saß Taragos nur stumm vor ihnen. Selbst in Anstaltskleidung wirkte er adrett, hatte den Kinnbart ordentlich gestutzt und das lichte, grau durchzogene Haar mit Gel nach hinten gekämmt. Maike hatte ihn als egozentrischen Menschen empfunden, und dass, obwohl er während der Dauer der Befragung keinen einzigen Ton von sich gegeben hatte. Aber allein der Ausdruck in seinen Augen – so voller Hass und Verachtung der Polizei gegenüber – hatte ihr einen Schauer über den Rücken gejagt. Sein rundes Gesicht wirkte aufgedunsen, die Augen hatte er wie Schlitze zusammengezogen, die schmalen Lippen zusammengepresst. Mit vor der breiten Brust verschränkten Armen und erhobenem Kopf hatte er vor ihnen gesessen und keine Miene verzogen. Nach einer halben Stunde hatten sie den Versuch abgebrochen, Informationen von ihm zu erhalten. Ob er vom Gefängnis aus weiter seine Fäden zog – vielleicht sogar den Auftrag gegeben hatte, Paula Horváth und Max Teubner zu entführen – ließ sich nicht feststellen. Auch nicht, als sie seinen Zellennachbarn befragten, der nur ausweichend antwortete und sich eher die Zunge abgebissen hätte, als Bakro Taragos zu denunzieren.

Einziger Lichtblick ihres Besuchs in der JVA war die Besucherliste des ehemaligen Clanchefs. Seine Enkelkinder Jana und Adrian kamen auffällig oft zu ihrem Großvater. Mindestens einmal in der Woche, zuletzt am vergangenen Samstag, also am Tag nach dem Verschwinden von Teubner und Paula Horváth. Hatten die jungen Leute ihrem Opa von der gelungenen Entführung der beiden berichtet? Hatte er seine Hände mit im Spiel? Es ließ sich nicht beweisen. Vielleicht konnte man versuchen, eine Observierung der Enkel bei der Staatsanwaltschaft durchzubringen. Zunächst wollten Maike und Jochen jedoch selbst mit den jungen Leuten sprechen.

Maikes Gedankengänge wurden unterbrochen, als Jochen die Fahrertür aufzog und sich hinters Steuer setzte. »Der Taxiunternehmer hat erst gegen Abend für uns Zeit«, begann er, während er sich anschnallte und den Motor startete. »Statten wir also zunächst den Enkelkindern von Bakro Taragos einen Besuch ab. Sie wohnen in Köln-Vingst.«

Laut Navigationsgerät würden sie für die Strecke etwa 20 Minuten benötigen. Maike lehnte sich im Sitz zurück und ließ die Umgebung an sich vorbeisausen, ohne sie wahrzunehmen. Sie war das Großstadtleben aus ihrer Zeit in Dortmund gewohnt. Aber in Köln als Millionenstadt war alles noch dichter bebaut, griff ein Stadtteil unmerklich in den anderen über und machte an diesem trüben Apriltag einen trostlosen Eindruck auf sie. Kurz hinter dem Zoogelände Kölns überquerten sie den Rhein über die Zoobrücke, da Vingst auf der anderen Rheinseite lag. Maike fiel links ein riesiger Wolkenkratzer auf, graue Fassade, graue Balkone, gewiss an die 150 Meter hoch. Ganz oben prangte in überdimensionalen blauen Buchstaben das Logo einer Versicherungsgesellschaft.

»Das Colonia-Haus«, erklärte Jochen, der ihrem Blick gefolgt war, »angeblich das höchste zu Wohnzwecken genutzte Gebäude Deutschlands. Es besteht überwiegend aus Eigentumswohnungen, ein Kollege hat sich dort vor Jahren eingekauft – in der 40. Etage – und kassiert für seine Wohnungen saftige Mieten.«

»Na, danke«, erwiderte Maike, »ich wollte nicht in so einem hässlichen Bauklotz wohnen. Auch, wenn man in den oberen Etagen sicherlich eine fantastische Aussicht genießen kann.«

Sie ließen den Rhein hinter sich und fuhren auf der rechtsrheinischen Seite durch ein Gewirr von Straßen in den Ortsteil Kalk, ehe sie kurz darauf die Eingemeindung Vingst erreichten. Das Haus von Jana und Adrian Taragos lag in der Gernsheimer Straße, wo sich zunächst ein Plattenbau an den anderen drängte. Jochen parkte vor einem verfallen wirkenden Einfamilienhaus, das sich dicht in eine Kette ähnlich aussehender Gebäude reihte.

»Nicht unbedingt meine Wohngegend«, witzelte er und Maike betrachtete das Häuschen stirnrunzelnd. Ein einstöckiger Backsteinbau, wo sich einige Mauersteine lösten. Mit heruntergelassenen Jalousien und einer verblichenen Eichenholztür, in der in Augenhöhe ein etwa zehn Zentimeter großes Quadrat als Guckloch eingelassen war, durch das man allerdings nur von drinnen nach draußen blicken konnte. In das schiefe Dach war eine Gaube eingebaut, was auf eine Mansarde im Inneren deutete.

»Neubach hat mir eben am Telefon gesagt, einige Viertel in Vingst seien soziale Brennpunkte, besonders die Plattenbauten, wo religiöse Fanatiker oft auf rechtsradikale Banden treffen. Von Messerstechereien, Sexualdelikten bis hin zum Ehrenmord sei alles Tagesgeschäft. Ein ziemlicher Abstieg für die Geschwister Taragos, wenn man bedenkt, dass sie in einem Nobelinternat aufgewachsen sind.«

Maike zuckte die Schultern und wies auf ein Motorrad, das vor dem Haus abgestellt war. »Sieht aus, wie das Modell von Stefan Humboldt. Er hat im Schützenhof zwei Motorradfahrer gesehen, die das Haus beobachtet haben. Vielleicht stecken die Geschwister Taragos hinter dem Überfall auf Paula Horváth und haben sie später entführt.«

Jochen schüttelte den Kopf. »Keine voreiligen Schlussfolgerungen. Meinst du, die hätten ihre Opfer bis nach Köln verschleppt? Ein Auto ist auf die Geschwister nicht zugelassen. Sie hätten sich eines leihen oder aneignen können, finde ich aber unwahrscheinlich.«

»Und die herabgelassenen Rollläden?«, konterte Maike, zog ihr Smartphone aus ihrer Jacke und machte ein Foto von der Kawasaki.

»Wir werden sehen!«, sagte Jochen, trat einen Schritt vor und betätigte die Schelle, auf deren verblasstem Schild kein Name mehr zu lesen war. Immerhin war die Nummer über der Tür gut erkennbar und zeigte ihnen, dass sie vor dem richtigen Haus standen.

Einen Augenblick später wurde die Tür von einem jungen Mann geöffnet. Eine schlanke Gestalt, in voller, schwarzer Motorradkluft mit schwarzem Helm unter dem

Arm. Funkelnde, dunkle Augen blickten aus einem schmalen Gesicht mit konturiertem Bartansatz. Seine pechschwarzen Haare waren an den Seiten kurz geschnitten, auf dem Haupt standen sie etwas wirr in die Höhe, was seinen Kopf noch länger erscheinen ließ.

»Was wollen Sie?«, fragte er unfreundlich.

Maike zückte ihren Ausweis und stellte sie als Dortmunder Hauptkommissare vor. »Wir haben nur einige kurze Fragen.«

Der Mann machte ein abweisendes Gesicht. »Sie sind aus Dortmund? Dann liegt Köln nicht in Ihrem Zuständigkeitsbereich. Außerdem habe ich keine Zeit. Ich muss Geld verdienen!«

Maike zeigte sich nicht beeindruckt. »Vielleicht könnten wir mit Ihrer Schwester reden? Ich weiß nicht, ob es Ihnen lieber wäre, wenn wir mit den Kollegen der örtlichen Polizeiwache zurückkommen.«

Adrian Taragos stutzte. »Worum geht es überhaupt?«

»Wir ermitteln in einem Mordfall. Der Roma Slatko Breuer ist in der Wohnung von Paula Horváth in Unna zu Tode gekommen. Beide gehörten einst zu dem Clan, den Ihr Großvater angeführt hat. Die Namen dürften Ihnen geläufig sein.«

Er nickte zögernd. »Ich verstehe nicht, wie meine Schwester und ich Ihnen bei Ihren Ermittlungen weiterhelfen könnten.«

»Wir haben nur einige kurze Fragen«, erklärte Maike.

Wieder nickte er und verschwand darauf im Haus, nicht ohne zuvor die Haustür zu verschließen. Vermutlich prägte er seiner Schwester nun ein, was sie sagen durfte und was nicht. Etwa fünf Minuten später stand er in der Tür. »Wir werden Ihnen unseren guten Willen durch unsere Kooperation zeigen. Jana wird mit Ihnen reden. Aber vergessen Sie nicht, dass sie das freiwillig tut und sie das Gespräch jederzeit für beendet erklären kann.«

Er gab die Tür frei, dann setzte er seinen Helm auf und trat auf sein Motorrad zu. Maike und Jochen betraten einen engen Flur. Die Luft roch abgestanden, und als die Haustür ins Schloss fiel, wurde das Innere nur durch eine kleine Stehlampe erhellt, die im Nachbarraum stand. Maike folgte dem Lichtschein und ging in ein karg möbliertes Wohnzimmer mit Wendeltreppe, die in die Mansarde führte. Eine Regalwand mit Büchern, ein Schreibtisch und eine Sitzgruppe. An den Wänden stapelten sich Kisten, hinter der Treppe ging eine weitere Tür ab, die einen Spalt offen stand. Von dort schallte Geschirrgeklapper herüber. Einen Moment später trat eine junge Frau ins Wohnzimmer. Sie rieb sich die Hände an ihrer Jeans trocken, ehe sie mit langsamen Schritten auf die Kommissare zukam.

»Jana Taragos«, stellte sie sich vor, indem sie ihnen zögernd ihre schlanke, blasse Hand entgegenhielt. »Setzen Sie sich doch!«

Maike nahm neben Jochen auf der Couch Platz und erkannte sogar im Dämmerlicht, dass der Cordbezug der Sitzgelegenheit fleckig und abgewetzt war. »Was arbeitet Ihr Bruder?«, begann sie unverfänglich.

»Barkeeper. Wir müssen unser Studium finanzieren. Adrian studiert Völkerkunde, ich habe Kunstgeschichte und Literatur belegt.«

Jana Taragos wirkte zerbrechlich. Sie saß ihnen gegenüber auf der Kante eines Sessels, presste die Knie gegeneinander und hob immer wieder die Fersen an. Maike schätzte sie auf höchstens 18 oder 19 Jahre. Ihr langes, in der Mitte gescheiteltes, schwarzes Haar umrahmte ein ovales Gesicht. Die dunklen Augen wurden mit dick gezogenem Kajalstift betont, dazu grauer Lidschatten und dichte schwarze Wimpern. Die schmalen Lippen wirkten blass und waren ungeschminkt. Sie trug zu engen Jeans einen dunkelblauen Schlabberpullover und abgetretene Turnschuhe.

»Frau Taragos«, sagte Jochen, »wir haben am Freitag einen … hm … sagen wir ehemaligen Mitarbeiter Ihres Großvaters tot in der Wohnung von Paula Horváth in Unna aufgefunden. Slatko Breuer, sagt Ihnen der Name etwas?«

Die junge Frau nickte mit weit aufgerissenen Augen und blieb stumm. Ihre Fersen hoben und senkten sich unaufhörlich.

»Wann haben Sie ihn zuletzt gesehen?«

Jana stoppte mit dem Fersenwippen und zog die Stirn ein wenig kraus. »Keine Ahnung … das muss Monate her sein.«

»Wo waren Sie am vergangenen Freitag? So gegen 17 Uhr?«

Die junge Frau schob die Ärmel ihres Pullis bis unter die Achseln hoch und wippte wieder mit den Fersen. »Freitag …« Ihre Augen verdrehten sich, ihr Mund verzog sich. Dann erhellte sich ihr Gesicht. »Da waren Adrian und ich auf der Party einer Freundin eingeladen. Sie wurde 20. Wir haben ab 17 Uhr bei den Vorbereitungen geholfen. Ich kann Ihnen die Adresse aufschreiben. Ist hier in Köln.«

»Bitte«, nickte Maike. »Wie war Ihr Verhältnis zu Paula Horváth?«

Jana sprang mit einem Satz aus dem Sessel. »Zu dieser Verräterin habe ich überhaupt kein Verhältnis. Die ist für mich gestorben!«

»Sie ist seit Freitag verschwunden«, bemerkte Jochen. »Und mit ihr unser Kollege Max Teubner. Wissen Sie etwas darüber?«

Jana zog die Ärmel ihres Pullis wieder nach unten. Sie reichten ihr bis auf die Fingerknöchel. »Nein. Interessiert mich auch nicht.«

»Warum dieser Hass?«, fragte Maike.

Jana blickte langsam auf. Tränen traten in ihre Augen. »Sie haben die Akten doch bestimmt gelesen«, sagte sie leise. »Paula hatte damals eine Affäre mit diesem Kommissar. An den hat sie den Clan verraten. Vielleicht ist sie mit ihm untergetaucht, nachdem sie Slatko ermordet hat. Es lag sicherlich nicht in ihrem Sinn, dass Slatko wusste, wo sie wohnt. Sie ist völlig unberechenbar und manipulativ. Sie trägt die Schuld dafür, dass meine Eltern tödlich verunglückt sind.«

Jana setzte sich. Dann erzählte sie leise ihre Geschichte. Sie sei mit ihrem Bruder in einem renommierten Internat in Bonn aufgewachsen. Dort habe man sie eines Tages vom Tod der Eltern unterrichtet. Im Rahmen einer polizeilichen Verfolgungsjagd hätten die Eltern einen Autounfall gehabt. Adrian sei damals 19 gewesen, sie gerade 14. In der Folge habe sich ihr Leben um 180 Grad gewandelt. Der Großvater im Knast, die Eltern tot, andere Verwandte gäbe es nicht. Plötzlich war kein Geld mehr da, auch nicht für das Internat, die Villa der Eltern sei vom Staat konfisziert worden. Sie wären ganz auf sich allein gestellt gewesen. Immerhin habe ihr Großvater vom Gefängnis aus versucht, zu helfen. Schließlich sei die Entscheidung getroffen worden, dass Adrian die Vormundschaft für Jana bekam, sodass die Geschwister zusammenbleiben konnten. Sie hätten sich mit Jobs durchgeschlagen, um ihr Leben zu finanzieren. Sie hätten stets in Absteigen gewohnt, erst vor zwei Jahren sei genug Geld da gewesen, um dieses Haus zu mieten. So hätten sie sich durch die Jahre gequält, um sich nach dem Studium eine bessere Zukunft aufbauen zu können. Schuld an ihrer Not sei einzig Paula, die mit ihrem Verrat die Eltern der Polizei ausgeliefert und letztendlich in den Tod getrieben habe.

Nach dem letzten Satz schlug Jana die Hände vors Gesicht und begann leise zu schluchzen. Sie tat Maike unendlich leid, war sie als Teenager doch völlig unverschuldet in diese Lage gerutscht. Sie stand auf, setzte sich neben Jana auf die Armlehne ihres Sessels und streichelte sanft ihren Rücken. Endlich beruhigte sich das Mädchen.

»Sind Sie vor dem letzten Freitag einmal in Unna gewesen? Oder hat Ihr Bruder Paula mal einen Besuch abgestattet?«

»Nein«, erwiderte Jana mit resoluter Stimme. »Woher hätten wir ahnen sollen, dass Paula jetzt dort lebt?«

»Ihr Großvater schien ein Interesse daran zu haben, Paula für ihren Verrat zur Verantwortung zu ziehen«, warf Jochen ein und öffnete den obersten Knopf seines Oberhemds, da die stickige Luft ihm wohl den Atem nahm. »Wie wir wissen, hatte er sie bereits vor einiger Zeit in Sonthofen aufspüren lassen. Da konnte sie aber entkommen.«

»Davon weiß ich nichts«, erwiderte Jana hastig. Ihre Stimme klang schrill. »Adrian und ich haben jedenfalls nichts damit zu tun.«

»Sie besuchen Ihren Großvater regelmäßig. Zuletzt am Samstag. Haben Sie ein gutes Verhältnis zu ihm?«, setzte Jochen nach.

»Er ist alles, was wir haben. Sie werden das nicht verstehen, aber bei uns Roma zählt die Familie noch etwas. Wir haben sehr viel Respekt vor unserem Großvater. Er gibt uns Kraft, um durchzuhalten, um nicht den Mut zu verlieren.«

»Vielleicht gab er Ihnen zudem auch den Auftrag, sich um Paula Horváth zu kümmern?«, ließ Jochen nicht locker.

»Nein!«, schrie Jana und sprang auf. »Paula war untergetaucht. Niemand wusste, wo sie ist! Das hat sich bis heute nicht geändert!«

»Gut«, sagte Maike, die spürte, dass Jana ihnen zu dem Thema nichts verraten würde, und stand ebenfalls auf. »Das war's auch schon. Sollte Ihnen noch etwas einfallen oder sollten Sie eine Idee haben, wo Paula sich aufhalten könnte, rufen Sie mich doch bitte an.« Sie reichte der jungen Frau ihre Visitenkarte.

Jana blickte kurz auf die Karte, danach sah sie langsam auf. »Ich hätte eventuell eine Idee, bei wem sie sich versteckt hält.«

Maike schaute sie erstaunt an. »Tatsächlich?«

»Paula hing früher immer mit dem ›Novizen‹ zusammen. Ich habe keine Ahnung, wo der damals abgeblieben ist. Aber er war wie verrückt hinter Paula her. Der würde alles für sie tun.«

»Novize?«, Maike horchte auf. Ließ sich endlich die Identität des ominösen Briefeschreibers herausfinden, der Paula so eindringliche Liebesschwüre gesandt hatte?

»Ja, so nannte sie ihn!«, sagte Jana.

»Der ›Novize‹ hat doch bestimmt auch einen richtigen Namen«, forschte Jochen und zog aus seiner Innentasche das Foto, das Paula Horváth mit dem unbekannten jungen Mann zeigte. »Ist er das?«

Jana nickte. »Ja. Paula war seine große Liebe.«

»Sein Name?«, fragte Maike.

»Daniel«, sagte Jana. »Daniel Novak heißt er. Aber wie gesagt, ich weiß nicht, wo er abgeblieben ist.«

38

Paula lag ausgestreckt auf ihrem Bett, die Arme hinter dem Kopf verschränkt, und beobachtete gedankenverloren die in den Jahren grau gewordene Spitzengardine, die sich vor dem geöffneten Fenster im Wind aufblähte. Die Tränen, die sie vergossen hatte, hingen noch feucht an ihren Wangen. Nur mit Mühe hatte sie sich vor einer halben Stunde aus den Fängen Timoschenkos befreien können, dem die ausweglos erscheinende Situation auf dem Hof allmählich über den Kopf wuchs. Zudem hatte er die Rasierklinge gefunden, die sie Max hatte zukommen lassen. Er hatte geflucht und sie beschimpft, aber immerhin war er nicht handgreiflich geworden. Am Nachmittag hatte er eine ganze Flasche Wodka in sich hineingekippt und der Alkohol hatte ihn noch aggressiver gemacht, als er es ohnedies schon gewesen war.

»Das kann doch nicht sein, dass wir auf diesem verdammten Hof festsitzen«, hatte er gebrüllt, nachdem Paula fleißig mit Senioren telefoniert und bereits drei potenzielle Opfer an der Angel hatte. Da warteten gut 20.000 Euro und sie kamen einfach nicht weg, weil vor dem Haus dieses Polizeiauto postiert war. Paula hatte ihren Besuch bei den alten Leuten weitsichtig für den nächsten Tag angekündigt. Das machte die Sache natürlich auch nicht einfacher. Bis zum nächsten Tag konnten die Senioren sich das Herausgeben des Geldes zigmal anders überlegen. Oder noch schlimmer: Mit jemandem darüber reden, was die Lage viel gefährlicher machte. Solche Aktionen mussten schnell abgewickelt werden, das war Timoschenko und Paula durchaus klar, ließ sich aber nicht in die Tat umsetzen. Inzwischen hatte Timoschenko sicherlich an die 100 Mal bei Daniel Novak angerufen. Erfolglos. Er landete stets auf der Mailbox, auf die er bereits gesprochen hatte. Aber Daniel meldete sich nicht.

»Ich schmeiß den ganzen Kram hin und verschwinde!«, hatte Sergej gebrüllt und das Telefon in die Ecke geknallt. Seine Stimmung war bereits gestern gekippt. Noch voller Euphorie darüber, dass sie die ersten 25.000 Euro mit dem Enkeltrick erwirtschaftet hatten, kam die Ernüchterung, als er bemerkte, dass der Hof beobachtet wurde. Natürlich konnte Paula in dieser Situation nicht aus dem Auto steigen und ins Haus schlendern. Sie galt bei der Polizei als vermisst. Vielleicht glaubten die Bullen sogar, sie sei mit Max Teubner auf der Flucht. Aber musste Timoschenko sie deswegen gefesselt in dem engen Porsche in der dunklen Scheune zurücklassen? Ihre Lage war überaus unbequem gewesen. Sergej hatte ihre Hand- und Fußgelenke mit einem Seil verzurrt und die Handfessel schließlich noch am Lenkrad befestigt. In dieser Position musste sie stundenlang ausharren. Bis zum frühen Morgen. Da war er mit einer Mülltonne in die Scheune gekommen, hatte für die Polizisten hörbar eine Weile rumort, als würde er altes Gerümpel in die Tonne packen. Dann hatte er Paulas Fesseln gelöst und sie musste selbst in die leere Abfalltonne steigen. So hatte er sie ins Haus geschoben.

Er hatte alle Fenster geschlossen und mit Vorhängen verdunkelt. Danach begann er, über den dämlichen Plan von Daniel Novak zu fluchen. Im Grunde konnte Paula froh sein, dass er sich in der Nacht nicht mit den 25.000 Euro aus dem Staub gemacht hatte. Wer hätte ihn aufhalten sollen? Vermutlich hatten ihn einzig die Bullen, die den Hof beobachteten, abgehalten. Dennoch war seine Sorge überaus berechtigt. Wie sollten sie unter Beobachtung den Hof verlassen, um ihren Beutezug bei den Rentnern fortzusetzen? Es schien nur eine Frage der Zeit, bis ihnen die Polizei auf die Schliche kam und bis dahin brauchten sie dringend mehr Geld, um den endgültigen Abflug zu starten.

Hinzu kam das Problem, die Gefangenen zu versorgen. Paula hatte Sergej angefleht, man könne sie da unten nicht verrecken lassen. Er hatte nur gebrüllt, wie sie sich denn vorstelle, von der Polizei unbemerkt zu den Geiseln zu gelangen? Paula hatte lange überlegt und schließlich eine Lösung gefunden, auf die er sich tatsächlich eingelassen hatte. Also war er mit dem Porsche in den Nachbarort zum Bäcker gefahren, hatte in dem kleinen Laden einige Vorräte gekauft und die Polizei war ihm natürlich gefolgt. Sie mussten ja glauben, Sergej befände sich allein auf dem Hof. Damit Paula in seiner Abwesenheit die Geiseln nicht freilassen konnte, hatte er ihr nur den Schlüssel für die Klappe zum Silo gegeben. Die Beute nahm er mit, damit sie nicht auf dumme Gedanken käme, wie er sagte.

Sobald Sergej und das Polizeiauto verschwunden waren, hatte Paula im Laufschritt eine Matratze aus der Scheune geholt, außerdem mehrere Decken und Kissen, einen Wasserkasten und eine große Tasche mit Vorräten ans Silo geschafft. Unter der Treppe im Flur hatte sie zwei Eimer mit Deckel gefunden, die sie halb mit Wasser füllte, damit die Geiseln ihre Notdurft verrichten konnten. Schließlich hatte sie die Luke des Silos geöffnet und zunächst die Matratze, Decken und Kissen, schließlich den Wasserkasten, der zum Glück nur mit PET-Flaschen gefüllt war, und die Tasche mit Vorräten ins Silo geworfen. Die Wassereimer musste sie hinuntertragen, bevor sie die Luke zum Silo wieder verschließen konnte. Sie war kaum im Haus gewesen, als Timoschenko bereits auf den Hof fuhr und seine Verfolger sich vor dem Gebäude in Position brachten. Im Haus hatte Sergej ihr seine Basecap auf den Kopf gesetzt, ihre langen Haare darunter gestopft, sie hatte seine Jacke angezogen und war vor dem zugezogenen Fenster im Lampenlicht auf und ab gegangen, um die Polizei glauben zu machen, Timoschenko sei am Telefonieren. In der Zwischenzeit war er durch ein hinteres Fenster geklettert und zum Silo gerannt, um die Sachen, die Paula hineingeworfen hatte, zu den Geiseln in den Bunker zu schaffen. Die Polizisten hatten offensichtlich nichts bemerkt.

Und immer noch saß Max Teubner mit zwei weiteren Gefangenen in diesem dunklen Keller. Sie hatte sich noch nicht einmal von seinem Gesundheitszustand überzeugen können. Ein weiteres Problem sah Paula darin, den Enkeltrick weiterhin durchzuführen, solange der Hof observiert wurde. Wenn sie keine Lösung parat hatte, sobald Timoschenko seinen Rausch ausgeschlafen hatte, würde er durchdrehen. Sie schwang ihre Füße aus dem Bett, griff zu ihrem Handy und wählte erneut die Nummer von Daniel Novak.

»Paula!«, rief er erfreut. »Ich komme gerade von der Arbeit nach Hause. Was gibt's? Habt ihr fleißig abkassiert?«

»Da ist nichts mehr mit Abkassieren. Dabei haben wir drei Rentner an der Angel und bräuchten das Geld nur noch abholen«, begann Paula und erklärte ihm danach die Komplexität der Sachlage.

»Hm, das ist dumm«, murmelte Daniel.

»Kapierst du eigentlich, was hier los ist? Wir sitzen auf dem Hof fest! Im Silo sind drei Menschen gefangen. Einer davon Kriminalhauptkommissar! Ein Wunder, dass den alten Mann und die Schmuckverkäuferin noch niemand vermisst hat! Wir landen alle im Knast, Daniel. Ich will hier weg!«

Sie hörte ihn leise seufzen. »Rubinchen«, säuselte er, »beruhige dich! Mir wird etwas einfallen. Halte ein paar Tage durch, dann sind wir in Sicherheit und niemand kann uns mehr trennen!«

Am liebsten hätte Paula geschrien, sie sei nicht sein »Rubinchen«, und sicherlich würde sie den Rest ihres Lebens nicht mit diesem Langweiler verbringen.

»Ich melde mich gleich, Rubinchen! Ich werde das regeln!« Damit beendete er das Gespräch.

Paula warf das Handy auf ihr Bett. Daniel war immer so korrekt, alles bei ihm war durchdacht und dreifach geplant. So wollte, so konnte sie nicht leben. Es fühlte sich an, als drücke ihr eine unsichtbare Hand langsam die Kehle zu und nähme ihr die Luft zum Atmen. Paula musste raus aus diesem Zimmer. Irgendetwas Verrücktes tun. Sie wollte spüren, dass sie noch lebte. Sie schlich den Flur entlang. Aus dem Nachbarzimmer hörte sie leises Schnarchen. Die Tür stand einen Spalt auf. Paula warf einen Blick hinein. Timoschenko lag auf dem Bett. Mit nacktem Oberkörper und Jogginghose. Seine Gesichtszüge wirkten im Schlaf entspannt. So sah er verdammt gut aus!

Überhaupt war der Sex, den sie vor Jahren mit ihm gehabt hatte, der beste ihres Lebens gewesen. Wie ein hungriger kleiner Wolf war Sergej damals mit seinen 15 oder 16 Jahren gewesen.

Ungeduldig. Neugierig. Hemmungslos. Gierig.

Sie wollte diese Ekstase mit ihm erneut erleben.

Jetzt! Sofort!

Sie zog sich nackt aus, legte sich neben ihn und schob ihre Hand in seine Hose. Langsam öffnete er die Augen und schielte halb berauscht zu ihr herüber. »Rubinchen«, lallte er und griff ihr an die Brust.

Der Gestank nach Wodka störte Paula nicht. Timoschenko brachte sie trotz seines alkoholisierten Zustands in eine höhere Hemisphäre, seine geschickten Finger und seine raue Zunge erforschten jeden Zentimeter ihres Körpers und katapultierten sie zum Gipfel der Wollust. Als sie im Nachbarzimmer ihr Handy bimmeln hörte und wusste, dass Daniel Novak zurückrief, war sie sich bewusst, dass sie den Rest ihres Lebens niemals mit ihm verbringen würde.

Einen Moment später klingelte das Smartphone von Timoschenko. Er hievte sich aus dem Bett, nahm das Gespräch von Daniel entgegen und schaltete den Lautsprecher ein, damit Paula mithören konnte.

»Paula hat mich angerufen. Ihr werdet also observiert! Ist sie nicht da? Ich erreiche sie nicht.«

Timoschenko grinste und streichelte Paulas nackte Brust. »Sie nimmt ein Bad!«, log er. »Was willst du von ihr?«

»Hör zu, Sergej, ich habe mich in meiner Firma krankgemeldet. Ich werde morgen früh nach Unna kommen und mit Paula die Senioren abfahren. Du musst nur das Polizeiauto vom Hof weglocken, damit ich sie abholen kann.«

»Das lässt sich machen«, murmelte Timoschenko. Seine Hand fuhr zwischen Paulas Schenkel. Sie stöhnte leise.

»Bist du nicht allein?«, fragte Daniel Novak.

»Doch, doch«, erwiderte Timoschenko schnell. »Ich hab nur Kopfschmerzen. Ich geh jetzt schlafen.« Er schaltete das Handy aus.

Paula sah Verlangen in seinen Augen, als er sich über sie beugte. Auch sie verspürte ungebremste Lust. Sie vergrub ihre Finger in seinen muskulösen Oberarmen und zog ihn zu sich heran. Ihre Lippen trafen sich zu einem leidenschaftlichen Kuss. Sie spürte seine kräftigen Pomuskeln unter ihren Händen. Er bewegte sich sanft und rhythmisch. Die nächsten Stunden würde sie sich der Ekstase hingeben und all ihre Probleme vergessen.

39

Die Zeitspanne bis zum späten Abend, wo Taxiunternehmer Falke, bei dem Sven Klewe angestellt sein sollte, endlich Zeit für sie haben würde, verbrachten Maike und Jochen mit Recherchen und Telefonaten. Sie hatten sich dazu ein gemütliches italienisches Restaurant mit Blick auf den Rhein ausgesucht und sich zunächst mit einer kleinen Pizza gestärkt. Jochen hatte danach seinen Laptop auf dem Tisch aufgeklappt und suchte im Intranet nach dem Namen Daniel Novak. 41 Treffer ergaben sich, wobei jedoch keiner dem Mann auf ihrem Foto auch nur im Entferntesten ähnlich sah. Möglicherweise hatte sich der Freund von Paula Horváth im Ausland niedergelassen oder eine andere Identität angenommen. Um 21.45 Uhr machten sich die Beamten schließlich auf den Weg, um den Taxiunternehmer Hermann Falke zu treffen.

Sein Unternehmen lag in Köln-Kalk, kaum zehn Autominuten vom Wohnhaus der Geschwister Taragos in Vingst entfernt. Sie fuhren an beleuchteten, imposanten Gründerzeithäusern vorbei, die sich neben Zweckbauten aus den 1950er-Jahren erhoben. Zwischendurch sahen sie zahlreiche stillgelegte Fabriken, die deutlich machten, dass der Ortsteil Kalk mal ein reiner Industriestandort gewesen war. An der Kalker Hauptstraße passierten sie die »Köln Arcaden«, ein großes Einkaufszentrum, sowie einige kleinere Geschäfte und typische Arbeiterkneipen. Insgesamt machte Kalk einen multikulturellen Eindruck mit hohem Ausländeranteil.

Maike parkte den Dienstwagen schräg gegenüber dem Taxiunternehmen, das als Flachbau wie ein umgebauter Kiosk wirkte. Da Jochen Hübner einige dienstliche Telefonate erledigen wollte, hatte er ihr das Steuer überlassen. Er schien in einen Konflikt mit Staatsanwältin von Haunhorst geraten zu sein, was Maike insgeheim Genugtuung verschaffte. So, wie sie es heraushörte, ging es um eine Gerichtsverhandlung, bei der die Juristin ihn gern dabeigehabt hätte, und die für den frühen nächsten Morgen angesetzt war. Jochen wollte aber nicht versprechen, bereits am folgenden Tag wieder in Dortmund zu sein, da die Ermittlungen in Köln Vorrang hätten. Maike zog sich diskret zurück und verließ den Dienstwagen, damit er die Angelegenheit in Ruhe klären konnte.

Sie entfernte sich einige Schritte vom Fahrzeug und blickte zum Taxi-Unternehmen hinüber. Ein flacher, lang gezogener Bau erstreckte sich vor ihr, eingebettet in Backsteinhäuser und Plattenbauten. Neben der Eingangstür befand sich ein Schaufenster, das scheinbar einst als Durchreiche eines Kiosks diente und lediglich vergrößert worden war. Auf dem Glas prangten neongelbe Buchstaben, die auf den Service des Unternehmens aufmerksam machten: Krankenfahren, Dialysefahrten, Kurzfahrten, Flughafentransfer, Kurierfahrten, Großraumtaxen. Daneben eine riesige Bahnhofsuhr im Schaufenster, darunter eine Werbereklame, mit durchlaufender Schrift in Knallrot, die besagten Service nochmals verdeutlichte. Umrahmt waren Eingang und Schaufenster mit gelben Leuchtreklamen, auf denen in übergroßen schwarzen Ziffern die Telefonnummer des Unternehmens zu lesen stand.

»Das wäre geregelt!«, sagte Jochen, als er ausstieg und die Autotür zuknallte. »Manchmal ziemlich anstrengend, unsere Staatsanwältin«, fügte er hinzu und verdrehte die Augen. »Ich habe zwar den Fall, um den es morgen früh geht, geleitet, aber mein persönliches Erscheinen vor Gericht ist nun wirklich nicht vonnöten.«

Sie überquerten gemeinsam die lebhaft befahrene Straße und betraten pünktlich um 22 Uhr die kleine Taxizentrale. An der Wand vor Kopf hing ein gerahmtes Bild mit dem Fuhrpark der Firma. Ein riesiger Schreibtisch dominierte den Raum. Darauf ein Computer und verstreut zahlreiche Papiere. Rechts an der Wand eine kleine Funkstation. Daneben ein Regal mit Taxischildern und Taximodellen. Am Schaufenster standen zwei Besuchersessel und ein Tisch mit Illustrierten. Hinter dem Schreibtisch saß eine stattliche Endfünfzigerin mit knallrotem, eng anliegendem Pulli, die gerade telefonierte. Ihr Gesicht war stark geschminkt, der Lippenstift genau passend zum Oberteil. Über ihrem wuchtigen Busen baumelte an einer Silberkette eine Brille mit ebenso rotem Metallgestell. Als Maike näher trat, wehte ihr ein penetrant süßlicher Parfumgeruch entgegen.

»Ich schicke Ihnen einen Wagen in die Bertramstraße. In fünf Minuten ist der Fahrer bei Ihnen«, beendete die Dame ihr Telefonat und sah Maike und Jochen fragend an. »Was kann ich für Sie tun?«

»Wir sind mit Herrn Falke verabredet!« Jochen zückte seinen Dienstausweis.

»Polizei aus Dortmund?«, fragte sie rhetorisch. »Hermann?«, brüllte sie dann. »Hier ist die Kripo für dich!«

Einen Augenblick später öffnete sich eine angrenzende

Bürotür und ein untersetzter Mann in den Sechzigern mit grauer Halbglatze, Cordhose und gestricktem Westover bat sie in seine Räumlichkeit. Er wirkte übernächtigt, reichte Jochen, der gut 1,85 Meter groß war, gerade bis zur Schulter. »Ich habe nicht viel Zeit!«, begann er ohne Begrüßung. »Mir ist ein Fahrer ausgefallen, ich bin den ganzen Tag immer wieder zwischendurch gefahren und ich muss mich gleich noch mal hinters Steuer setzen, also fassen Sie sich bitte kurz!«

»Wir sind auf der Suche nach Sven Klewe«, begann Jochen. »Wir erwarten uns wichtige Informationen von ihm. Fährt er gerade für Sie oder hat er eine andere Schicht? Dann bräuchten wir seine Adresse.«

»Sven Klewe …«, Hermann Falke setzte sich auf den Drehstuhl hinter seinem Schreibtisch und hackte auf die Tastatur ein, während Maike und Jochen geduldig warteten. »Der arbeitet seit Langem nicht mehr für mich. Schade eigentlich. War ein zuverlässiger Mitarbeiter. Ist dann einfach nicht mehr zum Dienst erschienen. Ich hab einige Male versucht, ihn telefonisch zu erreichen. Aber sein Handy war immer ausgestellt.«

»Und das ist Ihnen nicht merkwürdig vorgekommen?«, fragte Maike. »Sie haben nichts weiter unternommen?«

Falke sah auf. Er hatte stechende, kleine grüne Augen in seinem runden Gesicht, die bis auf den Grund ihrer Seele zu blicken schienen. »Was hätte ich denn Ihrer Meinung nach tun sollen? Eine Vermisstenmeldung aufgeben? Herr Klewe ist ein erwachsener Mann und kann tun und lassen, was er will. Zudem war er bei mir nur auf 450-Euro-Basis angestellt, da er bereits Beamtenrente bezog.«

»Er müsste heute um die 60 Jahre alt sein«, dachte Maike laut und sah, dass die Füße von Hermann Falke nur mit den Fußspitzen auf den Boden reichten, wenn er im Bürostuhl saß. »Hat er erwähnt, warum er aus dem Polizeidienst ausgeschieden ist?«

»Er hat in einigen Tagen Geburtstag«, erwiderte Falke, »am 12. Mai wird er 59. Warum er den Job als Polizist geschmissen hat, weiß ich nicht. Genauso wenig hab ich eine Ahnung, weshalb er es nicht einmal für nötig hielt, sich hier abzumelden. Interessiert mich inzwischen auch nicht mehr.«

»Dann bräuchten wir seine Adresse, Herr Falke, wenn Sie so nett wären«, sagte Jochen mit Nachdruck und trat näher an den Schreibtisch heran.

Der Taxiunternehmer nannte ihnen die Anschrift, die sie bereits vergeblich aufgesucht hatten. In Maike machte sich Enttäuschung breit. Kamen sie in Köln denn überhaupt keinen Schritt weiter?

»Der ehemalige Nachbar von Herrn Klewe erwähnte eine junge Freundin. Haben Sie die mal hier gesehen? Könnte er vielleicht mit ihr zusammengezogen sein?«, fragte sie.

Das Gesicht des Taxiunternehmers hellte sich auf. »Aber ja! Die hat ihn damals ab und zu abgeholt.« Hinter vorgehaltener Hand und etwas leiser fügte er hinzu: »Ein süßes Zuckerschnütken war das. Mit Minirock und High Heels.« Er schnalzte mit der Zunge. »Hätte seine Tochter, wenn nicht sogar Enkeltochter sein können.«

»Den Namen und die Adresse der Frau haben Sie nicht zufällig?«, fragte Jochen und auch in seiner Stimme klang Resignation.

»Warten Sie mal!«, sagte Hermann Falke und stand auf. »Im PC hab ich sie nicht. Aber ich meine, ich hab mir die Anschrift damals irgendwo notiert, weil der Klewe sagte, er sei dort zu erreichen.« Er schob das Rollo eines schmalen Rollschranks in die Höhe, entnahm nach kurzem Suchen eine Akte und blätterte darin. »Klewe, Klewe, Klewe ... Da ist er ja! Und voilà ... hier sind Name und Adresse seiner Freundin.« Er reichte Jochen die Notiz.

Der warf einen Blick darauf und pfiff durch die Zähne. »Die Dame kennen wir doch. Wir sollten uns noch einmal mit Jana Taragos unterhalten, Maike. Die hat tatsächlich vergessen zu erwähnen, dass sie mit Sven Klewe liiert ist oder es zumindest war.«

»Das kann kein Zufall sein, Jochen!«, murmelte Maike leise. In ihr machte sich ein mulmiges Gefühl breit. Sven Klewe hatte den Polizeidienst aus einem unerfindlichen Grund quittiert, später seine Wohnung aufgegeben und fuhr nun seit fast einem Jahr kein Taxi mehr. Er war mit Jana Taragos liiert, die gewiss wusste, dass er mitverantwortlich für den Tod ihrer Eltern war. Ob sie sich aus diesem Grund an ihn herangemacht hatte? Wollten die Geschwister sich rächen? Handelten sie vielleicht sogar im Auftrag ihres Großvaters Bakro Taragos? Sven Klewe schien wie vom Erdboden verschluckt.

Jochen klopfte auf den Schreibtisch, da Hermann Falke in diesem Moment ein Telefonat entgegennahm. »Vielen Dank, Herr Falke, Sie haben uns sehr geholfen.«

Bereits auf dem Weg zum Dienstwagen sagte er zu Maike: »Vielleicht ist Sven Klewe tatsächlich bei Jana Taragos gemeldet. Da frag ich mich allerdings, warum die junge Frau nichts davon erwähnt hat.«

»Wir haben sie nicht gefragt, Jochen!«, erwiderte Maike lakonisch. »Freiwillig wird sie so eine Info bestimmt nicht herausrücken.«

Es war fast 23 Uhr, als sie zum zweiten Mal an diesem Tag das kleine Häuschen der Geschwister Taragos in der Gernsheimer Straße in Vingst erreichten. Mit einem Blick sah Maike, dass das Motorrad von Adrian Taragos nicht vor dem Haus stand. Er schien seinen Job in der Bar zu verrichten. Maike trat auf die verblichene Eichentür zu und drückte ausdauernd den Klingelknopf. Als sich minutenlang nichts rührte, schellte sie erneut. Kurz darauf wurde ihnen die Tür geöffnet und sie standen einer scheinbar verwunderten Jana Taragos gegenüber.

»Wir hätten noch einige Fragen«, begann Maike, »dürfen wir noch einen Augenblick hereinkommen?«

Die junge Frau gab schweigend die Tür frei und ging ihnen voran ins Wohnzimmer, wo wieder nur sehr düstere Beleuchtung herrschte.

»Worum geht es denn?«, fragte sie, ohne sich zu setzen oder ihnen einen Platz anzubieten.

»Wir würden gerne mit Ihrem Freund Sven Klewe sprechen!«, trat Maike die Flucht nach vorn an.

Jana Taragos zuckte zusammen, als hätte Maike ihr eine Nadel in den Körper gestochen. Im Dämmerlicht kam es ihr vor, als sei die junge Frau noch eine Spur blasser geworden.

»Was … was wollen Sie von ihm?«, brachte Jana endlich heraus.

»Das würden wir ihm gerne selbst sagen!«, erwiderte Jochen.

Jana riss die Augen weit auf und zog die Stirn kraus,

dann zog sie die Ärmel ihres Schlabberpullis lang und versteckte ihre Hände darin. »Er ... er ist nicht da!«

»Wo ist er? Wann kommt er zurück?«, fragte Maike.

»Keine Ahnung ... er ist manchmal länger weg.« Jana Taragos setzte sich auf einen ihrer Sessel und zog die Füße auf den Sitz, um sie mit den Armen zu umschlingen. Sie wirkte wie ein zusammengekauertes, verwirrtes Rehlein.

»Wann haben Sie ihn zuletzt gesehen?«, fragte Maike. »Er hat doch bestimmt ein Handy, über das Sie ihn erreichen können.«

Jana Taragos legte ihre Stirn auf die Knie und verbarg so ihr Gesicht, ihr Körper zuckte leicht, als würde sie weinen.

»Wo ist Sven Klewe, Frau Taragos?« Jochen Hübners Stimme schallte laut und energisch durch den Raum.

Jana Taragos nahm die Hände an den Kopf und hielt sich die Ohren zu, dabei begann sie, langsam im Sessel zu wippen. Sie schien ihre Umwelt ausschalten zu wollen.

Maike ging vor dem Sessel, in dem Jana saß, in die Hocke, und fasste ihr an den Arm. »Wenn Sie wissen, wo Herr Klewe sich aufhält, müssen Sie uns das sagen. Wir müssen dringend mit ihm reden.«

Jana hob langsam den Kopf. Maike sah die Tränen, die sie lautlos geweint hatte, an ihrer Wange herabrollen.

»Ich hab das nicht gewollt«, flüsterte sie kaum hörbar.

»Was haben Sie nicht gewollt? So reden Sie endlich!«, rief Jochen.

Jana nahm die Füße vom Sessel, lehnte sich an und verschränkte die Arme vor der Brust. Sie wirkte immer noch verletzlich, aber ihre Augen zeigten nun einen entschlossenen Ausdruck.

»Setzen Sie sich!«, sagte sie. »Ich kann nicht mehr. Ich werde Ihnen sagen, was ich weiß. Im Grunde hab ich drauf gewartet, dass endlich die Polizei vor der Tür steht.« Sie geduldete sich, bis Maike und Jochen auf dem Sofa saßen, dann begann sie zu erzählen.

Nach dem Tod ihrer Eltern sei immer wieder das Gespräch auf die Ursache des Unfalls gekommen. Opa Bakro habe die Schuld in erster Linie Paula Horváth gegeben, durch deren Verrat der Clan aufgeflogen sei. Nur deshalb sei es zu dem tödlichen Unfall gekommen. Bakro Taragos sei seitdem auf Rache aus. Jana machte eine Pause, griff nach einer Flasche Mineralwasser, die neben dem Sessel stand, und nahm einen kräftigen Schluck daraus.

»Möchten Sie auch etwas trinken? Einen Tee vielleicht?«

Maike und Jochen verneinten.

»Für Großvater standen die Schuldigen schnell fest. Zunächst die beiden Polizisten, die an der Verfolgungsjagd unserer Eltern beteiligt waren. Und natürlich Paula Horváth.«

»Ich habe mich in den letzten Tagen intensiv mit dem Fall beschäftigt«, meinte Maike. »Der Clan Ihres Großvaters wäre auch ohne das Zutun von Paula Horváth aufgeflogen. Dass es bei der Verfolgung zu diesem tragischen Unfall kam, dafür konnten die Beamten nichts.«

Jana lehnte sich wieder zurück. »Mag sein, dass es so ist. Aber Großvater braucht einen Schuldigen, sonst findet er keinen Frieden.«

»Hat er Sie dazu angestiftet, ein Verhältnis mit Hauptkommissar Sven Klewe zu beginnen? Wen hat er auf Paula angesetzt?«

»Dazu komme ich jetzt«, erwiderte Jana.

Sie erzählte, dass zwei Clanmitglieder Paula Horváth bereits vor zwei Jahren aufgespürt hätten, da sei ihr aber die Flucht gelungen. Vor einigen Wochen habe man ihren Aufenthaltsort erneut ausfindig gemacht. Daraufhin seien Jana und Adrian nach Unna gefahren, um sich zunächst ein Bild von der Lage zu machen.

Maike dachte an das Motorrad von Adrian, das Stefan Humboldt, der Nachbar von Paula, im Schützenhof gesehen hatte. »Sie haben Paula zunächst in ihrer Siedlung beobachtet, dabei herausgefunden, welchen Gewohnheiten sie nachgeht, und sie dann am frühen Donnerstagmorgen in der vergangenen Woche im Bornekamp in Unna überfallen und ihren Hund getötet. Richtig?«

Jana nickte. »Auch das habe ich nicht gewollt. Es tat mir leid um das arme Tier, das elend verreckt ist. Das allein hätte meiner Meinung nach als Denkzettel für sie gereicht. Aber mein Bruder und Opa gaben sich damit nicht zufrieden.«

»Also kehrten Sie am folgenden Tag noch einmal zurück nach Unna«, resümierte Jochen, »Sie suchten Paula in ihrer Wohnung auf und brachten sich zur Verstärkung noch Slatko Breuer mit. Dann schellte es an der Wohnungstür und plötzlich standen zwei Polizisten in der Wohnung. Es kam zum Handgemenge, bei dem sich ein Schuss aus der Waffe des Kollegen Teubner löste. Plötzlich war Slatko Breuer tot. Wer hat geschossen, Frau Taragos? Wo halten Sie Paula Horváth und den Kollegen Teubner versteckt? Und was ist mit Sven Klewe?«

Jana Taragos starrte sie einen Moment mit offenem Mund an, ehe sie das Gehörte verarbeitet hatte. »Nein. Sie irren sich!«, sagte sie. »Wir hatten Paula übel zugerichtet und wollten abwarten, was unser Großvater dazu sagt. Sie können das gern überprüfen. Wir hatten erst am Samstag einen Besuchstermin bei ihm in der JVA.«

»Genau«, rief Jochen und sprang auf. »Um ihm zu berichten, dass Sie Paula und den Kollegen Teubner in Ihrer Gewalt haben. Und um ihn zu fragen, wie es weitergehen soll, jetzt, wo Sie den Tod von Slatko Breuer auf dem Gewissen haben!«

»Nein!«, schrie Jana und sprang ebenfalls auf. »Adrian und ich waren am Freitag in der Uni. Und später haben wir unseren Freunden geholfen! Haben Sie meine Angaben nicht überprüft? Dann müssten Sie wissen, dass ich die Wahrheit sage!«

Jochen ging nicht darauf ein und setzte sich. »Und Ihr Freund Sven Klewe, der hat wohl ebenfalls mitgeholfen. Und auch dafür können Sie uns zahlreiche Zeugen präsentieren. Nicht wahr?«

Jana ließ sich wieder in ihren Sessel fallen. »Nein«, sagte sie leise, »hat er nicht.« Sie senkte die Augenlider und rieb sich die Stirn.

»Frau Taragos«, begann Maike in versöhnlichem Tonfall, »wir werden Ihre Angaben überprüfen, was den letzten Freitag angeht. Aber sagen Sie uns jetzt bitte, wo sich Herr Klewe aufhält!«

Erneut zog die junge Frau die Füße auf den Sitz, umschlang mit den Händen die Beine und stützte ihr Kinn auf den Knien ab. »Adrian hatte vor etwa zwei Jahren herausgefunden, dass Sven Klewe nicht mehr bei der Polizei arbeitete, sondern bei einem Taxiunternehmen. Er orderte ihn als Fahrer bei der Taxizentrale mit der Begründung, wir hätten gute Erfahrungen mit ihm gemacht. Er fuhr mich oft zur Uni. So habe ich ihn kennengelernt. Die ersten Fahrten habe ich bezahlt, danach nicht mehr, weil ich ihm sympathisch war.«

»Und das war auch der Sinn der Unternehmung«, erkannte Jochen, »Sie sollten sich an Sven Klewe heranmachen und sein Vertrauen gewinnen. Wie ging es weiter?«

Jana erzählte, sie habe sich in jener Zeit mehrfach mit ihm getroffen, sei mit ihm ausgegangen. Sie hätte ihm vorgemacht, dass sie sich in ihn verliebt habe, was ihr bei dem Senior ziemlich schwergefallen sei. Immerhin sei er 40 Jahre älter als sie gewesen. Irgendwann habe sie ihn überredet, seine Wohnung aufzugeben und zu ihr ins Haus zu ziehen. Dass ihr Bruder Adrian auch dort wohne, habe Klewe nicht gewusst, da Adrian für die Zeit zu einem Kommilitonen gezogen sei. Klewe habe nicht einmal von der Existenz ihres Bruders geahnt. Sie hätten das Risiko nicht eingehen wollen, dass er sie mit der Enkelmafia und seinem damaligen Fall in Verbindung brächte.

»Wurde er nicht stutzig, als er Ihren Nachnamen hörte? Taragos ist ja nicht gerade ein geläufiger Name«, fragte Maike.

»Ja. Er fragte mich, ob ich einen Bakro Taragos kenne. Ich habe natürlich gesagt, den Namen hätte ich nie gehört.«

Sven Klewe sei schließlich zu ihr gezogen, habe sich offiziell umgemeldet. Sie habe schon bald seine Kontovollmacht bekommen und konnte sich fortan von seinem Konto bedienen. Auch wenn er in vorzeitigen Ruhestand gegangen sei, seine Pension wäre für die Geschwister ein wahrer Geldsegen gewesen.

»Wo ist Sven Klewe jetzt?«, fragte Maike.

»Zwei Wochen nachdem er hier eingezogen war, hat

Adrian ihn überwältigt und in den Keller geschafft«, flüsterte Jana.

Jochen sprang auf. »Er ist hier im Keller? In diesem Haus?«

Jana nickte.

»Bringen Sie uns zu ihm!«, sagte Maike und sprang ebenfalls auf.

Jana quälte ihren Körper langsam in die Höhe. »Das geht nicht. Nur Adrian hat den Schlüssel zum Keller. Er kümmert sich um Sven, wenn ich in der Uni bin oder beim Einkaufen. Ich habe ihm immer wieder gesagt, ich will mit der Sache nichts zu tun haben. Mittlerweile reden wir nicht mehr über ihn.«

»Zeigen Sie uns die Kellertür! Sofort!«, forderte Jochen.

Jana ging hinter der Wendeltreppe in den Küchenbereich, wo sie am Nachmittag Geschirr abgetrocknet hatte. Maike folgte ihr dicht auf. Die Küche war klein, maß kaum fünf Quadratmeter. Eine kleine Küchenzeile, die ums rechte Eck gebaut war, dominierte den Raum. An der linken Wand ein kleines Fenster, vor Kopf neben der Küchenzeile ein Vorhang mit Blümchenmotiven, hinter dem scheinbar Küchenhandtücher hingen. Jana schob den Store beiseite.

»Du liebe Güte!«, entfuhr es Maike.

Hinter dem Vorhang befand sich eine Stahltür. Massiv und dick. Gesichert mit zehn Panzerriegeln, die über die Breite der Tür hinaus bis zum Türrahmen gingen und integrierte Schlösser aufwiesen.

»Wie lange befindet sich Sven Klewe bereits in diesem Keller? Wann haben Sie ihn das letzte Mal gesehen?«, fragte Jochen.

Jana zog langsam die Schultern hoch. »Es kann etwa ein Jahr her sein. Seinen letzten Geburtstag haben wir noch zusammen gefeiert.«

Jochen zückte sein Handy. »Bei der Tür wird selbst der Schlüsseldienst Probleme bekommen. Ich werde den Kölner Kollegen Dirk Neubach informieren, Maike. Er wird alles Nötige veranlassen und eine Streife in die Bar schicken, in der Adrian Taragos arbeitet. Geben Sie uns bitte sofort die Adresse der Bar, Frau Taragos!«

MITTWOCH, 5. APRIL

40

Maike saß neben Jana Taragos auf der Couch im Wohnzimmer. Erneut fiel ihr der abgewetzte und fleckige Bezugsstoff auf. Kurz, nachdem sie und Jochen die Kellertür entdeckt hatten, war Jana zusammengebrochen. Es schien, als sei mit dem Anblick der verrammelten Stahltür ihre Erinnerung an Sven Klewe zurückgekehrt und damit auch das schreckliche Verbrechen, das sie mit zu verantworten hatte, indem sie zuließ, dass er eingesperrt wurde. Mittlerweile wirkte die junge Frau apathisch, der bereits anwesende Notarzt hatte ihr ein Beruhigungsmittel verabreicht, da sie sich weigerte, sich zur weiteren Behandlung ins Krankenhaus zu begeben. Sie saß neben Maike, die Füße wieder auf den Sitz gezogen und die Beine mit den Armen umschlossen. Mehrfach hatte sie vergeblich versucht, ihren Bruder zu erreichen, weil sie sich allein der Situation nicht gewachsen fühlte. Bis jetzt war es auch den Kollegen nicht gelungen, Adrian Taragos aufzuspüren, dessen Unterstützung Jana bitter nötig gehabt hätte. In der Bar, in der er für gewöhnlich arbeitete, hatte er sich um 23 Uhr mit plötzlich auftretenden Bauchschmerzen abgemeldet. Jana hatte schließlich zugegeben, dass sie ihn angerufen hatte, als sie die Dortmunder Beamten am späten Abend erneut vor der Haustüre stehen sah. Scheinbar hatte ihr Bruder daraufhin Panik bekommen und die Flucht ergriffen, anstatt seiner Schwester beizustehen. Die Fahndung nach ihm lief.

Da Adrian Taragos ihnen die Kellertür nun nicht hatte aufschließen können, mussten die Beamten einen professionellen Schlüsseldienst beauftragen. Dirk Neubach hatte sich darum gekümmert. Es war bereits weit nach Mitternacht, als der Mitarbeiter des Schlüsseldienstes endlich mit seiner Arbeit beginnen konnte. Als er die verbarrikadierte Stahltür zu Gesicht bekam, hatte er nur die Hände über dem Kopf zusammengeschlagen und geflucht. Glücklicherweise hatte er eine Flex in seinem Auto und begann kurz darauf, die Panzerriegel mit der Maschine durchzutrennen. Das schleifende Geräusch ging durch Mark und Bein und dauerte weiterhin an. In der Wohnung tummelten sich inzwischen zahlreiche Beamte der Kölner Kripo. Vor dem Haus standen mehrere Streifenwagen, ein Notarztwagen und das Werksauto des Schlüsseldienstes. Die Kölner Kollegen hatten weiträumig abgesperrt, dennoch hielten sich zu dieser nächtlichen Stunde Dutzende neugierige Passanten und Nachbarn hinter der Absperrung auf, um zu erfahren, was es mit dem großen Polizeiaufgebot auf sich hatte. Auch die Presse hatte bereits Wind von der Geschichte bekommen und stand mit Kameras parat.

Die Spurensicherung hatte die Mansarde des Hauses untersucht, nichts deutete jedoch auf die Anwesenheit einer weiteren Person. Sven Klewe schien sich tatsächlich seit fast einem Jahr ausschließlich im Keller aufzuhalten. Maike wagte nicht daran zu denken, wie es mit seinem gesundheitlichen – insbesondere psychischen – Zustand aussehen mochte. Sie drehte sich zu Jana und fasste der jungen Frau sanft an den Arm.

»Jana ... bitte versuchen Sie noch einmal, Ihren Bruder per Handy zu erreichen. Wir bekommen die Kellertür auch ohne ihn auf. Aber Sie brauchen jetzt seine Unterstützung. Er sollte Sie in dieser Situation nicht allein lassen. Früher oder später finden meine Kollegen ihn sowieso. Oder wollen Sie die Konsequenzen dieses Verbrechens nur auf Ihre Kappe nehmen?«

Jana ließ den Kopf auf ihre Knie sinken. »Ich hab ihm bereits über WhatsApp geschrieben, dass ich das hier nicht durchstehe. Die Nachricht ist nicht einmal bei ihm angekommen.«

»Rufen Sie ihn an!«, ermunterte Maike sie.

Jana wählte seine Nummer. »Mailbox«, murmelte sie enttäuscht.

»Gibt es jemand anderen, der sich um Sie kümmern kann?«

Jana schüttelte den Kopf. »Ich könnte jetzt keinen meiner Freunde oder Bekannten um mich haben.«

»Die Kollegen fahnden nach Ihrem Bruder. Ich hoffe, sie werden ihn bald finden«, sagte Maike.

In diesem Moment wurde die Wohnzimmertür aufgerissen und ein aufgewühlter Adrian Taragos stürmte in voller Motorradkluft auf seine Schwester zu. Seinen Helm schmiss er gedankenlos in den Sessel. Jana sprang auf und warf sich in die Arme ihres Bruders.

»Es tut mir leid«, schluchzte sie. »Ich musste ihnen die Tür zeigen. Ich wollte dir nicht schaden, aber ich halte das hier nicht mehr aus!«

Adrian Taragos schloss seine Schwester in die Arme und streichelte ihr sanft übers Haar. Seine Stirn lag in tiefen Falten, aber er schien keinen Groll gegen sie zu verspüren. »Ist gut, Janchen … alles gut. Wir stehen das gemeinsam durch. Ich habe mich nach deinem Anruf sofort in der Bar abgemeldet und mich auf den Heimweg gemacht. Dummerweise hatte ich einen Unfall mit dem Motorrad. Mir ist die Maschine in einer Kurve weggerutscht. Aber mir geht es gut. Ich musste ewig weit laufen, ehe ich jemanden fand, der für mich die Polizei informiert hat. Mir ist bei dem Sturz das Handy kaputtgegangen. Nach Aufnahme des Unfalls haben mich die Polizisten gleich hierher gebracht. Nach mir würde gefahndet, haben sie gesagt.«

»Haben Sie die Schlüssel für den Keller?«, fragte Maike.

»Hm«, murmelte Adrian, »in irgendeiner Schublade.«

Jana legte den Kopf an die Brust ihres Bruders und weinte.

»Was haben Sie mit Sven Klewe gemacht?«, rief Maike.

»Er hat bekommen, was er verdient!«, antwortete der Roma knapp.

»Wann waren Sie das letzte Mal bei ihm? Haben Sie ihm regelmäßig etwas zu essen und trinken gebracht? Wie geht es ihm?«

Adrian Taragos ließ seine Schwester los, stellte sich direkt vor Maike und stützte seine Hände in den Hüften ab. »Mir ist völlig egal, wie es ihm geht. Glauben Sie im Ernst, er hätte es verdient, dass wir uns aufopferungsvoll um ihn kümmern? Er hat meine Eltern in den Tod getrieben. Wäre er nicht so hinter ihnen hergerast, wäre dieser Unfall damals nicht passiert.«

»Ihre Eltern haben sich der Festnahme entzogen, Herr Taragos! Sie wollten sich vermutlich ins benachbarte Ausland absetzen. Die Kollegen mussten sie verfolgen. Im Übrigen war auch ein Hubschrauber im Einsatz. Ihre Eltern hätten nicht entkommen können.«

Adrian trat noch einen Schritt auf Maike zu. Seine Augen wirkten im dämmrigen Lampenlicht fast schwarz und funkelten erregt. »Umso schlimmer, dass Ihre Kollegen ihnen trotzdem so eine rasante Verfolgungsjagd lieferten. Meine Eltern haben sich durch Betrügereien eine goldene Nase verdient! Ja und? Sie wollten Jana und mir eine bessere Zukunft ermöglichen. Die meisten Senioren, die betrogen wurden, hatten so viel Geld, dass sie den Verlust verschmerzen konnten. Genauso wie der alte Mann bei uns im Keller.«

Maike sah Adrian erstaunt an. Sie fühlte sich durch seine körperliche Nähe in keinster Weise eingeschüchtert. »Sie haben Sven Klewe ebenfalls um seine Ersparnisse erleichtert? Das kann ich nicht glauben. Er hat jahrelang gegen das organisierte Verbrechen gekämpft. Speziell im Rahmen des Enkeltrickbetrugs.«

»Er hat Jana jedenfalls seine finanziellen Rücklagen überlassen. Damit konnten wir uns eine Weile über Wasser halten. Zudem kam seine kleine Beamtenpension jeden Monat auf Janas Konto.« Adrian grinste abgebrüht.

Maike zeigte sich fassungslos. Ihr fehlten schlichtweg die Worte bei dieser unverschämten Gefühllosigkeit.

»Die Tür ist jetzt auf!«, Jochen kam mit langen Schritten ins Wohnzimmer. »Kommst du? Dirk Neubach möchte, dass wir mit ihm zuerst in den Keller gehen.«

Maike überließ Jana und Adrian der Obhut der Kollegen von der Schutzpolizei und folgte Jochen in die Küche. Sie sah, dass die Panzerriegel links und rechts am Rahmen durchtrennt waren, das Türschloss schien der Schlüsseldienst aufgebohrt zu haben. Die Stahltür ragte nun gut 80 Zentimeter in die Küche hinein, aus dem Keller kam ihnen trockene, warme Luft entgegen. Dirk Neubach ging mit einer Taschenlampe voran. Elektrisches Licht gab es nicht, auch keine Fenster, soweit Maike das in der Dunkelheit beurteilen konnte. Sie gingen einige Stufen hinab und landeten in einem Keller mit sehr niedriger Deckenhöhe. Direkt darunter verliefen nicht isolierte Kupferrohre. Maike mit ihren 1,75 Meter Körpergröße konnte gerade stehen, aber die Männer mussten ihre Köpfe einziehen. Im fahlen Licht der Taschenlampe sah Maike den Putz von den Wänden bröckeln. Die Temperatur hier unten war extrem hoch und trocken, Maike schätzte sie auf mindestens 28 Grad und sie verspürte sofort unbändigen Durst. Das Phänomen kannte sie auch von Räumen, die stark klimatisiert waren. Sie befühlte vorsichtig eines der Heizungsrohre und zuckte erschrocken mit dem Finger zurück. Das Rohr war enorm heiß.

Neubach ließ den Strahl der Taschenlampe durch den Kellerraum wandern. Sie sahen gemauerte Wände und dicken Staub auf dem Boden, der keine Fußspuren aufwies. Scheinbar hatte diesen Keller seit Monaten niemand mehr betreten. Maike befürchtete das Schlimmste. Neubach ging auf die einzige Tür in diesem Vorraum zu, die sich vor Kopf befand.

Hoffentlich war die nicht ebenfalls verschlossen. Der Kölner Hauptkommissar drückte die Klinke nieder und konnte die Stahltür mühelos aufschieben. Sie führte in einen weitaus schmaleren Raum, ungefähr zwei Meter breit und drei Meter lang. An der linken Wand befand sich ein etwa 50 cm Zentimeter hoher und 70 cm breiter Vorsprung aus porösem Stein – vielleicht Tuff. Darauf lag ausgestreckt eine menschliche Gestalt. Die Kleidung hing übergroß an einem ausgemergelten Körper. Als Neubach den Strahl der Taschenlampe auf die Füße der Person lenkte, erkannte Maike, dass sie mit Kabelbinder zusammengezurrt waren. Das Licht der Lampe wanderte langsam höher. Über dem Bauch lagen die Hände aneinander gekettet, ebenfalls mit Kabelbinder. Die Haut wirkte ledrig, die Fingernägel schienen abartig lang. Als der Strahl der Lampe das Gesicht der leblosen Person erreichte, musste Maike unwillkürlich den Blick abwenden. Ob es sich um Sven Klewe handelte, ließ sich nicht mehr eindeutig feststellen, da die Person auf dem Vorsprung bereits vollständig mumifiziert war.

41

Die Nacht mit Sergej Timoschenko war aufregend gewesen. Paula Horváth lief noch jetzt ein lustvoller Schauer über den Rücken, wenn sie daran dachte. Sie stand am geschlossenen Fenster, hinter zugezogener Gardine, und beobachtete ihn dabei, wie er den Porsche rückwärts aus der Scheune fuhr. Bevor er gegangen war, hatte er ihr einen wilden Kuss gegeben und ihr ins Ohr geflüstert, sie solle sich überlegen, ob sie ihre Zukunft nicht doch mit ihm verbringen wollte. Sergejs Augen hatten verklärt ausgesehen, als sei er verliebt in sie. Das hatte Paula auf den Boden der

Tatsachen zurückgeholt. Das Letzte, was sie sich wünschte, war eine Bindung zu einem Mann, der sie gefesselt und geschlagen hatte. Er war launisch, brutal und außerdem kannte er seine Grenze beim Alkohol nicht. Sie sah sich als eine unabhängige Frau und würde über ihre Zukunft selbst bestimmen. Sie wollte sich aber genauso wenig auf den »Novizen« Daniel Novak einlassen und an seiner Seite vor Langeweile zugrunde gehen. Eine Verbindung mit ihm klang nach Hausmütterchen mit Kindern, dabei waschen, putzen, kochen und einen Langweiler an der Seite, der ihr zwar jeden Wunsch von den Augen ablas, ihr aber nicht die Spannung bieten konnte, ohne die sie nicht leben mochte.

Der einzige Mann, mit dem Paula sich eine gemeinsame Zukunft hätte vorstellen können, saß in einem Silo hinter dem Hof eingesperrt. Und spätestens, nachdem er mitbekommen hatte, dass Paula mit seinen Entführern unter einer Decke steckte, war an eine Zweisamkeit mit Max Teubner nicht mehr zu denken. Was, wenn sie ihm zur Flucht verhelfen würde? Ob dann alles gut wäre? Ob er ihr verzeihen könnte?

Paula wandte sich vom Fenster ab. Sie musste eine Entscheidung treffen, wie es mit ihrem Leben weitergehen sollte. Timoschenko war inzwischen vom Hof gefahren, das Polizeiauto war ihm gefolgt. Paula lief die Treppe hinunter. Sie zog eine kurze Lederjacke über, da der Tag sich heute wolkenverhangen und kühl zeigte. Ihre auffälligen roten, langen Locken hatte sie hochgesteckt und mit einer schwarzen Mütze bedeckt. Sie setzte eine Sonnenbrille auf, die ihr immer noch lädiertes Gesicht verdecken sollte. Dann betrat sie den Innenhof und zog die Haustür hinter sich zu. Timoschenko würde zum Bäcker fahren und Brötchen holen, bis er zurückkam, musste Paula verschwunden sein. Sie schlenderte zur Einfahrt. Keine zwei Minuten später hielt ein Auto mit niederländischem Kennzeichen neben ihr. Sie zog die Beifahrertür auf und setzte sich neben Daniel Novak, der sie liebevoll anlächelte.

»Mein Rubinchen ... es ist so schön, dich zu sehen!«

»Hey, Daniel«, erwiderte sie und hauchte ihm einen Kuss auf die Wange. Sie hasste es, Rubinchen genannt zu werden.

»Du solltest fahren«, sagte Daniel, »du wohnst bereits eine Weile in Unna und kennst dich besser aus. Außerdem können wir schneller flüchten, wenn etwas schiefgeht.«

Paula lachte auf. »Was soll passieren? Ich mache den Trick schon so lange, es ist meist gut gegangen.«

»Nicht immer«, widersprach der »Novize«, »du warst immerhin im Knast und da wollen wir zwei doch nicht hin.«

Paula seufzte und stieg aus. Daniel war und blieb ein Weichei. Zu vorsichtig, zu durchdacht, zu wenig risikobereit. Sie ging um den Wagen herum und setzte sich hinters Steuer, als er auf den Beifahrersitz gerutscht war. Dann startete sie den Motor und lenkte den Wagen nach Unna Mitte, wo in der Grabengasse der erste Rentner mit Geld wartete. Als sie auf der Werler Straße fuhr und vor sich in weiter Ferne den grünlich schimmernden Turm der Stadtkirche erblickte, musste sie unwillkürlich an ihren Job bei der Putzkolonne denken. Wie oft war sie dem Kirchturm in den frühen Morgenstunden entgegengeradelt? Bei Wind und Wetter, bei Hitze und Schnee. Und wie oft hatte sie damals gedacht, was sie darum geben würde, diesen miesen Job nicht mehr erledigen zu müssen. Könnte sie die

Zeit zurückdrehen, würde sie die Fahrten mit dem Fahrrad genießen. Ihr Leben war zwar einfach, dafür aber sorgenfrei gewesen. Paula fuhr die alte B1 durch bis zur Innenstadt und bog in die Hertinger Straße ab.

Hinter der Eselsbrücke, offiziell so benannt von der Redaktion des Seniorenmagazins »Herbstblatt«, lenkte Paula das Auto vom Verkehrsring in die Wasserstraße, vorbei am Verlagshaus des »Hellweger Anzeigers«. Weit und breit kein freier Parkplatz. Parken in Unnas City war wie Lotteriespiel. Sie rollte am REWE-Markt und Kaufhaus »Schnückel« entlang, fuhr schließlich am Meisterhaus vorbei auf das Restaurant »Ölckenturm« zu. Die dortige Tiefgarage wollte sie nicht benutzen, so parkte sie auf einem freien Platz direkt vor der Gaststätte.

»Ich rufe den Alten eben an, dann kannst du los«, sagte Paula und erklärte Daniel den Weg. Sie kannte sich hier recht gut aus, war mit Arco oft vom Bornekamp bis in die Innenstadt gelaufen und hatte sich am Marktplatz in der »Kuhbar« ein Eis gegönnt. Oder im Café »Extrablatt« einen Cocktail, manchmal in der Brasserie ein leckeres Baguette. Dabei immer den Blick auf den Eselsbrunnen, wo Kinder spielten und Tauben jagten, die laut flatternd auf eines der Dächer am Marktplatz flogen. Die Grabengasse lag nicht weit vom Markt entfernt. Die dortigen Häuser standen an der alten Stadtmauer, die im Ölckenturm, einer der vier ehemaligen Stadttürme, mündete.

Paula hatte den Senior sofort in der Leitung. Er schien auf ihren Anruf gewartet zu haben. »Opa«, säuselte sie verzweifelt, »ich bin gestern von einem Auto angefahren worden! Ich musste die halbe Nacht im Krankenhaus verbringen, danach konnte mich endlich ein lieber Freund abholen. Jetzt sitze ich zu Hause mit Gipsfuß und Krücken und kann kaum laufen, geschweige denn fahren.«

»Guter Gott! Kind! Aber ich habe das viele Geld hier liegen! Und du brauchst es für deine kranke Tochter! Für die teure Operation!«

Paula weinte laut und drückte tatsächlich einige Tränen heraus, die der Alte natürlich nicht sah. »Es ist alles so furchtbar! Ich werde vom Pech verfolgt. Jetzt wird meine Kleine nie gesund. Hoffentlich bleibt sie am Leben!«

»Wenn ich könnte, würde ich dir das Geld bringen, mein Kind! Aber ich gehe kaum noch aus dem Haus, bin einfach zu unsicher. Gibt es keine andere Lösung?«

Jetzt hatte sie den Greis genau da, wo sie ihn haben wollte. »Ich werde dir einen guten Freund schicken. Auf ihn ist Verlass. Du kannst ihm vertrauen. Er hat mich auch vom Krankenhaus abgeholt.«

Der Alte war sofort einverstanden. Daniel wartete noch zehn Minuten, dann verließ er das Auto und ging am Restaurant vorbei die Grabengasse hinunter. Bald war er ihren Blicken entschwunden. Keine Viertelstunde später tauchte er bereits wieder auf und strahlte über das ganze Gesicht. »Fehlt nur, dass er mit dem gefüllten Briefumschlag wedelt oder das Geldbündel herauszieht«, murmelte Paula.

»5.000 Euro. Ist so easy, die Alten auszunehmen!«, schwärmte er.

Paula startete den Motor und meldete ihn bei ihrem nächsten Opfer an. Die Adresse lag nur etwa 500 Meter von der Grabengasse entfernt, aber sie scheute sich davor, Novak den Weg zu erklären. Sie lenkte den Wagen zurück auf den Verkehrsring und bog bereits an der folgenden Ampel erneut links ab, um zur Burgstraße zu gelangen. Sie fuhr vorbei am alten Landratsamt, das komplett renoviert in Mietwohnungen und Büroräume umgewandelt wurde. Das Haus, in dem die Seniorin lebte, war ein für den Altstadtkern nicht unübliches Fachwerkhaus. Paula ließ Novak aussteigen und rollte langsam weiter. Hinter dem Burgspielplatz, wo das Museum der Stadt in der alten Burg untergebracht war, gab es einen Parkplatz der Stadtsparkasse. Leider war die Schranke zu. Die Kontokarte zum Parken einzuführen, würde Spuren hinterlassen. Sie wendete vor der Burg, deren kupferbedeckter Turm im selben hellen Grün schimmerte wie der Turm der Stadtkirche, als ihr Handy summte.

Paula las Novaks Nachricht. Er hatte das Geld. Sie fuhr zurück in die Burgstraße, wo er in einer Einfahrt wartete. Während er einstieg, wählte sie ihr für heute letztes Opfer an. Damit hätten sie in über einer Stunde eine Einnahme von wiederum 25.000 Euro aufzuweisen. Ein weitaus effektiveres Arbeiten als die mühsame Putzerei in der Kolonne. Die alte Dame am anderen Ende der Leitung wartete bereits. Paula jammerte ein bisschen und erklärte, dass ihr Freund das Geld abholen könne. Wieder kein Problem.

Paula grinste zufrieden und lenkte den Wagen Richtung Königsborn. An der Hammer Straße staute sich der Verkehr. Im Stop-and-go-Tempo fiel ihr Blick links auf die Stadthalle von Unna, ein grauer Betonklotz, dem Paula nichts abgewinnen mochte. An der Ampel konnte sie endlich abbiegen und in den Bergenkamp einbiegen. Ihr Ziel war eines der Mehrfamilienhäuser am Ende der Straße.

Paula setzte Novak ab, wendete den Wagen und parkte kurz vor der Kreuzung am Straßenrand. Durch den Rückspiegel sah sie, wie Daniel seinen Oberkörper beugte und in die Sprechanlage sprach. Schließlich betrat er das Haus. Während Paula wartete, beobachtete sie, wie ein Schulbus auf den Parkplatz vor der Eissporthalle fuhr. Kinder im Grundschulalter verließen den Bus mit einem Sportbeutel. Sie mussten sich in Zweierreihen aufstellen, danach dackelten sie friedlich und fröhlich schnatternd hinter der Lehrerin her. Die führte sie über die Straße, an der Eissporthalle vorbei, vermutlich zur Schwimmhalle, die dahinter lag. Wenig später sah Paula ein Motorrad und einen Fahrschulwagen, die ebenfalls auf den Parkplatz fuhren. Der Fahrer des Autos holte einige Pylonen aus seinem Kofferraum und baute sie im Abstand von jeweils fünf bis acht Metern auf. Paula beobachtete, wie der Motorradfahrer nun versuchte, die Slalomfahrt zu meistern. Mit jedem Versuch klappte es besser.

Wie lange war Novak jetzt schon bei der Alten? Paula blickte auf die Uhr. Fast eine halbe Stunde! Du liebe Güte! Ob sie ihn anrufen sollte, damit er sich von der Seniorin verabschieden konnte? Paula griff nach ihrem Handy und drehte sich noch einmal zum Hauseingang um, in dem Novak verschwunden war. Im selben Moment wurde die Tür des Wohnhauses aufgerissen und er rannte auf die Straße. Gefolgt von einer Frau Mitte 50. Er stürmte an Paula vorbei, obwohl es unmöglich war, sie zu übersehen. Paula sah ihn über eine große Wiese Richtung Eissporthalle hechten. Seine Verfolgerin schien in guter Verfassung zu sein, denn sie folgte ihm dichtauf. Paula startete den Motor. Sie lenkte den Wagen langsam hinter den beiden her. Novak rannte weiter. Er war schon immer etwas behäbig gewesen, sonst hätte er seine wesentlich ältere Verfolgerin längst abhängen können. Das wäre mit Timoschenko nicht passiert. Im Zweifelsfall hätte der die Tussi mit der Faust niedergestreckt. Da war Paula sicher.

Aber Novak rannte. Er sah sich mehrfach gehetzt um, dabei sah sie sein hochrotes Gesicht. Hoffentlich bekam er keinen Herzkasper! Jetzt überquerte er eine Wiese und bog schräg rechts ab. Paula las das Hinweisschild: »Gut Höing. Eine Hotel- und Reitsportanlage«. Sie sah ebenfalls ein Schild, das auf eine Sackgasse hindeutete, und fluchte. Wie sollte sie ihren Freund aufgabeln und noch schnell genug wenden, ohne dass die Tussi sich das auffällige niederländische Kennzeichen merken konnte?

Paula hielt kurzerhand an und wählte Novaks Handynummer. Nach dem zehnten Freizeichen nahm er ab.

»Scheiße, Paula!«, schrie er, völlig außer Atem. »Die hat mich gleich! Was soll ich machen?«

Paula verdrehte die Augen. So ein Blindgänger!

»Lauf hinter dem Reiterhof rechts über die Felder und versuch dich zur Schwimmhalle durchzuschlagen. Die Frau, die dich verfolgt, hat nur Schlappen an. Damit kann sie auf dem Acker nicht so schnell rennen wie du mit deinen festen Schuhen.«

»Okay«, keuchte Daniel. »Aber wo ist die Schwimmhalle? Ich kenne mich hier nicht aus, Paula!«

Mein Gott, stellte Novak sich dämlich an!

»Dann lauf auf dem Feld weiter, bis du den Weg siehst, der auf den Bergenkamp führt. Das ist die Straße, von wo du losgelaufen bist. Ich stehe dort mit dem Auto – beeil dich bitte beim Einsteigen!«

»Du Depp!«, hätte sie am liebsten hinzugefügt.

Paula wendete den Wagen und fuhr zurück. Sie hielt am Ende der Straße und setzte rückwärts, soweit es ging, in den Feldweg hinein. Daraufhin verrenkte sie ihren Hals, um zu sehen, ob Daniel in Sichtweite kam. Einen Augenblick später sah sie ihn. Rennen tat er nicht mehr. Nicht einmal laufen konnte man seine Art der Fortbewegung noch nennen. Es war eher ein Vorwärtsstolpern oder Taumeln. Immerhin sah sie seine Verfolgerin nicht hinter ihm. Vielleicht hatte sie aufgegeben, als er sich aufs Feld schlug. Denn der Boden war vom Starkregen am Wochenende gewiss noch weich oder matschig. Paula beobachtete Novak. Er schien mit seinen Kräften völlig am Ende zu sein.

Lieber Gott! Mach, dass ich ihn bald loswerde, ohne ihn verletzen zu müssen. Sie konnte sich mit diesem Weichei einfach keine aufregende Zukunft vorstellen.

Erst jetzt sah er sie! Er humpelte nur noch und hob tatsächlich zum Gruß die Hand. Paula kurbelte das Fenster des alten Autos hinunter. »Beeil dich! Da hinten taucht deine Verfolgerin wieder auf! Sie darf nicht sehen, mit welchem Auto wir flüchten!«

Novak schaute sich um, stolperte und fiel der Länge nach in den Dreck. Paula schlug die Hände vors Gesicht. Wäre die Situation nicht so ernst, hätte sie lauthals gelacht. Endlich erreichte er sie und ließ sich keuchend auf den Beifahrersitz fallen. Die Frau befand sich noch in etwa 50 Metern Entfernung. Hoffentlich konnte sie das Auto aus ihrer Perspektive nicht erkennen.

Paula gab Vollgas. Die Räder drehten auf dem Boden durch.

»Scheiße!«, schrie sie und klopfte wild aufs Lenkrad. Dann gab sie vorsichtig Gas und ließ den Wagen langsam vom Feldweg rollen. Als sie auf der Straße endlich Gas geben konnte, hatte die Frau sie fast erreicht. Paula hoffte, dass sie kurzsichtig war und das Kennzeichen nicht erkannt hatte.

»Warum hast du dich so blöd angestellt, Novak?«, fauchte sie.

»Die Alte ... ich hatte das Geld schon ... Nachbarin ...«, keuchte er zusammenhanglos. Als er zu Atem kam, erfuhr sie, dass er bereits mit dem Geld an der Tür stand, als die Nachbarin schellte. Die Seniorin erzählte stolz, dass sie dem netten jungen Mann gerade 15.000 Euro für die Enkelin gegeben habe. Das Kind brauche das Geld dringend für einen Umzug. Die Nachbarin sei sofort stutzig geworden und wollte die Enkelin anrufen. Da sei Novak in Panik geraten und aus dem Haus gestürmt.

»Wir werden die Masche abbrechen!«, schloss er.

Paula nahm die Sonnenbrille ab, warf sie auf seinen Schoß und lachte hysterisch. »Da gibt's einmal ein kleines Problem und schon ziehst du den Schwanz ein. Was meinst du wohl, wie weit wir zu dritt mit 50.000 Euro kommen? Ich fahr jetzt irgendwo rechts ran und geh die Liste mit den Namen noch mal durch. Ich rufe nur Leute in besseren Wohngegenden an und pokere sofort höher. Unter 10.000 Euro betreibe ich keinen Aufwand mehr.«

Novak seufzte theatralisch. »Oh, Paula! Das wird nicht gut gehen!«

»Hast du einen besseren Vorschlag? Vielleicht Bankraub?«

Er sah sie verdutzt an. Dann lächelte er zaghaft, als schien er endlich ihre Ironie zu bemerken. »Ja. Du hast recht. Für unsere gemeinsame Zukunft brauchen wir ein solides Grundkapital. Aber wir müssen viel vorsichtiger sein. Dann können wir bald Tag und Nacht zusammen sein.«

Paula lächelte. »Natürlich!«, sagte sie und dachte dabei: Niemals, du Schlappschwanz!

42

Sören Reinders lenkte den Dienstwagen in die Ludwig-Richter-Straße, einer beschaulichen Wohngegend mitten in der Innenstadt. Hier reihten sich Mehrfamilienhäuser mit schmucken Gardinen vor den Fenstern und akkuraten Vorgärten aneinander. Er parkte am Straßenrand direkt vor dem Haus, wo die Rentnerin Adele Scholl wohnte.

»Das ist bereits die 15. Adresse der ehemaligen Enkeltrickgeschädigten und bislang ist bei den Befragungen rein gar nichts herausgekommen!«, schimpfte er.

Jasmin nickte nur. Sie erschien ihm heute besonders blass und war während der Fahrt ungewohnt schweigsam gewesen.

»Gestern hatte ich die Hoffnung, dass wir Harald Baumeister festnageln können. Er hat immerhin zugegeben, Slatko Breuer und Sergej Timoschenko im Schützenhof begegnet zu sein. Wie leicht hätte er ihnen folgen können mit seinem Motorroller, trotz seines verletzten Armes?

Aber sein Alibi für die Tatzeit stimmt. Da hat er stundenlang beim Arzt gesessen. Das haben mehrere Zeugen bestätigt.«

»Ja. Leider«, murmelte Jasmin. »Sonst könnten wir die Befragung der alten Leute heute einstellen.« Sie hielt sich den Bauch und verzog das Gesicht schmerzhaft.

»Geht's dir nicht gut?«, fragte Reinders besorgt.

Jasmin machte eine abwertende Handbewegung. »Nur eine kleine Magenverstimmung. Nichts Wildes.«

Sie verließen den Dienstwagen und Reinders blickte zweifelnd zum Himmel. Es sah nach Regen aus. Die Spitze des Brauereischornsteins, der im Hintergrund über die Dächer hinausragte, verlor sich in den tief hängenden Wolken. Jasmin schellte, kurz darauf stiegen sie durch ein helles Treppenhaus in den ersten Stock.

Adele Scholl erwies sich als hagere, alte Dame mit Buckel und Krückstock. In ihrer Wohnung staute sich abgestandene Luft, die das Flurthermometer auf 28 Grad Raumtemperatur trieb, wie Reinders entsetzt feststellte. Er zog den Reißverschluss seiner Lederjacke auf und öffnete den obersten Knopf seines Hemdes. Frau Scholl geleitete sie in ihr Wohnzimmer, in dem mehrere Teppiche übereinandergelegt waren und wo in jedem Sessel ein Püppchen auf einem Kissen hockte.

»Setzen Sie sich doch. Sie kommen wegen der Versicherung?«

Reinders und Jasmin hatten zwar ihre Dienstausweise gezeigt und sich als Kriminalkommissare ausgegeben, aber die alte Frau hatte eine starke Brille auf der Nase und hörte scheinbar nicht mehr so gut.

»Nein«, sagte er etwas lauter. »Wir sind von der Polizei!«

Frau Scholl setzte sich auf die Vorderkante eines der fünf Sessel, bedacht darauf, das Kissen mit dem Püppchen nicht zu berühren. »Nehmen Sie doch bitte Platz!«, wiederholte sie und zeigte beim Lächeln ein ebenmäßiges Gebiss. »Polizei? Kommen Sie wegen des jungen Mannes, der am Montag hier war?«

Reinders warf Jasmin einen irritierten Blick zu. Die Seniorin schien einiges durcheinanderzubringen.

»Wir möchten Sie zu dem Enkeltrickbetrug vor fünf Jahren befragen, Frau Scholl«, erklärte Jasmin.

Die Alte hielt ihren Krückstock vor sich und stützte sich darauf ab, dabei traten ihre Fingerknöchel weiß hervor. »Vor fünf Jahren?«, fragte sie und zog die Stirn kraus. »Nein, nein!«, sagte sie. »Das war am Montag, ich bin ganz sicher. Ich habe mir abends die Nummer von Agnes – meiner Enkelin – rausgesucht und sie gefragt, ob sie das Geld bekommen hat. Sie wohnt weit weg in den USA. Aber sie wusste gar nichts von der Sache. Sie hat mir gesagt, ich soll die Polizei informieren. Deswegen sind Sie doch hier?«

Reinders stand auf. Ihm wurde die Luft knapp in dem überfüllten, kleinen Wohnzimmer, wo man keinen Schritt tun konnte, ohne Angst haben zu müssen, irgendein Nippes umzuschmeißen. Am liebsten hätte er die bodenlange Gardine beiseitegezogen und das Fenster weit aufgerissen, damit die alte Frau einen klaren Kopf bekam und ihnen ihre wenigen Fragen korrekt beantworten konnte.

»Frau Scholl«, sagte Jasmin sanft. »Erzählen Sie uns einmal genau, was passiert ist.«

Reinders drehte sich um und verdrehte die Augen. Das führte doch zu nichts. Hier kamen sie bestimmt nicht weiter.

Frau Scholl drückte sich auf ihrem Stock hoch und ging zu ihrem Wohnzimmerschrank. Sie zog eine der Schubladen auf und holte ein Mäppchen mit Kontoauszügen heraus. Dann setzte sie sich wieder und blätterte umständlich darin. Sie rückte mehrfach ihre Brille zurecht, schien dennoch nicht recht zu finden, wonach sie suchte.

Reinders verspürte den unbändigen Drang nach Frischluft und einer Zigarette. »Hören Sie«, sagte er etwas ungeduldig und setzte sich wieder auf die Kante eines Sessels. »Sie sind vor etwa fünf Jahren einer Enkeltrickmasche auf den Leim gegangen. Es kam zum Prozess. Laut unserer Unterlagen haben Sie gegen die damaligen Täter in Köln vor Gericht ausgesagt. Hat Sie jemand dorthin begleitet, mit dem wir sprechen könnten? Vielleicht ein Verwandter oder ein Nachbar? Erinnern Sie sich?«

Frau Scholl blickte verärgert auf. »Herr Kommissar!«, sagte sie in energischem Ton, »ich bin zwar alt und auch etwas vergesslich, aber ich weiß noch genau, dass ich erst am Montag von diesem jungen Mann besucht worden bin. Die Sache von damals steht auf einem anderen Blatt Papier. Möglich, dass ich auf die gleiche Masche zum zweiten Mal hereingefallen bin. Damals hat mein Sohn mich nach Köln begleitet, aber wenn Sie den sprechen möchten, müssten Sie nach München fahren.« Sie klappte das Mäppchen zu und reichte es Jasmin. »Meine Augen wollen nicht mehr so richtig. Schauen Sie doch bitte auf die Kontoauszüge, junge Frau. Sie scheinen etwas geduldiger zu sein als Ihr Kollege. Am Montag gibt es eine Abbuchung von 8.000 Euro.«

Reinders sah, dass Jasmin ihm einen strengen Blick zuwarf. Er beschloss, sich zurückzuhalten, und beobachtete sie, wie sie sich in die Auszüge vertiefte.

Plötzlich sah sie verwundert auf. »Das stimmt! Es gab am Montag eine Abbuchung von 8.000 Euro. Erzählen Sie doch bitte genau, wie es dazu kam.«

Die Seniorin erzählte, sie habe am Sonntag einen Anruf von einer jungen Frau bekommen, bei der sie glaubte, es sei ihre Enkelin Agnes. Sie habe in den letzten Jahren kaum noch Kontakt zu ihrem Enkelkind gehabt, aber sie wisse, dass diese in den USA studiert habe. Die Frau am Telefon hätte auch gewusst, dass Agnes Auslandskorrespondentin werden wolle, sie habe behauptet, sie hätte einen tollen Job in den USA in Aussicht. Dazu fehle das Geld für den Flug und die Abwicklung der Formalitäten. Ihr spielsüchtiger Freund hätte ihre Ersparnisse verbraucht und sie stünde vor dem Nichts.

»Ich bin wieder auf das Geschwätz hereingefallen«, schloss Adele Scholl. »Dabei hätte ich doch von der alten Geschichte gewarnt sein müssen, wo jene Frau sich als meine Nichte ausgab und ich ebenfalls viel Geld verloren habe. Wenn ich drüber nachdenke, könnte es die gleiche Stimme gewesen sein. Aber das kann ich nicht beschwören.«

»Können Sie den Geldabholer beschreiben?«, fragte Reinders. Vielleicht war die Dame nicht so tüdelig, wie er befürchtet hatte.

Frau Scholl sah ihn mit einem Blick an, der zu sagen schien: Jetzt plötzlich interessiert? Laut sagte sie: »Er nannte sich Michael Wagner und war natürlich größer als ich. Bin ja gerade mal 1,55 mit meinem Buckel. Schätze ihn auf circa 1,80. Schlanke Figur, muskulös, keine 30, würde ich behaupten. Er war ausgesprochen nett, hat noch hier bei mir gesessen und zwei Stück Apfelkuchen gegessen. Ich hätte ihn nie für einen Betrüger gehalten.«

»Würden Sie ihn wiedererkennen?«, fragte Reinders und zog aus seiner Innentasche die Fotos von Breuer, Timoschenko und dem unbekannten Partner von Paula Horváth.«

Frau Scholl seufzte und rückte ihre Brille zurecht. Sie griff nach den Fotos, kniff die Augen zusammen, hielt die Bilder in das Licht. Dann schüttelte sie resigniert den Kopf. »Tut mir leid. Ich kann sehr schlecht sehen. Es ist alles verschwommen. Wenn ich rausgehe, setze ich eine andere Brille auf, damit geht's besser. Die hab ich erst Anfang des Jahres bekommen. Aber die will ich noch ein bisschen schonen.«

Jasmin drückte sich die Arme vor den Bauch und verzerrte ihr Gesicht. Ihr ging es scheinbar miserabel. Dennoch wandte sie sich erneut an Frau Scholl. »Würden Sie sich die Fotos einmal mit Ihrer neuen Brille ansehen?«

Die alte Dame nickte und bat Reinders, ihr diese vom Wohnzimmerschrank zu reichen. Dann wechselte sie die Sehhilfen und besah sich die Aufnahmen abermals. »Von den Haaren her scheidet dieser hier aus!«, sagte sie und zeigte auf Slatko Breuer.

Super!, dachte Reinders, der konnte es auch nicht gewesen sein, weil er in Dortmund im Kühlfach der Rechtsmedizin lag.

»Wohl eher dieser junge Mann!«, meinte die Alte dann und deutete auf Sergej Timoschenko. »Aber mit Sicherheit kann ich das nicht sagen. Ich hatte am Montag ja die alte Brille auf.«

»Würden Sie ihn an der Stimme erkennen?«, fragte Jasmin.

Frau Scholl nickte. »Wenn er die nicht verstellt hatte, ja.«

Die Beamten bedankten und verabschiedeten sich. Jasmin ging vor Reinders gekrümmt die Treppe hinunter und blieb immer wieder stehen. Im Erdgeschoss setzte sie sich auf die unterste Stufe und sah ihn aus leichenblassem Gesicht an.

»Tut mir leid, Sören. Ich kann nicht mehr. Ich hab heute Morgen Tabletten eingeschmissen, aber es scheint doch ein hartnäckigerer Magen-Darm-Virus zu sein. Würdest du mich nach Hause bringen?«

Reinders nickte und half ihr hoch. Jasmin hakte sich bei ihm ein und er schleppte sie bis zum Dienstwagen. »Nicht lieber zum Arzt?«

Sie schüttelte vehement den Kopf. »Ich brauche nur ein warmes Bett und Schlaf. Und eine Toilette in der Nähe!« Sie grinste gequält.

Reinders startete den Motor. »Meinst du, die Geschichte der Seniorin reicht, um Timoschenko einzukassieren?«

Jasmin hob ratlos die Schultern. »Vielleicht ordnet die von Haunhorst wenigstens eine Hausdurchsuchung auf diesem Hof in Stockum an. Schließlich würde die Aussage der alten Dame nur beweisen, dass Timoschenko wieder mit der Enkelmasche unterwegs ist. Dem Mörder von Slatko Breuer und dem verschwundenen Kollegen Teubner bringt uns die Geschichte nicht näher.«

43

Nachdem Paula mit Vollgas vom Bergenkamp in Unna geflüchtet war, hatte sie Daniels Auto Richtung Kamener Karree gelenkt. Sie war stinksauer auf ihn gewesen. Nicht nur, dass er sich so dämlich angestellt hatte. Nein! Am erbärmlichsten empfand Paula seine Resignation und die Panik, sofort alles hinzuschmeißen und mit der Masche aufzuhören. Sie hatte sich auf dem Parkplatz von »Burger King« die Listen mit den alten Vornamen auf den Schoß gelegt und sie intensiv studiert. Während Novak für etwas Fast Food sorgte, machte sie sich die Mühe, herauszufinden, in welchen Wohngegenden die jeweiligen Senioren wohnten. Als Daniel mit Burgern, Pommes und Cola zurückkam, hatte sie bereits an die zehn Anrufe getätigt. Allerdings war das Ergebnis nicht so effektiv ausgefallen, wie sie es sich erhofft hatte. Zwei Rentner in der Nachbarstadt Kamen hatte sie überzeugen können, ihre Enkelin zu sein. Die Ausbeute war dabei nur insgesamt läppische 8.000 Euro. So dauerte das einfach zu lange. Paula nahm sich erneut die Liste vor und suchte im Raum Dortmund. Sie fand dort einen Rentner namens Wilfried Eschenbach, der am Phönixsee wohnte. Eine relative neuwertige Wohngegend mit teils reizvollen Villen. Sie wählte die Nummer und hatte den Senior in dem Moment in der Leitung, als Daniel die Autotür öffnete und sich samt einer gefüllten Papiertüte mit Fast Food hinters Steuer quetschte.

Paula leierte ihren Text herunter und jammerte von einem kranken Ehemann, zwei Kindern und einem Kredithai, dem sie 50.000 Euro schuldete. Dieser würde sie heute vermutlich grün und blau schlagen lassen, wenn sie die Schulden nicht endlich begleiche. Der Senior zeigte sich ergriffen und bot sofort Hilfe an. Er habe zufällig eine höhere Summe im Tresor. Paula dürfe das Geld in etwa zwei Stunden abholen, vorher hätte er noch eine Nagelpflege zu Hause. Schlagfertig jammerte Paula, dass sie die kleinen Kinder und ihren kranken Mann unmöglich allein lassen könne. Ob sie einen guten Freund schicken könne. Herr Eschenbach war mit dem Vorschlag einverstanden und erwartete den Freund gegen 16 Uhr. Als Paula das Telefonat beendet hatte, konnte sie nicht mehr an sich halten.

»Jaaaa!«, schrie sie und warf sich Novak an den Hals, dem die Tüte von »Burger King« zwischen den Beinen durchrutschte, sodass die Pommes in den Fußraum fielen. »50.000, Daniel! Damit kommen wir deinem Traum vom Auswandern einen Riesenschritt näher.«

Er lächelte, wirkte dennoch nicht glücklich dabei. »Mein Traum, Paula? Ich dachte, es wäre unser Traum.«

Paula riss sich zusammen. »Natürlich. Das Geld ist für *unsere* Zukunft. Du musst nicht immer jedes Wort so genau nehmen.«

Sie beugte sich in den Fußraum, hob die Tüte mit den Burgern hoch und sammelte die verstreuten Pommes auf. Eine halbe Stunde später waren ihre Mägen einigermaßen gefüllt. Bis zu ihrem Termin am Phönixsee blieb genug Zeit, sich um die beiden Rentner in Kamen zu kümmern. Paula telefonierte, um Daniel anzukündigen, aber ihr erstes Opfer hatte das Geld noch nicht im Haus. Paula wählte die zweite Nummer. Kurz darauf sprach sie mit einem Willibald Schneck. Er hatte seine 3.000 Euro von der Bank geholt und zeigte sich einverstanden, dass Paulas Freund den Betrag abholte. Daniel fuhr über die Hochstraße nach Kamen und bog Richtung Innenstadt ab. Dann folgte ein Kreisverkehr nach dem anderen, bis sie am Bahnhof landeten.

»Du musst beim letzten Kreisel falsch abgebogen sein«, sagte Paula, während sie auf ihr Smartphone stierte und nach einem Ausweg suchte. Sie seufzte und reichte Daniel das Mobiltelefon, damit er sich selbst orientieren konnte.

»Ich bin tatsächlich falsch gefahren«, murmelte er und lenkte den Wagen auf einen nahen Parkplatz. »Ist nicht weit von hier«, fuhr er fort und stieg aus. Ich gehe den Rest zu Fuß.«

Paula schaute ihm nach, bis er in einer Seitenstraße verschwand. Dann beobachtete sie das alte Bahnhofsgebäude. Es bestand aus einem zweigeschossigen Mittelteil und rundbogigen Fenstern. Zum Bahnhofsvorplatz hin sprangen die mittleren drei Fensterachsen als übergiebelter Risalit hervor. An diesem grauen Apriltag waren kaum Fahrgäste zu sehen, die in das Gebäude strömten. Lediglich ein Anzugträger mit Aktenkoffer und zwei Jugendliche mit über dem Kopf gezogener Kapuze, zerschnittenen Jeans, Rucksäcken und Ohrstöpseln liefen auf das Bahnhofsgebäude zu. Paula schloss einen Moment die Augen und hoffte, dass Daniel sich geschickter anstellen würde als am Vormittag. Einen Moment später zuckte sie zusammen, als er die Autotür aufriss, sich hinters Steuer schmiss und verzweifelt am Autoschlüssel zerrte.

»Scheiße! Verdammte Scheiße!«, brüllte er, und Paula befürchtete, er würde den Schlüssel gleich abbrechen.

Er schlug wild aufs Lenkrad, dann drehte er erneut den Schlüssel und endlich sprang der Motor an. Mit quietschenden Reifen setzte er den Wagen rückwärts und raste die Straße am Bahnhof entlang.

»Was ist denn passiert?«, fragte Paula und blickte sich um. Ein Fahrzeug, das sie eventuell verfolgen würde, war nicht in Sicht.

Novak warf ihr einen wilden Blick zu und jagte zurück zur Westicker Straße, lenkte aber nicht Richtung Unna, sondern fuhr links.

»Die haben die Bullen gerufen! Das ist passiert! Das rötliche Backsteingebäude, an dem wir gerade vorbei sind, ist übrigens die Polizeiwache von diesem Kaff. Das haben sie mir auch unter die Nase gerieben. Weißt du, was ich für eine Scheißpanik hatte?«

Paula blickte auf den Tacho. Er raste mit 80 Stundenkilometern durch die Gegend, obwohl höchstens 50 erlaubt waren. »Wenn du weiter so fährst, haben sie uns sowieso gleich am Arsch!«, schrie sie. »Mensch, Daniel, jetzt komm mal runter!«

Er drosselte das Tempo und schwieg.

»Erzähl, was passiert ist!«, forderte Paula.

»Ich mach das nie wieder! Nie! Das war so was von knapp!« Dann erzählte er, dass, nachdem er an der Haustür von Willibald Schneck geschellt hatte, dieser ihn freundlich in sein Wohnzimmer gebeten habe. Dort hätte allerdings bereits ein Nachbar von dem Alten gesessen. Bei Daniels Anblick sei er aufgestanden und habe ihm auf den Kopf zugesagt, dass er ein Betrüger sei. Sie hätten gerade die Enkelin Schnecks telefonisch erreicht und sie sei weder in Geldnöten noch habe sie ihren Opa in den letzten Wochen angerufen. Daraufhin hätten die beiden die Polizei informiert. Daniel habe panisch nach einer Fluchtmöglichkeit gesucht. Zum Glück sei der Nachbar stark übergewichtig und Schneck selbst an die 90 Jahre alt gewesen, sodass es unwahrscheinlich war, dass sie ihm folgen konnten. Daniel habe gesehen, dass die Balkontür einen Spalt aufstand. Er sei losgestürmt und habe, ohne nachzudenken, einen Satz über die Brüstung gemacht.

»Da kannst du ja froh sein, dass der Typ im Erdgeschoss wohnte«, meinte Paula und rieb ihm sanft über den Oberarm. Er war in der Zwischenzeit immer weiter geradeaus gefahren. Sie erreichten die Ortschaft Derne und er fuhr resigniert an den Straßenrand und legte seinen Kopf auf das Lenkrad.

»Ich mach das nie wieder, Paula«, wiederholte er.

Sie beugte sich zu ihm, strich ihm die halblangen, welligen Haare hinters Ohr und küsste ihn sacht auf die Wange.

»Okay!«, sagte sie betont sanft. »Lassen wir die 50.000 sausen.«

Er hob langsam den Kopf. Seine grünbraunen Augen blickten sie überrascht an. »Einfach so? Ohne Protest?«

Paula lehnte sich in ihrem Sitz zurück und zuckte mit den Schultern. »Ich kann dich nicht zwingen, Daniel. Du bist jetzt zweimal hintereinander nur knapp entkommen. Vielleicht hattest du Pech, vielleicht stellst du dich auch ein bisschen tollpatschig an. Du hast ja schließlich keine Übung auf dem Gebiet. Anderseits bräuchten wir die 50.000 dringend für eine sorgenfreie Zukunft. Aber wir werden es auch so schaffen.« Paula verschränkte ihre Arme vor der Brust und blickte mit verschlossenem Gesicht aus dem Fenster. Dabei wusste sie genau, wie er reagieren würde. Immerhin kannte sie ihn seit der Kindheit.

»Du hast manchmal eine unmögliche Art, das Gegenteil von dem zu sagen, was du eigentlich willst, Rubinchen. Also gut, noch die eine Adresse in Dortmund und danach lässt du mich in Frieden. Okay?«

Paula strahlte Novak an und gab ihm einen stürmischen Kuss. Sie hatte erreicht, was sie wollte. »Du bist brillant«, sagte sie. »Und außerdem sind wir bereits in der richtigen Richtung unterwegs. Hier ist Dortmund-Derne. Bis zum Phönixsee ist es nicht mehr weit.« Sie tippte die Adresse in ihr Smartphone. Der kürzeste Weg verlief über die B236. Sie bewältigten die Strecke in weniger als 20 Minuten und erreichten ihr Ziel fast pünktlich um 16 Uhr.

Der Phönixsee erwies sich als künstlich angelegter See in einer neu entwickelten Bebauungslandschaft. Eine Oase der Ruhe inmitten des industrialisierten Ruhrpotts. Der See mochte etwa einen Kilometer lang und 300 Meter breit sein. Paula hatte bei ihrer Recherche über das umliegende Wohngebiet gelesen, dass sich hier noch zur Jahrtausendwende kein See, sondern ein vollständig funktionierendes Stahlwerk mit enormer Ausdehnung befunden hatte. Ein ungefähr 100 Hektar großes Areal nahmen See, neue Bebauung und Grünanlagen ein. Während Daniel den Wagen mit Blick auf den See parkte und sich orientierte, zu welchem Haus er gehen musste, stieg Paula ebenfalls aus, um frische Luft zu schnappen. Sie schlenderte einen kleinen Hang hinunter zu einem Weg, der rings um den See führte.

Sanfte Wellen plätscherten ans Ufer, ein Segelboot fuhr in der Ferne den Hafen an, im Hintergrund erhob sich eine alte Burg am Ufer. Eine hübsche Idylle, dachte Paula, ihr fehlte jedoch der Wildwuchs der Natur. Alles wirkte auf sie akribisch geplant und akkurat drapiert. Vielleicht würde das in einigen Jahren anders aussehen.

Sie warf einen letzten Blick auf den See, in dem sich vom allmählich einsetzenden Regen zahlreiche runde Kreise auf der Wasseroberfläche bildeten. Plötzlich klatschten dicke Tropfen auf das Wasser und ließen den See unruhig werden. Paula lief den Hang zurück hinauf und setzte sich ins Auto. Während der Regen aufs Dach prasselte und an der Windschutzscheibe herunterfloss, sah sie Daniel bereits von rechts auf sie zulaufen. Er hatte sein Jackett über den Kopf gezogen, das er mit einer Hand umständlich festhielt. In der anderen befand sich ein brauner Umschlag. Er riss die Tür auf, sprang hinters Steuer und knallte die Autotür mit Schwung zu. Dann warf er seine nasse Jacke auf den Rücksitz, wischte sich mit dem Hemdsärmel das Gesicht trocken und reichte Paula das Kuvert.

»Glatte 50.000 Euro mit lieben Grüßen von deinem Opa. Und alles Gute soll ich dir ausrichten!«, er grinste. »Kaum zu glauben, dass das diesmal so einfach war.« Er schwärmte, dass Wilfried Eschenbach ihm das Geld förmlich aufgedrängt habe. Dabei habe Novak das Haus mit der Angst betreten, gewiss von der Polizei empfangen zu werden. Außerdem habe er ein megaschlechtes Gewissen dem alten Mann gegenüber, der ihn sogar mit Tee und Plätzchen bewirtet habe.

»Ach, Daniel«, seufzte Paula und strich ihrem Freund sanft über das nasse Haar, »manche Leute wollen betrogen werden. Sie haben ihr Leben lang Geld angehäuft und wissen im Alter nicht, was sie damit anfangen sollen. So gesehen geben wir ihnen immerhin für den Moment das Gefühl, etwas Gutes zu tun und zu etwas nütze zu sein. Würden sich ihre lieben Verwandten auch nur ab und zu um die Herrschaften kümmern, hätten wir nicht die mindeste Chance. Und Herr Eschenbach scheint zudem Geld im Überfluss zu haben, wenn er den Betrag sogar in seinem Safe parat hatte.«

Daniel nickte zaghaft und erwähnte ein pompös eingerichtetes Haus mit Marmorböden und einem Flügel im Wohnzimmer.

»Siehst du!«, munterte Paula ihn auf. »Der alte Mann wird den Verlust verschmerzen. Vielleicht hätten wir den Betrag noch höher ansetzen können. Das konnte ja keiner ahnen.«

»Jetzt übertreibst du, Paula. Oder hast du jemals Beträge in fünfstelliger Summe kassiert?«, fragte Daniel erstaunt. »Wie war das, als du das Geld früher mit Breuer und Timoschenko ergaunert hast?«

»Daniel!«, erwiderte Paula und tat brüskiert. »Erstens würde ich sagen ›erwirtschaftet‹ und nicht ›ergaunert‹.« Sie zwinkerte ihm neckisch zu. »Zweitens habe ich damals anders gearbeitet. Ich habe aus dem Ausland telefoniert und war nie in der Nähe der Senioren. Das haben ausschließlich die Abholer erledigt. Für mich waren meist Slatko und Sergej unterwegs. Nachdem ich einen der beiden telefonisch bei den Senioren ankündigte, haben sie das Haus beobachtet und geschaut, ob die Alten zur Bank gehen. Wenn sie mit dem Geld zurückkamen, sind sie direkt hinterher und einer hat die Beute geholt.«

»Soll ich Sergej anrufen, damit er die Bullen vom Hof lockt? Dann setz ich dich gleich dort ab«, sagte Novak und schnallte sich an.

Paula seufzte. »Da warten noch 5.000 Euro in Kamen. Es ist gleich 17 Uhr, wir können sofort los. Das allerletzte Mal, ›Novize‹!« Sie setzte ihren Da-kannst-du-doch-wohl-nicht-Nein-sagen-Blick mit gekonntem Augenaufschlag auf und Daniel startete lächelnd den Motor. Er befuhr die Autobahn Richtung Unna und wechselte dort auf die A1. Bei Kamen nahm er die Abfahrt und fuhr über die Hochstraße heute zum zweiten Mal in das kleine Städtchen hinein. Schon von Weitem fiel Paula das Wahrzeichen der Stadt auf – der schiefe Turm der Pauluskirche mit seinen grauen Zinnen. Ob er bewusst gegen die vorherrschende Windrichtung gebaut wurde?

Novak nahm am Kreisverkehr die Abfahrt Innenstadt und lenkte den Wagen bis zum Kamener Markt. Er parkte im absoluten Halteverbot neben der Bibliothek, die im alten Rathaus untergebracht war, was die Beschriftung über dem Säulengang des imposanten Hauses kundtat. Nachdem Paula ihn bereits von Dortmund aus angekündigt hatte, verließ er das Auto zügig und rannte ohne Jackett durch den immer noch währenden Nieselregen. Die Innenstadt zeigte sich an diesem späten Aprilnachmittag wie ausgestorben. Lediglich eine Mutter zog ein etwa vierjähriges Kind hinter sich her und kämpfte mit der anderen Hand mit dem Regenschirm, der sich gegen den Wind sträubte. Ihr Töchterchen stolperte dabei tapfer über das vom Regen nass glänzende Kopfsteinpflaster. Als die Frau Paulas Blicken entschwunden war, riss Novak die Autotür auf und warf ihr einen Umschlag zu.

»Glattgegangen! 5.000 Euro im Sack«, strahlte er. »Ruf Sergej an, ich bring dich jetzt zum Hof. Danach fahr ich nach Venlo und bereite in Holland alles für unsere Flucht vor. Spätestens am Freitag machen wir den Abflug!«

44

Maike Graf saß auf dem Beifahrersitz des Dienstwagens und hielt die Augen geschlossen, während Jochen das Auto durch zäh fließenden Verkehr über die A1 Richtung Dortmund lenkte. Trotz ihrer Müdigkeit – immerhin war sie nun seit fast 36 Stunden auf den Beinen – fand sie keinen Schlaf. Zu viele Eindrücke jagten durch ihren Kopf. Sie konnte einfach nicht fassen, dass Teubners Kollege Sven Klewe im Haus der Geschwister Taragos lebendig begraben worden war. Laut erster Aussage des Rechtsmediziners könnte es durchaus sein, dass die Leiche Klewes sich bereits seit einem Jahr dort unten im Keller befunden habe. Die trockene und überaus warme Luft habe zu einer Mumifikation geführt. Zudem hätte der poröse Stein, auf dem die Leiche gelegen habe, die austretende Körperflüssigkeit aufgesaugt. Wie lange Klewe nach seiner Gefangennahme noch gelebt habe, ließe sich im Nachhinein nur sehr schwer feststellen. Ohne Wasser und Nahrung könne man aber davon ausgehen, dass es sich nur um wenige Tage gehandelt habe.

Nach der Festnahme von Jana und Adrian Taragos hatte der Experte der Enkeltrickmasche Dirk Neubach dafür gesorgt, dass Maike Graf und Jochen Hübner die Geschwister getrennt voneinander im Kölner Polizeipräsidium befragen konnten. Die Gespräche waren aufgezeichnet worden und später hatte Maike sich mit Jochen zusammengesetzt und die Aussagen der beiden verglichen. Nichts deutete auf eine Absprache hin, wozu Jana und Adrian auch kaum Gelegenheit gehabt hatten. Das Mädchen hatte mehrfach beteuert, sie habe nicht gewusst, dass Klewe nicht mehr am Leben sei. Ihr Bruder hätte stets behauptet, sich um den Polizisten zu kümmern. Da sie mit der Geschichte nicht länger belastet werden wollte, habe er das angeblich immer gemacht, wenn sie nicht zu Hause gewesen sei. Adrian hatte diese Version bestätigt, gleichzeitig aber zugegeben, dass ihm jeder Cent, den ihn Klewe gekostet hätte, zu viel gewesen sei. Er habe nie vorgehabt, ihn am Leben zu lassen, und habe die Kellertür daraufhin verbarrikadiert. Er sei genau wie Jana nie wieder in den Keller gegangen, nachdem er Klewe dort eingesperrt habe.

Auf die Frage, wo er Max Teubner und Paula Horváth verbuddelt habe, reagierte er erstaunt. Mit dem Verschwinden der beiden habe er nichts zu tun. Jana bestätigte dies. Sie deutete an, Adrian sei im Auftrag des Großvaters Bakro Taragos tätig geworden. Es könne durchaus möglich sein, dass jemand anderes aus dem Clan die Aufgabe erhielt, sich um Teubner und die Horváth zu kümmern. Vermutlich Slatko Breuer und Sergej Timoschenko, die vom Opa ja schon einmal den Auftrag bekamen, Paula aufzuspüren. Als die Geschwister vom Großvater erfuhren, dass Paula nun in Unna sesshaft geworden sei, hätten sie sich auf den Weg gemacht, um Paula einen Denkzettel zu verpassen. Sie hätten Paula stark blutend und am Boden liegend zurückgelassen und eigentlich nicht damit gerechnet, dass sie den Überfall überlebt. Danach seien sie nicht noch einmal nach Unna gefahren. Dass Max Teubner in Unna als Hauptkommissar beschäftigt gewesen sei, hätten sie überhaupt nicht gewusst. Ihr Großvater hätte zwar viele Beziehungen spielen lassen, um den Aufenthaltsort von Max Teubner herauszufinden, aber man habe ihn nie aufspüren können. Wäre dem Clan bewusst gewesen, dass er in Unna beschäftigt sei, würde Teubner möglicherweise längst nicht mehr leben.

Maike seufzte und blickte Jochen an, der den Dienstwagen von der Autobahn lenkte. »Glaubst du, dass die Geschwister Taragos etwas mit dem Verschwinden von Teubner und der Horváth zu tun haben?«

Er blickte kurz zu ihr herüber. »Nein«, sagte er. »Bei meiner Befragung von Adrian Taragos habe ich den jungen Mann als einen impulsiven Menschen kennengelernt. Er steckt voller Hass auf jeden, den er für den Tod seiner Eltern verantwortlich macht. Das wurde ihm seit Jahren so von seinem Opa eingetrichtert. Und da der Großvater im Gefängnis im Prinzip handlungsunfähig ist, fühlte er sich für die Ausführung dessen Rachegelüste zuständig. Er hat den Mord an Sven Klewe und den Überfall auf Paula Horváth zugegeben. Er glaubte sogar, die Horváth getötet zu haben. Warum sollte er eine Straftat an Max Teubner verleugnen?«

»Vielleicht, weil er ihn genauso elendig verrecken lassen möchte wie Sven Klewe?«, mutmaßte Maike und fühlte bei dem Gedanken an diese Möglichkeit eine große Beklemmung in sich aufkommen.

»Hm«, murmelte Jochen. »Glaube ich nicht. Ich hätte bei der Befragung etwas bemerkt. Adrian sagte, wenn er

Teubner einmal über den Weg gelaufen wäre, hätte er kurzen Prozess gemacht. Seine Worte. Die Leiche Klewes hätte er nur im Keller versteckt gehalten, um dessen Pension noch eine Weile kassieren zu können. Er lachte sogar darüber, dass Klewe in all den Monaten von niemandem vermisst worden sei. Diese Tatsache sage doch genug über seine sozialen Kontakte und seine zwischenmenschlichen Beziehungen aus.«

Maike fröstelte. Anstatt in Köln eine Spur von Max Teubner zu finden, hatten sie einen weiteren Mordfall aufgedeckt. Sie blickte aus dem Fenster, wo sich hinter den Westfalenhallen die Flutlichtmasten des Signal-Iduna-Parks in grellem Gelb vom tristen Himmel abhoben und in der Ferne der Florianturm in die Wolken stach.

»Die Kölner Kollegen bleiben dran«, fuhr Jochen fort. »Jana und Adrian werden weiterhin befragt. Außerdem wird Bakro Taragos sich verantworten müssen. Immerhin hat er seine Enkel auf Sven Klewe und Paula Horváth gehetzt. Vielleicht gibt er auch eine Verbindung zu Max Teubner preis.«

Maike bezweifelte dies. Sie befürchtete, dass, selbst wenn der Clanchef hinter dem Verschwinden ihres Kollegen Max stecken mochte, er sich eher die Hand abhacken würde, als ihnen einen Tipp zu geben, wo sie ihn finden könnten.

Inzwischen hatten sie das Polizeipräsidium in Dortmund erreicht. Jochen wollte eine Akte aus seinem Büro holen, bevor sie weiter zur Staatsanwaltschaft fuhren, um Staatsanwältin Lina von Haunhorst über den neuesten Stand der Dinge zu informieren. Er versprach, sich zu beeilen, und verließ den Dienstwagen. Bereits wenige

Minuten später sah sie ihn jedoch in Gesellschaft der Staatsanwältin aus dem Präsidium kommen. Das ersparte den Weg zur Staatsanwaltschaft. Maike beobachtete ein reges Gespräch zwischen den beiden. Ob es dabei nur um Berufliches ging? Zehn Minuten später ließ Jochen sich erschöpft hinters Steuer fallen. Sein Gesicht wirkte grau, an seiner Nasenwurzel hatte sich eine tiefe Falte eingegraben. Auch an ihm schien die Nachtschicht nicht spurlos vorübergegangen zu sein.

»Es gibt Neuigkeiten«, begann er und erzählte, dass die Ergebnisse der grafologischen Untersuchung eingetroffen seien. Es stünde nun fest, dass Max Teubner nichts mit dem Briefeschreiber »Novize« gemein habe. Es sei eindeutig nicht seine Handschrift. Man könne also davon ausgehen, dass diese Briefe Daniel Novak geschrieben habe, den Paula laut Jana Taragos' Aussage »Novize« nannte. Staatsanwältin von Haunhorst sei sehr angetan gewesen, dass endlich die Identität des Mannes festgestellt worden sei. Sie hätte gleich eine Anfrage an Interpol geschickt, um festzustellen, ob und wo Novak seinen Wohnsitz in Europa habe, denn in Deutschland sei er nicht gemeldet. Die Staatsanwältin habe veranlasst, schnellstmöglich zu überprüfen, ob Novak in die aktuellen Ereignisse involviert sein könnte.

»Na«, meinte Maike, »es scheint endlich Bewegung in den Fall zu kommen. Gab es sonst noch etwas Interessantes?«

Jochen nickte und startete den Motor. »Die Auswertung des alten Handys von Paula Horváth, das du ebenfalls in ihrer Wohnung gefunden hattest, liegt auch vor. Sie hat es tatsächlich in einem Zeitraum von etwa drei

Jahren benutzt. Erst vor ungefähr sechs Monaten hat sie den Provider gewechselt und sich eine andere Rufnummer zugelegt. Die alte SIM-Karte steckte noch im Gerät. Die Auswertung ergab, dass sie nur wenig telefonierte. Es passt in ihr Bild, dass sie die letzten Jahre zurückgezogen lebte. In ihrer Kontaktliste fanden sich sowohl die Rufnummern von Breuer, Timoschenko, Bakro Taragos und diesem Novak als auch die Nummer von Max Teubner. Aber mit keinem von ihnen hat sie in diesen drei Jahren telefonischen Kontakt gehabt. Zumindest nicht mit diesem Handy.«

Sie fuhren inzwischen auf dem Rheinlanddamm Richtung Unna. Alle drei Spuren waren stark befahren, zahlreiche Lkws quälten sich durch den Verkehr. Jochen musste sich voll auf die Straße konzentrieren.

»Das spricht eigentlich für Paula«, sagte Maike. »Sieht so aus, als hätte sie mit ihrer kriminellen Vergangenheit abgeschlossen ... bis sie von ihr eingeholt wurde.«

»Ja«, meinte Jochen und gähnte. »Und da sie zu Teubner in dieser Zeit scheinbar auch keinen Kontakt hatte, muss er zufällig in die Sache hineingeraten sein.«

»Wir sind wieder am Anfang«, stöhnte Maike.

Jochen zuckte mit den Schultern. »Vielleicht kommen wir über Daniel Novak weiter. Außerdem haben deine Mitarbeiter herausgefunden, dass in Unna jemand mit der Enkelmasche unterwegs ist. Laut einer geschädigten Seniorin könnte es sich um Sergej Timoschenko handeln. Der Verdacht reicht zwar nicht für eine Inhaftnahme, aber Staatsanwältin von Haunhorst hat für morgen früh eine Hausdurchsuchung auf dem Hof in Unna-Stockum angeordnet. Ich hoffe, ich schaffe es, mich rechtzeitig aus dem Bett zu quälen.«

Maike warf Jochen einen flüchtigen Blick zu. Er sah aus, als würde er gleich hinterm Steuer einschlafen. »Wenn du magst, kannst du bei mir übernachten«, schlug sie vor.

Er sah sie aus geröteten Augen an. Sie erkannte eine unübersehbare Freude. »Das Angebot nehme ich gerne an«, sagte er und lächelte. Dann setzte er den Blinker und fuhr von der Autobahn ab.

Als er wenig später in die Lortzingstraße einbog, erkannte Maike am rechten Straßenrand den Transporter von Nick Nigge. Sofort machte sich ein schlechtes Gewissen in ihr breit. Sie hatte den Handwerker total vergessen! Noch am Samstag hatte sie Frauke Grabowski angerufen und ihr empfohlen, dem Mann die Wohnung zu vermieten. Frau Grabowski hatte danach die Details mit ihm selbst telefonisch geklärt und Maike gebeten, ihm den Wohnungsschlüssel zu übergeben. Und dieser Termin wäre gestern Abend gewesen! Da war Maike aber in Köln gewesen. An den Handwerker hatte sie nicht im Entferntesten gedacht. Sie entschuldigte sich bei Jochen und sprang aus dem Auto. Nigge hatte sie bereits gesehen und kletterte ebenfalls aus seinem Transporter. Sie gab ihm die Hand.

»Entschuldigen Sie bitte, Herr Nigge! Aber ich habe den Termin für die Schlüsselübergabe gestern total vergessen. Ich hatte dienstlich auswärts zu tun und komme gerade erst nach Hause.«

»Ist kein Problem«, lächelte Nigge. »Kann alles passieren. Wenn de mir den Schlüssel jetzt gibst, dann kann ich über die Woche schon ein paar Klamotten herbringen. Verstehste, was ich meine?«

Maike nickte. Der neue Nachbar gab sich ja ziemlich vertraut mit ihr. Hoffentlich bekam Jochen das nicht in den falschen Hals. »Na, dann kommen Sie mal mit, Herr Nigge. Ich gebe Ihnen den Schlüssel sofort.« Maike betonte die förmliche Anrede.

Zu dritt stiegen sie die Stufen in den ersten Stock hinauf. Maike holte den Schlüssel der Nachbarwohnung und überreichte ihn Nigge mit einem erschöpften Lächeln. »Viel Erfolg bei der Renovierung!«

»Vielen Dank«, sagte er. »Und auf gute Nachbarschaft. Wenn alles picobello bei mir ist, dann kommst de mich mit deinem Freund mal besuchen, ja? Und jetzt lasst euch nicht aufhalten!« Er kniff den beiden ein Auge zu und verschwand grinsend in seiner neuen Wohnung, ehe Maike den Sachverhalt hätte klären können.

45

Das letzte Mal hatten sie um 15 Uhr auf die Zeit geachtet. Das war bereits einige Stunden her. Immerhin konnten sie sich mithilfe der Taschenlampe und Daphnes Uhr im Bunker zeitlich orientieren. Sonst wäre Teubner bald durchgedreht. Er saß neben der Schmuckverkäuferin auf einer Matratze, angelehnt an die kalte Steinwand. Beide nutzten nur ein kleines Kissen im Rücken und teilten sich eine Decke. Daphne hatte ihren Kopf an Teubners Schulter gelegt und war eingeschlafen. Ihre tiefen und gleichmäßigen Züge deuteten darauf hin. Vielleicht verhielt sie sich aber auch nur still, da es nichts mehr zu sagen gab oder weil sie den alten Herrn Kniepel nicht aufwecken wollte.

Teubner starrte in die Dunkelheit. Heute war bereits Mittwoch, der 5. April. Er saß nun den sechsten Tag in diesem dunklen Bunker fest und allmählich schwand sein Optimismus, dass die Kollegen ihn noch finden würden. Gegenüber Daphne und Hartmut Kniepel beteuerte er weiterhin, sie sollten die Hoffnung nicht aufgeben. Da wäre eine Hundertschaft unterwegs. Das konnte sogar stimmen. Die Kollegen Graf und Reinders würden ihn nicht im Stich lassen. Dennoch schwand mit jedem Tag, der verstrich, ein bisschen mehr die Zuversicht.

Denn selbst wenn die Ermittlungen die Kollegen auf diesen Hof führen sollten, würden sie das Silo finden? Oder würden Daphne, Hofbesitzer Kniepel und Max elendig in diesem Bunker verrecken?

Der alte Mann stöhnte wieder. Es ging ihm miserabel. Er fieberte hoch, aß nichts und trank kaum. Die Tabletten, die Timoschenko ihnen dagelassen hatte, würgte er hinunter, danach hielt er den Schmerz eine Weile aus.

»Wasser!«, hörte Max ihn betteln.

»Ich komme!«, sagte Teubner, rutschte etwas vor und ließ Daphne sanft auf die Matratze gleiten. Dann deckte er sie zu, so gut es in der Dunkelheit ging. Max tastete nach der Taschenlampe und schirmte den Strahl ab, bevor er sie einschaltete. Dann stand er mühsam auf und reckte seine Glieder. Er war heilfroh, dass der Schnitt, den er sich mit der Rasierklinge zugefügt hatte, sich nicht entzündet hatte und er so zugunsten von Hartmut Kniepel auf die Schmerztabletten verzichten konnte. Max griff nach einer

Wasserflasche und einem Plastikbecher, dann kniete er sich neben der Matratze des alten Mannes auf den Boden. Er legte die Taschenlampe vorsichtig ab, sodass er in ihrem Schein den Becher füllen konnte. Er beugte sich über den verletzten Greis. Sie hatten ihm fast alle Kissen überlassen, sein Bein damit gepolstert und welche so unter seinen Kopf geschoben, dass er leichter zu Atem kam. Er war mit drei Decken zugedeckt, dennoch schien er zu frieren, denn er zitterte. Teubner stützte ihn am Rücken, sodass er in eine halbwegs aufrechte Position kam, dann hielt er ihm den Becher an den Mund.

Das Trinken kostete den Mann enorme Kraft. Er blickte Teubner flehend an. »Kann ich noch eine Tablette haben?«, hauchte er und begann zu husten.

Teubner nickte. Er wollte Hartmut Kniepel gerade zurück in die Kissen gleiten lassen, als er Daphnes Stimme hörte.

»Halten Sie ihn nur. Ich hole die Schmerztablette.«

Teubner sah den Alten aufmunternd an. »Gleich wird's besser!«

Er drehte den Kopf leicht zur Seite und tat, als würde er Daphne beobachten. In Wirklichkeit konnte er den Gestank, der aus der Bettdecke des Schwerkranken dünstete, kaum aushalten. Es roch nicht nur nach Fäkalien, sondern auch nach Fäulnis. Hoffentlich hatte sich das Bein nicht schlimm entzündet und musste abgenommen werden. Immer wieder kamen Bilder in ihm hoch, wie elendig sie hier verrecken könnten. Er kämpfte die aufkommende Panik nieder. Er musste seinen Kollegen vertrauen!

Sie würden ihn finden!

Aber die Stimme, die in seinem Kopf saß und höhnte: »Hoffentlich ist es dann nicht zu spät!«, wurde immer lauter.

»So, Hartmut!«, sagte Daphne freundlich und brachte ein Lächeln zustande, zu dem Teubner nicht mehr in der Lage war. »Hier ist die Tablette. Mach den Mund auf und trink den Becher aus!«

Der alte Mann gehorchte. Er schluckte die Schmerztablette, trank das Wasser aus und ließ sich mit Teubners Hilfe erschöpft ins Kissen zurückfallen. »Warum findet uns bloß keiner?«, jammerte er.

Teubner und Daphne strichen seine Decke glatt und setzten sich zurück auf ihre Matratze. Teubner dankte dem Himmel, dass sie eine eigene besaßen. Dafür hatte sich bestimmt Paula eingesetzt. Überhaupt war sie seine größte Hoffnung. Wenn sie die Gelegenheit bekäme, würde sie ihnen zur Flucht verhelfen. Darauf hoffte er. Zumindest würde sie – sobald sie sich selbst in Sicherheit befand – für Hilfe sorgen und vielleicht anonym den Kollegen einen Tipp geben. Er seufzte und betete, dass dieser Moment bald kommen möge.

Teubner und Daphne tranken ebenfalls einen Becher Wasser, danach schalteten sie die Taschenlampe aus, da sie nicht wussten, wie lange sie mit den Batterien noch durchhalten mussten.

Keine fünf Minuten später hörten sie lautes Motorengeräusch. Kam da etwa schon Hilfe? War die Tortur in diesem Bunker zu Ende? Waren die Stunden der Gefangenschaft endlich vorbei?

»Das ist mein alter Traktor«, krächzte Hartmut Kniepel mühevoll. »Was wollen die mit dem?«

»Na, bestimmt nicht den Boden pflügen«, murmelte Daphne.

Teubner lauschte. Das Motorengeräusch wurde lauter. Der Motor heulte immer wieder auf, als könne der Fahrer nicht mit dem Gerät umgehen. Etwas später dröhnte das Geräusch so laut in den Bunker, als befände sich ein Hubschrauber im Anflug. Plötzlich erstarb das Motorengeräusch. Direkt über ihnen. Unheimliche Stille herrschte. Teubner mochte seine Vermutung nicht laut aussprechen. Das durften sie nicht machen! Das konnte Paula doch nicht zulassen!

Die Stille wurde von einem leisen Wimmern unterbrochen.

»Hartmut?«, fragte Daphne besorgt. »Alles in Ordnung?«

»Nichts ist in Ordnung!«, jammerte Hartmut Kniepel. »Wir werden hier unten krepieren!« Seine Stimme hatte einen außergewöhnlich durchdringenden Klang, als hätte er für diese Feststellung noch einmal sämtliche Kräfte mobilisiert.

Max Teubner schwieg. Er hatte keine Energie mehr, dem Mann die Ängste zu nehmen, die ihn selbst fertigmachten. Vermutlich lag Hartmut Kniepel mit seiner Prognose goldrichtig.

»Sag so etwas nicht!«, kam die Stimme von Daphne. »Man wird uns finden. Ich glaube fest daran.«

Der Alte gab Laute von sich, die an ein verunglücktes Lachen erinnerten und in einem Hustenkrampf endeten. Als er sich einigermaßen erholt hatte, sagte er genau die Worte, die Teubner zurückgehalten hatte, als er das Traktorengeräusch hörte.

»Die finden uns bestimmt nicht! Jetzt *kann* die Siloluke niemand mehr entdecken. Die haben meinen alten Traktor darübergefahren. Wir kommen hier nie wieder raus! Weder tot noch lebendig!«

DONNERSTAG, 6. APRIL

46

Am vorherigen Abend war es erneut zu einem heftigen Streit mit Timoschenko gekommen. Zunächst hatte er die Polizisten vom Hof weggelockt, damit Paula das Haus unbemerkt betreten konnte. Als er zurückkam, war sie ihm um den Hals gefallen und hatte von ihrem Beutezug mit Daniel Novak berichtet. Doch anstatt sich mit ihr über die Beute von mehr als 100.000 Euro zu freuen, hatte er sie nur grob bei den Schultern gepackt und angebrüllt: »Der ›Novize‹ ist zweimal fast geschnappt worden? Wie dämlich hat er sich angestellt? Was ist, wenn sich jemand sein Kennzeichen notiert hat?« Dabei hatten sich seine Finger schmerzhaft in ihre dünnen Oberarme gegraben, während er sie fest hin und her schüttelte.

»Reg dich nicht auf!«, hatte Paula versucht, sich zu verteidigen. »Daniels Auto hat ein niederländisches Kennzeichen. Die Spur würde also erst mal weit weg von uns führen. Die Polizei hat nichts gegen dich oder mich in der Hand.«

»Wie blöd bist du eigentlich?« Timoschenko hatte ihr eine saftige Ohrfeige ins Gesicht geklatscht und die Wunde am Auge war wieder aufgeplatzt. »Die Bullen interessieren mich einen Scheißdreck!« Seine Stimme überschlug sich und Paula hatte Angst, sie würde bis nach draußen zu den observierenden Polizisten dringen.

»Wer hat wohl das Geld?«, brüllte Sergej weiter. »Sag's mir! Dein ›Novize‹ hat es! Warum hast du mir nicht wenigstens meinen Anteil mitgebracht? Ich dreh noch durch. Ich muss hier weg!«

Paula hatte sich reumütig gezeigt. »Entschuldige, Sergej. Aber Daniel hatte Angst, dass du mit deinem Anteil abhaust. Er will nicht, dass du mich mit den Geiseln allein lässt.«

»So ein Idiot!«, hatte Timoschenko geschimpft. »Die sind doch im Silo gut aufgehoben. Ich habe eben noch den Traktor über die Siloluke gefahren, damit man den Bunker nicht so leicht findet.«

Darüber war Paula schockiert gewesen. »Meinst du, das war schlau?«, erwiderte sie ziemlich laut. »Was haben wohl die Polizisten gedacht, die das Haus beobachten, als du mit dem Traktor durch die Gegend kutschiert bist? Da fragt man sich, wer hier der Idiot ist?!«

Timoschenko war daraufhin nah an sie herangetreten und hatte gefährlich leise zu ihr gesprochen. »Nenn mich niemals Idiot, du Schlampe!« Dann hatte er ihren Kopf an den Haaren nach hinten gerissen und sich über sie gebeugt. »Ich habe zuvor einige Stunden an dem alten Traktor herumgeschraubt. Um mir die Langeweile zu vertreiben, während du weg warst. Das altersschwache Ding war völlig fahruntauglich. In der Scheune fand ich einen Kanister mit Diesel. Als der Motor ansprang, habe ich den Traktor hinter den Hof gefahren und ihn auf der Luke geparkt. Die Bullen haben anfangs geglotzt, danach hat die nicht mehr interessiert, was ich mache. Also sei demnächst vorsichtig, was du sagst, *Rubinchen*!«

Ihr Kosename hatte in seinem Mund ätzend geklungen. Paula war daraufhin wütend in ihr Zimmer gestürmt und hatte eine alte Kommode vor die Tür geschoben. Geschlafen hatte sie kaum. In der Nacht hatte es wie aus Eimern geschüttet. Paula war oft aufgewacht, während der Regen laut gegen die Fensterscheibe prasselte. Sie hatte an Max Teubner und die anderen beiden Geiseln im Silo denken müssen. Hoffentlich war kein Wasser in den Bunker gelaufen. Am liebsten wäre sie in der Früh losgelaufen, um nachzusehen. Das ging natürlich nicht. Ein Polizeiwagen stand nach wie vor in Sichtweite des Hofes und Paula wäre den Beamten sofort aufgefallen. Seit den frühen Morgenstunden hatte Paula sich nur noch im Bett gewälzt. Zu viele Gedanken schwirrten ihr durch den Kopf. Vielleicht sollte sie sich einfach aus dem Staub machen. In der Vergangenheit war es ihr schon häufig gelungen, wieder auf die Füße zu kommen. Aber es widerstrebte ihr, die Geiseln ihrem Schicksal zu überlassen.

Um kurz nach 7 Uhr saß sie bereits mit Timoschenko in der Küche beim Frühstück. Er hatte Brötchen vom Bäcker geholt und sie in der Zwischenzeit Kaffee gekocht. Er hatte heute noch kein Wort mit ihr gesprochen. Scheinbar war er weiterhin wegen seines Anteils wütend. Er aß seine Brötchen und blickte interessiert in ein Boulevardblatt, das er vom Bäcker mitgebracht hatte. Sein Schweigen wirkte auf Paula erdrückend. Endlich faltete er die Zeitung zusammen, legte sie beiseite und starrte sie an.

»Wenn wir noch bis Morgen hierbleiben müssen, weil dein ›Novize‹ so lange braucht, um eure Flucht vorzubereiten, können wir uns den Tag doch auch ein bisschen gemütlich gestalten. Was meinst du, Rubinchen?« Er lächelte anzüglich.

»Vergiss es!«, sagte Paula, die mit seinen Stimmungsschwankungen nur schwer zurechtkam. Genervt griff sie nach der Zeitung.

Timoschenko schob langsam seinen Stuhl zurück und stand auf. Seine vor Begierde funkelnden Augen zogen sie in seinen Bann, während er sein T-Shirt gemächlich über den Kopf zog und ihr seinen muskulösen Oberkörper zeigte.

Paula legte die Zeitung beiseite und erhob sich ebenfalls von ihrem Stuhl. Sie trat einen Schritt zurück, konnte aber den Blick nicht von ihm wenden. »Ich will das nicht!«, raunte sie wenig überzeugend.

Sergej knöpfte seine Jeans auf. Durch den dünnen Stoff seiner knappen Unterhose konnte sie deutlich seine Erektion erkennen. Er kam um den Tisch herum auf Paula zu, griff unter ihre Bluse und schob sie hoch. Seine Finger tasteten zu ihrem BH-Verschluss, dabei drängte er sich fest an sie. Paula strauchelte rückwärts. Im Grunde wollte sie keinen Sex mit Timoschenko. Sie erinnerte sich zu gut daran, dass er sie gestern Abend noch geschlagen hatte!

Er drückte sie gegen den Fensterrahmen. Sie spürte die alte vergilbte Gardine in ihrem Rücken. »Sergej!«, stöhnte sie und bemerkte ihren lustvollen Tonfall. »Wenn die Polizisten mich sehen!«

Er ließ von ihr ab, wollte die Vorhänge zuziehen und blickte dabei kurz aus dem Fenster. Plötzlich ging ein Wandel in ihm vor.

»Scheiße! Paula! Die Bullen!«

Er rannte durch das Zimmer und knöpfte seine Hose zu. »Da sind mehrere Polizeiwagen im Hof. Vermutlich eine Hausdurchsuchung. Du musst verschwinden!«

Paula drehte sich um und sah aus dem Fenster. Timoschenko hatte nicht übertrieben. Sie sah drei Streifenwagen und zwei Fahrzeuge in Zivil. »Wo soll ich hin?« Sie blickte Timoschenko fragend an.

Der riss sie so fest bei den Haaren in den Flur, dass ihr die Tränen in die Augen traten. »Egal! Hauptsache weg von hier! Und nimm bloß deinen ganzen Kram mit!«

Als Paula ihr Zimmer erreichte, schellte es an der Haustür.

»Beeil dich!«, zischte Timoschenko und half ihr, die wenigen Habseligkeiten, die sie hergebracht hatte, in die Tasche zu packen. Als sie in ihre Turnschuhe schlüpfte und ihre Jacke überwarf, zerrte er sie bereits wieder in den Flur.

»Geh durch Kniepels Wohnung und steig aus einem der hinteren Fenster!«, befahl Timoschenko. »Aber pass auf, dass dich niemand sieht!« Er packte sie hart am Oberarm. »Kapiert?«, zischte er.

Paula nickte. Der Typ war und blieb ein Dreckskerl. Als sie mit ihrer Tasche die Treppe hinunterschlich, schellte es erneut und jemand pochte gegen die Holztür.

»Hier ist die Polizei! Machen Sie die Tür auf!«

Paulas Herz schlug ihr bis zum Hals. Schweiß trat auf ihre Stirn.

»Einen Augenblick, bitte!«, schrie Timoschenko von oben. »Ich komme gerade aus der Dusche.«

Paula sah sich um. Timoschenko kam nackt die Treppe hinunter. Von seinem Körper perlte das Wasser ab und er hinterließ auf den ausgetretenen Holzstufen nasse Fußabdrücke. In einer Hand hielt er lediglich ein Handtuch, das er sich locker um die Hüften band.

»Paula!«, flüsterte er eindringlich und drückte ihr eine Plastiktüte in die Hand. »Die musst du für mich aufheben!«

Sie sah ihn fragend an und stopfte die Tüte mit in ihre Tasche. »Was ist das?«

»Wenn Sie nicht sofort aufmachen, werden wir die Tür gewaltsam öffnen!«, dröhnte die tiefe Stimme eines Polizisten herein.

»Ich komme ja schon!«, brüllte Timoschenko und steckte im Zeitlupentempo den Haustürschlüssel ins Schloss.

»Verschwinde endlich!«, zischte er Paula zu. »Und die Plastiktasche bekomme ich zurück. Sonst bist du tot!«

Am liebsten hätte sie ihm seine Tüte vor die Füße geschmissen, den Polizisten persönlich die Tür geöffnet und sich den Konsequenzen gestellt. Aber sie wollte nicht noch einmal in den Knast. Um keinen Preis. Bei ihrem Vorstrafenregister könnte sie es sich dort einige Jahre gemütlich machen. Also nickte sie und öffnete mit einem anderen Schlüssel die Wohnungstür des Hausbesitzers Hartmut Kniepel. Leise schlüpfte sie in dessen Wohnung und verschloss die Tür von innen. Ohne einen Blick an die altmodische Einrichtung zu verschwenden, lief sie durch die Zimmer in den rückwärtigen Teil des Hauses. Hier befand sich eine veraltete Küche mit separatem Gasherd und einem antiken Küchenbuffet aus der Gründerzeit. Sie blickte aus einem der Fenster und sah auf den Acker hinaus. So leise wie möglich öffnete sie die Fensterflügel und schob den Kopf heraus. Alles blieb still. Im hinteren Teil des Grundstücks hörte man nichts von dem Treiben im Innenhof. Eine frische Brise wehte ihr entgegen. Immerhin hatte sich der Regen von der Nacht verzogen und am blauen Himmel zeigten sich nur einzelne graue Wolken. Paula warf zunächst ihre Tasche hinaus, dann kletterte sie aus dem Fenster und zog es von außen so weit wie möglich zu.

Direkt hinter dem Haus befand sich eine Grünfläche, die zudem von einer Hecke eingegrenzt war. Hier brauchte Paula nicht befürchten, gesehen zu werden. Sie sah sich um. Nicht weit vom Küchenfenster lehnte ein altes Herrenrad an der Wand. Es war nicht abgeschlossen, und als sie den Reifendruck mit Daumen und Zeigefinger als ausreichend ertastete, beschloss sie, es mit über den Acker zu schieben. Auf dieser Seite des Hauses schloss sich noch ein verwitterter Schuppen an, dahinter ein Apfelbaum und Gemüsebeete, die sich auf einem schmalen Streifen entlang des Feldes zogen. Sie klemmte ihre Tasche auf den Gepäckträger, nutzte einen kleinen Trampelpfad zwischen Beet und Acker und schob das Rad eilig darüber. Mehrfach blickte sie sich um, aber niemand folgte ihr. Am Ende des Pfads schlug sie über einen breiten Lehmpfad den Weg zur Straße ein.

Etwa zehn Minuten später schwang sie ihr Bein über die Herrenschiene des Fahrrads und trat kräftig in die Pedale. Erst jetzt begann sie darüber nachzudenken, wohin sie fahren sollte. Als sie in die Nähe des Dorfes Lünern kam, wählte sie erneut einen holperigen Trampelpfad. Es lag ihr fern, die Aufmerksamkeit von Fremden auf sich zu ziehen. Sie hatte in der Eile weder die Mütze Timoschenkos eingepackt, um ihre auffälligen rötlichen Haare darunter verstecken zu können, noch konnte sie ihre Sonnenbrille finden, um ihr blau geschlagenes Auge zu verbergen.

Der Trampelpfad führte sie an einem Bach vorbei auf ein kleines Waldstück zu. Hier schob Paula das Rad in den Wald hinein und lehnte es an einen Baum. Dann schmiss sie die Reisetasche mit ihren wenigen Habseligkeiten auf den feuchten Waldboden und setzte sich darauf. Noch etwas atemlos vom Radfahren stützte sie ihren Kopf in die Hände. Was sollte sie jetzt tun? In ihrer Verzweiflung zog sie ihr Smartphone aus der Hosentasche und wählte die Nummer von Daniel Novak. Er nahm das Gespräch sofort entgegen, und sie erzählte ihm von den Polizeiautos und einer wahrscheinlichen Hausdurchsuchung.

Novak reagierte gelassen. »Mach dir keine Sorgen, Paula. Du bist in Sicherheit und das Geld ist bei mir. Wenn die Polizei Timoschenko drankriegt, dann werde ich dich am Abend abholen. Vorher schaffe ich es nicht, unsere Flucht muss perfekt durchdacht sein und es gibt hier noch einiges zu klären.«

»Ich gehe in meine Wohnung im Schützenhof!«, erklärte Paula.

Novak zog die Luft scharf ein. »Das ist zu gefährlich! Deine Nachbarn könnten dich beobachten und die Polizei informieren. Vermutlich ist deine Wohnungstür sowieso versiegelt. Hast du vergessen, dass Slatko dort erschossen wurde?«

Sie hätte Daniel an die Gurgel springen können. »Wie soll ich das vergessen?«, schrie sie und begann zu weinen.

»Paula ... so habe ich das nicht gemeint. Es tut mir leid. Aber du musst doch verstehen ...«, er brach mitten im Satz ab, als im Hintergrund die Türglocke erklang.

Paula hörte seine Schritte.

»Ja, bitte?«

»Commissaris Terhaagen«, ertönte eine tiefe Stimme. »En dit is mijn collega Sneijder. We hebben een verzoek van Interpol. Wilt u met ons mee! Alsjeblieft!«

Paula verstand kein Niederländisch, aber die Begriffe »Kommissar« und »Interpol« ließen alle Alarmglocken bei ihr läuten. Sie beendete das Telefonat und schaltete ihr Smartphone sofort aus. Ihr Herz klopfte bis zum Hals. Das war kein Zufall. Erst die Hausdurchsuchung auf dem Hof, jetzt die holländischen Beamten, die irgendwie auf Daniel gestoßen waren. Vermutlich gab es einen Zusammenhang. Paula versuchte, rational zu denken. Wenn die niederländische Polizei Daniel einkassierte, dann konnte sie die 100.000 Euro abschreiben. Die Anfrage von Interpol kam wahrscheinlich von den deutschen Behörden. Da würden sich den Ermittlern bald Verbindungen erschließen. Bei der Überprüfung von Daniels Smartphone kämen die Kontakte zu Paula und Timoschenko ans Tageslicht. Da sie beide eine Prepaidkarte nutzten, konnte die Polizei über keinen Provider auf ihre Identität stoßen. Doch so, wie sie Novak kannte, war er garantiert so blöd gewesen, ihre Namen und ihre Adressen in sein Handy einzuspeichern. In jedem Fall konnten die Bullen herausfinden, dass er mit einer Nummer aus Deutschland telefoniert hatte, und das Funknetz einzugrenzen, dürfte ebenfalls ein Leichtes sein. Wie schnell die Polizei dazu in der Lage war, wusste Paula nicht. Eines wurde ihr jedoch klar: Sie musste eine Entscheidung treffen, wie es weitergehen sollte.

Plötzlich fiel ihr die Tüte ein, die Timoschenko ihr in die Hand gedrückt hatte. Sie zog den Reißverschluss ihrer Tasche auf. Als sie die Plastiktüte öffnete, sah sie Colliers, Perlen und Gold. Und in ein Geschirrtuch eingewickelt … eine Waffe. Paulas Herzschlag beschleunigte sich. Das dürfte ihr bei einer Flucht eine Weile über die Runden helfen. Zudem hatte sie jetzt ein Druckmittel gegen Timoschenko in der Hand. Ob die Waffe geladen war? Sie schaute ins Magazin und fluchte. Timoschenko war bei Gott nicht dumm, er hatte die Munition entfernt. Paula lehnte sich mit dem Rücken an den Baumstamm und schloss die Augen. Das Gesicht von Max Teubner tauchte in ihrem Kopf auf. Wie er ausgemergelt in dem dunklen Bunker lag und mit dem Leben abgeschlossen hatte. Paula riss die Augen weit auf.

Sie wollte ihn da unten nicht verrecken lassen!

Plötzlich kam ihr die Möglichkeit in den Sinn, dass die Polizisten bei ihrer Durchsuchung vielleicht auf das Silo stoßen könnten. Da Timoschenko den Traktor auf die Luke gefahren hatte, schien die Chance darauf allerdings gering zu sein. Paula seufzte laut. Mit dieser Ungewissheit konnte sie nicht leben. Sie würde am Abend noch einmal zum Hof zurückkehren müssen, um die Lage zu checken.

47

Maike hob verschlafen den Kopf und blickte auf die Leuchtziffern ihres Radioweckers. 11.47 Uhr! Das war doch nicht möglich! Sie konnte unmöglich zwölf Stunden am Stück geschlafen haben! Hatte der Wecker nicht geschellt? Maike stellte fest, dass sie den Alarm nicht eingeschaltet hatte. Hastig beugte sie sich über Jochen und rüttelte sanft an seiner Schulter. Er blickte sie verschlafen an, dann lächelte er.

»Es ist gleich Mittag!«, mahnte Maike, »Wir sollten seit drei Stunden in Unna-Stockum bei der Hausdurchsuchung des Hofes sein. Staatsanwältin von Haunhorst wird toben vor Wut.«

Jochen schwang sich aus dem Bett und griff nach seiner Jeans. »Die soll sich nicht so anstellen. Immerhin haben wir die Nacht zuvor durchgearbeitet. Für ein Frühstück muss die Zeit noch reichen. Kochst du uns einen starken Kaffee?«

Maike nickte. Eine halbe Stunde später saß sie neben ihrem Exfreund im Dienstwagen auf dem Weg nach Stockum. Als Jochen sein Smartphone checkte, sah er, dass Staatsanwältin von Haunhorst fünfmal versucht hatte, ihn telefonisch zu erreichen. Während er den Wagen konzentriert über die alte B1 lenkte, dachte Maike an den vergangenen Abend. Da beide nach den Strapazen in Köln völlig übermüdet waren, beschlossen sie, gegen 20 Uhr einen nahe gelegenen Griechen in der Massener Straße aufzusuchen. Das Restaurant war gut besucht gewesen und sie mussten fast eine Stunde auf ihr Essen warten. Dabei hatten sie den aktuellen Mordfall diskutiert. Weiterhin war völlig unklar, wo Max Teubner sich aufhielt oder wo er festgehalten wurde. Das empfanden sie als zermürbend. Sie waren sich einig, dass Sergej Timoschenko seine Finger im Spiel hatte, und legten ihre Hoffnung auf die Hausdurchsuchung des Hofes.

Der süffige Merlot, den Jochen bestellt hatte, war Maike rasch zu Kopf gestiegen und sie hatte sich dabei ertappt, dass sie begann, mit ihrem Ex zu flirten. Ihm schien das gut gefallen zu haben und Maike musste unwillkürlich lächeln, als sie daran dachte. Nach der Moussaka für Maike und dem Grillteller für Jochen leerten sie noch eine weitere Karaffe Rotwein und schlenderten danach zurück zu Maikes Wohnung. Dort waren sie gegen Mitternacht todmüde ins Bett gefallen.

Inzwischen hatten sie den Hof in Stockum erreicht. Jochen parkte das Auto hinter mehreren Einsatzfahrzeugen der Kollegen, danach stiegen sie gemeinsam aus. Sogleich stürmte Staatsanwältin von Haunhorst auf sie zu und nahm Jochen in Beschlag.

»Da bist du ja endlich! Ich habe einen Wagen zu deiner Wohnung geschickt. Du warst nicht zu Hause?«

Jochen überhörte die Frage. »Habt ihr etwas gefunden? Eine Spur von Max Teubner?«

Die Staatsanwältin schüttelte den Kopf. »Aber wir haben auch erst einen Bruchteil der Wohnung Timoschenkos durchsucht. Dazu kommen noch die Schuppen und Ställe. Vorrangig möchte ich den Verdächtigen nun mit dir gemeinsam befragen.«

»Was ist mit der Wohnung des Hausbesitzers?«, fragte Maike.

Staatsanwältin von Haunhorst blickte sie erstaunt an. »Für die Räume von Doktor Hartmut Kniepel habe ich keinen richterlichen Beschluss beantragt.«

Sie wandte sich an Jochen, dann schien sie sich zu besinnen und drehte sich noch einmal zu Maike. »Frau Graf, Sie können sich von einem Ihrer Unnaer Mitarbeiter abholen lassen. Die Leute des KK11 sind eingeteilt.« Ihr anschließendes Lächeln war so falsch wie ihre aufgeklebten, knallroten Fingernägel.

Maike blickte zu Jochen, doch der schien die Spitzfindigkeit in den Worten der Staatsanwältin nicht bemerkt zu haben. Er beachtete Maike nicht weiter und folgte der von Haunhorst ins Haus. Maike schluckte ihren Ärger hinunter. Nicht im Traum würde sie in Erwägung ziehen, sich hier abholen zu lassen. Falls es einen Hinweis auf ihren verschwundenen Kollegen Max Teubner gab, dann hier auf diesem Hof. Die Spur Teubners verlor sich in Paula Horváths Wohnung. Ihre ehemaligen Komplizen Slatko Breuer und Sergej Timoschenko hatten sich dort aufgehalten, wenn sich auch nicht einwandfrei nachweisen ließ, ob Timoschenko zur Tatzeit dabei gewesen war. Dennoch stand für Maike fest, dass er in der Mordsache mit drin hing. Dass sein Alibigeber – der Besitzer des Hofes Hartmut Kniepel – plötzlich unauffindbar war, empfand sie mehr als merkwürdig. Gesetzt den Fall, der Hofbesitzer wollte ein falsch gegebenes Alibi zurückziehen und ihm wurde das zum Verhängnis? Maike verstand die Reaktion der Staatsanwältin nicht, was die Wohnungsdurchsuchung des Hausbesitzers anging. Herr Kniepel war seit Tagen nicht erreichbar. Warum sollte er sein Handy immer ausgeschaltet lassen?

Maike Graf stieg die wenigen Stufen zum Eingang des Hauses hoch. Aus dem ersten Stock hörte sie Schritte und Stimmen. Die Kollegen waren voll damit beschäftigt, die Wohnung Timoschenkos auseinanderzunehmen, die im Obergeschoss lag und über eine ausgetretene Holztreppe erreichbar war. Maike erkannte Timoschenkos Stimme, der im oberen Flur gerade das Zimmer wechselte.

»Ihre Kollegen haben mich bereits mehrfach befragt. Ich weiß wirklich nicht, was Sie von mir wollen!« Dann schlug eine Tür zu.

Maike wandte sich nach links, wo sich die Eingangstür zu Hartmut Kniepels Reich befand, der das Parterre bewohnte. Sie drückte eine Klinke aus Messing herunter, aber die Tür war verschlossen. Weder unter der Fußmatte noch in einem seitlich der Tür stehenden Schirmständer fand sich ein Notschlüssel. Enttäuscht verließ Maike das Haus. Vielleicht gelang ihr durch eines der Fenster im Erdgeschoss der Zutritt zur Wohnung. Sie ging Richtung Straße und drückte dabei gegen jede Fensterscheibe. Alle zeigten sich ordentlich verschlossen. An der Frontseite gab es ebenfalls zwei Fenster. Da der Hof jedoch etwas abschüssig gebaut war, befanden sie sich in etwa zwei Meter Höhe und waren für Maike nicht erreichbar. Sie fluchte.

Blieb noch die rückwärtige Seite des Hauses!

Sie schlenderte langsam über den Innenhof. Einige Beamte durchsuchten die beiden Scheunen, andere durchkämmten die Kellerräume. Zwischen Wohnhaus und Scheunen sah Maike eine Durchfahrt von etwa drei Metern, die zu den Ställen hinterm Haus und über den angrenzenden Garten zu den Äckern führte. Als Maike den hinteren Teil des Hofes erreichte, war sie allein. Hinter dem Hof stand ein Traktor, der fehl am Platz wirkte. Sie dachte nicht weiter darüber nach und ging zur Rückwand des Wohnhauses, um nach einem Einstieg in die Wohnung des Hausbesitzers zu suchen. Es gab einen Hintereingang, allerdings mit Sicherheitsschloss. Sie versuchte ihr Glück mit einer Scheckkarte, die Tür schien jedoch abgeschlossen zu sein. Maike spähte durch zwei Fensterscheiben. Eine führte in ein kleines Büro, die zweite gewährte Einblick in die Küche. Als sie gegen das Küchenfenster drückte, ließ es sich mühelos aufschieben. Sie sah sich um. Keine Kollegen in Sicht. Aus den oberen Fenstern würde man sie ebenfalls nicht beobachten können, da alle geschlossen waren und man sich hätte hinausbeugen müssen, um sie zu erkennen. Maike zog Einweghandschuhe über ihre Finger, dann erklomm sie die Fensterbrüstung und glitt ins Haus.

Die Luft in der Küche roch abgestanden und faulig. An einer Obstschale mit braunen Bananen schwirrten Obstfliegen. Auf der Spüle stand benutztes Geschirr. Maike öffnete den Kühlschrank und fand ihn gut gefüllt. Milchflaschen, Quark, Käse, Butter, Marmelade, ein Blumenkohl und eine Gurke, zudem eine Packung mit frischem Hähnchenbrustfilet. Sie ging weiter und hob den Deckel der Mülltonne. Auch hier schwirrten Obstfliegen. Konnte man vergessen, den Kühlschrank zu leeren, den Müll und faules Obst zu entsorgen, bevor man sich auf eine längere Urlaubsreise mit dem Wohnmobil begab? Selbst wenn der Mann über 70 Jahre alt war, so war er das Alleinsein doch seit geraumer Zeit gewohnt. Maike bezweifelte, dass er seinen Haushalt so nachlässig zurücklassen würde. Sie durchsuchte Schubladen und Schränke in der Küche, hier fand sie jedoch nur die üblichen Haushalts- und Gebrauchsgegenstände sowie weitere haltbare Vorräte in Dosen und Gläsern.

Sie verließ die Küche und betrat einen düsteren Flur. Das Licht einzuschalten, wagte sie nicht, um die Kollegen nicht auf sich aufmerksam zu machen. So schlich sie auf Zehenspitzen über einen dicken Teppich, um anschließend das Wohnzimmer zu durchsuchen. Die Einrichtung wirkte alt und erdrückend. Dunkle Eichenholzmöbel, eine braune Couchgarnitur auf feinem Perserteppich. Der Flachbildschirm neben dem Eichenschrank beeindruckte wie ein neumodischer Fremdkörper. Maike durchsuchte den Schrank: Gläser, Geschirr, Tischwäsche, Fotoalben und zahlreiche Reiseführer.

Nichts Außergewöhnliches.

So rasch wollte sie nicht aufgeben. Im Schlafzimmer fand sie das Bett ungemacht vor. Als hätte Herr Kniepel die Wohnung nur kurz verlassen, um vom Bäcker Brötchen zu holen oder andere Einkäufe zu erledigen. Sie durchsuchte den Kleiderschrank sorgfältig, blickte in jede Jacken- und Hosentasche, räumte Schuhkartons heraus und packte sie ordentlich zurück. Zum Schluss warf sie einen Blick unters Bett, doch außer Wollmäusen gab es nichts. Blieben das Bad, der Flur und ein kleines Büro. Sie begann mit Letzterem. Doktor Hartmut Kniepel hatte eine übersichtliche Ordnung. Es gab Unterlagen aus seiner Zeit als praktizierender Arzt, die sie nur flüchtig durchblätterte. In einem deckenhohen Regal befanden sich Ordner aus vergangen Urlauben mit Planung, Ausführung und Fotos. Eine Mappe betraf das aktuelle Jahr. Maike schlug sie auf. »Toskana«, las sie auf einem Deckblatt. Auf der nächsten Seite fand sich eine Liste mit Campingplätzen, die Kniepel bei seiner Reise zum Übernachten nutzen wollte. Neben jedem Platz standen Datum mit Ankunft und Abfahrt. Maike überflog die Liste, bis ihre Augen am Beginn stehen blieben.

Hier stand: Abfahrt vom Hof am 12. April.

Maike ließ sich mit dem Ordner auf den Bürostuhl fallen. Heute war erst der 6. April. Das hieß, Herr Kniepel müsste sich noch auf dem Hof befinden. Sergej Timoschenko hatte die Polizei angelogen, als er behauptete, der Besitzer sei bereits auf der lang geplanten Reise. Oder hatte der seinen Abfahrtstermin vorverlegt? Das erschien Maike bei dieser akribischen Planung sehr unwahrscheinlich. Doch wo befand sich das Wohnmobil? Auf dem Innenhof stand es nicht, weder in den Scheunen noch hinter dem Hof. Vielleicht hatte der Hausbesitzer es zum Durchchecken in eine Werkstatt gebracht. Auch diese Möglichkeit hielt Maike für zweifelhaft. Denn müsste sich Herr Kniepel nicht dann wenigstens in seinem Zuhause aufhalten? Maike hatte Freunde, die ebenfalls begeisterte Wohnmobilfahrer waren. In den Tagen vor jeder Abreise ging es bei denen hektisch bis chaotisch zu. Der Wagen musste gepackt, die Vorräte verstaut werden. Maike klappte den Ordner zu und stellte ihn zurück. Für sie stand fest, dass Sergej Timoschenko gelogen hatte.

Bevor sie das Büro verließ, durchsuchte sie noch den Schreibtisch. Ein monströses Gestell aus Eichenholz, das für den kleinen Raum viel zu wuchtig erschien. Vielleicht hatte es einmal seine Arztpraxis geschmückt und er behielt es als Andenken an jene Zeit. Sie zog eine Schublade nach der anderen auf, fand Schreibutensilien, altmodisches Briefpapier, Postwertzeichen und Fachlektüre über innere Medizin. Die Schublade rechts oben war verschlossen, der Schlüssel steckte jedoch. Als sie ihn drehte, die Lade aufzog und sie durchsuchte, sah sie Wagenschlüssel, Zweitschlüssel und Papiere des Wohnmobils. Ebenfalls Schlüssel, Zweitschlüssel und Papiere für einen Smart, den Maike im Vorbeigehen in der Scheune hinter einem dunklen Porsche hatte stehen sehen. Sämtliche Schlüssel waren genau beschriftet.

Ein eindeutiges Indiz dafür, dass Doktor Hartmut Kniepel sich noch nicht auf seiner Reiseroute befand. Sollte sie diese Erkenntnis der Staatsanwältin mitteilen? Sie entschied sich dagegen. Frau von Haunhorst würde wenig Verständnis für ihren Alleingang zeigen. Zudem brachte dieser Tatbestand sie keinen Schritt dem Kollegen Teubner näher.

»Wo bist du nur, Max?«, murmelte Maike.

Als sie das Büro verließ und erneut den düsteren Flur betrat, hatten sich ihre Augen an das dämmrige Licht gewöhnt. Sie blickte zur Wohnungstür, die ins Treppenhaus führte. Dort steckte von innen der Wohnungsschlüssel in der Tür. Maike zog die Stirn kraus und ging zur Hintertür. Auch hier fand sie den Schlüssel innerhalb steckend. Wenn beide Türen von innen abgeschlossen waren, wie hatte der alte Mann das Haus verlassen? Er war wohl kaum durchs Fenster geklettert!

Maike zog ihr Smartphone aus der Hose und wählte die Nummer des Kollegen Sören Reinders. »Kannst du mal checken, ob ein Wohnmobil – zugelassen auf einen Doktor Hartmut Kniepel – in der Umgebung gesichtet wurde? Vielleicht wild geparkt?« Sie nannte ihm das amtliche Kennzeichen und die Marke des Mobils.

»Mach ich, Kollegin!«, sagte Reinders und fragte nach ihrer Exkursion nach Köln.

Sie fasste die Ereignisse der vergangenen Tage kurz zusammen und beendete das Gespräch. Nachdem sie das Küchenfenster von innen geschlossen hatte, nahm sie die in den Türen steckenden Schlüsselbunde an sich. Dann verließ sie die Wohnung von Hartmut Kniepel durch die Hintertür, die sie nur ins Schloss zog. Als sie über die Wiese in Richtung der Ställe schlenderte, sah sie zwei Kollegen gerade dort herauskommen. »Habt ihr was gefunden?«, fragte Maike.

Kopfschütteln. »Hier und in den Scheunen ist nichts!«

Maike ging langsam hinter die Ställe. Der alte Traktor zog ihre Aufmerksamkeit auf sich. Aus der Nähe sah sie, dass er nicht auf dem Acker stand, sondern auf betoniertem Boden. Direkt unter den großen Rädern befand sich eine Luke. Maike schlenderte zurück zum Innenhof. Die Kollegen schienen mit der Hausdurchsuchung bei Timoschenko fertig zu sein, denn einige saßen bereits in ihren Autos. Ein Streifenwagen rollte vom Hof. Maike blickte erstaunt auf ihre Armbanduhr. Sie hatte vier Stunden in Kniepels Wohnung verbracht. Es war jetzt nach 17 Uhr. Staatsanwältin von Haushorst verließ gemeinsam mit Jochen das Haus. Als sie Maike sah, stutzte sie: »Sie sind ja immer noch hier. Haben Sie Wurzeln geschlagen?«

Maike ging nicht auf ihre Bemerkung ein und murmelte: »Hauptsache, Ihr Team hat gefunden, wonach Sie suchen!«

Jochen antwortete anstelle der Staatsanwältin: »Leider nein. Keine Spur von Teubner oder der Horváth. Sollte sich einer der beiden im Haus aufgehalten haben, werden wir das mit dem Auswerten der Spuren feststellen.«

»Das Gespräch mit Timoschenko hat ebenfalls nichts ergeben?«

Jochen schüttelte resigniert den Kopf. »Er behauptet nach wie vor, zur Mordzeit nicht im Schützenhof gewesen zu sein. Mit dem neu aufgetretenen Enkeltrick hat er angeblich auch nichts zu tun. Allerdings ist er zum Zeitpunkt des Betrugs auf die alte Frau Scholl allein zu Hause gewesen und hat somit kein Alibi.«

»Hm«, meinte Maike, »also sind wir keinen Schritt weitergekommen. Hinter den Ställen steht ein alter Traktor, darunter scheint ein Silo zu sein. Habt ihr das überprüft?«

Jochen zog erstaunt die Augenbrauen hoch. »Vermutlich nicht!«

Sergej Timoschenko, der in den Innenhof getreten war, um mit überheblichem Grinsen die Polizisten bei ihrem Rückzug zu beobachten, trat vor und vergrub die Hände in den Taschen seiner schlabberigen Jogginghose. »Soll ich den Traktor wegfahren? Ich habe ihn gestern erst wieder flottgemacht. Einen Schlüssel für die Siloluke habe ich allerdings nicht.«

Staatsanwältin von Haunhorst winkte ab. »Das wird nicht nötig sein. Sie halten sich aber zu unserer Verfügung!«

»Was ist, wenn Max Teubner und Paula Horváth sich unter der Luke befinden und dort gefangen gehalten werden?«, fragte Maike.

»Ihre Fantasie geht mit Ihnen durch!«, blaffte Lina von Haunhorst, »ich hatte einen langen Tag. Hier ist jetzt Schluss!«

Maike blickte zu Jochen. Der hob nur resigniert die Schultern. Sie hätte ihm zu gerne ihre neuen Erkenntnisse mitgeteilt, doch solange Staatsanwältin von Haunhorst in der Nähe war, würde sie sich lieber die Zunge abbeißen. »Na ja«, sagte sie nur und senkte die Stimme, damit Timoschenko sie nicht hören konnte, »vielleicht führt die weitere Observation des Hofes ja bald zu einem Ergebnis.«

»Dafür gibt es keine Notwendigkeit«, flötete die Staatsanwältin. »Zudem fehlen uns die Leute für eine langfristige Beobachtung. Jetzt müssen andere Ermittlungsansätze her. Die nächste Besprechung ist morgen früh um 9 Uhr im

KK11.« Sie drehte sich von Maike weg und wandte sich an Jochen Hübner. »Kannst du mich mit nach Dortmund nehmen? Ich bin mit dem Taxi hergekommen, weil mein Wagen heute nicht angesprungen ist.«

Jochen nickte und sah Maike fragend an. »Kommst du?«

Die Hauptkommissarin verschränkte die Arme vor der Brust. »Ich halte es für falsch, Herrn Timoschenko völlig sich selbst zu überlassen. Ich könnte die Observierung des Hofes übernehmen. Dazu bräuchte ich nur einen Kollegen – vielleicht Oberkommissar Reinders – und einen Dienstwagen.«

Staatsanwältin von Haunhorst zog die Stirn in Falten. Widerworte schienen ihr grundsätzlich zu missfallen. »Was soll eine Observierung bringen? Glauben Sie, Herr Timoschenko ist blöd und bemerkt nicht, wenn wir ihn beobachten? Vermutlich werden wir ihn eher aus der Reserve locken, sobald wir ihn eine Weile in Ruhe lassen! Können wir jetzt fahren? Ich hatte einen langen Tag!«

Maike widerstrebte es, mit der arroganten Staatsanwältin gemeinsam im Auto zu sitzen, dennoch setzte sie sich brav auf die Rückbank von Jochens Dienstwagen. Egal, was sie für eine Anweisung erhalten hatte, Maike beschloss, heute noch zum Hof zurückzukehren. Ein klares Verbot hatte die von Haunhorst schließlich nicht ausgesprochen. Eine innere Stimme ließ sich einfach nicht zum Schweigen bringen, die ihr zuschrie, dass Timoschenko nicht nur Max Teubner und Paula Horváth in seiner Gewalt haben könnte, sondern auch den Hausbesitzer Hartmut Kniepel.

Wie gerne würde Maike sich mit Jochen austauschen, aber Lina von Haunhorst gab ihr keine Gelegenheit dazu. Maike würde Timoschenko keine Möglichkeit geben, sich heimlich abzusetzen. Vielleicht konnte sie ihren Kollegen Sören Reinders überreden, mit ihr eine Nachtschicht einzulegen, um den Hof auf eigene Faust zu observieren. Immerhin ging es um das Leben von Max Teubner.

48

Die Wolken hingen tief über den weit aufragenden Buchen, leichter Dunst kroch über den feuchten Waldboden. Die Temperatur war am Abend gewiss unter zehn Grad gefallen. Paula fröstelte. Den ganzen Tag lang hatte sie nicht gewagt, den Wald zu verlassen. Einmal war eine Familie mit drei Kleinkindern und zwei Labradors den Waldweg entlanggegangen. Die Sprösslinge hatten fangen gespielt, während die Hunde sich zwischen den Bäumen jagten. Paula hatte sich so weit wie möglich ins Dickicht zurückgezogen und war dankbar gewesen, dass ihre braune Jeans und die olivfarbene Lederjacke sich farblich in die Natur einfügten. Einer der Hunde spürte sie dennoch auf. Sie flüsterte ihm leise zu und kraulte ihn hinterm Ohr, da war er nach einer Weile, als sein Herrchen laut nach ihm rief, wieder davongelaufen.

Das wollte Paula auch am liebsten tun. Davonlaufen. Sich aufs Rad schwingen, in die Pedale treten und Unna und die Dörfer weit hinter sich lassen. Sie verfluchte den Moment, als sie Daniel Novak die Tür geöffnet hatte. Sie verfluchte seinen Plan, die Enkelmasche wieder aufzuziehen. Nur seinetwegen kannte der Clan ihren Aufenthaltsort. Nur deshalb wurde sie im Bornekamp überfallen, wobei ihr geliebter Hund Arco sterben musste. Warum hatte Daniel dieses doppelte Spiel gespielt? Und warum war sie so blöd gewesen und hatte sich letztlich auf den Vorschlag eingelassen, wieder als Keiler zu arbeiten? Schuldbewusst gab sie zu, dass es ihr sogar Spaß gemacht hatte. Und wofür? Das Geld konnte sie abschreiben.

Der Schlamassel, in dem sie steckte, hätte nicht größer sein können. Inzwischen war es fast 20 Uhr am Abend. Sie rappelte sich langsam auf. Durch jede Pore ihres Körpers kroch die nasskalte Luft des Waldes bis in ihre Knochen. Ein feuchter und muffiger Geruch umfing sie. Obwohl sie bereits am Morgen ihre Tasche durchsucht und über ihre dünne Bluse einen grauen Sweater mit Kapuze gezogen hatte. Und darüber noch ihre Lederjacke. Sie würde zum Hof nach Stockum zurückkehren. Ob die Polizisten abgezogen waren, wusste sie nicht. Sie wagte nicht, ihr Handy einzuschalten, nachdem die niederländische Polizei auf Daniel Novak gestoßen war. Sie drehte ihre kupferroten Haare zusammen und stopfte sie unter die Kapuze ihres Pullovers, die sie tief ins Gesicht zog. Danach befestigte sie die Tasche auf dem Gepäckträger und schob das Rad auf den Waldweg. Endlich trat sie kräftig in die Pedale. Der matschige Boden spritzte seitlich der Fahrradreifen und gab ein schmatzendes Geräusch von sich. Sie nahm bald den Weg auf der Straße und fuhr bis dicht hinter den Hof. Sollte die Polizei noch mit der Hausdurchsuchung beschäftigt sein, würde sie das hoffentlich bemerken, bevor die Polizisten sie erkennen konnten.

Keine 20 Minuten nach Abfahrt schob sie das Rad über den Trampelpfad hinter dem Grundstück des Hofes. Ihre leichten Schuhe versanken im Schlamm. Der alte Traktor stand in unveränderter Position hinter den Ställen. Die Polizei hatte die Geiseln also nicht gefunden. Paula fühlte, wie Enttäuschung in ihr hochkroch. Eigentlich sollte man der deutschen Gründlichkeit mehr zutrauen, aber scheinbar war den Beamten der Zugang zum Silo verborgen geblieben. Paula lehnte das Rad an die Hinterwand des Hauses und betrat den Innenhof. Weit und breit kein Polizeiauto in Sicht. Dennoch musste sie vorsichtig sein. Vermutlich wurde Timoschenko weiterhin observiert. Sie huschte an der Hauswand entlang und setzte ihre Tasche neben den Eingangsstufen ab. Aus dieser Position konnte sie kein Observationsfahrzeug sehen. Neugierig lief sie bis zur Straße. Auch hier stand kein Polizeifahrzeug. Ob die Polizei von Timoschenkos Unschuld überzeugt war? Oder hatten sie ihn vielleicht mitgenommen? Dann könnte Paula in aller Seelenruhe die Geiseln befreien und sich danach absetzen. Doch zunächst brauchte sie Gewissheit. Außerdem musste sie irgendwie an die Schlüssel von Traktor und Silo kommen. Sie hatte keine Ahnung, wo Timoschenko die aufbewahrte. Sie lief also zurück hinter den Hof, um durch das Küchenfenster und die Wohnung des Hausbesitzers Kniepel unbemerkt ins Haus zu gelangen. Vorsichtig drückte sie gegen die Fensterscheibe. Aber diese gab nicht nach!

Hatten die Polizisten auch die Wohnung Kniepels durchsucht? Und danach hatten sie das Fenster verschlossen? Oder war Timoschenko so weitsichtig gewesen, ihr den unbemerkten Rückweg ins Haus zu verwehren? Paula fluchte leise. Es widerstrebte ihr, aber sie musste sich Sergej zu erkennen geben, anders sah sie keine Chance, zu den Geiseln vorzudringen. Sie ging also zurück zur Haustür und betätigte die Schelle. Der Gong tönte laut durchs Haus. Obwohl der Himmel mit grauen Wolken verhangen war und den Abend fast zur Nacht machte, schimmerte kein Licht durch die Fensterscheiben. Sie klingelte noch einmal. Diesmal ausdauernd. Hatten die Polizisten Timoschenko tatsächlich mitgenommen? Paula wagte kaum, darauf zu hoffen.

Sie schellte erneut. Als sich nichts rührte, hämmerte sie fest gegen die Haustür. Jetzt flammte hinter dem Fenster über der Tür doch Licht auf. Enttäuscht griff sie nach ihrer Tasche, einen Moment später vernahm sie lautes Poltern und Fluchen, als sei Timoschenko die Treppe hinuntergestürzt. Kurz darauf öffnete er die Tür. Als Paula sich an ihm vorbei ins Haus schob, nahm sie seine Wodkafahne wahr.

»Da bist du endlich!«, lallte er. »Wo warst du? Hab versucht, dich anzurufen!« Er grapschte ihr an den Po. »Komm mit mir! Die Bullen hab ich heut voll auflaufen lassen. Nichts haben die gefunden! Mit nichts sind die abmarschiert! Die enttäuschte Fratze dieser beschissenen Staatsanwältin – den Anblick werde ich nie vergessen.« Seine Hand wanderte unter ihren Pulli und sein Blick wurde lüstern.

Paula blickte ihn emotionslos an. Am liebsten hätte sie ihm ins Gesicht geschrien, dass Novak vermutlich im Knast saß und ihre ergaunerten 100.000 Euro im Nirwana zwischen der niederländischen und deutschen Bürokratie schwirrten. Sie schluckte ihren Ärger jedoch herunter, stieg vor ihm die Treppe hinauf und ging zielstrebig in die Küche. Noch drei oder vier Gläser Wodka und er wäre erst mal erledigt. Als er sich auf einen der Stühle fallen ließ, stellte sie die Tasche ab, zog ihre Lederjacke aus und hängte sie über eine Stuhllehne. Dann griff sie nach der halb vollen Wodkaflasche auf dem Tisch und schüttete sich etwas in ein Wasserglas. Mit einem Lächeln auf den Lippen reichte sie ihm die Flasche und setzte sich auf seinen Schoß.

»Lass uns auf deinen Erfolg anstoßen, Sergej!«, sagte sie lächelnd und stieß mit ihrem Glas gegen seine Flasche. Während sie nur an der Flüssigkeit nippte, nahm er drei, vier kräftige Schlucke und rülpste laut, bevor er sie an sich zog und küsste. Paula wehrte sich nicht. Schließlich prostete sie ihm abermals zu.

»Zum Wohl, Sergej!«, sagte sie, trank ihr Glas leer, stand auf und zog sich den Pulli über den Kopf. Der Wodka brannte wie Feuer in ihrer Kehle und wärmte ihren fröstelnden Körper von innen auf.

Timoschenko setzte die Flasche erneut an, während er beobachtete, wie sie ihre Bluse aufknöpfte und langsam den BH auszog. Sie nahm seine Hand und zog ihn vom Stuhl. Dabei lächelte sie ihn an.

»Komm!«, hauchte sie leise. Eine schnelle Nummer lag ihr jedoch fern. Für sie galt, sich den Roma die nächsten Stunden vom Hals zu schaffen. Sie brauchte Zeit, sich die Schlüssel für Traktor, Silo und Bunker zu beschaffen.

Timoschenko hatte die Wodkaflasche inzwischen leer gesoffen und torkelte hinter ihr her. Paula stützte ihn, weil er sonst gestürzt wäre. Sie schleppte ihn ins Bett, wo er sie zu sich ziehen wollte.

»Ich bin gleich bei dir«, flüsterte sie und kniff ihm ein Auge zu. Dann eilte sie zurück in die Küche. Während sie sich anzog, hörte sie ihn bereits laut schnarchen.

49

Auf dem Rückweg von Stockum nach Unna gegen 18.30 Uhr hatte Maike kein einziges Wort gesprochen. Nur brav auf der Rückbank gesessen und auf die vorbeifliegenden Weizen- und Kartoffelfelder und die urigen Bauernhöfe am Rande der Werler Straße gestarrt. Ab und zu warf sie einen Blick zu Jochen und beobachtete ihn, wie er konzentriert durch seine Brille auf die Straße blickte. Seine Haare bedurften dringend eines Schnittes, denn er konnte sie bereits hinter die Ohren stecken.

Staatsanwältin von Haunhorst fachsimpelte derweil mit ihm über den Fall und betonte mehrfach, dass sie in einer Sackgasse gelandet seien. Das sah Maike anders. Wenn man seine Aufgaben nur halbherzig erledigte, konnte man keine effektiven Ergebnisse erwarten. Warum hatte die Staatsanwältin auf die offizielle Durchsuchung der Wohnung von Hartmut Kniepel verzichtet? Aus Angst, sich mit dem ehemaligen Mediziner anlegen zu müssen, falls er tatsächlich abgereist und nur nicht erreichbar war?

Warum ließ sie den Roma Sergej Timoschenko nicht weiterhin bewachen? Diese Entscheidung hielt Maike für einen fatalen Fehler. Als Jochen in Höhe des Industriegebietes auf die Morgenstraße abbog, nahm von Haunhorst ein Gespräch aus der Staatsanwaltschaft Dortmund entgegen. Maike spitzte die Ohren. Aus der Unterhaltung ging hervor, dass Daniel Novak, der Jugendfreund von Paula Horváth, nach dem via Interpol gefahndet worden war, im niederländischen Venlo am Vormittag festgenommen wurde.

In seiner Wohnung fand sich eine Reisetasche, die unter anderem über 100.000 Euro an Bargeld enthielt. Bei der intensiven Befragung durch die holländischen Kollegen gab Novak zu, das Geld im Zuge eines Betruges mit der Enkeltrickmasche von verschiedenen deutschen Rentnern im Raum Unna ergaunert zu haben. Über seine Komplizen schwieg sich der in Ungarn geborene Roma aus. Man hatte jedoch in seiner Wohnung mehrere Smartphones sicherstellen können, die Auswertung der Kontaktdaten und seiner Telefonie laufe. Darüber hoffte man, auf mögliche Hintermänner oder Mittäter zu stoßen.

Als Staatsanwältin von Haunhorst das Gespräch beendete, war ihre vorherige Niedergeschlagenheit wie weggeblasen.

»Das sind hervorragende Neuigkeiten, Jochen!«, strahlte sie. »Ich werde morgen in der Früh sofort nach Venlo fahren, um den Verdächtigen selbst zu befragen. Ich möchte wetten, dass er mir etwas über das Verschwinden von Max Teubner und Paula Horváth erzählen kann. Dem Bericht der niederländischen Kollegen zufolge macht er einen nicht sonderlich selbstbewussten Eindruck. Scheint bei Weitem nicht so durchtrieben zu sein wie Sergej Timoschenko. Bei einer geschickten Befragung wird er reden, da bin ich sicher.«

Jochen warf ihr einen kurzen Blick zu. »Soll ich dich begleiten?«

Von Haunhorst schüttelte den Kopf. »Das ist nicht nötig. Du leitest die Besprechung im KK11. Selbst wenn dieser Novak eine heiße Spur ist, sollten wir parallel nach weiteren Ermittlungsansätzen suchen. Es ist nicht gesagt, dass der Mann auch am Verschwinden von Teubner und der Horváth beteiligt ist.«

Jochen lenkte den Dienstwagen auf den Parkplatz hinter der Polizeibehörde Unna. Maike verabschiedete sich knapp und stieg aus. Ein böiger Wind wehte durch ihr Haar. Bevor sie die Autotür zuschlug, hörte sie noch, wie Lina von Haunhorst Jochen fragte, ob er Lust hätte, mit ihr zu ihrem Lieblingsitaliener in der Dortmunder Innenstadt zu gehen. Da könne man in Ruhe die Einzelheiten des weiteren Vorgehens besprechen. Seine Antwort konnte Maike nicht mehr verstehen, sie strebte mit Riesenschritten auf den Eingang ihrer Dienststelle zu, da sich der Abend nun empfindlich kalt zeigte.

»Morgen um 9 Uhr im KK11?«, rief Jochen ihr durch das heruntergelassene Autofenster hinterher.

Maike wandte ihm noch einmal den Kopf zu und hob nickend die Hand. Er lächelte und lenkte den Wagen vom Parkplatz. Maike betrat die Dienststelle, kurz darauf stürmte sie in Reinders Büro und fasste die Neuigkeiten zusammen.

»Ich halte die Entscheidung der Staatsanwältin für falsch, die Observierung Timoschenkos jetzt abzubrechen«, schloss sie ihren Bericht. »Der Typ hat Dreck am Stecken, das sieht ein Blinder. Und deshalb möchte ich dich bitten, mit mir heute Nacht den Hof in Stockum zu beobachten. Das sind wir Max Teubner schuldig, Sören.«

Reinders hatte gespannt zugehört. Nun hob er abwehrend die Hände. »Langsam, Maike. Ich bin natürlich bereit, meine Freizeit für Max zu opfern. Aber du weißt selbst, wie wenig wir unternehmen können, wenn wir nicht dienstlich unterwegs sind. Außerdem habe ich auch Neuigkeiten. Der Anruf kam, kurz bevor du in mein Büro gestürmt bist. Das Wohnmobil von Hartmut Kniepel wurde gefunden. Es steht auf einem Autobahnrastplatz bei Soest. Kommst du mit?«

Eine gute halbe Stunde später erreichten sie den Rastplatz an der Soester Börde. Ein Begriff, der den umliegenden Landstrich kennzeichnete, denn in landwirtschaftlicher Hinsicht charakterisierte sich die flache Region zwischen Haarstrang und Lippe durch ihre besonders fruchtbaren Lössböden. Hier angebautes Getreide und Gemüse war weit über die Stadt hinaus als qualitativ wertvoll bekannt.

Reinders lenkte den Dienstwagen am Rastplatz an Tankstelle und Restaurant vorbei. Dahinter schloss sich der Parkplatz für Pkws an, dann folgten einige Lkw-Stellplätze. Das Wohnmobil von Hartmut Kniepel war nicht zu übersehen. Es stand etwa mittig des Platzes für Lkws und hatte die Ausmaße eines Busses, mit großen Panoramafrontscheiben und weit ausladenden Außenspiegeln. Reinders parkte den Dienstwagen unmittelbar neben dem Streifenwagen, der seitlich des Gefährts fast wie ein Spielzeugauto wirkte. Die Beamten hatten einen Teil des Parkplatzes bereits mit Polizeiabsperrband gesperrt. Jetzt standen sie mit hochgezogenen Schultern fröstelnd im kalten Wind und warteten. Maike erkannte, dass das Mobil ziemlich lädiert aussah. Die Seitentür war verbeult, als hätte jemand an mehreren Stellen gewaltsam versucht, sie aufzuhebeln. Eine weitere Tür, die wohl in den Lagerraum oder die Pkw-Garage führte, war ebenso beschädigt.

»Beide Türen kann man mühelos öffnen!«, sagte einer der Beamten, die zuerst vor Ort gewesen waren. »Sie wurden mit Gewalt aufgebrochen und nur wieder in die Rahmen gedrückt. Durch die hintere Tür gelangt man in einen Raum, der zum Transport eines Kleinwagens dienen könnte. Darin lassen sich deutlich Blutspuren erkennen.«

Maike und Reinders beugten sich unter das Absperrband hindurch.

»Habt ihr die Kriminalhauptstelle informiert?«, fragte Maike.

Einer der Uniformierten nickte. »Die Leute von der Spurensicherung sind aus Dortmund unterwegs.«

»Im Wohnmobil eine Spur des Besitzers?«, fragte Reinders.

Einer der Streifenbeamten schüttelte den Kopf. »Ich bin reingegangen, um nachzuschauen, ob jemand Hilfe benötigt. Da ist keiner drin.«

Maike ging zur hinteren Tür, zog Einweghandschuhe über und öffnete sie. Sie lieh sich vom Kollegen eine Taschenlampe und ließ den Strahl durch den Innenraum wandern. Im hinteren Bereich sah man nahe der Rückwand deutlich eine kleine Blutlache und verstreut daneben einige Blutstropfen. Zudem erkannte Maike die Reste von durchgetrenntem Kabelbinder. Es schien, als sei in diesem Raum jemand festgehalten worden. Möglicherweise hatte die Person versucht, die gefesselten Hände zu befreien, dabei waren die Gelenke blutig geworden. Aber wenn dem Gefangenen – eventuell dem Besitzer des Mobils, Herrn Hartmut Kniepel – die Flucht gelungen war, wo befand er sich jetzt? Warum hatte er sich nicht an die Polizei gewandt?

»Habt ihr an der Tankstelle und im Restaurant nachgefragt, ob jemandem etwas Verdächtiges aufgefallen ist?«, fragte Maike.

Der Jüngere der Beamten nickte. »Ich habe die Angestellten befragt. Einem libanesischen Koch mit relativ guten

Deutschkenntnissen, der täglich seinen Wagen auf dem angrenzenden Pkw-Parkplatz abstellt, ist das Wohnmobil bereits am Montagabend ins Auge gefallen. Er habe die zerbeulten Türen bemerkt und wollte angeblich zunächst die Polizei informieren. Er unterließ dies schließlich jedoch, um sich keinen Ärger einzuhandeln, wie er behauptete. Als ausländischer Mitbürger habe er schon häufig negative Erfahrungen mit deutschen Behörden gemacht. Außerdem passiere es öfter, dass Campingreisende hier mehrere Tage Rast machen. Die verbeulten Türen seien zudem so offensichtlich gewesen, dass er davon ausgegangen sei, dass dies auch anderen Parkplatznutzern auffallen müsste.«

»Scheinbar ja nicht. Hat der Koch mal jemanden in der Nähe des Mobils gesehen? Oder wurde das Gefährt zwischendurch bewegt?«, fragte Reinders und schlug sich die Kapuze über den Kopf, da Nieselregen einsetzte.

»Nein!«, erwiderte der Beamte, »der Mann hat nichts dergleichen bemerkt. Er behauptet, er hätte heute Morgen sogar neben dem Mobil gehalten und sei einmal herumgegangen, habe dabei geklopft und gerufen. Es sei keine Reaktion erfolgt. Daraufhin hat er beschlossen, am Abend die Polizei zu informieren.«

»Ein Vorsatz, den er schließlich auch in die Tat umsetzte? Oder von wem seid ihr informiert worden?«, fragte Maike.

Der Uniformierte zog einen Notizblock aus seiner Jacke. »Der Anruf des Libanesen ging um 19.15 Uhr bei uns ein, er wollte bis nach seiner Schicht warten und möglichst seinen Arbeitgeber aus dem Spiel lassen. Er hat hier beim Mobil auf uns gewartet.«

Maike blickte auf ihre Armbanduhr. Inzwischen war es fast 20.30 Uhr. »Ist der Koch noch zu sprechen?«

Der Streifenpolizist schüttelte bedauernd den Kopf. »Er musste dringend nach Hause, weil er wohl auf sein Kind aufpassen muss.«

»Haben Sie die Adresse des Mannes?«, fragte Maike.

»Natürlich, Frau Kollegin!«, lächelte der Uniformierte.

Maike und Reinders bedankten sich und setzten sich in den Dienstwagen. Sie versprachen, auf die Spurensicherung zu warten. Der Streifenwagen fuhr ab. Die Hauptkommissarin versuchte, telefonisch sowohl die von Haunhorst als auch Jochen Hübner zu erreichen. Das Auffinden des Wohnmobils musste die Entscheidung der Staatsanwältin revidieren, die Observierung Timoschenkos abzubrechen. In beiden Fällen wurde Maike jedoch auf die Mailbox geleitet. Vermutlich saß das Paar bei einem romantischen Abendessen im Lieblingsrestaurant der Juristin in Dortmund, während Maike und Reinders sich hier den Arsch abfrieren mussten.

50

Mittlerweile zeigten die Ziffern ihrer Armbanduhr fast Mitternacht. Paula hatte in den letzten Stunden alles abgesucht, sich jedes Zimmer akribisch vorgenommen, die Schränke samt Schubladen durchwühlt, unter Teppichen nachgeschaut, in Vasen und anderen Gefäßen. Aber sie fand den verdammten Traktorschlüssel nicht. Müde ließ sie sich auf einem Küchenstuhl nieder. Ein starker Kaffee sollte ihren ermatteten Geist wieder auf Trab bringen. Wo könnte Timoschenko den Traktorschlüssel aufbewahren? Entweder er hatte ihn an einem besonders einfallsreichen Ort versteckt oder er trug ihn am Leib. Paula befürchtete Letzteres. Sie wusste, dass tagsüber stets ein Schlüsselbund an seiner Jeans klimperte. Mit Hausschlüssel und Autoschlüssel. Vielleicht hatte er den Traktorschlüssel und die Schlüssel für Siloklappe und Bunker ebenfalls daran befestigt.

Sie schlich leise zu seinem Schlafzimmer und schob die Tür auf. Die weiß lackierte Holztür quietschte in den Angeln. Paula hielt den Atem an. Vom Flur fiel nur gedämpftes Licht in den Raum. Timoschenko lag auf dem Rücken, die Beine gespreizt, die Arme hinter den Kopf gelegt. Dabei trug er ein graues Achselhemd und eine dunkle Jogginghose und schnarchte. Auf seiner Stirn standen Schweißperlen. Leise schlich sie heran und hob vorsichtig die Jeans hoch, die auf dem Dielenboden lag. Leider sah sie nirgends ein Schlüsselbund befestigt, auch die Hosentaschen waren leer.

Vermutlich befand sich das Bund in seiner Jogginghose. Paula zog ihre Turnschuhe aus und legte sich neben Timoschenko. Würde er aufwachen, könnte sie sich an ihn schmiegen und so tun, als habe sie die ganze Zeit bei ihm gelegen. In seinem besoffenen Zustand wusste er sowieso nicht mehr, was in den letzten Stunden geschehen war. Sie rutschte vorsichtig näher an ihn heran. Dann fasste sie mit ihrer Hand in seine rechte Hosentasche. Sie ertastete nur einige Geldstücke. Blieb noch die linke Hosentasche. Da Timoschenko aber fast an der Wand lag, würde es nicht so einfach sein, diese Möglichkeit zu überprüfen.

Paula drückte sich hoch und legte zunächst ihren Arm über Sergejs Bauch. Er schnarchte weiter, sein Atem ging gleichmäßig. Vorsichtig versuchte sie, den Eingriff in die Hosentasche zu erreichen. Plötzlich zog er scharf die Luft ein, wälzte sich herum und drehte ihr den Rücken zu. Wenn der Schlüssel sich tatsächlich in seiner Hose befand, lag er nun darauf. Paula seufzte leise und zog ihren Arm zurück. Dann stand sie auf. Am Schrank hing Sergejs Lederjacke. Sie schlich hin und griff in die rechte Jackentasche. Ihre Finger ertasteten einen dicken Schlüsselbund. Paula hätte vor Erleichterung am liebsten einen Luftsprung gemacht. Warum hatte sie hier bloß nicht zuerst nachgeschaut?

Ihre Hand zitterte vor Erregung. Sie zog die Schlüssel vorsichtig aus der Jacke. Ein Haken des Schlüsselrings blieb am Futterstoff der Jacke hängen. Paula rutschte das Bund aus der Hand und es fiel laut klimpernd auf den Boden. Sie erstarrte in ihrer Bewegung. Timoschenko saß kerzengerade im Bett und starrte sie aus blutunterlaufenen Augen an. Einen Moment brauchte er, um sich zu orientieren.

»Was machst du da?«, lallte er.

Paula drehte sich langsam um. Fieberhaft sucht sie nach einer plausiblen Ausrede. Doch ehe sie zu einer Antwort ansetzen konnte, fiel er bereits rückwärts zurück in sein Kissen und schnarchte weiter. Paulas Herz klopfte wild. Eine ganze Weile blieb sie regungslos stehen. Endlich beugte sie sich nach dem Schlüssel, den sie fast geräuschlos aufhob. Sie griff nach ihren Schuhen und verließ auf Zehenspitzen das Zimmer. Erleichtert sah sie, dass der Traktorschlüssel sich am Bund befand. Rasch zog sie die Turnschuhe und ihre Lederjacke an, danach schlich sie aus dem Haus und lief hinter die Ställe.

FREITAG, 7. APRIL

51

Paula huschte über den Hof hinter den Gebäudekomplex, wo der Traktor die Siloluke versperrte. Das Mondlicht fiel fahl durch eine dünne Wolkendecke. Leichtfüßig kletterte die Romafrau auf das monströse Gefährt. Sie steckte den Schlüssel ein, drehte ihn und der Traktor sprang sofort an. Timoschenko hatte seine mechanischen Fertigkeiten mit Erfolg unter Beweis gestellt. Dennoch zuckte Paula zusammen, bei dem Höllenlärm, den der Motor verursachte. Vermutlich würde halb Stockum davon erwachen. Der röhrende Dieselmotor dröhnte durch die Stille der Nacht und zumindest Sergej musste den Krach hören. Es gelang Paula recht mühelos, das Gefährt zwei Meter vorwärtszubewegen. Dann stellte sie den Motor schnell aus und blieb wie erstarrt auf dem Bock sitzen, in der Annahme, jeden Augenblick käme Timoschenko angerannt, um sie vom Traktor zu reißen und zu verprügeln. Sie wäre im Moment nicht einmal in der Lage, vor ihm davonzulaufen, so zitterten ihre Knie.

Das Mondlicht tauchte die Nacht in spärliches Licht. Endlich registrierte Paula, dass Timoschenko nicht gekommen war, und wagte, vom Traktor zu klettern. Dann lief sie bis zum Innenhof und schaute auf die Fenster des

Wohnhauses. Keines war erleuchtet. Vielleicht hielt der Wodkarausch Timoschenko lange genug in Schach, damit sie die Gefangenen befreien und sich selbst in Sicherheit bringen konnte. Paula atmete tief, dann lief sie zur Luke und griff nach dem Vorhängeschloss. Sie holte eine kleine Taschenlampe aus ihrer Jackentasche, schaltete sie ein und beleuchtete das Schloss. Da passte nur ein dicker Schlüssel, erkannte sie. Das Schloss hatte über dem Schlüsselloch einen Schieber, darunter befand sich ein relativ großes Loch für einen breiten Schlüsselbart. Das passende Exemplar fand sich jedoch nicht an Timoschenkos Schlüsselbund.

Tränen traten in Paulas Augen. Was für ein Pech!

Es schien, als habe sich alles gegen sie verschworen! Wütend stopfte sie den Bund in ihre Jackentasche. Sie würde jetzt nicht aufgeben. Schließlich war sie in einem Umfeld aufgewachsen, wo man bereits als Kind gewisse Tricks beigebracht bekam. Sie hatte gelernt, sich auf sich selbst zu verlassen, also zog sie eine Haarnadel aus ihrem Haar und bog sie etwas zurecht. Dann stocherte sie mit der Nadel in der Schließvorrichtung herum, bis sie den Widerstand fand, der die Mechanik in Gang setzte. Einige Male rutschte sie mit der Nadel ab, bis der Bügel des Schlosses endlich hochsprang und Paula die schwere Siloklappe öffnen konnte.

Sie stellte sich an den Rand des Silos und starrte in ein schwarzes Loch. Ein mulmiges Gefühl überkam sie. In welchem Zustand mochten sich die Gefangenen befinden? Sie waren bestimmt geschwächt. Paula sah den Hausbesitzer vor sich, den Timoschenko in den Schacht geschubst hatte. Hartmut Kniepel war mehrere Meter in die Tiefe gefallen. Die Knochen des alten Mannes mussten gebrochen sein. Ob er überhaupt noch am Leben war? Sie würde ihn niemals in die Höhe schaffen können.

Aber Max Teubner konnte sie retten! Er würde alles Weitere in die Wege leiten. Paula gab sich einen Ruck. Sie hielt den Griff der Taschenlampe mit dem Mund und tastete mit dem Fuß vorsichtig nach der ersten Sprosse. So bewegte sie sich rückwärts in die Tiefe. Als sie mit den Händen endlich die Haltegriffe der Leiter zu fassen bekam, fühlte sie kaltes, raues Metall und sah an den Streben Rost abplatzen. Der Strahl der Taschenlampe fiel auf brüchige Mauersteine, die stellenweise mit feinem Schimmelflaum überzogen waren. Je tiefer sie in das Silo hinabstieg, desto muffiger wurde die Luft. Als sie mit den Füßen endlich festen Boden ertastete, stach ihr ein ekelhafter Geruch von Fäkalien in die Nase. Paula musste ein Würgen unterdrücken. Sie leuchtete mit der Lampe den kleinen Vorraum des Bunkers ab und sah den vollen Toiletteneimer der Gefangenen, den Timoschenko nicht entsorgt hatte. Sie hielt sich angewidert ihren Jackenärmel vor die Nase, dann beleuchtete sie das Schloss des Bunkers. Es war ein Sicherheitsschloss. Sie zog das Schlüsselbund Timoschenkos aus ihrer Jackentasche und probierte einen Schlüssel nach dem anderen aus.

Keiner von ihnen passte!

Vermutlich bewahrte Timoschenko Silo- und Bunkerschlüssel in seiner linken Hosentasche auf. Paula lehnte sich an die Bunkertür und ließ sich langsam in die Hocke gleiten. Wie sollte sie diese Tür öffnen? Jedenfalls nicht mit ihrer Haarnadel, die war um einiges zu dick. Dennoch musste es ihr irgendwie gelingen, auch dieses Schloss zu knacken. Das kostete nur alles so verdammt viel Zeit! Wo bekam sie einen dünnen Draht her? Als sie am Vormittag durch die Wohnung des Hausbesitzers geflüchtet war, hatte sie darin eine Art Büro gesehen. Dort gab es bestimmt Büroklammern!

Paula hievte sich in die Gerade. In Windeseile erklomm sie die Leiter und rannte zurück zum Haus. Da das Küchenfenster verschlossen war, musste sie durch Kniepels Wohnungstür in sein Reich eindringen. Hoffentlich bekam sie das Schloss mit einer Scheckkarte auf. Mit Timoschenkos Schlüsselbund ließ sich immerhin die Haustür öffnen. Einem Impuls folgend, versuchte sie die weiteren Schlüssel an seinem Bund, ob vielleicht einer in Kniepels Wohnung führte.

Und dieses Mal hatte sie Glück! Beim dritten Versuch ließ die Wohnungstür sich aufschließen. Sie schaltete ihre Taschenlampe ein und lief zielstrebig in das Büro der Wohnung. Hier betätigte sie den Lichtschalter, um schneller voranzukommen. In einem monströsen Schreibtisch zog sie mehrere Schubladen auf. In der mittleren bewahrte der Hausbesitzer Schreibutensilien auf. Paula fand mehrere Büroklammern, einen kleinen Schlitzschraubenzieher und einen Kugelschreiber. Eine der Büroklammern bog sie wie einen Widerhaken, dann löschte sie das Licht im Büro und verließ die Wohnung durch die Hintertür.

Als sie erneut vor der Bunkertür stand, klopfte ihr Herz wild. Sie hielt die Taschenlampe mit ihrem Mund und führte die gebogene Büroklammer in das Schloss. Mit dem Schraubenzieher übte sie Druck auf die Konstruktion aus, damit der Draht sich über die einzelnen Verläufe der inneren Mechanik des Schlosses arbeiten konnte.

Paula trat der Schweiß auf die Stirn. Als sie den Draht fast weit genug ins Schloss geschoben hatte, um es zu öffnen, rutschte sie mit dem Schraubenzieher ab und er fiel samt Büroklammer zu Boden. Paula nahm die Lampe aus dem Mund und fluchte. Nun musste sie von vorn beginnen. Da sie die gebogene Klammer nicht wiederfand, präparierte sie eine weitere und schob erneut den Draht ins Schloss. Sie tastete sich mit dem Druck des Schraubendrehers langsam vor. Endlich ließ sich der Zylinder drehen und sie konnte die Tür öffnen. Der Gestank, der ihr entgegenströmte, raubte ihr fast den Atem.

Es roch nach Schweiß, Fäulnis und Verwesung. Dagegen war der Geruch des Fäkalieneimers harmlos gewesen. Paula leuchtete mit ihrer Taschenlampe in den Bunker. Auf einer Matratze an der linken Wand saß Max Teubner neben der Schmuckverkäuferin. Beide sahen grauenvoll aus. Eingefallene, verschmutzte Gesichter, aus denen stumpfe Augen zu ihr herüberblickten. Auf der zweiten Matratze vor Kopf des kleinen Raumes lag der Hausbesitzer. Er drehte Paula den Rücken zu. Sein schlohweißes Haar stand ihm wild und strähnig vom Kopf. Er lag auf einem Berg von Kissen und war mit mehreren Decken zugedeckt. Ob er noch lebte, ließ sich aus der Entfernung nicht feststellen.

»Paula?« Die Stimme von Max Teubner klang brüchig und rau.

Sie nickte nur. Sie hätte heulen können. Ihre Kehle schien plötzlich wie zugeschnürt und machte es ihr unmöglich, auch nur ein Wort herauszubringen. Zu sehr war sie schockiert von dem Anblick der drei Menschen, die mehr tot als lebendig erschienen. Und das hatte sie mit zu verantworten! Sie gab sich einen Ruck und lief auf Max Teubner zu. »Ihr müsst hier raus!«, mahnte sie. »Schnell! Bevor Timoschenko aufwacht und mich totschlägt!«

Sie reichte Max die Hand und half ihm auf die Füße. Gemeinsam zogen sie die Schmuckverkäuferin in die Höhe. Dann blickte Paula ratlos auf Hartmut Kniepel. »Ist er am Leben?«, fragte sie.

»Es geht ihm schlecht!«, sagte Max leise. »Er ist seit Stunden ohne Bewusstsein. Er fiebert hoch, hat seit gestern nichts gegessen und seit Stunden weder getrunken noch Schmerzmittel genommen. Wir bekommen ihn nicht mehr wach, aber sein Puls ist fühlbar. Ohne professionelle Hilfe ist er verloren.«

»Wir können ihn nicht hier zurücklassen!«, rief Daphne.

»Das werdet ihr wohl müssen, falls ihr eure eigene Haut retten wollt. Sobald Timoschenko auftaucht, gnade uns Gott. Sollte er uns überhaupt am Leben lassen. Ihr könnt später Hilfe für den Alten holen, wenn ihr in Sicherheit seid und ich außer Reichweite bin. Also los! Beeilt euch!«

Paula trat zuerst aus dem Bunker. Sie nahm ihre Lampe, um Max und Daphne den Weg zu leuchten.

Im selben Moment wurde sie an den Haaren gerissen und mit Wucht zurückgeschleudert. »Niederträchtiges Miststück!«, vernahm sie die Stimme Timoschenkos, der sich lautlos die Leiter heruntergeschlichen haben musste. Seine Finger bohrten sich wie die Pranken eines Löwen in ihre Schultern.

»Warum hast du das gemacht? Warum schlägst du dich immer wieder auf die falsche Seite?« Er schlug ihr ins Gesicht. »Verräter bleibt eben Verräter!«, brüllte er und stieß sie mit Wucht von sich.

Paula verlor von dem Ruck das Gleichgewicht, stolperte über den Fäkalieneimer, der mit ihr umfiel. Sie knallte mit dem Kopf gegen die Wand des Silos. Ein stechender Schmerz jagte durch ihren Kopf. Die Taschenlampe war ihr aus der Hand gefallen und beleuchtete nun ein Stück Silowand. Dennoch sah sie, wie eine Gestalt aus dem Bunker kam und sich auf Timoschenko stürzte. Der Silhouette nach handelte es sich um Max. Die Männer rangen am Boden. Paula versuchte, sich aufzuraffen, aber ein hämmernder Kopfschmerz hinderte sie daran. Teubner würde nicht gegen Sergej gewinnen können. Er war von der tagelangen Gefangenschaft viel zu geschwächt. Paula sah, dass auch Daphne Tischer aus dem Bunker kam. Doch anstatt Max zu helfen, lief die junge Frau auf die Leiter zu und kletterte langsam hinauf.

Im selben Moment knallte ein Schuss durch die Nacht. Max schrie auf und Paula verfluchte sich dafür, dass sie die Waffe in der Tüte mit dem Schmuck zurückgelassen hatte. Natürlich kam Timoschenko nicht, ohne sich abzusichern. Er hatte seine Pistole in ihrer Tasche in der Küche gefunden und erneut geladen. Paula reckte sich, um an die Taschenlampe zu kommen. Als sie diese endlich zu fassen bekam, stand Timoschenko bereits auf den Beinen. Die Schmuckverkäuferin hatte die Sprossen der Leiter fast bis oben erklommen, als er schrie: »Stehen bleiben! Sonst bist du tot, Schlampe!«

Die Frau verharrte in der Bewegung.

»Komm herunter!«, befahl Timoschenko.

Die junge Frau rührte sich nicht.

Timoschenko richtete seine Waffe auf sie. »Eins … zwei … drei!« Den nächsten Schuss feuerte er durch die

Siloöffnung in den Nachthimmel. Daphne schrie und mühte sich hektisch die Leiter hinunter. Timoschenko hämmerte ihr den Knauf der Pistole an den Hinterkopf. Sie fiel auf die Knie und weinte. Max Teubner saß unweit von ihr auf dem Boden und hielt sich das Bein.

»Hilf mir, Paula!«, befahl Timoschenko und kam langsamen Schrittes in ihre Richtung. Er reichte ihr die Hand und half ihr auf. »Die müssen zurück in den Bunker! Warum wolltest du sie befreien? Heute wären wir von diesem beschissenen Hof verschwunden. Morgen Abend hättest du die Bullen informieren können.«

Paula glaubte Timoschenko kein Wort. Spätestens, wenn er wüsste, dass die mühsam ergaunerten 100.000 Euro verloren waren, hätte Sergej einen Scheiß auf die Gefangenen gegeben. Paula rieb sich den Hinterkopf. Dann half sie, die Schmuckverkäuferin und Max zurück in den Bunker zu schaffen. Sie sah, wie die Tür sich schloss, und hätte heulen können. Sergej griff in seine Hosentasche und holte einen Schlüssel heraus, womit er die Bunkertür sorgfältig verschloss.

Ihre ganze Mühe ... umsonst!

Was Timoschenko mit ihr vorhatte, daran mochte sie nicht denken. Sie konnte von Glück sagen, wenn er sie am Leben ließ.

»Los! Kletter die Leiter hoch! Wir haben nicht ewig Zeit! Es ist gleich halb vier in der Früh und ich will noch vor Morgengrauen von hier verschwinden«, hörte Paula seine barsche Stimme.

Sie gehorchte. Beim Aufstieg spürte sie Timoschenko dicht hinter sich, seine Waffe hatte er ihr in den Rücken gedrückt. Von einer Wodkafahne keine Spur mehr. Paula roch nur ihren eigenen Angstschweiß und bezweifelte nicht eine Sekunde, dass Sergej abdrücken würde, sobald sie auch nur eine verdächtige Bewegung machte.

52

Ein lauter Knall durchbrach die Stille der Nacht. Maike wusste sofort, dass es sich um einen Schuss gehandelt hatte. Er riss einen Vogelschwarm aus dem Tiefschlaf, der kreischend aus der Baumkrone einer alten Eiche stob und in den Himmel flüchtete.

Die Hauptkommissarin saß jetzt seit mehreren Stunden mit Sören Reinders vor dem Bauernhof in Stockum auf Observationsposten. Ehe die Spurensicherung den Weg zum Rastplatz an der Soester Börde gefunden hatte, waren fast zwei Stunden vergangen. Kurz hinter der Abfahrt Unna war ein Pferdetransporter in einen Unfall verwickelt gewesen. Ein Pferd lag leblos mitten auf der Fahrbahn und dahinter bildete sich ein kilometerlanger Stau, in dem die Kollegen stecken geblieben waren. Vor Ort wurde der Campingbus schließlich grob unter die Lupe genommen. Das Blut im Pkw-Laderaum und die zerbeulten Türen schienen jedoch die einzigen Hinweise auf ein mögliches Verbrechen zu sein. Nach Mitternacht wurde das Mobil endlich an einen Spezial-Abschlepper gehängt. Das Abtransportieren des Campingbusses per Unterfahrlift ging zügig vonstatten. Das beschädigte Fahrzeug wurde an der Vorderachse angehoben und auf der Hinterachse rollend zur kriminaltechnischen Untersuchung gebracht.

Maike Graf und Sören Reinders wohnten der Prozedur bis zum Ende bei. Sie hatten währenddessen mehrfach versucht, Jochen Hübner und Staatsanwältin von Haunhorst zu erreichen. Die Tatsache, dass das Wohnmobil von Hartmut Kniepel verlassen auf einem Parkplatz gefunden wurde – zudem mit deutlichen Blutspuren – schien Anlass genug zu sein, Timoschenko erneut observieren zu lassen. Maike konnte sich des untrüglichen Gefühls nicht erwehren, dass der Roma noch in dieser Nacht fliehen wollte. Sollte Sergej Timoschenko tatsächlich mit dem in den Niederlanden festgenommenen Daniel Novak gemeinsame Sache machen, würde er nervös werden, sobald er seinen Komplizen nicht mehr erreichen konnte. Dabei schien es egal zu sein, ob die beiden die Geiselnahme von Paula Horváth und Max Teubner zu verantworten hatten oder lediglich den Betrug in der Enkeltrickmasche. Maike war fest entschlossen, den Hof auch auf eigene Faust zu beobachten. Kurz nach der Abfahrt von der Raststätte »Soester Börde« hatte sie Jochen Hübner endlich in der Leitung gehabt und ihn auf den neuesten Ermittlungsstand gebracht. Er gab sofort grünes Licht für eine Observation und zeigte sich dankbar, dass Maike und Reinders die erste Schicht übernehmen wollten.

Die beiden Beamten erreichten den Hof etwa gegen 1 Uhr nachts. Das Wohnhaus lag im Dunkel, der Komplex schien in einen friedlichen Schlaf gefallen zu sein. Maike hatte den Dienstwagen kurz verlassen, um nachzusehen, ob sich hinter den Fenstern etwas rührte, konnte aber nichts Verdächtiges erkennen. Sie schaute in die Scheune, wo Timoschenko sein Auto abgestellt hatte, der Porsche stand nach wie vor da. Scheinbar hielt der Roma sich also noch auf dem Hof auf. So war Maike halbwegs beruhigt in den Dienstwagen zurückgekehrt. Dennoch hatte sie eine stetige Unruhe gespürt, die sie sich nicht erklären konnte. Tausende Gedanken jagten ihr durch den Kopf.

Was, wenn Timoschenko bemerkte, dass er erneut beobachtet wurde? Könnte ihm diese Tatsache Anlass genug geben, den Hof ohne sein Auto im rückwärtigen Bereich zu verlassen? Dort, wo er von Maike und Reinders nicht gesehen wurde? Maike musste den Kollegen wecken, damit er die Beobachtung der Frontseite übernehmen konnte, sie selbst wollte sich hinter dem Hof postieren.

Da fiel plötzlich der Schuss!

Reinders fuhr aus dem Schlaf hoch. Maike riss instinktiv die Beifahrertür auf. »Sicher du die Einfahrt! Ich laufe um den Hof herum und schau nach, ob sich im Hinterhof etwas tut!«

Kollege Reinders war jedoch erstaunlich schnell aus dem Wagen gesprungen. Mit der Waffe im Anschlag rannte er seitlich am Wohnhaus vorbei. »Bleib du an der Zufahrt, Maike!«, schrie er über die Schulter zurück und war bereits in der Dunkelheit verschwunden.

Maike forderte via Funk Verstärkung, informierte Jochen Hübner, dann schlich sie zum Wohnhaus, drückte sich an die Hauswand und spähte vorsichtig zum Innenhof. Der Hauseingang verfügte über einen Bewegungsmelder, dessen Lampe in diesem Moment anging. Ausgelöst durch Sergej Timoschenko, der Paula Horváth im

Schwitzkasten hatte und ihr eine Waffe an den Schädel hielt. Die beiden schienen vom Hinterhof zu kommen, Reinders musste sie knapp verpasst haben. Ob Paula einen Fluchtversuch unternommen hatte und Timoschenko sich deshalb genötigt fühlte, zu schießen? Er schupste die Horváth jetzt die Eingangsstufen hoch und schob mit dem Fuß die Haustür auf. Kurz danach waren beide im Haus verschwunden.

Maike rannte hinterher. Die Tür war noch nicht ins Schloss gefallen und sie drückte sie sachte auf. Sie hörte Schritte auf der ächzenden Holztreppe. So leise wie möglich schlich sie in das dunkle Treppenhaus. Sie wartete, bis die Schritte sich im oberen Flur entfernten, und tastete sich dann hinter dem Paar die Treppe hinauf. Sie setzte ihre Füße dabei seitlich, um ein Knarren der Treppenstufen zu vermeiden. Stufe für Stufe erklomm sie die alte Holztreppe. Bei jedem Ächzen des Holzes verharrte sie und lauschte. Aber Sergej Timoschenko schien mit keinem Verfolger zu rechnen. Er widmete seine volle Konzentration Paula Horváth, die er in unflätiger Weise anschnauzte. Die Stimmen kamen aus einem der Räume in der ersten Etage, woraus durch einen schmalen Spalt etwas Licht in den Flur fiel.

»Du bist und bleibst eine elende Verräterin!«, schrie Timoschenko. »Ich sollte dich hier und jetzt erschießen!«

»Mach doch«, erwiderte Paula resigniert.

Maike wagte sich bis dicht an die Tür vor und schielte durch den Spalt in eine altmodische Küche. Die Romafrau saß auf einem einfachen Holzstuhl, die Ellbogen auf dem Wachstuch des Küchentischs abgelegt, den Kopf stützte sie mit den Händen. Sie sah verzweifelt aus. Timoschenko ging nervös auf und ab. Plötzlich blieb er hinter ihr stehen und setzte den Lauf seiner Waffe an ihren Hinterkopf.

»Ich muss hier verschwinden. Bloß endlich raus aus diesem Kaff. Du rufst jetzt Daniel Novak an! Er soll die 100.000 Euro zu einem Treffpunkt bringen. Dein Leben gegen das Geld!«

Paula stand langsam auf und drehte sich um. Die Waffe richtete sich jetzt auf ihre Stirn. »Drück ab!«, befahl sie. »Du wirst kein Geld bekommen. Daniel Novak sitzt in Venlo im Knast. Sie haben ihn einkassiert, während ich heute Morgen mit ihm telefonierte. Die 100.000 Euro sind futsch, Sergej. Finde dich damit ab!«

Timoschenko drückte die Hand mit der Waffe fester gegen Paulas Stirn. »Du lügst!«, brüllte er.

Paula brach in hektisches Lachen aus, das allmählich in Schluchzen überging. »Du weißt selbst, was für ein Weichei der ›Novize‹ ist! Vermutlich hat er längst alle Zusammenhänge ausgeplaudert und es ist nur eine Frage der Zeit, dass die Bullen hier auftauchen.«

»Du lügst!«, schrie er erneut, beugte sich dicht über Paula und entsicherte die Pistole. »Wenn das wahr wäre, warum hast du mich dann nicht gewarnt? Warum sind wir dann nicht auf der Flucht? Wir könnten uns längst in Sicherheit befinden!«

Paula senkte den Kopf und schlug die Hände vors Gesicht.

Timoschenko fasste ihr grob unters Kinn. »Sieh mich an, wenn ich mit dir rede!«, brüllte er. »Warum hast du nichts gesagt?«

Paula trat einen Schritt zurück und nahm die Hände vom Gesicht. Ihre Augen blickten trotzig. »Als ich zurückkam, warst du sturzbesoffen. Hätte ich dir gesagt, dass die Bullen Novak geschnappt haben und dass das Geld futsch ist, hättest du mich totgeschlagen!«

Timoschenko rieb sich den Schweiß von der Stirn. »Die Bullen werden gleich hier sein. Ich muss von hier verschwinden! Und du wirst mich begleiten, mein *Rubinchen*. Mit deiner Hilfe werde ich das Geld in einer anderen Stadt schnell wieder zusammenhaben. Vorausgesetzt, du sagst die Wahrheit. Vielleicht willst du dich nur heimlich mit dem ›Novizen‹ und dem Geld aus dem Staub machen.«

Maike hatte genug gehört. Sie musste handeln. Also trat sie mit dem Fuß vor die Küchentür und richtete ihre Dienstwaffe auf Timoschenko. »Waffe runter!«, rief sie.

Timoschenko blickte sie überrascht an, rührte sich aber nicht.

»Es ist wahr, was Frau Horváth gesagt hat«, sagte Maike, ohne ihn aus den Augen zu lassen. »Die niederländischen Kollegen haben Herrn Novak am Vormittag in Venlo festgenommen und über 100.000 Euro bei ihm sichergestellt. Er hat bereits zugegeben, dass das Geld aus betrügerischen Handlungen mit dem Enkeltrick von deutschen Senioren erbeutet wurde.«

»So ein Idiot!«, zischte der Roma, drückte dabei blitzschnell Paula den Arm an die Kehle und drückte ihr mit der anderen Hand den Lauf der Waffe an die Stirn.

»Nehmen Sie die Waffe herunter!«, mahnte Maike.

Der Roma grinste nur. »Sie werden Ihre Waffe herunternehmen, Frau Kommissarin. Sonst schieß ich der Schlampe hier ein Loch in den Kopf! Wäre nicht schade um sie. Sie ist eine Verräterin und Lügnerin! Niemand, auf den man sich verlassen kann. Niemand, den man vermissen wird.«

»Tun Sie bitte, was er sagt!«, schluchzte Paula. Sie war leichenblass, auf ihrer Stirn glänzten kleine Schweißperlen.

Maike fragte sich, wo Reinders blieb. Wenn er hinterm Haus nichts Verdächtiges entdeckt hatte, müsste er doch längst bei ihr sein. Außerdem sollte auch bald die Verstärkung vor Ort sein. Sie würde versuchen, Timoschenko eine Weile hinzuhalten. Sie ließ die Waffe langsam sinken, behielt sie aber in der Hand.

»Lassen Sie die Frau los! Sie verschlimmern Ihre Lage nur!«

Der Roma lachte abfällig. »Schlimmer geht's wohl kaum! Legen Sie die Waffe auf den Boden und geben Sie mir Ihre Handschellen!«

Maike reagierte nicht auf seine Forderung. Die Gedanken rasten in ihrem Kopf. Einer jagte den nächsten. Wenn Paula Horváth hier war, musste auch der Kollege Max Teubner in der Nähe sein. Warum hatten sie ihn bei der Hausdurchsuchung nicht gefunden? Befand er sich hinterm Haus unter der Luke, die sie gesehen hatte? War Reinders auf das Versteck gestoßen und kam ihr deshalb nicht zur Hilfe? Oder gab es einen weiteren Komplizen, dem Reinders in die Hände gefallen war?

»Ich wiederhole mich nicht gern!«, blaffte Timoschenko und deutete auf ihre Dienstwaffe.

Maike ging in die Hocke und legte ihre Walther P99 auf den Boden. Sie blickte von Timoschenko zu Paula und kam langsam zurück in den Stand. »Wo ist mein Kollege Max Teubner?«

»Er hat ihn angeschossen!«, schluchzte Paula.

»Halt die Schnauze!«, murrte Timoschenko. »Und tu nicht so, als gehörtest du zu den Opfern.« Er wandte sich an Maike. »Paula hat lieb mitgespielt, als sie sich als Anruferin bei den Alten als ihre Enkelin ausgab. Da scherte sie sich einen Scheiß um ihren Ex-Bullen-Lover. Erst jetzt, wo kein Geld mehr da ist, schlägt sie sich wieder auf die andere Seite. Wie ein Fähnchen im Winde dreht sie sich.«

»Das ist nicht wahr!«, rief Paula Horváth verzweifelt.

»Deine Affäre mit dem Bullen hat uns damals in den Knast gebracht. Nur wegen *ihm* bist du nach Unna gezogen. Weil du wusstest, dass er sich in dieses Kaff hat versetzen lassen. Nur deshalb sind wir dir hierher gefolgt. Und nur wegen *ihm* ist Slatko tot und der Rest von uns wird wieder in den Bau wandern.«

»Was ist mit Max Teubner?«, fragte Maike eindringlich und richtete ihren Blick auf Paula Horváth, weil sie sich von ihr eher eine Antwort erhoffte. Timoschenko ließ sie jedoch gar nicht zu Wort kommen und forderte erneut die Handschellen. Während Maike diese langsam von ihrem Gürtel löste, versuchte sie, Timoschenko in ein Gespräch zu verwickeln.

»Sie haben Max Teubner hinten auf dem Hof in dem Silo festgehalten, richtig? Und der Hausbesitzer Hartmut Kniepel leistet ihm seit einiger Zeit Gesellschaft. So ist es doch?«

»Wie kommen Sie darauf, Frau Kommissarin?«, fragte Timoschenko und tat überrascht.

»Wir haben sein Wohnmobil auf einem nahe gelegenen Autobahnrastplatz gefunden. In der Pkw-Garage fanden sich Blutspuren und ich wette, die gehören zu Hartmut Kniepel.«

»Die könnten auch von der Schmuckverkäuferin sein«, grinste Timoschenko, »die hat bislang nur noch niemand vermisst. Muss ja eine arme Sau sein, die neugierige Schlampe! So ohne Freunde, die sich um sie sorgen. Jetzt geben Sie mir endlich die Handschellen!«

»Sie halten in dem Silo drei Geiseln gefangen?« Maike brauchte ihre Überraschung nicht zu spielen. Eine Schmuckverkäuferin? Da konnte es sich nur um Daphne Tischer handeln, die als Zeugin für ein recht genaues Phantombild gesorgt hatte. Sie hatte auch die Tätowierung SP erwähnt, die Maike nun mit eigenen Augen am Hals des Romas sehen konnte, da er nur ein Achselhemd trug und nicht, wie bei seiner Vernehmung, einen Schal umgeschlagen hatte. Vermutlich hatte Daphne Tischer ihn irgendwo erkannt, verfolgt und war ihm durch ihre Unvorsichtigkeit in die Falle gegangen. Und seitdem musste sie Max Teubner und Hartmut Kniepel Gesellschaft leisten.

»Genug mit dem Small Talk! Geben Sie mir jetzt die Handschellen! Oder besser gesagt, Sie ketten Paula und sich selbst damit an die Heizung!« Er zielte weiterhin mit der Waffe auf Paulas Kopf und ließ keinen Zweifel daran, dass er im Notfall abdrücken würde. Paula Horváth zitterte. Sie hatte sichtlich mit ihrer Panik zu kämpfen. Ihr Auge wies ein frisches Veilchen auf, was darauf hindeutete, dass Timoschenko mit dem Austeilen von Schlägen nicht zimperlich war und seine Forderung durchsetzen würde.

Maike nahm Paulas Hand und fixierte das Gelenk mit den Handschellen, das andere Ende schob sie, auf Timoschenkos Anweisung hin, hinterm Heizungsrohr durch und befestigte es an ihrem Handgelenk.

»Diesmal wanderst du in den Bau, Rubinchen!«, sagte Timoschenko fast euphorisch. »Und dein Strafmaß wirst du auch nicht verringern, indem du deine *Freunde* ein zweites Mal an die Bullen verrätst. Du wirst für den Mord an Slatko büßen. Für Mord bekommst du lebenslänglich! Allein *das* wird mir eine Genugtuung sein.«

Maike blickte Paula Horváth fragend an. So ganz verstand sie die Zusammenhänge nicht. »Sie haben auf Slatko Breuer geschossen?«

Paula sank in sich zusammen. Tränen liefen an ihren Wangen herab. »Es war Notwehr!«, schrie sie. »Er wollte auf Max schießen!«

Timoschenko steckte seine Waffe in die ausgebeulte Tasche seiner Jogginghose und schob die Walther P99 von Maike mit dem Fuß unter den Küchenschrank. Bevor er die Küche verließ, wandte er sich noch einmal an die beiden Frauen.

»Während ihr zwei Hübschen die Vergangenheit aufarbeitet, werde ich meine Sachen packen und mich umziehen. Und danach wird die Frau Kommissarin mir dabei helfen, den Hof zu verlassen!« Timoschenko grinste selbstbewusst und kam noch einmal auf Maike zu. Zunächst überprüfte er die Handschellen, dann forderte er von Maike die Schlüssel der Fesseln und ihr Smartphone.

Maike fingerte die Sachen aus ihrer Hosentasche und Timoschenko eilte davon. Er schien zu wissen, dass ihm nicht viel Zeit blieb, bis die Verstärkung vor Ort sein würde.

»Was ist in Ihrer Wohnung passiert?«, fragte Maike.

Paula Horváth schluchzte und rieb sich die Augen. »Ich verfluche den Tag!«, stieß sie verzweifelt hervor. »Ich war völlig überfordert. Ich war geschwächt – noch von dem Überfall im Bornekamp. Ich hatte Angst, die brutalen Schläger wären zurückgekommen. Deshalb rief ich Max an. Doch bevor er mit seinem Kollegen kam, schellten Novak, Timoschenko und Breuer. Sie saßen in meiner Küche. Timoschenko befahl mir, die Polizei abzuwimmeln. Eine Waffe sei immer schön auf mich gerichtet. Und dann machte sich Max in meinem Flur mit seinem Kollegen breit.« Sie weinte.

»Würden Sie von vorn zu erzählen beginnen?«, fragte Maike, die die Zusammenhänge nur erahnen konnte.

Paula nickte langsam. »Jetzt ist sowieso alles vorbei!«

Sie erklärte, an jenem Freitagnachmittag hätten Slatko Breuer, Sergej Timoschenko und Daniel Novak an ihrer Haustür geklingelt. Nach dem Überfall im Bornekamp sei sie voller Panik gewesen. Aber da ihr Freund Daniel dabei gewesen sei, habe sie die drei schließlich in ihre Wohnung gelassen. Kurz vorher hätte noch ihr Nachbar Stefan Humboldt geschellt, den sie fälschlicherweise für einen ihrer Angreifer aus dem Bornekamp hielt. Sie sei von den Ereignissen völlig überwältigt worden und habe gar nicht mehr klar denken können. Die drei Roma hätten versucht, sie zu überreden, als Anruferin für die Enkeltrickmasche zu arbeiten. Paula sei zunächst nicht begeistert gewesen. Auf eigene Rechnung zu telefonieren, das würde Onkel Bakro nicht gefallen, und auch wenn er im Knast säße, seine Fühler seien lang. Breuer, Timoschenko und Novak hätten jedoch keine Ruhe gegeben. Plötzlich habe es an der Tür geschellt.

»Ich hatte schon fast vergessen, dass ich Max angerufen hatte«, erklärte Paula, »ich war so in Panik gewesen, als mein Nachbar Stefan Humboldt in voller Motorradkluft an meiner Wohnungstür schellte. Dabei wollte er sich nur ins Wochenende verabschieden, aber ich glaubte, er sei einer meiner Angreifer aus dem Bornekamp. Also rief ich Max an.«

Paula machte eine Pause und rieb sich das Handgelenk. Dann erklärte sie, dass die drei Roma sich in ihrer Küche versteckt hätten, als die Polizisten an ihrer Wohnungstür schellten. Timoschenko habe Panik bekommen, weil er tags zuvor noch einen Schmuckladen überfallen habe. Er hätte sie unter vorgehaltener Waffe ermahnt, die Bullen nicht in die Wohnung zu lassen und möglichst schnell abzuwimmeln. Das sei ihr aber nicht geglückt. Sie sei in dem Bewusstsein, dass Timoschenko von der Küche aus mit der Pistole auf sie ziele, immer hektischer geworden. Das hätten Max und sein Kollege natürlich gemerkt und sie seien dadurch erst recht nicht zum Rückzug zu bewegen gewesen. Paula habe sich geschwächt gefühlt und sei schließlich zusammengebrochen. Max Teubner habe sie aufgefangen und sich zu ihr gebeugt. Ohne über die Konsequenzen nachzudenken, hätte sie ihm ins Ohr geflüstert, dass »Besuch« in der Küche sei.

Das wäre ihr großer Fehler gewesen. Denn natürlich zog Timoschenko die richtigen Schlüsse. Als der Kollege Reinders in sein Smartphone tippte, schlug er diesen mit einer Flasche nieder. Danach sei Slatko Breuer mit gezogener Waffe in den Flur gestürmt. Er zielte auf Max Teubner und wollte schießen. Dessen sei Paula sich sicher gewesen. Sie habe nicht lange überlegt und nach Teubners Dienstwaffe gegriffen, sie entsichert und auf Breuer geschossen, bevor der einen Schuss abfeuern konnte. Er sei sofort zusammengebrochen. Paula habe einen Schock erlitten. Sie sei völlig apathisch gewesen. Danach sei es Daniel Novak und Sergej Timoschenko mühelos gelungen, Max Teubner zu überwältigen. Seine Handgelenke wurden mit Klebeband fixiert. Als es in der Nachbarschaft still blieb, hätten sie das Haus verlassen, dabei nur den bewusstlosen Kollegen von Max zurückgelassen. Der Wagen von Daniel Novak habe vor der Haustür gestanden. Damit wären sie hierher auf den Hof gefahren.

»Und da hat man Sie, gemeinsam mit meinem Kollegen Max Teubner, unten in das Silo gesperrt?«, fragte Maike und verfluchte insgeheim die Arroganz von Staatsanwältin von Haunhorst. Hätte sie auf Maikes Bauchgefühl gehört und die Siloluke untersucht, wäre Teubner bereits in Sicherheit. Sie mochte gar nicht daran denken, in welchem gesundheitlichen Zustand er sich im Augenblick befand. Nach einer ganzen Woche Gefangenschaft in diesem Loch, und jetzt noch mit Schusswunde.

»Nein«, antwortete Paula Horváth, »Zunächst haben sie Max und mich hier auf dem Hof festgehalten. Das schien ihnen dann jedoch zu riskant zu sein. Als Timoschenko das Silo entdeckte, hat er Max dort eingesperrt. Mit mir hatten sie andere Pläne und ließen mich gefesselt und geknebelt in dem Zimmer von Slatko Breuer. Erst am Sonntag, als sie mich als Keiler für den Enkeltrick brauchten, befreiten sie mich von meinen Fesseln. Ich habe mich schließlich dazu bereit erklärt, wieder als Anruferin zu fungieren. Ich tat es unter der Voraussetzung, dass Max nichts passiert. Anders hat man gegen die Mitglieder des Clans kaum eine Chance. Erst recht nicht gegen Timoschenko.«

»Was ist mit dem Hausbesitzer dieses Hofs? Als Sie am Freitag hier eintrafen, kann er noch nicht in Timoschenkos Gewalt gewesen sein. Er hat den Kollegen ja zunächst das Alibi Timoschenkos für die Tatzeit bestätigt. Hat Kniepel bewusst gelogen?«

Paula nickte und zerrte mit dem Handgelenk an ihren Handschellen. Das Heizungsrohr gab keinen Millimeter nach, durch das Rucken wurde Maikes Gelenk jedoch schmerzhaft in Mitleidenschaft gezogen.

»Das bringt nichts!«, fuhr sie Paula etwas barsch an. »Warum hat Herr Kniepel gelogen? War er mit Timoschenko befreundet?«

Paula hörte mit dem Zerren auf. Ihre Schultern sanken resigniert nach vorne. »Keine Ahnung ... ich glaube, Sergej hat ihm irgendeine harmlose Lügengeschichte aufgetischt. Als Kniepel dann am Abend das Phantombild von Sergej in der Zeitung sah, wegen dieses Überfalls auf den Juwelierladen, wollte er seine Aussage bei der Polizei zurückziehen.«

Maike verstand. Das konnte Timoschenko nicht zulassen. Er überwältigte den alten Mann und sperrte ihn in die Pkw-Garage seines Wohnmobils. Da fand ihn Tage später die Schmuckverkäuferin, und deshalb bekam Max Teubner in seinem Gefängnis Gesellschaft.

»Wann haben Sie die Geiseln das letzte Mal gesehen?«, fragte Maike, »in welchem Zustand befinden sie sich?«

Ehe Paula Horváth antworten konnte, hörten sie schwere Schritte auf dem Flur. Kurz darauf betrat Timoschenko die Küche. Er trug jetzt Jeans und Lederjacke, dazu halbhohe Lederschuhe. Zielstrebig kam er auf die Frauen zu. In seiner linken Hand hielt er seine Waffe.

»Schluss mit dem Kaffeekränzchen!«, murrte er und schloss die Handschelle an Maikes Handgelenk auf, um sie danach direkt am Heizungsrohr zu befestigen.

»Ich wünsche dir eine herrliche Zeit im Knast, *Rubinchen*«, säuselte er in Richtung Paula. Dabei schob er Maike bereits in den Flur. Sie spürte den Lauf seiner Waffe hart im Rücken und fragte sich erneut, wo die Verstärkung blieb.

53

Durch den wolkenverhangenen Nachthimmel schaffte es der Mond kaum, die düstere Atmosphäre etwas aufzuhellen. Nachdem Sören Reinders den Schuss gehört hatte, musste er hinter dem Wohnhaus noch an einer etwa zwei Meter hohen Hecke entlanglaufen, ehe er in Richtung Hinterhof schwenken konnte. Der holperige Acker brachte ihn immer wieder ins Stolpern. Endlich ließ sich das emporragende Gewächs umrunden und er konnte über eine feuchte Rasenfläche zurück zum Gebäude laufen. Er kannte das Anwesen nicht, schließlich war er tagsüber bei der Hausdurchsuchung nicht dabei gewesen. Vielleicht hätte er der Kollegin Graf doch den rückwärtigen Bereich des Grundstücks überlassen sollen. Da er jedoch glaubte, den Schuss hinter dem Haus gehört zu haben, war er instinktiv als Erster in diese Richtung gerannt. Als er endlich einen Blick auf den abgelegenen Teil des Hofs werfen konnte, fiel ihm zunächst ein Traktor neben einer offen stehenden Luke auf. Maike hatte von der wenig effektiven Hausdurchsuchung erzählt, auch, dass sie unter einem Trecker eine Lukenklappe entdeckt hatte. Staatsanwältin von Haunhorst hatte es aber nicht für nötig befunden, diesen Eingang zu untersuchen.

Und nun stand der Traktor neben der geöffneten Klappe!

Reinders dachte nicht an Deckung und rannte sofort auf das Loch zu. Er zog eine kleine Taschenlampe aus seiner Jacke und leuchtete die Öffnung ab. Eine angerostete Leiter führte in die Tiefe. Nichts Verdächtiges trat in den Strahl der Lampe. Dennoch fühlte sich Reinders gemüßigt, in das Silo hinabzusteigen, um dort nach dem Rechten zu sehen. Er nahm den Stiel der Taschenlampe in den Mund und kletterte rückwärts die Sprossen hinab. Seine Finger ertasteten den rauen Rost des Metalls an den Haltegriffen, trotzdem machte die Leiter einen robusten Eindruck und drohte nicht, aus der Verankerung zu brechen. Je tiefer Reinders in das Loch hinabstieg, desto heftiger stank es nach Fäkalien. Als er endlich festen Boden unter den Füßen hatte, leuchtete er den Fußboden ab. Er sah einen umgekippten Eimer. Rundum verteilten sich Exkremente. Daher also der Gestank. Der Strahl der Taschenlampe wanderte durch einen etwa zehn Quadratmeter großen Schacht, der scheinbar einst als Getreidesilo genutzt wurde. Gegenüber der Leiter sah Reinders eine Metalltür. Mit wenigen Schritten war er davor und drückte die Klinke hinab. Natürlich war die Tür verschlossen, so hämmerte er mit seiner Faust dagegen. Seine dumpfen Schläge hallten laut durch die Nacht.

»Hallo? Ist dort jemand? Mein Name ist Sören Reinders, ich bin von der Polizei! Max? Bist du da drin?«

Er drückte sein Ohr an die Tür. In der Stille hörte er nur sein eigenes Herz pochen. Schließlich rüttelte er an der Klinke. Da musste etwas hinter der Tür sein. Aus welchem Grund sonst sollte man mitten in der Nacht die Siloluke öffnen? Reinders pochte erneut gegen die Tür. Dann lauschte er wieder, indem er sein Ohr an das kalte Metall drückte. Plötzlich drang von innen ein Klopfen durch die Tür.

»Hallo?«, rief er, »mein Name ist Sören Reinders. Ich bin Oberkommissar bei der Kriminalpolizei Unna. Können Sie mich hören?«

»Ja!«, rief eine Frauenstimme. »Ich höre Sie gut. Ihr Kollege ist bei mir. Er wurde angeschossen. Außerdem ist der Hausbesitzer hier. Ihm geht es sehr schlecht. Er braucht dringend ärztliche Hilfe.«

»Ich verstehe!«, brüllte Reinders die Tür an. »Ich werde den Notarzt informieren. Von außen steckt leider kein Schlüssel. Ich muss mich zunächst nach Werkzeug umsehen!«

»Warten Sie!« Die Stimme der Frau klang eindringlich.

Reinders war schon die erste Sprosse hochgeklettert. Jetzt kehrte er noch einmal zurück. »Ja? Was ist?«

»In der Scheune ist Werkzeug. Da müsste das Brecheisen liegen, mit dem ich das Wohnmobil aufgehebelt habe. Wenn Sie über den Innenhof gehen, ist die Tenne auf der rechten Seite. Das erste Tor!«

»Ich bin sofort wieder bei Ihnen!« Reinders kletterte die Sprossen der Leiter hinauf und informierte zuerst die Feuerwehr sowie den Notarzt, wobei er mindestens zwei schwer verletzte Personen ankündigte. Danach musste er sich zunächst orientieren. Zwischen dem rückwärtigen Wohnhaus und den Ställen erkannte er eine etwa drei Meter breite Durchfahrt. Er rannte über den Innenhof und blieb vor besagtem Tor stehen. Der Hof lag in völliger Dunkelheit. Reinders konnte kaum die Schließvorrichtung erkennen. Er sah eine Latte, die quer vor dem Tor in einer Verankerung hing. Sie klemmte fest hinter den breiten Metallhaken. Reinders biss die Zähne zusammen und klopfte von unten mit der Faust gegen den Balken. Stück für Stück schob sich das Holz nach oben. Reinders achtete darauf, abwechselnd auf der linken und rechten Seite zu klopfen, damit die Latte sich nicht verkantete. Trotz der kalten Temperaturen in dieser Aprilnacht trat ihm der Schweiß auf die Stirn. Endlich konnte er die Holzlatte entfernen.

Glücklicherweise ließ das Tor sich danach problemlos öffnen. Mit seiner kleinen Taschenlampe leuchtete Reinders den Innenraum der Scheune ab. Sie war sicher acht bis zehn Meter hoch und hatte ein leicht spitzes Dach. Die Mauern bestanden aus schlichten, roten Ziegeln, der Mörtel in den Fugen bröckelte bereits an einigen Stellen. Gleich vorn stand ein dunkler Porsche älteren Baujahrs, ein ganzes Stück dahinter parkte ein Smart. Der Strahl seiner Taschenlampe wanderte über Regale mit Campingzubehör, Gartengeräten, zwei Stapeln mit Wasserkästen und jeder Menge Gerümpel. Links von ihm stand ein Regal, auf dessen unterem Boden ein Brecheisen abgelegt war. Reinders griff danach und eilte aus der Scheune.

Als er im Innenhof stand, zögerte er einen Moment und überlegte, ob er zunächst nach Maike Ausschau halten sollte. Hier im Hof befand sie sich definitiv nicht! Wenn sich vor dem Haus nichts Ungewöhnliches abgespielt hätte, wäre sie gewiss zu ihm in den Hinterhof gelaufen. Wo war die Kollegin abgeblieben? Reinders blickte zum Wohnhaus. Im ersten Stock trat ein schwacher Lichtschein durch das Fenster über der Eingangstür. Hatte Maike nicht gesagt, das Gebäude habe im Dunkeln gelegen? War der Schütze ins Haus zurückgekehrt und sie ihm hinterher? Auf wen hatte er geschossen? Natürlich … die Frau hatte erwähnt, Max sei angeschossen worden und auch dem Hausbesitzer sollte es schlecht gehen.

Reinders fühlte sich in einer Zwickmühle. Schließlich entschloss er sich dazu, zunächst die Gefangenen zu befreien. Die Verstärkung musste jeden Augenblick vor Ort sein, ebenfalls der Notarzt und die Feuerwehr. Da wäre es hilfreich, wenn die Tür zu den Geiseln bereits geöffnet war, damit sie umgehend geborgen und versorgt werden konnten. Außerdem traute Reinders seiner Kollegin keine leichtfertigen Alleingänge zu. Sie würde auf sich aufpassen. Während Sören Reinders mit dem Brecheisen zurück zur Siloluke lief, ließ sich dennoch ein mulmiges Gefühl bezüglich Maike Graf in seiner Magengegend nicht unterdrücken.

54

Die Stufen knarrten, das Geländer aus verblichenem Eichenholz fühlte sich kalt und glatt an, als Maike langsam die Treppe hinabstieg. Ihr Blick fiel auf eine alte Hängelampe aus Kristall, die nur wenig Licht spendete und bizarre Schatten an die mit Rosenranken gemusterten Tapeten warf. Die Lampe baumelte an einer schlecht isolierten Leitung, zwei der drei Leuchtmittel hatten ihren Geist bereits aufgegeben. Die Abdeckkappe aus vergilbtem Kunststoff war von der Decke gerutscht und legte lose Elektrodrähte frei. Wenn jetzt – in diesem Moment – die dritte Glühlampe ausfallen würde, hätte Maike eine Chance. Sie könnte den Überraschungsmoment nutzen, sich blitzschnell umdrehen, Timoschenko die Waffe aus der Hand schlagen oder ihn die Treppe hinunterstürzen.

Aber leider spielte die Glühlampe nicht mit und verbreitete weiterhin ihr trübes Licht. Maike spürte den Lauf von Timoschenkos Waffe hart in ihrem Rücken. Sie überlegte fieberhaft, wie sie den Roma gefahrlos überwältigen konnte. Momentan sah sie jedoch keine Chance, sich unbeschadet gegen ihn aufzubäumen. Als sie in den Innenhof trat, schlug ihr nasskalte Luft entgegen und ließ sie frösteln. Der Himmel zeigte sich immer noch in einem tiefen Schwarz, durchzogen von dunkelgrauen Wolken. Es war kalt, das Thermometer erreichte bestimmt keine zehn Grad Celsius. Maike schätzte, dass es inzwischen nach 4 Uhr morgens war. Bald würde es hell werden. Bis dahin wollte Timoschenko gewiss einige Kilometer hinter sich gebracht haben. Wenn irgend möglich, musste es ihr gelingen, dies zu verhindern. Der Bewegungsmelder ließ die Außenbeleuchtung aufflammen. Timoschenko schob sie über den Innenhof auf ein offenes Scheunentor zu.

»Da hat mir Ihr Kollege schon Arbeit abgenommen«, brummte er, »er ist wohl auf der Suche nach den Gefangenen. Vielleicht hat er sie gefunden. Dummerweise habe ich die Luke des Silos aufgelassen, als ich Paula bei einem Befreiungsversuch erwischte. Ihr Kollege wird vollends damit beschäftigt sein, die Stahltür zum Bunker zu öffnen. Da kommt er uns wenigstens nicht in die Quere.«

Timoschenko wusste also, dass sie ihn zu zweit beobachtet hatten. Er war nicht dumm, Maike würde auf der Hut sein. Sie sah, dass er beide Torflügel der Scheune weit aufschob. Die Scharniere quietschten laut in den Angeln. Das alte Eichenholz knackte. Maike schielte vorsichtig über die Schulter. Sie versuchte zu erkunden, ob die Verstärkung sich bereits in Position gebracht hatte. Obwohl es mitten in der Nacht war, müssten sie längst vor Ort sein. Aber die Kommissarin sah weder Blaulicht noch hörte sie aus der Ferne das Martinshorn. Überhaupt deutete nichts darauf hin, dass die Kollegen in der Nähe waren. Vertat sie sich so sehr mit der Zeit? Seitdem sie die Verstärkung angefordert hatte, musste doch bestimmt schon weit über eine halbe Stunde vergangen sein. Oder waren es erst 20 Minuten? Zumindest die Mitarbeiter aus Unna hätten hier sein müssen. Vielleicht sollte der Zugriff durch das SEK erfolgen und die Kollegen hielten sich noch zurück, um auf die Spezialisten zu warten.

Timoschenko zeigte mit der Waffe auf ein schwarzes Porschemodell, das vorn in der Scheune stand. Vermutlich ein alter 944er, darauf deutete das Kennzeichen K-SB 944 hin.

»Sie werden sich jetzt ans Steuer setzen, Frau Kommissarin! Und versuchen Sie nicht, mich auszutricksen! Sonst jage ich Ihnen eine Kugel in den Kopf!«

Daran zweifelte Maike keine Sekunde. Sie nahm ihm den Autoschlüssel ab und schob sich hinter das Lenkrad. Timoschenko wartete, bis sie sich anschnallt, dann warf er eine Sporttasche, die er schon zuvor in der Scheune platziert haben musste, in den Kofferraum und knallte kurz darauf die Fahrertür zu. Mit großen Schritten lief er ums Auto herum und setzte sich auf den Beifahrersitz. Dabei drehte er sich sofort in ihre Richtung und richtete die Waffe auf sie.

»Jetzt langsam rückwärts rausfahren!«

Maike steckte den Zündschlüssel ins Schloss und startete den Motor. Dann legte sie den Rückwärtsgang ein und lenkte den Wagen aus der Scheune heraus. Verzweifelt suchte sie nach einer Möglichkeit, die Zeit hinauszuzögern. Wo blieben die Kollegen nur? Wenn Maike den Hof mit Timoschenko erst einmal verlassen hatte, sah sie ihre Chancen schwinden, den Roma zeitnah zu überwältigen.

Sie drehte den Porsche rasant im Rückwärtsfahren, rutschte dabei absichtlich mit dem Fuß von der Kupplung und würgte den Motor ab. Mit dem Ruckeln des Autos presste sie ihre Hand auf die Hupe in der Hoffnung, Sören Reinders würde sie hören. Sie hoffte, Timoschenko würde ihr die vorgespielte Nervosität abnehmen. Er fluchte laut und fuhr sie an, sie möge die Dummheiten lassen und schneller machen. Dabei drückte er die Waffe hart an ihre Stirn und sie befürchtete, er würde abdrücken. Maike startete erneut den Motor. Schließlich stand der Porsche in Richtung Ausfahrt.

Sie starrte Timoschenko fragend an. »Und jetzt?«

Er grinste breit. »Nun werden wir diesen Hof, dieses Kaff, dieses Bundesland schnellstens hinter uns lassen. Fahren Sie an der Straße links, dann hoch bis zur alten B1 und danach bitte auf direktem Weg auf die Autobahn.«

Maike sah ihn entgeistert an. »Ich soll Sie aus Nordrhein-Westfalen herausfahren? Wissen Sie, was es bedeutet, eine Polizistin als Geisel zu nehmen? Die Kollegen werden jeden verfügbaren Mann mobilisieren. Es werden Straßensperren errichtet. Man wird Hubschrauber einsetzen. Das SEK wird hinzugezogen. Sie haben kaum eine Chance, da lebend herauszukommen. Es wäre vernünftiger, Sie würden sich hier und jetzt stellen.«

Timoschenko lehnte sich seitlich gegen den Rücksitz, während seine Waffe weiterhin auf ihren Kopf zielte. Er brachte ein überhebliches Lächeln zustande. »Frau Kommissarin! Wo haben sich Ihre Scharfschützen denn postiert? Ganz unsichtbar machen können die sich nicht, und noch sehe ich keinen einzigen Ihrer Kollegen und ich höre nicht einmal aus der Ferne Tatütata. Ehe Ihre Leute hier eintrudeln, möchte ich diesen verdammten Hof weit hinter mich bringen. Ich habe liebe Freunde in Polen. Also bitte, so schnell wie möglich auf die A2 Richtung Hannover.« Er drückte ihr den Lauf der Waffe seitlich gegen die Stirn. »Und jetzt fahren Sie endlich los!«

Maike resignierte. Sie hatte alles versucht. Sie griff mit beiden Händen nach dem Lenkrad, dann gab sie langsam Gas. Der Porsche rollte zur Ausfahrt. Die Scheinwerfer strahlten bis auf das gegenüber der Straße liegende Feld.

Timoschenko hatte recht. Nirgendwo war ein Kollege zu sehen. Und Reinders befand sich vermutlich hinter dem Hof, tief unter der Erde im kleinen Schacht des Silos, um die Gefangenen zu befreien. Ob er ihr Hupen gehört hatte, war zweifelhaft. Wahrscheinlich konnte sie von ihm keine Hilfe erwarten.

Der Porsche nahm langsam Fahrt auf. Als sie ihn an den Eingangsstufen des Wohnhauses vorbeilenkte, sah Maike plötzlich einen Schatten hinter den Büschen, die die Front des Hauses säumten. Eine gebeugte Gestalt lauerte dort. Maike hoffte, dass Timoschenko nicht darauf aufmerksam wurde. Sie hatte jetzt fast die Ausfahrt erreicht. Im selben Moment knallte ein Schuss. Einer der Vorderreifen schien getroffen. Sie verriss das Steuer, das Fahrzeug wurde zur Seite geschleudert. Im Bruchteil einer Sekunde sah sie, dass Timoschenko den Waffenarm nach oben gerissen hatte. Das war ihre Chance! Instinktiv gab Maike Vollgas und jagte den Porsche auf die brüchige Mauerwand der alten Scheune zu.

Der Aufprall schleuderte Maike mit Wucht in den Gurt. Über Airbags schien das alte Porschemodell nicht zu verfügen. Jedenfalls öffnete sich keiner. Sie sah, dass Timoschenko gegen die Windschutzscheibe flog. Seine Waffe löste sich aus seiner Hand, fiel zunächst auf das Armaturenbrett und dann zu Boden. Er selbst rutschte langsam in den Sitz zurück. Maike atmete tief durch. Sie hatte Schmerzen in der Brust, dort, wo der Sicherheitsgurt sie eingeklemmt hatte. Sie löste den Gurt und stützte ihre Hände am Lenkrad ab. Timoschenko war nicht angeschnallt gewesen. Sie sah sein blutüberströmtes Gesicht. Seine Augen waren geschlossen. Der Kopf neigte sich auf die Brust. Sein Oberkörper kippte langsam zu ihr herüber.

Maike stemmte ihre Arme gegen ihn.

Wer hatte auf den Porsche geschossen?

Wo blieb verdammt noch mal Hilfe?

Im selben Moment sah sie den Strahl einer Taschenlampe ins Wageninnere leuchten. Kurz darauf wurde die Beifahrertür geöffnet. Sie sah in das besorgte Gesicht von Sören Reinders.

»Es tut mir leid, Maike. Ich hätte dir früher zur Seite stehen sollen. Als du gehupt hast, war ich aber schon in Position.« Er grinste schief. Dann fasste er vorsichtig an den Hals von Timoschenko und nickte. »Er lebt«, sagte er nur und brachte den Sitz in eine etwas flachere Position, damit der Roma nicht aus dem Auto rutschen konnte.

Maike stieg aus dem Wagen aus. Ihr Herz pochte bis zum Hals. Das hätte ins Auge gehen können. Als sie sich mit den Händen auf die verbeulte Motorhaube stützte und mit tiefen Lungenzügen die kalte Nachtluft inhalierte, hörte sie in der Ferne das Martinshorn. Endlich rückten die Kollegen an.

»Wo bist du so lange gewesen, Sören?«, fragte sie.

Er erklärte ihr in knappen Worten, dass die Luke hinterm Haus, die sie gefunden hatte, in ein Silo und von dort in einen Bunker führte. Dahinter hätte er die Stimme einer jungen Frau gehört. Reinders habe die Bunkertür mit einem Brecheisen öffnen können und in dem kleinen Kellerraum drei Gefangene angetroffen. Teubner sei stark angeschlagen, aber nicht in Lebensgefahr, ob der Hofbesitzer diese Tortur überleben konnte, wagte er allerdings zu bezweifeln. Daphne Tischer, der Schmuckverkäuferin, ginge es gut, sie kümmere sich weiter um die Verletzten, bis die Feuerwehr sie bergen könne.

»Und wie hast du dich noch rechtzeitig in Position bringen können, um dem Porsche in den Reifen zu schießen?«, wollte Maike wissen und fragte sich im selben Moment, ob es nicht eine weniger gefährliche Lösung gegeben hätte, um Timoschenko zu stoppen.

»Die Bunkertür hat meinem Brecheisen nicht lange standgehalten. Nachdem ich den Kollegen Teubner gebührend begrüßt hatte, konnte ich da unten nicht mehr viel ausrichten. Da muss die Feuerwehr mit einem Bergungskran ran. Jedenfalls dachte ich mir, es sei an der Zeit, diesem Timoschenko endlich das Handwerk zu legen.«

»Deine Hilfe kam wirklich im letzten Augenblick«, sagte Maike dankbar und vernahm das Martinshorn nun in der Nähe.

Kurz darauf fuhren Notarzt und Feuerwehrwagen auf den Hof, gefolgt von mehreren Einsatzfahrzeugen der Polizei. Timoschenko bekam eine Halskrause und wurde vorsichtig auf eine Trage gehoben. Dann legte der Notarzt ihm eine Infusion, bevor er abtransportiert wurde. Maike und Reinders instruierten die Kollegen. Paula Horváth wurde aus der Küche befreit und abgeführt. Maike begleitete die Kollegen dorthin. So unauffällig wie möglich fischte sie dabei ihre Dienstwaffe unter dem Küchenschrank hervor und sammelte ihre Handschellen ein. Als Jochen Hübner auf dem Bauernhof eintraf, wurde Daphne Tischer bereits ins Krankenhaus gebracht. Sie hatte die Gefangenschaft zwar relativ gut überstanden, machte jedoch einen geschwächten Eindruck.

Die Bergung von Max Teubner und Hartmut Kniepel erwies sich als deutlich schwieriger. Sie mussten auf eine Trage geschnallt und mit einem Spezialkran der Feuerwehr hochgezogen werden. Allein die Positionierung des Krans dauerte über eine Stunde. Maike harrte aus. Hartmut Kniepel wurde als Erster mit dem Rettungshubschrauber abtransportiert. Die nächsten 24 Stunden sollten entscheiden, ob er durchkäme oder nicht, meinte der Notarzt. Als schließlich endlich Max Teubner aus dem Silo in die Höhe gezogen wurde, war die Nacht schon dem neuen Tag gewichen. Zwischen dicken, grauen Wolken zeigte sich stückweise blauer Himmel und Maike schämte sich nicht dafür, dass ihr beim Anblick ihres seit fast einer Woche verschollenen Kollegen die Tränen an den Wangen herabliefen. Er bekam noch vor Ort eine Infusion und die Schusswunde am Bein wurde notversorgt.

»Ihr habt ja ziemlich lange gebraucht, um mich zu finden«, grinste Teubner, obwohl er verheerend aussah. Sein Gesicht wirkte eingefallen und grau, seine Haare standen ihm strähnig vom Kopf. Die Bartstoppeln ließen ihn deutlich älter wirken. Seine Kleidung war schmutzig und zerknittert. Aber das Leuchten in seinen Augen war zurückgekehrt und das gab Maike Hoffnung, dass er seine Gefangenschaft psychisch würde verarbeiten können.

Sie lächelte ihn an. »Wenn der beste Ermittler des Kollegiums selbst außer Gefecht gesetzt ist, dann kann es halt ein bisschen länger dauern.« Sie kniff ihm verschmitzt ein Auge zu.

»Daran sollten wir dringend arbeiten, Frau Kollegin«, meinte Teubner, bevor seine Trage im Notarztwagen verschwand und er mit Blaulicht und Sirene ins Krankenhaus gebracht wurde.

»Das war schon die zweite Doppelschicht in dieser Woche, Maike. Du solltest deinen Dienststellenleiter unbedingt bitten, die Überstunden abfeiern zu dürfen!« Jochen Hübner war unbemerkt neben Maike getreten und legte freundschaftlich den Arm um sie.

Maike wischte sich verstohlen die Tränen aus den Augen. »Ich fahre gleich nach Hause und werde mein freies Wochenende genießen. Der Bericht wird bis Montag Zeit haben. Oder der Kollege Reinders schreibt ihn mal ausnahmsweise«, fügte sie an Sören gewandt grinsend hinzu.

Der wehrte vehement mit den Händen wedelnd ab. »Sorry, aber dieses Wochenende habe ich meine Tochter Luisa bei mir. Wir wollen nach Schwerte in den Kletterpark. Da kann ich auf keinen Fall drauf verzichten. Schreiben wir die Berichte am Montag«, schlug er grinsend vor und trat gleichzeitig eilig den Rückzug an, als befürchte er, jemand könne ihm das freie Wochenende streitig machen.

Hübner sah dem Kollegen einen Moment nach, dann wandte er sich an Maike. »Gute Arbeit. Irgendwie habe ich das Gefühl, seit du nicht mehr beim KK11 bist, lebst du gefährlicher als zuvor. Du solltest zu uns nach Dortmund zurückkehren. Du fehlst mir im Team.« Er sah sie fragend an. »Denkst du noch mal drüber nach?«

»Eigentlich fühle ich mich in Unna sehr wohl«, erwiderte Maike lächelnd. Es tat gut, dass Jochen sie noch unter seinen Ermittlern haben wollte. »Und wie du siehst, führt uns das Verbrechen auch in Unna immer mal wieder zusammen«, ergänzte sie.

Er lächelte. »Ich werde dich jetzt nach Hause bringen und am Sonntag würde ich mich freuen, wenn ich dich ganz unverbindlich zum Essen ausführen dürfte. Sozusagen als Dankeschön dafür, dass du mir vorgestern einen Schlafplatz gewährt hast.« Seine Augen zwinkerten schelmisch. Maike sah ihn erfreut an und nickte. Das Kribbeln in ihrem Bauch registrierte sie wohlwollend. Vielleicht hatte ihre Beziehung zu Jochen doch noch eine Chance verdient.

SONNTAG, 9. APRIL

55

Auch heute wehte ein frischer Wind und das Thermometer würde kaum über 15 Grad klettern. Nach dem warmen Beginn des Aprils war es eindeutig zu kalt. Aber immerhin schaffte es die Sonne, zwischen den dicken, weißen Schäfchenwolken ab und zu ein kleines Gastspiel zu geben. Maike hatte die Balkontür weit aufgemacht. Sie saß abholbereit in Jeans und pastellgrünem Blazer über einem hellen Top in einem Gartenstuhl, die Beine von sich gestreckt, und hielt der Sonne mit geschlossenen Augen ihr Gesicht entgegen, während der Wind mit ihrem Haar spielte. Aus der Nachbarwohnung schallten leise Musik, ab und zu hämmern und gelegentliches Hundegebell. Aber das störte Maike nicht.

In den letzten beiden Tagen hatte sie viel Schlaf nachholen und diesen auch entspannt genießen können. Kein Druck mehr im Hinterkopf, was den verschwundenen Kollegen Max Teubner anging. Gestern Nachmittag hatte sie ihn im Katharinenhospital besucht. Man hatte die Kugel bereits am Freitag aus seinem Bein entfernt und dank des beherzten Einsatzes von Daphne Tischer, die sein verletztes Bein im Silo versorgt hatte, war die Wunde von einer Entzündung verschont geblieben. Wenn alles gut ging, könnte er in einigen Tagen das Krankenhaus verlassen, meinte er. Dabei war er voller Vorfreude auf das alte Landhaus seiner Tante Belinda, die sich um seine Genesung aufopfernd kümmern wollte. Natürlich mit Unterstützung seines Sohnes Raffael, der von dem ganzen Dilemma erst gestern erfahren hatte, als er von seiner Klassenfahrt aus Spanien zurückkam. Maike hatte mit Erleichterung den optischen Wandel Teubners festgestellt. Frisch gewaschen und rasiert, in sportlichem Joggingoutfit, sah man ihm keine Folgen der einwöchigen Gefangenschaft an. Auch seinen spritzigen Humor hatte er nicht verloren und machte darüber hinaus einen durchaus zuversichtlichen Eindruck.

Um kurz vor 18 Uhr wurde Maike durch die Türschelle aus ihren Gedanken gerissen. Jochen kam überpünktlich, er hatte einen Tisch für 19 Uhr in einem Restaurant in Dortmund reserviert. Ihr Exfreund trat ihr gut gelaunt entgegen. Er war tatsächlich beim Friseur gewesen, trug heute keine Brille, sondern Kontaktlinsen und zu seinen schwarzen Jeans Lederschuhe und ein hellbeigefarbenes Jackett.

»Gut siehst du aus«, begrüßte er Maike und küsste sie auf die Wangen. Dann ließ er sich im Wohnzimmer in einen Sessel fallen und erklärte, er sei etwas früher gekommen, um sie über die weiterführenden Ermittlungen des Enkeltrickfalls zu informieren.

Staatsanwältin von Haunhorst hätte am Freitag ihr Vorhaben in die Tat umgesetzt und sei ins niederländische Venlo gefahren, um den festgenommenen Daniel Novak zu befragen. Da es Zeugenaussagen gab, die ihn im Zusammenhang mit dem Enkeltrick bereits erkannt hatten, legte er diesbezüglich schnell ein umfassendes Geständnis ab. Er gab auch zu, die Masche neu ins Leben gerufen zu haben. Es sei allein seine Idee gewesen, den Enkeltrick in Unna und Umgebung durchzuführen. Er hatte sich ein ordentliches Startgeld für eine gemeinsame Zukunft mit Paula Horváth in einem südlichen Land erhofft. Seine Version des Tatablaufs am Mord an Slatko Breuer deckte sich vollständig mit den Aussagen von Paula Horváth und Sergej Timoschenko.

Dieser hätte den von Maike herbeigeführten Aufprall des Porsches im Übrigen relativ gut überstanden. Er sei bereits auf dem Weg ins Krankenhaus wieder aus seiner Bewusstlosigkeit erwacht. Gestern sei er vernehmungsfähig gewesen. Nachdem im Kofferraum des zerbeulten Porsche eine Reisetasche unter anderem mit geklautem Schmuck gefunden wurde, gab er zunächst den Überfall auf das Juweliergeschäft zu. Hier gab es zudem die Zeugin Daphne Tischer, die ihn bereits als Täter identifiziert hatte. Im Laufe der weiteren Befragung habe er schließlich auch die Enkeltricktaten zugegeben und die Gefangennahme der drei Geiseln gehe ebenfalls auf seine Kappe. Er habe allerdings deutlich erklärt, dass er nicht der Drahtzieher der Enkelmasche sei. Er sei zu Beginn nur damit beauftragt gewesen, Paula Horváth ausfindig zu machen. Der ehemalige Clanchef Bakro Taragos habe einen Rachefeldzug geplant, bei dem alle Schuldigen am Tod seines Sohnes Adam und seiner Schwiegertochter Lucia liquidiert werden sollten. Konkret meinte er damit Paula Horváth und die Kripobeamten Max Teubner und Sven Klewe, die einst im Verfolgerauto der Polizei gesessen hatten.

Timoschenko erklärte, er habe gemeinsam mit Slatko Breuer den ehemaligen Computerexperten des Clans – Daniel Novak – in den Niederlanden aufgesucht. Der sollte mit seinen IT-Kenntnissen für sie zunächst den Aufenthaltsort von Paula Horváth ermitteln. Das habe er auch getan. Für alle Verwicklungen, die sich danach ergeben hätten, sei Novak verantwortlich. Denn es sei seine Idee gewesen, Paula Horváth nicht an Bakro Taragos zu verraten, sondern sie wieder im Enkeltrickgeschäft einzusetzen.

»Na, der macht es sich ja leicht!«, meinte Maike. »So harmlos, wie er sich darstellt, ist Herr Timoschenko nun wirklich nicht.«

»Da stimme ich dir zu. Er wird seine Strafe bekommen, genau wie Paula Horváth.« Jochen blickte auf seine Armbanduhr und stand auf. »Es wird Zeit«, meinte er.

Maike nickte und schloss die Balkontür. »Gibt es etwas Neues vom Hofbesitzer Hartmut Kniepel?«

»Allerdings!«, erklärte Jochen. »Nachdem sein Zustand gestern noch kritisch war, hat mir der Oberarzt heute Morgen am Telefon versichert, dass der alte Herr überm Berg sei. Es wird eine ganze Weile dauern, bis er auf die Füße kommt, aber er sei eine Kämpfernatur.«

Maike griff nach ihrer Handtasche, trat hinter Jochen aus ihrer Wohnung, zog die Tür zu und schloss sie ab. »Da kann Sergej Timoschenko sich glücklich schätzen. Bei Totschlag wäre seine Haftstrafe wesentlich höher ausgefallen. Jetzt wird man ihm *nur* schwere Körperverletzung anlasten.«

»Ja«, sagte Jochen. »Und zig Anklagepunkte dazu: bewaffneter Überfall, Betrug in mehreren Fällen, Menschenraub, und, und, und ...«

Sie stiegen nebeneinander die Treppe hinab. Maike hatte in den letzten Tagen die Abläufe des Falls immer wieder in sich aufgerufen und war jedes Mal über eine Sache gestolpert.

»Eines verstehe ich nicht. Die Eskalation in der Wohnung von Paula Horváth. Warum hat Slatko Breuer auf den Kollegen Max Teubner schießen wollen? Es hätte doch ausgereicht, die Polizisten zu überwältigen. Immerhin waren die Roma in der Überzahl.«

Jochen zog die schwere Haustür auf und hob ratlos die Schultern. »Die gleiche Frage habe ich Sergej Timoschenko gestellt. Er glaubt, Slatko Breuer wollte sich beim Clanchef Bakro Taragos profilieren. Der begehrte schließlich den Tod der beiden Polizisten, die in seinen Augen für den tödlichen Unfall von Adam und Lucia Taragos verantwortlich waren. Breuer muss Max Teubner als einen der damaligen Ermittler erkannt haben!«

Mit dieser Erklärung mussten sie sich wohl zufriedengeben. Slatko Breuer konnte ihnen die Frage nicht mehr beantworten. Maike setzte sich neben Jochen in sein schwarzes Cabrio, das er direkt vorm Haus geparkt hatte. Jochen wendete geschickt und lenkte das Auto auf die Autobahn Richtung Dortmund. Sie freute sich auf das gemeinsame Essen. Es war fast so wie früher, als sie ein glückliches Paar waren. Im Moment spräche aus Maikes Sicht nichts dagegen, wenn sich ihr Beziehungsstatus noch einmal in diese Richtung bewegen würde.

ENDE

DANKSAGUNG

Zum Schluss noch einige Worte zur Recherche über die Arbeitspraktiken der sogenannten Enkeltrickmafia. Ich bedanke mich ganz herzlich bei Hermann-Josef Borjans, Erster Kriminalhauptkommissar, der sich für ein langes Gespräch mit mir die Zeit genommen hat. Er ist in der Kriminalprävention tätig und pendelt mit Vortragsreihen über den Enkeltrick und andere Betrugsmaschen zwischen Berlin, Köln und Dortmund. So konnte ich mir ein Bild über die Arbeitsweise der Trickbetrüger machen. Vor Jahren gingen Meldungen über Enkeltrickbetrügereien regelmäßig durch die Presse. Allerdings konnte diese Betrugsmasche nie ausgemerzt werden. Wie im Roman beschrieben, betreibt die Polizei verschärft Öffentlichkeitsarbeit, informiert Senioreneinrichtungen, Banken und Sparkassen, um auf den immer noch brandaktuellen Enkeltrick aufmerksam zu machen. Dennoch steigen die Fallzahlen regelmäßig an. Senioren sind oft das schwächste Glied in unserer Gesellschaft, das wird von skrupellosen Betrügern ausgenutzt. In den Broschüren vom Bund Deutscher Kriminalbeamter e. V. »Sicher zu Hause und unterwegs – Alltagstipps für Senioren« und »Kripo-Tipps – Sicherheit für Senioren« kann man sich über die Arbeitsweisen der Betrüger informieren. Auszüge aus diesen Broschüren fanden auch im Roman Verwendung.

Besonders bedanken möchte ich mich bei meiner Lektorin Claudia Senghaas, die nicht müde wird, meine Flüchtigkeitsfehler zu korrigieren, und mir jedes Mal das Gefühl gibt, ein besonderes Werk geschaffen zu haben. Ebenfalls bedanken möchte ich mich bei meinen Betalesern, wobei mir besonders Dominik viele Tipps gegeben hat, sodass ich das Manuskript übersichtlicher gestalten konnte. Und last, but not least richtet sich der Dank an meine Familie, die mich in meinem Schaffen unterstützt und mich als Autorin voll akzeptiert.

*Weitere Krimis finden Sie auf den
folgenden Seiten und im Internet:*

WWW.GMEINER-SPANNUNG.DE

ASTRID PLÖTNER
Todesgruß

978-3-8392-1949-2 (Paperback)
978-3-8392-5155-3 (pdf)
978-3-8392-5154-6 (epub)

BLUTLISTE Ein brutaler Mord erschüttert die westfälische Kleinstadt Unna während der alljährlichen Altstadtkirmes. Eine Zahnärztin wird erdrosselt im Stadtpark aufgefunden. Um ihren Hals hängt ein Lebkuchenherz mit der Aufschrift »Ein letzter Gruß, G.«. Kommissarin Maike Graf und ihr Kollege Max Teubner nehmen die Ermittlungen auf und stoßen schon bald auf eine heiße Spur, als ein weiterer Mord geschieht. Erneut trägt das Opfer ein Lebkuchenherz, und es scheint nur eine Frage der Zeit zu sein, bis der Mörder wieder zuschlägt …

LIEBLINGSPLÄTZE AUS DER REGION

SONJA BEGETT
Ruhrindustrie
....
978-3-8392-1998-0 (Buch)
978-3-8392-5245-1 (pdf)
978-3-8392-5244-4 (epub)

ORTE DER FASZINATION Das Ruhrgebiet ist ein Standort der Superlative – aus historischer wie aus moderner Sicht. Das erste Industriedenkmal in Nordrhein-Westfalen, der führende Stahlproduzent der Republik, das einzige Weichenwerk der Deutschen Bahn, die einst größte und modernste Kokerei Europas, die umfangreichste Ausstellung zeitgenössischen Designs international und der Hersteller der schnellsten Sportwagen weltweit – sie alle haben eines gemeinsam: Sie prägen das Revier und gewähren in diesem Buch einen seltenen Blick hinter einzigartige Industriekulissen.

Mit über 40 zusätzlichen Freizeittipps im Anhang!

GMEINER KULTUR

WWW.GMEINER-VERLAG.DE
Mensch, Kultur, Region